프레데리크 쇼팽 (1810~1849) 작곡가, 피아니스트
외젠 들라크루아 (1798~1863) 화가
조르주 상드 (1804~1876) 소설가, 쇼팽의 애인
모리스 뒤드방 (1823~1889) 상드의 아들
솔랑주 뒤드방 (1828~1899) 상드의 딸
오귀스틴 브로 (1824~1905) 상드의 양녀
오귀스트 클레징게르 (1814~1883) 조각가, 솔랑주의 남편
카지미르 뒤드방 (1795~1871) 상드의 법률상 남편
페르낭 드 프레오 솔랑주의 전 약혼자
조제핀 드 포르제 (1802~1886) 들라크루아의 애인
제니 르 기유 들라크루아의 사용인
프레데리크 비요 (1809~1875) 동판화가, 들라크루아의 친구
장 바티스트 피에레 (1795~1854) 들라크루아의 친구
오귀스트 프랑숌 (1808~1884) 첼리스트, 쇼팽의 친구
아돌프 구트만 (1819~1892) 쇼팽의 제자
카미유 플레옐 (1788~1855) 악기상
마리 드 로지에르 (1805~1865) 쇼팽의 제자이자 친구
제인 스털링 (1804~1859) 쇼팽의 제자
루드비카 옝제예비초바 (1807~1855) 쇼팽의 누나
보이치에흐 그지마와 (1793~1871) 쇼팽, 상드의 친구
샤를로트 마를리아니 (1790~1850) 쇼팽, 상드의 친구

외젠 들라크루아, 〈프레데리크 쇼팽의 초상〉(미완성), 파리, 루브르 미술관

◀ 외젠 들라크루아, 〈조르주 상드의 초상〉(미완성), 1838, 코펜하겐, 오르드루프고르 컬렉션
▶ 오귀스트 클레징게르, 〈솔랑주 뒤드방 클레징게르의 초상〉, 파리, 비 로망티크 미술관
▼ 비센테 상타올라리아, 〈노앙 성의 테라스〉, 라샤트르, 조르주 상드 박물관

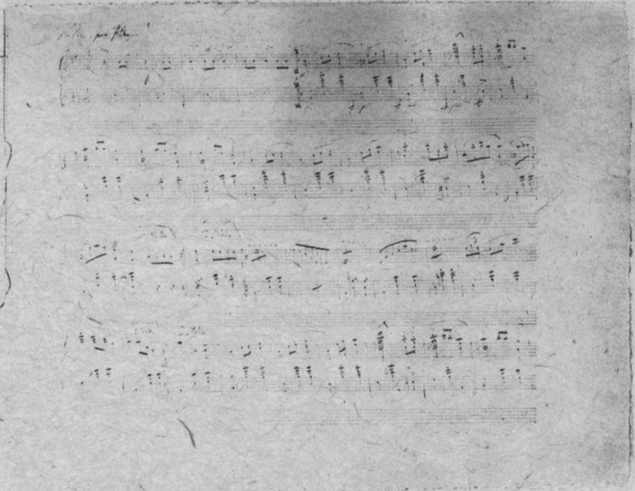

▲ 바단조 마주르카, op. 7, no. 3, 바르샤바, 쇼팽 박물관
▼ 내림마장조 화려한 대왈츠, op. 18, 바르샤바, 쇼팽 박물관

장송

SOUSOU
by HIRANO Keiichiro

이 도서의 국립중앙도서관 출판시도서목록(CIP)은
e-CIP홈페이지(http://www.nl.go.kr/cip.php)에서 이용하실 수 있습니다.
(CIP제어번호 : CIP2005002054)

장송 2

히라노 게이치로 장편소설

양윤옥 옮김

문학동네

■ 일러두기

1. 본문의 각주는 모두 옮긴이 주이다.

2. 원문에서 방점으로 강조한 부분은 고딕체로 표시했다.

2부

1

1848년 연초부터 파리 사교계는 한 가지 진기한 소문으로 술렁거렸다. 아주 오래도록 들어본 적이 없는 이야기라서 사람들은 헛소문이라고 피식 웃으며 흘려들었을 정도였다. 1842년 2월 21일 이래 공식적인 자리에서는 한 번도 피아노 연주를 하지 않았던 프레데리크 쇼팽이 만 육 년 만에 연주회를 계획하고 있다는 것이었다. 장소는 마지막 연주회 때와 마찬가지로 플레옐 사의 살롱, 날짜는 2월 16일. 공연자(共演者)로는 첼리스트 오귀스트 프랑숌과 바이올리니스트 델팽 알라르, 그리고 몇몇 가수들의 이름도 거명되었다.

사람들이 이 소문을 듣고 의심부터 했던 것도 이상한 일은 아니었다. 그의 연주회 혐오증은 이제 모르면 창피를 당할 만한 사교계의 상식 중 하나가 되어 있었다. 섣불리 그의 연주를 들어봤다는 거짓말을 했다가, 짓궂게 언제 어디서 들었느냐고 따지고 드는 사람들에게 창피를 당한 청년들이 얼마나 많았던지! 사실 파리에서 생활한 지 벌써 십육 년이 넘었는데도 그가 지금까지 일반 청중들 앞에서 연주한 것은 겨우 열여덟 번뿐이었다. 그것도 대부분 이십대에 객연(客演) 형식으로 참가하여 친구와의 합주에서 저음부를 맡은 정도였을 뿐, 자신의 작품을 스스로 연주한 일은 극히 드물었다. 특히 오케스트라를 동반하지 않고 독주를 선보인 것은 겨우 세 차례뿐이었다.

낯선 청중들 앞에서 피아노를 연주하는 것은 항상 쇼팽을 우울하게 만들었다. 수없이 그 곤란을 극복하려고 시도해봤지만 언제부터인지 그것조차 포기해버렸다. 파리에 도착해 잠시 동안은 그도 어쩔 수 없이 몇 군데 연주회에 참가했고 일 년에 한 번꼴로 오케스트라와의 공연도 치렀다. 그러나 얼마 되지 않아 명성이 높아지면서 레슨 사례비와 야회 연주 보수만으로 한 해에 만팔천 프랑이나 되는 수입이 들어오자 더이상 고통을 견뎌가며 연주회를 개최할 생각 따위는 하지 않게 되었다.

객석을 가득 메운 무수한 눈초리는 그에게 늘 견디기 힘든 고독을 느끼게 했다. 침묵은 마치 소음처럼 무섭게 그의 마음을 휘저었다. 몸 속에 방울을 달고 있는 것만 같았다. 무대 위에서의 사소한 몸짓 하나하나가 과장되게 주목을 받고 세세하게 음미되는 것 같았다. 몸이 이상하리만큼 어색해서 어떤 동작을 취해도 잘못한 듯한 기분이 들었다. 당황하며 어쩔 줄 몰라하는 자신의 한심한 모습이 눈에 선해 견딜 수가 없었다. 이러니 어떻게 제대로 된 연주를 할 수 있을 것인가……

언제였던가, 젊은 시절에 리스트가 했던 말을 그는 기억하고 있었다. 청중이란 말하자면 납의 바다와도 같다. 불길이 있을 때는 무엇이건 금세 녹여버리고 거품을 일으키며 거친 파도처럼 술렁이지만, 일단 차갑게 식어버리면 그것을 움직이기 위해서는 노동자와도 같은 튼튼한 완력이 필요하다. 쇼팽은 그 말에 노골적으로 드러난 그의 자부심에 적잖이 혐오감이 들었지만, 그가 스스로의 자질을 참으로 적확하게 파악하고 있는 데 대해서는 감탄하지 않을 수 없었다. 리스트의 말인즉, 바로 그 자신이 열광적인 연주로 그 납의 바다에 불길을 불어넣어 태풍과도 같은 파도를 일으킬 것이며, 혹시라도 청중에게서 뭔가 부족한 듯한 머뭇거림이 보일 때는 마치 복수라도 하듯이 온 힘을 다해 반드시 그들을 감동시킬 것이라는 이야기였다. 용감하고 자신감이 넘치는 말이었다. 실제로 연주회 때마다 그는 시원시원하게 무대에 등장하여 대담하면서도 얄미울 만큼 환한 얼굴로 인사를 하고, 유난히 시선을 끄는 젊은 여성 청중에게 그 자리에서 장갑을 벗어 던져주곤 했다. 그리고 예식을 치르듯 씩씩한 걸음으로 피아노 앞으로 다가가서는, 금세 표변하여 일부러 그러는 듯 의자 높이를 아무렇게나 대충 조정하고, 자리에 앉자마자 때려부술 듯한 기세로 건반을 내리쳐 그 엄청난 음량으로 청중의 마음을 매처럼 사로잡는 것이었다. 그의 청에 못 이겨 함께 연주회에 나갈 때마다 쇼팽은 그런 그의 모습에 거의 열등감이라고까지 할 불안을 금할 수 없었다.

쇼팽은 예전부터 리스트의 그런 요란한 연출을 탐탁해하지 않았다. 그 연주의 강인함에는 진심으로 경탄하며 자신은 도저히 흉내낼 수 없을 것이라고 생각하기는 했지만, 그의 몸짓이 풍기는 지독한 속취에는 코가 문드러지는 것만 같았다. 그러나 그 혐오감으로 그의 불안이 위안을 얻었는가 하면 꼭 그런 것만도 아니었다. 청중을 대하는 리스트의 화려한 모습에는 분명 호오(好惡)를 뛰어넘는 강렬한 매력이 있었다. 쇼팽에게 있어 크나큰 불행은 그러한 매력에서 결코 눈을 돌릴 수 없다는 점이었다. 음악가로 살아가기 위해서 연주회는 피할 수 없는 길이었다. 그리고 그 길을 위해 필수불가결한 것이 바로 리스트가 넘칠 만큼 가지고 있는, 그가 주위에 아낌없이 흩뿌리고 다니는 **바로 그** 매력이었다. 그것은 지금 이 시대를 살아가는 음악가라면 많고 적음을 불문하고 누구나 꼭 갖추어야 할 매력이었다. 자신에게는 그런 매력이 결정적으로 누락되어 있다. 그것은 그에게 몹시도 절실한 고민이었다.

쇼팽은 자신의 연주회 혐오증을 반추해보며 이런 심한 긴장감도 무대에 자주 나서다보면 괜찮아질지도 모른다고 생각했다. 과장된 행동을 연출하는 것까지는 힘들더라도 보기에 괴롭지는 않을 만큼만 침착해질 수 있다면 그때부터는 저절로 익숙해질 것이다. 그러나 연주 자체는 그것과는 또다른 문제였다. 그가 처음 대중이라는 낯설고 광막한 바다와 대치한 것은 열아홉 살 때, 그 다음해의 본격적인 진출에 대비하여 친구와 함께 찾은 이국 땅 빈에서였다. 케른트너토어 극장에서 첫 회에는 〈라 치 다렘〉 변주곡과 즉흥곡을, 두번째는 〈라 치 다렘〉 변주곡과 〈론도 아 라 크라코비아크〉를 연주했다. 평판은 그럭저럭 좋은 편이었다. 그러나 소리가 작다는 점에서는 부정적인 의견이 많았다. 그것은 어린 시절부터 신동으로 칭송을 받아왔던 그가 다른 곳도 아닌 음악의 도시 빈에서 처음으로 들은 비판이었다. 다음해에 드디어 빈에서 음악활동을 시작했을 무렵에는 그런 비판에 한층 더 민감해져 있었다. 체르니 문하 피아니스트들의 힘찬 연주에 익숙해 있던 청중들에게 그의 주법은 어딘지 부족해 보였다. 바르샤바의 11월 봉기 소식이 그곳 사람들에게 불러일으킨 폴란드인에 대한 적개심을 감안하면, 그런 비판은 당치 않은 편견으로 흘려들어도 좋았을지 모른다. 그러나 그런 상황을 감안한다 해도 그 지적에 포함된 부정하기 힘든 진실에 대해서는 못 들은 척할 수 없었다.

쇼팽은 현재 당연한 것으로 받아들여지고 있는 대(大)회장에서의 연주회에는 자신의 주법이 근본적으로 어울리지 않는다는 사실을 자각하고 있었다. 그러나 회장의 규모에 맞추어 보다 강렬하고 커다란 소리로 연주하는 것은 그의 신념이 허락하지 않았다. 리스트의 연주에는 물론 경탄했다. 그러나 피아노라는 악기는 결코 그런 식으로 다루어서는 안 된다는 것이 그의 지론이었다. 피아노는 좀더 경묘하고 우아하며, 때로는 머뭇거리고 때로는 애매하게, 노래처럼 부드럽고 섬세한 표현의 가능성을 가진 악기일 터였다. 그가 원한 것은 노동자와 같은 튼튼한 양팔로 쌓아올리는 웅장한 가람(伽藍) 같은 소리가 아니라, 보석 장인이 핀셋과 같은 민감한 손놀림으로 건져올리는 정치한 음의 연속이었다. 청중을 선동하고 그들의 무수한 환성을 하나의 거대한 흥분으로 엮어올리는 그런 연주가 아니라, 피아노 가까이에 둘러선 다정한 친구들의 가슴속에 깃든, 스스로도 분명히 알지 못하는 비밀을 가만히 건드려 자연스럽게 무언의 고백을 이끌어내는 듯한 연주였다. 무엇보다도 피아노라는 악기의 음색이 어떤 주법이 옳은지를 의심할 여지 없이 판정해주고 있지 않은가? 저마다 생각이 다른 것은 어느 정도 양보할 수 있지만, 건반을 지나치게 세게 두드릴 때 나는, 맹견이 바로 곁에서 울부짖는 듯한 음향만은 도저히 참을 수 없었다. 그것은 마치 손톱으로 유리를 긁어대는 소리처럼 그의 신경을 거슬렀다. 어떻게 그런 소리를 듣고도 태연하게 앉아 있을 수 있단 말인가? 그런 생각은 파리에 와서 플레옐 사의 피아노를 애용하면서부터 더욱 확고해졌다. 만약 피아노가 대회장에서의 대음량 연주에 견딜 수 있게 만들어진 악기라면 그도 리스트 같은 연주 방법에 관대했을지도 모른다. 그러나 속삭이듯 이야기하면 비길 데 없는 미성을 들려줄 수 있는 사람이 천 명을 상대로 쉰 목소리로 연설을 하면 딱하고 고통스럽게 느껴지는 것처럼, 굳이 음색을 희생하면서까지 악기의 용법을 확장하는 것은 그로서는 도저히 받아들일 수 없는 난폭하고 경박한 시도로 여겨졌다.

빈에서 그의 내부에 생긴 두려움과 고집의 기묘한 혼합물은 파리에서의 성공 이후 날이 갈수록 높아지는 자신감으로 인해 한층 견고해졌다. 그에게 용기를 준 것은 동시대의 재능 있는 예술가들이 모두 그의 연주에 이해를 표명해주었다는 점이었다. 가장 먼저 그의 연주의 비범함을 발견하고 찬사를 보낸 이들은, 질투와 경쟁심으로 부당하리만큼 신랄한 비판을 가해도 당연했을 신진 음악가들이었다. 빈의 청중들은 전통적인 피아노 주법과 다른 면들을 난점으로 지목했지만, 그들은 거기서 오히려 그 재능의 신선함을 발견했다. 쇼팽은 그러한 주위의 평가를 살롱이라는 연주 장소의 문제라고 생각했다. 자신의 연주는 조금만 귀를 기울이면 무음에 가까운 정도의 미약한 소리까지도 들을 수 있는 작고 조용한 장소에서만 진가를 발휘하는 것이었다. 곳곳의 살롱에서 피로(披露)했던 연주는 충분히 만족스러웠다. 자신이 연주하고자 한 대로 연주했고, 들어주기를 바라는 대로 들어주었다. 이제 와서 왜 고통을 감내하면서까지 굳이 연주회 따위를 열어야만 한단 말인가?

쇼팽의 연주회 혐오증이 널리 알려지자 그의 살롱 연주는 한층 더 높은 가치를 가지게 되었다. 늘 파리만 날리던 한산한 살롱도 그가 방문한다는 소문이 나기만 하면 사방에서 손님들이 밀려들었다. 사람들은 저마다 자신의 생각대로 그의 음악을 즐겼다. 위고나 뒤마 같은 낭만주의 문인들은 쇼팽이야말로 음악에서 낭만주의를 체현한 인물이라며 절찬을 아끼지 않았다. 미츠키에비치나 비트비츠키 같은 폴란드 망명자들은 쇼팽의 피와 살 속에 배어든 폴란드 문화를 느끼며 망향의 마음을 새롭게 다졌다. 쇼세 당탱에서 시대의 봄을 구가하고 있는 신흥 부르주아들은 그 신선한 화성을 활기에 가득 찬 그들의 살롱을 치장하기에 꼭 어울리는 당대의 유행으로 여기며 크게 환영했다. 포부르 생 토노레의 각국 대사들에게는, 조국 이탈리아를 오스트리아의 지배에서 해방시키기 위해 전쟁에 투신했다가 결국 망명의 길을 택할 수밖에 없었던 재기 넘치는 미모의 여걸 크리스티나 벨조이오소 대공비의 살롱에서 망국민의 상징으로 세상의 동정을 한 몸에 받는 폴란드인 쇼팽이 조국의 풍요로운 문화적 전통을 생생하게 담아낸 음악을 연주한 것은 그야말로 하나의 아름다운 사건이었다. 포부르 생 제르맹의 보수적인 귀족들조차 그 음악의 대담함을 꺼리지 않고, 오히려 거기에 감도는 기품과 신중함이 현역 시절을 마치고 지금은 우아함을 지키는 것만을 소일거리로 삼고 있는 자신들의 생활과 잘 어울린다고 느꼈다. 또한 마레의 엄숙하고 검약적인 살롱에서도 쇼팽의 방문은 잠깐 동안의 화사함을 선사해주는 것이었다.

쇼팽은 곧 파리 생활의 요령을 터득하여, 마음에 드는 몇몇 살롱 이외에는 거의 모습을 드러내지 않게 되었다. 그를 종종 연주회장으로 불러내던 리스트와의 우정도 각자의 연인이던 상드 부인과 마리 다구 백작 부인의 사이가 틀어지면서 흐지부지되어버려, 결국 쇼팽의 연주는 부유층이나 소수의 몇몇 지인들만이 누릴 수 있는 특권적인 오락으로 여겨지게 되었다.

사람들은 그 아름다움과 희소성의 관계를 즐겨 보석에 빗대곤 했다. 어떤 이들은 그것이 아름답기 때문에 숙명적으로 희소한 것이라고 생각했다. 또 어떤 이들은 반대로 희소하기 때문에 아름다운 것이라고 생각했다. 그리고 보석에 대한 두 가지의 동경과 마찬가지로, 전자의 대부분을 차지하는 여자들은 자기 자신이 미의 희소성이라는 가치를 가지기를 소망했고, 후자의 대부분을 차지하는 남자들은 희소한 아름다움에 자신의 지위가 어울리기를 원했다.

이번에 쇼팽을 다시 연주회 무대로 불러내려는 생각을 한 사람은 그 전해 여름 이후로 그의 공허한 마음을 풀어주는 데 한 몫을 해왔던 궁정 음악감독 페르튀 백작, 함부르크 출신의 은행가 오귀스트 레오, 그리고 작센 공국 대사관의 비서이면서 와인 판매상을 겸하던 토마스 알브레히트였다. 그들 세 사람은 결코 만족하지 못한 청중은 아니었다. 쇼팽이 연주회와는 거리를 두고 있던 최근 육 년 동안, 그들은 말하자면 그의 연주를 과점할 수 있었던 행복한 소수자로서 항상 세간의 선망의 눈초리를 받아왔다. 그런데도 그들이 굳이 그에게 공적인 연주회를 권한 것은 그것이 다른 누구도 아닌 쇼팽 자신을 위해 도움이 될 것이라고 생각했기 때문이었다.

그 무렵 쇼팽이 상드 부인과의 이별의 고통에 괴로워하고 있다는 것은 모두가 알고 있는 사실이었다. 애써 아무렇지도 않은 척하고 있었지만, 문득 긴장이 풀릴 때면 그런 노력을 배반하듯이 적막의 그림자가 그의 얼굴을 스치고 지나갔다. 그리고 다음 순간에는, 부주의하게 사람들 앞에서 본심을 드러내고 말았다는 당혹감에 급히 다시 웃음을 지으려 애쓰는 그의 초조한 모습을 목격해야만 했다. 친구들은 그가 잠시만이라도 향락에 열중해 모든 것을 잊을 수 있기를 바라며 저마다 다양한 취향으로 모임을 마련해 그를 초대했다. 그도 기꺼이 응했다. 그러나 그것이 한편으로는, 그들이 동시대인이라는 것을 진심으로 자랑스럽게 여기는 이 불세출의 음악가의 천재성을 헛되이 마모시키는 일인 것만 같아 왠지 꺼림칙한 느낌을 지울 수 없었다. 그의 체력은 눈에 띄게 쇠약해지고 있었다. 사람들은 그에게 남겨진 시간이 길지 않다는 것을 암묵 속에서 서로 확인했다. 그를 진실로 다시 일어서게 할 수 있는 것은 그런 공허한 모임이 아니라 단지 음악뿐일 것이었다. 쇼팽이 다시 자신의 손으로 올림 바장조의 뱃노래와 같은, 바단조의 〈환상곡〉과 같은 눈부신 걸작을 만들어낼 수 있었다면, 그 발칙한 여자와의 사위스러운 기억 따위가 한없이 그의 마음을 어지럽히고 있지는 않았을 것이었다. 그들은 연말에 차르토리스키 대공이 개최한 오텔 랑베르에서의 연례 무도회에서 쇼팽이 참가자들 모두가 놀랄 만큼 장

시간에 걸쳐 일심불란하게 왈츠 반주를 연주했다는 이야기를 듣고, 친구로서 자신들이 해야 할 일이 무엇인지 더욱더 강한 확신을 얻었다. 그 시작이 바로 그가 연주회를 열도록 설득하는 일이었다.

쇼팽이 대중에게 열렬한 환영을 받으리라는 것은 의심할 여지가 없었다. 그는 그 기대에 어긋나지 않게 이 세상에 다시없을 완벽한 연주를 들려주리라. 무대 뒤는 꽃다발로 넘치고, 감동의 눈물로 화장을 망친 부인들이 앞다투어 몰려들어 채 열기가 가시지 않은 그의 두 손을 잡아보려 애쓰리라. 신문과 잡지마다 화려한 경악과 찬탄의 말들이 약동하리라. 그는 지금까지 끝내 극복하지 못했던 연주회라는 난관을 극복함으로써 그의 인생의 난관까지도 극복해내리라. 나아가 그 거액의 보수는 그를 레슨 학생들로부터 해방시키고 다시금 작곡에 전념할 수 있게 해주리라. 직접 생활에 도움을 주는 것은 언제라도 가능했다. 극구 사양하는 그에게 당분간 작곡에 전념하도록 억지로 돈을 쥐여줄 수도 있었다. 그러나 지금은 그 스스로의 연주를 통해 돈을 벌 필요가 있었다. 자신이 번 돈으로 생활을 꾸려나가고 작곡에 힘을 기울여, 상드 부인이 곁에 없으면 짧은 마주르카 한 곡도 완성하지 못한다는 근거 없는 절망에서 벗어나야 하는 것이다. 그것은 곧 음악가로서만이 아니라 한 인간으로서 쇼팽의 재기에 반드시 필요한 자신감이 될 터였다.

이러한 계획을 실행에 옮기는 데 그들만큼 적합한 위치에 있는 이들도 없었다. 그들이 조금만 더 쇼팽과 소원한 사이였다면 그는 그런 계획을 늘 그렇듯 애매한 웃음으로 흘려들었을 것이었다. 반대로 그지마와 백작이나 프랑숌처럼 쇼팽과 조금 더 친밀한 사이였다면 서로의 마음속을 훤히 아는 탓에 도리어 그런 대담한 제안을 하기가 망설여졌을 것이었다.

그들의 계획은 곧바로 악기상 카미유 플레옐의 염원과 결합했다. 플레옐은 자신의 회사 살롱에서 쇼팽의 연주회를 열고 싶다고 오래 전부터 입버릇처럼 제안해왔지만, 벌써 육 년째 한 번도 시원한 대답을 듣지 못하고 있었다. 결국 그로서는 이제 쇼팽의 무거운 몸을 움직일 만한 어떠한 방법도 없었다.

"연주회에서 진정한 음악을 듣는다는 건 불가능합니다. 예술에 있어서의 최고의 미를 연주회장에서 듣겠다는 것 자체가 애초에 잘못된 생각이지요."

그것이 쇼팽의 입버릇이었다. 그래서 최근에는 반쯤 체념하고 그 실현을 몽상만 하고 있는 것에 익숙해져 있던 플레옐은 레오 일행의 제언에 큰 관심을 보였다. 그들의 배려 넘치는 계획에는 쇼팽이 결코 고개를 저을 수 없는 어떤 순수한 강인함이 있었다. 쇼팽은 틀림없이 그들의 마음까지 포함하여 이 계획을 받아들일 수밖에 없을 것이다. 그들은 어디까지나 쇼팽을 위해 이 연주회의 실현을 바라는 것이다. 결코 자신들을 위해서가 아니다. 어떻게 그런 진실한 제안을 차갑게 물리칠 수 있을 것인가? 지금껏 그들의 후의에 기대온 사람은 바로 쇼팽 자신이었다. 그것을 원했던 것도 쇼팽 자신이었다. 그들은 거기에 충실히 응해왔다. 그런데 그들이 그가 원하는 것보다 조금 더 두터운 후의를 보인다고 해서, 혹은 그 후의가 그가 원하던 것과 조금 다른 것이라고 해서 어떻게 그것을 단지 그런 이유만으로 거절할 수 있을 것인가. 그리 내키지 않더라도 쇼팽이라면 그 제안을 받아들일 것이다. 우정에 당연히 따르게 마련인, 피할 수 없는 의무로서. ……그렇게 생각할 것이 틀림없었다. 쇼팽은 그런 사람이었다.

플레옐은 그가 적극적으로 찬성할 것인지 어떤지에 대해서는 생각하지 않을 작정이었다. 애초에 있을 수 없는 일이었다. 반강제로 밀어붙인다 해도 결과적으로 그에게 이익이 되기만 한다면 결코 비난받을 일은 아닐 것이었다. 물론 자신에게도 이익은 있었다. 입장권 판매에서 기대되는 수익은 말할 것도 없고, 쇼팽이 연주한다는 것만으로도 그 광고 효과는 측정할 수 없었다. 신의 경지에까지 이르렀다는 그 연주에 모두가 마음을 빼앗길 것이다. 그리고 그 연주의 요구에 완벽하게 부응하는 악기가 다름아닌 플레옐 사의 피아노인 것이다! 이제 어느 누가 에라르 사의 피아노 따위를 사려고 할 것인가. 쇼팽의 곡을 쇼팽처럼 연주하고 싶다는 간절한 바람을 이루어줄 악기는 오직 플레옐밖에 없다. 그 외에는 결코 있을 수 없다. 그날 연주회장에 모이는 이들은 피아노를 구입하고 소유하기에 걸맞은 지위의 사람들이다. 그들에게 다시 한번 플레옐 사의 피아노가 우수하다는 것을 증명하는 데 있어 쇼팽 이상의 적임자가 또 어디 있을 것인가.

플레옐은 페르튀 백작 일행의 의견에 깊은 관심을 나타내며 자신도 반드시 협력하게 해달라고 부탁했다. 동시에 그들의 계획의 미비점도 지적하면서 그를 무대에 서게 하려면 실무적으로 좀더 빈틈없는 준비가 필요하다고 주장했다. 그는 그 임무에 자신만한 적임자는 없을 거라고 자신 있게 나섰다. 자신은 프레데리크 쇼팽이라는 지극히 섬세한 음악가의 모든 것을 알고 있고, 쇼팽 역시 자신을 믿고 스스럼없이 자신의 요구를 밝힐 수 있다. 게다가 그런 이상적인 관계를 유지하면서도 현실적으로 그와 그의 연주를 열망하는 많은 이들의 요구에 충분히 응할 수 있는 자본력과 경험을 겸비하고 있다. 그런 사람은 아무리 프랑스가 넓다 해도 자신밖에 없다는 것이 플레옐의 확신에 찬 단언이었다. 먼저 이야기를 꺼낸 세 사람은 플레옐의 자신만만함 가운데 그의 왕성한 상혼이 보이는 것 같아 어이없다기보다 적잖이 감탄도 했지만, 객관적으로 보자면 전혀 근거 없는 이야기는 아니어서 결국 퍽 미덥게 여겨졌다.

그들 네 사람이 함께 쇼팽의 자택을 방문한 날 아침, 그는 처음에는 그 당돌한 제안을 전혀 받아들이려 하지 않았다. 탐색하듯 조심스럽게 꺼낸 말을 그는 늘 하던 대로 그저 농담처럼 흘려듣고는 화제를 다른 곳으로 돌리려 했다. 상대의 배려에 정중하게 감사하면서 별로 내키지 않는다는 뜻을 넌지시 전한다. 평소 같으면 그 정도에서 곧장 그들의 낙담하는 얼굴을 볼 수 있었다. 그런데 그날은 그렇지 않았다. 그들은 포기하지 않고 끈질기게 물고 늘어졌다. 플레옐만이 아니었다. 페르튀 백작도, 레오와 알브레히트도 마찬가지였다. 그 집요함에 쇼팽은 당황했다. 그는 그들이 자신을 설득하기 위해 사용하는 다소 모호한 말들보다 오히려 그 열의를 통해서 이 계획이 어디에서 비롯된 것인지 알 수 있었다. 그들은 얼마나 많은 사람들이 프레데리크 쇼팽을 원하는지 입을 모아 말했다. 연주회의 수익이 가져다줄 경제적인 안정이 그가 편안히 작곡에 전념할 수 있는 이상적인 환경을 만들어줄 것이라는 말도 덧붙였다. 쇼팽은, 자신이 돌부리에 걸려 넘어진 채 울먹이면서 누군가의 도움만 기다리고 일어나지 않는 어린아이처럼, 이제 기다리기에도 지친 그들이 다정하게 내밀어주는 손을 어서 잡아야 할 상황이라는 것을 깨달았다. 걱정하지 않아도 일으켜주겠다. 자신감을 잃어서는 안 된다. 모두가 당신이라는 인간의 가치를 알고 있다. 그것을 실감하기 위해서는 청중 앞에 나서서 그들의 열광적인 박수를 받는 것이 제일이다. 당신은 그것을 냉정하게 받아들이며 믿으려 하지 않을지도 모른다. 그러나 그것이면 충분하다. 중요한 건 당신에 대한 사람들의 기대를 목도하는 것이다. 당신은 그들의 부박한 열광을 경멸할 것이다. 그러나, 그럼에도 불구하고 자신이 부당하게 높은 명성을 누린다는 사실이 고통스러워서 스스로 그에 걸맞은 존재일 수 있기를 바랄 것이다. 당신만이 아니다. 이 현대라는 시대에는 누구나 대중의 환상에 충실할 것을 강요당하고 있다. 제멋대로 높아져버린 명성이라 해도 그 과잉한 만큼의 책임은 당신이 져야만 한다. 그것을 게을리하면 당신은 실력도 없으면서 과대평가된 파렴치한 음악가라는 오명을 뒤집어쓰게 된다. 그런 일은 다른 누구보다 당신 스스로가 용서하지 못할 것이다. 지금의 당신은 음악가로서의 존경에 걸맞은 삶을 살고 있지 않다. 그것은 당신도 잘 알고 있을 것이다. 그런데도 사람들은 당신에게 넘치는 존경을 바치려 하고 있다. 그런 상황을 과연 당신이 견뎌낼 수 있을까? 당신은 그들에게, 그리고 무엇보다 당신 스스로에게 그 재능을 증명해야만 한다. 연주회는 그 가장 좋은 기회가 되어줄 것이다. 당신은 거기서 얻은 보수의 혜택 속에서 고독을 견디며 새로운 곡을 써야 한다. 상드 부인이 없는, 노앙에서 멀리 떨어진 이곳 파리 한복판의 바로 이 방에서 말이다. 그리고 그렇게 완성된 곡이야말로 당신에게 자신의 참된 인간적 가치를 일러줄 것이다……

그들의 설득에 귀를 기울일수록 쇼팽은 그들이 실제로 입에 담는 말과는 달리 그런 소리만 들려오는 것 같아 답답해졌다. 그것이 그들의 본심이었다. 이 계획 모두가 그들의 자비로운 마음의 표현인 것이다. 어떻게 그것을 거절할 수 있을까. 그들은 오랫동안 기다려주었다. 아무 말 없이 그저 지켜봐주었다. 그리고 그 동안 자신은 결코 일어서려 하지 않았다. 지금 내밀어준 저 손길을 거절하는 것은 무엇을 의미할 것인가? 그것은 자신을 끝내 구원할 길 없는 어리석음으로 몰아넣는 일이 아닐까. 스스로 일어나지 않아 도와주러 온 것이다. 그런데도 마냥 떼를 쓰는 아이처럼 그 손길을 무시하고 그대로 쓰러져 있겠다는 건가. 아니면 고집스럽게 그 손길을 뿌리치며 어떻게든 혼자 일어서 보겠다는 건가.

"아니, 그렇게 심각하게 고민할 거 없어요. 간단한 일 아닌가요? 그냥 앉아서 연주만 하면 돼요!"

플레옐은 우스갯소리처럼 그렇게 말했다. 쇼팽의 자존심은 어딘가 자꾸만 도망갈 길을 찾고 있었다. 타산이 없는 순수한 우정의 말에 몸을 맡기기보다, 실질적으로 큰 이익을 얻게 될 플레옐의 속이 보이는 말을 못 이기는 척 따르는 것이 더 쉬울 것 같았다. 형편이 훨씬 나아지리라는 것은 사실이었다. 편벽한 고집을 버리고 단순한 작업 의뢰로 생각한다면 한 사람의 음악가로서 그에 상응하는 태도를 취할 수도 있을 터였다. 그들에게 그 이상의 의도가 있다면 그것은 어디까지나 결과로서 보답을 받을 것이다. 그리고 자신은 그 결과를 어느 정도 예상하면서 그들의 소박한 친애에 대한 배려로서 그들이 바라는 대답을 해주는 것이다.

오랜 설득 끝에 결국 쇼팽은 어쩔 수 없다는 듯 그들의 제안을 승낙했다. 그것이 가장 자연스러운 형태의 협상이었다. 플레옐은 쇼팽이 고개를 가로젓지 않도록 모든 조건들에 대해 전면적인 양보의 자세를 보였다. 쇼팽은 스스로 짊어져야 하는 고통을 그나마 최소화하기 위해 모든 조건의 실현을 그에게 약속받았다. 플레옐은 일견 무모하기까지 한 그의 다양한 요구에도 지극히 관대했다. 포스터의 제작이나 광고는 일절 금지되었다. 입장권의 일반 판매는커녕 일정한 초대자 범위를 설정하는 것조차 인정하지 않았다. 입장 희망자는 그들의 모든 인맥을 이용하여 관계자와의 접점을 찾아내야만 비로소 좌석을 신청할 수 있었고, 그렇게 작성된 명부도 쇼팽 본인의 꼼꼼한 점검을 거쳐야 했다. 그가 알지 못하는 낯선 사람의 이름은 신분이 확실하지 않은 한 모두 제외될 예정이었다. 공개적인 연주회라 해도 일반 시민이 표를 구한다는 것은 실질적으로는 거의 불가능했다.

쇼팽 본인조차 상당히 무리한 요구라고 생각해 상대가 그만 포기하지 않을까 하는 기대마저 품었던 이런 조건들에 플레옐이 전혀 동요하지 않은 것은, 어떤 악조건에서도 프레데리크 쇼팽이 연주회를 연다고만 하면 회장은 반드시 입추의 여지 없이 사람들로 가득 찰 것이라는 확신이 있었기 때문이었다.

그의 예측은 놀랄 만큼 빨리 그 정확함이 증명되었다. 쇼팽이 플레옐 사의 살롱에서 연주회를 연다는 소문이 다른 사람도 아닌 카미유 플레옐 본인의 입에 의해 보증되고 광고되자, 겨우 삼백 매밖에 준비하지 않은 한 장에 이십 프랑이나 되는 값비싼 표를 구하기 위해 여기저기에서 문의가 쇄도했다. 예약자 명부는 파리 사교계에 얼굴을 내밀고자 하는 이들이 가장 훌륭한 안내서로 참고할 수 있을 만큼 핵심적인 인물들의 이름으로 화려하게 장식되었다. 페르튀 백작을 통해 이 이야기를 들은 궁정에서도, 지난해 말 사망한 왕의 누이 아들래드 부인의 상이 아직 끝나지 않은 터라 아무도 출석하지 못할 상황인데도 불구하고 국왕, 왕비, 오를레앙 대공비, 몽팡시에 대공에게 각각 열 장씩 표를 확보해달라는 연락이 들어왔다. 쇼팽과 각별한 친분이 있는 이들은 가장 먼저 표를 손에 쥘 수 있었지만, 몇 번 얼굴을 본 적이 있는 정도의 지인들은 예약이 받아들여질지 어떨지 불확실했다. 그 밖의 사람들은 쇼팽이 명부에서 이름을 삭제하고 말 것도 없이 거의 희망이 없었다.

명부는 연주회 이 주일 전에 이미 가득 채워졌지만 예약 신청은 끊이지 않았다. 신문에서도 기사로 다루었고, 나아가 그가 이번 연주회를 끝으로 한동안 파리를 떠나게 될 것 같다는 최근의 소문까지 게재되자, 프레스트와 낭트 같은 지방 도시에서까지 빈 좌석을 구하는 편지가 플레옐 사와 슐르생제 사 앞으로 들이닥쳤다.

플레옐은 예상을 뛰어넘는 엄청난 반응에 완전히 흥분하여 스카르 도를레앙에 수없이 찾아와, 연습에 집중하지 못하고 있는 쇼팽을 격려했다. 준비에 만전을 기할 수 있도록 본 무대에서 사용할 피아노를 자택으로 옮겨다주기까지 했다. 쇼팽은 플레옐이 자신의 의욕을 북돋워주기 위해 한껏 과장해서 이야기한다고 생각하면서도, 세간의 열광에는 역시 놀라움을 금할 수 없었다. 신바람이 나서 벌써 두번째 연주회 계획까지 세우려는 플레옐에게 "지금은 도저히 그런 것까지 생각할 여유가 없어요"라며 찬물을 끼얹었다. 플레옐은 쇼팽다운 그런 반응이 재미있어서 그때마다 "하하, 그런 소리 하지 말아요. 당신도 이번 연주회가 대성공을 거두고 나면 분명 생각이 달라질걸요" 하고 웃어댔다.

2

연주회 당일인 2월 16일, 로슈슈아르 가 20번지 플레옐 사 건물 앞은 마치 파리의 고급마차 전시장처럼 저녁 이른 시간부터 수많은 마차들이 몰려들어 좁은 거리를 점거하고 있었다.

삼층 건물의 창이란 창은 모두 덧문이 열려 거리에 가득한 마차의 등불 위로 새로이 은은한 빛을 뿌리고 추위 속에서 오고가는 사람들의 얼굴을 비추고 있었다. 사정을 모르는 이들은 무슨 일인가 싶어 발을 멈추고 주위를 둘러보았지만 연주회라면 으레 나붙는 포스터도 그날은 이상하게 한 장도 보이지 않았다. 이토록 엄청난 비밀, 이토록 화려하게 이목을 끄는 비밀은 없었다. 마차에서 내리는 사람들은 그 비밀의 명목을 한 장의 종이의 형태로 저마다 자랑스럽게 손에 들고 있었다. 그것은 열쇠처럼 확실하게 비밀에 접근하는 수단임을 나타내는 것이며, 또한 열쇠처럼 견고하게 어떠한 복제도 거부하는 것이었다.

연주회가 열리는 시간은 여덟시 반이었다. 리허설을 마친 살롱에는 이미 사람들의 열기가 가득했지만 객석에 앉은 이들은 아직 절반 정도였고, 많은 이들은 촘촘하게 놓인 좌석을 떠나 여기저기 서서 대화를 나누거나 유리잔을 들고 오늘에야 처음으로 손에 쥔 프로그램을 읽어보기도 했다. 그 모습이 마치 화단 울타리를 넘어갈 만큼 무성하게 피어난 꽃무더기 같았다. 예약자 명부를 채운 호화찬란한 면면들은 그렇게 도감의 목차에 나열된 꽃들의 이름이 정원 곳곳에서 확인되듯이 이곳저곳에서 실제 모습을 드러냈다. 언뜻 보기에는 잡다하게 뒤섞인 것 같지만, 그들이 속한 과나 종에 따라 지나칠 만큼 엄격한 정연함으로 구별되어 있었다.

무대 위에는 부인들이 차려입은 색색의 옷과 경쟁이라도 하듯 아름답게 장식된 생화들이 그 선명한 화려함을 과시하고 있었다. 쇼팽의 긴장을 조금이라도 풀어주기 위해 플레옐이 준비한 것이었다. 회장 안에 넘치는 그 분방한 색채들은 남자들의 검은색 연미복과 무대 위에 자리한 짙은 나무색의 피아노, 그리고 왼쪽 벽에 연이어진 창문 바깥의 어두운 밤의 빛깔과 대조되어 한층 두드러져 보였다. 창문 맞은편 벽에는 그런 실내의 모습을 저 멀리까지 반복해서 보여주는 거울이 몇 장이나 이어졌고, 천장에는 둥글게 부풀어오른 원추형의 거대한 샹들리에가 일렬종대로 매달려 있었다.

마를리아니 백작 부인과 함께 회장에 도착한 들라크루아는, 두세 명의 손님과 바쁜 인사를 나누고 무대 뒤 대기실로 돌아가려는 참이던 오귀스트 프랑숌을 알아보고 인사를 건넸다.

"아, 안녕하세요. 지금 도착하셨습니까?"

"예, 지금 막. 바쁘신 모양이군요."

"아뇨……" 프랑숌은 주위를 확인하듯 한 바퀴 둘러보고는, "……가만히 있으면 금방 사람들이 둘러싸고 쇼팽의 상태가 어떠냐고 질문해대는 바람에 그냥 바쁜 척하는 거랍니다"라고 장난스럽게 작은 소리로 속삭였다.

"어머, 그러잖아도 제가 지금 막 당신이 거북해하시는 그 질문을 드리려던 참이었는데."

마를리아니 백작 부인이 웃었다. 프랑숌은 눈을 동그랗게 뜨고 눈꺼풀 안쪽을 더듬는 것처럼 눈동자를 좌우로 굴리고는 쓴웃음을 지으며 "아, 저런, 죄송합니다…… 네, 쇼팽은 괜찮습니다. 걱정하실 필요 없습니다"라고 대답했다. 그리고 좀더 자세한 이야기를 듣고 싶어하는 표정인 그녀를 위해 곧바로 말을 이었다.

"리허설은 훌륭하게 마쳤습니다. 평소처럼 매력적인 쇼팽이었지요."

"그래요, 그 말을 들으니 안심이네요. 그분, 독감에 걸려서 내내 누워 계셨지요?"

"예, 그렇지만 이제 회복된 것 같습니다."

"며칠 전에 뵈었을 때만 해도 전에 없이 연주 실력이 뚝 떨어졌노라고 나를 은근히 위협하시더군요. 연주회 당일에 큰눈이라도 내려서 다들 오지 못했으면 좋겠다고 불길하기 짝이 없는 소리까지 하시고."

"그런데 유감스럽게도 눈이 내리지 않았군요."

"하지만 눈이 아무리 많이 내려도 다들 참석하셨을걸요?"

"물론이지요."

"나한테도 처음에는 오지 말라더군요. 좋은 연주를 할 수 있을 리 없다면서." 들라크루아가 웃으며 말했다.

"다른 분들께도 모두 그렇게 말했어요. 저야 공연을 해야 하니까 차마 오지 말라고는 못 했지만요."

"어머, 당신이 안 오신다고 했으면 그분은 틀림없이 손님들을 그냥 놔두고 돌아가실 텐데요!"

"정말로 당신을 든든하게 여기니까요."

"아뇨, 그렇게 대단한 역할도 못하는걸요. ……하긴, 이래저래 일이 많았던 탓에 오랫동안 제대로 연습을 못했으니까 그게 마음에 걸렸겠죠…… 그렇지만 제가 듣기로는 아무 문제도 없었습니다."

"그래요?"

"예, 연주회 일정이 정해진 뒤에는 의무감에서 일단 연습은 한다면서 억지로 피아노 앞에 앉아 있었는데, 그래도 요즘 들어서는 꽤 열심히 했던 것 같아요."

"그래요? 지금 잠시 뵐 수는 없을까요?" 마를리아니 백작 부인이 물었다.

“아, 지금은 좀……”

“역시 연주 직전이라 그렇겠지요.”

들라크루아는 난처한 표정으로 대답을 망설이는 프랑숌을 대신하여 말해주었다.

“예, 연주가 끝난 뒤에 만나시는 게 좋겠습니다.”

“그래요? ……유감이네요.”

마를리아니 백작 부인은 그렇게 말하며 들라크루아를 돌아보았다.

“유감스럽지만, 그렇게 하시죠.”

프랑숌은 낙담하는 그녀를 위해 다시 입을 열었다.

“게다가 지금은 몹시 바쁘답니다. 열두 벌이나 되는 연미복과 씨름을 하고 있거든요.”

“연미복?”

“예, 이번 연주회 때 입으려고 최신 유행의 연미복을 맞췄다는데, 연주회 직전에야 그 옷이 마음에 들지 않았는지 연미복을 열두 벌이나 들고 와서 이것도 아니다 저것도 아니다 하고 리허설 전부터 아주 난리예요.”

“어머, 그러니 저 같은 손님을 맞을 상황이 아니겠죠.”

“그런 노력의 결과였군요, 한치도 빈틈이 없는 그 멋진 모습이.”

“예, 저도 처음 봤습니다. 아주 진지한 표정으로 입었다 벗었다 하고 있으니, 왠지 웃음이 나와서……”

“그 얘기를 들으니 건강도 그리 나쁜 편은 아닌 모양이군요.”

"예, 걱정하실 것 없습니다. 그는…… 괜찮습니다."

프랑숌은 몇 번이나 고개를 주억거리고는 다시 한번 다짐이라도 하듯 "괜찮습니다"라고 중얼거렸다.

들라크루아는 그 말의 복잡하고도 함축성 짙은 여운을 민감하게 감지했다. 그리고 조용히 미소짓는 프랑숌을 바라보며 '이 사람은 정말 잘 알고 있구나. 쇼팽에 대해서도, 이번 연주회에 대해서도' 하고 생각했다.

그렇게 잠시 대화가 끊어진 참에 들라크루아는 같은 출연자인데도 쇼팽에게만 관심을 보인 것이 미안한 마음이 들어 그에게,

"당신은 어떤가요?" 하고 물었다.

프랑숌은 들라크루아의 그런 마음을 이해하고는,

"예, 저야 오늘은 그저 덤으로 따라나오는 사람이니까요"라며 싱긋 웃었다. "슬슬 준비해야 하니, 저도 이만 실례합니다. 하긴 의상이라고는 이것 한 벌밖에 없지만요. 연주 뒤에 다시 뵙지요."

"쇼팽 씨에게 안부 전해주시겠지요?"

마를리아니 백작 부인의 말에 프랑숌은,

"예, 물론 전해드리지요. 분명 기뻐할 겁니다"라고 답하고 그 자리를 떴다.

대기실로 향하며 프랑숌은 마음속으로 방금 자신이 입에 올렸던 "괜찮습니다"라는 말을 몇 번이나 되뇌었다.

쇼팽에게서 처음 이 연주회 이야기를 들었을 때 그는 기쁘게

응하면서도, 기획을 맡은 플레옐과 그 일행에게 일단 그 진의를 확인했다. 경우에 따라서는 그들의 얕은 배려가 자칫 쇼팽의 재기를 한층 더 곤란하게 만들 수도 있다는 우려의 마음을 전하고 싶었기 때문이었다. 연주회라도 열면 고민에 빠졌던 나날에서 헤어날 수 있을 것이라는 그들의 의도는 이해할 수 있었다. 그러나 과연 그렇게 단순한 일일까? 쇼팽은 자신을 질타하고 격려하는 우정을 남에게 바라는 사람이 아니었다. 그에 대해서는 누구보다 그 스스로가 잘 알고 있었다. 다 이해한다는 투의 오지랖 넓은 충고를 들으면, 자신도 알고 있다고 화를 내며 기껏 스스로 쌓아올린 회복의 과정까지 모두 쓸모없이 만들어버리는 것이 쇼팽이다. 그런데 타인이 들이미는 난폭한 치료법을 순순히 받아들이고, 그들의 소박한 의도대로 그 일을 계기로 재기를 한다…… 과연 가능할까? 그렇게 자존심 강한 쇼팽이?

쇼팽과 상드 부인이 헤어진 뒤, 프랑숌은 애초에 성장환경부터 사고방식까지 모든 점에서 물과 기름처럼 판이한 두 사람이 어떻게 구 년 동안 서로에 대한 애정을 잃지 않고 함께 생활할 수 있었는지에 대해 곰곰이 생각해보았다. 그것은 상드 부인이 쇼팽의 복잡하기 짝이 없는 변화에 교묘하게 대처하는 방법을 알고 있었기 때문이었다. 사실 그녀가 그를 이해하는 데 있어 어느 누구보다 뛰어난 것은 아니었다. 단지 이해할 수 없는 그를 자기 하고 싶은 대로 놔두는 방법을 알고 있었던 것뿐이었다. 쇼팽이 완전히 연주회에서 멀어진 것은 그녀를 만나고 얼마

되지 않아서였다. 가장 사랑하는 사람이 그것을 인정해주었다. 주변 사람들이 아무리 그의 솜씨를 아까워해도 그녀는 이따금 다정하게 놀리기만 할 뿐 결코 나무라지도 무리하게 강요하지도 않았다.

그 결과가 어떤 것이었던가. 공개된 장소에서 쇼팽의 연주를 들을 기회는 완전히 사라지고 말았다. 그러나 그는 그 사이에 그 손실을 보충하고도 남을 만큼, 그중 단 한 곡만으로도 음악사상 불후의 명성을 얻을 만한 걸작을 몇십 편이나 써냈다. 음악가로서 그보다 큰 행복은 없었다. 그는 다른 누구보다 자신의 재능을 정확하게 이해했고 자신이 무엇을 해야 하는지 잘 알고 있었다. 연주자로서의 그의 재능을 아까워하는 마음은 프랑숌도 다른 사람들과 마찬가지였다. 이따금 지나가는 말로 다시 한 번 청중 앞에 서보라고 권하기도 했다. 그러나 결국은 본인 스스로 결단을 내려야 할 문제였다. 그럴 마음이 없는 사람을 억지로 연주회장에 떠메고 가본들 무슨 의미가 있을 것인가? 적어도 쇼팽 자신에게는 아무런 득도 없을 것이 분명했다.

좀더 기다려줘야 하지 않을까. 그것이 프랑숌의 생각이었다. 건강도 좋지 않은 지금 무리하게 몰아세운들 그의 무엇이 변할 것인가. 사람들은 기껏 실연의 아픔 정도로 무얼 그리 괴로워하느냐고 쉽게 생각할 것이다. 사람들 앞에 나서서 터질 듯한 박수갈채를 받으면 자신이 해야 할 일이 무엇인지 그도 분명 스스로 깨달을 것이라고. 그러나 그런 단순한 자성이라면 그도 이미 지겨울 만큼 반복했을 것이다. 뭔가 다른 방법은 없을까? 그의 체면을 지켜주면서도 그가 진실한 음악가로서 제자리로 돌아갈 수 있게 하는 방법은? 섣부른 계획은 공연히 일을 악화시킬 수 있다. 도리어 회복의 기회를 박탈하게 될지도 모른다. 사람들은 쇼팽이라는 인간의 비할 바 없는 섬세함에 좀더 주의를 기울여야 하지 않을까?

그렇게 생각했었다. 아니, 지금도 본심은 변함이 없다. 그러나 막상 연주회 날짜가 정해지고, 쇼팽이 매일같이 피아노 앞에 앉아 이전부터 수없이 극복하려고 애썼으나 좌절하고 말았던 그 불안과 다시 맞서려고 노력하는 모습을 본 프랑숌은, 반강제로 시작한 일이기는 하지만 어쨌건 거기에 그의 결단이 포함되어 있다는 것을 깨달았다. 어쩌면 그는 진부한 재기의 각본을 훌륭하게 연기함으로써 이 위기를 극복해보려는 것인지도 모른다. 그것을 깨달은 뒤로 프랑숌은 이번 연주회의 준비를 위해 몸을 아끼지 않고 협력해왔다. 그 또한 주어진 배역에 충실할 것을 스스로의 과제로 부과했다. 어떻게든 이번 연주회를 성공으로 이끌고 싶다. 오로지 그 마음 하나였다. 그라면, 프레데리크 쇼팽이라면 분명 가능하리라고 믿었다. 괜찮다고 믿었다……

대기실로 돌아가보니, 드디어 옷을 골라 입고 난로 옆에서 쇼콜라를 마시는 쇼팽과 그 곁에서 끊임없이 뭔가 말을 건네고 있는 제인 스털링 양의 모습이 눈에 들어왔다.

"결국 그 옷으로 결정했군."

프랑솜은 상의를 곁에 걸어놓고, 의자에 앉아 있는 쇼팽을 위아래로 쓰윽 훑어보고는 웃으며 말했다.

"그래. 어때, 좀 봐주겠나?"

쇼팽은 쇼콜라가 든 잔을 탁자에 내려놓고 자리에서 일어나 상의를 걸쳐입었다.

양 어깨의 품이 꼭 끼는 걸로 보아 이번에 새로 맞춘 옷 같았다.

"좋아, 굉장히. 아주 잘 어울리는데? 바지 선도 깔끔해. 역시 새로 맞춘 옷은 다르군."

"그래? 그렇다면 다행이군……"

거울에 비친 자신의 모습을 물끄러미 바라보며 쇼팽이 말했다.

"자네는 마음에 안 드나?"

"아니, 그렇지는 않은데…… 입던 옷이 아니라 그런지 좀 답답해서 말야."

"그래? 내가 보기에는 아주 잘 맞는 것 같은데…… 그렇지만 연주하기 힘들 정도라면 안 되지."

"아니, 그럴 정도는 아니야."

"마음에 걸리면 다른 것도 입어볼 텐가? 내가 봐주지."

프랑솜의 그 말에 스털링 양이 급히 끼어들었다.

"어머, 그런 말씀 마세요! 지금 겨우 결정한 참인걸요. 병상에서 일어나신 지 얼마 되지 않아서 그러잖아도 힘드실 텐데, 아무리 사용인이 도와줬다지만 열두 벌을 전부 입어보시다니, 정말 믿을 수가 없어요!"

"대단하군. 정말 다 입어봤어?"

프랑숌은 대기실 구석에 얌전히 걸려 있는 나머지 열한 벌의 연미복을 바라보며 눈을 둥그렇게 떴다.

"물론 입어봤지." 쇼팽은 놀라는 그의 모습이 재미있어서 일부러 의기양양하게 대답했다. "한바탕 난리를 치렀지. 덕분에 힘이 쭉 빠졌어."

"그런데 결국 처음에 입었던 것으로 결정했다?"

"응, 그래."

"정말 자네다운 이야기야."

"그래, 정말 나답지?" 쇼팽은 유쾌한 듯 미소지으며, "작곡도 마찬가지야. 열두 번이나 같은 소절을 고치고 또 고친 끝에 결국 처음에 쓴 것으로 돌아가곤 하거든."

"그렇게 해서 그렇게 훌륭한 곡이 만들어졌으니, 분명 오늘의 선택도 가장 올바른 선택일 거야."

"그렇게 생각하나? 듣고 보니 정말 그런 것 같군. 좋아, 이걸로 결정했어. 지금은 긴장해 있어서 어떤 옷을 입어도 답답하게 느껴지는 게지. 그런데 자네는 이렇게 비슷비슷한 옷들 중에서 내가 처음 입었던 옷을 용케도 알아보는군. 나도 뭐가 뭔지 뒤죽박죽일 지경인데 말야."

"그야 알아볼 수 있지. 올해 한창 유행하는 이 날씬한 선이 정말 훌륭한걸? 역시 최상품이라 그만한 가치가 있어."

"고마워. 일부러 맞춘 보람이 있었어."

"응, 정말. 이건 중요한 일이야. 오랜만의 연주회니까 더더욱 공백 기간이 느껴지지 않도록 최신 유행의 옷을 완벽하게 차려입고 나서서 역시 프레데리크 쇼팽이라는 생각이 들게 해야 해. 유행에 뒤떨어진 것을 입고 나가면 세상과 동떨어진 사람으로 여겨지기 십상이지."

"그렇군. 아닌게 아니라 다른 옷을 다 입어봤는데 짊이는 건 이 옷 하나뿐이었어. 전에는 좀 헐렁한 게 유행이었는데."

"응, 그랬지."

"그건 그것대로 바지 속에 속옷을 잔뜩 껴입을 수 있어서 추위를 타는 나한테는 제격이었는데……" 쇼팽은 그렇게 말하며 웃고는 상의를 입은 채 의자에 앉았다. 이어서 중얼거리듯이 "그래, 요즘 유행이라서 그랬군……" 하고 말했다. 그러고는 그 말의 의미를 얼른 이해할 수 없어 고개를 빼고 바라보는 두 사람에게 "아니, 입어보는 옷마다 왠지 헐렁하게 느껴졌거든. 전보다 여위었다는 건 나도 알지만, 이렇게 심하게 살이 빠졌나 하고 내심 놀랐어"라고 이번에는 애매한 웃음을 지어 보였다.

프랑숌은 그와 자주 만났던 터라 그런 변화를 깨닫지 못했지만, 듣고 보니 한창 때에 비해 무척 마른 것 같았다. 얼굴을 비스듬히 돌리면 광대뼈에서 턱까지의 선이 깎아낸 것처럼 움푹 파여 있었다. 그러나 프랑숌은 쇼팽이 그 변화를 착실하게 진행되는 불가역적인 것으로 생각할까 걱정되어,

"이제 막 병에서 회복되었으니 당연하지. 한두 해 지나서 마흔이 되면 자네도 로시니처럼 배에 불룩하게 살이 오를걸?" 하고 일부러 장난스럽게 대꾸했다.

쇼팽은 "그건 좀 곤란하지" 하고 흐뭇한 듯이 답했다. 그러나 스털링 양은 이 대화의 의미를 알지 못해 "어머, 쇼팽 씨는 절대로 그럴 리 없어요!" 하고 불쑥 큰 소리로 이의를 제기했다.

쇼팽은 그 **그럴 리 없**다는 말이 마음에 걸렸다. 곧 연주회가 시작될 시간이라며 그녀에게 자리를 피해줄 것을 정중하게 요청했다. 제1부가 끝난 뒤의 연주회장의 환기와, 휴식시간과 종연 뒤에 대기실을 지금처럼 따뜻하게 해줄 것을 다시 한번 확인하고는 문 앞까지 나가 그녀를 배웅했다.

문이 닫히자마자 쇼팽은 속이 시원하다는 듯 탄식과도 같은 쓴웃음을 흘렸다. 기껏 내 마음을 헤아려줬는데 그녀의 말 한마디에 쓸모없게 되어버렸다는 말을 하고 싶어하는 듯한 표정이었다. 프랑숌은 그런 표정을 일부러 알아차리지 못한 척했다. 거기에 똑같은 쓴웃음으로 응하는 것은, 자신이 쇼팽에게 한 말이 진심이 아니었다고 밝히는 것이나 마찬가지이기 때문이었다.

그는 쇼팽의 실망이 곧 연주 직전의 초조함으로 바뀌려는 것을 알아차리고 재빨리 아무렇지도 않은 척 말을 돌렸다.

"그런데 알라르 일행은?"

오늘 연주회에는 프랑숌 외에도 궁정 실내악단의 제1바이올리니스트이며 최근 바요의 뒤를 이어 콩세르바투아르의 교수가 된 델팽 알라르, 폴린 비아르도 부인의 친척인 소프라노 가수 안토니아 몰리나 데 멘디 양, 그리고 테너 가수 구스타브 히폴리트 로제가 함께 공연하기로 되어 있었다.

쇼팽은 상의에 주름이 가지 않도록 주의하며 다시 의자에 앉아 조금 전에 마시던 쇼콜라 잔을 들었다. 그러나 그새 미지근해졌는지 잠깐 입을 대보고는 다시 내려놓았다.

"새로 갖다달라고 할까?"

프랑숌이 그 모습을 보며 물었다.

"응? 아, 괜찮아."

쇼팽은 그의 자상한 배려에 감사하며 미소를 지었다.

"알라르 일행은…… 내가 옷을 갈아입기 전에 여기서 이야기를 했었는데, 지금은 어디 있는지 모르겠어. 나를 혼자 있게 해주려고 자리를 피했나봐."

"그래? ……나도 자리를 비켜줄까?"

"아냐, 괜찮으면 여기 있어줘. 혼자서 기다리는 건 힘들어."

쇼팽은 조금 전 자리에서 일어났을 때부터 문득 공연 시작 시간에 신경이 쓰이기 시작했다. 두 손을 마주 비비자 손바닥에 촉촉이 땀이 배어 있는 것이 느껴졌다. 순간, 지금까지 애써 의식하지 않으려 해왔던 긴장감을 다시 자각하게 되었다. 가슴속에서 불쾌한 무언가가 끓어올라 끊임없이 몸을 뒤척였다. 침착해지려고 손가락 다섯 개를 하나씩 손톱 끝이 팔목에 닿도록 젖혀 충분히 늘려주고 이어서 두세 번 주먹을 쥐었다 폈다 하고는, 그만 힘이 빠진 듯 스르르 무릎 위로 떨구었다.

"……연미복을 전부 다 입어본 것도…… 뭔가 하지 않으면 그만 이상해질 것 같아서……"

"응," 프랑숌은 알고 있다는 듯 고개를 끄덕이며 "그럴 거라고 짐작했어"라고 말했다.

"결국 허둥거려서 더 좋지 않았는지도 모르지만……"

대기실에서 쫓겨나 살롱의 혼잡한 사람들 틈에 섞인 스털링 양은 조금 전의 대화를 다시 반추해보며 자신이 그의 기분을 상하게 한 것은 아닌지 불안해했다.

'어째서일까? 그토록 오랜 시간이 흘렀는데도 어째서 내게는 마음을 열어주시지 않는 걸까? 프랑숌 씨가 들어오셨을 때의 그 반가워하던 얼굴…… 마치 드디어 고역에서 풀려났다는 듯한 표정이었어…… 무엇이 마음에 들지 않는 걸까? 벌써 몇 년 동안을 가까이에서 그분만 사모해왔는데……'

최근 반년 동안 쇼팽에 대한 그녀의 헌신은 이미 체면까지도 다 팽개친 것이었다. 주위 사람들의 눈에도 스털링 양이 쇼팽의 환심을 사서 상드 부인의 자리를 차지하기 위해 필사적이라는 것이 명백하게 보였다. 너무도 노골적인 모습에 사람들이 "어쩜 저렇게 막무가내일까!" 하고 험담을 주고받는다는 것을 알면서도 그녀는 개의치 않았다. 그에게 어떻게든 도움이 되고 싶다, 그에게 필요한 사람이 되고 싶다…… 그런 외곬의 생각만이 그녀의 열정의 모든 것이었다.

제인 스털링 양이 쇼팽을 만난 것은 그가 상드 부인의 연인이 되어 파리와 노앙을 오가는 생활에도 익숙해지고 그것을 진심으로 행복해하던 1840년대 초반의 일이었다. 그녀는 쇼팽을 처음 본 순간부터 사랑했다. 소개를 받고 대화를 나누고, 생김새와 몸가짐에서 매력을 탐색하고, 집안을 살피고, 연인이 없다는 것을 확인한 뒤에야 상대를 사랑하는 그런 당연한 순서는 전혀 밟지 않았다. 만남의 순간이 곧 그에 대한 사랑의 마지막 완성의 순간이었다. 이런 순간을 얼마나 오랫동안 기다려왔던가! 준비는 이미 완벽하게 갖추어져 있었다. 파리 곳곳의 살롱에서 쇼팽은 늘 소문의 한복판에 언어의 모습으로 살아 있었다. 그리고 그 소문 속에서 그녀는 이미 수없이 그와 해후했다. 사랑은 오래 전에 시작되었다. 남은 것은 오래도록 그려왔던 모습 그대로 그가 그녀 앞에 나타나는 것뿐이었다. 그리고 실제로 그가 나타났다. 몽상보다 훨씬 몽상 같은 매력적인 모습으로.

본래 그녀는 늘 자신의 범용한 개성을 혐오해마지않는, 일종의 개성적인 범용함을 지닌 인물이었다. 십대 때 그녀는 평범한 사람으로 여겨지느니 차라리 괴상한 사람 취급을 받는 것이 낫다는, 기묘하지만 그 나이 또래의 아이들이 으레 가질 수 있는 생각에 사로잡혀 있었다. 그녀가 특별했던 것은 그런 생각이 스무 살을 넘긴 뒤에도, 그리고 서른 살을 넘긴 뒤에도 머릿속에서 떠나지 않았다는 점이었다. 그녀에게는 그 생각에서 벗어날 기회가 없었다. 기회를 거부한 것은 그녀 자신이었다. 주위의 친구들과 똑같이 결혼을 통해 사회에서 인정을 받는다는 것이 그녀에게는 범용하기 그지없는 여자의 숙명으로 여겨져 참을 수 없었다. 집안에 관해서는 말할 것도 없고, 미모 또한 그녀를 처음 본 화가 아리 셰페르가 자신의 이상형을 구현한 여성이라고 경탄할 정도였지만, 그녀는 별다른 이유도 없이 계속 결혼을 거부한 채 고향 스코틀랜드를 떠나 오랜 세월 파리에서 홀로 지내고 있었다. 그런 그녀에게 질린 일가 친척들은 그저 멋대로 하게 내버려두었다. 그러나 그 질려한다는 사실, 괴상한 사람으로 여겨진다는 사실이야말로 그녀에게는 한없이 유쾌한 일이었다.

그러나 그 쾌감에는 처음부터 억지스러운 구석이 있었다. 그 점은 그녀 스스로도 어렴풋이 깨닫고 있었다. 혼자 살아야 한다는 것이 점점 힘에 부치기 시작했다. 아무리 강한 척해도 나날이 늘어가는 고독과 허탈만은 어쩔 수가 없었다. 그녀에게는 이제 결혼을 하지 않은 데 대한 특별한 의미가 필요했다. 친척들 중에는 그녀가 어린 시절에 언니인 어스킨 부인이 불과 결혼 오 년 만에 남편을 먼저 보내는 불행을 겪는 것을 보았기 때문이라고 생각하는 이들이 많았고, 그녀 스스로도 한때는 그렇게 생각했었다. 그러나 그것만으로는 뭔가 부족했다. 지금까지 가족과 친지의 충고에 등을 돌리고 독신생활을 계속해온 것이 결코 단순한 변덕의 결과가 아니라 운명이 공들여 준비한 피할 수 없는 필연이라고 할 필요가 있었다. 걸작을 받아들이는 캔버스가 최초의 한 획이 그어지는 순간까지 화가의 사념에 대해서는 전혀 알지 못한 채 그 무엇에도 물들지 않은 순수한 모습으로 놓여 있듯이, 그녀 또한 스스로가 무언가 중대한 결말이 일어날 장소이며 그 중대한 결말을 빚어낼 요소라는 신념을 가져야만 했다. 사건이란 나중에야 인생을 긍정해주는 것이다. 그런 구조 자체가 하나의 비범함의 증명이었다. 그녀는 기다렸다. 기다리고 또 기다렸다. 그리고 마지막에는 스스로 사건을 조종해냈다. 이 사건이야말로 그녀에게 비로소 자신의 운명에 대한 눈을 뜨게 해주었다. 자신의 삶이 언젠가 성취될 하나의 예감이며 끝내 이루어지고 말 약속이었다는 것을 확신하게 해주는 결정적인 순간이었다. 그것이 즉 쇼팽과의 해후였다.

스털링 양은 자신과 동갑이지만 자신보다 신분이 낮고 미모 또한 떨어지며 재기도 부족하고 품행에 이르러서는 언급할 가치조차 없는 상드 부인이, 행동거지는 시골 사람처럼 세련미라고는 없고 늘 과격한 언동으로 소란을 일으키며 별거중이라고는 해도 기혼자에 아이까지 둘이나 딸린, 대체 무슨 매력이 있는지 도무지 알 수 없는 상드 부인이 쇼팽의 사랑을 독점하고 다른 어떤 여성도 끼어들 여지가 없을 만큼 그 마음을 사로잡았다는 사실에 강한 질투와 경쟁심을 불태웠다. 그녀는 처음부터 두 사람의 관계가 곧 파탄에 이를 것이라는 낙관적인 전망을 품고 있었다. 상대는 다름아닌 저 조르주 상드인 것이다. 온갖 추문에 한 번도 빠지는 법이 없다. 만에 하나라도 상드 부인이 마음을 고쳐먹고 정숙한 반려자가 된다 해도, 애초에 흙덩이를 빚어 만든 듯한 그녀의 천박한 기질이 유리 세공처럼 섬세한 쇼팽의 기질과 오래도록 조화롭게 공존할 수는 없을 것이라고 생각했다.

그녀는 다시 기다렸다. 반년이 지나고 일 년이 지나고 삼 년이 지났다. 그러나 두 사람의 관계에 어두운 그림자가 드리우는 듯한 기색은 전혀 보이지 않았다.

그 동안에 스털링 양이 보여준 강한 인내심은 경탄할 만한 것이었다. 그것은 당시 쇼팽의 주위에 몰려들었던 수많은 여자들과 마찬가지로, 실제로 가까이에서 접한 그의 인품에 더욱더 깊은 애정을 품게 되었던 것과, 그런 탓에 연인으로서 자격이 없어 보이는 상드 부인이 새삼 밉살스럽기 그지없었던 것, 그리고 특히 그와의 만남의 순간에 깨달은 자신의 운명에 대한 믿음을 소중히 간직하고 있었던 것 때문이었다. 그녀는 영국인 피아니스트이며 쇼팽의 제자 중 한 사람이었던 린제이 슬로퍼의 주선으로 그의 레슨을 받게 되었다. 학생으로서 그녀는 언제나 진지하게 피아노 연습에 몰입했다. 그것이 오랫동안 쇼팽의 제자로 남을 수 있는 절대적인 조건이었다. 그녀의 열성은 서서히 스승의 신임을 얻어, 그의 직업적인 예의에서 나오는 깍듯한 태도에도 조금씩 친구를 대하는 듯한 허물없는 다정함이 드러나기 시작했다. 그녀는 여전히 자신의 범용한 재질을 한탄했고, 그런 탓에 도리어 그 사실을 인정하는 대신 예술에 대한 자신의 취미에 억지로 자부심을 가지려 애썼지만, 실제로 그녀의 재능은 본인이 생각하는 것보다 훨씬 훌륭했다. 쇼팽은 그녀가 성실하게 연습하면 분명 좋은 피아니스트가 될 것이라고 생각했다. 그가 오랫동안 그녀의 피아노 수업을 봐주고, 간절한 부탁에 의한 것이기는 했지만 작품 55번의 녹턴 두 곡을 헌정하기까지 한 것은 바로 그녀의 재능에 대한 기대의 표시였다.

물론 작품을 헌정받은 스털링 양의 감격은 말로 표현할 수 없을 정도였다. 쇼팽은 자신이 듣기에 만족할 정도의 연주를 하는 사람이 아니면 작품을 헌정하지 않는다는 꽤 완고한 고집을 가지고 있어서, 그지마와 백작이나 들라크루아 같은 친한 친구들은 물론 상드 부인조차 한 번도 작품을 헌정받은 적이 없었다. 따라서 표지에 크게 '스털링 양에게' 라고 찍혀 출판된 그의 녹턴 악보는 그녀의 연적이 끝내 알지 못한 기쁨으로서 오래도록 그녀의 불우한 처지를 위로해주었다.

스털링 양은 쇼팽의 신임을 얻고 그에 대해 이전과 비교할 수 없을 만큼 많은 사실을 알게 되면서 처음으로 그와 상드 부인 사이에 돌이킬 수 없는 불화가 자라고 있다는 것을 알았다. 고뇌하는 그가 너무도 가엾었고, 그 고뇌의 원흉인 그 여자를 도저히 용서할 수 없었다. 자신이라면 결코 그를 이런 가혹한 고통에 빠뜨리는 일이 없으련만. 이토록 훌륭한 분이 어째서 이렇게 괴로워해야 한단 말인가! 그녀는 레슨을 기다리는 시간이면 가장 먼저 이 화제에 뛰어들어 안타까움과 분개로 찢어질 듯한 가슴속을 다른 학생들에게 내비치곤 했지만, 쇼팽 앞에서는 한 번도 그런 말을 입에 올리지 않았다. 상드 부인의 험담을 하는 것은 금기 사항이었다. 그런 실수를 범해 그의 마음에 영원히 빗장을 질러버린 이들을 그녀는 몇 명이나 보아왔다. 그래서 연적에 대해서는 상관하지 않고 어쨌든 자신의 인간적인 장점을 이해시키는 데만 주력했다. 쇼팽은 그러한 그녀의 행동에 나쁜 인상을 품지 않았다. 그리고 마침내 두 사람의 관계가 깨어졌다는 소문을 들었을 때, 그녀는 누구보다 먼저 그의 사랑의 폐허에 달려가 그를 위로해주는 역할을 차지했던 것이다.

'하지만 내가 정말로 그분의 마음을 치유해주는 존재인 걸까?'

스털링 양은 소란스러운 회장 한가운데에서 자신만 홀로 주위와 어울리지 않는 얼굴을 하고 있음을 거울 속에서 깨닫고 우울한 한숨을 내쉬었다.

'아아, 흐뭇하게 미소짓는 그분의 모습이 눈에 선해…… 그것도 내가 없는 방 안에서, 내가 아닌 다른 사람을 상대로…… 왜일까? 상드 부인도 처음에는 이랬을까? 그분에게 진실로 이해받기 위해서는 어떻게 해야 하는 걸까……? 아, 나의 진실을 안다면 분명 그분도 나를 사랑할 텐데…… 그분과 둘이서만 하루하루를 보낼 수 있다면 얼마나 멋질까? 이 세상에서 우리 둘만을 남겨두고 인간이라는 인간은 모두 지워버릴 수 있다면! 내가 태어나고 자란 스코틀랜드의 아름다운 자연 속에서 그분을 편안히 요양하게 해드릴 수 있다면 얼마나 멋질까? 분명 노앙

같은 시골보다 훨씬 마음에 들 텐데. 그곳에서 온 정성을 다해 헌신하고 싶어. 그분을 위해서라면 무엇이라도 할 수 있어. 아아, 어째서 내 마음을 알아주지 않는 걸까?'

프랑숌과 헤어진 뒤 들라크루아와 마를리아니 백작 부인은 그지마와 백작과 구트만, 로지에르 양, 퀴스틴 후작 등 낯익은 이들과 합류했고, 거기에 이번 연주회의 발안자인 레오와 페르튀 백작, 알브레히트 등도 함께하여 저마다 오늘의 연주에 대한 기대감을 나누었다. 모두 돌아가며 인사를 나누고 나자 자연스럽게 몇 가지 다른 화제들이 싹트면서, 혼잡한 연주회장 안에서 그들이 만들었던 커다란 원도 어느새 뿔뿔이 흩어져갔다.

들라크루아는 사람들의 흐름을 따라 되는대로 걸음을 옮기던 중 어느새 그지마와 백작과 단둘이 남아 있음을 깨달았다.

"안색이 별로 좋지 않으신 것 같군요."

들라크루아는 그렇게 다시 마주 서고서야 비로소 백작의 병색을 깨달았다.

"네, 줄곧 누워 지냈어요. 그래도 오늘은 기어서라도 꼭 나올 각오였지요."

"그래요…… 의자에 앉으시겠습니까?"

"아니, 괜찮습니다. 그보다, 오늘 쇼팽은 만나보셨나요?"

"아뇨, 못 봤어요. 조금 전에 프랑숌 씨는 만났습니다만."

"그렇습니까……"

"만나셨나요?"

"예, 잠깐. 어젯밤에는 쇼팽의 걱정이 나한테도 전염되었는지 공연히 나까지 불안해서 통 잠을 못 잤지 뭡니까."

들라크루아는 그지마와 백작이 내색하지 않으면서 조금씩 레오 일행과 거리를 두려고 하는 것을 눈치채고, 거기에 보조를 맞춰주었다. 지난해에 백작이 투자에 실패해 파산 직전까지 몰렸다는 이야기는 들었지만, 그 일 때문에 은행가들과 유난히 사이가 나빠졌다는 것이 들라크루아 작품의 중요한 고객인 폴란드인 망명 귀족들 사이에 떠도는 소문이었다. 혹시 레오와도 그래서 사이가 틀어진 것일까? 그러나 그건 지나친 억측인 것 같았다. 지금 그가 조심스럽게 목소리를 낮춘 것은 그런 문제 때문이 아니라, 오늘의 연주회가 반강제적으로 결정된 데 대한 불만을 토로하기 위한 것이었다.

"프랑숌 씨 말로는 괜찮다는 것 같습니다만……"

들라크루아는 그의 반응을 살피듯이 그렇게 말해보았다.

"예, 그가 그렇게 말했으니 틀림없겠지요. 그렇지만, 그건 쇼팽이 피나는 노력을 했기 때문입니다!" 백작은 저도 모르게 목소리가 커지려는 것을 깨닫고, 다시 알아듣기 힘들 만큼 소리를 낮추어 말을 이었다. "마지막으로 쇼팽을 만나신 게 언제였지요?"

"그러니까 그게, 요즘 관전 출품작에 매달리느라 통…… 일정이 빡빡해서 감기라도 걸렸다가는 크게 차질이 생길 것 같아 되도록 외출을 삼가던 참이었습니다. ……그러고 보니 만난 지

꽤 오래된 것 같군요. 적어도 최근 한두 주는 통 만나지 못했습니다."

"그래요? 나는 몇 번 만났는데, 사실상 연주회 같은 큰일을 치를 만한 상태가 아니에요. 작년에 쓰러진 이후로 완전히 체력이 떨어져서 곁에서 보고 있기도 가슴이 아플 정도였지요. 게다가 요 며칠 동안은 그도 독감에 걸려 누워 있었으니."

"그렇다더군요. 조금 전에 마를리아니 부인께 들었습니다."

"오늘도…… 이곳 계단을 혼자 오르지 못했다더군요."

"그렇게 안 좋습니까?"

들라크루아는 깜짝 놀란 듯 미간을 찌푸렸다.

"예, 몸이 안 좋다기보다, 아무래도 체력이 떨어진 모양이에요."

"그렇군요…… 그렇게 심각한 줄은 몰랐습니다."

"그래서 사용인의 어깨를 빌려 가까스로 계단을 올랐다는군요. 하긴 쇼팽은 늘 그렇듯이 지나가는 말처럼 얘기했지만……" 그지마와 백작은 잠시 뜸을 들이며 오른손에 들고 있던 와인잔을 입으로 가져갔다. "물론 정신적인 문제도 있어요. ……이건 프랑숌 씨와도 한 이야기인데, 결국 모두 쇼팽이라는 인간을 전혀 이해하지 못한 거지요. 마흔을 눈앞에 둔 남자가 겨우 실연 따위에 반년 넘게 집에 틀어박혀 있는 건 뭐냐고 비웃는 사람들도 있더군요. 그러나 단 한 번의 사랑의 실패로 치명적인 고통을 맛보고 마는 상처입기 쉬운 영혼도 분명 존재합니다. 그것이 바로 쇼팽의 영혼입니다. 천사와도 같이 맑은 그의 영혼입니다…… 쇼팽처럼 곧이곧대로 사랑한 사람이 과연 이 세상에 또 있을까요? 맹세코 단언하는데, 그토록 수많은 매력적인 여자들에게 둘러싸여 있으면서도 그는 단 한 번도 외도에 빠져본 적이 없었어요. 단 한 번도! ……아, 그런데 그토록 큰 애정을 기울인 상대가 저 흡혈귀처럼 끔찍한 여자였다니! 얼마나 기막힌 불행입니까? 너무나 기막힌 일이에요……"

그지마와 백작은 시선을 비스듬히 아래로 떨구었다. 그리고 할말을 찾으려고 가만히 서 있는 들라크루아를 바라보며 다시 입을 열었다.

"당신과 조르주 상드와의 관계는 나와 그 여자의 그것보다 훨씬 복잡할지도 모르지만…… 그 점에 관해 내가 이러쿵저러쿵 간섭할 마음은 없습니다. 하지만 나는 절대로 그 여자를 용서할 수 없어요, 결단코. ……그럼요, 전혀 달라요, 쇼팽은. 그 여자가 그 동안 차례차례 자신의 것으로 만들었던 불량배 같은 사내들과는 전혀 다르지요. 어째서 그런 걸 모를까요? ……그 여자에게야 연인을 갈아치우는 일쯤 모기에게 물린 정도의 고통에 지나지 않겠지요. 그러나 그것이 얼마나 심각하게 상대에게 상처를 주는 일인지, 그 여자는 생각도 하지 않아요. 게다가 자기 아들에게 자신이 얼마나 괴로워하는지 과장스럽게 편지를 써보내서 은근히 쇼팽의 귀에 들어가게 하고 있으니! 참 어처구니없는 일입니다. ……물론 애정이 식는 것이야 어쩔 수 없지요. 그러나 헤어지더라도 최소한의 경의를 보이면서 헤어지는 방법이 있지 않습니까? 그 여자야 괜찮겠지요. 그새 보리인지 뭔지 하는 젊은 저널리스트를 그 시골 구석에 끌어들여 희희낙락하며 지낸다니까요. 그런데 쇼팽은 어떻습니까? 지독한 소문이 쫙 퍼져서, 밤 상대도 만족스럽게 해주지 못했다는 둥 모욕적인 중상까지 들어가며 괴로워하는 쇼팽은……"

"설마 상드 부인이 그런 말까지 했겠습니까?"

"물론 직접 한 말이고말고요! 내게 보낸 편지에도 그 창피한 줄 모르는 여자가 사뭇 동정이라도 구하듯이 그런 얘기를 늘어놓지 않았겠습니까!"

"……참으로 유감스러운 이야기군요."

들라크루아는 소문의 진원지가 조르주 상드 본인이었다는 사실에 깊은 실망감을 느꼈다. 그러나 그보다 지금은 오히려 그지마와 백작의 솔직한 분노가 더 강하게 그의 마음을 흔들었다. 그는 백작이 예전에 상드 부인과 얼마나 친밀한 관계였는지 잘 알고 있었다. 그는 스카르 도를레앙을 가장 빈번하게 들락거린 손님 중의 하나였고, 노앙 관에 가장 스스럼없이 머무르곤 하던 사람 중 하나였다. 그와 상드 부인의 교류는 쇼팽이나 들라크루아보다도 더 일찍 시작되었으며, 리스트나 뷜로처럼 당시 그녀와 만났던 이들 대부분이 결국 하나 둘 관계를 끊는 가운데도 그만은 예외적인 끈기로 줄곧 그 우정을 유지해왔었다. 그런 그가 지금 어떤 험한 말로도 부족하다는 듯이 그녀를 가차없이 매도하는 것이다. 들라크루아는 그의 그런 불공평하고 또한 정직한 우정이 진심으로 부러웠다. 그것은 자신은 아무리 간절히 원해도 결코 얻을 수 없는 것이었다. 상드 부인에게도 이래저래 하고 싶은 말이 있을 것이다. 서로 사랑하고 헤어지는 남녀간의 사정이란 어차피 두 사람 외에는 알 수 없는—아니, 어쩌면 두 사람조차 분명하게 알지 못하는—심원한 비밀이다. 어떻게 타인이 거기에 이러니저러니 참견할 수 있을 것인가? 그러나 그런 지극히 합리적인 상식은 그지마와 백작의 견해에는 도저히 미치지 못하는 것이었다. 친구가 상처에 괴로워하고 있다. 상처를 입힌 사람은 그 여자다. 필시 백작은 그런 정도의 단순함으로 쇼팽에게 동정을 기울이고, 상드 부인에게는 증오를 표하는 것이리라. 들라크루아가 부러워하는 것은 그 무분별, 그 맹목이었다. 자신 또한 이번 일에 관해서는 줄곧 쇼팽 편을 들어왔다. 앞으로도 그 입장을 바꿀 생각은 없다. 그러나 거기에 이르기까지 얼마나 복잡한 판단의 길을 거쳐야만 했던가. 그는 자신이 그런 과정 끝에 가까스로 도달한 결론과, 그지마와 백작이 거의 아무런 고민 없이 순식간에 도달해버린 결단을 비교해보고는 그 매력의 차이에 적잖이 실망하지 않을 수 없었다. 자신이 얻은 결론이란 얼마나 담약하고 애매모호한 것인가. 그것은 미덥지 못한 우정의 증거이리라. 물론 그는 그 결론이 잘못된 것이라고는 생각하지 않았다. 예전에 비하면 분명 소원해지기는 했지만, 아직까지 그녀와 편지를 주고받는 것도 나쁜 일이라고 할 수는 없을 것이었다. 그러나 자신을 그렇게 무난한 입장에 세우는 것은 아무래도 거북했다. 그도 때로는 남들이 어이없어할 만큼 불합리한 단정, 어린아이 같은 단견에 몸을 맡기고, 그녀의 변명 따위에는 귀를 막고 일방적인 비난을 퍼부어보고 싶었다.

그지마와 백작은 그의 우물거리는 말을 받아 뒤를 이었다.

"……프레데리크 쇼팽이라는 인간을 가장 정확하게 이해하는 사람은 다른 누구도 아닌 쇼팽 자신입니다. 그런 그에게 다 안다는 식으로 남이 나서서 조언을 하려 드는 건 오만한 수작이지요. 그는 이번 연주회의 의미를 놀랄 만큼 냉정하게 분석하고 있어요. 실연으로 상처입은 한 예술가가 재기를 꾀하며 이제껏 고집스럽게 거부해왔던 연주회 출연을 결행하는 겁니다. 어차피 대중의 관심은 그런 값싼 연극에 쏠릴 뿐이라고 그 스스로 말하더군요. 그러고는 이렇게 덧붙였어요. 자신은 이제 그것을 회피할 수 없는 입장이다. 그러니 그 우스꽝스러운 역할을 최대한 진지하게 받아들여 거짓된 열정이 어디선가 참된 열정으로 바뀌는 기적을 기대하는 수밖에 없다. 그러기 위해 노력할 것이다. 그렇게 해서 만약 기적이 이뤄진다면? 그것이야말로 희극이라더군요. 그는 틀림없이 오늘밤 멋진 연주를 들려줄 겁니다. 하지만 아직도 나는 이런 식으로 그에게 분발을 강요한 것이 옳은 방법이었는지에 대해서는 대단히 회의적입니다……"

연주회장을 바쁘게 돌아다니는 사용인들이 유리잔을 거둬들이며 개연 시간을 알렸다. 그지마와 백작은 그들 중 한 사람에게 빈 잔을 건네고는 들라크루아를 바라보며 "가실까요?"라고 말했다. 들라크루아는 그저 "예"라고 대답했을 뿐, 결국 아무 말도 할 수 없었다.

좌석은 놀랄 만큼 빠른 속도로 채워졌다. 드디어 시작된다고 생각하니 갑자기 기대감이 솟구쳐, 저마다 미처 입에 담지 못한 화제는 와인과 함께 꿀꺽 마셔버리고 경쟁하듯 좌석으로 향했다.

조금 전에 흩어졌던 원이 이번에는 맨 앞자리에 옆으로 길게 이어졌다. 지난번 이곳에서 연주회를 열었던 때와 마찬가지로 쇼팽의 시선이 닿는 범위에 가장 친한 친구들을 앉혀서 되도록 그가 편하게 연주할 수 있도록 해주려는 플레옐의 배려였다.

들라크루아는 마를리아니 백작 부인과 그지마와 백작 사이, 맨 앞줄 정면 자리에 앉아 주위를 둘러보았다. 여기저기 친한 이들이 그렇게 어깨를 마주 대고 있었고, 흡사 그러데이션처럼 한 자리를 건널 때마다 차츰 친밀도가 옅어지더니 이윽고 전혀 교류가 없는 다른 그룹으로 이어졌다. 무대 반대쪽에도 몇 자리가 있었는데, 그쪽 앞줄에는 낯선 얼굴이 많았다. 그지마와 백작에게 물어봐도 알지 못하는 사람들이었다. 마를리아니 백작 부인이 그중 몇몇을 알고 있어서 설명을 들어보니, 대부분 쇼팽의 레슨 학생과 그 동반자들인 모양이었다.

잠시 후 카미유 플레옐이 무대에 나타나 인사를 하고 오늘밤의 특별한 행사에 대한 길고 과장스러운 개막사를 시작했다. 올해로 예순을 맞이하는 사람치고는 전혀 노쇠한 기색이 없었다.

사업가라기보다 공장에서 막 대패질을 하다 나온 직공처럼 두툼한 살집에 굵게 주름이 파인 그의 얼굴이 오늘은 유난히 자랑스럽게, 마치 주목을 받는 사람이 그 자신인 듯 환하게 보였다. 청중은 격앙된 감정을 억누르지 못해 플레옐이 가끔씩 던지는 시시한 우스갯소리에도 관대한 박수를 쳐주었다. 그러나 그것이 점차 그를 몰아내는 듯한 열기를 띠더니 결국 야유하는 기미가 보이기 시작하자 그도 마침내 물러서지 않을 수 없었다. 떠나가는 그의 뒤로 한층 큰 박수가 끓어올랐다. 그리고 박수와 함께 웅성거림이 일었고, 박수가 끝난 뒤에는 그 웅성거림만이 남았다.

이윽고 그 웅성거림 속에서 다시 한번, 조금 전과는 비교도 되지 않을 만큼 커다란 박수가 터져나왔다. 갈채는 순식간에 점화되어 눈 깜짝할 사이에 활활 타올랐다. 쇼팽을 선두로 알라르, 프랑숌의 순서로 세 사람의 연주자가 거대한 꽃바구니와도 같은 무대에 올라 중앙으로 나아갔다. 정면을 바라보며 멈춰 서자 알라르가 가운데 자리를 쇼팽에게 양보했다. 세 사람은 나란히 인사를 하고, 다시 뒤쪽을 향해 마찬가지로 예를 갖췄다. 한층 거세진 빗발이 땅을 내려치는 것처럼 박수 소리가 다시금 엄청난 음향으로 울려퍼졌다.

고심 끝에 고른 연미복의 아름다움이 사람들의 탄성을 자아냈다. 그러나 쇼팽의 얼굴에는 표정이 없었다. 경직되거나 위축된 기색도 없었다. 단지 인사를 할 때 입가에 한순간 희미한 웃음 같은 것이 비쳤다가 사람들의 눈에 띄기도 전에 환상처럼 사라져버렸다. 안색은 얼음장처럼 창백했다. 그것이 그의 발치를 가득 메운 꽃들과 어울려 불길한 예감을 떠올리게 했다.

들라크루아는 곁에서 그지마와 백작이 무대를 향해 팔을 내밀고 일심불란하게 박수를 치는 것을 보고 그의 간절한 심정을 짐작했다. 그 또한 더이상은 불가능할 만큼 큰 소리로 박수를 보냈다.

무대 위의 세 사람이 각자의 의자에 자리를 잡자 박수 소리는 홀연히 멈추었고, 그 뒤로는 사람들의 얼얼하게 상기된 손바닥과도 같은 열기가 침묵 속에 퍼져나가 연주회장을 가득 채웠다.

쇼팽은 잠시 정신이 아득해지는 것을 느꼈다. 객석은 되도록 쳐다보지 않으려 했지만, 앞자리에 앉은 친구들의 얼굴을 확인할 새도 없이 오히려 낯선 청중의 호기심 가득한 시선만 눈에 들어왔다. 그것이 하나도 남김없이 자신에게 꽂히고 있었다. 정적이 강한 불안을 몰고 왔다. 리허설에서 몇 번이고 공들여 조정해두었던 의자가 어쩐지 신경에 거슬렸다. 건반과 페달의 위치를 확인하며 몇 차례 앉음새를 고쳐봤지만 아무래도 마음에 들지 않아 결국 의자를 조금 낮추었다. 그러자 당장 엄청난 실수를 저지른 듯한 마음이 들어 다시 원래대로 돌려놓았다. 이마에 배어나온 땀이 그런 괜한 행동을 나무라는 것만 같았다. 당황한 스스로를 안정시키려고 크게 심호흡을 하고 의자를 당기고 앉아 그 위치에서 다시는 움직이지 않기로 마음먹었다. 등줄기가 꼿꼿이 세워져서 딱 좋았다.

알라르와 프랑숌이 조율을 시작하자 그도 확인하듯 소리를 내보았다. 두 사람 모두 그 소리를 듣고 돌아보며 괜찮다는 신호를 보내왔다. 프랑숌이 맨 앞줄에 앉은 손님도 깨닫지 못할 만큼 작은 웃음을 보내주었다. 쇼팽은 그의 뺨에 번진 희미한 움직임 덕분에 일순 자신의 긴장이 풀린 것을 기회로 삼아 건반에 두 손을 올리고 최초의 화음을 눌렀다.

연주회는 모차르트의 피아노 삼중주곡 마장조로 막을 열었다. 연주회 직전에야 쇼팽의 허락이 떨어져 가까스로 인쇄 일정을 맞춘 지극히 간단한 프로그램에는 단지 '모차르트 피아노 삼중주곡'이라고만 적혀 있어서 전체 일곱 작품 중 어느 것인지 알 수 없었는데, 쇼팽이 통상 잘 연주되지 않는 사분의 삼박자 알레그로의 제1주제를 연주하기 시작하자, 청중은 의외여서라기보다 오히려 오랫동안 들어보지 못했던 그 음색의 말할 수 없는 아름다움 때문에 깜짝 놀랐다. 처음의 겨우 두 소절—오른손으로 충분하게 네 박자를 늘인 주화음의 포르테가, 두 소절째의 처음 한 박자에서 뜻하지 않게 소리를 죽인 왼손 아르페지오의 마지막 5도 음에 이끌려 마치 비단실을 자아내는 듯한 착각이 들 정도의 피아노로 바뀐 순간, 사람들은 이것이 바로 프레데리크 쇼팽의 연주라는 것을 온몸으로 실감했다. 이토록 섬세한, 단 한 점의 흐림도 없는 터치로 건반을 누를 수 있는 손가락이 이 세상에 다시 있을 것 같지 않았다. 악기는 마치 축복 속에 새 생명을 부여받은 것처럼 무대 위에서 숨을 쉬기 시작했다. 아름다운 강약의 대비를 다시 한번 거듭하여 완벽한 형태로 제1주제를 제시하고는, 뒤를 이어 가담한 바이올린과 첼로에 맞추어 이번에는 가볍고 생기 있게 음계를 내달리며 주제를 반복했다. 연주는 갑작스레 활기가 감돌았다. 피아노와 바이올린이 상대의 반응을 살피며 조금씩 조금씩 마음을 내보이는 남녀의 대화 같은 이행부를 거쳐 속조(屬調)인 나장조로 조를 바꾸어 우아한 제2주제를 번갈아 연주했다. 그것이 갑자기 사장조로 바뀌고 다시 사단조를 거쳐 리토르넬로에 이르자 제시부는 화려하게 마감되고, 마치 꿈의 흔적을 확인하듯 다시 한번 전체적인 반복을 지나 연주는 전개부로 옮겨갔다.

쇼팽은 중간중간 알라르나 프랑솜을 확인하기 위해 시선을 던지는 것 외에는 늘 그러는 것처럼 고개를 약간 쳐든 채 눈을 감고 조용히 소리에 귀를 기울이고 있었다. 누군가 살그머니 건드리기라도 한 듯 미간에 살짝 힘이 들어가 파르르 떨렸다. 그것은 또한 샘의 수면이 밑바닥에서 솟아오르는 물에 의해 흔들리며 끊임없이 새로운 파문을 만들어가는 모습과도 같아서, 지켜보는 모든 이들에게 그를 찾아온 영감과 그에 이끌려 솟아나는 그의 표현 사이의 신비한 교감을 상상하게 해주었다. 이따금 열리는 눈의 깊은 곳에는 저 멀리 아득하게 승천하는 소리의 행방을 놓치지 않으려는 듯한 시선이 있었다. 그저 조용히 눈을 떴다 감는 것만이 유일한 예외일 뿐, 표정은 어떠한 변화도 내

보이지 않았다. 요란하게 몸을 흔들어가며 표현을 보충하려 들지도 않고, 선율의 흐름에 휘말려 꼴사납게 얼굴이나 자세를 뒤틀지도 않고, 단지 손가락의 움직임에 따르는 최소한의 동작을 위해서만 조금씩 상체의 위치가 변화할 뿐이었다.

5도씩 음부가 뛰는 제1주제의 인상적인 선율을 부박하게 들리지 않도록 약간의 억제를 가해 꼼꼼하게 연주하고는, 뒤를 이어 아르페지오를 중심으로 한 전조(轉調)의 연속을 마치 쇼팽 자신의 곡이 떠오를 만큼 풍부한 시정으로 연주했다. 거기에서 청중이 자연스럽게 그가 이 곡의 연주중에 처음으로 자신을 드러낸 부분이라고 느낀 일종의 격앙을 눈치채는 순간, 연주는 다시 평온을 되찾아 재현부로 이어졌다.

제1악장의 마지막은 사람들에게 이해하기 어려울 정도의 감동을—너무도 당돌하게 치솟고 너무도 신속하게 채워지고 또 너무도 거대해 도저히 한 번에 받아들일 수 없을 정도의 감동을 주었다. 그들은 당혹감마저 느끼며 그 감동을 맞아들였다. 옆 사람과 마주 보며 고개를 끄덕이거나 어색한 미소를 지어 보이는 것으로 말로 표현되지 않는 자신의 감동을 어떻게든 상대에게 전해보려 애썼다.

쇼팽은 그러한 객석의 기척을 감지하면서도 구태여 돌아보지 않고, 악장 사이에 재빨리 쏟아내는 기침 소리들이 서둘러 수습되는 것을 귀로 확인하고는 뒤를 이어 안단테 그라치오소의 제2악장을 연주하기 시작했다.

사분의 이박자로 씌어진 이 가장조의 론도 주제부터 쇼팽은 그 기품에 찬 표정을 결코 손상시키지 않으면서도 깊이 감추어진 비애를 놀랄 만큼 섬세한 손놀림으로 부드럽게 나타내 보였다. 청중은 쇼팽 이외의 다른 누군가가 손을 댔다면 당장 부서지고 말았을 그 울림에 마른침을 삼켰다. 어떤 이들에게 그것은 그가 작곡한 가장조 프렐류드가 가진 매력을 떠올리게 했다.

청중의 대부분은 이 삼중주곡이 모차르트의 작품이라는 것을 프로그램을 보고서야 겨우 알았을 정도였지만, 그런데도 쇼팽이 어째서 같은 모차르트의 작품 중에서도 훨씬 뛰어나고 유명한 사단조 사중주곡이 아닌 이 곡을 선택했는지 이해할 수 있을 것 같았다. 그것은 이 다정하고도 얌전한, 그러면서도 쉽게 흉내낼 수 없는 기품을 갖춘 론도 연주에 의해 한층 분명하게 느껴졌다.

선곡은 쇼팽이 직접 했다. 그는 말하자면 어떤 음악적 호기심에서 이 작품을 선택한 것이었는데, 거기에는 피아노라는 악기에 대한 그의 근본적인 견해가 반영되어 있다고 해도 틀린 말은 아니었다. 그에게 피아노의 현은 항상 피안과 차안의 경계에 걸쳐 있는, 그 사이에서 천상의 곡조와 인간의 소리를 하나의 음으로 울려퍼지게 할 수 있는 신비한 장소였다. 속정의 더러움을 씻어내고 미(美)를 향해 높이 솟아오르며, 무한의 숭고함에 형태를 부여해 누구의 귀에나 들리게 할 수 있는 악기가 바로 피아노였다. 장대함과는 가장 동떨어진, 친한 친구들을 위해 연주할 때와 같은 편안한 마음으로, 거대한 악상을 애써 자기 것으로 만드는 것이 아니라 그저 자연스럽고 단정한 선율로, 음악의 확실성을 한껏 맛볼 수 있는 이 작품에 쇼팽은 강하게 매료되었다. 연주회의 첫 곡으로 그는 자신의 불안을 가라앉히기 위해, 그리고 객석에서 끓어올라 사려 없이 무대 위로 올라오는 사람들의 흥미를 가라앉히기 위해 그와는 전혀 관계가 없는, 단지 같은 한 사람의 음악가라는 점에서만 깊은 관련이 있는 이 곡을 연주하는 데 큰 의미를 부여하고 있었다.

실제로 객석에서는 비련의 예술가가 연주하는 애절하기 그지없는 음악이라는 비속한 환상이 퍼져 있었다. 그러나 쇼팽은 주제가 단조로 바뀔 때마다 그 속에서 그의 생생한 고뇌의 소리를 찾아내기 위해 몸을 앞으로 내미는 그들을 냉담하게 비웃듯이, 그의 사적인 생활과는 멀리 떨어진 곳에서 악곡의 정결함에 완전히 동화되어 단지 음악 자체의 감흥에만 몰두했다.

마지막 음표 뒤로 길게 이어지는 제2악장의 여운을 단절시키지 않고 전개하고, 그것을 변화시켜 다시 한번 음표로 불러들인 연주는 곧바로 제3악장 알레그로의 론도로 이어졌다.

피아노는 경쾌하고 민첩하게 주제를 달려나갔다. 여기서도 그의 연주는 기교를 자랑하는 당대의 연주가들이 자주 빠지곤 하는 성급함에서 벗어나 있었다. 템포는 적절히 억제되어 충분히 가벼우면서도 침착했다. 청중의 귀는 무리 없이 소리를 따라잡을 수 있었고, 또한 오직 귀만이 그것을 허락받았다. 음과 함께 달리던 귀는 어느새 그 구별을 잃고 소리와 하나가 되어, 뒤늦게 찾아오는 내성(內省)을 기다리는 것도 잊었다. 사념은 떨쳐지고 팽개쳐졌다. 정리된 생각 하나 떠올릴 틈도 없이 사람들은 음악이 보여주는 표정의 찰나적인 추이만을 믿고 그것을 차례차례 받아들였다.

제1에피소드의 첫머리에 연주된 포르테의 부속화음이 청중을 문득 멈춰 서게 하더니, 다시 생각할 틈을 주지 않고 앞길을 재촉했다. 반음계 스타카토 선율을 쇼팽 특유의 슬프게 속삭이는 듯한 주법으로 올림다단조로 전개하여 청중의 가슴을 휘저어놓고, 바이올린의 삼연음부(三連音符) 악절을 끼워넣은 듯한 16분음표가 다시 피아노로 연주되기에 이르자 그 황홀은 절정에 달했다. 주제가 반복되고 경과부를 지난 후 올림다단조의 제2에피소드가 특히 청중을 사로잡았는데, 마지막으로 다시 한번 주제로 돌아가 코다*에 이르러 악곡이 화려하게 마무리되자, 그것은 굉음처럼 끓어오르는 환성 속에서 이미 지나가버린 기억의 하나가 될 뿐이었다.

자리에서 일어나 답례하는 쇼팽의 얼굴에 안도의 표정이 엿보였다. 알라르와 프랑숌은 환한 미소를 지으며 쇼팽 쪽을 돌아보았다.

무대 양 끝으로 물러났던 세 사람이 다시 등장해 커튼콜에 답

* coda. 악곡의 마지막 부분.

하고 두번째로 무대를 떠나자 일단 박수가 멎었지만, 거의 틈을 두지 않고 쇼팽이 멘디 양과 함께 나타나자 다시금 성대한 박수가 일었다.

멘디 양은 벨리니의 아리아 두 곡을 노래했다. 그러나 이어질 쇼팽의 독주에 마음이 쏠린 청중은 그녀의 노래를 그의 휴식을 위해 삽입된 프로그램 정도로 생각할 뿐이었다. 그녀에게 초대받아 연주회장을 찾은 이들은 그녀의 초라한 역할에 동정심마저 느꼈다. 노래가 끝나자 큰 박수가 쏟아졌지만, 그것이 플레옐에게 쏟아졌던 박수와 같은 종류라는 것을 그녀조차도 깨닫지 않을 수 없었다.

세번째로 무대에 모습을 드러냈을 때 쇼팽은 혼자였다. 청중은 당장이라도 자리에서 일어설 것처럼 몸을 앞으로 내밀며 정신없이 박수를 쳤다. 그것은 파리에서 지금까지 단 세 차례밖에 볼 수 없었던, 어쩌면 앞으로 두 번 다시 볼 기회가 없을지도 모르는 광경이었다.

프로그램이 진행될 때마다 세 사람, 두 사람으로 줄어들다 결국 무대 위에 혼자 남았다는 것이 쇼팽을 불안하게 했다. 피아노 삼중주는 만족스러웠다. 노래 반주도 잘 치러내서 잠시 마음이 가라앉는 것 같기도 했지만, 혼자가 된다고 생각하니 갑자기 처음의 긴장이 되살아났다. 공연자들이 입을 모아 격려의 말을 건네는 것을 건성으로 들으며 틈을 두지 않고 곧바로 무대에 올랐다. 시선을 멀리 던져 최대한 청중의 얼굴이 눈에 들어오지 않도록 애쓰며 앞뒤 객석에 인사를 했다. 그런 것이 보는 이들에게는 오히려 당당하고 자신에 찬 모습으로 비쳤다.

피아노 앞에 앉아 눈을 감은 채 코로 조용히 숨을 들이마신 다음, 한숨을 쉬듯 입으로 짧게 내뱉었다. 페달에 발을 얹고 왼손만 건반에 올리고는, 마치 밤 그 자체가 소리가 된 듯한 피아노로 첫머리의 아르페지오를 연주했다.

운집한 청중 대부분이 그 첫 한 소절만으로도 바로 이것이 사람들의 마음을 사로잡는, 그의 녹턴 중에서도 특별히 사랑받는 작품 27번 내림라장조의 녹턴이라는 것을 깨달았다.

존 필드의 북구적(北歐的)인 어스름보다 한층 더 짙은, 그런 만큼 달빛이 한층 선명하게 빛나는 듯한 그 밤……

제2소절부터 오른손이 돌체로 제1주제를 연주하자, 그토록 쇼팽이 연주하는 모습을 보고자 했던 청중은 마치 누군가 가만히 두 눈을 덮고 다니기라도 한 듯 차례차례 눈을 감았다. 밤의 색깔에 소리가 있다면, 밤의 공기에 리듬이 있다면 분명 이런 것이리라. 오감이 감지할 수 있는 모든 밤이 단지 귀를 통해서만 알 수 있는 밤 속으로 녹아들고, 그들 자신도 어느새 그 소리 속으로 녹아들어 하나의 깊은 어둠이 되었다는 것을 사람들은 깨달았다. 제2주제가 에스프레시보로 연주되자 흥분에 겨워 저도 모르게 몸을 뒤트는 이도 있었다. 유현(幽玄)함과 화려함을 겸비한 장식음 속에서 음표는 가늘게 부서져 금모래알처럼 흩뿌려지고, 음계는 다양한 변화기호를 달고 어느새 애매해져, 미풍에 날리는 손수건 같은 정념의 주름을 다시금 정치하게 청중 속에 아로새겼다. 각각의 감동은 마치 선율과 마찬가지로 레가토에 걸린 듯해서 이따금 거칠게 일어나되 결코 그 물결이 험악해지는 일은 없었다.

사람들은 연주된 음을 단 하나도 놓치지 않았지만, 그 추이를 실감으로 확인할 수는 없었다. 그들은 곡의 전진을 의식하지 못하고 그것을 크게 펼쳐진 공간 속에서 다양하게 명멸하는 음군(音群)으로 들었다. 세 차례 번갈아 반복된 두 개의 주제는 영원히 제자리걸음하듯 악보의 첫 페이지에 머물면서 스스로를 독창적으로 모방하며 심화되고 팽창해갔다. 왼손의 엄격한 템포 위에는 천재의 번뜩임이 가득한 오른손의 자유로운 루바토…… 문득 정신을 차렸을 때는 연주는 이미 코다에 들어서고 있었다. 밤 그 자체까지 잠의 뒤편으로 침잠한 듯한 평온. 그리고 최후의 완벽한 정적을 위해 천천히 6도로 음의 계단 끝에 올라선 쇼팽은 자리를 함께한 모든 이들마저 음과 함께 지워버릴 듯한 피아니시모로 연주를 마쳤다.

눈을 뜬 사람들은 방금 들은 음악이 분명 한 인간에 의해 창조되고 연주되었다는 기적 같은 사실에 몸을 떨었다. 남겨진 여운은 연주회장에 반드시 있게 마련인 몇몇의 너무 이른 박수로 인해 엉망이 되었지만, 그래도 뒤를 이어 끓어오른 뇌명(雷鳴)과도 같은 박수갈채는 손뼉을 치는 본인들까지 감동시킬 정도였다.

쇼팽은 자리에서 일어나 답례하고, 이마에 조금 흘러내린 달과 같은 빛깔의 머리칼을 손으로 쓸어올리며 의자에 앉았다.

표정에 변화는 없었다. 피아노 너머로 눈에 들어오는 연주회장의 풍경이 점점 자신에게서 멀어져가는 것 같았다.

객석에 번지는 기대와 긴장감은 머리 위에서 빛나는 샹들리에의 안정적이며 착실한 촛불의 연소와도 같아서 이제는 마지막까지 그 열기가 지속되리라는 데 의심의 여지가 없었다. 연주회 중반에 이르면 늘 하품과 고독한 투쟁을 해야 하는 이들조차 오늘밤만은 그런 것이 끼어들 여지가 없는 자세로 무대 위에 붙박인 눈을 반짝반짝 빛내고 있었다.

쇼팽의 왼손이 천천히 무릎을 떠나 건반 위에 놓였다. 옥타브로 눌려지는 낮은 내림다 음에 이끌려 현묘한 크레셴도로 올림바장조의 뱃노래 연주가 시작되자, 조금 전까지 밤의 깊은 바닥으로 몽상을 내달렸던 청중의 가슴속에 부드러운 오후의 햇빛을 난반사하는 수면의 반짝임이 펼쳐졌다. 슈톡하우젠 남작 부인에게 헌정된 작품 60번의 이 대작은 겨우 두 해 전에 악보가 출판되었기 때문에 대부분의 사람들에게 귀에 익은 곡은 아니었지만, 한번 들으면 쇼팽의 작품임을 알 수 있는 우아함이 넘쳐 오래도록 친숙한 그의 수많은 다른 곡들과 마찬가지로 청중의 가슴속에 그리움을 불러일으켰다.

몇몇 사람들의 뇌리에는 몇 년 전 파리에서 성대하게 개최된 베네치아 축제에서 센 강을 오가던 곤돌라의 기억이 생생하게 되살아났다. 물결이 흔들리는 듯한 왼손 반주가 넉넉한 휴지(休止)를 가진 다음 서서히 시야가 환히 열리는 것처럼 이어졌다. 그것을 타고 오른손이 제1주제의 선율을 연주하자, 그때까지 애매하게 불을 밝힌 채 머물러 있기만 하던 수면의 물결에 흐름이 더해지면서 악곡 그 자체가 앞으로 나아가기 시작했다. 당장이라도 권태로 변할 것만 같은 여유로움. 금세 사라질 듯 부옇게 흐린 풍경의 윤곽이 이따금 엷은 그림자로 떠올랐다. 왼손의 리듬 변화가 이끄는 부악상이 애수를 띤 짧은 변주를 삽입하며 길고도 생생한 트릴에 이르고, 이윽고 포르테로 제1주제를 향해 환하게 펼쳐지자 악상은 한층 복잡한 색채를 더하여, 청중을 그들이 상상 속에서 환기한 구체적인 풍경 바깥으로 내몰았다.

악곡은 작곡가의 시선이 직접 접한 외계의 묘사가 아니었다. 그것은 다만 닫힌 눈꺼풀 안쪽에서 복잡하게 내면화된 시정(詩情), 오감이 알고 있는 갖가지 아름다움과 통하되 반드시 음악에 의해서만 구체화될 수 있는 시정이었다. 연주는 청중의 뇌리에 풍경의 환영을 엷게 감돌게 하되 결코 그것을 정착시키는 법 없이, 음악의 자율적인 움직임으로 재빠르게 그것을 빠져나와 영원한 가능태인 시정의 숨결을 장식음 하나하나에까지 침투시켜갔다. 앞서 모차르트의 피아노 삼중주는 지나치게 단정하고 억제된 느낌이 든 반면 이번에야말로 완전한 관능의 해방을 느껴, 쇼팽이 그 진가를 발휘하는 것은 역시 자신의 곡에서라는 판단을 내리는 이들도 있었다. 한편으로 미쿨리나 오므아라 양

같은 제자들, 그리고 연주를 마치고 맨 앞줄 옆에 마련된 좌석에 앉아 있던 프랑숌과 알라르 같은 음악가들은 다시금 쇼팽의 고전주의 음악에 대한 존경의 깊이와 해석의 정확함에 대해 생각했고, 동시에 거기에서 더 발전하여 그가 얼마나 새로운 음악을 개척했으며 얼마나 새로운 주법으로 그것을 실현해냈는지 재확인하며 끓어오르는 감동을 금할 수 없었다.

오른손이 연주하는 피아니시모의 경과구를 거쳐 가장조로 조가 바뀌자, 제2부의 제1주제가 페달의 절묘한 구사에 의해 제1부의 휘황한 선율이 몰고 온 감흥을 밑바닥부터 착실하게 확인해가듯 연주되었다. 주제의 말미로 화려하게 치닫는 16분음표의 아르페지오는 거듭될 때마다 침울한 선율에 광휘를 더하여 현란한 음의 점증하는 표면에 새로운 예감을 파문처럼 펼쳐나갔다. 절박한 화음의 울림이 극한에 도달하려는 순간 갑자기 제2주제가 짧게, 높아진 긴장을 부드럽게 풀어주듯이 이어지고, 짐짓 머뭇거리는 몇 소절을 지나 감미로운 간주로 넘어갔다.

찰나의 백일몽과도 같은 가락이 청중을 일순 조금 전 녹턴의 법열로 다시 데려가려 했다. 그곳에 도착하려는 찰나 갑작스레 숨을 내쉰 반주가 그 발길을 멈춰 세웠고, 일렁이는 선율이 뒤를 이어 각성을 촉구하자 청중은 다시금 악곡이 바로 제1부의 첫 주제로 회귀하려 한다는 것을 깨달았다.

이 곡을 수없이 연습해온 이들, 크나큰 행운으로 전에 쇼팽의 연주를 접한 적이 있는 이들은 벌써부터, 단숨에 코다로 이어지는 포르티시모의 화려한 제2부의 두번째 주제가 재현되기를 간절히 기대하며 전율을 억누를 수가 없었다. 지금까지 이 곡을 거의 접하지 못한 많은 이들도 그들의 예감이 지금이라도 눈부시게 거대한 환희의 선율에 의해 실현되리라는 것을 티끌만큼도 의심하지 않았다. 평온한 트릴을 맞아 최초의 주제가 이끌려 나오려는 순간, 그러나 쇼팽은 홀연히 스스로 악보에 쓴 포르테를 무시하고 그것을 마치 전혀 다른 또 하나의 주제처럼 신선한 피아니시모로 연주하기 시작했다. 몇몇 사람들은 이 이변을 깨달았다. 그러나 그들은 놀랄 여유조차 갖지 못한 채 연주의 매력에 빨려들어갔다. 선율은 한없이 섬세하고 또한 의연했다. 반주의 리듬은 옥타브에서의 재현에 의해 깊이를 더했고, 그러면서도 사납지 않았다. 악곡은 점차 은근한 열기를 띠며 연장되었고, 오래도록 기다렸던 예감을 위한 마지막 준비가 충분히 이루어졌다. 그것은 지나칠 만큼의 꼼꼼함, 지나칠 만큼의 신중함이었다. 첫번째 주제의 완전한 재현을 기다리지 않고 화음이 크레셴도로 음계를 내달렸다. 그 고상함! 그 눈부심! 길게 밟은 페달이 장중함을 더했다. 그리하여 이번에야말로 청중이 기대한 대로 축제와도 같이 쾌청한 음악이, 무언의 환성이 남김없이 해방될 순간이 찾아올 터였다. 그러나 한 찰나 허공을 디딘 듯한 쉼표를 거쳐 절정으로 인도하는 최후의 화음을 연주한 순간, 쇼팽은 다시 악보에 기재된 포르티시모에 등을 돌렸다. 마치 인간이 천상에 도달한 종국에는 그들이 머릿속으로 그려온 장대한 세계가 열리는 것이 아니라 단지 눈을 뜰 수 없을 만큼 환한 빛 속으로 녹아드는 듯한 다정한 속삭임만이 있을 뿐이라는 사실을 일러주는 새로운 계시처럼, 기적과 같은 페달의 효과와 인간의 귀가 들을 수 있는 한계에 있는 가장 정묘한 격앙의 연속에 의해, 아름답다는 말로는 너무도 부족한, 청정하다는 말로는 도무지 충분하지 않은, 아마도 그것을 표현하기 위해서는 완전히 새로운 형용사와 완전히 새로운 부사, 아니, 애초에 인간이 아는 어떠한 말과도 다른 전혀 새로운 언어가 아니고서는 도저히 표현할 수 없을 영원의 피아니시모를 보여주었다. 청중은 자신을 잊고 그저 음이 몸 안에 스며드는 대로 내맡기고 있을 뿐이었다. 그것은 거리(距離)의 피아니시모였다. 인간의 발치에 와 닿기에는 너무도 먼 거리가 만들어낸 피아니시모였다.

코다에 이르렀을 때, 하프처럼 유려한 오른손의 음계가 오르락내리락하는 과정을 정확하게 짚어낸 사람은 없었다. 크레셴도에서 최후의 화음이 울려퍼졌을 때, 청중 가운데에는 그런 비속한 행동을 경멸함으로써 자신의 긍지를 찾는 이에서부터 연주회장에 들어오기 전부터 아예 그럴 작정으로 준비를 했던 이들에 이르기까지, 한결같이 쏟아지는 눈물을 멈출 방법을 찾지 못하고 그대로 내버려두는 사람들이 속출했다. 그리고 거의 마구잡이로, 두려울 만큼의 갈채가 엄청난 굉음을 일으키며 터져 나왔다.

쇼팽은 별로 자랑스러워하는 기색도 없이 건반에서 손을 떼고 조용히 의자에서 일어나 예를 갖춘 다음, 옆에서 대기하고 있던 멘디 양에게 무대에 오르라는 신호를 보냈다. 이제 그녀의 노래 따위를 듣고 싶어하는 이는 없었다. 청중은 이 융통성 없는 프로그램에 환멸감마저 느꼈다. 그러나 흥분의 열기가 너무도 뜨겁게 몸을 달구었던 탓에 그녀가 두 곡의 도니제티를 노래하는 동안에도 열기는 전혀 식지 않았고, 그들은 오히려 쇼팽의 피로를 염려하여 그 시간 동안 참을성 있게 기다리는 것으로 자신들의 미덕을 확인했다.

반주가 끝나자 조금 전에는 함께 물러났다가 다시 무대에 나타났던 쇼팽도 이번에는 피아노 앞에서 그대로 그녀를 배웅했다. 그리고 다시 인사를 하고 의자에 앉아 작품 25번 내림가장조의 에튀드를 치기 시작했다.

"양치기 소년이 닥쳐오는 태풍을 피해 안전한 동굴로 피난했다. 멀리서 우르릉거리는 비바람 소리를 들으며 그는 마음을 가라앉히고 피리를 손에 들어 그리운 선율을 불며 위안을 삼는다…… 그런 정경을 떠올리며 쳐보세요."

이 곡에 대해 쇼팽이 레슨중에 한 말이었다. 학생들은 그 설명대로 동굴 입구에서 내다보이는 어슴푸레한 하늘 저편에서 천둥 소리를 울리는 무거운 구름이 검은 안개와도 같은 비를 뿌리는 모습을 상상하며, 끊임없는 양손 아르페지오와 그곳에서 떠오르는 오른손 새끼손가락의 선율이 빗소리를 배경으로 울리는 피리 소리와 겹치는 것을 실감했다. 또 때로는, 문득 내림라장조의 프렐류드를 떠올리고는 둘 사이의 맥락을 찾아보며 두 곡이 똑같은 시정에서 빛과 어둠으로 나뉜 자매 작품이 아닐까 생각해보기도 했다.

박수를 칠 틈도 주지 않고 뒤를 이어서, 스스로도 그 관련을 밝힌 바 있는 이 작품의 바단조 에튀드를 우아한 아름다움의 절정에 이른 듯한 절절함과 함께 한치의 둔중함도 용납하지 않는 레가토로 연주해내고는, 다시 급변하여 올림다단조 에튀드의 깊은 고독의 끝자리에서 망설이는 듯한 왼손 전주를 거쳐 마치 고독 그 자체인 듯한 주제 속으로 서서히 걸어들어갔다.

초심자가 연주하면 항상 우울하게 물결치는 왼손으로 인해 조연의 역할에 머물고 마는 오른손의 표현은 그지없이 풍부하고, 중성(中聲)의 반주화음을 끼워넣어 상성과 하성이 자유자재로 호응하며 고요하게, 때로는 웅변적으로 커져가며 서로의 음향을 확인했다. 악보를 통해서만 이 곡을 알던 이들은 그렇게 그들이 머릿속에서 그려왔던 것과는 너무도 다른 모습으로 나타난 작품 연주에 눈에서 비늘이 벗겨지는 것만 같았다. 복잡한 전조가 반복되는 제2부에 이르러 음계를 오르락내리락하는 하성과 함께 갑작스레 악곡이 강한 힘을 더하며 하염없이 방황하던 고뇌가 찬란한 희망의 출구를 찾아낸 듯한 포르티시시모에 들어서자, 많은 사람들이 연주와 동시에 연주자인 쇼팽 본인의 모습에서도 강한 감명을 받았다.

청중은 이 순간에야말로 고뇌하는 예술가의 재기의 드라마라는, 그들이 기대한 광경을 목격하게 될 것이었다. 이 곡처럼 그들의 몽상에 충실하고, 이 포르티시시모의 한 소절처럼 이날 연주회의 핵심으로서 그들이 오래도록 기억하기에 적합한 것은 없었다. 그들은 그것을 연주회 시작부터 계속 찾아왔었다. 그리고 마침내 그것을 발견한 것이다.

그들이 이 곡을 자신들의 욕망의 틀에 끼워맞추고 그로 인해 만들어진 인상을 이 밤을 기념하는 최상의 선물로 가지고 돌아간다 해도 그다지 비난받을 만한 일은 아니었다. 쇼팽 스스로가 모든 것을 충분히 자각한 끝에 출연을 결심한 연주회였다. 그 확고한 결의가, 가슴이 먹먹해지는 듯한 비통한 선율 끝에 연주된 지극히 힘찬 한 소절에서 모습을 드러낸 것으로 느꼈다 해도 그것을 부정할 근거는 아무것도 없었다.

실제로 그렇게 하기로 마음먹은 이들도 있었다. 그러나 대부분의 사람들은 녹턴의, 그리고 뱃노래의 그 비할 데 없는 음악적인 감동을 체험하고 난 뒤인지라 그러한 생생한 사건의 현장에 입회한 것 따위는 결코 이날의 가장 좋은 기억일 수 없다는 것을 깨달았다. 그의 재기에 대한 감동이라면 그것은 오히려 그러한 청중의 생각에 등을 돌리고 그가 음악가로서 완전한 고결함을 마지막까지 지켜내는 것에 있을 터였다.

그리고 실제로 쇼팽은 고결했다. 수많은 이들이 이 올림다단조 에튀드에 감명을 받은 것은 바로 그 점 때문이었다. 이토록 창작의 동기를 찾아내기 쉽고, 이토록 개인적인 고뇌에 젖기 쉬운 곡인데도 그는 칼로 자르듯 음악을 그의 삶의 역사에서 떼어 놓았다. 음악을 한다는 것은 그를 자신으로부터 떼어내고, 지저분함이라고는 하나도 없는 그를 하나의 음악으로 창조하는 일이었다. 사람들의 가슴을 뭉클하게 한 것은 바로 그 연주된 그의 비할 데 없는 투명함과 순도(純度)였다. 한 사람의 인간 속에 이토록 청정한 부분이 존재한다는 것이, 그리고 그것과 완전히 일체가 될 만큼 스스로를 정화할 수 있다는 것이 청중을 끝없는 경탄에 빠뜨렸다.

사람들의 그러한 생각은 연주회 제1부를 마감하는 내림라장조 자장가의 연주로 한층 확고해졌다. 조금 전의 에튀드와는 달리 그곳에는 고뇌나 비애의 선율은 흔적도 없었고, 그 뒤집힌 환희조차 안개처럼 흩어져 인간적인 감정에 비유할 만한 음향은 완전히 자취를 감추고 있었다. 그것은 갓 태어난 아기를 아직 꿈에조차 물들지 않은 천진무구한 잠으로 배냇저고리처럼 부드럽게 감싸 이끌어주는 음악이며, 영원의 태내가 되어 이제 막 시작된 그들의 생명의 신선한 경악을 그립고 따뜻한 온기 속에서 다독여주는 음악이었다.

시간의 흐름이 제자리를 맴돌다 서서히 정지를 향해 나아갔다.

왼손의 반주는 아이의 건강한 숨소리였다. 최초의 주화음 세 박자는 들숨, 이어지는 부속화음 세 박자는 날숨이었다. 그렇게 구성된 한 소절이 리듬도, 화성의 구성도 거의 변하지 않은 채 거듭되었다. 오른손은 그것을 흩뜨리지 않도록 네 소절의 짧은 악상을 무한으로 여겨질 만큼 다양하게 변주했다. 단 하나의 음, 단 한 번의 강한 터치로도 전부가 망쳐질 것만 같은 이 곡에서도 쇼팽은 그런 어려움을 털끝만큼도 내보이지 않고 잠든 아이의 이마를 손끝으로 가만히 쓰다듬는 듯한 세심한 주의를 기울여 가공할 기교를 요하는 선율을 완벽한 편안함 속에서 자아냈다. 그 양팔에는 이미 어떤 무게도 깃들어 있지 않았다. 뱃노래의 피아니시모가 먼 곳에서 다가온 듯한 유원한 울림으로 가득했던 데 비해, 이 곡에서 들리는 것은 자애 넘치는 눈길로 요람을 들여다보는 어머니의 무언의 속삭임과도 같은 피아니시모였으며, 단지 기척으로만 가까스로 느낄 수 있는 음악이었다. 아기가 어머니가 곁에 있다는 것을 그 숨결을 통해 감지하고 안심하듯이, 청중은 눈을 감으면 무대와 객석 사이의 간격도 잊고 그가 곁으로 다가와 귓전에서 다정하게 연주하는 것처럼 느끼는 것이었다.

마지막 두 개의 화음이 희미하게 남아 있던 현실과의 접점을 살그머니 떼어놓으며 청중을 현재의 장소로부터 완전히 해방시켰다. 거의 들리지 않을 만큼 약한 음이었던 탓에 도리어 그 여운이 한없이 계속되는 듯한 느낌에 빠져 미처 박수를 치지 못하고 있던 객석에서 하나 둘 손뼉 치는 소리가 들리기 시작하더니, 이윽고 한없는 감동의 늪에서 직접 피어오른 듯한 깊은 울림을 가진 갈채가 연주회장 가득 번졌다.

의자에서 몸을 일으켜 깊이 몸을 숙인 쇼팽의 표정에는 안도와 초췌함이 미묘하게 섞여 그림자를 드리우고 있었다. 그것이 무언가 신성한 시련을, 그것도 스스로를 위해서가 아니라 눈앞의 청중을 위해, 청중을 대신하여 견뎌낸 듯한 신성함에 번뜩이는 것이 사람들의 가슴을 다시 한번 강하게 내리쳤다. 그치지 않는 박수갈채에, 일단 무대에서 물러났던 쇼팽이 다시 한번 무대에 모습을 드러내어 답례를 했다. 자신의 감동이 얼마나 큰지를 어떻게든 쇼팽에게 인정받고 싶다는 억제하기 힘든 욕구에 내몰려 다른 이들보다 더욱 힘차게 손바닥을 맞부딪치던 이들도, 제2부의 프로그램을 기대하며 우선 만족해야 했다.

당초 한 시간 예정이었던 휴식시간은 삼십 분으로 단축되었다. 무대에서 내려온 쇼팽이 플레옐에게 제안하고 그를 통해 다른 출연자들에게 양해를 얻은 것이었다.

"지금 이대로 연주를 마치고 싶습니다. 한 시간이나 기다리다가는 이 긴장감을 이기지 못하고 나가떨어질 것 같아요."

청중도 시간이 앞당겨지는 데 대한 불만은 전혀 없었다. 도리어 바라던 바였다.

많은 사람들이 자리를 떠나 방금의 흥분을 열심히 이야기하는 가운데 그지마와 백작은 잠시 말없이 의자에 앉아 있었다. 들라크루아는 마를리아니 백작 부인이 자리에서 일어서는 겨를에 함께 자리를 뜨려고 했지만, 옆자리의 그를 혼자 두고 갈 수 없어 사람들이 모두 떠난 맨 앞줄 좌석에 그대로 남았다.

쇼팽이 일러두었던 대로 창문이 활짝 열리고 재빨리 환기가 이루어져서 실내 온도는 단숨에 뚝 떨어졌지만 그만큼 공기가 맑아져서 잠시 동안의 차가운 밤바람이 기분 좋게 느껴졌다.

그지마와 백작은 들라크루아 쪽을 돌아보더니 "정말…… 멋진 연주였어요"라고 거의 표정을 바꾸지 않고 두 눈을 붉히며 중얼거렸다. 들라크루아는 고개를 끄덕이며 "네, 정말……"이라고만 답했다. 무엇이 어떻게 멋졌다고 제대로 말할 수 없었다. 그러나 그 말만으로도 충분한 것 같았다.

잠시 후 들라크루아는 무대 건너편에서 몇몇 사람을 상대로 한창 이야기를 하고 있는 오귀스트 클레징게르의 모습을 알아보았다.

"클레징게르도 와 있군요."

그는 그지마와 백작에게 눈짓으로 앞쪽을 가리키며 말했다. 백작은 그쪽으로 흘끔 시선을 던지더니 "네"라고 대답하고는, "쇼팽이 불렀어요. 파리에서도 손꼽히는 부자들이 모이는 밤이니 그의 일에 도움이 될 거라면서. 이곳에 도착했을 때 보니, 벌써 스털링 양이 쇼팽을 대신해서 그를 여러 사람들에게 소개하고 있더군요. 물론 그를 위해서가 아니라 솔랑주를 위해서지만"이라고 설명을 덧붙였다.

"그래요? 쇼팽이 그에게 퍽 신경을 써주는군요."

"정말 감탄했어요. 오늘 모인 사람들은 모두 쇼팽의 찬미자들이잖습니까? 그런데 그 장본인의 소개를 받다니, 이보다 더 든든한 소개는 없지요. 저자가 그 점을 얼마나 진지하게 감사하는지는 의심스럽지만 말입니다."

"그러고 보니 부인의 모습은 보이지 않는군요."

"지금 기유리에 있는 부친의 집에 있어요. 출산일이 가까워졌으니까요."

"참, 그렇군요…… 역시 어머니와는 아직도……"

"글쎄요, 노앙으로 가지 않은 걸 보면 그렇다는 거겠지요? 어떻든 나는 이제 그 여자와 관계된 일에는 전혀 관심이 없어서 자세한 건 모르겠습니다."

못마땅하다는 듯 대답하는 그를 보고 들라크루아는 공연한 질문을 했나 싶어 조금 겸연쩍었다.

클레징게르 일행 앞으로는, 조금 전까지 무대와 청중의 그늘에 가려 눈에 띄지 않았던 미쿨리, 텔레프센, 마티아스, 그레치, 슈트라이허 뮐러, 오므아라 양 등의 제자들, 그리고 할레를 비롯한 친한 음악가들의 모습이 보였다. 거기서 조금 떨어진 곳에는 구트만과 그의 말대답을 하기 귀찮아하는 듯한 표정인 알캉이 앉아 있었다. 그지마와 백작은 저도 모르게 퉁명스러운 대꾸를 해서 들라크루아가 기분이 상했을까 걱정스러웠는지 표정을 약간 누그러뜨리며 다시 말을 걸어왔다.

"저기 구트만이 보이지요?"

"예, 곁에 있는 사람은 분명……"

"알캉입니다."

"그렇지요?"

"예, 어째 몹시 귀찮은 듯한 표정을 하고 있지요?"

"그러고 보니 그렇군요. 두 사람 사이가 나쁘던가요?"

"아뇨, 원래부터 좋고 말고 할 정도의 사이도 아니에요. 단지 구트만은 쇼팽의 제자들 사이에서 공연히 미움을 받는 분위기지요. 저기 보세요, 미쿨리 일행도 저렇게 뚝 떨어져서 앉아 있잖아요?"

"예, 나는 까맣게 몰랐어요. 저렇게 사람 좋은 청년인데."

"나도 저 친구를 굉장히 좋아하지요. 그리고 쇼팽도 마찬가지예요. 아마 그가 혼자서 너무 총애를 받으니까 다들 샘이 나서 그러는 거겠죠."

"그렇군요." 들라크루아는 자신도 늘 제자들과의 관계로 골머리를 썩이는 터라 크게 고개를 주억거리며 맞장구를 쳤다. "그런 시샘이 주위에 참 많을 거예요."

"네, 게다가 구트만이라서 더 그런 면도 있죠."

"그건 무슨 이유인가요?"

"쇼팽의 주법은, 오늘도 그랬지만 원래부터 피아노라는 악기를 최대한 아름답게 소리내는 것을 목표로 하지 않습니까?"

"네."

"그래서 그는 리스트처럼 세게 내려치는 식의 주법은 무척 싫어하죠."

"네, 항상 개가 짖는 것 같다고 했으니까요."

"그렇죠? 그건 그가 제자들을 가르칠 때도 철저히 주의를 주는 점입니다. 그런데 구트만의 연주는 아시는 대로 그 큼직한 손으로 건반을 힘껏 내려치는 연주잖아요? 원래대로라면 쇼팽이 인정해줄 리 없는 주법이지요."

"듣고 보니 그렇군요. 말하자면 탈베르크 같은 연주법이지요, 그건."

"그런데 실제로는 저렇게 사랑을 받고 있어요. 그것을 다른 제자들은 도무지 이해할 수 없는 거지요."

"우수한 제자라면 또 모르겠다, 그건가요?"

"예, 사실 쇼팽도 틀림없이 만족하는 건 아닐 텐데…… 이상하지요, 다른 제자라면 진작에 눈 밖에 났을 텐데."

"제자라기보다는 친구로서 애정을 느끼는 게 아닐까요? 그렇다면 어떻게 할 수 없는 일이니까 더 잘 돌봐주고 싶은 건지도 모르지요."

"그런 면도 있겠죠. 사실 알캉만 해도 사람이 괴팍해서 남들이 꺼리는데도 쇼팽만은 항상 친절하게 대해주고, 자신의 레슨 학생들을 그쪽으로 돌려주기까지 하니까요. 우리가 보기에는 형편없는 클레징게르 같은 사람의 뒤를 봐주는 것도 단순히 솔랑주를 위한 일만은 아닌지도 몰라요."

"예…… 그러고 보면……" 쇼팽 역시 고독한 것인지도 모른다. 친절하다기보다는 오히려 고독한 것인지도. 들라크루아는 문득 그런 생각이 들었다. 그가 상드 부인과의 이별을 겪은 지금이어서가 아니라, 예전부터 문득문득 떠오르곤 하던 생각이었다. 쇼팽이라는 인간의 어딘가 깊은 곳에는 다른 사람들은 결코 볼 수 없는 휑한 뜰이 있어서, 그는 그곳에서 홀로 다른 이들의 침입을 두려워하면서 동시에 그들의 방문을 진심으로 고대하고 있는지도 모른다…… 근거도 없는 생각이다 싶어서 굳이 그지마와 백작에게 말하지는 않았다. 그러나 마음속으로는 그런 상상에 묘하게 굳은 믿음이 생겨, 그의 고독을 자신이 항상 느끼는 고독과 새삼 비교해보기도 했다.

마를리아니 백작 부인이 잠시 오므아라 양 일행이 있는 곳에 얼굴을 비치고 다시 옆자리로 돌아오더니, 말끝을 흐린 채 입을 다물고 있는 들라크루아의 뒤를 이어, 제1부의 연주가 청중에게 얼마나 큰 감동을 주었는지를 여기저기서 모아온 절찬과 함께 두 사람에게 전했다. 그러고는 "두 분께서는 뱃노래의 마지막에서 다시 한번 제1주제로 돌아갔을 때, 쇼팽 씨가 악보에 적힌 포르테가 아니라 피아니시모로 연주했다는 걸 아셨나요?" 하고 자랑스럽게 물었다. 그녀는 자신이 그것을 바로 알아차렸다는 것이 너무 기뻐서 로지에르 양을 붙들고 틀림없다는 것을 확인한 다음, 만나는 사람마다 묻고 다녔던 것이었다. "역시 할레 씨와 그 친구분들은 다 알고 계시더군요. 악보대로 연주하는 것보다 훨씬 더 좋았던 것 같다는 얘기도 하셨어요."

들라크루아는 그런 부분을 유난스레 들추어 의기양양한 표정으로 이야기하는 피아노 연습생 같은 대화가 영 마뜩찮았다. 그 또한 그 비할 데 없이 매혹적인 피아니시모는 전반의 프로그램

중에서도 특필할 만한 부분이라고 생각했다. 악보는 본 적이 없었다. 그러나 예전에 같은 뱃노래 연주를 들었을 때의 기억과, 곡의 전개가 불러일으키는 감동의 기대 등을 통해 그 연주가 얼마나 뜻밖의 것이었고, 또한 얼마나 효과적이었는지는 충분히 느낄 수 있었다. 그것을 화제로 삼는 것 자체는 괜찮았다. 그러나 그 감동의 비밀을 단순하게 그런 분석적인 발견에만 연결지어 이야기하는 것이 마음에 들지 않았다. 따지고 들면 분명 그렇기는 했다. 그러나 예술이 위대한 것은 무릇 기술적인 지식을 가지지 않은 사람이 가장 기술적인 연구에 의해 큰 감동을 받는다는 사실에 있다. 문제는 그런 구조의 묘(妙)였다. 본래의 악보와 다르게 연주했다. 그러나 그렇기 때문에 감동했다고 말할 수 있을까? 감상자는 분석에 앞서 먼저 경탄을 품었을 것이다. 감상이란 오히려 그런 경탄부터 밝혀야 하는 것이 아닐까? 쇼팽이 포르테를 무시한 것이 사람들을 경탄하게 한 것이 아니다. 먼저 경탄이 있었고, 그 경탄의 내용을 조사해보니 우연히 그 사실이 발견되었다고 해야 하는 것이다.

그는 자신의 그런 견해가 음악적 지식이 부족하기 때문에 나온 것이라고는 생각하지 않았다. 피아노 연습생들이 그렇게 믿으면서 은근한 우월감을 품는다는 것은 알고 있었다. 그러나 그의 이런 생각은 회화를 감상할 때도 마찬가지였다. 회화의 기법상의 문제에 대해 그처럼 자각적인 화가는 없었다. 그처럼 해박한 지식을 가지고 예민하게 검토하고 이해하는 화가는 없었다.

그러나 걸작을 마주할 때 가장 먼저 엄습하는 것은 항상 보다 소박한 경탄이었다. 구체적인 분석은 나중에 찾아오는 것에 불과했다. 그리고 분석한 후의 다양한 발견을 종합해봐도 결국 처음의 경탄을 채우기에는 불충분했다.

그가 항상 미술관을 나서는 학생들이나 평론가들의 논의에 난처해하는 것은, 그들이 그러한 경탄을 그냥 지나쳐버린다는 인상을 받기 때문이었다. 혹은 그 경탄을 잊어버리거나 스스로 오해하고 있는 것처럼 보였기 때문이었다. 지식의 증가가 감성의 마모를 초래한다는 것은 얼마나 불행한 현상인가? 그런 현상이 사람들 사이에서 이토록 빈번하게 일어나는 것은 어째서일까? 그런 영악한, 그리고 대부분 진부하고 그다지 대수로운 발견도 아닌 이야기를 들을 때마다 그는 크게 한숨을 내쉬었다. 그래서 오히려 제니가 말해주는 사심 없고 순수한, 흥분에 찬 감상이 훨씬 즐겁게 들리는 것이었다.

어찌 되었든 예술작품이라는 것은 입 밖으로 내어 표현하고 나면 반드시 왜소해지고 마는 것이라고 그는 생각했다. 그럴 바에는 차라리 최초의 경탄에 충실하여 아무 말 없이 있는 편이 낫다. 그와 그지마와 백작 사이에서는 아마도 그런 이해가 통했던 것이리라. 그는 새삼 그 생각이 옳다는 것을 느꼈다.

"그런데, 왜 그랬을까? ……이제 포르테로 건반을 누를 힘이 없어서 그랬을 거라는 분도 계시더군요."

마를리아니 백작 부인의 말에 그지마와 백작이 입을 열었다.

"쇼팽은 곧잘 즉흥으로 그렇게 연주하곤 했잖습니까? 나는 그의 몇몇 곡을 완성 전에 들은 적이 있는데, 대부분 그렇게 미완성 부분을 즉흥적으로 연주한 것이 실제 완성된 것보다 훨씬 대담한 작품이었어요. 나쁜 뜻으로 하는 말이 아닙니다. 그렇게 보면 쇼팽이 악보에 적어넣은 것은 어떤 곡의 가장 고정적인 모습이겠지요. 그리고 그는 거기에서 다양한 가능성을 이끌어내서 항상 곡에 신선한 숨을 불어넣는 연주를 할 수 있을 겁니다."

"맞는 말씀입니다. 오늘의 연주는 그 좋은 예겠지요."

들라크루아는 평소에는 웬만해선 비평 비슷한 말을 하지 않는 백작이 드물게 입에 담은 그 지적에 감동했다. 이제껏 어렴풋이 짐작은 하면서도 제대로 말로 표현하지 못했던 쇼팽의 연주에 대한 생각에 윤곽이 잡히는 듯했다.

그렇게 일단 사색의 실마리를 잡자 갑자기 다양한 방면으로 생각이 펼쳐졌다. 특히 그를 사로잡은 것은 회화 제작에서 어떻게 하면 밑그림에 나타난 생기를 감소시키지 않고 완성된 화면에까지 유지할 것인가 하는 예의 그 문제였다. 그는 그것을, 즉흥적으로 얻은 악상을 세련되게 완성해나가는 쇼팽의 작곡 방법과 비교해 검토해보고 싶었다.

'다음에 한번 물어보자. 오랫동안 쇼팽과 그런 토론을 해보지 못했어…… 그만큼 서로 여유가 없었지.'

그는 굳이 그 이야기를 이 자리에서 꺼내지는 않았다. 이런 자리에 어울리지 않는 이야기 같았고, 그지마와 백작도 토론이 계속되는 것을 원하지 않는 듯했다.

마를리아니 백작 부인은 이해했는지 아닌지 알 수 없는 표정으로 "그렇군요……"라고 애매하게 대답했다. 다른 곳에서는 존경과 칭찬을 받았던 자신의 발견이 이 자리에서는 그다지 환영받지 못했지만, 대화 자체는 다른 곳에서보다 훨씬 발전한 것 같아 그녀는 기뻐해야 할지 슬퍼해야 할지 알 수가 없었다.

그지마와 백작은 그 이상 말을 덧붙이지 않고, 마침 인사를 하러 온 동향 친구들과 모국어로 이야기를 나누기 시작했다. 화제는 저절로 폴란드 문제로 옮겨가, 오늘의 이 기념할 만한 연주회를 두 해 전에 갈리치아에서 일어난 비극 이후 곳곳에서 착실하게 전개되고 있는 민족의식 앙양을 위한 운동과 어떻게 연결시킬 것인지에 대해 흥분된 의견이 오고갔다. 그지마와 백작은 운동 자체에 대해서는 당연히 지지했지만, 오늘의 연주회에 과도한 정치적 의미를 부여하는 데는 반대했다. 그러나 마를리아니 백작 부인과 이야기하는 것보다는 낫겠다는 생각에 계속 토론에 참가했다. 사실 그지마와 백작은 마를리아니 부인의 말에 처음부터 상대도 하지 않았다. 그것은 들라크루아와 마찬가지로 그녀의 악취미를 혐오하는데다, 그녀가 쇼팽과 상드 부인 사이에서 미묘한 입장을 유지하고 있는 것이 이도 저도 아닌 비열한 태도로 보여 내심 경멸하고 있기 때문이었다.

잠시 후 제2부를 시작할 시간이 되자, 휴식시간 동안 자기 회사 피아노의 우수성을 실컷 광고한 덕에 신이 난 카미유 플레옐이 쇼팽을 부르러 직접 대기실로 들어갔다.

쇼팽은 첼로를 안은 프랑숌과 함께 대기실을 나서는 참이었다.

"어때요, 좀 쉬셨나요?"

"예, 좀…… 아직도 반이나 남았다니, 정신이 아득하네요."

"청중은 이제 반밖에 안 남았다고 탄식을 하는걸요! 걱정할 거 없어요. 1부처럼만 연주하면 오늘밤은 파리 음악사에 영원히 새겨질 최고의 음악회가 될 겁니다!"

"너무 지나친 기대는 하지 말아요."

"하하, 이거 실례!" 플레옐은 쇼팽이 너무 심각한 표정을 짓는 바람에 평소처럼 농담처럼 서둘러 얼버무렸다. 그러고는 "괜찮아요, 괜찮아. 집에서처럼 편안하게 연주하면 돼요"라고 어깨를 두드렸다.

쇼팽은 불안한 눈으로 프랑숌을 돌아보았다. 제2부 첫 곡은 작품 65번 첼로 소나타였다.

"마음 편히 가지게. 자네가 그런 얼굴을 하면 나까지 걱정돼."

프랑숌은 일부러 몸을 부르르 떨어 보이며 장난을 쳤다. 쇼팽은 그 모습에 저도 모르게 미소가 번졌다.

"내 걱정을 하느라 자네는 쉬지도 못했지?"

휴식시간 내내 대기실에서 프랑숌이 그의 상대를 해주었다.

"나는 출연이 적으니까 괜찮아. 1부에서도 편히 앉아서 자네 연주를 들었는데, 뭐. 그보다 자네가 나 때문에 제대로 쉬지 못한 건 아닌가?"

"아니, 그럴 리가 있나. 쉰다고 해도 잠을 잘 것도 아니고, 혼자 있는 것보다 훨씬 좋았어."

살롱 입구에 도착하자, 스털링 양을 비롯한 몇몇 사람들이 기다리고 있다가 쇼팽에게 제2부에서의 호연(好演)을 기원하는 인사를 건넸다. 그는 고개를 끄덕이는 정도로 간단히 답하고는, 곧장 문을 열고 연주회장으로 들어섰다.

무대 위의 피아노가 눈부셨다. 환기를 한 덕에 팽팽해진 듯한 공기 아래쪽에서 꽃냄새가 훅 끼쳤다. 박수 소리가 단단하게 울렸다. 정면을 향하자 빽빽이 들어찬 무수한 얼굴 하나하나에 이쪽을 응시하는 두 눈이 반짝이고 있었다. 팔에서 스르르 힘이 빠져나가는 것을 꾹 참으며 입을 다문 채 크게 숨을 들이쉬었다. 다시 숨을 토해내는 소리에 양쪽 귀의 고막이 과민하게 떨렸다.

사전에 상의한 끝에 첼로 소나타는 제1악장을 생략하고 제2악장 스케르초부터 연주하기로 했다. 연주회 전체 시간을 줄이기 위한 배려이기도 했지만, 두 해 전에 완성된 이후 난해하다는 평을 자주 들어왔던 제1악장은 친한 이들에게 연주할 때도 건너뛰었던 적이 많았기 때문에 이번에도 길게 상의할 것 없이 자연스럽게 생략하기로 한 것이었다. 쇼팽도 프랑숌도 이 작품의 완성도에 대해서는 비관하지 않았다. 그러나 높은 음악적 교양을 갖춘 친구들조차 이해하지 못한 작품을 이날의 청중들이 올바르게 이해할 수 있을 것 같지는 않았다. 쇼팽에게는 악곡의 참신함으로 청중을 진동시키고 악단에 화제를 제공하는 야심 따위는 전혀 없었다. 그에게는 프랑숌과의 공연이라는 것이 더 중요했다. 작품의 생략에 대해서는 조금도 망설일 것이 없었다. 프랑숌도 그의 제안에 동의했다. 처음부터 그를 위한 연주회였다. 그리고 장본인인 그 자신이 연주회라는 것에 얼마만큼의 음악적 의의를 두고 있는지는 프랑숌도 잘 알고 있었다.

라단조 스케르초의 주제가 제1부의 연주에서는 듣지 못했던 힘찬 음향으로 다시 막이 오른 연주회의 첫머리를 장식했다. 쇼팽의 피로를 염려했던 이들은 그 발랄하고도 생기 있는 음색에 크게 안도했다. 터치의 강약은 공연자를 얻은 뒤에도 변함없이 자유자재여서, 가장 여리게 연주된 한 소절에서조차 첼로의 음량에 묻혀버리는 법 없이 오히려 도드라진 진주 장식처럼 한 음 한 음의 윤곽이 분명하게 느껴졌다.

쇼팽뿐 아니라 프랑숌의 기량에도 많은 이들이 새삼 찬탄을 보냈다. 특히 트리오의 풍성하고도 순아(醇雅)한 울림은 쇼팽이 항상 이탈리아 가수들이 노래하듯이 연주해야 한다고 입버릇처럼 말했던 그대로여서, 눈을 감으면 왕년의 루비니의 테너를 듣는 듯한 착각을 불러일으켰다. 그의 악기가 예전에 그것을 사용했던 프랑스 거장의 이름을 딴 '뒤포르' 스트라디바리우스라는 사실을 아는 이들은, 그의 유연하고도 가벼운 활의 사용법이야말로 뒤포르가 확립한 기법을 현대적으로 가장 세련되게 발전시킨 양식이라는 것을 실감했다. 그것이 뒤포르의 제자에게서 이만이천 프랑이라는 거금을 들여 양도받은 당대 제일의 악기라는 사실을 휴식시간 동안 알게 된 이들은, 모차르트의 피아노 삼중주곡 때는 별로 주의를 기울이지 않았던 그 음색을 대단히 특별한 것으로 느끼기도 했다.

내림나장조 아다지오에서도 첼로의 매력은 충분히 살아 있었다. 눈치 빠른 몇몇은 그 주제에서 〈피아노 소나타 제2번〉의 〈장송행진곡〉에서의 트리오 선율을 떠올렸는데, 그런 탓인지 그지없이 온화하고 침착한 이 라르고 악장도 어딘지 황혼을 기다리는 오후의 공원과도 같은 은밀한 적막의 예감을 느끼게 했다.

휴식시간 동안 집중력이 떨어진 이들은 프랑숌이라는 인물이 이토록 쇼팽의 신뢰를 얻게 된 이유를 새삼 생각해보았다. 음악가들 사이의 우정은 서로의 재능이 대등하고 나아가 서로를 인정하고 존경할 수 있는 경우가 아니면 결코 그들의 예술에 보탬이 되지 않는다. 얼마나 많은 연주가들이 서로 어울리지도 않으면서 친구라는 이유만으로 한 팀이 되어 청중을 실망시켰던가. 실제로 쇼팽은 자신과의 안면을 이용하여 출세를 노리는 음악가들에게 항상 경계심을 감추지 않았고, 그런 이들을 제자로 받아들이는 것조차 지극히 신중을 기해왔다. 그는 그러한 관계의 무의미함이 싫었다. 프랑숌이 쇼팽의 사랑을 받은 것은 그의 훌륭한 인품 덕이기도 했지만, 그보다 음악가로서 그의 실력에 쇼팽이 자연스럽게 경의를 품을 수 있었기 때문이었고, 그래서 인간적으로 미워할 수 없다는 이유로 설익은 음악적 기량을 눈감아주어야 하는 불편한 관계를 만들지 않아도 되었기 때문이었다.

제4악장 사단조의 피날레는 이전 악장이 가져온 온화한 분위기에 문득 무엇인가가 흩뿌려지는 것처럼 시작되었다. 첫머리에 반음계로 하강하는 삼연음부를 몇 차례나 배치한 제1주제가 피아노에 의해 연주되자 즉각 그것이 첼로에 의해 반복되고 그대로 두 악기가 복잡하게 얽히면서 점차 앙양되었고, 이탈리아 가수의 교묘한 호흡과도 같은 피아노의 쉼표 뒤에 이번에는 첼로에 의해 처음 제시되는 제2주제로 이어졌다. 간소한 리듬의 반복이 일단 곡의 열기를 식혀주었고, 다시 새로운 고양에 도달하기 위한 보다 착실하고도 절제된 순서를 밟아나갔다. 제시부에서는 그러한 준비가 충분한 효과를 발휘했다. 피아노가 생생한 선율을 이끌어내자 지금까지 마치 피아노에 덮여 그 움직임이 억눌려 있었던 듯한 첼로도 때를 놓치지 않고 뒤를 이었다. 피아노와 첼로는 서로의 영역을 완벽하게 존중하면서도 스스로의 가능성을 털끝만큼도 억제하지 않고, 양쪽 모두 단 하나의 음악만을 지향하며 활발한 대화를 거듭했다. 작곡가와 그 협력자 사이의 매력적인 우정이 조금의 지나침도 모자람도 없이 서로의 악기에 곡을 나누어, 결과적으로 그들 이외의 어떤 피아니스트와 첼리스트도 완벽하게 만족할 수 있는 작품이 된 것이 강한 인상을 주었다. 다시 제1주제를 이끌어내는 역할은 자연스럽게 첼로에 양보되고, 피아노는 앞서나가는 그 선율을 확인하듯 뒤를 더듬어나갔다. 라단조에서 재현된 제2주제는 이번에는 피아노가 반복되는 부분을 받아 그대로 제시부로 이어지고, 제1주제를 다시 한번 재빠르게 빠져나와 코다로 넘겼다. '피우 모소 알 피네' 라는 지시대로 두 개의 악기는, 마치 조각그림을 맞추는 두 사람의 손길이 완성에 가까워질수록 점점 더 빨라져 결국 망설임 없이 남은 구멍에 마지막 조각을 끼워넣듯이, 하나의 음악의 완성을 위해 남겨진 악곡의 빈 공간에 차례차례 적절한 선율을 메워나갔다. 마지막 화음은 둘이 함께 채워야 할 완성의 공백이었다. 현란한 두 개의 악기 소리가 어우러져 울려퍼졌을 때, 회장은 흠잡을 데 없는 연주회의 재개를 환영하는 듯 성대한 박수로 끓어올랐다.

몸을 일으키며 쇼팽은 그날 처음으로 한눈에 알아볼 만큼 환한 웃음을 보였다. 결코 화려하지는 않았지만, 그것은 그의 피아노 음색처럼 가장 뒷자리에 앉은 이들에게까지 선명한 인상을 주었다. 청중은 그가 조금 전의 연주에 만족했다는 것을 알고, 자신들이 품은 감동에 다시금 자신을 가졌다.

프랑숌도 얼굴 가득한 웃음으로 그에게 답했다. 둘이서 앞뒤 객석에 인사를 하고 서로 악수를 나눈 다음, 프랑숌은 그에게 "최고였어!"라고 말을 건넸다. 쇼팽은 박수 소리에 그 말을 알아듣지 못해 "응?" 하고 얼굴을 가까이 가져갔다. 프랑숌은 그의 귓가에 대고 다시 한번 "최고였어!"라고 말해주고는 "나는 이걸로 할 일을 마쳤지만 자네는 조금 더 수고해야겠네. 괜찮아, 이대로만 하면 다 잘될 거야!"라고 약간 흥분된 기색으로 속삭였다. 쇼팽은 쓴웃음을 지으며 "나도 지금 이 기분 그대로 무대를 내려갈 수 있다면 얼마나 좋을까"라고 작은 소리로 대답했다. 두 사람이 얼굴을 가까이 대고 이야기를 나누는 모습이 너무도 다정해 보여서 청중은 저절로 얼굴에 웃음이 번지며 "저것 좀 봐요! 저 표정! 정말 기분 좋게 웃고 계시네!"라고 옆 사람과 말을 주고받았다.

휴식시간에 상의한 대로 프랑숌은 쇼팽을 남겨둔 채 무대에서 내려가고 그와 자리를 바꾸듯 구스타브 로제가 모습을 드러냈다. 덕분에 회장에 모인 사람들은 프랑숌의 노고를 기리는 박수와 로제의 등장을 환영하는 박수를 한번에 마칠 수 있었다.

로제와 쇼팽은 무대에서 가볍게 악수를 나누고 나란히 청중을 향해 인사했다.

로제가 선택한 곡은 마이어베어의 〈악마 로베르〉의 아리아였다. 곡목으로 보아 쇼팽의 취향이 아니라는 건 분명했지만, 그의 독주를 빨리 듣고 싶어 애타는 마음으로 귀를 기울였던 멘디양의 노래 때와는 달리 청중도 이제는 조금 여유를 가지고 느긋하게 의자에 앉아 있었다.

쇼팽의 반주는 극히 겸손한 것이었다. 본인의 작품 연주가 너무도 훌륭했던 터라 대부분의 사람들이 잊고 있었지만, 조역을 맡으면서 음악의 중심에서 잠시 비켜서자 그의 피로에 대한 염려가 되살아났다. 노래는 단 한 곡뿐이었고, 로제도 자신이 이곳에 불려온 의미를 잘 알고 있는 듯 노래를 마치자마자 예의 바르게 인사하고 상쾌한 얼굴로 무대를 내려갔다. 관객은 그 시원스런 태도에 도리어 가엾은 마음이 들어 커다란 박수로 그에게 찬사를 보냈고, 멘디 양의 노래도 좀더 차분히 들어주었으면 좋았을 거라는 생각에 그제야 새삼 미안한 마음을 품었다.

사전 상의에서는 쇼팽이 무대에 남아 곧장 마지막 독주를 하기로 되어 있었다. 그러나 쇼팽은 잠시 주저하는 듯하더니 어찌된 일인지 로제의 뒤를 쫓아 무대를 내려가 살롱 밖으로 나가버렸다. 목의 통증으로 기침 발작이 터져나올 것 같아 잠시 목을 축이러 나간 것이었다.

예상 밖의 일에 놀란 이들도 옆 대기실에서 박수를 치면서 그를 맞이하고는 곧바로 사용인을 불러 만일을 위해 스털링 양이 미리 지시해두었던 얼음물과 레몬을 내오게 했다. 쇼팽은 로제와 다시금 인사를 나누고 천천히 물을 마시며 조그만 얼음 덩어리를 하나 입에 물었다. 손수건으로 이마의 땀을 닦고 작게 한숨을 내쉰 다음 다시 열린 무대의 문 쪽으로 시선을 던졌다. 손바닥을 합장하듯이 맞대고 손가락을 깍지 낀 채 뒤집어 양팔을 쭉 뻗으며 가볍게 기지개를 켰다. 그리고 풀어낸 손을 두어 번 쥐었다 폈다 했다. 혀 위에서 거의 다 녹은 얼음을 마지막으로 가볍게 깨물어 씹고는 결심한 듯 침과 함께 꿀꺽 삼켰다. 순간 목구멍에 그 차가움이 스몄다.

쇼팽이 다시 나타나자 회장에는 기다렸던 만큼 더욱 열기가 담긴 박수가 끓어올랐다. 실내가 환했다. 단순히 촛불 때문만이 아니라 무대에 오르는 순간의 현기증 탓이기도 했다. 심장의 박동이 둔중한 아픔이 되어 머릿속에서 부풀어올랐다. 표정이 굳어지는 것이 스스로도 느껴졌다.

의자에 앉은 쇼팽은 거의 선구적(先驅的)이라고 할 피로감에 휩싸였다. 그러나 그 형해만 남은 공허한 피로를 스스로 채워가려는 듯, 프랑스 판을 이 살롱의 소유자인 카미유 플레옐에게 헌정한 작품 28번 〈24개의 프렐류드〉에서 네 곡을 연달아 연주했다.

청중은 무대에 돌아오면서 잠시 휘청거리는 듯하던 쇼팽의 발걸음을 보고 다시 한번 그의 건강을 염려했지만, 기력의 쇠약을 조금도 느낄 수 없는 그 연주의 신선한 음향에 크게 감동했다. 첫 곡은 이 작품 중에서도 가장 고도의 기술을 요하는 올림바단조 프렐류드였다. 바람에 휘날리는 황금빛 모래먼지처럼 과도한 반짝임으로 악곡 전체를 뒤덮는 삼십이분음표의 아르페지오 속을 오른손 엄지손가락의 선율이 마치 그곳에서 달아나려는 듯 마구 내달렸다. 위를 향한 채 눈을 감은 그의 표정은 그야말로 지금 이 순간 천변만화하는 그의 내면의 소리의 범람 가운데에서 단 하나의 선율을 건져올리기 위해 귀를 기울이고 있는 것 같아 보였다. 그 지극히 치밀하고도 신경질적인 작업은 조금의 어색함이나 막힘도 없이, 손놀림 그 자체에 아름다움이 있다고 느껴질 정도로 교묘하게 이루어졌다. 또한 그렇게 자아낸 소리의 순간순간의 음향에는 그것이 태어날 수밖에 없었던 필연을 희미하게나마 드러내려는 애절한 감정의 번뜩임이 있어, 소절에서 소절로 이어질수록 점차 청중을 그의 창작 동기 그 자체로 다가가게 했다.

그는 그러한 청중의 의식적인 집중을 교묘하게 뒤집으려는 듯 다시 올림다단조 프렐류드를 이어서 그가 자신의 내면에 개입하는 말을 들었을 때 곧잘 화제를 돌리던 것과 같은 자연스러움으로 나장조 프렐류드를 연주했다. 그러고는 잠시도 틈을 두지 않고 올림사단조 프렐류드의 연주에 들어갔다. 힘찬 반음계의 상승이 사람들을 다시 음악의 구심력 속으로 끌어들였다. 그것은 그들의 손을 잡고 이끌어가려는 듯한 연주였고, 또한 중간부의 커다란 완급의 물결 속에서 갑자기 그 손을 놓아버리는 연주였다. 덕분에 사람들은 눈앞에서 어지럽게 반복되는 전조에 농락당하다 문득 정신을 차리자 다시 원래의 악구로 돌아와 있었다. 재현되는 반음계의 상승은 이번에도 역시 완성되지 않아 악곡은 제자리걸음을 하듯 단음 몇 소절을 거치고는 곧장 코다로 돌입했다. 여운과도 같은 그 음향은 짤막하게 마감되었고, 마지막에는 거의 비웃음처럼 여겨지는 악마적인 해학을 띤 분위기에서 악곡은 끝났다.

그 연주는 많은 청중을 정체 모를 불안의 소용돌이로 밀어넣었다. 훌륭하고 나무랄 데 없는 연주라는 점은 분명했다. 지금까지 그의 모든 연주와 마찬가지로 비할 데 없는 연주였다. 그들의 불안은 연주상의 난점에서 유래하는 것이 아니라, 말하자면 이 지극히 독창적인 악곡들의 감추어진 참모습을 작자 스스로의 손에 이끌려 처음으로 직면한 데서 기인하는 것이었다.

쇼팽은 그런 그들의 불안을 다정하게 위로하듯 작품 28번에 이어지는 마지막 곡으로 지금까지 마이어베어와 모셸레스 같은 음악가들을 비롯해 수많은 이들이 이 소품에 대한 애착을 그에게 고백했던 내림가장조 프렐류드를 연주했다. 멘델스존의 〈무언가無言歌〉와도 종종 비교되는 작품인데다, 멘델스존 본인도 프렐류드 집에 대해 자신은 결코 쓸 수 없었을 작품이라고 평했다는 풍문도 있었던 터라 청중 가운데에는 이것이 지난해 갑작스레 세상을 뜬 그에게 바치는 연주라고 생각하는 이들도 있었지만, 그것은 상상에 불과한 이야기였다. 잔물결처럼 밀려드는 온화한 음이 조금 전 청중의 가슴속에 깃든 불안을 말끔히 씻어주었다. 그것은 아마도 쇼팽의 천재성 중에서도 가장 신중하게 감추어지고 가장 신중하게 다루어지는 어떤 신비한 부분과 관련된 것일 터였다. 긴장감에서 해방된 몇몇은 이 **프렐류드**라 이름 붙여진 일련의 신비한 작품에 대해 다시금 생각에 빠졌다. 과연 여기에서 말하는 프렐류드란 그 단어의 본래 의미를 여전히 지니고 있는 것일까? 그렇지 않다면 그의 스케르초가 일반적인 **농담**과는 먼 내용이듯, 이 또한 하나의 형식상의 명명에 불과한 것일까? 혹은 단순히 바흐에 대한 동경의 표현인 것일까? 의미가 있다면 그것은 무엇일까? 이 곡 뒤에 과연 어떤 음악이 이끌려나온다는 것일까? 말하자면, 영원히 부재하는 음악을 향한 영원한 부름. 가 닿을 바다가 없는 강. 산꼭대기에 비친, 떠오르는 태양을 갖지 못한 서광. 그의 벌거벗은 영감과도 같은 짧고 선열한 음의 섬광. 갖가지 발전의 여지를 예감하게 하면서도 털끝만큼도 그 가능성을 인정하지 않는 한 편의 엄격한 완결. 완전한 미연형. 단지 스스로의 한순간 한순간을 예고하고 스스로를 인도하기 위해서만 필요한 음악. 스스로를 위한 스스로의 전주. ……작품은 짧고도 풍성한 진폭을 보이며 마지막에는 그의 녹턴을 떠올리게 하는 디미누엔도 속에서 오후 열한시의 종이라 일컬어지는 나지막한 내림가 음만을 변함없는 음량으로 계속 울리다, 그것이 꼭 열한 번을 울린 지점에서 조용히 종말을 고했다.

프로그램에는 단지 프렐류드라고만 적혀 있을 뿐 무엇을 몇 곡이나 연주할지는 알려지지 않았던 터라 아마 이곳이 한 구획일 거라고 짐작했던 이들도 박수를 쳐야 할지 말아야 할지 망설였지만, 쇼팽은 그러한 객석의 기척에 신경쓰는 모습도 없이 잠시 틈을 두었다가 곧바로 마주르카 연주에 들어갔다.

연주회장 가득히 작품 7의 1번, 내림나장조 마주르카가 밝고 경쾌하게 울려퍼졌다. 평소에 그의 연주를 접할 기회가 없었던 이들은 선택된 곡들이 모두 마치 자신의 바람을 특별히 알아준 듯이 그간 꼭 듣기를 고대했던 곡들이어서 연주가 시작될 때마다 저도 모르게 감격의 탄성을 쏟아낼 뻔했다. 쇼팽이라고 하면 병약하고 상처입기 쉽고 도회적이며 자택 침대 속이나 창가의 피아노 앞, 어딘가의 살롱 촛불 아래가 아니면 살 수 없을 것이라고 여겼던 이들은 그의 음악이, 그리고 그 자신이 이토록 청명하게 생의 약동으로 가득한 대지의 찬가를 노래할 수 있고, 게다가 어떤 프랑스인에게도 뒤지지 않는 세련된 작법을 갖추었으면서도 그 마음은 항상 머나먼 폴란드를 위해 넓은 자리를 열어놓고 있는 것에 새삼 가슴이 뭉클했다. 과연 음악의 『판 타데우시』라고 할 만한 작품이었다.

최초로 연주된 마주르카가 그의 고향 폴란드의 가장 반짝이는 기억의 유물이라면, 이어서 연주된 작품 7의 2번 가단조 마주르카는 그러한 회상 뒤에 반드시 그를 엄습하는, 잃어버린 조국에 대한 한없는 슬픔의 독백이었다. 양자는 서로를 지탱하며 그 대비를 강조하고 그의 복잡한 망향의 심정을 잔혹할 만큼 생생하게 보여주었다. 중얼거리는 듯한, 뒤로 물러서는 듯한 음향과는 반대로 그 고독은 너무도 깊고 웅대한 것이어서, 아무리 그를 사랑하는 이라 해도 이 순간의 그를 위로해줄 수는 없었다. 음악은 그 순간 망령과도 같은 한 국가의 환영을 떠올리게 했다. 그것은 동시에 국경을 넘어 슬라브 세계 전체를 뒤덮을 수 있는 하나의 가능성이었다. 그지마와 백작을 비롯한 몇몇 폴란드인들은 그 순간 분명히 그것을 보았다. 그리고 이제까지 한 번도 진지하게 폴란드 문제에 대해 생각해본 적이 없는 귀족의 영양(令孃)들까지 가장조에서 올림바단조로 조가 바뀌고 저음부의 유려한 슬러를 타고 연주되는 웅장한 몇 소절 중에 두 차례 강렬하게 울려퍼진 올림바 음에는 마치 벽력을 맞은 듯 그의 슬픈 조국의 독립에 대해 막연하나마 생각해보게 되는 것이었다.

이 두 곡의 마주르카 연주는 연주회장을 어떤 기묘한 감동으로 감쌌다. 그것은 듣는 이에 따라서는 이날의 연주회에 뜻하지 않게 끼어든 티처럼 느껴지기도 했다.

마지막 프로그램인 왈츠 연주를 앞두고 흥분한 탓인지 아니면 역시 피곤한 탓인지, 쇼팽은 일순 정신이 아득해지면서 극심한 두통을 느꼈다. 기침이 터지지 않도록 조심하며 어깨로 두어 차례 크게 숨을 들이쉬어 호흡을 가다듬었다. 두번째 숨을 내쉴 때 한 차례 기침이 나왔다. 그리고 세번째로 숨을 들이쉬는 동시에 건반에 손을 올리고 지난해 발표한 작품 64번 중에서, 그날 물론 연주회장에 와 있던 로스차일드 남작 부인에게 헌정된 올림다단조 왈츠를 치기 시작했다.

이때의 쇼팽의 아름다움은 어느 누구도 말로 표현할 수 없었다. 얼마나 많은 음악가가 있는가. 탁월한 기교를 자랑하고 청중을 사로잡는 화려함을 갖춘 음악가가 얼마나 많은가. 그러나 그들이 아무리 흠모하고 애를 써도 결코 모방할 수 없는 것이 쇼팽에게는 있었다. 쇼팽에게만이라고 단언할 수 있을 만큼 그것은 특별했다. 그 아름다움은 연주되는 선율의 한 음 한 음에서 그윽하게 피어올라 객석의 모든 이들을 황홀하게 했다. 가슴을 조이는 듯한 우울도 적요도 비애도, 어느 하나 그런 그윽함을 띠지 않은 것이 없었다. 바로 기품이었다. 쇼팽의 경우, 그것은 특권이라기보다 오히려 하나의 재능이었다. 그것을 이토록 생생하게 실감하게 하는 곡은 없었다. 그 향기, 그 현묘함!

모습을 드러낸 내면의 틀. 외관에 결정(結晶)된 내실. 양식으로 고양된 한없는 정감…… 청중의 감동은 스며들듯 그들의 내면 깊은 곳까지 퍼져갔다. 데크레셴도로 끝까지 올라간 마지막 올림다 음의 현이 수면에 떨어진 한 방울의 물방울처럼 내리쳐지자 연주회장은 구석구석까지 그 울림으로 가득 찼다. 쇼팽은 파문처럼 번지는 여운이 고요해지기를 기다려 조금 전 원숙의 극치에 달한 연주와는 다르게, 마치 스무 살 젊은 나이로 되돌아 간 듯한 풋풋함으로 작품 18번 왈츠의 전주를 연주했다.

연주회장이 사람들의 웃는 얼굴로 환하게 빛났다. 지금까지 가슴에 담아두었던 감동이 환희와 흥분으로 한꺼번에 흘러나오는 것 같았다. 모두들 이것이 마지막 연주가 될 것이라고 짐작하고 있었다. 그 마지막 연주를 위해 그가 가장 젊은 시절에 작곡한 이 왈츠가 선택되었다는 데 대해 사람들은 저마다 특별한 감회를 품었다. 연주회장의 분위기를 띄우기 위한 유쾌한 연출이라고 생각하는 이도 있었다. 누군가에게 그런 부탁을 받았는지도 모른다고 추측하는 이도 있었다. 프랑숌 같은 이는 저도 모르게 쇼팽이 파리에 막 도착했던 무렵을 떠올리고, 그가 이 연주회에 부여한 재기의 의미를 다시금 확신했다. 마찬가지로 처음 만났던 무렵의 쇼팽을 떠올린 그지마와 백작은 조금 전 마주르카 연주 이후로 잠잠해졌던 눈물이 다시 두 눈을 가득 채우는 것을 느꼈다. 제자들은 그의 천재성이 젊은 시절 그대로 조금도 변하지 않았다는 것을 새삼 실감하며, 당시의 연주를 이리저리 상상해보고 그것을 놓쳐버린 것을 진심으로 유감스러워했다.

사랑하지 않을 수 없는 그 쾌활한 선율은 청중을 완전히 만족시켰다. 어느새 많은 이들이 손과 발로 박자를 맞추고 있었다. 이것으로 끝이라고 생각하니 한 음 한 음이 너무도 아쉬웠다. 한편에서는 어서 빨리 그에게 박수갈채를 보내고 싶어 가슴을 두근거리며 애를 태우는 사람들도 있었다.

다시 돌아온 제1부의 선율을 조심스레 마치고 한 소절의 쉼표 뒤에 태동과도 같은 피아니시모의 왼손 전주가 시작되자 청중의 열기는 한층 높아졌다. 코다는 점점 고조되어 군데군데 눈부신 반짝임을 아로새기며, 강약과 완급을 절묘하게 바꾸어가며 마지막 음계로 치달았다. 그 절정의 한 소절이 얄미울 만큼의 뉘앙스로 거듭되다 서서히 증발하듯 사라져가자 청중은 그 소리에 이끌려 자신들도 한없이 가볍게 저 너머로 사라지는 것만 같았다. 온몸에 소름이 돋았다. 너무도 엄청난 묘기에 더이상 견딜 수 없다는 듯 눈썹을 치켜올리며 얼굴을 일그러뜨리는 이도 있었다. 3도 화음이 높은 종소리처럼 울리고 다시 옥타브를 낮춰 세 차례 거듭되더니, 마지막에는 나지막하고 당당한 주음(主音)이 곡을 마무리했다.

쇼팽이 건반에서 손을 떼고 몸을 일으키는 것을 확인하자마자 살롱은 폭발적인 박수와 환성에 휩싸였다. 창문 유리가 모조리 깨져나갈 듯한 엄청난 갈채였다.

쇼팽은 휘청거리는 몸을 의자 등에 손을 짚어 지탱하면서 앞뒤 객석을 향해 몇 번이고 답례를 했다. 그리고 꽃다발을 받아들고 다시 작게 미소지은 다음 무대에서 물러났다.

물론 박수 소리는 그치지 않았다. 몇 번인가 무대로 돌아온 끝에 쇼팽은 드디어 피아노 앞에 앉았다. 연주회에서는 으레 보이는 광경이었지만 관객의 흥분이 심상치 않았던 만큼 마치 누군가의 지휘라도 받은 듯 한순간에 장내가 고요해졌다. 혹시 몰라서 미리 기침을 해두는 사람이 몇몇 있었던 것이 본인들에게까지 우스꽝스럽게 여겨졌다. 그러나 그것마저 즐겁게 느껴지는 연주회였다.

끓어오른 감흥의 틈새를 누비듯 작품 64의 1번 왈츠가 청중의 귀를 뚫고 내달렸다. 그 경쾌함! 그 민첩함! 그 매끄러움! 주부(主部)의 빠른 움직임 속에서 그곳만 음표가 가만히 놓인 듯 연주되는 높은 내림나 음의 반복이 더할 수 없는 효과를 거두었다. 이토록 상큼한 곡이 줄곧 그 선율에 엷은 우수의 그림자가 드리워져 있다는 것이 신비하기만 했다. 약간 피로의 기색을 느끼며 감상에 다소 틈이 생긴 이는, 쇼팽이 이 곡을 이미 파국의 예감이 보이던 두 해 전의 노앙에서 상드 부인이 기르던 작은 강아지를 제재로 작곡했다는 일화를 떠올리며, 유쾌하게 이리저리 내닫는 강아지를 홀로 자기 방에 틀어박혀 바라보던 그의 마음속을 헤아려보기도 했다.

연주를 마치자 다시 성대한 박수가 일었다. 쇼팽은 그 뒤로 몇 번이나 무대에 돌아와 답례를 했지만, 그 성원에 답해 연주할 힘은 남아 있지 않았다.

무대를 내려서자 모여든 몇몇 친구들에게서 절찬의 인사가 쏟아졌다. 거기에 응하고 대기실에 돌아오자 쇼팽은 자칫 정신을 잃고 쓰러질 것만 같았다. 프랑숌이 황급히 그의 몸을 부축해 상의를 벗기고 소파에 눕혔다.

귀로에 오른 사람들의, 완전한 만족으로 한 옥타브 높아진 목소리가 한 덩어리의 웅성거림이 되어 대기실까지 들려왔다.

"아아…… 미안해."

힘없이 웃음짓는 쇼팽에게 프랑숌은,

"잘 견뎌주었어. 정말 훌륭했다네. 나는 오늘밤 자네의 연주를 절대로 잊지 못할 거야"라며 그의 손을 잡았다.

돌아보니 입구에 들라크루아와 그지마와 백작이 머뭇거리며 서 있었다.

프랑숌은 쇼팽의 모습을 다시 한번 확인하고는 지금은 좀 곤란하다는 듯 고개를 살짝 저어 보였다. 두 사람이 고개를 끄덕이고 방을 나가려 했을 때, 누워 있던 쇼팽의 눈이 살그머니 뜨였다. 흐뭇한 웃음인지 쓴웃음인지 아니면 겸연쩍은 웃음인지 알 수 없는 애매한 미소가 그의 얼굴에 비쳤다. 땀에 젖은 그 얼굴은 출산을 마친 어머니처럼 아름다웠다. 두 사람은 다시 돌아서서 그에게 잠시 인사의 말이나마 건네려고 했다. 그러나 그

잠깐의 시간조차 기다리지 못하고 쇼팽은 반듯하게 누운 채 다시 조용히 눈을 감아버렸다.

3

2월의 연주회 뒤에 다시 무대에 오른 쇼팽의 모습을 보기까지 청중은 사 개월여의 시간을 기다려야 했지만, 물론 그로서는 이례적일 만큼 빠른 결단이었다. 그러나 이번 연주회장은 플레옐사의 살롱이 아니었다. 청중도 낯익은 친구들뿐이었던 지난번과는 달리 대부분 이름도 알지 못하는 낯선 사람들이었고, 그들에게도 쇼팽은 그저 명성만 들었을 뿐 아직 그 실력을 알지 못하는 이국의 음악가에 불과했다. 장소는 런던, 연주회장은 이튼 플레이스 99번지에 있는 애들레이드 사토리스 부인의 저택 살롱이었다.

파리에서 혁명이 일어난 것은 그 찬란했던 2월 16일의 연주회로부터 꼭 일 주일 뒤의 일이었다.

쇼팽은 연주회 다음날부터 평소처럼 레슨 학생들을 봐주었지만, 원래부터 몸이 좋지 않았던데다 피로까지 겹쳐 얼마 견디지 못하고 발작의 습격을 받아 다시 병상에 누워 지내야 했다.

그때부터 기억이 드문드문 애매해졌다.

주가 바뀌자마자, 시장에 나갔던 사용인이 헐레벌떡 뛰어들어와 거리에 사람들이 가득하고 시내에 온통 난리가 났다고 흥분된 어조로 말했던 것은 기억이 났다. 의회 주변에 사람들이 까맣게 몰려들었고 벌써 사망자까지 몇 명 나왔다고 했지만 직접 목격하지는 않았는지 중언부언 두서가 없어서 무슨 이야기인지 알아들을 수 없었다. 그 뒤로도 매일같이 그의 착실한 보고가 이어졌다. 어디서 구했는지 『나시오날』 지에 게재된 정부의 개혁연회 금지에 대한 마라스트의 항의 기사 등을 침대 곁에서 읽어주었다. 내용을 정확하게 이해한 것 같지는 않았지만 아무튼 큰일이 났다고 야단이었다. 24일 아침에는 전날 밤 카퓌신가에서 수많은 민중이 정규군의 총에 사살되었다는 이야기를 듣고 마침내 세상의 종말이 찾아왔다는 듯 어쩔 줄 몰라하는 모습이었다. 쇼팽은 보통 일이 아니라는 것만은 어렴풋이 이해했지만 몸이 한창 괴로운 와중이라 어떻게 되건 상관없는 일처럼 느껴져 대개는 한없이 이야기를 늘어놓는 그를 손짓으로 방에서 몰아내곤 했다.

가까스로 병이 가라앉았을 때, 이미 국왕은 파리를 떠난 뒤였다. 그 어이없는 사실이 한편으로는 놀라웠고, 다른 한편으로는 도무지 믿을 수 없다는 생각이 그 놀라움 자체를 지워버렸다.

병을 앓은 뒤에는 항상 그렇지만, 회복에 자신감을 가질 수 없어 좀처럼 평소의 생활로 돌아가기가 힘들었다. 쇼팽은 고통의 잔재가 채 가시지 않은 몸을 가운으로 감싸고 며칠 동안 의자에 앉아 무겁고 침울한 사색에 빠져들었다.

공화국이 탄생했다. 이것이 대체 무슨 일인가? 무엇이 어떻게 바뀐다는 것인가? 병상에서 사용인을 통해 들은 소식의 의미를 그는 여전히 이해할 수 없었다. 아무리 손을 뻗어봐도 사색은 그곳에 가 닿지 않았다. 닿기는 했는지 모르지만, 공화국이라는 것에 대한 개념 자체부터가 애매해서 마치 안개를 더듬는 것처럼 실감이 없었다. 그 탄생의 순간에 자신도 함께 있었던 것일까? 지금 현재는? 자신은 과연 그 공화국의 구성원으로, 그 시민의 한 사람으로 헤아려지고 있는 것일까? 쇼팽은 반은 농담으로, 그리고 반은 진심으로 자신은 이런 날이 찾아오기 훨씬 전부터 이미 질병이라는 또다른 공화국의 주민이었다고 생각했다. 그만큼 가차없이 모든 사람의 재산과 계급적 특권을 몰수하고 대신 괴로움만을 평등하게 분배하는 나라는 없을 테니! 아니, 오히려 그 반대일까? 공화국이야말로 이 세계에 나타난 거대한 병인 것일까?

그러나 그런 말의 정치성은 결코 진지한 것이 될 수 없었다.

그는 병이란 참으로 비현실적인 것이라고 생각했다. 병고만큼 명확하게 자기 자신을 느끼게 해주는 것은 없다. 그런 의미에서 병은 사람의 몸에 일어날 수 있는 가장 현실적인 사건이다. 그러나 그것이 사람을 자기 자신 속으로 끌고 들어가는 방식은 지나치게 현실적이어서, 사회적인 유대라고는 티끌만큼도 남겨두지 않는다. 그래서 병의 침범을 받으면 인간은 항상 세계로부터 무한히 떨어져나와 고립되는 것이다.

쇼팽은 병의 감옥에 갇혀 있을 때의, 세상 모든 일에 대한 완전한 무관심에 대해 생각했다. 그때 그는 단지 자신의 현실만을 살았을 뿐 외계의 현실과는 아무런 관련도 가지지 않았다. 혁명의 한복판에서, 왕족에서 노동자에 이르기까지, 부르주아에서 시인과 거지에 이르기까지 파리라는 도시의 각양각색의 계층의 인간을 다 뒤져봐도 자신처럼 그 사건에서 멀리 떨어져 있었던 사람은 없을 것이다. 그때 그에게 유일한 현실이란 의심할 바 없이 그 자신이며 그 자신의 고통이었다. 그리고 그 고통이 극에 달했을 때, 현실은 짓궂게도 이미 그 자신도 아니고 오직 고통 그 자체였을 것이었다.

그는 오랜 세월의 경험을 통해 병고라는 것의 절망적인 평범함에 대한 확고한 자각을 얻었다. 병고란 어떤 개인적인 서명도 허용하지 않는 진부한 괴로움이다. 그곳에는 어떤 독창성의 여지도 없다. 그저 일정한 고통이 시간과 장소를 넘어 다양한 인간의 육체에 영원히 반복될 뿐이다. 증상이 있고 병명이 부여되고 그리하여 의학이라는 학문이 성립된 것은 결국 그러한 평범함 때문일 것이다. 프레데리크 쇼팽의 고통은 결코 그만의 고유한 것이 아니다. 재능도 부도 거기서는 아무런 의미도 없다. 같은 병을 앓는 이들은 누구나 똑같은 고통에 빠지고 똑같은 고통으로 인해 세상으로부터 격리된다. 그가 병의 인한 비현실성에 직면하는 것은 바로 그 순간이었다. 그것은 결코 세상일에 소원해진다는 의미만이 아니다. 그의 사회성이 근본적으로 박탈되는 경험이다. 외계와의 모든 연결고리가 끊기고, 그는 그 순간 단지 그 자신일 뿐이다. 그렇게 최후의 절실한 현실로서 남겨진 그 자신이 다른 누구와도 구별되지 않는 익명의 병자에 지나지 않는다는 역설. 고통의 한복판에서 잃어버릴 수밖에 없는 일체의 자신. 병을 앓은 후에 그가 일상생활을 주저하게 되는 것은 육체뿐 아니라 그라는 존재의 사회성을 회복하기가 어렵다는 점과 크게 관련이 있을 것이었다.

그렇게 오랫동안 자신의 내부에 틀어박혀 있던 그가 바깥으로 첫걸음을 내딛게 해준 것은 실은 혁명의 충격이 아니었다. 세상의 혼란이 협박과도 같은 노성을 내지르며 무례하게 대문을 두드리고 있을 때 그에게 도착한 소식은 단 한마디로 굳게 닫혔던 그의 문을 여는 데 성공했다. 그는 억지로 끌려나간 것이 아니라 자진하여 그에 응했다. 그의 생활의 재개는 그 소식 덕분에 다른 어떤 것과도 바꿀 수 없는 환영과 축복을 받았다. 그 편지는 네라크에서 왔다. 솔랑주 클레징게르 부인의 출산 소식이었다.

상드 부인과 클레징게르 부부의 관계는 여전히 개선될 기미를 보이지 않았다. 사위에 대한 어머니의 미움은 날이 가고 달이 가도 전혀 수그러들지 않았다. 그러나 오텔 드 나르본이 당장 매각될 상황이라는 것을 알고 아무래도 가만히 있을 수는 없었던 상드 부인은 그해 들어 솔랑주를 위해 이천오백 프랑의 연금을 설정했다. 한두 가지가 아닌 딸의 불효를 용서한 것은 아니었다. 그러나 쇼팽의 권고에 못 이겨 드문드문이나마 편지를 보내오기 시작한 딸을 전혀 모른 척할 수는 없었다. 사실 완전한 의절이 불가능하다는 사실은 누구보다 그녀 자신이 잘 알고 있었다. 가을에 노앙을 찾은 딸과 화해하지 못하고 그대로 보내버린 일도 씁쓸한 기억으로 떠오르곤 했다. 딸 부부가 갚아나가느라 고생하고 있는 저당의 이자가 본래 그녀 자신의 빚 때문이라는 점도 마음에 걸렸다. 그 빚을 메워주기 위해 지참금과는 별도로 나중에 딸 명의로 줄 생각이었던 오만 프랑도 길게 이어지는 불황으로 인해 전집 간행 계획이 좌절되는 바람에 전망이 불투명했다. 다툼으로 인한 흥분이 채 가시지 않았을 때는 모든 건 다 그쪽에서 저지른 일이니 내 알 바 아니다라는 심정이었지만, 차츰 마음이 가라앉으면서 아무리 구두로 한 약속이라지만 지키지 않고 있다는 것이 은근히 마음에 걸렸다. 이대로 애매하게 놔뒀다가 결국 흐지부지되는 것은 그녀의 성품이 허락하지 않았다. 딸 부부도 가만히 있을 리 없었다. 무슨 일이건 악의적으로 해석하여 어머니를 원망하고 나서는 두 사람이다. 오만 프랑의 염출이 불가능해진 지금으로서는, 처음부터 입에서 나오는 대로 해버린 약속이었다고 여겨지기 십상이었다. 가령 딸 쪽에서 아무 말도 하지 않는다 해도, 아니 오히려 아무 말도 하지 않는다면 언제까지나 공연한 부담을 느끼며 살아야 할 것이다. 그런 건 싫다. 아무리 그들이 그런 대접을 받아도 싸다 해도! 그러기 위해서는 약속한 오만 프랑에 필적할 만한 경제적인 원조를 베풀어야 했다. 처음에는 자신이 죽은 다음에 딸이 상속받는 몫이면 충분하다고 생각했다. 지금 상황으로는 아무래도 그때까지 버틸 수 없을 것 같았다. 당장 발등에 떨어진 불을 끄기 위해 조금씩이나마 뭔가 해주어야 했다. 부동산에 대한 애착과 나름대로의 손익 계산도 있었다. 대충 계산해봐도 최근 십 년 동안 오텔 드 나르본에서는 총 만천오백 프랑에서 만이천 프랑이나 되는 수입이 들어왔다. 세금과 유지비, 저당의 이자를 빼도 칠천 프랑에서 팔천 프랑의 이익이 난 것이다. 장기적으로 보면 결코 손해를 볼 물건이 아니었다. 그것을 당장 지금의 생활이 어렵다고 헐값에 매각해버리려는 딸 부부의 어리석은 짓을 말없이 두고 볼 수만은 없었다.

연금의 원금을 충당하는 데는 해약한 스카르 도를레앙의 임대료가 큰 도움이 되었다. 자신의 집과 모리스의 아틀리에의 계약을 모두 해지했기 때문에 그해에는 임대료가 고스란히 남았던 것이었다.

연초에 상드 부인이 보낸 편지를 통해, 자신을 위해 이천오백 프랑의 연금을 설정했다는 것과 머지않아 그 상반기분에 해당하는 천이백오십 프랑을 우송할 것이라는 소식을 들은 솔랑주는 어머니의 그런 갑작스런 호의에 기쁨보다는 우선 의아한 마음이 들었다. 한 달 전만 해도 그토록 냉담했던 어머니가 아닌가. 대체 무슨 바람이 분 것일까? 누군가에게 설득이라도 당한 것일까? 그녀는 어머니가 아직도 남편을 용서하지 않는 것을 진심으로 경멸했다. 이토록 성실하게 노력하고 있는 사람을 어째서 계속 원수처럼 여기는지! 그러나 한편으로는 그녀 자신도 남편이 안고 있는 거액의 채무를 생각하면 끔찍하기만 했다. 추궁할수록 빚의 액수는 자꾸 늘어나 지금은 자그마치 오만 프랑에 달해 있었다. 오만 프랑이라니! 듣기만 해도 아득해지는 그런 큰돈을 어떻게 갚아야 한단 말인가? 게다가 아무래도 그게 전부가 아닌 모양이었다. 그러나 그 이상은 두려워서 추궁할 용기가 나지 않았다. 거기다 자신들이 진 것도 아닌 오만 프랑의 빚까지 있었다. 참으로 저주스러운 지참금! 참으로 지긋지긋한 재산! 오텔 드 나르본의 저당권에 대한 이자는 부부의 생활을 끊임없이 압박했다. 강요된 것이라는 생각 탓에 그 부담은 실제보다 더 크게 느껴졌다. 당장 발등에 불이 떨어진 상황이었다. 어째서 이런 비참한 꼴을 당해야 한단 말인가. 자문하다보면 결국은 어머니가 원망스러웠다. 이런 끔찍한 지참금을 받는 딸이 세상에 또 있을까? 좀더 제대로 된 집안에서 태어났더라면 훨씬 축복받은 지참금을 받았으리라. 남편은 예술가다. 고티에도 그 독창성을 인정한, 이제 막 재능을 꽃피우려는 신진 예술가다. 그런 그가 어떻게 말단 관리처럼 다달이 정해진 액수의 이자를 갚아나갈 수 있단 말인가. 안정적인 수입이 없으리라는 건 누가 봐도 뻔하지 않은가. 특히 지금은 더 기다려야 할 때다. 그런 판에 빚쟁이에 쫓겨 제대로 작업을 하지 못하다니, 얼마나 기막힌 일인가. 어머니도 어쨌건 자타가 예술가라고 공인하는 사람이 아닌가. 어떻게 그런 단순한 것조차 이해해주지 못한단 말인가!

솔랑주는 자기들 두 사람의 비참한 생활고를 생각하면 연 이천오백 프랑이라는 어머니의 호의가 너무도 우스꽝스럽게 여겨졌다. 그런 알량한 돈으로 대체 무엇이 달라진단 말인가. 언 발에 오줌 누기라는 게 바로 이런 것을 두고 하는 말이다. 그것으로 어머니의 의무를 다했다고 생각하는 걸까? 무엇보다도, 내가 언제 도움 따위를 청했단 말인가?

상드 부인의 어머니다운 걱정과 배려를 솔랑주도 모르는 것은 아니었다. 그러나 알고 있기 때문에 더더욱 순순히 받아들일 수 없었다. 기쁘기는 했다. 감사의 마음도 들었다. 그러나 무엇인가가 그것을 억누르고 있었다. 그런 힘의 반동은 결국 반발과 고집으로 바뀌어 나타나게 마련이다. 결혼과 자립의 기쁨을 알게 된 참에 다시 자식의 입장으로 돌아간다는 것이 싫었다. 어머니가 없으면 아무것도 못 한다는 소리를 듣는 것도 싫었다. 대등한 한 사람의 여자로서 어머니가 자신에게 경의를 표해주기를 바랐다. 그러나 동시에 딸로서 사랑받고 싶은 마음도 있었다.

솔랑주의 편지는 본인도 갈피를 잡을 수 없는 그러한 가슴속의 혼란이 그대로 문자로 드러난 것이었다. 펜을 들자 저도 모르게 항상 하던 대로 "어머니에게서 도무지 의미를 알 수 없는 편지 한 장을 받았습니다"라고 첫마디를 떼고는, 현재 자신들의 위기 상황에 이런 도움은 바다에 모래 한 줌을 뿌리는 정도 의미밖에 없다, 아직 보내지 않았다면 그 돈은 어머니를 위해서나 쓰시라고 쓰고 말았다. 펜이 나아가면서 스스로도 가슴이 아파서, 사실은 감사하고 있노라고 몇 번이나 덧붙여 썼다. 상드 부인은 딸의 그런 성격을 잘 알고 있으면서도 그 못난 성품에는 다시금 화가 솟구쳤다. 감사의 말에 잠시 눈길이 멈췄지만 그것도 자신이 애써 보여준 호의를 짓밟는 수많은 구절들에 오염되어 그저 비꼬는 소리로만 느껴졌다. 그녀는 당장 펜을 들어, 남편의 수입 외에 일 년에 이천오백 프랑이나 되는 돈이 들어온다는 것이 과연 어떤 의미를 갖는 것인지를 상세하게 설명하는 설득의 편지를 썼다. 아이가 태어나면 옷이며 먹을 것에 드는 비용을 이걸로 넉넉하게 충당할 수 있다. 조금 자란 뒤에는 기숙학교나 중학교에 보낼 수도 있고 가정교사를 들이기 위한 비용으로도 쓸 수 있다. 로스차일드 가 같은 대부호 가문에서 태어났다면 또 모를까, 그렇지 않은 이상 너도 좀더 검약이라는 것을 배워야 한다. 지금 자신이 어떤 상황에 처해 있는지 알고 있다면 가구 따위를 사들이는 일은 그만두고 스카르도를레앙에서 쓰던 것을 내줄 테니 그걸로 생활하도록 해라. 어쨌든 오텔 드 나르본을 성급하게 매각하는 일만은 절대로 피해야 하고, 그러자면 이천오백 프랑의 연금이라도 결코 허술하게 여겨서는 안 된다…… 그런 내용을 빠짐없이 분명하게 쓴 다음, 자신이 보낸 편지에 대한 답장이기는 하지만 그녀가 어머니에게 새해 인사를 잊지 않은 것에 대해 흐뭇하고 감사하다는 말을 덧붙였다.

솔랑주는 어머니가 다시 보낸 편지의 그 훈계하는 듯한 말투가 도무지 마음에 들지 않았다. 그쯤은 다 알고 있다. 그러나 지금 상황은 그런 식으로 대충 수습될 만큼 만만한 것이 아니다. 어머니는 아무것도 모른다. 그런 주제에 자신보다 훨씬 사정을 잘 안다는 듯이 섣부른 해결책을 제시하고, 한창 어려운 때에 아직도 신혼 가구에 욕심을 부린다는 식으로 자신의 모순을 가차없이 지적하는 점이 너무도 얄미웠다. 그게 뭐가 잘못이란 말인가. 오래도록 품어왔던 꿈이다. 쇼팽의 방처럼 구석구석 세심한 주의를 기울여 주전자 하나에도 고급스런 취향이 엿보이는 훌륭한 집에서 살고 싶다! 집 안 구석구석에 아무도 흉내낼 수 없는 솜씨가 담겨 있어 찾아오는 손님들이 모두 과연 예술가의 집이라고 감탄한다. 그럴 때, 실은 남편이 아니라 자신이 가구를 선택하고 배치했고 꽃과 장식품으로 아름답게 꾸몄다고 말한다면 사람들이 얼마나 놀랄 것인가. 얼마나 콧대를 세울 수 있을 것인가. 그런데 어째서 스카르 도를레앙의 낡고 촌스러운 가구로 만족해야 한단 말인가. 애초에 지참금이란 그런 데 쓰라고 주는 돈이 아닌가. 그걸 쓰겠다는데 무엇이 잘못이란 말인가. 오텔 드 나르본 같은 귀찮은 건물은 하루빨리 팔아치워서 빚이고 뭐고 모조리 정리해버리고 싶다! 그것이 어째서 비난받을 일인가. 궁상맞게 사는 건 지긋지긋하다! 훌륭한 예술가의 부인에 걸맞은 생활을 하고 싶을 뿐이다!

모녀간의 고집 싸움이 이런 편지 왕래로 해결될 만큼 간단하지 않다는 것은 본인들이 가장 잘 알고 있었지만, 그래도 한때의 절연 상태를 생각하면 다소나마 진전된 일이라는 것은 분명했다. 그러나 문제는 그 다음이었다. 항상 여기까지는 쉬웠다. 그러나 여기서 한 걸음만 더 내디디면 분명 무언가 크게 변하리라는 것을 서로 잘 알면서도, 어떤 때는 한쪽만 한 발 앞으로 나서고 또 어떤 때는 둘 다 서로를 살피기만 할 뿐 한 발짝도 나서지 않아 결국 답답함만 쌓인 채 번번이 기회를 놓치고 마는 것이었다.

솔랑주는 임신 후 줄곧 심한 입덧에 시달렸다. 기유리에 온 뒤에도 몸이 별로 좋지 않아서 해가 바뀌어 임신 칠 개월째를 맞이했을 때는 황달기까지 보이더니 점점 심해져 어머니와 편지를 계속 주고받을 기력도 없었다. 상드 부인도 연금 설정은 계획대로 실행에 옮겼지만 상반기분을 미리 송금하는 것은 잠시 미뤄두기로 했다. 임신 팔 개월째에 들어서자 솔랑주의 상태는 더욱 악화되었다. 파리에서 코앞에 닥친 관전 출품작 제작에 몰두하고 있던 클레징게르는 산모와 아이 모두 위험하다는 소식을 듣고, 이거 큰일이다 싶어 끌과 망치를 내던지고 기유리까지 한달음에 달려갔다. 그 결단과 행동의 신속함이 솔랑주를 감동시켰다. 그때만은 빚투성이인 남편도 믿음직스럽게 느껴졌다. 노앙에 구혼하러 와주었을 때가 떠올라 눈물까지 글썽였다. 그걸로 병이 낫는 것은 아니지만, 무엇보다도 그 마음이 고마웠다.

솔랑주는 고생 끝에 예정일보다 육 주나 빠른 2월 28일에 딸

아이를 출산했다. 쇼팽은 그 낭보를 출산 다음날, 기특하게도 산모가 직접 보내준 편지를 통해 알게 되었다. 편지를 읽는 순간 너무 이른 게 아닌가 하는 불안에 휩싸이기는 했지만, 그래도 말할 수 없는 기쁨이 온몸에 번졌다. 저도 모르게 앉아 있던 의자가 뒤로 넘어갈 만큼 벌떡 일어섰다. 점심 준비를 하고 있던 사용인은 그 즈음 주인이 내는 소리에 민감하던 참이라 다시 발작을 일으켰나 싶어 급히 거실로 뛰어왔다. 쇼팽은 자신의 감격을 누군가에게 전하고 싶던 차에 마침 잘되었다는 듯 그를 붙잡고 방금 도착한 소식과 그것이 가져다준 기쁨에 대해 정신없이 떠들었다. 한바탕 이야기를 마치고 다시 똑같은 소리를 거듭하며 한참이나 그를 놓아주지 않았다.

"솔랑주가 아이를 낳았어! 그 조그맣던 솔랑주가…… 이봐, 믿어지는가?"

사용인은 그녀가 다 자란 뒤에야 이 집에 들어왔기 때문에 그의 감개를 이해할 수는 없었지만, 어쨌든 전례 없이 두 손을 쳐들고 기뻐하는 주인의 모습에 "참 좋은 일입니다, 그럼요"라며 적당히 맞장구를 쳤다. 혁명이 한창일 때도, 자신의 생일인 3월 1일에도 별다른 감정을 내보이지 않던 주인의 그런 흥분된 모습이 그의 눈에는 기묘하게만 보였다. 쇼팽은 그제야 혼자 떠드는 자신의 모습이 우스꽝스럽게 여겨져 "미안하네, 자네 일도 바쁠텐데"라면서 그를 놓아주었다. 그리고 다시 편지를 읽었다. 편지에 씌어진 글자의 연약함이 더욱더 그를 감동시켰다. 출산을 마치고 몸도 마음도 지칠 대로 지친 그녀가 어머니도 아니고 친척도 아닌 자신에게만 간신히 써보낸 편지였던 것이다.

쇼팽은 그때까지 솔랑주와 보낸 나날의 수많은 기억을 더듬으며 다시 한번 깊은 감개에 빠졌다. 그런 한편 그녀에게도 혁명은 그저 머나먼 현실일 뿐이었다는 점에 묘한 공감을 느꼈다. 두 사람은 모두 이 세계의 현실의 피안에 있었다. 자신은 언젠가 죽음으로 이어질 실낱같은 길을 홀로 비틀거리며 걸었다. 그녀는 스스로 맞이하려 나선 새 생명을 소중히 품어안고 생의 입구를 향해 걸었다. 그리고 자신은 말하자면 길을 잃고 헤매다 우연히 이 세계로 돌아왔고, 그녀는 여자에서 어머니가 되기 위해 몸이 찢기는 듯한 신성한 시련을 이를 악물고 견뎌내어 다시 이 세계로 돌아왔다. 단지 이 세계가 그 동안 완전히 변해버렸기 때문에 두 사람은 마치 이방인처럼 맞아들여진 것이다.

솔랑주의 아기를 상상하는 것은 스스로도 의외일 정도로 큰 기쁨을 가져다주었다. 생의 출현은 뒤집어보자면 한 생의 상실이며, 그것을 보충하고 때로는 은밀히 밀어내기까지 하는 것이다. 그때 이 세계는 한없이 높은 곳에 자리잡은 좁고 기다란 무대 같은 것인지도 모른다. 인간은 그곳에서 정원(定員)에 꼭 맞게 차례차례 줄지어 서 있다. 선두는 보이지 않는다. 무엇을 기다리는지도 알지 못한다. 그저 뒤에서 미는 대로 조금씩 앞으로 나아가다보면 어느새 무대의 끝에 서고, 마지막에도 뒤에서 미는 대로 추락하는 것이다. 물론 때로는 옆으로 튕겨나가는 자도 있다. 그리고 그 밀어내는 힘의 원천은 차례차례 새롭게 무대 위에 내려서는, 예전에 누구나 그러했던 새 생명인 것이다.

쇼팽은 벌써 몇 번이나 그 무대의 끝에 섰다. 며칠 전만 해도 그랬다. 먼저 떨어진 자들이 영원히 낙하하는 그 끔찍한 심연을 바로 코앞에서 바라보고 있었다. 그런데도 그는 지금 막 탄생하여 누군가 한 사람 몫의 장소를 비워주어야 할 아기가 무턱대고 사랑스러워 견딜 수 없었다. 그 싱싱함, 그 밝음, 그 순수함이 무엇에도 비할 수 없이 기뻤다. 마음속이 신기할 만큼 맑고 상쾌해졌다. 어머니가 쩔쩔맬 정도로 마구 울어젖히는 그 건강함이 그지없이 부러웠다. 새로운 사회의 도래가 사람들의 가슴에 몰고 온 흥분을 그는 끝내 알지 못했다. 오히려 솔랑주의 출산이 그것을 메우고도 남을 만큼의 희망을 그에게 안겨주었다. 그 소식으로 그 자신까지 용기가 솟았다. 그 자신의 생에도 가느다란, 그러나 눈부실 만큼 든든한 한줄기 빛이 비친 것만 같았다.

쇼팽은 즉시 솔랑주에게 축복의 편지를 썼다. 그 다음날 저녁에는 오래만에 마음먹고 외출을 나서 제일 먼저 마를리아니 백작 부인의 집을 찾았다. 그녀를 통하면 친구들 대부분의 동향을 파악할 수 있기 때문이었다. 시선이 바깥 세계로 향하면서 자연스럽게 타인에 대한 관심이 되살아나는 것을 느꼈다. 사회와 자신 사이의 연락망을 다시 한번 엮어보고 싶었다. 자신은 있었다. 그러나 불행히도 운명은 그에게 가장 복잡하게 얽힌 실타래에 제일 먼저 손을 대라는 명령을 내리고 말았다.

3월 4일, 쇼팽은 모로코 라바트에서 프랑스 부영사로 근무하는 에드몽 콩브의 방문을 받았다. 쇼팽보다 두 살 어린 친구였던 그는 '아비시니아인' 이라는 애칭으로 불리곤 했는데, 그것은 그가 예전에 오랫동안 살았던 그 나라의 일을 현지인처럼 무엇이든 훤히 꿰고 있기 때문이었다. 그의 해박한 지식은 살롱에서의 대화를 유쾌한 이국 정서로 적셔주었을 뿐 아니라 한 권의 책으로까지 상재되었을 정도였다. 쇼팽은 오랜만의 외출이 불안했던 참이라, 우연히 귀국 인사차 찾아온 그와 함께 마를리아니 백작 부인의 집을 방문했다. 그 또한 파리에 머물 때는 백작 부인 살롱의 단골이기도 했다.

그날 아침, 혼자 그녀의 집에 가기로 했을 때는 추위가 누그러든 한낮에 나갈 생각이었다. 그러나 사용인이 그날 카퓌신 가에서 혁명의 희생자들을 추모하는 대규모 장송 행렬이 있을 거라는 소식을 전해와 잠시 기다리며 상황을 보고 있었다. 그러던 중에 콩브가 찾아와 아직 집회의 여운으로 거리가 소란스럽다고 알려주어 결국 저녁까지 기다리게 되었다.

연말에 고드 드 모루아 가로 이사한 마를리아니 백작 부인의 새집까지는 마차를 타야 할 만큼 먼 거리는 아니어서 두 사람은 여기저기 높다랗게 쌓인 바리케이드를 멀리 돌아서 옆으로 넘어진 마차를 피해가며 황폐해질 대로 황폐해진 길을 걸어갔다. 그렇게 걸어다닐 만큼 건강한 몸이 아니었다. 부옇게 치솟는 먼지에 기침이 터져 몇 번이나 콩브를 걱정시켰지만, 기분은 나쁘지 않았다. 바깥 공기를 쐬니 질식할 것 같던 수많은 생각들이 드디어 건강한 호흡을 시작하는 것 같았다. 가슴속이 시원해지면서 온몸이 정화되는 것 같았다. 포장도로가 부서져 불쑥 튀어나온 곳을 걸을 때는 곡예사처럼 두 팔로 평형을 유지하는 장난을 쳐서 걱정스러워하는 친구에게 건강한 모습을 과시하기도 했다. 그때마다 펄쩍 뛸 듯이 놀라는 콩브가 우스워서 너무 장난을 치다 넘어질 뻔하는 바람에 "거봐, 조심하랬잖아!" 하고 꾸지람을 듣기도 했다.

그래도 어두컴컴한 길을 가로막고 선 바리케이드는 두려웠다. 쇼팽은 7월혁명 때는 파리에 없었기 때문에 바리케이드를 본 것은 그때가 처음이었다. 사용인의 이야기를 듣고 상상했던 것보다 훨씬 크고 견고해서 바라보기만 해도 소름이 끼쳤다. 건너편에 누군가 잠복하고 있는 것만 같았다. 아니, 바리케이드의 내부에 정체를 알 수 없는 무언가가 숨쉬고 있는 듯한, 마치 마물과도 같은 커다란 생물이 웅크리고 있는 듯한 느낌이었다. 난잡하게 쌓아올린 것이 있는가 하면 깃발이나 헝겊으로 조잡하게나마 꼭대기를 장식한 것도 있었다. 그렇게 아무도 없는 길 한복판에 홀연히 출현한 잡동사니의 구조물이 승리와 열광의 흔적을 망령처럼 펄럭이고 있는 모습은 무어라 말할 수 없이 섬뜩했다.

쇼팽의 갑작스런 방문에 마를리아니 백작 부인은 깜짝 놀라면서도 사용인에게 어서 살롱으로 모셔들이라고 이르며 반갑게 두 사람을 맞아주었다. 평소 같으면 손님들로 부산한 시간이었을 그녀의 살롱도 때가 때인지라 인적이 없었다. 사람들이 북적거리면 간단히 인사 정도나 하고 돌아갈 생각이었던 쇼팽은 조용히 이야기할 수 있어서 오히려 잘됐다고 생각했다. 부인도 그간 하지 못하고 쌓아둔 말이 산더미 같았는지 일단 입을 열자 도무지 멈출 줄을 몰랐다. 게다가 시시한 스캔들만 늘어놓던 평소와는 달리 그날은 혁명중에 자신이 경험한 공포에 대해 열을 올려 상세하게 이야기했다. 특히 마들렌 사원 주변에 몰려 있던 군중이 고함을 내지르며 바로 집 앞길까지 밀려들었을 때의 이야기는 실로 박진감이 넘쳐서 두 사람의 관심을 끌었다.

"나는 커튼 뒤에서 잔뜩 겁에 질려 바깥 상황을 살피고 있었지요. 그러다가 바로 요 앞길에서 소동을 피우던 불량배 한 사람하고 그만 눈이 딱 마주쳤지 뭐예요! 아아, 그 순간은 얼마나 무서웠는지! 그 남자가 당장 옆에 있던 두세 사람에게 알려서 모두 내 쪽을 보고 손가락질하면서 웃어대더라구요! 하느님 맙소사! 얼른 커튼을 닫고 숨었지요. 그렇지만 아무래도 신경이 쓰이잖아요? 그래서 한참 있다 다시 내다봤는데, 여전히 그 자리에 꼼짝 않고 있다가 내가 얼굴을 내밀기만 기다렸다는 듯이 갑자기 배를 잡고 웃는 거예요! 정말 너무 분하고 무섭기도 해서 나 자신도 깜짝 놀랄 만큼 온몸이 부들부들 떨렸지요."

"부들부들?"

콩브는 그때 그녀의 모습을 상상하고는 큰 실례라고 생각하면서도 참지 못하고 그만 웃음을 터뜨리고 말았다. 마를리아니 부인은 "아이, 콩브 씨, 웃을 일이 아니에요!"라고 얼굴을 찌푸리면서도 따라 웃었다. 쇼팽도 웃었다.

"아아, 할머니가 다 된 이 나이에 그런 무서운 꼴을 당하다니, 정말 세상이 어떻게 된 건지 모르겠어요! 이제는 다 지난 일이라 그런지도 모르지만, 삼십 년 때보다 훨씬 더 무섭다는 생각이 들더군요. 무엇보다 앞장선 사람이 누군지, 무얼 원하는지도 모르잖아요! 그저 무조건 폭동만 일으키고 있으니…… 나는 아예 사용인들에게 현관 문 안쪽에 서랍장이니 장식장 같은 것으로 바리케이드를 만들라고 할 생각까지 했답니다. 아이, 또 웃으시고! 그래도 그때는 정말 심각하게 그런 생각까지 했었어요. 글쎄, 그 난폭한 사람들이 마구 밀려들었다가는 나는 대번에 죽고 말 테지요! ……아, 지금도 몸이 떨리는 것 같아. 나 혼자였잖아요. 시원찮은 남편이라도 그런 때 곁에 있어주었으면 나았을 텐데. 좀더 늦게 별거했더라면 좋았을걸 하는 생각까지 했어요. 정말 제정신이 아니었지요……!"

쇼팽의 머릿속에는 실제 그 현장을 목격한 것처럼 하나하나의 장면이 조금 전에 보았던 황폐한 거리를 배경으로 선명하게 떠올랐다. 그 일련의 광경들이 마치 기억처럼 자신에게 심어지는 것이 기묘하게 느껴졌다. 그 며칠 동안 자신도 분명 이 파리에 있었던 것이다. 그런 실감이 이런 착각과도 같은 방법에 의해 얻어진다는 것이 그는 이상하기만 했다.

마를리아니 부인은 이어 폭도들의 방약무인한 행동에 대해 분개하며 이야기했다. 그러다 그저 고개만 끄덕일 뿐 그다지 적극적으로 동의해주지 않는 쇼팽이 이상했는지, "스카르 도를레앙 주변은 어땠나요?" 하고 물었다.

쇼팽은 자기 집 부근은 피해가 적었지만 거리의 참혹한 모습은 이곳에 오는 동안 지겨울 만큼 봤노라고 대답하고, 폭동 기간 동안 몸이 좋지 않아 내내 누워 있었다고 이야기했다. 마를리아니 부인은 "어머, 그랬군요!" 하고 눈을 둥그렇게 뜨며 병문안을 가지 못한 것을 미안해했다. 그러고는, "그래서 저는 다들 지금 어디서 무얼 하고 있는지 전혀 모른답니다"라고 말하는 쇼팽을 위해 자신이 알고 있는 지인들의 안부와 동향을 각각의 일화를 섞어가며 들려주었다. 오는 길에 콩브에게 "부인 댁에 가면 무슨 일이든 다 알 수 있을 거야"라고 했던 쇼팽은 그 말대로 그녀가 누구 소식이건 척척 알려주자 감탄하는 눈길로 이따금 콩브와 얼굴을 마주 보곤 했다. 그도 혀를 내둘렀다. 그런 두 사람의 모습에 기분이 좋아진 그녀는 더욱 득의양양하게 이야기를 이어갔다.

도중에 사용인이 손님이 오셨다고 알려왔다. 그리고 잠시 뒤 다시 어떻게 해야 할지 물으러 오자 마를리아니 부인은 눈치 없는 사용인에게 미리 일러둔 대로 거실에서 기다리시게 하라고 작지만 엄한 목소리로 이르고는, 아무 일 없다는 듯 웃어 보이며 하던 이야기를 간단하게 마무리했다. 쇼팽은 슬슬 이야기도 따분해지던 참이라 그것을 핑계로 콩브에게 돌아가자는 신호를 보냈다. 콩브도 그의 몸을 염려하며 "그러지" 하고 고개를 끄덕이고는 마를리아니 부인에게 새로 온 손님이 계시니 그만 실례해야겠다는 인사를 건넸다.

"미안해요, 서둘러 돌려보내는 것 같군요."

"아뇨, 저희가 갑작스레 찾아뵈었지요. 선약이 있으셨던 모양이지요?"

"네……" 그녀는 잠시 망설이다가, "다들 여기 오면 뭔가 알 수 있을 거라고 생각하는지, 소동이 있은 후로는 날마다 손님이 끊이지 않는군요. 물론 야회가 있을 거라고 생각하고 오시는 분은 없지만요. 내가 많은 소식을 알고 있는 것도 다녀가신 분들마다 다른 분들이 어떻게 지내는지 전해주시기 때문이랍니다."

"그래도 이렇게 다들 무사하다는 소식을 들으니 한결 안심이 되는군요. 의도하신 것이 아니라고 해도 지금 부인께서 맡으신 역할은 너무나 소중합니다."

쇼팽은 그렇게 말하고 미소를 지어 보였다.

"그래요, 부인께서는 분명 혁명을 기해 탄생한 노동위원회인가 뭔가 하는 여러 새로운 기관의 주요 직책에 오른 사람들과 함께 정보위원회 위원장으로 역사에 길이 그 이름을 남기실 겁니다."

콩브가 뒤를 이어 농담을 했다.

"아이, 참! 어쨌든 이제 쇼팽 씨도 무사하다는 소식을 모두에게 알릴 수 있게 되었네요. 걱정하는 분들이 참 많으셨거든요."

"네, 부디 그분들께 인사 말씀 전해주십시오."

배웅에 나서려는 그녀를 둘이서 만류하고 사용인을 따라 현관까지 나가자 조금 전에 도착한 손님이 앞선 손님들에게 인사를 하기 위해 대기실에서 나왔다. 걱정스러운 표정으로 살롱에서 얼굴을 내밀고 바라보던 마를리아니 부인이 "앗" 하고 소리를 질렀을 때는 이미 늦은 뒤였다. 두 사람은 입구에서 덜컥 얼굴을 마주쳤고, 둘 다 그대로 멈춰 서버렸다.

모두의 얼굴에서 증발하듯 웃음이 사라졌다. 너무도 단단한 침묵 때문에 조금만 움직여도 바닥을 밟는 삐걱거림이 고스란히 울릴 것만 같았다. 아주 짧은 순간이었다. 그러나 모두가 너무도 긴 그 한순간을 어쩔 줄 몰라하고 있었다.

"……안녕하세요"

먼저 입을 연 것은 쇼팽이었다.

"안녕하세요?"

아홉 달 만에 재회한 옛 연인의 인사에 상드 부인은 마찬가지로 아무렇지도 않은 척 답했다.

쇼팽은 다시 침묵에 휩싸이는 것이 싫어 어떻게든 이야기를 이으려 애썼다. 그래서 다소 당돌하지만 충분히 침착한 말투로,

"클레징게르 부인에게서 편지를 받은 지 얼마나 됐나요?" 하고 물었다.

상드 부인은 동행한 랑베르와, 조심스러운 얼굴로 쇼팽 곁에

서 두세 걸음 물러서 있는 콩브를 흘끗 바라보며 불편하다는 듯한 몸짓을 보였다. 두 사람 앞에서 그와 어떤 식으로 대화를 나누어야 할 것인가? 혁명이 일어나기까지 줄곧 노앙에 틀어박혀 있었던 그녀는 인편을 통해 들은 파리에서의 화려한 연주회의 성공을 순수한 마음으로 축하해줄 수 없었다. 그런 자신이 추하다는 것은 잘 알고 있었다. 그러나 쇼팽과 딸 부부에 의해 멋대로 왜곡된 소문 때문에 자신이 파리에서 얼마나 지독한 악평을 받고 있는지를 생각하면 그런 마음이 드는 것도 당연하게 여겨졌다. 이제 그는 수많은 추종자들에 둘러싸여 가련한 옛 연인을 비웃음의 씨앗으로 삼고 있으리라. 메리메도 뮈세도, 싸우고 헤어진 뒤에는 남자들은 으레 그랬다. 그토록 차가운 마음을 가진 쇼팽이 어떻게 예외일 수 있을까.

눈앞에 다시 나타난 그의 모습에 그녀를 괴롭혔던 그가 고스란히 겹쳐 보였다. 왜 하필 지금 이 자리에서 솔랑주 얘기를 꺼내는 걸까? 만나자마자 첫마디가 솔랑주라니! 서로의 일에 간섭할 생각은 없다는, 그 나름의 거절의 의사 표시인 걸까? 이런 동란의 와중에 내 신상을 걱정해줄 정도의 다정함조차 없다는 걸까? 망설임이 그녀를 머뭇거리게 했다. 그리고 어떻게 해야 할지 모르는 채로 우선,

"네…… 일 주일 전일 거예요"라고 대답했다.

"어제도, 그저께도 소식이 없었나요?"

"네…… 그런데요?"

"그래요……"

쇼팽은, 의아해하는 그녀의 얼굴에 답답함의 그림자가 비치는 것을 보고 초조해졌다. 어색한 대화가 두 사람 사이에 불온한 바람을 몰아오고 있었다.

"그렇다면……" 쇼팽은 지금부터 그녀가 듣게 될 멋진 소식을 장식하기 위해 억지로 환한 미소를 지어 보이며 "당신이 할머니가 되었다는 소식을 전해드리지요. ……솔랑주가 딸을 낳았답니다"라고 말했다.

예기치 않은 선물에 기뻐하기에 앞서 설명부터 요구하는 사람처럼, 상드 부인은 순간 깜짝 놀란 표정으로 물끄러미 그를 바라보았다. 무슨 소리를 하는 거지? 출산은 아직 한 달도 더 남았을 텐데. 솔랑주가 직접 보낸 편지에서도 확인했다. 이렇게 일찍 태어나다니, 대체 무슨 일이지? 정말일까? 대체 누구에게 그런 얘기를 들은 걸까? ……기뻐하기보다 도저히 믿을 수 없다는 그녀의 모습에, 쇼팽은 자신이 대단히 불친절한 방법으로 이야기를 꺼낸 것을 후회했다. 정말 아무 소식도 듣지 못한 모양이었다. 그러나 자세히 설명할 생각은 없었다. 본인에게 확인해보면 될 일이다. 굳이 자신이 설명할 것도 없었다. 아니, 말해서는 안 될 일이리라. 그보다 지금은 한시라도 빨리 이 대화를 끝내고 싶었다. 애초에 말을 꺼낸 것 자체가 잘못이었는지도 모른다. 이런 식의 대화는 결코 나눠서는 안 되었던 것이다.

"이 멋진 소식을 당신에게 가장 먼저 전할 수 있어서 정말 기뻐군요. 축하합니다."

가까스로 그 말을 마친 쇼팽의 얼굴에는, 지인들에게서 누군가를 소개받을 때 곧잘 보이곤 하던 서먹하면서도 세련되고 예의 바른 미소가 나타났다. 그 정교함에는 언제나 털끝만큼의 흠도 없어서 어김없이 상대의 미소를 이끌어내곤 했는데, 이때도 상드 부인은 마치 잡아당긴 실이 끌려나오는 것처럼 저도 모르게 약간의 웃음을 띄웠다.

"그랬군요…… 몰랐네요. 고마워요, 알려줘서."

기쁨 때문은 아니었다. 자신이 지은 표정에 맞는 말을 찾아낸 것뿐이었다. 그가 대화를 끝내고 싶어한다는 것은 금세 알 수 있었다. 예전에는 바로 그녀가 타인에 대한 그의 그런 태도를 알아차리고 자연스럽게 끼어들어 쓸데없는 대화에서 그를 해방시켜주는 역할을 맡았던 것이다. 그도 나름대로 애쓰고 있는 것 같았다. 그 소식도 아마 사실이리라. 그러나 어떻게 알게 되었는지 자세히 물어보고 싶지는 않았다.

대화는 이미 끝나 있었다. 쇼팽은 더 할말이 없다는 것을 깨닫고 "그럼" 하고 짧게 작별 인사를 했다. 그리고 곁에서 말없이 지켜보던 랑베르에게 인사를 던지고, 콩브 쪽을 돌아보고는 모자를 깊숙이 눌러쓰면서 먼저 현관문을 지나 밖으로 나갔다.

콩브는 상드 부인과도 친한 사이였기 때문에 그녀의 얼굴과 멀어지는 쇼팽의 등 사이에서 난처한 듯 고개를 이리저리 돌리다가 결국 이별의 인사인지 아니면 그녀만 남겨두고 가서 미안하다는 것인지 알 수 없는 몇 마디 말을 던지고 서둘러 쇼팽의 뒤를 쫓았다.

계단을 내려가는 발소리가 흐트러진 호흡 틈틈이 초조하게 울렸다. 피곤했다. 체력만 허락된다면 뛰어내려가고 싶었지만 그럴 수 없었다. 손잡이를 붙잡고 한 단 한 단 두 발을 맞추며 걸음을 옮기고 있자니 곧바로 콩브가 뒤쫓아와 부축해주었다. 쇼팽은 돌아보며 쓴웃음인지 감사의 웃음인지 알 수 없는 복잡한 그림자를 얼굴에 내비쳤다. 콩브는 그것이 마치 살갗 안으로 투명하게 비치는 내출혈의 흔적처럼 여겨져 저도 모르게 눈을 감았다.

이래도 되는 일이었을까……

쇼팽은 그렇게 마음속으로 자문했다. 그 견디기 힘든 순간을 면한 안도감. 그러나 후회는 그보다 훨씬 집요하게 이미 지나간 실수를 나무라고 있었다.

그는 그녀가 파리에 있다는 것을 알지 못했다. 루이 블랑 같은 옛 동지들이 임시정부의 일원으로 한창 권력의 핵심을 차지하고 있는 지금 그녀가 그 자리에 함께 있지 않을 리 없건만, 그는 전혀 생각하지 못했다. 이별 뒤에 그는 수없이 재회의 순간에 대해 생각했다. 언젠가는 그런 순간이 찾아오리라. 어딘가의 거리 모퉁이에서, 레스토랑에서, 친구의 집에서, 우연히 옆에 선 마차의 창 너머로, 혹은 스카르 도를레앙의 정원에서. 그때 두 사람은 어떻게 할 것인가? 무시하고 못 본 척할까? 아니면 어쩔 수 없이 대화를 나누게 될까? 마주친 순간 서로의 입에서 튀어나오는 말은 어떤 것일까? 그것을 두 사람은 어떻게 말하고 어떻게 들을까? 다양한 장면이 머릿속에 그려졌다. 서로가 노골적으로 미움을 털어놓는 추한 장면에서부터, 둘 중 누구랄 것도 없이 서로 화해를 청하는 우스꽝스러운 희망의 장면까지. 그러나 결국 찾아온 현실의 순간은 너무도 돌연하고 부주의했다. 그것은 사전에 몽상했던 광경과는 전혀 달랐다.

쇼팽은 그 장면의 어이없음에 대해 생각했다. 거기에는 아무런 극적인 것도 없었다. 잃어버린 사랑으로 괴로워하는 인간의 생각이란 현실에 담기기에는 너무 큰 것인지도 모른다. 희망도 절망도 그것을 상상하기에는 지나치게 오만한 것이다. 물론 그 순간에도 무언가를 할 수 있는 여지는 분명 있었을 터였다. 그것을 자진하여 내팽개치고 어이없는 현실을 만들어버린 것은 다른 누구도 아닌 바로 그 자신이었다. 정말 견딜 수가 없었다. 그러나 정말 이걸로 괜찮은 것일까……

계단을 다 내려와 문지기가 문을 열어주자 쇼팽은 문득 멈춰섰다. 팔을 놓은 콩브가 그의 몸을 염려하는 얼굴로 "괜찮나?" 하고 말을 붙였다.

"응……" 그렇게 말하고 쇼팽은 잠시 침묵했다. 그리고 깊이 숨을 들이쉬어 호흡을 고르고는 천천히 "그러고 보니…… 아기 얘기만 하고 막상 중요한 산모 얘기는 깜빡 잊었군……" 하고 중얼거렸다.

"돌아갈까?" 콩브는 그의 얼굴을 들여다보았다.

"……아냐, 미안하지만 자네가 대신 가주겠나? 솔랑주도 아기도 건강하다고 전해줬으면 좋겠는데……"

"물론 나야 괜찮지만…… 그걸로 괜찮겠어?"

쇼팽은 머뭇거리듯 일단 시선을 떨구었다가 곧바로 다시 고개를 들어 계단을 바라보며,

"응, 이 계단을 다시 올라간다는 건 지금의 나로서는 불가능할 것 같아……"라고 말했다.

"알았어." 콩브는 납득한 듯 고개를 끄덕여 보였다. "그럼, 잠깐 기다리게."

그가 계단을 오르자 문지기가 말없이 다시 문을 닫았다.

잠시 뒤에 상드 부인이 랑베르를 남겨둔 채 콩브와 둘이서 계단을 내려왔다. 그녀도 조금 전의 뜻하지 않은 재회를 그대로 끝낼 수는 없었다. 자기가 먼저 그를 멈춰 세울 수는 없었다. 그러나 다시 부른다면 응할 마음이었다. 항상 그렇지 않았던가. 그가 한마디만 해주면 자신은 늘 거기에 응해왔다. 콩브가 말을 전하러 왔을 때 그녀는 바로 그의 진의를 알았다. 사실은 직접 오고 싶었던 것이다. 전언은 구실에 지나지 않았다. 어째서 일부러 그런 말을 남에게 부탁해서 전해야 한단 말인가. 와주기를 원하는 것이다. 그런 뜻을 알리는 쇼팽다운 우회적인 신호였다. 조금 전의 쇼팽의 모습을 본 콩브는 가능하면 그녀를 아래층으로 데려가야겠다고 생각했다. 그러나 그가 그런 말을 꺼내기 전

에 상드 부인이 먼저 "자세한 얘기를 듣고 싶으니 내가 내려가지요"라고 말했다.

계단을 내려오는 발소리가 두 사람의 것이어서 쇼팽은 멈칫거리며 고개를 들었다. 두 사람의 시선이 다시 만났다. 그리고 서로 말없이 무표정한 채 바라보고 있었다.

이번에는 쇼팽 앞에 멈춰 선 상드 부인이 먼저 입을 열었다.

"솔랑주는 건강한가요?"

그 소리의 울림이, 그렇게 생각해서 그런지 조금 전보다 온화했기 때문에 쇼팽도 모자를 잡으며 자연스럽게 입을 뗄 수 있었다.

"그렇다는군요. 출산 전에 황달이 심해서 조금 걱정했지만요."

"그래요? 지금은요?"

"지금은 괜찮을 거예요. 아기를 낳은 다음날 직접 연필로 쓴 짧은 편지를 보낸 걸 보면. 출산 때는 굉장히 힘들었던 것 같은데 귀여운 아기를 보고 나니 다 잊어버렸나봐요."

"그래요…… 그 말을 들으니 한결 마음이 놓이네요. 예정일이 아직 한참 남아서 깜빡했어요."

"그야 어쩔 수 없는 일이지요. 아무도 예상을 할 수 없는 일이니까요."

상드 부인은 그의 입에서 그런 말이 나오는 것이 뜻밖이라는 표정이었다. 그리고 다시 조금 다정하게,

"그래, 내 귀여운 손녀는 이름이 뭐라던가요?"라고 물었다.

"이름은 적혀 있지 않았어요."

"그래요…… 누가 지어준다는 얘기도 없었구요?"

"네."

"그래요……"라고 적잖이 유감스러운 표정을 지으며, "출산 때는 클레징게르가 곁에 있었다던가요?"

"그런 얘기는 없었지만 편지 봉투에 적힌 주소가 그의 필적인 것 같았으니 아마도……"

"그래요……"

상드 부인은 대충 상황을 알았다는 듯 고개를 끄덕이며 잠시 생각에 잠겼다. 대화는 거기에서 일단 끊겼다. 콩브가 두 사람의 대화를 좀더 이어주려는 생각에 막 말을 꺼내려는 찰나 그녀가 다시 입을 열었다.

"당신은…… 몸은 좀 어때요?"

쇼팽의 안색이 변했다. 순식간에 수많은 기억이 되살아나 뇌리를 스쳤다. 그는 즉각 자신의 실수를 깨달았다. 그녀의 다정한 물음에 예전에 함께 살던 때와 전혀 다를 것 없는 시선으로 그녀를 바라보고 만 것이었다.

"나는…… 예, 건강해요."

그렇게 대답하자마자 그의 가슴속에서 이제껏 억눌러왔던 그녀에 대한 마음이 둑이 무너지듯 넘쳐흘렀다. 그것을 들키지 않으려고 얼른 모자를 눌러쓰며 표정을 감추었다.

"문을 열어요."

쇼팽은 문지기를 돌아보았다. 이 이상 그녀와 얼굴을 마주할 수 없었다.

상드 부인은 모자 아래 감추어지는 순간 그의 표정이 다시 타인을 대하는 얼굴로 차갑게 닫혀버리는 것을 분명히 알아보았다. 그리고 실망한 듯 입을 다물었다.

'어째서? 어째서 어른스럽게 다정한 말 한마디 입에 올리지 못할까? 내 염려를 짓밟듯이 저런 어린애 같은 태도를 보이다니! 솔랑주 일은 얘기하겠지만 서로에 대해서는 한마디도 할 생각이 없다는 건가? 항상, 언제든, 어째서 그런 식으로 상대를 괴롭게 하는 걸까!'

쇼팽은 고개를 숙인 채 모자를 깊이 눌러쓰고는 뒤도 돌아보지 않고 밖으로 나갔다. 상드 부인은 한숨을 내쉬며, 콩브에게 식사에 초대하는 말을 건네고는 마지막으로 다시 한번 쇼팽의 등에 일별을 던지고 그 자리를 뒤로했다.

스카르 도를레앙까지 쇼팽을 배웅하는 동안 콩브는 내내 말없이 그의 곁에 있었다. 무슨 말을 해야 좋을지 알 수 없었다. 섣부른 위로의 말로 그에게 더 큰 상처를 주게 될까 두려웠다. 쇼팽은 그런 그의 마음을 알면서도 이따금 그 침묵이 버겁게 느껴져서 어깨에 쌓인 눈을 털어내듯 "춥군"이라거나 "저 근처도 어지간히 부서졌네"처럼 별뜻도 없는 말을 던졌다.

몸 안쪽이 타들어가는 것만 같았다. 조금 전의 광경이 수없이 되살아나 그를 막막하게 했다. 그토록 자신을 비참하게 느낀 적은 없었다. 그녀의 그 그리운, 두 번 다시 들을 일이 없다고 생각했던 그 다정한 목소리는 저항할 도리 없이 그에게 기쁨에 찬 나날의 기억을 다시 불러들이고 말았다. 그는 그 모든 것에 배반당한 것이었다. 진작에 잊어버렸을 것이 분명한, 그 머나먼 기억의 순수하기까지 한 눈부심에.

쇼팽은 새삼스럽게 그녀와의 인연이 되살아나기를 바라지는 않았다. 그래서 더더욱 이렇게 추억 속의 그녀와 현실의 그녀를 혼동해버린 자신을 용서할 수 없었다. 벌써 반년도 더 지난 일이다. 헤어진 직후처럼 혼자 괴로워하지도 않고, 사람들 앞에서 태연히 그녀에 대해 이야기할 수도 있다. 미련 따위 있을 리가 없다. 그런데 어째서? ……사실 두 사람의 관계는 단순히 종이에 씌어진 글을 주고받는 것으로 끝나버린 데 지나지 않았다. 그 점이 그가 이별을 진실로 받아들이는 데 장애가 되었는지도 몰랐다. 잊으려 해도 잊어야 할 것이 무엇인지조차 애매했다. 그리고 현실의 살아 있는 그녀는 아직 그 마지막 날의 잔영 속에 갇힌 채 그곳에서 자유롭지 못했다. 그가 오늘 재회한 것은 그 자물쇠를 스스로 열기 위해 찾아온 상드 부인이었다. 감옥 속에는 이제 아무도 없다는 것을 알려주기 위해. 그리고 실제의 그녀는 잔혹하리만치 또렷한 현실이었다. 거기에는 어떤 오해도 생겨날 여지가 없었다. 두 사람의 현재는 명백했다. 한쪽에는 새로운 사회의 건설을 위해 정력적으로 활동하는 왕성한 혁명가, 그와 동시에 새 연인과의 사랑으로 행복한 여인의 모습이 있었다. 또다른 한쪽에는 타도되어야 할 사회의 잔해 속에 본인 또한 멸망해야 할 낡은 시대의 잔해인 듯 병마에 의해 착실히 죽음에 다가가고 있는 무력한 음악가, 그리고 잃어버린 사랑의 주문에서 영원히 벗어나지 못하는 가련한 중년 사내의 모습이 있었다. 얼마나 어울리지 않는 두 사람인가?

재회는 쇼팽에게 씻기 힘든 상처를 주었다. 그러나 뒤를 이어 그에게 남겨진 유일한 희망마저 앗아가는 불행한 소식이 도착했다. 2월 28일에 태어난 클레징게르 부부의 딸 잔 가브리엘이 생후 며칠 만에 사망한 것이었다.

솔랑주의 편지는 실의에 빠진 쇼팽에게 마지막 쐐기를 박았다. 그것은 시체가 되어 꼼짝도 하지 않는 자식 곁에서 홀로 매장만을 기다려야 하는 젊은 어머니가 절망이 강요하는 강박적인 무력감을 잊기 위해 필사적으로 써내려간 편지였다.

쇼팽은 슬펐다. 슬퍼서 견딜 수가 없었다. 갖가지 생각들로 머릿속이 혼란스러웠다. 그것들은 모조리 뒤엉켜 하나의 커다란 덩어리가 되어 슬픔 속에 가라앉으면서 그 부피를 늘려갔다. 내 자식같이 느꼈던 아기가 며칠 만에 세상을 떠났다. 하필이면 솔랑주가 이런 가혹한 운명을 겪어야 하다니! 그 모든 것이 슬펐다. 아기는 그녀에게 단 하나의 의심할 여지 없는 행복이었다. 과거의 불행한 기억도 그 아기로 인해 지워질 수 있을 것이었다. 아기를 위해서는 스스로 위험에 처하는 것도 마다하지 않을 것이었다. 그런 아기를, 그토록 허망하게 빼앗겨버린 것이다. 출산 후에 그녀가 보낸 편지가 떠올랐다. 그 여리디여린 글씨들. 그녀는 얼마나 큰 감동 속에서 그 편지를 썼을 것인가. 그런데 그가 보낸 축복의 답장은 아기가 이 세상의 고통을 견디지 못하고 태어나기 이전의 안식의 세계로 떠나려는 바로 그때 기유리에 도착한 것이다. 아아, 어떻게 이런 일이! 클레징게르는 기한이 얼마 남지 않은 관전 출품작을 마무리하기 위해 전날 파리로 떠난 뒤였다. 어쩔 수 없었다. 이번 출품작 수입에서 일만 프랑을 염출하지 않으면 당장 오텔 드 나르본을 매각해야 할 상황까지 몰려 있었던 것이다. 솔랑주는 사랑하는 남편의 품에서 마음껏 울 수조차 없었다. 상드 부인은 결국 첫 손녀의 얼굴을 보지 못했다. 자신은 그녀에게 헛된 기쁨을 선물한 셈이 되고 말았다. 아아, 그런 대화는 차라리 하지 않느니만 못했다! …… 슬펐다. 모든 것이 슬펐다.

할 수만 있다면 당장이라도 솔랑주에게 달려가 곁에 있어주고 싶은 심정이었다. 그 생각만 하면 가만히 있을 수가 없었다. 어떻게 해줄 수 있는 것은 없었다. 그래도 최소한 그녀의 손을 잡고 눈물이나마 닦아주고 싶었다. 그녀의 괴로움을 조금이라도 덜 수 있다면 뭐든지 할 수 있었다. 그가 달려가면 그녀도 얼마나 마음이 든든할까. 그러나 그것은 이루어질 수 없는 바람이었다. 무엇보다 몸이 허락하지 않았다. 폭동으로 여기저기 길이 끊겨 여행이 어렵다는 것은 쉽게 예상할 수 있었다. 약해질 대로 약해진 이런 몸으로는 기유리는커녕 파리도 미처 빠져나가지 못할 것이었다. 만에 하나 무사히 도착한다 해도, 그래서 어쩔 것인가? 그녀가 지금 머물고 있는 곳은 뒤드방 남작의 집이다. 솔랑주에게는 아버지이고 상드 부인에게는 남편인 사람의 집이다. 그런 집에서 그의 아내의 헤어진 연인인 자신이 대체 무엇을 하겠다는 것인가?

그뿐이 아니었다. 쇼팽은 가령 솔랑주가 파리에서 똑같은 비극을 당했다 해도 지금과 다름없는 답답함에 갇혔을 것이었다. 솔랑주에게 힘이 되어주고 싶다. 그 생각에 거짓은 없었다. 그러나 그것을 막은 것은 다름아닌 그 자신이었다.

어머니와 딸 부부의 불화가 결정적인 것이 된 이래 줄곧 쇼팽은 기댈 곳 없는 젊은 두 사람을 돕기 위해 노력해왔다. 그렇게 해야 한다는 책임감도 있었다. 그러나 그것이 결국 모녀간의 화해를 점점 더 어렵게 만든 것은 아닌가 하는 의심이 항상 그의 마음속에 자리잡고 있었다.

쇼팽이 염려하는 것은 솔랑주가 이번 일을 상드 부인에 대한 새로운 증오의 계기로 삼지나 않을까 하는 것이었다. 비극은 분명 느닷없이 닥친 일이었다. 그러나 하필이면 왜 내가, 하필이면 왜 내 아이가, 라고 홀로 끊임없이 자문하고 있을 솔랑주가, 그것이 우연한 사고가 아니라 자신이 이제까지 어머니에게 당해온 일의 필연적인 결과라고 생각할 가능성은 충분했다. 물론 그렇게 생각하는 것도 이해는 되었다. 아이를 가진 후로 그녀는 잠시도 편할 때가 없었고, 그만큼 심신이 피폐해져 있었다. 어머니와의 고집 싸움만 아니었더라면 사랑과 증오 사이에 가로 놓인 다리를 오락가락하면서 노앙에서 파리로, 파리에서 브장송과 기유리로 무거운 몸을 이끌고 전전할 필요 없이, 노앙의 온유한 시간 속에서 어머니의 따뜻한 보살핌을 받으며 건강하고 축복받은 아이를 출산할 수 있었을 터였다. 회임 후의 황량한 생활이 실제로 그녀와 아기에게 어느 정도의 영향을 끼쳤는지는 아무도 알 수 없었다. 그러나 그녀가 어머니를 원망하는 심정은 이해할 수 있었다. 당치 않은 것이라고 할 수도 있다. 그러나 누군가를 원망하지 않고서는 이 괴롭고 슬픈 현실을 도저히 받아들일 수 없다면 그것도 어쩔 수 없는 일이 아닐까. 그는 그녀의 심정을 뼈저리게 이해했다. 그러나 그렇기 때문에 더더욱 그녀의 마음속에 싹트는 원망에 대해 고개를 가로저으며 다정하게 나무라지 않으면 안 되었다.

쇼팽은 솔랑주를 어머니와 화해하게 해주고 싶었다. 솔랑주에게 행복이 있다면, 그것은 충분히 사랑받는 것 외에는 없을 터였다. 아무에게서나 받는 사랑이 아니다. 아니, 천 명이나 되는 사람에게 사랑을 받는다 해도 그중에 그녀가 원하는 단 한 사람이 없다면 그것은 결코 충분하다고 할 수 없다. 아무리 많은 사람들의 사랑으로도 끝내 메울 수 없는 사랑이 있다. 그녀는 그 단 하나의 사랑을 얻지 못했기 때문에 줄곧 괴로워했다. 그것 이외에는 모두 대용품에 지나지 않았다. 남편인 클레징게르의 사랑도, 그리고 쇼팽의 사랑도.

상드 부인이 그런 딸의 마음을 전혀 이해하지 못하는 것은 아니었다. 그러나 그것을 가엾게 여기고 동정하는 데까지는 이르지 못했다. 자신이 지금까지 얼마나 깊은 애정으로 딸을 키워왔는지를 생각하면 은혜도 모르는 그녀의 그런 생각 자체가 화가 나고 한심했다. 참으로 사치스러운 투정이다. 더이상 무엇을 바란단 말인가? 자신이 어머니에게 당했던 일에 비하면 하늘과 땅 차이가 아닌가. 아니, 오히려 자신의 아픈 기억 때문에 다른 어떤 어머니보다 더 딸을 사랑해왔다. 주위를 둘러봐도 솔랑주보다 훨씬 못한 환경에서 태어나고 자란 아이들이 얼마든지 있다. 이를테면 오귀스틴이 그 좋은 예다. 자신이 자란 가정이 얼마나 은혜로운 곳이었는지 이제는 알 수 있는 나이가 아닌가. 대체 얼마나 더 자라야 지금까지 혼자 고생해서 자신을 길러준 어머니에게 감사의 마음을 품게 될까? 무엇보다 언제나 자신이 베푸는 애정을 거부하고 걸핏하면 토라졌던 것은 솔랑주가 아니었던가.

준 애정과 받은 애정은 이제 쌓이고 쌓여 서로 계산이 맞지 않게 되었다. 그 차이가 항상 싸움의 불씨가 되었다. 쇼팽은, 솔랑주가 자신을 필요로 하는 것은 그렇게 불어난 엄청난 차이를 누군가 메워주기 바라는 데 불과하다는 것을 잘 알고 있었다. 진심으로 원하는 것이 아니었다. 단지 가까운 곳에 마침 친절한 사람이 있었던 것뿐이었다. 때로는 그런 그녀에게 냉담한 눈길을 보낸 적도 있었다. 그래도 대개는 연민의 마음이 훨씬 강했다.

지금도 마찬가지였다. 그녀는 어디까지나 어머니를 대신해 자신에게 괴로움을 호소하는 것이고, 자신은 항상 하던 대로 거기에 응해주려는 것뿐이었다. 그러나 이번은 상황이 달랐다. 쇼팽은 이번 비극이 모녀 사이의 수많은 장애를 일시에 걷어내고 어머니에게는 다정한 자애를, 딸에게는 그것에 기대고 감사하는 순진한 경애를 싹트게 해주어 진심 어린 화해를 가져올 것이라고 믿었다. 상드 부인이 가련한 딸을 걱정하는 마음으로 손을 내밀어주기만 한다면, 어떻게 솔랑주가 그것을 붙잡지 않을 수 있을까. 그는 그렇게 되기를 기원했다. 최근 몇 년 동안 줄곧 그 기회만을 바라온 그가 아니었던가! 잔혹한 운명은 반드시 모녀를 다시 맺어주고 그간의 불화를 극복하게 도와주리라. 그리고 그 실현을 방해하는 단 하나의 장애물, 두 사람 사이를 가로막는 유일한 문제는 바로 그 자신이었다.

솔랑주가 아직은 어머니보다 어머니의 옛 연인을 더 안심하고 기댈 수 있는 사람으로 여기는 것은 사실이었다. 쇼팽의 걱정은 자신이 그것을 계속 허용하는 한 솔랑주가 두 번 다시 어머니를 만나려 하지 않으리라는 것이었다. 자신에게 미안한 마음도 있으리라. 그토록 지독하게 싸웠으니 이제 두 번 다시 상처입고 싶지 않은 마음도 분명 있을 것이다. 지금까지는 그도 그런 그녀를 가만히 지켜보기만 했다. 화해의 희망을 버리지 않도록 항상 위로의 말을 건넸지만 아직 시기가 무르익었다는 생각이 들지 않았고, 그때까지 뒤에서나마 자신이 힘이 되어주자는 생각도 있었다. 그러나 지금은 달랐다. 시기적으로나 상황으로나 지금처럼 모녀간에 화해가 필요한 때는 없었다. 어떻게 이런 때에 자신이 그녀의 보호자 역할을 맡고 나설 수 있을 것인가. 자신이 곁에 있는데 어떻게 상드 부인이 딸을 찾아갈 수 있을 것인가. 이번뿐이라면 그래도 괜찮다. 그러나 이번 일에 자신이 관여하는 것이 화해의 기회를 영영 잃게 하는 일이 된다면?

그날의 재회가 없었다면 상드 부인도 못 본 척할 수 있었을지 모른다. 혹은 그날 두 사람이 서로에 대한 불신을 모두 버리고 존경과 배려가 가득한 따뜻한 말을 주고받았더라면 솔랑주에 대한 그의 후의는 옛 연인에 대한 새로운 우정의 증거로서 환영받았을지도 모른다. 그러나 실상은 그 반대였다. 쇼팽은 자신과 상드 부인의 관계가 이미 어떠한 희망도 품을 수 없을 만큼 망가졌다는 것을 절실히 느꼈다. 아마 그녀도 마찬가지일 것이었다. 두 사람이 영원히 서로를 인정할 수 없다면 자신이 계속 솔랑주의 보호자로 남는 것은 그녀를 영원히 어머니로부터 떼어놓는 일이 될 것이었다. 그의 입장은 이제 클레징게르의 그것과 전혀 다를 바가 없었다. 상드 부인은 클레징게르를 용서하지 않듯이 쇼팽 또한 용서하지 않을 것이었다. 그리고 그런 클레징게르 곁을 떠나지 못하는 딸을 용서하지 않듯이 쇼팽 곁을 떠나지 못하는 딸 또한 용서하지 않을 것이었다. 딸이 어머니의 애정을 간절하게 필요로 하는 이때에, 다른 사람도 아닌 자신 때문에 모녀가 서로 반목하게 되다니! 얼마나 어리석은 일인가! 이런 상황에서 그 모녀와 관계를 맺을 이유가 어디 있는가? 그것은 이미 오래 전에 잃어버린 일이 아니던가?

심정적으로는 자신이 앞으로 계속 솔랑주를 돌봐주게 된다 해도 괜찮다고 생각하고 있었다. 그러나 냉정하게 생각해보면 그만큼 부자연스러운 일도 없었다. 친어머니와의 사이에 끼어들면서까지 계속 솔랑주 편에 남아 있어야 할 이유가 어디 있단 말인가. 더구나 이런 미덥지 않은 병든 몸으로 과연 언제까지 그녀에게 도움을 줄 수 있단 말인가. 결국 마지막에 기대야 할 곳은 어머니다. 두 사람 중 어느 한쪽을 선택해야 한다면 솔랑주는 망설일 것 없이 어머니의 손을 잡고 그 뒤를 따라야 할 일이었다.

쇼팽은 아기의 부음을 접하고 곧바로 솔랑주에게 위로와 격려의 편지를 보냈다. 그러나 그 이상의 개입은 엄격하게 자제했다. 지금 의지해야 할 사람은 어머니인 상드 부인이라는 것을 진지하게 설명했다. 차마 냉담하게 뿌리칠 수는 없어 지금까지처럼 이따금 편지를 쓰고 클레징게르와 연락을 취하는 등 어머니에게는 부탁할 수 없는 일들만 눈에 띄지 않게 받아들이기로 했다.

오래 전부터 스털링 양이 여러 차례 권한 영국 행을 쇼팽이 진지하게 고려하게 된 것은 바로 그 무렵이었다.

원래 쇼팽과 영국이라는 나라는 깊은 인연이 있었다. 그에게는 친구들이라면 모두 한 번씩은 들어본, 유난히 마음에 들어하는 농담 하나가 있었다. 그것은 "나는 아직도 파리를 경유하고 있는 중이야"라는 말이었다. 이것은 빈에서의 음악활동이 기대와 달리 별다른 성과를 거두지 못해 파리로 거점을 옮겼을 때 그가 파리 행 여권이 아니라 파리 경유 런던 행 여권을 입수한 데서 비롯된 농담이었다. 11월 봉기가 한창이던 그 당시 러시아 대사관은 혁명의 성공으로 들끓고 있던 프랑스에 폴란드인이 입국하는 것을 허가하지 않았고, 쇼팽은 두 달이 넘도록 기다린 끝에 결국 목적지를 런던으로 변경하고서야 가까스로 여권을 손에 넣을 수 있었다. 물론 진짜 목적지는 런던이 아니라 파리였다. 그는 그렇게 러시아 대사관을 속여넘기고 이후 십칠 년 동안 줄곧 파리를 경유하는 신분으로 살아왔다. 그것이 그에게는 무척이나 통쾌한 일이었다. 그때의 여권은 이미 기한이 다했지만, 그것을 볼 때마다 당시의 통쾌한 기분이 되살아나곤 했다. 게다가 자신이 여전히 여행중인 사람이라는 것도 왠지 재미있었다. 파리에서의 생활도 성공도 모두 여행길의 짧은 추억에 불과하다. 그런 생각은 그를 신비한 몽상과도 같은 감개로 이끌곤 하는 것이었다.

그 사이에 쇼팽은 단 한 번, 정말로 파리를 경유하여 목적지인 런던에 간 적이 있었다. 1837년 여름, 마리아 보진스카와의 사랑이 무위로 끝난 것에 한창 괴로워하던 쇼팽은 모든 음악활동을 그만둘 마음으로 기분전환도 할 겸 카미유 플레엘의 런던 출장길에 동행했었다. 플레엘이 여기저기 손을 써준 덕분에 여권은 새로 발급받을 수 있었다. 그후로 벌써 십일 년의 세월이 흘렀다. 그리고 다시 그 나라를 방문하려는 지금, 우습게도 쇼팽은 또다른 사랑의 고통을 가슴에 안고 있는 것이다.

소문은 이미 퍼질 대로 퍼져 있었다. 상드 부인의 자리를 노리는 인물로 스털링 양의 이름이 오르내리기 시작한 뒤부터 쇼팽이 노앙을 대신할 새로운 안식처로 그녀의 고향인 스코틀랜드를 선택했다는 이야기를 여기저기서 엄연한 사실처럼 숙덕거리고 있었다. 스털링 양도 그런 오해를 반기기라도 하듯이 굳이 부정하지 않았다. 그와의 관계가 차츰 널리 알려지는 것 같아 도리어 기뻤다. 쇼팽 스스로도 항상 그렇듯이 애매한 대답만 할 뿐 별로 진지하게 생각하지 않으면서 소문을 딱 잘라 부정하지도 않았기 때문에 그녀의 기대는 점점 부풀어오르기만 했다.

해가 바뀔 무렵에는 쇼팽의 외국행은 공공연한 이야기가 되었다. 2월의 연주회 전후에 몇몇 신문과 잡지에서 연주회와 관련하여 이 일에 대한 기사를 게재한 탓에 소문은 단숨에 파리 이외의 지역까지 퍼져나갔고, 지면에서 구체적으로 언급하지 않은 행선지를 둘러싸고 다양한 억측들이 난무했다. 노앙에 있던 상드 부인도 홀로 파리에 머물고 있던 모리스에게 편지를 보내 그의 행선지를 물었다. 멀리 폴란드에서 기사를 읽은 그의 가족도 이미 상드 부인과의 관계가 청산되었다는 소식은 알고 있던 터라 그 행선지가 분명 바르샤바일 것이라고 짐작하고는, 어머니를 중심으로 함께 사는 여동생 부부와 분가한 누나 부부가 그를 어느 집에 머물게 할 것인지를 두고 기쁨에 찬 상의를 하기도 했다.

쇼팽은 원래 여행을 좋아하지 않았다. 여행에 대해 동경을 품은 적은 한 번도 없었고, 오히려 피할 수만 있다면 그보다 더 좋은 일은 없다고까지 생각했다. 동시대의 많은 음악가들과는 달리 그가 연주 여행조차 하지 않았던 것은 예의 연주회 혐오증 때문이기도 했지만, 연주 여행이 가져다주는 명성이나 수입은 이미 얻을 만큼 얻었고, 구태여 불쾌한 기분을 억누르며 수십 시간을 마차에서 흔들려야 할 이유가 없었기 때문이었다.

그런 그에게 다행스러웠던 것은 그의 예술이 원래 여행을 필요로 하는 성격의 것이 아니라는 점이었다. 그는 일상생활에서 벗어나 자연을 향해 마음을 열고 그 교감의 체험에서 착상을 얻는 식의 창작 방법에 서툴렀다. 그가 노앙을 사랑하고 그 땅에서 많은 걸작을 만들어낸 것은 사실이지만, 그것은 자연이 직접적으로 그에게 영감을 주었기 때문이라기보다 파리에서 끊임없이 그를 습격하던 쓸데없는 잡일에 시달리는 일 없이 마음놓고 작곡에 전념할 수 있었기 때문이었다. 그의 음악을 위해서는 새의 지저귐이나 나뭇잎의 수런거림보다 오히려 살롱에서 나누는 대화의 우아한 숨결이나 설득력이 뛰어난 웅변술이 훨씬 더 도움이 되었다. 이것은 그와 상드 부인이 끝까지 서로 이해하지 못했던 예술관의 근본적인 차이 중의 하나였다.

여행을 위한 잡다한 준비를 생각하면 귀찮기 짝이 없었다. 몸만 피곤해질 뿐인 이동도 지겨웠고 호텔이나 남의 집에서 머무르는 것도 마음이 편치 않았다. 그러나 지금 여행에 나서기가 망설여지는 가장 심각한 이유는 역시 건강상의 불안이었다. 스털링 양의 제안을 구체적으로 검토하기 시작했을 때 제일 먼저 염려한 것도 그 점이었다. 가장 최근의 장거리 여행이래야 벌써 일 년도 더 된 노앙과 파리 간의 왕복 여행이었다. 그후로는 기껏해야 알브레히트의 제안으로 빌 다브레에 휴양하러 간 정도였다. 그때도 대단히 힘들었다. 그러나 지금은 그때와는 비교도 할 수 없이 건강이 악화되었다. 매일매일의 레슨도 침대에 누운 채 구두로만 가까스로 지도하는 상황이었다. 마차와 열차를 갈아타며 노르망디를 횡단해야 하다니, 이런 몸으로 해낼 수 있을까? 게다가 배를 타고 도버 해협을 건너야 한다니! 런던에서 스코틀랜드까지 간다면 여정은 더 길어진다. 그런 길을 과연……

여행을 앞두고 온갖 걱정을 하는 버릇은 그가 젊고 건강하던 무렵에는 자주 놀림감이 되곤 했다. 그러나 이제는 그것을 웃음거리로 삼는 이는 아무도 없었다. 그가 영국 행을 결심했다고 밝혔을 때 친구들은 대부분 그를 이해하고 격려해주었지만, 앞일을 낙관할 수 없어 그에게 그런 선택을 강요한 현실의 잔혹함이 새삼 원망스러웠다.

사실 쇼팽은 파리를 떠나지 않을 수 없는 상황이었다. 2월 연주회의 수입 덕분에 당장 생활이 곤란한 정도는 아니었지만, 그렇다고 충분한 저축이 있는가 하면 그런 것도 아니었다. 게다가 여유가 있다고 해도 부유한 것이 눈엣가시처럼 여겨지는 지금의 소란스러운 파리에서는 도무지 마음을 놓을 수 없었다.

혁명이 발발한 후 귀족과 부르주아들은 차례차례 파리를 뒤로했고, 그 대부분이 런던으로 몸을 피했다. 살롱은 폐쇄되고 레슨은 차례차례 끊겼다. 아직 파리에 머물고 있는 학생들도 떠나는 것은 시간 문제였고, 파리에 남는다 해도 느긋하게 피아노 레슨을 받는 것은 생각할 수도 없었다. 육백여 명이나 되는 사람들이 좌석을 예약하기 위해 앞다투어 밀려들었던 플레옐 사 살롱에서의 두번째 연주회도 당연히 취소되었다. 쇼팽은 자신의 설 자리가 급속히 사라지고 있다는 것을 실감했다. 프레데리크 쇼팽이라는 음악가를 받아주고, 이 도시에서 살아가는 대다수 사람들의 몇십 배, 몇백 배의 수입을 안겨주었던 예전의 세계, 몇 달 전까지만 해도 당연한 일처럼 존재하던 세계가 자신의 몇십 분의 일, 몇백 분의 일의 수입으로 지금껏 인내해온 이들의 손에 의해 무자비하게 매장되려 하는 것이었다.

쇼팽은 새삼 예술가라는 직업의 허망함을 생각했다. 그것은 오래 전, 막 스무 살이 된 그가 머나먼 빈에서, 독립을 위해 떨쳐일어선 고국 사람들의 찬란하고도 절망적인 봉기 소식을 접하고 단지 승리를 기원하는 수밖에 없는 자신에 대해 느꼈던 번민과 고뇌의 시간 이후로 끊임없이 가슴속에 품어왔던 생각이었다. 지금 파리에서 일어나는 변화에 그가 참여할 여지는 없었다. 그럴 마음도 없었다. 타도되어야 할 악의 체제로서 이 사회가 분노의 창 끝을 겨누고 있는 것은 바로 그를 포함하고 그가 익숙하게 살아온 세계였다. 평소에는 너나없이 소중하게 떠받들더니, 비상 사태가 되자 누구보다 먼저 쓸모없는 자의 명부에 올려지고 말았다. 예술가의 그러한 무익함은 아무리 입장이 바뀌어도 변하지 않았다. 결국 자신은 인간 생활의 잉여 위에서만 살아갈 수 있는 존재였다. 그리고 민중은 지금 그 잉여를 몰수하고 이른바 정지(整地) 작업을 하려 하고 있다. 그렇기 때문에 더더욱 이곳을 벗어나야만 한다. 어딘가 아직 그런 잉여가 남아 있는 곳을 찾아서.

런던에서 들려오는 소문은 모두 그리운 빛으로 가득 차 있어 그에게 초조함마저 느끼게 했다. 일터를 잃은 음악가들은 누군가 벌집을 떼어간 듯이 일제히 바다를 건너 꿀벌 떼처럼 파리 사교계의 뒤를 쫓았다. 그들이 먼저 가 있다는 것이 쇼팽의 불안을 크게 덜어주었다. 건강만은 어떻게 해볼 수 없어 어느 정도 무리를 각오하고 있었다. 되도록 빨리 출발하고 싶었다. 런던의 음악 시즌에 맞추기 위해서는 늦어도 4월 안에 도착해야 했다.

일단 결심을 하고 준비에 착수하자 바쁜 시간 속에서 아쉬움은 이상하리만큼 줄어들었다. 모든 것을 그대로 두고 갈 생각이었다. 겨우 몇 달 동안의 체재인 것이다. 파리에서의 생활에 불안을 느끼고 있던 사용인들에게는 이 일을 계기로 휴가를 주었지만, 스카르 도를레앙의 집은 계약을 갱신해 그해 연말까지 그대로 임대해두기로 했다.

그때까지는 돌아올 생각이었다. 그쪽에서의 본격적인 활동을 염두에 둔 것이 아니었다. 다소의 사치가 허용될 정도의 수입과 평화가 손에 들어오기만 하면 되었다. 시간이 조금 지나면 상황도 틀림없이 달라지리라. 어쨌거나 지금은 더이상 파리에 있고 싶지 않았다.

4

마침내 하원 도서관 장식화를 완성한 들라크루아는 해가 바뀐 후에도 비평가와 잡지 편집자들에게 작품의 주제를 설명하는 편지를 쓰고 개별적으로 그들을 안내하느라 부산한 나날을 보냈다. 늘 그렇듯이 한동안은 완성의 여운 속에서 여전히 마음에 남아 있는 창작의 흔적에 시달리면서도 담담하게 그런 일들을 처리해나갔지만, 한 달여를 그렇게 보내고 나니 번잡한 일들에 답답함이 치미는 날들이 많아졌다. 해도 바뀌어 마음은 다시 새 작품 쪽으로 쏠리는데 그런 잡다한 일들이 족쇄처럼 거치적거리는 것이 짜증스러웠다. 특히 마음에 걸리는 일은 관전 마감이었다. 올해는 〈발렌틴의 죽음〉〈라라의 죽음〉〈동굴의 라이온〉〈산양을 잡아먹는 라이온〉〈그리스도의 매장〉〈아랍의 희극배우들〉 여섯 작품을 출품할 예정이었는데, 그중 완성된 것은 네 작품뿐이고, 〈그리스도의 매장〉과 〈아랍의 희극배우들〉은 아직 제작중이었다. 틈이 나는 대로 화필을 들고 캔버스를 마주했다. 출품작 수를 줄일 생각도 해봤지만, 이대로 붓을 놓고 마감 날까지 빈둥거리느니 계획대로 여섯 작품을 모두 출품하기로 했다.

들라크루아는 그런 자신의 심경이 의아하기만 했다. 장식화 마감에 쫓기던 때는 이것만 완성되면 몇 달 동안은 다른 일에 손도 대기 싫을 것 같았다. 물론 제작하는 동안 얻은 지식을 바탕으로 새로운 작품을 시도해보겠다는 생각은 수없이 했다. 그러나 어쨌건 우선은 쉬고 싶었다. 일에서 해방되어 샹로제에라도 가서 아무것도 하지 않고 시간을 보내고 싶었다. 얼마나 기분 좋은 휴식일까? 그런데 결국은 거의 숨 돌릴 틈도 없이 이렇게 다시 화필을 쥐고 있다. 관전 출품작 마무리를 장식화와 동시에 진행하지 못했기 때문이기는 했지만, 여섯 작품 모두를 출품한다는 것은 어디까지나 자신이 정한 목표였다. 무리해야 할 이유는 전혀 없었다. 혹시 이 관전 출품작이 완성되면, 자신을 창작에서 멀어지게 할 위기가 찾아오는 것은 아닐까? 아직은 거대한 작품에 팽팽하게 담겨 있던 정신의 긴장이 미처 수습되지 않은 것인지도 모른다. 벌겋게 달구어진 금속이 불에서 내려진 뒤에도 금방 냉각되지 않듯이, 말하자면 그 흥분의 여열이 뒤를 이어 창작에 뛰어들기를 재촉하는 것인지도 모른다.

그의 그러한 작업열에는 주변 사람들도 놀라움을 금하지 못했다.

제니는 벌써 십 년이 넘도록 그의 곁에서 수발을 해온 터라 이런 일에는 어지간히 익숙해져 있었지만, 이번만은 작품의 규모나 소비된 세월의 격이 전혀 달랐던 만큼 변변히 휴식도 취하지 않고 당장 다음 일에 몰두하는 그를 보고 어이가 없다기보다 뭔가 이상한 느낌마저 들어 걱정스러웠다.

선생님은 정말 그림을 사랑하시는구나…… 그렇게 생각하면서도 너무 단순한 생각인 것만 같아 쉽게 수긍할 수가 없었다. 그가 그림을 사랑한다는 것은 물론 틀림없는 사실이었다. 그러나 그것뿐만은 아닌 것 같았다. 그 괴로움의 날들은 다른 누구보다 그녀가 잘 알고 있었다. 그것은 조금도 행복한 사람의 모습이 아니었다. 고행이라고 해도 지나친 말이 아닐 것이었다. 그렇기 때문에 더욱 그녀에게는 그것이 뭔가 지극히 고귀하고 경건한 모습으로 보였다. 누구나 흉내낼 수 있는 일이 아니었다. 그러나 그의 건강을 염려할수록 어째서 그렇게까지 해야 하는가 하는 생각이 자꾸만 커져갔다.

완성된 장식화는 이루 말로 표현할 수 없을 만큼 훌륭했다. 그녀는 그의 안내를 받아 난생 처음 하원 도서관 같은 엄청난 곳에 발을 들였다. 그곳에서 천장 가득 펼쳐진 장려한 장식화를 올려다본 그녀는 감상 한마디 만족스럽게 입에 담지 못한 채 두 눈 가득 눈물만 글썽였다. 완성된 작품에 감동한 탓인지, 아니면 그날까지 화가가 견뎌낸 그 숱한 고통이 떠오른 탓인지 스스로도 알 수 없었다. 이토록 훌륭한 그림을 그려내는 재능이 있다면 자신도 그것을 위해 온 인생을 다 바쳐도 아깝지 않다고 생각할 수 있을까? 그 어떤 고통도 감내하면서? 분명 그럴 수 없을 것 같았다. 자신만이 아니라 다른 이들도 모두 마찬가지일 것이었다. 역시 선생님은 특별한 사람인 것이다. 이런 인물이 세상 어디에 또 있을까. 아아, 내가 그런 분을 모시고 있다니! 그런 분께 전폭적인 신뢰를 받고 누구보다 충실하게 그분의 심부름에 응할 수 있다니! 이토록 굉장한 작품을 보여주기 위해 직접 데려와주시고, 게다가 내 덕분이라고 감사의 말까지 해주시다니! 이보다 더한 행복이 또 있을까?

포르제 남작 부인도, 이제야 도서관 일을 마쳤구나 하고 한시름 놓으려던 차에 그가 그새 또 다음 작품에 들어갔다는 것을 알고 깜짝 놀랐다. 게다가 그녀의 경우에는 우울한 한숨까지 내쉬지 않을 수 없었다. 작년 여름 이후로 들라크루아가 그녀의 집을 찾는 일은 눈에 띄게 줄어들었다. 사교계의 계절이면 그가 먼저 오페라나 연극을 함께 보러 가자고 하곤 했는데, 때가 때인 만큼 그런 일도 뚝 끊겼다. 물론 그 이유는 잘 알고 있었다. 자신에게 싫증이 난 것은 아니었다. 그저 그럴 여유가 없는 것뿐이었다. 그러나 어쩌다 얼굴을 내밀 때면 그 무심함에 미운 소리 한마디쯤은 해주고 싶었다. 아무리 바쁘다지만 그림을 그리는 건 환한 낮 시간뿐일 터였다. 저녁식사를 함께 하는 정도는 작업에 아무 지장도 없지 않은가. 어째서 그것마저 피하는 걸까…… 그러나 그런 불만을 토로해본들 창작에 대해 이해하지 못하는 얕은 생각으로 치부해버릴 게 뻔했다. 그것이 두려웠다. 꼼꼼하게 들여다보면 그의 생활 속에도 기분전환을 위해 외출할 정도의 시간은 있을 터였다. 그런데도 그가 굳이 그런 시간을 누리지 않는 의미를 왠지 이해할 수 있을 것도 같았다. 분명 아무도 만나고 싶지 않은 것이리라. 아무리 친한 친구라도, 연인이라도…… 무엇인가가 그를 세상으로부터 멀리 떼어놓고 있었다. 마치 타인과의 교제를 피하는 사람 같았다. 그러나 막상 그를 만나 그 초췌하기 이를 데 없는, 십 년은 늙어버린 듯한 얼굴을 보고 있노라면 그녀는 더이상 아무 말도 할 수 없었다. 언제나 그랬다. 그럴 때면 자신의 가슴속에 있던 생각들이 비할 데 없이 천박하게 느껴지곤 했다. 왜 이렇게 자신을 깎아내리게 되는 걸까. 그런데도 그를 만나면 기뻤다. 그 때문에 더더욱 자신을 귀찮게 여길까봐 두려웠다. 얼굴을 마주할 때마다 잔소리를 해대는 여자를 어떻게 만나고 싶어하겠는가. 억지로 시간을 내게 해서, 그러지 않아도 궁지에 몰려 있을 그를 괴롭혀본들 과연 내가 만족할 수 있을 것인가? 무슨 중요한 볼일이 있는 것도 아니다. 따지고 보면 시간이 남아돌아 어쩔 줄 모르는 귀족 미망인의 단순한 여흥일 뿐이었다.

가슴에 가득 찬 생각을 한마디도 입 밖에 내지 못한 채 연인을 보내고 난 뒤처럼 괴로운 시간은 없었다.

그녀는 자신의 외로움이 저주스러웠다. 그 외로움은 들라크루아라는 인간에 의해 생겨난 상반된 두 가지 외로움이었다. 하나는 그와 만나지 않고서는 위로받을 수 없는 외로움, 또 하나의 외로움은 그와의 만남으로 인해 더욱 커지는 외로움이었다. 그를 사랑하는 그녀는 항상 그를 만나고 싶어했다. 그러나 그를 동경하는 그녀는 그를 만날 때마다 고통을 느껴야 했다.

그녀는 제니와 마찬가지로 따로 그에게 초대를 받아 하원 도서관에서 작자의 해설을 들으며 작품을 관람했을 때, 재능이라는 것이 얼마나 눈부신 것인지 다시금 깨달았다.

'역시 이 사람은 특별한 사람이야…… 처음부터 무언가가 근본적으로 다른 거야……'

그를 사랑하는 것이 단지 그 특별함 때문이라고는 생각하지 않았다. 그러나 그 특별함이 없었다면 이토록 깊이 사랑하지는 않았을지도 모른다. 적어도 그가 아니면 안 된다고 느끼지는 않았을 것이다. 그리고 그녀가 스스로에게 품고 있는 깊은 슬픔 또한 그 특별함 때문이라는 것도 의심의 여지가 없었다.

그녀는 그 두 가지 외로움을 어떻게 견뎌야 할지 알 수 없었다. 그나마 치유될 가능성이 있는 것은, 그를 만나지 못해 겪는 외로움뿐이었다. 그렇기 때문에 더더욱 그가 찾아오기만을 기다렸다. 그로 인해 또 하나의 외로움이 점점 더 쌓여간다 해도.

포르제 부인의 그런 심정은 들라크루아도 어렴풋이 짐작하고 있었다. 어제오늘에 시작된 일이 아니었다. 대작의 작업에 들어가 그녀를 자주 찾지 못할 때면 항상 그랬다. 직접적으로 표현하지는 않았지만, 이번 작업만 대충 정리되면 좀더 많은 시간을 함께 보낼 수 있지 않을까 하는 기대감이 그녀의 말 틈틈이 비치곤 했다. 그런 심정을 잘 알면서도 지금까지 그 기대를 배반해온 것이었다.

그녀의 기대에 응해주고 싶은 마음은 있었다. 그간 내내 소홀히 한 데 대한 부담감도 있었다. 그 또한 작업하는 틈틈이 그녀와 함께 보낼 시간을 상상하면 마음이 흐뭇했다. 큰맘 먹고 함께 여행을 떠나는 것도 좋으리라. 바다든 온천지든 어디든 좋다. 그곳에서 잠시 모든 것을 잊고 하루하루를 사치스럽게 흘려보내리라. 아침부터 밤까지 두서없는 이야기를 나누고, 싫증나면 둘이서 느긋하게 산책을 하리라. 언젠가 불로뉴 숲에서 그랬던 것처럼. 그러면 얼마나 마음이 편안해질까. 그녀가 바라는 것이 딱히 그런 거창한 일이 아니라는 것은 알고 있었다. 그것은 이따금 그의 머릿속을 뜨겁게 하는 피로가 신기루처럼 떠올리는, 가보지 못한 이국 땅이나 신적인 세계에 대한 동경과 같은 몽상일 터였다. 그것은 보통의 생활 속에서 두 사람을 보다 깊이 맺어주는 종류의 것이 아니라, 오히려 일상적인 관계와는 무관한, 전혀 별개의 사건으로 생겨나는 것이었다. 또한 그런 성격에 걸맞게, 영원히 연기될 뿐인 계획이었다. 처음부터 실현되지 않을 것이기 때문에 짜여진 계획 같은 것이었다.

무엇보다 들라크루아는 자신이 결코 그런 안일을 향유하지 못한다는 것을 잘 알고 있었다. 그가 휴양을 위해 찾아간 노앙이나 발몽 같은 곳에서까지 작품을 남긴 것은 결국 창작의 충동에서 벗어날 수 없었기 때문이었다. 하나의 작품에 착수할 때마다 이 작업만 끝내면 편안해질 것이라는 기대를 품었다. 그러나 실제로는 항상 여러 개의 작품을 동시에 진행하고 있었기 때문에 한 작품이 끝나도 붓을 놓을 틈이 없었다. 한 가지 일이 끝나자마자 다른 작품이 마음에 걸리기 시작해 문득 정신을 차리고 보면 저도 모르게 작업을 계속하고 있었다. 제자들이 "선생님의 팔레트는 돌아가시는 그날까지 절대 마르지 않을 거야"라고 이야기하는 것도 완전히 농담만은 아니었다.

'그렇게 일 년 내내 그림만 그리고 있어. 다른 사람이 그의 인생에 끼어들 여지 같은 건 처음부터 없었던 거야……'

포르제 부인은 이번에도 절실히 그렇게 생각했다.

사실 들라크루아는 관전 출품작에 매달려 있는 동안에도 이따금 포르제 부인을 생각했다. 앞으로도 계속 이렇게 그녀의 고독을 달래주지 못한 채, 아니, 도리어 그것을 부채질하면서 지금의 관계를 유지할 수 있을까. 그녀를 잃고 싶지는 않다. 그러나 그것이 과연 서로에게 의미 있는 일일까.

이를테면 쇼팽이나 리스트처럼, 상드 부인이나 다구 백작 부인 같이 스스로 펜을 잡고 창작에 뛰어든 사람을 연인으로 두었다면 이런 고민은 없었을지도 몰랐다. 그러나 그것은 있을 수 없는 가정이었다. 그는 이제까지 한 번도 여배우나 소설가 같은 여자를 사랑한 적이 없었다. 친하게 지내는 친구는 많았다. 존경하는 이, 동경하는 이도 있었다. 그러나 끝내 그녀들을 사랑할 수는 없었다. 그가 포르제 부인을 사랑한 이유가 그 정확한 반증이었다. 포르제 부인을 사랑한다는 것은 우연히 만난 한 여자를 사랑한다는 것 이상의 의미를 가지고 있었다. 그는 그것을 최근에야 겨우 깨닫기 시작했다. 만일 그녀가 스스로 창작에 뛰어들어 그 기쁨과 고뇌를 충분히 알고 있는 여자였다면 지금처럼 우울이 그녀를 괴롭히는 일은 없었을 것이다. 서로 마찬가지라는 생각에 그녀를 홀로 남겨두는 시간을 좀더 편하게 느낄 수 있었을지도 모른다. 그러나 만일 그랬다면 그는 처음부터 그녀를 사랑하지 않았을 것이었다. 창작에 관한 견해 차이는 때로 그를 지극히 편협하게 만들었다. 그런 대립이 연인으로서의 두 사람의 관계에 분명 악영향을 미쳤을 것이다. 그뿐만이 아니었다. 그가 포르제 부인에게서 원했던 것은 그로서는 영원히 다가갈 수 없는 세계의 찬란함이었다. 항상 동경하였으나 끝내 얻을 수 없었던, 저 대낮과도 같이 환하고 건강한 세계. 그녀를 사랑하는 것은 그를 그 세계와 화해하게 해주는 것이었다. 그녀에게 사랑받는 것은 곧 그 세계가 자신에게 손을 내밀어주는 것이었다. 그런 그녀가 자신과 같은 편에 서서 창조의 쇠약에 몸을 망치는 것을 어찌 상상이나 할 수 있을 것인가. 어떻게 그것을 견딜 수 있을 것인가.

연초의 한 달여를 그렇게 잡무와 창작에 쫓겨 하루하루 정신없이 보냈다. 들라크루아는 좀더 여유 있게, 관전 개최 한 달 전인 쇼팽의 연주회 날까지 작업을 마치겠다는 목표를 세우고 서둘러 작업을 진행했다. 그런 보람이 있어서 쇼팽의 연주회 때는 작품이 거의 완성되어 홀가분한 마음으로 회장으로 향할 수 있었다.

연주회가 끝난 후 그는 한동안 그 흥분에서 벗어날 수 없었다. 쇼팽 본인에게는 감상다운 감상도 전하지 못했지만, 그 아쉬움을 집에 돌아와 제니를 붙잡고 실컷 떠들어대는 것으로 풀었다. 그래도 여전히 속이 시원하지 않았다. 잠자리에 든 뒤에도 그는 촛불이 꺼진 어둠 속에서 "굉장했어……" 하고 몇 번이나 중얼거렸다.

들라크루아는 괴로운 듯 대기실 소파에 누워 있는 쇼팽을 대하자 감상 따위를 늘어놓을 계제가 아니다 싶어서 "괜찮나?"라는 염려의 말과 함께 그저 "훌륭했어"라는 한마디만 덧붙이고 돌아왔지만, 그때 쇼팽이 그런 상태가 아니었다 해도 역시 그 정도의 말밖에는 할 수 없었을 것이었다. 그 이상 어떤 말을 할 수 있단 말인가. 서투른 분석 같은 감상 따위는 아무 소용이 없다. 그저 그를 당황하게 할 뿐이다. 자신도 지금껏 얼마나 많이 경험해왔던가. 하원 도서관을 공개했을 때도 그랬다. 아름답게 꾸며진 찬사는 분명 귀에 솔깃했다. 그러나 결국 가장 기뻤던 말은, 감동을 모조리 우겨넣어 잔뜩 부푼 가방처럼 일그러진, 서투르기 짝이 없는 "훌륭하군요"나 "믿을 수 없어요" 같은 말이었다.

거친 파도를 진정시키고 조용히 출렁이는 바다처럼 음악의 감동이 온몸에 가득 차오르자 그 다음에는 저절로 생각이 쇼팽에게로 돌아갔다. 연주회가 끝난 뒤에 그지마와 백작과 함께 찾아간 대기실에서 그는, 조금 전까지만 해도 무대에서 신들린 듯한 광채를 내뿜으며 만인을 매료시키던 음악가가 완전히 기력을 소진한 채 누워 있는 것에 놀라움을 금할 수 없었다. 사전에 들은 이야기로 미루어보면 그것도 당연했다. 그 자신도 아틀리에를 나와 거실 의자에 몸을 던질 때는 한참 동안 말도 제대로 나오지 않곤 했다. 부축 없이는 계단도 오르지 못한다는 쇼팽이 그렇게 큰 연주회를 마지막까지 견뎌냈다는 것 자체가 놀랄 만한 일이었다. 그런데도 그는 어리석게도, 두 번 다시 연주회 같은 건 하지 않겠다고 늘 하던 대로 농담을 하며 그래도 만족스러운 듯 대기실에서 손님을 맞아 담소를 나누는 쇼팽의 모습을 상상했다. 평소의 쇼팽이라면—아니, 이제는 예전의 그라면, 이라고 말해야 하지 않을까—그렇게 피곤을 견디며 아무렇지도 않은 듯 행동했을 것이기 때문이었다.

실제로 끊임없이 터지는 커튼콜에 몇 차례나 응했던 그의 모습에는 분명 그런 광경을 기대할 만한 명랑함이 있었다. 그가 처음 무대에 등장했을 때 그 창백한 안색과 여윈 몸을 보고 불길한 인상을 받았던 이들조차 연주회가 끝난 뒤에는 그것이 단순히 연주 전에 느끼는 독특한 긴장이 두드러져 보인 것에 불과한 모양이라고 고쳐 생각하기도 했다. 들라크루아는 어떤 경우에나 남의 동정을 살 만한 고통으로부터 쇼팽을 지켜주었던 그 우아함에 대해 생각했다. 그가 신기하게 생각하는 것은, 측량할 수 없을 정도의 고독과 고뇌를 안고 있음에도 불구하고 그것을 극복하려 애쓰고 또 실제로 극복해내는 쇼팽의 모습에서 영웅적인 과장됨이 전혀 느껴지지 않는다는 점이었다. 그 또한 현실에서는 운명의 가혹함을 이를 악물고 견뎌왔고, 그것을 뛰어넘기 위해 온몸이 쪼개지는 듯한 노력을 해왔을 것이다. 그토록 많은 작품을 남겼다. 가령 생활이 완전한 평온 속에 놓여 있었다 해도 그의 마음속은 창작의 태풍에 무참히 황폐해져 있었을 것이 틀림없다. 더구나 최근 몇 년 동안은 피아노 앞을 떠나서도 연인과 딸의 불화의 틈새에서 날이 갈수록 몸과 마음이 닳아지는 나날이었다. 그런 생활 속에 안식의 시간이 과연 얼마나 있었을 것인가.

들라크루아는 자신이라면 그런 곤란을 이겨내기 위해 얼마나 요란하게 스스로를 고무해야 했을지 생각해보았다. 루벤스나 미켈란젤로와 같은 수많은 위인들의 생애를 떠올리며 자신을 그들의 높이에 이르게 하려고 필사적으로 발버둥친다. 기껏해야 그 정도가 아니었을까. 그러나 쇼팽은 달랐다. 그는 한쪽으로는 우러러보면서도 다른 한쪽으로 내려다보는 일은 하지 않았다. 자신을 우러러보는 것조차 허락하지 않았다. 어째서일까. 어떻게 그럴 수 있는 것일까. 그의 음악이 곧 그와 같았다. 그날의 연주회에서도 몇 번이나 그것을 느꼈던가. 그에게는 사람들에게 존경을 강요하는 듯한 엄숙함이 결정적으로 결여되어 있었다. 사람들의 손이 닿을 수 없는 높이에 있으면서도 어딘가에는 친근함이 있었다. 그것이 바로 우아함이라는 것의 매력일까. 우아함처럼 고뇌와 동떨어진 것도 없다. 고뇌를 감추기 위해 남들이 홍소(哄笑)를 필요로 할 때, 그는 그저 미소를 지을 뿐이다. 홍소가 종종 속을 물어뜯겨 피를 토해낸 것처럼 고뇌로 물들어 있는 데 반해, 미소는 감추어진 고뇌를 결코 겉으로 드러내지 않는다. 그 표정의 정치함, 그 몸짓의 부드러움. 얼마나 견고하고도 세련된 미덕인가.

쇼팽의 연주회는 그의 붓의 움직임에 약간의 지체를 가져왔다. 평생을 두고 작업중에는 쓸데없는 외출을 되도록 삼가해왔던 것은 자잘한 일들 때문에 창작의 보조가 흐트러지는 것을 염려했기 때문이었다. 제작에 들어가기 위해서는 반드시 어떤 절차가 필요했다. 중도에 끊기지 않고 작업을 지속하다보면 생략할 수 있지만, 일단 끊기면 처음부터 다시 시작해야 했다. 하루만에 끝나는 때도 있는가 하면 몇 주일, 몇 달이 걸리는 때도 있었다. 혹은 그만큼의 시간을 들였는데도 일이 손에 잡히지 않아 제작에 차질을 빚을 때도 있었다. 그 상태로 억지로 작품에 손을 대도 마음먹은 대로 되지 않았다. 대개는 어딘가 빈틈이 생기고 말았다. 그럴 때 다른 사람이나 물건에 화풀이를 하는 습관이 없는 그는 그저 혼자서 고민하며 애태우는 수밖에 없었다. 지난해 초반이 그랬다. 그 기억이 과거에 몇 번이고 반복되었던 같은 경험의 기억 위에 다시 한번 생생히 찍혀 있어서, 생활이 자칫 엉뚱한 방향으로 기울어갈 기미가 보이면 저절로 경계심이 발동하여 크게 의식하지 않아도 제어가 되는 것이었다.

사실 관전 출품작은 이미 완성된 것이나 다름없었다. 〈아랍의 희극배우들〉을 먼저 완성한 뒤에, 그는 아직 다 끝내지 못한 〈그리스도의 매장〉을 마지막으로 손질했다. 그러나 그대로 끝내기엔 부족한 느낌이 들어 다시 크고 작은 네 종류의 바리앙트를 제작하고 있었다.

들라크루아는 자신이 이 작품에 계속 얽매여 있는 것은 순수한 기술적 관심 때문이라고 당연하게 믿고 있었다. 그러나 다시 화필을 들어 캔버스를 마주하자마자 파리에서 혁명이 발발했고, 그 바람에 새삼 작품의 주제를 둘러싼 암울한 사색을 강요당하게 되었다.

이 나라의 모든 사람들이—아니, 어쩌면 유럽의 모든 사람들이라고 해도 과언은 아니겠지만—그러했듯이, 들라크루아 또한 이번 사태를 상상조차 하지 못했다. 불황이라는 것은 알고 있었지만, 솔직히 세상에서 떠들어대는 만큼의 실감은 없었다. 연말에 하원 도서관의 장식화를 공개하는 자리에서 만난 티에르나 비에야르 같은 야당 정치가들도 민중이 그들을 제치고 행동에 나서리라고는 전혀 예측하지 못하는 모습이었다. 그는 자신이 세계 변화의 태동에서 너무도 멀리 떨어져 있었다는 것에 우선 아연했다. 그 변화의 힘은 정치에 완전히 무관심했던 그의 삶의 순간순간에도 은밀하고 착실하게 비축되고 있었고, 일단 분출된 뒤에는 다양한 계층의 사람들과 마찬가지로 그 또한 예외 없이 맹렬한 기세로 그 소용돌이 속으로 집어삼켜버렸다. 거리는 하룻밤 만에 바빌론을 연상시킬 만큼 처참하게 변모했다. 여기저기에서 포장도로와 가로수, 가스등, 철책이 파헤쳐졌고, 옆으로 쓰러진 마차와 내동댕이쳐진 벤치, 작은 산 같은 바리케이드가 쌓여 있었다. 장을 보러 외출하는 제니가 걱정되어 함께 거리로 나왔던 들라크루아는 그 기묘한 광경에 어찌할 수 없는 분노와 혐오, 그리고 무엇보다 온몸의 털이 거꾸로 서는 듯한 공포가 솟구쳤다. 한동안 아무 말도 나오지 않았다. 눈앞의 현실이 믿어지지 않아 그저 멍하니 서 있을 뿐이었다. 매우 돌발적인 연상이었지만, 순간 그의 머릿속에는 언젠가 샹로제의 숲 속에서 본 곤충들의 생태가—그 조그만 생물들이 땅바닥에 무수한 구멍을 파고 그 구멍 곁에 파낸 흙을 착실하게 쌓아올려놓은 광경이 떠올랐다. 진보와 문명의 상징이라 할 수 있는 이 파리라는 거리에 가해진 처참한 폭력에서 그는 그런 지극히 원시적인, 자연 그 자체라고 할 노력의 흔적을 느꼈다. 열심히 구멍을 파는 데 열중하는 곤충의 무구함은 거리의 파괴에 온 힘을 쏟는 민중의 열광과, 쌓아올린 흙더미의 사랑스러움은 바리케이드에서 보이는 직인적인 근면함의 해학과 서로 통하는 것 같았다. 그것이 혁명의 성취를 위해 이지적으로 계획되고 수단으로서 선택된 폭력이라고는 도저히 생각할 수 없었다. 동기는 그랬는지도 모른다. 그러나 시간과 함께 그들의 몸 안에 넘치게 된 어떤 강렬한 도취가 모르는 사이에 스스로의 내부에 둥지를 튼 문명 자체에 대한 증오를 발견하고 그 폭발에 몸을 내맡기게 한 것이 아닐까? 적은 어느새 기조가 아니라 인간이 오늘날까지 쌓아올린 이성의 산물 전체가 되어버린 것이다. 그들은 닥치는 대로 모든 것을 엉망진창으로 만들어버리고 싶었던 것이다. 완전히 뒤집혀 흙투성이가 된 거리의 모습은 마치 폭력이 땅바닥에서 솟구쳐올라 그 동안 위에서 자신을 억눌러왔던 인간들의 일상에 잔혹한 복수를 가한 것만 같았다. 그때 폭도들은 하나의 천재지변이었다. 그들은 말하자면 저도 모르게 자연에게 지배당하고 자연 그 자체를 연기했던 것이었다.

혁명을 위해 떨치고 일어선 민중에 대해 그는 아무런 공감도 느끼지 못했다. 그들의 야만적인 행위는 마치 곤충이 알을 낳듯 그의 머릿속에 계속해서 기괴하고 불쾌한 비유를 토해냈다. 그런 연상이 말해주는 것은 민중이라는 정체를 알 수 없는 불쾌한 존재에 대해 그가 품고 있는 강한 불안뿐이었다. 인류의 진보라는 어리석은 관념을 주창하는 모든 사람들에게 이 거리의 참상을 눈앞에 들이대어 보여주고 싶었다. 과연 이것이 이성의 횃불에 이끌려 불가역적으로 충분히 문명화되었다는 유럽인의 소행이란 말인가? 아틸라가 훈 족을 호령하던 시대로부터 천사백 년이나 되는 세월이 흘렀다. 그 동안 인간은 그 본질에서 과연 얼마나 진보한 것일까?

그는 자신의 하원 도서관 천장화를 생각하며 그 주제 선택의 올바름에 완전한 만족을 느꼈다. 그것은 역사이며 동시에 예언이었다. 단순히 이번 사태에 대한 구체적인 예언이라는 것이 아니다. 앞으로 미래에 영원히 거듭될 이러한 세계의 만행에 대해, 그때마다 그 천장화는 하나의 확고한 예언이 될 것이다. 그 작품을 보았을 때, 과연 그것을 정확하게 이해한 사람이 있었을까?

이것이 마지막이라고 주장할 수 있는 근거가 어디 있는가. 앞으로 백 년, 이백 년이 지난 뒤에 이 세계에서 모든 폭력이 일소된 모습을 과연 상상할 수 있을까? 이 무참한 거리의 몰골을 뻔히 보고서도? 인간의 어리석음에는 한계가 없다. 물질문명은 틀림없이 앞으로도 진보를 계속할 것이다. 그러나 정신은? 도리어 그에 반비례하여 타락해가는 것이 아닐까? 공화제가 선언되고 민주주의의 시대가 도래한다고 한다. 불량배들의 천하가 찾아오는 것이다. 파괴의 끝을 본 자들이 이번에는 한 나라의 운명을 좌우할 권리를 수중에 넣는 것이다. 대체 무슨 일인가! '맹인이 맹인을 인도하면 둘 다 구덩이에 빠진다'는 성서의 말 그대로다. 어떻게 그것을 팔짱을 끼고 바라보며 기뻐할 수 있단 말인가.

혁명의 열광에 대한 그의 경멸은 팔레 루아얄의 회랑에 장식되어 있던 그의 서른 살 때의 작품 〈미사를 행하는 리슐리외〉가 화재로 소실된 사건으로 인해 더욱 확고해졌다. 이 소식은 그를 진심으로 분노하게 했고 오래도록 비탄에 젖게 했다. 〈미사를 행하는 리슐리외〉는 1828년 당시 오를레앙 공작이었던 루이 필리프의 의뢰를 받아 제작한 가로 300, 세로 420센티미터의 대작으로, 삼 년 후에 출품한 관전에서는 큰 호평을 받지 못했지만 그에게는 의심할 여지 없이 중요한 작품이었다. 이 년 전에는 자신의 기법상의 진전을 확인하기 위해 새로운 수법으로 그 복제를 제작하기도 했다.

그는 작품의 상실이라는, 경험해보지 않았지만 항상 경계를 게을리하지 않았던 사태가 현실로 나타난 것이 너무도 뜻밖이어서 한참이나 이해를 할 수 없었다. 어제까지 분명히 존재했던 작품이 이제는 없다는 것이다. 앞으로도 영원히 없을 것이며, 어쩌면 과거에서조차 없어진다는 것이다. 대체 무슨 일이란 말인가. 작품을 제작하는 데 소비한 수개월의 기억이 그의 뇌리에 낱낱이 되살아났다. 그날들이 또한 완전하게 사라진 것이다. 작품이란 곧 공들여 다듬은 시간의 덩어리라는 것은 완성된 도서관 천장화를 올려다본 연말부터 그의 머릿속에 수없이 떠오른 생각이었지만, 이번에 겪은 생생한 상실감은 그 점을 다시 한번 확인하게 했다. 화가는 최초의 붓질에서부터 마지막 한 번의 붓질에 이르기까지, 항상 해체된 시간 속에서 하나의 거대한 **지금**과 동화되어 있다. 그가 놀라는 것은 그 **지금**의 불가사의한 신선함이었다. 화가가 스스로를 작품에 남김없이 쏟아부을 때, 그 작품은 한 번도 삶에 소비된 적이 없는 그 자신이다. 생활의 쇠퇴와 마모에 이르는 길을 차단당한 자신, 삶을 살아가기에 앞서 전적으로 보관되어버린 그 자신이다. 하나의 작품을 잃는다는 것은 그의 삶 자체에 하나의 결손, 하나의 공백을 만드는 일이다. 그것은 한없이 무에 가까운 부재이며 결코 메울 수 없는 공허였다. 다른 한편으로 그것은 분명 세계에 뚫린 하나의 빈틈이다. 그러나 그가 그 부재를 둘러싸고 끝없는 번민을 거듭하지 않을 수 없을 때, 세계는 아무런 망설임 없이 그것을 무와 혼동해버리는 것이었다.

그는 회화라는 것의 얄궂은 운명을 절절하게 깨달았다. 그것은 아무리 물질세계에서 벗어나려 해도 결국 하나의 사물로서 존재할 수밖에 없는 것이다. 그렇기 때문에 정신뿐 아니라 감각에 있어서도 직접적으로 인간을 채워줄 수 있는 것이다. 그러한 존재 방식이 회화의 우위를 증명해준다는 사실은 틀림이 없었지만, 지금의 그에게는 단지 그 덧없음과 위태로움만 떠오를 뿐, 도저히 그것을 기쁘게 받아들일 수 없었다.

어째서 내 그림이? 들라크루아는 그렇게 스스로에게 물으며 괴로워했다. 물론 그것을 불행한 우연으로 이해하는 것은 쉬운 일이었다. 우연히 자신의 그림이 그곳에 있었다. 그뿐일지도 모른다. 실제로 폭도로 화한 민중 속에 단 한 사람이라도 구체적으로 궁정 벽에 걸려 있던 그의 작품을 없애려는 의도를 가진 자가 있었는가 하면 그것은 상상하기 어려운 이야기였고, 대부분은 그 존재조차 몰랐다고 하는 편이 훨씬 자연스러웠다. 그러나 그들의 의식 속에 외젠 들라크루아의 그림 따위는 없었다고 해도 막연히 타도해야 할 대상으로 머릿속에 그리고 있던 어떤 종류의 호사(豪奢)—저속하며 아름답고 게다가 본질적으로는 심히 잔혹했던 그 호사 속에, 역시 폭도들에게 파괴되었다는 로스차일드 남작의 쉬렌 성과 하나도 다를 바 없이 그의 그림도 포함되어 있었던 것은 분명한 사실이었다. 그의 작품이 팔레 루아얄의 한 모퉁이와 함께 잿더미로 변해버렸다는 사실이 의미하는 바는 그것이었다. 그의 작품은 결코 불타는 벽난로에 우연히 휩쓸려들어간 한 마리 모기처럼 타버린 것이 아니었다. 그의 작품이 팔레 루아얄에 장식되어 있었다는 사실은, 그 주제가 왕권의 절대적 옹호자였던 리슐리외라는 것 이상으로, 7월왕정기 동안 그가 화가로서 어떻게 살아왔는가에 대한 결과를 말해주고 있었다. 가령 이 혁명에서 그 작품 한 장이 불타지 않았다면, 그가 최근 십팔 년 동안 남긴 백오십 장을 상회하는 타블로도, 수십 미터 규모의 프레스코 화도 애초에 나오지 않았을 것이었다. 그의 작품이 정치적이었던 것은 아니다. 그러나 화가 자신이 취한 하나의 정치적 결단이 그 작품에 자연스럽게 어떤 정치성을 부여했다는 사실은 부정할 수 없었다. 그것은 물론 작품의 내부에 배어들어 그 본질을 개혁하는 종류의 것은 아니었다. 그러나 그것을 부차적으로 드러내는 것은 하나의 작품을 불태워야 할 어떤 것의 위치로 끌고 가는 것이나 마찬가지였다. 민중은 그 작품을 한데 싸잡아넣음으로써 그의 십팔 년간의 화가로서의 입장을 소실시켰다. 그리고 이제 자신의 모든 작품에 붙은 그 악독한 군주제에 대한 지지라는 표식을 스스로의 정치적 입장 전환에 의해 바로잡지 않는 한, 그의 작품은 파괴해야 할 대상이 되고 나아가 새로운 작품은 결코 이 사회에서 존재할 자리를 찾을 수 없게 될 것이었다.

들라크루아는 이 일을 계기로 혁명에 대해 자신이 어떻게 처신해야 할 것인지 즉각적인 결단을 내렸다. 그는 공화주의 자체에 직접적인 공감을 표명하지 않으면서 화가로서 자신이 이 정변에서 조금의 불이익도 당하지 않을 방책을 강구해야 했다. 그것은 그가 7월혁명 때 선택한 노선과 기본적으로 동일한 것이었다. 그는 당시의 신진 화가들 대부분이 그러했듯, 망설임 없이 변신에 나서는 정치적 경박함으로 혁명에 한쪽 다리를 걸침으로써 왕정복고기에 포부르 생 제르맹의 살롱에 드나들며 구축한 자신의 지위를 유지하고, 새로이 도래한 사회에 스스로를 완전히 조화시키며 더욱 발전시키는 데 성공했던 것이다. 그는 그러한 자신의 태도를 부끄러워하지 않았다. 꺼림칙한 기분이 없는 것은 아니었다. 어쩔 수 없다고 스스로를 위로한다고 해서 마음이 편해지는 것도 아니었다. 그러나 쓸데없는 고집을 피워 화가로서의 장래를 스스로 위험에 빠뜨릴 수는 없었다. 애초에 과연 자신에게 얼마만큼의 정치적 신념이 있단 말인가. 왕정복고를 지지했던 것도 아니었다. 오히려 당시 교제가 있던 낭만파 친구들의 논의에 휩쓸려 반감마저 품고 있었다. 혁명이라는 수단에 공감하지는 못한다 해도, 그 결과로서 주어진 체제에 계속 저항해야 할 이유는 없었다. 이번 사건도 그와 전혀 다를 바가 없었다. 무엇을 제일 먼저 생각해야 할 것인가? 자신에게 부과해야 할 사명이 있다면 그것은 무엇인가? 그것을 위해 지금껏 자신의 생활을 희생해왔던 것이다. 이제 와서 새삼스레 새로운 체제를 혐오해본들 무슨 의미가 있을 것인가? 구역질이 날 만큼 요란을 떠는 폭동 끝에 머저리 같은 자들이 좌지우지하는 국가 하나가 탄생했다. 단지 그것뿐이지 않은가? 사실을 직시해야 한다. 모순은 구체적인 체제와 자신 사이에 있는 것이 아니다. 본래 사회 그 자체와 자신 사이에 가로놓인 것이다. 어떤 체제하에서건 그것은 결코 해소되지 않을 것이다. 그렇다면 현상과 어떻게 화해해야 하는가를 가장 먼저 고려해야 하지 않을까?

들라크루아는 어차피 비열하다는 평판을 감수해야 할 처지라면, 그 과정에서 한참을 고뇌하는 것이 오히려 더 불결하고 위선적이라고 느꼈다. 그래서 본심을 억누르고 억지로 자신을 납득시킨 다음, 최근 들어 갑자기 빈번하게 이름이 오르내리는 '내일의 공화주의자' 라는 자들 속에 스스로를 포함시켜 미리 정한 대로 단호하고도 충실하게 행동했다.

그가 염두에 둔 것은, 장기적으로는 새로운 사회 권력으로부터 최소한 화가로서 지금까지와 같은 지위를 인정받아 창작상의 안전을 확보하는 일이었지만, 보다 긴급하게는 이 혁명에 대한 공감을 되도록 빨리 공식적으로 표명하여 자신의 작품을 향해 있는 민중의 파괴의 창 끝을 돌리는 일이었다.

그는 후자의 목적을 위해, 지금은 불합리하게 자택 아틀리에에 잠들어 있는 〈민중을 이끄는 자유의 여신〉을 다시 원래 있어야 할 장소에서 일반에 공개할 것을 임시정부에 제언하기로 했다. 이 그림은 7월혁명의 성공을 기념하는 뜻으로 제작하여 그 다음해인 1831년 관전에 출품했던 것으로, 〈키오스 섬의 학살〉에서도 물의를 빚었던 주제의 현대성, 정치성이 화제가 되었고, 특히 그림의 내용 덕분에 널리 호평을 받고 정부측에서 삼천 프랑에 사들인데다 화가에게는 레지옹 도뇌르 5등훈장이 주어졌다. 그런데 뤽상부르 왕립미술관에 전시되었던 이 작품은 그 뒤 갑작스럽게 당시 미술국장이었던 루아예 콜라르에 의해 공개 중지 명령이 내려졌고, 후임인 프랑수아 가베가 화가에게 반환하기로 결정해 겨우 삼 개월 만에 다시 그의 아틀리에로 돌아오게 되었다. 혁명의 열광에서 깨어나 치안을 지키는 입장이 된 정치가나 공무원들의 눈에 그 그림은 몹시 선동적이고 위험한 것으로 비쳤던 것이다. 인정하기는 어렵지만 그 또한 맞는 말이었다. 혁명의 주도자들은 그것이 성취된 후에는 되도록 그것을 없었던 일로 하기를 원하는 법이다. 그것이 어렵다면 최소한 빠른 시간 내에 민중의 머릿속에서 그 기억을 몰아내야 하는 것이다. 혁명은 언제나 단 한 번의 예외여야 했다. 민중이 그 사용법을 복습하기 전에 머리를 쓰다듬어 칭찬해주고 서둘러 회수해야 하는 도구인 것이다. 작품을 다시 떠맡은 들라크루아는 당분간 이 그림을 공개하기가 어렵다는 것을 깨닫고 잠시 프레피용의 리즈네르 가에 보관을 부탁했다. 그리고 1842년에 자택 아틀리에로 가져와 그때부터 직접 관리해왔는데, 모두가 혁명 따위는 잊어버리고 번영을 향해 내닫는 파리 거리에서 막상 혁명에 대해 누구보다 반감을 품었던 자신만이 그 찬가와도 같은 그림과 매일같이 얼굴을 마주해야 한다는 것이 그에게는 너무도 짓궂은 운명처럼 느껴졌다.

들라크루아는 두 번 다시 그런 작품은 그릴 생각이 없었다. 혁명을 혐오하는 마음은 이전부터 변함이 없었지만, 당시에는 아직 화가로서의 야심과 장래에 대한 불안에 자리를 양보할 만한 여유가 있었다. 그러나 지금은 도저히 안 될 일이었다. 스스로에게 의무를 부과한다 해도 작품을 완성시키는 것은 불가능할 것이었다. 그래도 무언가 행동을 취해야 할 이때, 예전 작품을 재공개한다는 것은 더할 나위 없는 묘안으로 여겨졌다. 이것으로 세상을 향해 자신이 변함없는 혁명의 지지자라는 것을 보여줄 수 있을 것이다. 이번 기회에 미술관 소장 작품이 된다면 보관상의 걱정에서도 해방될 것이니, 그야말로 일석이조였다.

그는 당장 이 계획을 실현하기 위해 분주하게 손을 썼다. 시기를 놓치면 이 작품은 두 번 다시 햇빛을 보지 못할지도 모른다. 승리한 혁명의 열기가 식기 전에 반드시 제안을 통과시켜야 한다.

그는 내무성에 근무하는 친구 피에레의 소개로 임시정부의 미술국 국장에 취임한 가로에게 편지를 썼다. 십팔 년 전에 그려져 부당하게도 민중의 눈에서 멀리 떨어진 곳에 방치되어온, 저 자유의 전사들에게 보내는 한없는 찬탄의 증거와도 같은 작품을 부디 다시 그 있어야 할 장소에 설치하고 공개해주기 바란다는 부탁이었다. 가로는 즉각 들라크루아의 호소에 화답하여 국립미술관 관리국 국장인 장롱에게 그 제안을 들려주었다. 최종적으로는 장롱이 내무대신에게 그간의 경위를 보고하며 뤽상부르의 미술관이나 다른 적당한 장소에 그림을 전시해줄 것을 건의했다. 내무대신의 허가는 3월 11일에 시원하게 떨어졌다. 화가의 적극적인 신청이 있었던데다 작품 자체가 시의적절했던 이유도 있었다. 그러나 실제로는 작품료 지불이 이미 7월왕정 정부에 의해 마무리되어 재정적인 문제가 없다는 속사정도 크게 작용했다.

다른 한편으로 〈민중을 이끄는 자유의 여신〉은 석판화가이며 전에도 그의 작품을 판화로 만든 적이 있는 아돌프 무예롱에 의해 복제판이 제작되어 거리의 화상에도 나돌게 되었다.

이러한 들라크루아의 노력은 곧바로 효과를 나타냈다. 그가 십팔 년 동안이나 부르주아 같은 생활을 해왔음에도 불구하고 많은 사람들, 특히 그를 직접적으로 알지 못하는 젊은 예술가들은 그를 구체제의 잔당이 아니라 당연히 혁명의 지지자라고 생각했고, 특히 그가 보여준 일련의 행동에 의해 확신을 얻은 뒤에는 그를 화단 혁명의 견인차로 삼아야 한다는 소리까지 일거에 높아졌다.

아무리 스스로 원해서 한 일이지만, 참으로 어처구니없는 일이었다. 결국 세상의 눈에는 자신이 지난 이십오 년 동안 줄곧 회화의 학살자라 불리는 화단의 불량배로 비쳤던 것이다. 하기야 아카데미의 냉대를 받으면서도 거기에 굴복하지 않고 회화의 혁신에 매진했던 그는 화단에 있어서는 두말할 것 없는 혁명가였다. 적어도 화단 체제의 옹호자는 아니라는 점은 분명했다. 이번 소동을 계기로 그가 구태의연한 화단 체제를 타파하고 경직된 관전 심사제도를 개혁해 그 자신뿐만 아니라 새로운 표현을 추구하는 젊은 화가들을 위해 새로운 길을 열 것이라는 기대를 받은 것도 무리는 아니었다. 〈민중을 이끄는 자유의 여신〉을 그린 외젠 들라크루아는 사람들 사이에 의외로 끈질기게 살아남아 있었다. 그리고 이제 완전하게 그 소생의 때를 맞이한 것이었다.

그들은, 7월혁명 당시 전통 있는 고전파 '예술의 친구 협회'에 대항하여 낭만파 화가 및 조각가들이 설립한 '회화와 조각의 자유 협회'에 참가하고, 직접 총리에게 청원서를 보내 〈에르나니〉 상연 이후 미술 분야에서도 첨예화된 양 진영의 대립 해소에 나서, 전자가 아카데미와 결탁해 후자의 예술가들을 부당하게 억압하고 배척하는 경향이 있다는 것을 규탄하고 그 단적인 예인 관전 선발심사제도의 개혁을 호소했던 바로 그 들라크루아를 기대하고 있었다. 사회개혁을 단행한 자들은 그 모범을 7월

혁명의 희미한 기억과 라마르틴의 『지롱드 당사』를 읽고 머릿속에 그려왔던 대혁명에 대한 몽상에서 추구했다. 사실 스스로 나서서 새로운 당통, 새로운 로베스피에르가 되려는 이들이 속속 등장하고 있었다. 하지만 화가들은 관전이 코앞에 닥쳐 저마다 제작에 몰두하느라 아직은 정황만 살피고 있는 형편이었다. 대혁명은 화단을 본질적으로 개혁하지는 않았다. 젊은 화가들이 한결같이 염두에 두고 있었던 것은 7월혁명이었다. 그리고 새로운 들라크루아는 아직 나타나지 않고 있었다. 그렇다면 이제 오십대에 들어서려는 들라크루아 본인을 내세우는 수밖에 없었다. 관전 선발심사제도의 전횡을 비난하는 데 있어서도 테오도르 루소에 대한 부당한 대우를 호소하는 것만으로는 박력이 부족했다. 사람들의 공감을 얻기 위해서는 반드시 외젠 들라크루아의 불굴의 투쟁을 예로 들어야 했다. 내무대신이 3월 2일에 발표한 '금년도 관전 출품작은 예외 없이 모두 받아들여질 것'이라는, 실질적으로 선발심사제도의 철폐를 선언한 성명이 그들에게 힘을 실어주었다. 들라크루아가 〈민중을 이끄는 자유의 여신〉의 공개를 위해 관청을 뛰어다니고 있다는 소문은 그에 대한 기대를 더욱 부풀렸다.

들라크루아는 이런 움직임을 경계했다. 여기저기서 자신의 이름을 들먹이고, 마침내는 아카데미 해산 이후의 새로운 조직의 장이 되기에 가장 적합한 화가라는 말까지 떠들고 다니는 데는 정말 성가시다는 느낌마저 들었다. 그가 원하는 것은 혁명에 대한 최저한의 지지 의사를 표명하는 것일 뿐, 자신이 그 상징처럼 간주되는 것은 본의가 아니었다. 이런 식의 오해는 그 뿌리가 깊었다. 언젠가 뒤프레와 루소가 들고 왔던 이야기도 그랬지만, 실은 연초부터 평론가인 테오필 토레가 기수 역할을 맡아 관전 심사제도에 대항하여 관전과는 별도로 독자적인 전람회를 개최한다는, 벌써 몇 번이나 시도되었지만 번번이 좌절되었던 협회 설립에도 집요하게 참가하라는 청이 들어왔다.

들라크루아는 그런 계획에 거의 관심을 보이지 않았다. 젊은 시절에는 그도 관전의 폐쇄성에 불만을 느끼고 '회화와 조각의 자유 협회' 참가 이전부터 『라르티스트』 지에 비판 기사를 싣기도 했지만, 관전과는 별도의 전람회를 개최하자는 견해에는 일관되게 반대 의견을 주장해왔다. 그는 한 번도 관전 자체의 불필요성을 주장한 적은 없었다. 개개의 화가가 지녀야 할 기술 수준을 보전하기 위해서는 화단이 선발심사제도를 유지하는 것이 필요하다고 생각했다. 그가 인정할 수 없었던 것은 기구 자체의 미비점이 아니라 개개 심사위원의 완고함이었고, 고전파 대 낭만파라는 쓸모없는 대립구도였다. 그는 라파엘로와 루벤스라는 완전히 이질적인 두 거장의 평가에 따라 불합리한 우열이 매겨지는 것을 참을 수 없었다. 그 편협한 가치관은 그대로 화가들에게까지 강요되어 창조의 자유를 크게 억압하고 있었다. 하지만 그렇다고 고전파와 낭만파가 서로 으르렁거리며 각자의 배타적인 방식만 고집한다면 회화의 발전 자체가 저해되리라는 것은 뻔히 예상되는 일이었다. 그가 바라는 것은 양자의 통합이었다. 무엇보다 자신은 이제껏 한 번도 고전주의적 기법을 멸시한 적이 없었다. 양자의 견해 차이는 요컨대 어느 쪽이 먼저이고 어느 쪽이 나중인가 하는 문제에 불과했다. 들라크루아를 비롯한 낭만파 화가들은 낭만주의야말로 고전주의의 뒤를 이어 그것을 극복해낸 것이라고 믿었다. 그러나 고전파 화가들은 낭만주의는 이미 오래 전에 극복된 표현이며 그 세련의 정점에서 달성된 표현이 곧 고전주의라고 생각했다.

들라크루아는 자신이 불우하던 때에도 변함없이 그의 작품을 이해해주었던 토레에 대한 의리 때문에 그의 제안을 냉정하게 거절할 수는 없었다. 그러나 아무래도 내키지 않아, 다만 예전에 자신이 관여했던 협회에서 참가자 전원을 심사위원으로 했던 방법을 편지에 예로 들고는, 결국 각각의 자질과 시간 문제 때문에 실현되지 않았던 그 시도를 민주주의적으로 개혁해 참가자 전원이 오십 명 정도의 심사위원을 선출하고 그들을 다시 다섯 명에서 일곱 명 정도로 나누어 전람회를 개최할 때마다 돌아가며 심사를 맡는 방식을 채택해보면 어떻겠느냐는 제언을 하는 정도로 그치고, 자신은 직접 활동하기보다 명예회원으로 남고 싶다고 회답했다. 혁명이 발발하여 협회 설립이 어렵게 되었다는 소문을 듣고 가슴을 쓸어내리던 차에 다시 자신의 이름이 이용되려는 것 같아 그도 강한 의구심을 품었지만, 어떻든 지금은 일이 더 복잡해지지 않도록 그들과 은근히 거리를 유지하고 싶었다. 성공할 리가 없다는 생각도 있었다. 이제까지의 경험을 통해 충분히 알 수 있는 일이었다. 또한 지금까지 굳이 관전에 남아 화단의 권위와 싸워가면서 쌓은 지위를 이런 무모한 모험으로 무너뜨린다는 것은 애초에 생각도 할 수 없는 일이었다.

〈민중을 이끄는 자유의 여신〉 공개를 둘러싼 일련의 과정 뒤에 그가 보인 그러한 정관의 자세는 점차 젊은 화가들 사이에 불신감을 낳았고, 마침내 그들을 완전히 실망시키기에 이르렀다. 아직 때가 무르익지 않았는지도 모른다. 화단의 전복을 꾀하는 다양한 계획에 그가 선뜻 찬성하지 않는 것도 어쩌면 현명한 판단이라고 할 수 있을 것이다. 그러나 지금은 다르다. 지금 박차고 일어서지 않는다면 대체 언제 일어서야 한단 말인가. 지금이야말로 그가 프랑스 회화의 새로운 푸생, 새로운 다비드가 되어야 할 때가 아닌가!

머지않아 그들 사이에 들라크루아가 올해 관전에서 선발심사 중지 후에도 실시하기로 되어 있던 일반심사의 심사위원을 맡을 것이라는 소문이 퍼지면서 더욱 그에 대한 억측이 난무했다. 그가 스스로 원한 행동이라면 그 행동은 관전의 존재 자체는 부정하지 않으면서 화단을 내부로부터 변혁해야 한다던 그의 종래의 주장과도 맞아떨어지는 것이었기 때문에, 실망을 버리고 다시 그에게 기대를 거는 화가들도 나타났다. 그러나 그 수는 결코 많지 않았다. 화단 자체가 스스로 변화의 조짐을 보이려는 것이라고 생각하고 싶은 마음은 굴뚝같았지만, 그들의 가장 현실적인 사고는 결국 그 들라크루아조차 보신을 위해 권위에 농락당하고 말았다는 증오에 찬 상상을 불러올 뿐이었다.

5

관전은 소요의 불안이 여전한 가운데 예정대로 3월 15일부터 개최되었다. 그러나 '낙선작 없음'이라는 이례적인 조치 때문인지 회장은 첫날부터 예년에 없이 기묘한 성황을 이루었다.

들라크루아는 〈그리스도의 매장〉을 가까스로 마감일에 맞추어 완성해 계획대로 여섯 작품 모두를 출품할 수 있었다. 자택 아틀리에에서 무사히 운송 작업을 마치고 한숨을 돌리자, 마치 한기를 느낀 후에야 벽난로에 땔감이 다 타버린 것을 깨달을 때처럼, 그토록 극성스럽던 제작 열기가 거짓말처럼 식어버리는 것을 느꼈다. 더이상 아무것도 하고 싶지 않았다. 화필을 드는 것도 아틀리에에 들어가는 것도, 관전 회장에 나가 남의 작품을 보는 것조차도 하지 않았다. 수습할 수 없는 공허감이 그에게서 제작에 대한 모든 흥미를 앗아가버렸다. 세계는 변하려 하고 있다. 그것은 한 번의 찰나적인 위기인 것 같기도 하고, 보다 커다란 파멸을 향한 점진적인 위기인 것 같기도 하다. 모두가 골똘히 그 추이를 지켜보고 있다. 그러나 자신은 홀로 아틀리에에 틀어박혀 허구의 세계만 들여다보고 있었다. ……허탈했다. 그 사이에 건물은 불길에 휩싸였고, 거리는 무수한 바리케이드로 봉쇄되었으며, 총탄에 찢긴 육체는 갑작스럽고 난폭한 침입자에 의해 피를 흘렸다. 그런 때 예술이 무슨 구원이 될 것인가. 무슨 필요가 있을 것인가. 루벤스의 〈십자가에서 내려지는 그리스도〉조차 붕대만큼의 도움도 되지 못했다. 세계는 그런 식으로 변해가고 있는 것이 아닐까? 정규군의 총탄에 쓰러져 피투성이가 된 여자의 시체를 카퓌신 가의 마차 짐칸에서 목격한 사람들은 과연 화가가 정성껏 그린 『파우스트』의, 그리고 『라라』의 한 장면에 나오는 죽음을 어떻게 바라볼 것인가? 현실의 흉포함은 이미 예술의 세계마저 침공하여 그 허위성을 혈안이 되어 고발하기 시작한 것이 아닐까?

그는 지난해부터 작업에 들어간 〈그리스도의 매장〉에 대해 생각하다가, 언젠가 비요와 둘이서 보들레르의 관전평에 나온 **매장**이라는 말에 대해 이야기했던 것을 떠올렸다. 그때는 솔직히 별다른 관심 없이 친구의 말에 적당히 맞장구를 친 것뿐이었다. 올해 초에 다시 그 작품의 바리앙트 제작에 착수했을 때도 그때 일은 신경쓰지 않았다. 그것을 예언이라고 하기에는 다소 억지스러운 면이 있었다. 그러나 실제로 시대는 지금 매장되려 하고 있다. 시대만이 아니다. 사람들은 1848년 2월 21일 이전의 자신을 마치 괴사한 살덩이처럼 잘라내고 처분할 것을 강요당하고 있다.

들라크루아는 사태의 추이를 지켜보는 폭동에 참가하지 않은 이들의 시선에서 지극히 냉담한 모멸의 빛을 감지했다. 십팔 년 전의 혁명 당시에는 행동적인 열기가 훨씬 광범위하게 거리 전체를 휩쓸었다. 폭력은 용감함의 상징이었고 저마다 희망과 기대로 고무되어 있었다. 때때로 부박하기는 했으나 사람들 사이에는 그 대열에 참가하고 연대하려는 분위기가 있었다. 한여름 햇살처럼 환한 것은 아니었지만, 화염과도 같은 부인할 수 없는 광채가 있었다. 그러나 이번은 달랐다. 그것은 두번째로 거듭된 행위에 대한 관중의 엄격함, 서투른 모방에 대한 답답함, 꼭 지금 반복되어야 하는가라는 필연성에 대한 의문, 어울리지 않는 배역에 대한 불만, 무계획성으로 인한 불찰들, 역겨운 자기 만족으로 가득 찬 졸렬한 연극에 대한 여러 종류의 반감과 통하는 바가 있었다. 어리석음이라는 어둠이 창가에 서서 덧문 틈새로 상황을 살피는 사람들의 공감을 거부하고 있었다. 그것은 결코 희망을 갈구하여 떨쳐일어선 행동으로 보이지 않았다. 도리어 희망이 보이지 않는 것에 분풀이를 하듯 무턱대고 모조리 때려 부수며 날뛰는 것으로 보였다.

사람들이 그런 인상을 받은 것은 1830년 때와는 달리 이 혁명에는 자신들이 참가할 여지가 없다는 것을 자각했기 때문이라고 그는 생각했다. 자신도 마찬가지일 것이다. 민중이 무엇을 공격하고 있는 것인지 시간이 흐를수록 애매해졌다. 처음에는 기조 내각을 타도하고 루이 필리프를 끌어내라고 외쳤다. 그러나 그것은 샤를 10세를 기요틴 형에 처하라고 외쳤던 것과는 명백히 그 의미가 다른 것이었다. 그들은 위정자를 타도하기 위해 일어선 것이 아니었다. 그것이 가장 유효한 방법이었고 그런 믿음에서 폭동에 참가한 이들이 많았다는 것도 틀림없는 사실이었지만, 그들을 직접적으로 충동질하여 행동에 나서도록 한 것은 오히려 자신들이 먹느냐 먹히느냐 하는 아귀다툼 속에서 굶주리고 있을 때 같은 도시의 한쪽에서는 매일 밤 성대한 주연이 벌어지고 있다는 그 불합리에 대한 분노였다. 사람들이 이 혁명을 가지지 못한 자가 가진 자에 대해 일으킨 반란이라고 이해하는 데는 그다지 긴 시간이 필요하지 않았다. 그렇기 때문에 한쪽은 쌍수를 들어 환영하기보다 크나큰 두려움에 떨어야 했다. 사회는 자연스럽게 이분되었다. 그것은 십팔 년이라는 긴 시간 동안 준비되어온 것이었다. 게다가 대다수의 가지지 못한 자들이 단 한 줌의 가진 자들에게 공세의 창 끝을 향한 것이 아니었다. 가진 자들의 수는 이미 어느 정도 증가되어 있었다. 1830년에는 혁명을 지지했으나 이번에는 결코 그럴 수 없다고 생각하는 것은 단지 들라크루아만이 아니었다. 애초에 이번 폭동에 대해 강경한 탄압을 지시한 정부의 수뇌들이야말로 예전에 반란의 도당을 선도했던 이들이었다.

시간은 책장을 훌훌 넘기듯 황급히 지나가 두 달 뒤인 4월 23일에 헌법제정의회의 첫 보통선거가 치러지자 저마다 이 혁명에 의해 무엇을 얻고 무엇을 잃었는지가 명확히 드러났다.

들라크루아는 창작을 재개할 마음이 들지 않아 전부터 생각하고 있던 장 앙투안 그로에 대한 평론을 쓰기 위해 그의 작품을 관람하고 샤를 블랑의 『19세기 프랑스인 화가의 역사』라는 책을 탐독하는 데 전념했다. 그렇게 한동안 신문이나 잡지도 전혀 읽지 않고 의식적으로 어지러운 현실 변화로부터 스스로를 단절했던 그도 그 즈음에는 친한 친구들의 동향 정도는 파악하게 되었다.

포르제 남작 부인과 그 가족이 무사하다는 것은 가장 먼저 확인했다. 그 자신도 정치 상황이 안정될 때까지 한동안 샹로제에서 지낼 생각을 했던 터라 그녀에게도 파리를 떠나 어딘가 안전한 장소로 피난하기를 권했지만, 그녀는 시골에 대한 혐오감이 여전히 큰데다 어지러운 정세를 틈타 파리에 잠입했다가 결국 라마르틴에게 쫓겨 런던으로 되돌아간 루이 나폴레옹의 일이 마음에 걸렸는지 당분간은 집을 떠나지 않겠다는 대답뿐이었다. 그 야심 많은 친척은 파리에 머무는 동안 그녀의 집에 숨어 있었고 최근에는 그녀도 비에야르 등과 자주 연락을 주고받는 눈치였다.

그 반대는 상드 부인이었다. 지난해 쇼팽과의 일 이후로 그녀와는 한 번도 만난 적이 없었지만 그 근황에 대해서는 이따금 아틀리에를 찾아오는 모리스를 통해 듣고 있었다.

프랑스 전체가 그랬듯이 상드 부인 역시 혁명이 발발하는 바로 그 순간까지 그것을 거의 예상하지 못했다. 연인 빅토르 보리가 올해 들어 파리의 개혁연회 분위기가 이상하게 고조되고 있다며 이대로라면 반드시 혁명이 일어날 것 같다고 호들갑을 떨었을 때도, 파리에서 에밀 지라르댕이 입에 담았던 그런 예언을 2월 22일 당일까지 어느 누구도 진지하게 받아들이지 않았던 것처럼 그녀는 그저 농담으로 웃으며 흘려들었다. 티에르가 무능한 바로를 뒤에서 조종하면서 정권 교체를 위한 선전활동으로 활용하고 있는 개혁연회 따위에 민중이 진지하게 참여할 것이라고는 생각할 수 없었다. 하물며 최근 십팔 년 동안 한 번도 실현되지 않은 혁명으로까지 발전한다니! 민중을 이끄는 아돌프 티에르, 혁명을 지휘하는 중도좌파 — 그토록 우스운 각본도 없었다. 무엇보다 장본인인 티에르야말로 혁명 따위는 꿈에도 상상하지 않을 터였다. 그런 위험을 스스로 감수하는 것이 싫어서 굳이 바로를 앞세워 활동하고 있지 않은가. 기조 또한 혁명의 증오를 한 몸에 받기에는 어딘가 부족했다. 가만히 놔두어도 이 정권의 수명은 그리 길지 않을 것이었다. 그런 상황에서 왜 유혈 소동까지 일으키며 그의 퇴진을 요구한단 말인가.

그녀는 사태의 급진성을 이해하지 못했다. 혁명이란 미처 깨닫기도 전에 산 하나를 송두리째 재로 만들 만큼 급속히 번지는 자연발화 같은 것이다. 처음의 작은 불씨에서 송두리째 타버린 산의 모습을 상상해내기란 불가능하다. 문제는 타지 않으면 안 될 불이 일어났고 또한 태워야 할 산이 미리 준비되어 있었다는 것이다. 어째서 산이 불타버렸는가? 그것을 이해하는 것은 아마 또다른 사람의 몫이리라. 그러나 실제로 산을 불태울 수 있는 것은 오직 불길뿐일 터였다. 그녀는 각국의 정치 상황에 대해서는 마치니 등과의 편지 교환을 통해, 프랑스 의회의 동향에 대해서는 파리의 친구들을 통해 대강의 정보를 입수하고 있었지만 스스로 행동에 나설 생각은 털끝만큼도 없었다. 그녀의 관심은 오히려 과거로, 자기 자신으로 향해 있었다.

상드 부인은 솔랑주와의 갈등, 그리고 쇼팽과의 파국이라는 심각한 위기를 경험하면서 이 일을 계기로 자신의 사적인 역사를 곰곰이 돌아보아야겠다는 생각을 했다. 그것은 '내 생애의 역사'라는 제목의 자서전으로 묶일 예정이었다. 그녀는 글을 쓰는 행위가 어둠 속으로 사라져가는 수많은 기억들의 가장 깊은 곳까지 자신을 이끌어줄 것이라고 믿었고, 동시에 사려 없는 비겁한 인간들에 의해 세간에 퍼진 악평에 의연히 반론할 필요성도 느끼고 있었다. 그것은 반드시 파리에서만 가능한 일은 아니었다. 이명과도 같은 소란으로부터 그녀를 지켜주고 정적과 평온 속에서 지금까지의 반생을 회상할 수 있게 해주는 곳. 그런 곳은 노앙 말고는 없었다. 그해 초입부터 그녀는 아버지의 서간문을 여기저기 수소문해 입수하는 등 구체적인 준비에 들어갔다. 그러던 중에 파리에서 소요가 발생했다는 소식을 들은 것이었다.

상드 부인은 뜻밖의 사태에 경악하기는 했지만, "거봐요, 내 말이 맞지요!" 하고 흥분하는 보리는 거들떠보지도 않았고 그 내용에 대해서도 별다른 기대를 품지 않았다. 그녀가 즉각 노앙을 떠나 파리로 향한 것은 사실이지만 그것은 혁명에 참가하려는 의지 때문이 아니라, 그전부터 거듭 편지를 통해 바로와 그 일당 때문에 반죽음을 당하는 것은 어리석은 일이라고 그토록 타일렀건만 모리스가 폭동에 빠져 도무지 노앙에 돌아올 기미를 보이지 않자 걱정이 되어 억지로라도 데려올 생각이었기 때문이었다. 그녀는 그야말로 온건한, 어머니다운 걱정 때문에 파리 행을 서둘렀지만, 막상 도착해서는 이번 사태가 단순한 폭동이 아니라 본격적인 공화주의 혁명의 실현이라는 것을 실감하고 비할 데 없는 흥분을 맛보았다. 그리고 그녀는 황급히 어머니에서 조르주 상드로 변신했다.

첫 체재는 3월 1일부터 7일까지 일 주일에 불과해서 당초의 목적대로 모리스를 데리고 곧장 노앙으로 돌아왔지만, 그 짧은 기간에도 콩드 가 8번지 집을 근거지로 동분서주하며 루이 블랑, 르드뤼 롤랭 등 수많은 인사를 만나고 왕성하게 글을 발표했다. 그녀는 3월 4일 라마르틴과 함께 외무성 창문을 통해 바라본 혁명 희생자들의 장송 행렬을 평생 잊을 수 없을 만큼 강하게 마음에 새겼다. 그것은 백 번을 되짚어봐도 변함없이 그녀를 감동시키는 장엄하고도 위대한 광경이었다. 그토록 민중의 어리석음을 경계해왔던 귀족은, 부르주아지는, 지식인은 눈을 크게 뜨고 그들의 숭고한 모습을 보아야 한다! 사십만 명이나 되는 민중이 한 명의 헌병도, 한 명의 경찰도 필요 없이 완벽하게 질서를 지키며 조용히 행진했다. 얼마나 훌륭한 국민인가!

얼마나 자랑스럽고 선량한 국민인가! 그날의 인상은 민중에 대한 그녀의 신뢰와 공감을 확고하게 만들었다. 그것은 어머니가 자식에 대해 가지는 감정과도 같았다. 그녀는 혁명의 승리자들을 보다 완전한 승리로 이끄는 역할을 스스로의 책임으로 부과했다. 민중을 칭송하고, 민중의 곁에 서고, 민중과 함께 새로운 세계의 창조에 온 힘을 바치리라. 그렇게 그녀는, 앞서간 민중을 황급히 뒤쫓아 숨을 헐떡이며 가까스로 따라잡은 지도자들의 지각 행렬에 합류했다. 이마의 땀을 닦을 새도 없이 그녀는 다른 사람들과 마찬가지로 민중에게 그들의 행위가 어떤 의미를 가지는지 알려주고 그들이 나아갈 방향을 제시해야 했다. 무엇이 끝나고 무엇이 시작되려 하는가, 무엇이 사라졌고 무엇이 기다리고 있는가. 그것을 제시하는 것이 자신에게 부여된 지금 이 순간의 유일한 사명이라고 믿어 의심치 않았다.

모리스를 데리고 노앙으로 돌아온 상드 부인은 그곳에서도 공화제가 선언되는 자리에 입회했고, 혁명을 계기로 급작스레 가까워진 르드뤼 롤랭의 주선으로 대담하게도 자신의 아들을 노앙의 시장 자리에 앉히는 데 성공했다. 그 밖에도 친구와 지인들을 샤토루와 라 샤트르의 요직에 앉혔고, 반대로 헤어진 옛 연인 미셸 드 부르주를 파면시켰다. 3월 21일에 빅토르 보리와 함께 다시 파리를 찾은 상드 부인은 첫번째 체재 때보다 더욱 정력적으로 활동했다. 르드뤼 롤랭의 의뢰를 받아 『공화국 공보』에 수많은 기사를 쓰고, 한편으로 임시정부하에서 출판, 집회, 결사의 자유가 완전 실현됨에 따라 엄청나게 쏟아져나온 신문, 잡지 중의 하나인 『민중의 대의』 지의 편집을 직접 맡았다.

들라크루아는 그녀가 파리에 오기 직전에, 클레징게르 부부와 쇼팽에 관한 이야기만 담아 보낸 편지를 한 번 받았고, 거기에 친구로서 답장을 했다. 혁명이 일어난 직후에 자신이 겪은 고뇌를 그녀의 정치적 입장을 배려하면서도 솔직히 써내려간 편지였다. 그러나 두번째 상경 후에 그녀가 공화국의 홍보 역할을 맡게 되자 자연스럽게 연락이 끊어졌다. 그녀와의 관계를 새삼 들먹이며 임시정부에서의 그녀의 위치를 이용해 이익을 얻을 생각은 없었다. 사회가 조금 안정되자 비장한 심정으로 〈민중을 이끄는 자유의 여신〉을 위해 동분서주했던 자신도 결국은 혁명의 열기에 휘둘린 한 사람에 불과했다고 냉정을 되찾은 것이기도 했다. 그러나 그보다 그녀에게 부여된 지위가 그다지 영향력 있는 자리로 생각되지 않았다. 오히려 이용당하고 있는 것으로 비칠 뿐이었다.

클레징게르 부부의 아이가 불행히도 태어나자마자 숨을 거두었다는 이야기는 들라크루아의 귀에도 들어왔다. 그에 대한 동정 때문이었는지, 클레징게르가 타고난 영악함으로 임시정부의 경시총감이 된 코시디에르에게 아첨해 마감 직전에야 가까스로 완성한 관전 출품작 〈자유〉를 국민군의 거창한 호위 속에 관전 회장에 반입해 세간의 주목을 받았다는 소문을 들었을 때도 혐오스럽기보다 그 넉살 좋음에 감탄하기까지 했다. 그 작품은 지난해 솔랑주가 아직 페르낭 드 플레오의 약혼자였을 때 상드 부인과 함께 그녀를 자기 집으로 초대하여 상을 뜨고 제작한 흉상이었다. 그것을 지금 이런 때에 일부러 '자유'라는 제목으로 발표하는 점이 그야말로 클레징게르다웠는데, 그 덕분인지 예전부터 그의 재능을 높이 사주었던 토레를 비롯해 많은 비평가들이 호의적인 평가를 내렸고 일부에서는 이 작품을 새로운 〈자유의 여신〉이라고 치켜세우는 소리까지 나오고 있었다.

쇼팽과는 몇 번 만났지만 둘 다 기분이 가라앉아 있어 그다지 즐겁지 않았다. 그가 전부터 은근히 비쳤던 런던 행 계획을 정식으로 밝힌 것은 4월에 들어선 뒤였다. 그러나 진작부터 결심한 일인 듯했고 자신도 샤로제로 들어가 은둔할 생각을 하던 참이어서 딱히 반대는 하지 않았다. 오히려 "이 바빌론 같은 도시보다 더 지독한 곳은 어디에도 없을 거야"라며 불안해하는 그를 다독여주기도 했다. 혼자라면 걱정이 되겠지만 이미 많은 음악가들이 런던에 가 있었고, 스털링 양이 그의 신변을 전적으로 돌봐주기로 했다니 별 문제는 없을 것 같았다. 상드 부인이 민중의 위대함을 부르짖으며 귀족과 부르주아지의 비겁과 어리석음을 소리 높여 규탄하고 다니는 이 도시는 그에게 그리 마음 편한 곳은 아닐 터였다. 그런 점까지 감안하여 찬성하기는 했지만, 막상 떠나보내고 나니 쓸쓸하기도 하고 그의 건강이 자꾸 걱정되어 좀더 따뜻하고 차분하게 상의해주었어야 하지 않았을까 하는 후회가 들기도 했다.

조급하게 실시된 보통선거에서는 상드 부인을 비롯한 일부 공화주의자들이 우려한 대로 치안 유지를 우선적인 정치 과제로 주장하는 온건파 의원들이 의석의 대부분을 차지했다. 이 아이러니한 결과가 발표되자 하루빨리 질서가 회복되기를 바라던 대부분의 국민들은 안도의 한숨을 내쉬었다. 들라크루아도 이를 지지했다. 물론 자신의 장래는 아직 불투명했다. 그것은 7월 왕정하에서 그의 가장 중요한 정치적 옹호자였던 아돌프 티에르가 방심한 나머지 선거에서 낙선하고 만 사실을 통해서도 충분히 알 수 있는 일이었다. 티에르가 반미치광이가 되어 폭동이 한창이던 파리 거리를 이리저리 도망쳐다녔다는 소문이 우스갯소리처럼 퍼져나갔고, 꼭 그런 소문이 아니더라도 이제 그가 나설 자리는 없다는 점에 대해서는 급진파나 보수파나 똑같은 의견이었다. 결과를 전혀 예측할 수 없는 것은 아니었지만, 앞으로 정부와의 관계를 어떤 형태로 유지해나갈 것인가 하는 문제를 생각하면 불안을 금할 수 없었다. 어쨌든 지금은 당면한 안정이나마 확보하는 것이 중요했다. 사태는 점차 안정되고 있었다. 집행위원회의 면면을 봐도, 르드뤼 롤랭과 같은 인사가 포함되어 있기는 하지만 천지가 뒤집어지는 식의 사회개혁이 단행되리라고는 예상하기 어려웠다. 그는 자신의 정치적인 고독이 어느 정도 풀어지는 듯한 느낌이 들었다. 그것은 말하자면 이성의 승리였다. 초췌한 몰골로 맹수처럼 눈을 번뜩이며 거리를 어슬렁거리는 십만 명이나 되는 노동자들을 보고 어느 누가 그들의 우두머리에게 정치를 맡기겠다는 생각을 할 수 있을 것인가? 시기가 시기인 만큼 시인으로서는 이미 가망이 없는 라마르틴까지 사람들의 기대를 받았다. 예상대로 상드 부인의 입지에도 금세 그늘이 지는 것이 보였다. 악덕이 지방 덩어리가 되어 몸뚱이에 축적되어 있다는 욕을 먹고 있는 르드뤼 롤랭도 언제까지 정부 내에서 자리를 지킬 수 있을지 알 수 없었다. 그것은 역시 기뻐해야 할 일이 아닐까?

그런 동향 속에서 그가 특히 신경을 쓴 것은 내무성 관련 인사였다. 〈민중을 이끄는 자유의 여신〉 건으로 피에레가 소개해 주었던 미술국 국장 가로는 일찌감치 다른 곳으로 자리를 옮겼고, 루이 블랑의 제자인 샤를 블랑이 그 뒤를 이어받았다. 그에게는 다행스러운 일이었다. 거의 면식이 없는 가로에 비해 샤를 블랑은 오래 전부터 알고 지내던 사이였고, 그만큼 허물없이 자신의 요구를 전할 수 있을 것 같았다. 그가 놀란 것은 오히려 왕립미술관에서 루브르 국립미술관으로 정식으로 명칭이 바뀐 루브르의 인사였다. 관전에 작품을 출품한 뒤 한참 동안 회장을 찾지 않았던 그는 우연히 찾아온 제자 앙드뢰에게서 그라네가 물러난 회화 부문의 새로운 부장 자리에 뜻밖에도 프레데리크 비요가 취임했다는 소식을 들었다.

그는 순간 자신의 귀를 의심하며 믿을 수 없다는 표정을 지었다. 놀란 것은 오히려 앙드뢰였다. 모두가 다 알고 있는 일이었고, 개중에는 어딘가 석연치 않은 이번 인사에 들라크루아의 입

김이 작용했다고 생각하는 사람들까지 있을 정도였다. 스승이 줄곧 그 자리에 눈독을 들이고 있었다는 것을 알지 못했다면 앙드뢰도 분명 그렇게 생각했을 것이었다. 그래도 사전에 그와 상의 정도는 있었을 거라고 생각했고, 어쩌면 그가 적잖은 도움을 주었을지도 모른다고 짐작하고 있었다.

자신이 두 달 가까이 은둔자처럼 살았다는 것은 들라크루아 스스로도 충분히 자각하고 있었지만, 아무리 그렇다 해도 자신과 이토록 깊이 관련된 이야기라면 어떻게든 귀에 들어왔어야 한다는 생각이 들었다. 뭔가 의도적인 차단이 있었던 것이 아닌지 의심스러웠다. 그러고 보면 서로 친해진 이후로 이렇게 오랫동안 소원했던 적이 없을 만큼 그 즈음 비요에게서는 전혀 소식이 없었다. 들라크루아도 이따금 그가 어떻게 지내는지 궁금했지만 때가 때이니만큼 심각하게 걱정하지는 않았고, 지난번에 피에레에게서 잘 지내는 것 같더라는 소식을 전해듣고는 아예 마음을 놓고 있었다.

앙드뢰가 불쑥 입에 담은 그 이야기는 들라크루아를 복잡한 사념의 소용돌이에 빠뜨렸다.

비요는 어째서 상의하러 오지 않았을까? 다른 친구들에게도 그랬을까? 그들에게는 사전에 밝혔을까? 이를테면 피에레에게는? 르블롱은? 혁명 후의 혼란스러운 상황이라 미처 그럴 여유가 없었던 것일까? 그럴 수도 있다. 다들 필사적으로 자신의 생활을 확보하느라 여념이 없었다. 그런 와중에 이런 솔깃한 이야기가 굴러들어왔다면 누구라도 망설이지 않고 받아들였을 것이다. 그 역시 '내일의 공화주의자'임에 분명하지만, 정치적인 경박함이라는 점에서는 자신 또한 남을 탓할 입장이 아니었다. 경멸할 마음은 전혀 없었다.

그러나, 그렇다면 어째서 지금까지 아무 말도 해주지 않았을까? 너무 바빠서 시간이 없었던 것뿐일까? 하지만 새삼스레 따로 자리를 마련할 필요도 없었다. 예전처럼 아침 이른 시간에라도 잠시 들러서 말해주면 될 일이었다. 그걸로 충분했을 텐데, 어째서 그렇게 해주지 않았을까?

그는 자문을 거듭했다. 그 이유를 짐작할 수 있을 것도 같았다. 필시 선뜻 말하기가 어려웠던 것이다. 다른 사람도 아닌 가장 친한 친구가 줄곧 바라마지않던 자리였으니 꺼림칙할 만도 하다. 그러나 이런 식으로 느닷없이 알게 되면 이십 년에 달하는 두 사람의 친교에 당장 금이 갈 수도 있다는 생각은 왜 하지 못했을까? 물론 루브르의 회화 부문 부장은 자신도 탐이 나는 자리였다. 그러나 비요가 꼭 그 자리에 앉고 싶다고 솔직히 말해주었다면 자신은 그를 위해 도움을 아끼지 않았을 것이다. 그는 그런 자신의 우정을 믿을 수 없었던 것일까? 그토록 절친하게 지내왔는데……

들라크루아는 친구의 사소한 실수에 과민해져서 추한 의심의 진흙탕에 발을 빠뜨리는 것이 두려웠다. 질투일까? 그것은 그를 가장 깊이 상처입히는 생각이었다. 비요가 지금까지 그 사실을 전하지 않은 것은 바로 그 이유 때문이었는지도 모른다. 내가 이런 성격이라는 것을 알고 있기 때문에 피에레도 입을 다물었던 것일까?

친구의 성실함을 의심하며 마치 십대 소년처럼 번민하는 자신이 어처구니가 없었다. 그러나 자조적인 탄식이 우울한 마음을 풀어줄 리는 없었다.

4월도 곧 끝나갈 무렵, 그가 먼저 페름 데 마튀랭 가에 있는 비요의 집으로 찾아갔다. 심각하게 생각할 일이 아니었다. 웃으며 이야기하다보면 이런 응어리는 금방 풀릴 것이다. 아니, 처음부터 응어리 같은 건 없다. 울퉁불퉁 물결치는 도로를 구부정한 자세로 걸으며 그는 스스로에게 들려주듯 몇 번이나 그 말을 가슴속에서 되뇌었다.

비요는 공교롭게도 외출중이었다. 대신 혼자 집에 있던 폴린 비요 부인이 반갑게 맞아주었다.

"어머, 들라크루아 씨, 오래간만이에요! 어떻게 지내시는지 남편도 저도 항상 걱정했답니다. 자, 어서 들어오세요."

들라크루아는 그대로 돌아갈까도 생각했지만, 부인의 스스럼없는 표정에 마음이 편안해져서 모자를 벗고 부인이 권하는 대로 안으로 들어섰다.

"시간은 괜찮으세요? 저녁 늦게 돌아올지도 모르는데……"

"예, 잠깐 기다려보고 늦을 것 같으면 다음에 또 오지요. 그래도 괜찮겠습니까?"

"저야 물론 괜찮지요. 마침 조르주도 외출해서 심심하던 참이에요. 위험하니까 밖에는 되도록 나다니지 말라고 타일렀는데, 요즘에는 어미 말은 아예 듣지를 않는군요. 예전에는 그렇게 착했는데."

"사내애니까 어쩔 수 없지요."

"그래도 걱정이 되는걸요. 그건 그렇고, 정말 오래간만이네요. 언제 뵈었던가요?"

"글쎄요, 저야말로 요즘 집에 틀어박혀 바깥출입을 거의 하지 않았으니까요."

"그러셨군요. 어른들이 더 조심성이 많은가봐요. 정말 세상이 너무 시끄러워요. 이 주변은 특히 더 그렇죠. 자, 어서 앉으세요."

거실에 자리를 잡고 앉자 비요 부인은 부엌에서 유리잔과 포트와인을 내왔다.

"조금 드셔보세요. 굉장히 좋은 술이랍니다."

"예" 하고 고개를 끄덕인 들라크루아는 술병을 기울이는 부인을 조금 의아하다는 듯 바라보았다.

그녀는 그런 시선을 깨닫고,

"전에는 남편이 집에서 작업을 했잖아요? 그래서 술은 마실 엄두도 못 냈는데, 요즘에는, 보세요, 항상 밖으로 나돌아요. 그래서 이따금 오후에 혼자 살짝 마시곤 한답니다. 그렇지만 정말 아주 조금이에요. 남편에게는 비밀로 해주셔야 해요" 하고 장난

스레 말하며 자신의 잔에도 술을 따랐다. 그러고는,

"그래도 오늘은 조금 더 마셔볼까? 들라크루아 씨가 이렇게 어려운 걸음을 해주셨으니" 하고 혼잣말처럼 중얼거리더니 잠시 눈을 들어 그를 바라보며 미소를 지었다.

비요는 아내를 항상 자랑스러워했다. 그 심정이 충분히 이해될 만큼 아름답고 총명하면서도 그 언동에는 어딘지 모르게 귀염성이 있었다. 게다가 미술에 대한 재능도 상당해 예전에 아랍풍의 의상을 걸친 들라크루아의 간단한 초상화를 그려준 적도 있어서 그도 전부터 호감을 품고 있었다.

비요 부인은 병에서 흘러나오는 포트와인 소리가 마치 악기처럼 차츰 소리가 높아지는 것이 재미있다며 마지막에는 술을 흘리지 않도록 살짝 손목을 젖히며 얼른 병을 세웠다. 그러나 약간 부족했는지 반 모금 정도를 살짝 더 따르고는 그제야 만족스러운 듯 마개를 닫았다. 들라크루아는 저도 모르게 웃음이 번졌다. 그리고 그 웃음을 자아낸 것이 바로 일상이라는 것을 깨닫고 그 대단함에 감탄했다. 이 자리만이 아니다. 일상은 다양한 장소에서, 지금과 같은 혼란 속에서도 자그마한 틈새를 노려 싹을 틔우고 이윽고는 서로 연락을 주고받으며 다시금 온 도시를 구석구석까지 가득 채울 것이다. 이렇게 놀라워하는 자신조차 분명 스스로 느끼는 것 이상으로 다시 회복된 일상 속에 발을 담그고 있었을 것이다. 그것은 물에 뜬 기름처럼 산산이 흩어지기는 할망정 완전히 소멸되지는 않으리라.

그는 감사의 말을 건넨 다음 잔에 살짝 입을 댔다. 그리고 그 색깔과 향기를 음미하며 조금 전에 너무도 자연스럽게 튀어나온 이야기의 실마리를 어떻게 풀어나갈지 잠시 망설였다.

"……음, 아주 좋군요."

"그렇죠? 다행이군요."

그녀도 맛을 보더니 다시 한번 그렇다는 듯 고개를 주억거렸다.

조금 전에 그녀가 한 말 속에서 당연한 일처럼 나왔던 사실이야말로 그가 자신의 우울함을 떨쳐내기 위해 오늘 반드시 언급해야 한다고 줄곧 고민해온 이야기였다. 비요는 아내에게는 뭐라고 말했을까? 들라크루아도 그 자리를 원했다는 이야기를 했을까? 문득 이번 일은 모두 비요의 그 남자다운 무신경함 탓이고, 악의는 물론 갈등이나 꺼림칙함조차 그는 꿈에서도 느끼지 않은 것이 아닐까 하는 생각이 들었다. 자신이 그 자리에 관심을 가지고 있다는 사실마저 벌써 오래 전에 잊어버렸는지도 모른다. 있을 법한 일이다. 귀에 못이 박이도록 말했던 것도 아니었다. 원망의 말을 던지면 깜짝 놀란 듯이 "그런 얘기를 했었어?" 하고 그 가느다란 눈썹을 치켜올릴지도 모른다. 그녀가 지금 스스럼없이 루브르에 출근한 남편 이야기를 꺼낸 것은 설마 상대가 이 일로 괴로워한다고는 털끝만큼도 상상하지 못했기 때문이 아닐까?

"요즘은 어떤 분을 만나도 그렇지만, 들라크루아 씨도 그리 밝아 보이시지는 않는군요."

맞은편에 앉은 비요 부인은 머리를 갸웃거리며 그의 표정을 살피듯이 말했다.

"남편에게 들었어요, 팔레 루아얄의 그림이 불에 타버렸다는 이야기. 정말 너무 참담한 일이에요."

"예? 아, 예……" 엉뚱한 이야기가 튀어나오는 바람에 내심 당황하면서도 들라크루아는, "정말 그래요. 혁명은 거리만이 아니라 내 마음까지 엉망진창으로 만들었지요. 그 일 때문에 정말 아무것도 손에 잡히지 않는답니다" 하고 답했다.

그리고 입을 연 참에 그 기세를 몰아,

"비요는 일이 잘 되어간다던가요?" 하고 물어보았다.

"네, 요즘 무척 신이 나나봐요. 그렇게 활기찬 모습을 본 게 정말 오랜만이라는 생각이 들 정도예요. 저도 아직 자세한 얘기는 못 들었지만, 전시 방법을 근본적으로 재검토하고 새로운 카탈로그를 만든다고 하더군요. 그리고 몇몇 작품의 복원에 관한 얘기도 했고요."

"……그래요? 대작업이 될 것 같군요."

"네, 들라크루아 씨와도 여러 가지로 상의하고 싶은 일이 많다고 했어요."

"그런데 통 만나지를 못했어요. 어떻게 지내는지 걱정이 되어서 찾아왔는데…… 아무래도 바빠서 연락을 못 한 모양이군요."

"그래도 무척 만나고 싶어했어요."

"예전처럼 집에 있을 줄 알고 찾아왔는데, 생각해보니 그도 이제 매일 출근하는 처지군요. 하원에 작업하러 다니던 때에는 내가 그 친구를 번번이 바람맞히는 바람에 어지간히 잔소리를 들었는데, 이제야 그 심정을 알겠어요."

"집에 와서도 불평이 이만저만이 아니었죠. 들라크루아 씨는 도무지 잡을 수가 없다고요. 물론 농담이었지만요. 오늘은 집에 와서 들라크루아 씨가 계신 걸 보면 몹시 기뻐할 거예요."

비요 부인은 마음을 가라앉히려는 듯 다시 포트와인을 한 모금 머금어 조용히 목을 축인 다음 말을 이었다.

"제가 이런 얘기를 해도 될지 모르겠지만…… 남편이 무척 걱정했어요. 이번 인사 때문에 들라크루아 씨가 마음 상하지 않으셨나 해서요."

들라크루아는 말없이 얼굴을 들었다.

"전부터 이 자리에 관심을 가지고 계셨다면서요."

"아, 예. 그렇지만……"

"아뇨, 말씀 안 하셔도 잘 알아요. 하지만, 제 입장만 생각하는 변명인지도 모르지만…… 부디 남편을 나무라지 말아주셨으면 해요."

"나무라다니요…… 그럴 리가 있습니까?"

"그렇게 말씀해주시니 마음이 놓이네요. 계속 망설이기만 하는 그이에게 이 자리를 강력하게 권한 건 사실은 저랍니다."

들라크루아는 잠시 말이 막혔다가,

"그렇습니까……" 하고 대답했다.

그 말투가 아직 밝히지 않은 이유까지 미리 이해해주는 것처럼 다정하게 느껴져서 그녀는 용기를 내어 이야기를 계속했다.

"그때 심정은 정말 복잡했어요. 그렇지만 잘한 일이었다고 생각해요. 아이를 가진 어머니로서 남편의 결단에 진심으로 감사하고 있어요. 사실 동판화는 수입이 늘 불안정한 일이잖아요? 더구나 요즘은 너무 험한 상황이지요. 그 사람도 나름대로 가족을 생각해서 결정한 일일 거예요."

"예, 그렇겠지요."

"게다가……"

"……게다가?"

"사실 내내 괴로웠어요, 곁에서 남편을 지켜보기가……" 그녀는 잔에 시선을 떨구고 포트와인 속에 비친 자신의 얼굴을 물끄러미 바라보다 말을 이었다. "참 진부하기 짝이 없는 말이지만, 그 사람은 자신의 재능의 한계를 알고 있답니다."

"그런……" 들라크루아는 저도 모르게 그녀의 말을 가로막으려 했다.

"아뇨, 주위에서 어떻게 생각하는지가 문제가 아니에요. 물론 나 같은 보통 사람은 남편에게 재능이 있는지 없는지 알지 못해요. 만약 알 수 있다 해도 냉정하게 판단하지 못할 거예요. 그러나 다른 사람도 아닌 그이 자신이 동판화가로서 자신의 장래에 희망을 잃었다는 것은 분명한 사실이랍니다. 슬픈 일이지만 저도 잘 알고 있어요. 그래서……"

"잠깐만요." 들라크루아는 가만히 있을 수 없어 다시 한번 그녀의 말을 가로막았다. "이건 제가 들어야 할 이야기가 아니군요. 솔직히 그가 없는 자리에서 그에 관한 이야기를 하는 것 자체가 친구에 대한 중대한 배신 같습니다. 그렇다고 오해는 하지 마세요. 부인을 나무라는 건 아닙니다. 단지 이 이야기를 아무 말 없이 듣고 있는 게 과연 그 친구에 대해 성실한 태도인지, 그 점이 불안하군요."

비요 부인은 잠시 아무 말도 하지 않았다. 그리고 그녀로서는 드물게도 상대의 몰이해에 차가운 분노를 느낀 듯,

"그렇게 말씀하시니 아무래도 제가 남편에 대해 성실하지 않다고 나무라시는 것 같네요" 하고 말했다.

그 항의의 말에 비로소 그는 그녀가 이 고백에 부여하려는 의미의 중요성을 느꼈다.

"……미안해요, 저도 모르게 말이 거칠어졌어요. 들라크루아 씨의 선의는 충분히 이해해요. 그러니 남편도 당신을 존경하는 거겠지요."

"신경쓰지 마세요. 실례는 제가 했으니까요."

"아뇨, 제가 경솔했어요. 들라크루아 씨에게 이런 얘기를 해야 할지 말아야 할지 망설이다보니 아내로서 불성실한 말이 되고 말았네요. 그렇지만 결코 그럴 생각은 아니었어요. 저도 남편을 사랑하고, 이런 식으로 그 사람에 대해 이야기하는 건 잔인하다는 당신의 말씀도 이해해요. 그런데도 굳이 말씀드리려

는 거예요."

"……잘 알겠습니다." 들라크루아는 그녀의 진지한 표정에 가슴이 뭉클했다. 그리고 어떻게든 거기에 응해주고 싶어, "괜찮으시면 아까 하던 얘기로 돌아갈까요?" 하고 이야기를 재촉했다.

비요 부인은 손에 들고 있던 잔을 탁자에 내려놓고 아까보다 조금 더 정색한 얼굴로 다시 말을 이었다.

"남편도 올해로 벌써 서른아홉이에요. 들라크루아 씨처럼 누구도 대신할 수 없는 재능이 있다면 좋겠지만, 사실은 그렇지 못해요. 지나치게 비관적인 말인지도 모르지만, 어쨌든 세상에서 유일무이한 재능으로 평가받지 못한다는 건 사실이지요. 동판화라는 게 복제 제작이 주된 일이라 남편도 자신을 대신할 사람이 얼마든지 있다는 걸 잘 알고 있어요. 저도 곁에서 지켜보기가 괴로울 만큼 절실히 이해하고 있구요……"

"그렇군요…… 하지만, 기왕 지금까지 노력했는데 아깝다는 생각도 드는군요."

"네, 동판화에서 완전히 손을 뗄 생각은 아닌 모양이지만, 앞으로는 어떨지…… 어쨌든 동판화 작업의 수입에만 의지하는 건 불안해요. 이건 우리 부부만이 아니라 아이를 위한 걱정이기도 하죠. 그리고 또…… 그런 듣기 좋은 이유만이 아니라, 남편도 나이에 걸맞은 세속적인 명예욕도 있을 거라고 생각해요."

"그야 누구도 나무랄 수 없는 일이지요. 그래서 이번 일이 좋은 계기가 된 것이군요."

"네, 이번 인사에 대해 여기저기서 비난도 거센 모양이지만요……"

"그거야 누가 됐어도 마찬가지였을 겁니다. 뭐든지 비난하고 싶어 안달인 게 화단이라는 곳이니까요."

"남편도 그 점을 걱정했고, 들라크루아 씨 일도 퍽 마음 아파했어요. 이건 사실입니다. 믿어주세요. 그런 심정을 분명하게 설명하지 않은 건 그 사람이 못나서지요. 들라크루아 씨를 불쾌하게 한 건 꼭 사과드려야 할 일이에요."

"괜찮습니다. 나는 별로 마음 쓰지 않으니까요."

들라크루아는 포트와인을 입에 털어넣고 잔을 내려놓았다. 그리고 뺨에 손을 대고 잠시 생각에 잠긴 듯 고개를 숙이고 있다가,

"언제부터였지요, 비요가 그런 생각을 한 게? ……아뇨, 제 앞에서는 별로 그런 내색을 한 적이 없거든요. 하긴 지나가는 말처럼 수입이 너무 적다고 한숨을 쉬곤 했지만, 그건 서로 마찬가지여서……"

"글쎄요, 언제부터였을까요…… 꽤 오래 전부터였던 것 같아요. 전부터 루브르에서 조금씩 작업을 하셨죠?"

"네."

"그 작업을 시작한 무렵부터일 거예요. 아무튼 어제오늘의 일이 아닌 건 분명해요."

그녀는 거기서 다시 말을 멈추고 이야기를 계속해야 할지 말아야 할지 망설이는 듯한 모습을 보였다. 그리고 희미한 웃음을 얼굴에 띄우며,

"들라크루아 씨 같은 진짜 천재가 친구라는 건 영광이면서 동시에 괴로운 일이지요" 하고 혼잣말처럼 얼버무렸다.

그는 할말을 잃었다. 가슴이 뛰면서 슬픔이 고통처럼 치밀어 올랐다. 그녀는 그가 자신의 감정을 숨기기 위해 순간적으로 꾸며낸 웃음을 좋은 뜻으로 오해하고는 다시 어떻게든 자신의 생각을 이해시키려고 말을 이었다.

"절대 입에 발린 찬사도 농담도 아니에요. ……올 초에 하원 도서관의 작품을 보고 온 뒤부터 남편이 조금 이상했어요. 그때는 왜 그런지 몰랐었는데 나중에 저도 직접 작품을 보고 나니 이해가 되더군요. 정말 훌륭한 작품이었어요 정말…… 그뿐 아니라, 뭐랄까…… 죄송해요, 적당한 말이 생각나지 않네요…… 그래요, 역시 이분은 다르다, 그런 느낌이었어요. 남편은 아무렇지도 않은 듯이 '그 친구는 진짜 천재야' 라고 했지만, 분명 저와 똑같은 마음이었을 거예요. 하지만…… 저는 단순히 들라크루아 씨를 존경하는 마음만 가지면 되지만, 그 사람은 훨씬 더 복잡한 심경이겠죠? 그 눈부신 천재성과 그것을 유감없이 발휘할 수 있는 힘, 그 모든 것이 남편에게는 때로 예술가로서의 자신에 대한 고통스런 조롱처럼 느껴질 거라는 생각이 들어요. 그런 남편의 모습을 곁에서 지켜보고 있으면 가슴이 터질 것만 같답

니다. 그래서…… 그래서 이번 제안을 꼭 받아들이라고 권했어요. ……들라크루아 씨는 저의 영악함을 경멸하실지도 몰라요. 그러나 당신이 루브르의 회화 부문 부장까지 되신다면 그 사람은……"

비요 부인은 자신이 결코 해서는 안 될 이야기를 하고 있다는 것을 깨닫고 그만 입을 다물었다. 고개를 떨구자 갑자기 눈물이 쏟아지려고 했다. 내가 지금 무슨 소리를 한 걸까? 그 사람이 알면 얼마나 화를 낼까? 그 사람이 지금까지 필사적으로 들키지 않으려 애써온 것을 내가 모두 망치고 있어. 어쩌지? 나는 어쩌면 이렇게도 어리석을까, 나는……

"죄송해요, 저……"

두려워서 얼굴을 들 수 없었다. 들라크루아 씨는 나의, 아니, 우리 부부의 비열함을 멸시할까? 친구의 영광을 질투하는 우리 부부의 추악함을? 나야 괜찮다. 이런 어리석은 말까지 해버렸으니. 그러나 그 사람까지 그런 취급을 받는다면? 이 일로 두 사람의 우정이 끝나버린다면? 아아, 내가 무슨 짓을 한 걸까!

들라크루아는 그녀의 말에 깊은 고독을 느꼈다. 그것은 그를 가장 잔혹하게 상처입히고 고뇌하게 하는 고독이었다.

이런 기분을 맛볼 때마다 그는 으레 친구인 장 바티스트 피에레를 떠올렸다.

들라크루아가 이 세 살 연상의 친구를 처음 만난 것은 리세 엥페리알에 입학한 여덟 살 때의 일이었다. 두 사람의 우정은 그로부터 사십여 년 동안 단 한 번도 끊긴 적이 없었고 그렇다고 고루해지지도 않았다. 그는 이따금 우정이란 단순히 환경의 산물이 아닌가 하는 생각을 하곤 했다. 젊은 시절에는 모두가 우정이라는 것의 불멸을 믿으려 한다. 그러나 세월이 흐르면서 한때는 그토록 깊은 우정을 나누었던 친구와 별다른 불화도 없이 단지 공유하고 있던 환경을 잃은 것만으로 서로 연락 한 번 하지 않게 되는 경험을 몇 번이나 겪게 된다. 리세 엥페리알에 다니던 무렵, 게랭의 아틀리에에 드나들던 무렵, 낭만파 예술가들과 빈번하게 왕래하던 무렵, 살롱 출입에 열을 올렸던 무렵, 그에게는 그때마다 나름대로 친한 친구가 있었다. 그런 그들과 지금은 어느 정도의 관계를 유지하고 있는가? 얼굴을 마주하면 다정하게 이야기를 나누기도 한다. 그러나 화제에 오르는 것은 항상 그때의 추억뿐이다. 그 관계는 결코 현재의 것이 아니다. 열다섯 살 때의 우정은 열다섯 살 때의, 스무 살 때의 우정은 끝내 스무 살 때의 우정 그대로이다. 그러나 허다한 친구들이 그렇게 과거에 머문 채 사라져가는 가운데 드물게도 서로를 갈라놓은 각자의 행보가 그 관계를 무산시키지 않는 친구가 있다. 피에레는 그런 몇 안 되는 친구 중의 한 사람이었다.

스물아홉 살이 되던 해에 피에레는 바우르 로르미앙의 비서직을 그만두고 새롭게 초상화가의 길을 걷겠다고 결심한 적이 있었다. 두 살 연상의 형 클로드도 공무원으로 일하고 있던 건실한 피에레 가에서는 그의 둘째아들다운 돌발적인 생각을 완고히 반대했다. 전부터 염려했던 대로 들라크루아를 비롯해 당시 그와 함께 화업에 뜻을 두고 있던 샤를 술리에, 펠릭스 기유마르데 같은 친구들의 악영향 때문이라는 것은 새삼 의심할 것도 없었다. 사실 그의 결단을 가장 기뻐하고 격려해준 것은 다름아닌 들라크루아였다.

그는 친구의 마음 깊은 곳에서 끊임없이 타오르는 예술에 대한 동경을 알고 있었다. 언제부터인지 모르게 피에레는, 게랭의 아틀리에에서 독립해 화가로서 본격적인 활동을 시작한 그의 잡무 일체를 도맡아 해주고 있었다. 제작중인 캔버스를 정리하고 완성된 작품을 벽에 걸고, 그가 외출중일 때는 아틀리에를 관리하고, 그의 대리인 자격으로 협상 일도 했다. 그 모든 일을 해준 것이 피에레였다. 들라크루아는 그런 그의 후의에 단순한 우정 이상의 동기가 있다고 짐작하지 않을 수 없었다. 감사의 마음을 전하면 피에레는 항상 "좋아서 하는 일인데 뭘" 하고 웃으며 대답했는데, 그 말에 그의 본심이 담겨 있는 것이 틀림없었다. 사실은 피에레도 직접 그림을 그리고 싶은 마음이 간절한 것이다. 단지 결단을 내리지 못하고 있는 것뿐이다. 사실 들라크루아는 피에레가 직접 그런 속내를 비치곤 하는 것을 종종 보아왔고, 그가 심심풀이 삼아 그렸다며 가져오는 그림도 이따금 봐주었다. 그러나 아예 화가로 나서는 게 어떠냐고 말을 붙일라치면 그때마다 화제를 돌려버리곤 했다.

그런 피에레가 마침내 결심을 굳히고 화가가 되겠다는 뜻을 밝힌 것이었다. 들라크루아는 자신의 일처럼 흥분하고 감격했다. 그리고 이번에는 자신이 그를 위해 최대한 협력하겠다고 약속했고 당장 그것을 실행에 옮겼다. 피에레의 아틀리에 출근은 그리하여 친구의 잡무 처리에서 자신의 공부를 위한 것으로 바뀌었다. 들라크루아는 바쁜 시간을 쪼개어 첫걸음부터 열심히 작업을 돌봐주었고 자신이 아는 한 모든 것을 가르쳐주었다. 말로 설명하다보니 자신도 이제껏 애매하게 의식하고 있던 문제들이 확실하게 정리되었기 때문에 그에게도 전혀 무익한 일은 아니었다. 피에레는 물론 가벼운 마음으로 화가가 되겠다는 목표를 정한 것이 아니었다. 회화에 대해 지도를 받을 때는 그도 한 사람의 제자로서 겸허하게 친구의 말에 귀를 기울였다. 생각에 생각을 거듭한 끝에 내린 결정이라는 것은 분명했다. 그것은 누구보다 곁에 있던 들라크루아가 가장 절실하게 느끼고 있었다. 비서직까지 팽개치고 그에게 가르침을 청한 것이다. 그것은 대단한 결의의 표현이었다. 그러나 몇 달 후 피에레가 새로운 직업으로 선택한 것은 화가가 아니라 형과 같은 내무성 관리였다.

들라크루아는 피에레가 결국 화가의 길을 단념한 것에 대해서도 따뜻한 이해를 표했다. 그에게는 그럴 수밖에 없는 충분한 이유가 있었다. 애초에 스물아홉이라는 나이에 새로이 화가를 목표로 삼은 것 자체가 무모한 일이었다. 그 결정을 지지한 것은 친구들뿐이었고 친척을 포함해 대부분의 사람들은 처음부터 반대했다. 아니, 친구들조차 진심으로 찬성한 사람이 얼마나 되는지 알 수 없었다. 딸린 식구가 없다면 또 모를까, 그에게는 이미 아내와 아이도 있었다. 게다가 스물네 살 때 아버지가 돌아가신 후로 어머니는 내내 미망인이었다. 화가로 자립할 때까지 그들을 굶어 죽게 내버려둘 수는 없었다. 언젠가 자립할 수 있다는 확실한 보장도 없었다. 가족을 부양하기 위해서는 일정한 수입이 필요했다. 처음부터 알고 있던 일이었다. 알면서도 굳이 화가를 목표로 삼은 것이었다. 그림 공부를 시작한 뒤에도 피에레의 형은 끈질기게 공무원 생활의 장점을 들먹이며 아우를 설득했다. 피에레는 단호하게 귀를 막았다. 그러던 어느 날 형이 다시 그 이야기를 꺼내자, 아우는 평소와 달리 화도 내지 않고 묵묵히 고개를 끄덕이고는 깨끗이 단념한 표정으로 그 뜻을 받아들이기로 결정한 것이었다.

들라크루아가 그의 변심을 나무랄 수 없었던 것은 무엇보다 그런 어쩔 수 없는 사정을 잘 알고 있었기 때문이었다. 그러나 그가 친구의 결단에서 읽어낸 체념의 무게는 그뿐만이 아니었다. 피에레는 자신에게 화가의 자질이 명백히 결여되어 있다는 절망을 품기 시작했던 것이었다. 그리고 그것을 피에레 본인보다 훨씬 일찍, 훨씬 정확하게 안 것은 결국 들라크루아였다.

그는 친구와 자신 사이의 메우기 힘든 간격을 깨닫고 깊은 슬픔에 빠졌다. 그리고 그것을 직시하지 않은 채 그를 창작의 길로 이끌어 결과적으로 큰 상처를 입히고 만 자신의 잔혹함을 용서할 수 없었다. 교만을 경계하고 자홀(自惚)의 어리석음을 멀리하면서, 동시에 모두가 나와 같은 재능을 타고난 것은 아니다라는 사실을 자각하는 것은 참으로 힘든 일이었다. 그의 잘못은 바로 그 자각을 회피한 것에 있었다. 자신에게는 쉽게 느껴지는 작업 때문에 가장 사랑하는 친구가 괴로워하고 어쩔 줄 몰라 우두커니 서 있다. 자신의 눈에는 철들 무렵부터 당연하게 비쳤던 세계의 풍요로운 색채가 친구의 눈에는 전혀 그 광채를 보여주지 않는다. 그는 그런 당혹스러운 상황을 맞닥뜨릴 때마다 항상 표정 하나 바꾸지 않고 말을 삼키며 친구 앞에서 시범을 보였고, 그 밖에 다른 방법이 없을지 머리를 쥐어짜며 어떻게든 친구가 이해할 수 있게 하려고 애썼다. 피에레는 그런 그의 심정을 알고 있었다. 또한 피에레가 그것을 어렴풋이 알고 있다는 것을 그도 언제부턴가 깨닫게 되었다.

들라크루아가 이제껏 한 번도 질투라는 감정을 느껴본 적이 없는 것도 그런 경험 때문일 것이었다. 그는 그 때문에 자신이 동시대 일부 화가들의 심정을 결정적으로 이해하지 못한다는 것을 알고 있었다. 그러나 아무리 상상해봐도 누군가에 대해 몸이 바스러질 정도의 열등감과 증오를 느낀다는 것이 어떤 것인지 그로서는 알 수 없었다. 도리어 그가 두려워한 것은 오로지 자신만이 재능의 혜택을 받고 자신만이 무언가를 해낼 수 있다는 고독이었다. 그는 되도록 많은 사람들과 성공을 함께 나누고 싶었다. 서로의 재능에 경의를 표하고 무언가를 배우고 무언가를 주고, 그렇게 함께 발전하고 싶었다. 그는 많은 경우 형안의 비평가이며 때로는 신랄한 독설가였지만, 아주 가끔은 모두가 인정하기 어렵다고 느끼는 빈약한 재능에 대해 기묘한 관대함을 나타내곤 했다. 그런 착오는 대부분 얼마 후에 스스로에 의해 정정되었다. 그를 속인 것은 작품 그 자체가 아니었다. 상대와의 개인적인 관계도 화단 정치에 대한 배려도 아니었다. 바로 그 자신의 고독이었다.

들라크루아는 지금 피에레가 누리고 있는 너무도 부르주아다운 행복한 생활을 지켜보며, 그것이 의심할 여지 없이 그가 본래 걸었어야 할 운명의 궤적이라고 인정하지 않을 수 없었다. '인간이 파리 한 마리의 운명을 마음대로 할 수 있다면 다른 모든 파리, 모든 동물, 모든 인간, 모든 자연의 운명을 창조하지 못할 이유는 아무것도 없다' 고 볼테르는 말했지만, 젊은 날 자신이 아무리 그를 위해 온 힘을 기울였다 해도 그의 미래에 기다리고 있던 이런 생활을 잃게 하고 한때의 방황을 성공에 이르게 해줄 수는 없었을 것이 분명했다. 가슴이 터지는 것 같던 피에레의 괴로운 단념도 어쩌면 미리 준비되어 있던 관리의 길을 위한 포석에 지나지 않았던 것은 아닐까? 피에레만이 아니다. 게랭의 아틀리에, 그리고 보자르의 친구들도 지금은 많은 이들이 화필을 꺾고 그것을 그저 청춘의 씁쓸한 좌절의 기억으로만 간직한 채 피에레와 마찬가지로 부족함이 없는 생활을 향수하고 있다. 영국 체재중에 필딩에게 수학하고 귀국 후에는 그 수채화 기법을 자신에게 가르쳤으며 이탈리아 유학까지 다녀왔던 술리에조차 라 메종포르 후작의 비서가 된 뒤로는 취미로 캔버스를 마주하는 것마저 그만두지 않았던가? 그들이 실제로 예술가가 될 재능이 있었는지 어떤지는 알 수 없다. 그러나 그들에게 그렇게 또다른 생활이 준비되어 있었다는 사실이야말로 그들의 현재를 전적으로 긍정할 근거임에 틀림없다. 그들에게 창작은 결국 숙명이 아니었다. 그것은 지금 화가로 살아가고 있다는 사실에 의해 그 숙명을 여지없이 실감하고 있는 들라크루아에게는 새삼 깊은 적막감을 느끼게 하는 일이었다.

그리고 비요 역시 자신 앞에서 천재라는 것에 대한 은밀하고 고통스러운 고민을 계속해왔다는 말인가? ……그 사실은 들라크루아를 아연케 했다. 도저히 믿을 수 없었다. 아니, 믿고 싶지 않았다. 그가 비요를 사랑한 것은 그만은 그런 번민에 빠지지 않고 자신을 한 사람의 대등한 예술가 동료로 대해준다고 느꼈기 때문이었다. 그와의 우정은 항상 편안했다. 편안하기는 했지만 그만큼 깊은 공감이 있어 창작의 괴로움과 기쁨을 함께 나누고 있다고 믿었다. 실제로 그렇지 않았던가? 부인은 어쩌면 남편을 오해하고 있는 것이 아닐까? 비요와 자신은 창작의 어려움에 따른 불안을 수없이 서로 위로해오지 않았던가? 그것이 그가 온 힘을 다해 무리하면서까지 친구를 이해하려 노력한 결과라는 것인가?

그러나 한편으로 그는 이제 새삼 그녀의 말을 들을 것도 없이 자신이 이미 예전부터 비요의 그런 속마음을 알아차리고 있었던 것은 아닌지 의심스러웠다. 예술가로서 두 사람이 지금까지 어떤 성과를 거두었는지는 애초에 비교할 만한 것이 아니었다. 화가와 판화가라는 차이 때문만이 아니었다. 비요에게서 기초를 배운 동판화에서조차 그는 때때로 너무도 쉽게 비요를 능가했다. 그때 비요는 어떤 기분이었을까. 아마도 자신은 이미 그것을 깨닫고 있었을 것이다. 그러면서도 또다시 억지로 눈을 감으려 한 것이 아닌가. 그의 마음속에 들어가 알 필요 없는 갖가지 고민에 봉착하는 것이 두려웠기 때문에. 이미 예감은 하고 있었다. 단지 의심할 수 없는 사실로 눈앞에 나타나는 것이 두려웠을 뿐이다.

들라크루아는 그녀를 똑바로 바라보지 못한 채 뒤를 이을 말을 생각하며 자신의 손등에 무의미한 시선을 던지고 있었다. 침묵은 조금씩 얼어붙듯 움직임을 잃어갔다. 한마디 말이 그 얼음을 요란하게 깨뜨리고 그 깨진 얼음이 예리하게 날을 세워 두 사람에게 깊은 상처를 입히고 말지도 모른다. 그런 불안이 선뜻 말문을 열지 못하게 했다.

이윽고 비요 부인이 먼저 말을 꺼냈다.

"저……"

그녀 역시 일단 입을 열기는 했지만 뒤를 이을 말에 고심하는 모습이었다. 그는 고개를 들어 부드러운 표정을 지어 보였다.

"……잘 알았습니다. 저는 별로 불쾌할 게 없습니다. 부인은 아내로서 남편과 가족을 위해 당연히 해야 할 일을 하셨어요.

세상이 이렇게 험하다보니 장래에 대해 불안해하는 심정은 누구나 마찬가지지요. 제가 부인의 입장이었다 해도 똑같이 설득했을 거예요. ……이번 인사 건은, 저는 애초에 입후보도 하지 않았으니 비요가 저를 제치고 그 자리에 앉은 것도 아닙니다. 그 친구가 그런 일에 마음을 쓴다는 것조차 저는 놀라운걸요. 물론 전에 그런 희망을 비친 적은 있지만, 꼭 지금 그 자리에 앉고 싶다는 뜻으로 말한 건 아니었어요."

비요 부인은 말없이 고개를 끄덕였다. 들라크루아는 어떻게 말을 이어야 할지 생각하다가 그저 짤막하게,

"비요 그 친구가 저를 어떻게 생각하는지는 솔직히 잘 모르겠어요. 다만 이번 일 때문에 그에 대한 내 생각이 바뀌는 일은 없을 테고, 그가 바라는 한 지금까지처럼 교제를 이어가고 싶습니다. 물론 부인과도" 하고 덧붙였다.

비요 부인은,

"네…… 남편도, 그리고 저도 그렇게 되기를 정말 간절히 바랍니다. 들라크루아 씨가 여러 방면에서 조언을 해주신다면 그 사람도 무척 든든할 테고, 그도 분명 도움을 드릴 수 있는 일이 있을 거예요."

"저도 조금은 인맥이 있으니 뭔가 일이 생겼을 때 힘이 될 수도 있겠지요. 하지만 오히려 제 쪽에서 이래저래 신세 지는 일이 많을 거예요. 내 일처럼 기쁘기는 할망정 원망 같은 건 당치도 않습니다."

마지막 말을 들라크루아는 미소를 섞어 말했다. 비요 부인은 그 표정에 마음이 놓였다.

"이건 자기 만족인지도 모르지만, 말씀드리기 잘했다는 생각이 드네요. 남편이 어떻게 생각할지는 모르겠지만, 적어도 저는요."

"저로서도 좋은 일인 것 같군요. 부인의 말씀은 제 마음에만 담아두겠습니다. 비요에게서는 따로 직접 얘기를 듣기로 하지요. 저는 그 친구 말을 믿겠습니다. 그게 어떤 말이든지요."

"고맙습니다. 제가 한 말은 잊어버리셔도 괜찮아요." 비요 부인은 안도한 듯, "……사실은 이런 말씀을 드릴 생각은 없었어요. 마음속 어디선가는 그렇게 생각했는지도 모르지만…… 이번에 뵐 때는 그 훌륭한 천장화에 대해 말씀드려야겠다고 생각했어요. 그런데 얘기가 어쩌다 이상한 방향으로 흘러버렸군요."

"저로서도 그쪽 이야기가 훨씬 좋았겠는데요?" 들라크루아는 그렇게 말하고는 다시 웃음을 보였다. "……다들 어딘가 보통 때와는 달라요, 때가 때이니만큼."

"……들라크루아 씨의 그림을 보고 나서, 과연 천재란 무엇일까 새삼 생각해봤답니다. 이건 남편 일과는 다른 이야기예요."

비요 부인이 자연스럽게 농담이라도 하듯 말했기 때문에 그도 편안한 마음으로 이 화제에 응하기로 했다.

"아, 네."

"그래서…… 남편의 서가에서 『백과전서』니 『철학사전』 같은 책을 꺼내 읽어봤지요. 어머, 웃지 마세요. 남편은 들라크루아를 이해하려면 칸트의 『판단력 비판』을 꼭 읽어야 한다고 자주 얘기하곤 했는데, 저한테는 너무 아리송한 책이어서 무슨 말인지 도무지 알 수가 없었어요."

"어려운 책이니까요. 제1부 후반에서 천재에 대해 언급하고 있지요."

"맞아요, 역시 잘 알고 계시는군요."

"우리 세대라면 다들 알지요. 스무 살 때였던가, 루아예 콜라르의 제자였던 쿠쟁 교수의 강의로 한동안 칸트를 배우기도 했으니까요. 당시는 소르본에서 기조나 빌맹, 그리고 쿠쟁 교수의 강의를 청강하는 게 일종의 유행이었어요. 사실 그때는 그저 잠깐 봤던 정도고, 『판단력 비판』을 다시 읽기 시작한 건—그것도 제1부뿐이지만—한 사오 년 전쯤일 거예요. 그때만 해도, 아니 사실은 조금 더 뒤였는지도 모르겠군요, 아무튼 요즘보다는 상상력이니 숭고함이니 하는 말들이 신선하게 들렸던 때라 어중이떠중이들까지 모두 뻔뻔스럽게 그런 말을 떠들고 다녔어요. 특히 낭만파 친구들이 그랬죠. 저도 꽤 영향은 받았지만, 지금은 엄밀하게 칸트의 정의에 입각해서 그런 말을 하는 건 아닙니다. 피에레도 그 책은 꽤 읽었을 거예요."

"요즘의 그이를 보면 도무지 상상이 가지 않는데요?"

"정말 그렇지요?"

두 사람은 함께 웃었다. 들라크루아는 비요에게 읽으라고 권한 『판단력 비판』이 그가 아니라 뜻밖에도 그 부인의 머리를 괴롭혔다는 것이 재미있었다. 그녀는 대화가 원래의 명랑함을 회복한 것을 기뻐하며 말을 이었다.

"그런데, 칸트는 잘 모르겠지만 『백과전서』에 생 랑베르가 쓴 말은 저도 이해가 가더라구요. 또 웃으실지 모르지만, 저는요, 그 문장을 읽고 꼭 외젠 들라크루아에 대해 쓴 구절이라고 느꼈답니다."

그녀는 그렇게 말하고 갑자기 일어서더니 안쪽 방에서 『백과전서』를 들고 돌아왔다. 그 민첩한 행동에는 그녀의 설레는 마음과 자신의 수선스러움을 부끄러워하는 마음이 고스란히 드러나 있었다.

책갈피를 끼워놓은 페이지를 펼친 그녀는 생각했던 것보다 긴 구절이라는 것을 깨닫고 어디를 짚어서 읽어야 할지 잠시 망설였다.

"아, 여기군요…… 정신이 폭넓고 상상력이 풍요하며 영혼에 활력이 넘치는 것, 이것이 곧 천재이다."

우선 정의가 될 만한 문장을 읽었는데, 너무도 당연한 말이라 흥이 깨지는 듯했다. 자신이 그때 어떤 부분에서 감동했던 것인지 초조한 듯 문장을 눈으로 훑었다.

"……천재는 그 폭넓은 영혼이 모든 존재의 감각에 자극을 받으며 자연에 존재하는 모든 것에 관심을 가지고 어떤 관념을 받아들여도 감정이 눈을 뜨며 모든 것이 영혼을 활기 있게 하고 모든 것이 영혼에서 유지되는 사람이다."

그러고는 조금 전에 들라크루아가 상상력이라는 말에 대해 언급한 것이 생각나서 그와 관련된 부분도 약간 빠른 속도로 읽어 내려갔다.

"……영혼은 사물 그 자체에 의해 움직이지만 기억에 의해 더욱 강하게 움직인다. 그러나 천재의 상상력은 거기서 더 나아간다. 그는 수많은 관념을, 그것을 받아들였던 때보다 훨씬 선명한 감정과 더불어 떠올린다…… 그리고 또…… 사물에 둘러싸여 거기에 몰두하는 천재는 무언가를 생각해내는 것이 아니다. 천재는 본다. 그러나 보는 데 그치지 않는다. 감동하는 것이다."

들라크루아가 과연 그렇다는 듯 고개를 끄덕이는 모습에, 그녀는 조금 마음이 놓였다. 다시 책을 뒤적여 자신이 밑줄을 그은 부분을 발견하고는 그중 몇 군데를 읽었다.

"취미는 종종 천재와는 다르다. 천재는 완전한 자연의 선물이며 천재가 만들어내는 것은 찰나의 산물이다. 반면 취미는 연구와 시간의 산물이며 지극히 많은 규칙의—기성 혹은 창출의—지식과 관련되어 있다…… 천재의 미(美)이기 위해서는, 때로는 소홀하고, 불규칙한 태풍을 품어야 하며, 급격하고 야만스러워야 한다…… 취미의 규칙과 법칙은 천재에게 목줄을 채운다. 천재는 숭고한 것, 감동적인 것, 위대한 것으로 비상하기 위해 취미의 규칙과 법칙을 파괴한다. 자연의 특징을 이루는 영원한 미에 대한 사랑, 스스로를 창조하고 스스로의 미의 관념과 감정의 원칙인 정체를 알 수 없는 모범에 자신의 그림을 일치시키려는 열정이야말로 천재의 취미인 것이다…… 힘과 풍요함, 정체를 알 수 없는 조야함, 불규칙성, 숭고함, 감동성, 이런 것들이 예술에 있어서 천재의 특성이다…… 그리고……" 표시가 없는 몇 쪽을 그냥 넘기고, "천재는 느끼도록 강제되어 있으며……" 그 뒷부분은 그의 기분을 상하게 할지도 모르겠다 싶어 생략했다. "천재가 조국을 구할 수 있는 순간도 있지만, 만약 계속해서 권력을 유지한다면 조국을 멸망하게 할 것이다……" 이 부분도 읽지 않는 것이 좋았을지도 모른다. "예술, 학문, 실무에 있어 천재는 사물의 자연을 한꺼번에 바꾸어버린다."

마지막까지 다 읽은 그녀는 '천재에 대해 말하는 것은 천재 자신이어야만 한다'라는 문장을 발견하고 부끄러움을 느꼈다. 내친김에 이것저것 인용하기는 했지만, 며칠 전에 혼자 읽었을 때와 같은 감동은 없었다. 그녀는 이제부터 어떻게 이야기를 정리해나가야 할지 고민하며 책을 덮고 머뭇머뭇 얼굴을 들었다.

들라크루아는 불안하게 이쪽의 반응을 살피는 그녀에게서 평소와 같은 사랑스러움을 느끼며,

"아주 재미있군요. 나도 꽤 오래 전에 읽은 기억은 있지만 거의 다 잊어버렸어요. 천재는 나라를 구할 수도 있으나 그를 너무 오래 권좌에 앉혀두면 나라가 망하게 된다는 대목은 나폴레옹에 대한 무서울 만큼 정확한 예언이군요. ……하긴 예술 분야에서도 똑같은 얘기를 할 수 있을 거예요. 천재와 취미에 대한

논의는 상당히 흥미 깊게 들었습니다. 칸트도 그와 비슷한 이야기를 했었지요" 하고 만족스럽게 자신의 감상을 말했다.

그녀는 그가 자신의 이야기에 관심을 보이는 것이 기뻤다. 칸트 이야기를 좀더 들려주었으면 하는 표정으로 몸을 앞으로 내밀었다.

들라크루아는 그런 그녀의 기대를 알아차리고, 마침 작년 말에 도서관 천장화를 완성하고 나서 오랜만에 『판단력 비판』을 여기저기 뒤적였던 터라 간단히 설명해볼 생각으로 입을 열었다.

"지금 손에 책이 없어서 정확한 설명은 할 수 없지만…… 비슷한 이야기라고 한 건, 칸트도 천재와 취미를 대비해서 전자를 산출능력, 후자를 판정능력이라고 논의한 부분이 있거든요."

비요 부인은 고개를 갸우뚱했다.

"어려운 얘기는 아닙니다. 음, 처음부터 차례차례 이야기하는 게 좋을지도 모르겠네요. 칸트에 따르면 천재란 기술에 규칙을 부여하는 재능이고, 미술은 필연적으로 천재의 기술입니다. 그러니까 우리가 평소에 말하는 것처럼 일부의 화가나 조각가만이 그렇게 불릴 만한 가치가 있는 재능을 가진 게 아니라, 원래부터 화가나 조각가 들은 그 이름에 걸맞은 사람이기 위해 필연적으로 천재를 갖추고 있어야 한다는 거지요. 미술 작품이라는 것은 예술가의 기술에 의해 산출되는 것이죠? 그 기술이라는 것은 본래 여러 가지 규칙을 전제로 하는 것일 테지만, 예술 작품의 창작 기술은 어떤 명백한 규칙을 전제로 하는 것이 아닙니다. 개별적인, 이를테면 물감이나 붓을 사용하는 방법이라는 의미에서는 기술에 규칙이 있지만, 어떤 작품이 어째서 그런 모습으로 나왔는가, 예술가가 어떤 규칙에 바탕을 둔 기술을 구사하여 그런 모습을 산출했는가 하는 점에 이르면 거기에는 몇 가지 풀리지 않는 비밀이 남습니다. 미술 그 자체는 수없이 다양한 작품을 산출하는 기술의 규칙을 만들어낼 수 없다고 칸트는 말합니다. 그러나 실제로 미술 작품이 기술의 산물이고, 기술은 규칙에 의해 성립되는 것이라면, 그 규칙이란 어디에서 유래하는가? 칸트는 그것을 자연이라고 말합니다. 그래서 천부적인 자질이라고 하는 거지요. 그의 논의에 따르면 천재는 어떤 규칙에 따라 학습되는 것이 아니라 스스로 규칙을 창출하고 기술에 규칙을 부여하는 것이기 때문에 당연히 독창성을 갖추고 있고, 예술가 스스로도 자신이 어떻게 그 작품을 만들어낼 수 있었는지 논리적으로 설명할 수 없다는 것이죠. ……여기까지는 아시겠지요?"

들라크루아는 조심스레 고개를 끄덕이는 그녀를 바라보며 물었다.

"네…… 조금." 그녀는 씁쓸하게 웃으며 "그…… 자연이라는 것은…… 흔히 영감이라고 하는 것과 같은 걸까요?"라고 자문하듯 중얼거렸다.

들라크루아는 "바로 그렇지요!"라고 그녀의 이해력에 감탄하며 대답했다.

"제 서투른 설명에도 곧바로 이해하시는 걸 보니 부인은 역시 총명하시군요. 실은 칸트 자신도 천재(Genie)의 어원이 수호령(genius)이 아닐까 하고 말하고 있습니다. 저는 낭만파 친구들이 칸트를 그토록 열광적으로 읽었던 것은 바로 그가 말하는 자연을 영감으로 이해해서 읽었기 때문이라고 생각해요. 실제로 예전의 제가 그랬으니까요. 그렇지만 칸트의 논의에는 그 뒷부분이 더 있습니다. 제가 지금 설명한 것은 그가 천재에 대해 논의한 첫부분에 불과하지요. 저는 대부분의 낭만파들이 그 뒷부분을 제대로 읽지 않았기 때문에 독선주의의 폐해에 빠졌다고 생각해요."

"그렇지만……" 비요 부인은 의아하다는 듯 물었다. "세간에서는 흔히 들라크루아 씨를 낭만파 화가라고 하잖아요?"

"네, 세간에서는 그렇지요. 하지만, 언젠가 비요에게도 했던 이야기인데, 낭만주의라는 예술사적 운동을 개인적인 인상의 자유로운 표현을 목적으로 하는 것이라고 이해한다면, 저는 분명 열대여섯 살 때는 낭만주의자였을지도 모르겠습니다. 그렇지만 지금은 거기서 멀리 떨어져 있어요. 제가 칸트를 훌륭하게 여기는 것은 바로 그 점입니다. 왜냐면 — 이야기가 처음으로 되돌아갑니다만 — 그는 예술가에게 불가결한 요소로서 천재와 함께 취미에 대해 논하는 것을 잊지 않았기 때문입니다. 여기에서 말하는 취미란 부인이 아까 읽어주신 생 랑베르의 글에 나왔던 것과 거의 같은 의미로 생각해도 좋겠지요. 칸트는 취미란 천재의 훈련이며 천재를 길들이고 세련되게 하는 것이라고 합니다. 아까 목줄이라는 표현이 있었는데, 저는 그것을 나쁜 의미로만 받아들일 것은 아니라고 생각합니다. 취미는 작품에 질서를 부여해주는 것이고, 그런 질서가 있기 때문에 누구나 받아들일 수 있는 작품이 되는 것이죠. 그는 천재와 취미가 충돌할 때는 천재가 취미에 양보해야 한다고 했는데, 저도 전적으로 동감입니다. 그가 다른 곳에서 천재의 산물은 모범적이어야 한다, 단순히 기발함만을 추구하는 경박한 것이어서는 안 된다고 강조한 것도 이와 관련이 있어요. 제가 낭만파 예술가들을 못마땅하게 생각하는 이유 중 하나는 그들의 작품이 좋은 취미에 의한 세련이라는 것을 모르기 때문입니다. 제 경우는 이제 관심의 대부분이 취미로 향해 있으니, 크게 봐서는 오히려 고전주의라고 하는 게 옳겠지요."

"그렇군요……"

"칸트 이야기는 거칠게 생략해서 설명했기 때문에 알아듣기 힘드셨을 것 같습니다만."

"네, 그래도 제 나름대로 이해가 되는군요."

"그렇습니까, 다행이네요."

들라크루아는 잔을 들고 바닥에 조금 남아 있던 포트와인을 비웠다. 그것을 본 비요 부인이 병을 집어들었다.

"제가 너무 많이 마시면 부인이 마실 게 없어져버릴 테니 이쯤에서 그만두지요."

그렇게 말하다 문득 조금 전에 했던 비요의 이야기가 떠올랐다. 어쩌면 그녀가 이야기를 부드럽게 꺼내기 위해 와인에 의지한 것인지도 모른다는 생각이 들었다.

"어머, 이제 되셨어요? 그럼 커피라도 드릴까요?"

"아뇨, 마음 쓰지 마세요. 그건 그렇고, 아무래도 비요가 늦는 것 같군요."

"네, 이제 조금만 더 기다리면 올 것 같기는 한데…… 벌써 해가 저물었네요."

들라크루아는 그녀를 따라 창 밖으로 시선을 던졌다.

"그래도 해가 꽤 길어진 것 같죠?"

"그래요……"

그녀는 조금 전의 이야기를 계속하고 싶었다. 그래서 그가 자리에서 일어서기 전에 조금 부자연스럽더라도 대화를 뒤로 돌리려 했다.

"저…… 조금 전의 이야기 말인데요……"

"네," 들라크루아는 비요가 돌아오지 않으면 약속만 잡아두고 집으로 돌아갈 생각이었지만, 부인이 그렇게 입을 열자 조금 더 기다려보기로 했다. "뭔가요?"

"칸트나 생 랑베르는 예술가가 아니었잖아요? 들라크루아 씨처럼 실제로 그림을 그리는 분이라면 생각이 조금 다르지 않을까 싶어서요."

"아, 그렇죠…… 사실 비평가의 경박한 글 중에는 아닌게 아니라 그림이라고는 한 번도 그려본 적이 없는 사람이 아는 척하며 쓴 것 같은 글도 적지 않지요. 그렇지만 칸트는, 적어도 『판단력 비판』의 제1부를 읽은 한에서는 상당히 진실에 가까운 것 같아요. 시대의 분위기라는 것도 있겠지요. 칸트는 어떤 의미에서는 시대가 조산(早産)한 인물입니다. 낭만파 친구들이 신봉하는 그의 철학은 실제로는 상당히 왜소화된 것이고, 그들이 루소에게서 이어받았다고 믿는 부분들도 마찬가지예요. 그러나 거기에는 분명 그 두 사람을 선구자로 인정하지 않을 수 없는 공감 같은 것이 있고, 그것은 예술가만이 아니라 넓게는 현대를 살아가는 모든 사람들에게 공통되는 것이겠지요. 물론 그 내용을 따져보면 거기에는 좋은 의미에서든 나쁜 의미에서든 아주 다양한 면이 있을 겁니다. 비꼬자는 게 아니라, 나는 낭만파 친구들의 창작 태도에서 드러나는 어떤 종류의 한심한 유치함과 이번의 비참한 사건 사이에 깊은 관련이 있다고 생각해요."

"……무슨 말씀이신가요?"

"질서에 대한 비상식적인 반역, 조악하고 폭력적인 자기 표현이라는 의미에서 그렇습니다. 그들을 추동하는 것은 어떤 의미에서는 자연일지도 모르지만, 그것은 아마 태풍처럼 어두운 자연일 겁니다."

들라크루아는 지금까지 스스로도 확실하게 의식하지 못했던 생각이 마치 몇 달 전부터 준비했던 것처럼 저절로 입 밖으로 튀어나오는 것이 신기하게 느껴졌다. 그리고 그 말들이 적절한 것인지 다소 회의적인 기분이 들어 화제를 자신에게로 돌렸다.

"제 느낌으로는 칸트가 말하는 바를 충분히 이해할 수 있어요."

"역시 그러시군요?"

"네, 영웅적인 의미에서가 아니라 칸트가 쓴 것처럼 예술가가 필연적으로 갖추고 있어야 할 어떤 요소라는 의미에서 저는 제가 천재를 지녔다고 생각합니다. 그것을 통해 자연이 제 기술에 규칙을 부여해주고 있다는 것은 감각적으로 충분히 이해하고 있고, 그것은 구체적인 회화 기술의 문제에 국한되는 것이 아니라—칸트와는 동떨어진 얘기입니다만—나라는 인간의 모든 것에 대해 저항하기 힘든 어떤 강제력을 지니고 있는 것처럼 느껴집니다. 솔직히 말해, 나는 나 자신의 천재에 대해 대단히 위화감을 느끼고 있습니다."

"위화감?"

"네……" 들라크루아는 자신이 매우 곤란한 화제에 발을 들이고 말았다는 것을 깨달았다. "제대로 설명할 자신은 없습니다만…… 이를테면 don이라는 말이나 영어의 gift라는 말에도 천부적인 재능이라는 의미가 있지요? 그쪽으로는 전문가가 아니라서 확실한 설명은 할 수 없지만, 증여를 나타내는 그런 말에서 재능이라는 뜻이 파생된 경위에는 사람들의 절실한 실감이 담겨 있다고 생각합니다. 그 의미를 발명하고 이해한 것은 천재를 외부의 타자에게서가 아니라 자기 자신의 내부에서 발견한 사람들이겠지요. 그리고 그들은 그것을 단순히 은혜가 아니라 뭔가 재앙 같은 것이라고 직감하지 않았을까요? 그들은 자신의 내부에서 자신에게 귀속되지 않는 어떤 이질적인—어쩌면 괴이한, 이라고 해도 좋을지 모르겠군요—무언가를 느꼈을 것입니다. 그것이 그들을 그들 이상의 존재로 고양시킨 것은 사실이겠지만, 그 명령은 마치 폭군과도 같이 가혹한 것이 아니었을까요? ……이건 실은 저 자신이 절실하게 느끼는 부분입니다. 천재란—역시 칸트적인 의미에서 생각해야 할까요?—항상 나를 현실 세계로부터 빼앗아 완전한 소모에 이를 때까지 철저하게 이용해버립니다. 친구들로부터, 사랑하는 사람으로부터, 사회로부터, 시간으로부터…… 저는 거기에서 저항하기 힘든 어떤 힘을 느낍니다. 나 자신을 하나의 기술 속에 집어넣어 현실의 생활과는 다른 규칙으로 구속하는 힘이지요."

"자연의 힘……이라고 해야 할까요?"

"그럴지도 모르겠습니다. 아니, 지금까지 그렇다는 식으로 말했지요. 그러나 사실은 별로 자신이 없어요. 내가 확실하게 느끼고 있는 것은 어떤 의도를 수행하기 위해 내 속에 채워넣어진 천재라는 것에 대한 이질감뿐이에요. 그리고 저는 천재를 부여받은 기쁨 이상으로 자주 그 괴로움을 느낍니다. 먼저 그런 실감이 있었고 그 다음에야 칸트가 말하는 자연을 내 나름대로 해석한 것인지도 모르지요."

"그렇지만…… 괴로운 반면 기쁨도 있으시겠지요?"

비요 부인은 의심스럽다는 듯한 표정으로 물었다.

"글쎄요…… 그러니까 창작은 딱히 고역이라고 하기는 어려워요. 실제로 내가 나라는 인간에 만족하는 건 창작 행위에 충실할 때뿐이니까요."

들라크루아는 평소에 품고 있던 그런 모순된 감정과 똑같이 이야기가 다소 혼란스러워졌다는 것을 느꼈다.

아까부터 그의 뇌리를 빈번하게 스치고 있는 것은 지난해 말에 혼자 하원 도서관에 찾아가 자신이 그린 천장화를 올려다보았을 때의 기억이었다. 해가 바뀐 뒤에도 들라크루아는 몇 번이나 그날의 일을 떠올렸다. 바로 그 다음날 그는 수많은 사람들에 둘러싸여 감탄의 한숨 사이로 터져나오는 놀라움과 찬사의 말들에 파묻혀 화려한 영광의 한때를 보냈다. 그러나 그가 잊을 수 없는 것은 오히려 그 전날, 고독하게 자신의 작품과 대치했던 때의 심경이었다.

"……하원 도서관의 천장화를 보면서도 저는 상반된 두 가지 느낌에 시달립니다. 좀더 냉정한 마음으로 바라볼 수 있으려면 아직 시간이 더 필요한 건지도 모르지요…… 하나는 내 스스로 창조해낸 그것을 사랑하고 자랑스럽게 여기는 마음, 또 하나는 그것이 내 몸을 이용해 제 힘으로 기어나온 것 같은 기묘한, 참으로 기묘한 감각입니다. 지금 내 내면은 무시무시하고 거대한 무언가가 통과한 뒤처럼 황폐합니다. 마치 요즘의 거리처럼요. 그 무언가를 받아들이는 것이 천재이고 그것 자체가 자연이라고 생각할 수도 있습니다. 나무들에게 꽃을 피우는 본성이 있는 것처럼 내게도 그림을 그려내는 자연의 본성이 있고, 그 결과로서 그런 작품이 태어났다고 생각하는 것은 분명 아름다운 상상이겠지요. 내가 자연의 거대한 연관 속에 그 한 부분으로서 연결되어 있고, 나무에 꽃이 피지 않는 것이 질서 전체를 손상시키는 중대한 사건이듯 내가 하는 작업의 정체(停滯)가—마치 두통이 부분적인 통증이면서도 육체 전체의 부진을 상징하듯이—우주의 거대한 운동에 생겨난 어떤 병적인 징후라고 생각하는 것은 정말 아름다운 상상입니다. 그리고 저는 이런 생각에 대해서도 사실은 두 가지 상반된 느낌을 가집니다. 한편에서는 그 과장됨에 냉소를 금할 수 없어요. 그러나 다른 한편으로는 어느 정도 그 정당성을 인정하고 또 거기에 저항합니다. 나무들이 그저 잎을 무성하게 매달고 꽃을 피우고 열매를 맺는 본성밖에 부여받지 못했다는 것은 분명 행운이에요. 꽃의 개화가 언제나 눈부신 것은, 나무들의 기쁨이 그 단 하나의 본성에 충실하는 것밖에 없다는 것을 누구나 알고 있기 때문이겠지요. 하지만…… 나에게는 보다 인간적인 행복들에 대한 동경이 있습니다. 그것이 내게 깃든 천재를 고통으로 느끼게 하는 거지요." 그런 말을 하면서 그는 형언할 수 없는 불쾌감이 치미는 것을 느꼈다. "……예술가란 그런 의미에서는 식물과 인간이 반반씩 섞인 괴물 같은 존재인지도 모릅니다. 사람의 모양새를 하고 있으면서도 자신의 의사에 반해 몸 여기저기에서 멈출 줄 모르고 피어나는 꽃들을 어떻게 억제해야 할지 몰라 계속해서 소모되기만 하는…… 어떤 의미에서 천재란 일종의 병입니다. 제게 천재의 과잉은 고통이에요. 샘의 규모를 모르고 한없이 솟아나는 샘물과도 같은 것이지요. 토해내도 토해내도 금세 포화상태가 되어버리는…… 저는 항상 그런 질식감에 시달립니다. 너무나 괴로워서 어떻게 해야 할지 모르겠어요…… 차라리 고갈될 때까지 토해낼 수만 있다면 마음의 안녕을 얻을 수 있을 텐데……"

"그렇지만……"

비요 부인은 의무감에 쫓기듯 입을 열었다. 그녀는 예술가의 고뇌가 재능의 고갈에 있다고 생각했었다. 그래서 스스로 고갈을 원한다는 그의 심경을 이해하기 어려웠다. 그러나 다음 말을 이을 수가 없었다. 그가 이런 말을 입에 담은 것은 처음이었다. 그 사실이 그녀에게 가벼운 반론을 주저하게 했다. 창작의 고뇌에 대해서는 몇 번 들은 적이 있었다. 그러나 그것도 대부분 농담처럼 얼버무려 상대가 놀라지 않도록 신중하게 배려한 것이었다. 지금 그의 생생한 고백에서는 그의 본심을 선명하게 읽을 수 있었다. 그러나 그것은 이질적이고 이상한 것이었다.

들라크루아는 그녀의 말을 들으면 두 번 다시 이 이야기를 할 수 없을 것이라는 생각에 혈담(血痰)처럼 목에 걸려 있는 말을 그대로 토해내버렸다.

"나라는 인간으로 산다는 게…… 내게는 너무 버겁습니다……"

그렇게 중얼거린 순간 그는 즉시 후회했다. 그것은 망설임을 그대로 반전한 듯한 후회였다. 바보 같은 고백이다. 그렇게 생각했다. 예술가의 고뇌니 뭐니 하는 것들은 원래 사기다. 그것을 깨닫지 못하고 마치 스스로를 순교성인에 비유하듯 자랑스레 떠들어대는 낭만파 시인들을 지금까지 얼마나 경멸해왔던가. 그런데 지금 내가 그들과 전혀 다를 바가 없지 않은가……

적잖이 당황하는 기색이 엿보이는 그녀의 시선을 피하며 들라크루아는 나무탁자의 무늬를 먼 곳을 응시하듯 바라보았다. 비요 부인은 그런 그의 모습이 걱정스러웠다. 자신이 이것저것 캐묻지 않았다면 그도 이런 얘기까지 하지는 않았을 것이다. 다른 누군가가 했다면 미덥지 않게 여겼을 이런 이야기를 하원 도서관 천장화를 그린 바로 그 외젠 들라크루아에게서 듣고 보니 그녀는 정말로 그런 괴로움이라는 것이 있을지 모른다는 생각이 들었다.

'그림이 그려지지 않아 힘들다는 사람이 어떻게 그런 엄청난 그림을 창조할 수 있을까. 너무 많이 그려서 힘들다는 건 정말 농담 같은 이야기지만, 이 사람 같은 천재에게는 분명 보통 사람은 상상도 할 수 없는 고민이 있을 거야.'

그녀는 그런 그에게서 말할 수 없는 매력을 느꼈다. 그리고 그가 한없이 가엾게 느껴져,

"하지만…… 그래도 역시 당신이니까 들라크루아라는 사람으로 살 수 있는 거예요. 신께서는 분명 당신에게 합당한 당신

을 내려주셨을 거라고 생각해요. 더구나 다른 누군가의 따분한 인생이었다면 당신은 분명 견디지 못했을걸요?" 하고 말했다.

"……그럴지도 모르지요."

들라크루아는 그녀의 말이 달갑지 않았다. 그렇게 건전하고 단순한 말로 위로받는 것이 적잖이 자존심이 상하기도 했다. 그러나 그녀가 그런 말을 하는 것은 자신의 비참한 고백 때문이라는 생각이 그런 반발을 차갑게 조소했다.

"저도 분명 젊었을 때보다는 스스로를 차분하게 대할 수 있게 되었습니다. 그건 단순한 체념이 아니라…… 아마 창작의 기쁨을 보다 깊은 곳에서 느끼기 시작했기 때문이겠지요. 젊었을 때는 하루의 작업을 마치고 나면 살롱에 얼굴을 내밀거나 누군가를 만나 떠들지 않으면 도저히 수습되지 않는 마음의 소란이 있었는데, 요즘 들어서는 그런 게 별로 필요하지 않게 되었어요. ……너무 심각한 얼굴로 묘한 얘기를 해서 이상하게 여기셨겠지만, 물론 그림을 그리는 것이 제 천직이라고 생각하고 있고, 거기에서 충분히 사는 보람도 느끼고 있습니다."

팽팽하게 긴장되었던 표정에 웃음을 내비치며 그렇게 말했다.

비요 부인은 그 말이 본심을 감추기 위해 꾸며낸 것이 아닐까 하는 의심이 들었지만, 굳이 입 밖에 내지 않고 그저 이해했다는 듯 고개를 끄덕여 보였다.

비요가 집에 돌아온 것은 그 조금 뒤였다.

"아, 자네가 와 있었군. 이거 정말 오랜만이네."

"응, 내내 집에 틀어박혀 있었거든."

재회의 인사는 어이없을 만큼 자연스럽게 오고갔다. 그 어딘가에서 비뚤어진 응어리의 기미를 찾아내기는 쉬운 일이었을지도 모르지만, 두 사람 모두 그럴 마음은 없었다.

"당신이 돌아오기를 기다리는 동안 칸트에 대한 강의를 청해 들었어요."

"칸트? 허, 그거 대단하군. 설마 내가 아직 『판단력 비판』을 읽지 않았다고 흉을 본 건 아니겠지?"

비요가 웃으며 그렇게 말하자 들라크루아는 틈을 놓치지 않고, "그야 물론 실컷 흉을 봐줬지" 하고 웃었다.

식사는 밖에서 하기로 했다. 비요 부인이 외출 준비를 위해 방에서 나간 사이, 들라크루아는 그가 지금의 자리를 얻은 경위에 대해서는 묻지 않고 그저 짧게 축하의 말을 해주었다. 그리고 자연스럽게 그가 맡은 새로운 일의 상황에 대해 물었다. 비요 역시 아내가 어떻게 설명했을지 약간 마음에 걸리기는 했지만, 그의 질문에 담담하게 대답했다.

부인이 돌아왔을 때 두 사람은 얼굴을 마주하고 루브르의 개혁에 대해 열심히 토론하고 있었다. 그녀는 그 광경에 안도의 한숨을 내쉬며 가슴을 쓸어내렸다.

'있는 그대로 전부 얘기해버리기를 잘했어. 남자들의 우정이란 이런 거겠지.'

그러나 순간 머릿속에 조금 전까지의 대화 내용이 너무도 분명하게 되살아나, 그녀는 그렇게 나란히 앉은 두 사람의 대비가 어쩐지 잔혹하게 느껴졌다.

6

비요와의 감정의 응어리가 풀리자 들라크루아는 한층 더 비요 부인에게 호의를 품게 되었다.

그는 그날 이후로 비요의 집에 수없이 발걸음을 했다. 대개는 비요가 집에 없어서 부인과 담소를 나누었고, 그가 귀가할 때까지 기다리게 되면 함께 식사를 하고 그럴 수 없을 때는 포르제 남작 부인의 집에서 저녁식사를 하고 돌아오곤 했다.

처음에 비요의 집을 자주 찾은 것은, 그날의 재회 이후로 다시 발걸음이 뜸해지면 애써 회복한 관계가 그대로 무산될 수 있다는 염려 때문이었다. 그러나 차차 방문의 목적이 비요 부인을 만나는 것으로 변해갔다. 그녀와는 비요와 마찬가지로 오랫동안 교제를 가져왔지만, 생각해보니 그가 없는 자리에서 느긋하게 대화를 나눈 적은 없었다. 그리고 그런 기회가 많아질수록 들라크루아는 뜻밖에도 그녀에 대해 아는 것이 너무 적다는 것을 깨달았다.

들라크루아와 비요 부인은 서로가 지금까지 이상으로 깊고 허물없는 사이가 되어가는 것을 느꼈다. 그것은 신선한 기쁨이었다. 그녀에 대한 그런 마음은 들라크루아에게는 의외였다. 이번 문제의 해결에 그녀의 역할이 컸다고는 생각하지 않았다. 그러나 결과적으로 그녀 덕분에 비요와 단둘이었다면 혹 빠져들었을지도 모를 심각한 위기를 피할 수 있었다는 점을 생각하면, 그녀의 이른바 중재의 묘는 생각보다 큰 도움이 되었다. 그는 여성의 현명함에 감탄했다. 그것은 결코 남자로서는 흉내낼 수 없는 능력이었다.

그런 감사의 마음이 큰 것도 사실이었지만, 지난번처럼 비참한 고백을 한 뒤에도 그녀에 대한 친애의 정이 이어지고 도리어 더 강해지기까지 하는 것이 그로서는 신기하기만 했다.

천재란 그가 항상 세심한 주의를 기울이며 엄중하게 관리해온 비밀이었다. 그것은 쇼팽 같은 예술가 동료에게도, 연인인 포르제 남작 부인에게도, 무슨 이야기든 다 할 수 있는 제니에게조차 한 번도 털어놓지 않은 비밀이었다. 그는 그 특이성을 잘 알고 있었다. 그것이 얼마나 자신을 사람들로부터 멀리 떼어놓고 고독하게 만드는지 알고 있었다. 양원 도서관 천장을 화필 하나로 가득 채우는 악마적인 정력을 가진 화가의 모습, 혹은 〈키오스 섬의 학살〉이나 〈사르다나팔루스의 죽음〉을 그려내는 불길한 상상력의 저주를 받은 화가의 모습과 평소의 스스럼없는 모습을 사람들이 도저히 일치시키지 못하는 것도 대개는 그 자신의 의도에 따른 것이었다. 화가로서의 자신을 일상생활의 자신과 단절시키고 사람들 앞에서는 그것을 마치 타인처럼 다룬 것은 스스로도 이질적으로 느끼는 그 천재를 그의 전 인격과 똑같이 인정할 수 없었기 때문에 짜낸 고육책이었다. 가능하다면 일상생활에서는 타인들의 뇌리 속에서 화가인 자신을 완전히 지워버리고 싶었다. 일상적이고 유쾌한 대화 가운데에서 사람들의 뇌리 속에 그들과는 어울리지 않는 어떤 특이한 자질의 소유자인 자신이 되살아나고, 그로 인해 그들과 친하게 어울리고 있는 자신의 모습이 마치 허상처럼 느껴지는 것을 그는 도저히 견딜 수가 없었다.

그가 비요 부인에게 했던 이야기는 바로 그런 화가로서의 자신에 대한 것이었다.

그는 당연히 앞으로 그녀와 소원해질 것이라고 생각했다. 물론 혐오감을 품은 것은 아니었다. 반대로 그녀가 그에게 느낄 강한 이질감이 두 사람 사이에 메우기 힘든 거리를 만들 것이 틀림없다고 생각했다. 실제로 그녀는 이질감을 느끼고 있었다. 그러나 그것은 위구심과는 다른 것이어서, 그의 넘치는 재능에 대한 동경 속에 회수되어버렸다. 그의 이야기를 완전히 이해하지는 못했다. 그러나 그것조차 그녀에게는 그의 재능이 가진 하나의 신비처럼 느껴졌다.

그는 그녀가 변함없이 자신을 받아주는 것에 놀라움과 동시에 안도감을 느꼈지만, 그 이유는 정확하게 알지 못했다. 천재라는 것에 대한 스스로의 위화감을 강조한 것이 다행이었는지도 모른다. 그 때문에 그녀가 자신에게 품고 있는 통속적인 의미에서의 천재라는 인상이 더욱 굳어졌다는 것은 짐작할 수 있었지만, 그렇다고 그 무해하고도 우스꽝스러운 오해를 굳이 정정할 마음은 없었다.

불안이 걷히자 마치 반동처럼 친밀한 감정이 싹텄다. 그것을 어떻게 받아들였든 그녀는 분명 아무도 모르는 그의 비밀을 처음으로 접한 사람이었다. 그리고 아마 그 역시 그녀에 대해 마찬가지 입장일 터였다. 그녀 역시 남편에 대한 복잡한 마음을 지금까지 아무에게도 말한 적이 없을 것이었다. 두 사람은 깨닫지 못하는 사이에 각자의 가장 중대한 비밀을 서로 교환했고, 그 사실 자체를 또 하나의 비밀로 공유하고 있었다. 그것이 두 사람 사이에 새로운 인연의 끈을 이어주었다.

그가 비요의 집에 드나드는 일은 그해 5월 15일 폴란드의 독립을 지원할 것을 요구하는 민중이 의회에 난입하는 사건이 일어날 때까지 계속 이어졌다. 그날을 경계로 그는 다시금 자택에 칩거할 수밖에 없었고, 결국 모든 것이 지긋지긋해져서 전부터 계획했던 대로 잠시 파리를 떠나 샹로제에서 지낼 생각을 하기 시작했다.

새로운 폭동이 일어날 것이라는 소문은 그달 초순부터 들려왔지만, 어느새 익숙해져 별다른 주의를 기울이지 않았다. 선거도 끝나고 이제야 질서가 회복되는 모양이라고 기대하던 차에 벌어진 그 사건은 그를 큰 실망에 빠뜨렸다. 한동안 쳐다보지도 않던 신문을 못마땅한 심정으로 펼쳐들고 사건에 대한 상세한 기사를 읽었다. 그러고는 다시금 바닥 모를 공허에 빠지려는 때에 우연히 피에레로부터 연락이 왔다. 비요와 르블롱, 술리에, 피롱 등을 불러 회식을 한다는 것이었다. 그는 오랜만에 기대감을 품고 클리시 가 76번지로 옮긴 피에레의 자택을 찾았다.

도착해보니 피에레의 가족과 르블롱만 있을 뿐 술리에도 비요도 피롱도 아직 도착하지 않았다.

"어서 오게. 오랜만일세."

"엇, 자네가 나왔어? 이사하고 처음이라서 혹시 잘못 찾아왔나 했네."

그새 이 집에 익숙해진 르블롱이 화장실에서 나오던 길에 현관문을 열고 맞아주어 들라크루아는 깜짝 놀라며 그와 함께 안으로 들어갔다. 거실에 들어서자 피에레 부부와 아들 앙리, 딸 마리가 반갑게 맞아주었다.

간단한 인사를 나눈 뒤에,

"다른 세 사람은?" 하고 물었다.

"술리에는 아무래도 오기 힘들 것 같다는군." 피에레가 대답했다.

"역시 그럴 거야. 거리가 이렇게 엉망이라 나도 걱정했었어. 일부러 조용한 곳을 찾아 생 마메스로 떠난 친구가 뭐 하러 이런 흉흉한 폐허에 나오겠나?"

"비요와 피롱도 일 때문에 힘들다고 했어. 두 친구 다 자네에게 안부 전해달라더군."

"그래? 오랜만에 다같이 식사를 하는구나 했더니, 유감이군."

"정말 유감이에요. 덕분에 식사 준비의 수고를 덜게 된 우리집 사용인들만 신이 났답니다."

피에레 부인이 요즘 들어 갑자기 입에 익은 귀부인 말투로 대화를 마무리하고는 모두들 식탁에 들라고 재촉했다.

들라크루아는 차례차례 나오는 호사스런 음식에 기쁘다기보다 적잖이 놀랐다. 위정자가 누가 되건 관료에게는 별 상관이 없는 일일지 모르지만, 겉으로 보기에 생활이 그다지 넉넉한 것 같지도 않고 피에레에게 항상 부인의 낭비벽에 대한 불만을 들어왔던 터라 이것도 말하자면 일종의 허세이고 민중에 대한 그녀 나름의 반발인지도 모른다는 생각이 들기도 했다.

식사가 시작되면서 르블롱이 먼저, 혁명 이후로 친한 음악가들이 모두 런던으로 떠나는 바람에 유일한 즐거움이던 자택 음악회도 열지 못하게 되었다고 넋두리를 시작한 것을 계기로 화제가 5월 15일의 사건으로 옮겨가자 역시 피에레 부인이 가장 신랄하게 비판하고 나섰다.

"정말 믿을 수가 없어요. 자신들이 보통선거 어쩌구 떠들어 놓고서 결과가 마음에 들지 않으니까 이제 와서 없었던 일로 하자니, 영락없이 떼쓰는 아이 같지 않아요? 그 잘난 블랑키, 바르베스, 라스파유, 아아, 이름을 입에 올리는 것조차 끔찍해요!"

"정말, 추악하다고나 할까, 완전히 얼빠진 자들이지요. 선거 과정이 공정하지 않았다는 둥 뭐라는 둥, 분명 그런 소리를 할 겁니다."

르블롱이 고개를 끄덕이며 달래듯이 말했다.

"애초에 폴란드 독립 지원이라는 명분 자체가 위선적이에요."

"위선적일 뿐 아니라 현실적으로 그럴 여유도 없지, 우리 **프랑스 공화국**에는. 사실 폴란드는 이미 신화의 세계에 한쪽 발을 들여놓은 나라가 아닌가. 그런 꿈같은 일을 위해 우리 군대를 출동시키겠다니, 그 작자들이 아니면 이탈리아 시골구석까지 가서 이러니저러니 터무니없는 소리를 늘어놓는 밥벌레 같은 마조비아인들이나 생각할 수 있는 얘기지……" 피에레는 냉소를 지으며 부인의 말에 힘을 실어주고는, "……그건 그렇고, 자네 친구도 깨끗하게 노앙으로 물러났더군" 하고 들라크루아에게 말했다.

상드 부인은 4월 중순에 『공화국 공보』에 발표한 익명의 기사에서 '선거가 사회적 진리에 승리를 가져다주지 않는다면, 또 선거가 민중의 신뢰에 찬 성의를 배반하고 특정한 계급의 이익만을 대표한다면, 공화국의 안정을 가져와야 할 선거는 도리어 그 파멸이 될 것이다. 그때 바리케이드를 쌓았던 우리 민중을 구제할 수단은 단 하나뿐이다. 즉 다시 한번 그 의지를 표명하여 국민의 거짓된 대표의 결정을 연기하는 것이다'라고 쓴 부분이 이번 사건을 선동했다는 혐의를 받자 가택수색을 염려하여 노앙으로 피신해 있었다. 그뿐이 아니었다. 그녀가 의지하던 르드뤼롤랭은 의회에서 일개 약소세력의 대표로 밀려났고, 동지인 바르베스는 사건 참가자로 체포되고 루이 블랑도 책임 추궁을 당하고 있었으며, 그녀가 『공화국 공보』에서 물러난 뒤에 붓을 잡았던 『참된 공화국』 지의 주간인 토레조차 은둔에 들어갔다. 사회주의 진영이 사실상 괴멸상태에 빠진 이런 상황에서 그녀가 파리에서 활동할 길은 이미 끊어져 있었다.

"그 여자, 꽤 영리한 줄 알았는데 정말 별볼일 없는 대목에서 실수를 저질렀더군. 바보같이 정직하다고나 할까…… 사실 자네 내무성도 책임이 있는 게 아닌가? 그런 글이 버젓이 실리게 놔뒀으니 말이야."

르블롱이 피에레를 돌아보며 비꼬듯이 말했다.

"글쎄, 그렇지만 예를 들어서 누군가가 사람을 때렸을 때 비난받는 건 때린 사람이지 그의 손이 아니잖아? 윗자리에 있는 인간이 어리석으면 밑에서 일하는 사람까지 고생하는 법이야."

"그렇지만 자네도 벌써 부장 아닌가?"

"그야 그렇지만, 부장이래야 권한이 뻔해. 요즘 하는 말로 기껏해야 어깨 정도나 될까? 별로 달라진 것도 없어. 그건 그렇고, 자네도……" 하고 다시 들라크루아를 바라보며, "예상이 완전히 빗나갔지? 그녀가 좀더 분발해주었더라면 좋은 연줄이 됐을 텐데 말야."

들라크루아는 상드 부인이 이런 식으로 화제에 오르는 것이 가엾게 느껴져서,

"아냐, 어느 정도 예상했던 일이야" 하고 퉁명스럽게 대꾸했다.

"그 여자가 너무 설쳤던 거야." 르블롱이 말했다. "글쎄, 자네 아틀리에에 다녔던 그 덜떨어진 애를…… 이름이 뭐였더라, 그……"

"모리스?"

"그래, 모리스. 그애를 노앙 시장으로 내세우다니, 아무리 그래도 너무 무모한 짓이었어."

"그건……" 하고 운을 뗐지만 딱히 감싸줄 말이 없어 들라크루아는,

"……그건 그렇지. 하지만 정치적인 판단이라기보다 부모 된 심정에서 한 일이었을 걸세. 그녀는 모리스를 정말로 사랑하니까. 며칠 전에 노앙에서 편지가 왔는데, 모리스도 시장직을 사임했다더군. 그녀에 대한 비난이 상당히 거셌던 것 같아."

"그야 그렇겠지. 지방은 지금의 파리와는 비교도 할 수 없을 만큼 반동적이니까 말야. 뭐, 자업자득이지." 피에레는 만족스러운 듯 와인을 비운 다음 사용인에게 더 따르라는 손짓을 하고는, "그런 점에서 보면 자네는 역시 빈틈이 없어" 하고 말했다.

들라크루아는 씁쓸하게 웃으며,

"그야 자네가 여러 가지로 편의를 봐준 덕분이지" 하고 말했다.

"아냐, 감탄했어. 자네 처세술은 정말 대단해. 하긴 그 세계에서 살아가려면 그 정도는 되어야지."

"그 얘기라면 나도 자네가 도착하기 전에 피에레에게 조금 들었어. 나도 자네가 잘했다고 생각해. 〈민중을 이끄는 자유의 여

신〉을 다시 한번 전시하는 것만으로 충분한 거야"라고 르블롱이 말했다.

"거기서 조금 더 나갔으면 분명 상드 부인과 똑같은 꼴을 당했겠지" 하고 피에레가 고개를 끄덕였다.

"아냐, 처음부터 그런 일은 있을 수 없어. 나와 그녀는 정치적인 입장이 전혀 다르니까."

"하지만, 자네는 그럴 의도가 없었어도 자네를 앞에 내세우려던 작자들이 굉장히 많았잖아? 자네가 그 장단에 놀아나지 않은 게 현명하다는 거야. 전에도 말했지만 행여 토레의 협회 같은 데 가담했다면 지금쯤 무슨 비판을 들을지 모를 일이야." 피에레는 가득 채워진 유리잔을 입으로 가져가려다 말고 그렇게 말했다.

역시 오랜 친구라서 무엇이든 쉽게 간파하는구나, 하고 들라크루아는 생각했다. 하지만 나름대로 고민한 끝에 내린 결단에 대해 이렇게 노골적인 평을 들으니 자신이 정말로 경박한 기회주의자인 것만 같아 그리 유쾌하지 않았다. 정작 사랑받아야 할 사람은, 비록 어리석다 해도 자신이 신봉하는 사상의 실현을 위해 맹목적인 열정을 쏟다가 결국 시대의 지탄을 받고 만 상드 부인 같은 사람이 아닐까? 그러나 한편에서는 어차피 칭찬받지 못할 처신이라면 아예 돈 후안처럼 신조차 두려워하지 않는 명랑한 변절자로 간주되는 게 낫다는 마음도 있어, 이렇게 친구들에게서 자신의 처세술에 대한 감탄을 듣는 정도가 오히려 적당할지도 모른다는 생각이 들었다.

그의 표정에 미묘한 그림자가 싹트는 것을 본 르블롱은 그의 심중을 짐작하고 딱하게 여기는 한편, 무슨 일이든 심각하게 받아들이는 성품인 이 친구를 친애의 마음으로 재미있게 느끼기도 했다. 들라크루아는 어깨를 으쓱해 보이고는 다시 입을 열었다.

"뭐, 나도 괜히 나이만 먹은 건 아니니까. 나름대로 요령껏 살아왔지. 게다가 다비드처럼 한 시대의 권력에 지나치게 총애를 받으면 나중에 비참한 낙백(落魄)을 맛보기 십상이지만, 나야 원래부터 그리 대단한 사람이 아니었으니 부침이라고 해봐야 거기서 거기지."

"흠, 자네의 그런 대범함은 어떤 의미에서는 고야와도 통하는 구석이 있군."

그런 아버지의 말에 딸 마리가,

"고야가 어떤 사람이었는데요?" 하고 물었다.

들라크루아가 그 질문에 대한 대답을 스스로 맡아,

"오랫동안 스페인 왕실의 수석 궁정화가였던 사람인데, 카를로스 4세에 반란을 일으킨 페르난도 7세가 국왕에 즉위하자 곧바로 그쪽으로 붙었지. 아니, 그 정도로는 아직 놀랄 거 없단다. 그 다음에는 나폴레옹이 등장해서 그의 형 조제프를 왕위에 세웠는데, 그때도 냉큼 새로운 프랑스인 왕에게 충성을 맹세했단다. 거기서 끝난 게 아냐. 내전이 일어나 다시 한번 페르난도 7세가 왕위에 복귀하자 필사적인 변명으로 수석 궁정화가 자리를 지켜냈어. 그런데 그런 사람과 내가 통하는 구석이 있다니, 네 아버지도 정말 짓궂은 소리를 하는구나. 위대한 화가와 비교해준 점은 영광이지만 말이다" 하면서 씁쓸하게 웃었다.

"아버지는 정말 입이 험하시다니까요."

"그래요, 여보. 들라크루아 씨에게는 무슨 소리를 해도 괜찮을 줄 아시니."

피에레는 문득 진지한 얼굴로 대꾸했다.

"바보 같은 소리. 아까부터 거듭 말했지만 나는 이 친구가 훌륭하다고 말하는 거야. 우스갯소리같이 들리겠지만 반은 진심이야. 고야와 통한다는 것도 나쁜 의미에서가 아니야. 고야는 그 덕분에 그토록 훌륭한 그림들을 많이 남겼잖아? 정치 같은 쓸데없는 것 때문에 예술가가 자신의 재능을 펴지 못한다는 건 정말 어리석은 일이지. 시시한 그림만 그리면서 화단 정치만으로 높은 평가를 얻으려는 모리배들이야 물론 경멸해야 마땅하지만, 자신이 심혈을 기울여 창조한 작품을 어떻게든 지키려고 하는 건 화가로서 당연한 일 아닌가!"

"그렇게 불끈할 것까지는 없잖아요……"

피에레 부인이 난처하다는 듯 말을 받았다.

"불끈하기는 뭘. 당연한 얘기를 한 것뿐이야."

들라크루아는 자기가 먼저 오해를 살 만한 말을 하고서 벌컥 화를 내는 피에레가 어이가 없었지만, 그래도 조금 전에 생각했던 것보다는 그가 자신의 심정을 깊이 이해해주었다는 것을 알고 내심 흐뭇했다. 그리고 7월혁명 때도 그에게 정치적인 결단의 어려움에 대해 지금보다 훨씬 진지하게 털어놓았던 것이 떠올랐다.

“어쨌건 비유가 그다지 적절하지 않았어. 나는 화단에서 그렇게 높은 지위에 있는 것도 아니니까 말야.” 들라크루아는 이야기를 돌리기 위해 틈을 두지 않고 뒤를 이었다. “그런데 화단 젊은 사람들의 동향도 그렇고, 나는 이번 일로 내가 늙었다는 것을 절실하게 느꼈어.”

식탁에 앉은 모든 사람들이 그 말이 자연스럽게 품고 있는 어떤 깊은 울림에 이끌려 그를 바라보았다.

“그게…… 전부터 느끼던 것이긴 한데, 작업을 하다가도 금세 피곤을 느끼고 정양을 다녀와도 쉽게 회복이 안 되고 말야. 한 달 전에 쉰 살이 되었는데, 그래서 더욱 통감했지. 쉰 살이야! 내가 그 나이라는 게 정말 믿어지지 않는군.”

“그야 우리 모두가 느끼는 일이지.” 르블롱이 말했다.

“네, 항상 집에만 있는 저도 그렇답니다.” 피에레 부인이 말했다.

“물론 갑작스레 깨달은 건 아니지만…… 아무래도 작년 연말에 천장화 마무리 작업을 몰아치기로 했던 게 치명적이었던 것 같아.”

“하긴, 그만한 대작이었으니 그럴 만도 하지.”

피에레는 마지막 고기 한 점을 입에 넣고 이번에는 침착한 목소리로 입가를 닦으며 말했다.

"그래도 거기서 멈췄으면 좋았을 것을, 공연히 욕심을 부려 관전 작품까지 마감해버렸더니 완전히 소진이 되었는지 요즘은 거의 그림을 그리지 못하고 있어."

"자네가 그림을 그리지 못하다니, 그거 굉장한 일이구만."

르블롱이 눈을 둥그렇게 뜨고 말했다.

"그래…… 하긴 피곤한 것과는 별개로, 세상이 이러니 마음이 안정되지 않는 면도 있겠지만 말야."

"맞아요, 분명 그것 때문일 거예요."

피에레 부인은 모두가 식사를 마친 것을 알고 사용인에게 식탁을 정리하라는 손짓을 했다.

"아무튼 그런 상태여서 그랬는지 나는 혁명중에 본 젊은이들의 눈에서 빛나던 그 광채에서 두려움과 불쾌감, 그리고…… 굳이 말하자면 선망이 뒤섞인 기묘한 기분을 느꼈어. 자네는……" 하고 앙리를 바라보며, "……그때 뭘 했지?"

줄곧 입을 다물고 있던 앙리는 조심스럽게,

"저는 거의 집에 있었어요. 몇 번 구경하러 나가긴 했지만, 따분하기만 해요, 그런 거"라고만 대답했다.

피에레는 그 말에 지당하다는 듯 고개를 끄덕여 보였다. 르블롱은 "모범생이야" 하고 미소를 지어 보였다. 피에레 부인은,

"아뇨, 신이 나서 돌아다녔는걸요. 아유, 그때마다 얼마나 걱정을 했는지" 하고 이마를 찌푸렸다.

"그래요, 저도 걱정했어요"라고 마리가 누나다운 어투로 말했다.

그 말을 받아 들라크루아가 뒤를 이었다.

"비요의 아들인 조르주도 똑같더군요. 사내아이는 다 그랬을 거예요."

피에레와 르블롱은 비요의 이름이 나오는 순간 무언가를 확인하듯 서로 시선을 마주쳤지만, 들라크루아는 그것을 미처 깨닫지 못했다. 그리고 사용인이 커피와 디저트를 가져와 한 사람 한 사람에게 나눠주는 동안의 침묵을 참지 못하고 다시 입을 열었다.

"……아니, 정말 그래. 불이라고는 부엌 아궁이에서밖에 본 적이 없는 루소 같은 친구조차—장 자크 루소가 아니라 젊은 화가 루소 말야—'Malo periculosum libertatem quam quietum servitium'이라고, 폴란드 지방장관이 인용했다는 라틴어 문구를 외치면서 흥분했을 정도라니까."

피에레는 그가 번역해주기도 전에 과연 그렇다는 표정으로 고개를 끄덕였다.

들라크루아는 그를 포함한 다른 사람들을 위해 그 뜻을 번역해주었다. "나는 평화로운 노예상태보다 위험의 와중에 있는 자유를 더 사랑한다, 정도일까? 그 친구만이 아냐. 모리스까지 눈빛이 변해서 우리집에서 뛰쳐나갔어. 정말 놀랐지. ……그런 광경을 목격하고, 이건 술리에에게 보내는 편지에도 쓴 얘기인데,

혁명만큼 노인네가 젊은이들에게 길을 양보해야 하는 일도 없다고 생각했어. 나도 십팔 년 전에는 그랬을 거야. 어떤 동기에서건—호기심이거나 무작정 소란을 피우고 싶은 욕구라고 해도—그런 식으로 열광할 수 있는 건 젊음의 특권이지. 이제 우리가 나설 무대는 없는지도 몰라."

"자네, 너무 기운이 빠진 거 아닌가?" 피에레가 말했다. "지난번에 만났을 때는 상궤를 벗어난 폭도들의 행동에 분개하는가 싶더니, 이번에는 분노를 뛰어넘어 감동하고 있는 건가?"

"무슨, 감동까지는 아니네."

"게다가 이번 일은 노인 대 젊은이의 대결이 아니라 굳이 말하자면 부자 대 가난뱅이의 대결이잖아? 십팔 년 전에는 우리도 요즘 젊은이들처럼 흥분했었는지 모르지만, 사건의 성격 자체가 달랐어. 그때는 소유권의 부정이니 뭐니 하는 망언을 내뱉는 사람은 없었지."

"물론 자네 말이 맞아. 이번 일련의 소동에 대해서 나는 공감은커녕 오히려 경멸마저 느끼고 있어. 자네가 지적한 대로 나는 처세술이 뛰어난 내일의 공화주의자이고, 보통선거의 결과에 가슴을 쓸어내린 부르주아이고, 며칠 전의 의회 난입 사건에 대해서는 공포와 분노를 느끼면서도 그것을 공공연히 표명하지 못하고, 원하지도 않는 명칭이 붙는 것을 떨떠름해하면서도 그것에 어느새 익숙해져가는 일개 시민이야. 그렇지만 말야, 내가 아까 말한 것은 그런 사건의 본질적인 측면과는 조금 다른 거야. 나는 이번에 일종의 철저한 무력감을 느꼈어. 아무리 울부짖고 발버둥쳐봐도 도저히 피할 수 없는 무력감이야. 그건 내가 예술가이고 인생의 대부분을 현실과는 동떨어진 허구의 세계에서 사는 사람이기 때문인지도 몰라. 사건 후에 제일 먼저 나를 사로잡은 공허감은 아마 그런 사실에서 비롯된 것이었을 테고, 그 여운은 지금도 남아 있어. 그런데 말야, 시간이 흐르면서 나는 점차 또 하나의 공허감을 자각하게 되었지. 설명하기 어려운 일이라 자네들이 오해한다 해도 어쩔 수가 없지만…… 아무튼 이번 혁명은 하나의 체제에 종지부를 찍은 것만이 아니라, 우리 삶의 보다 깊은 곳에 있는 무언가를 끝내버린 듯한 느낌이 들어. 역사를 돌아보면 각각의 시대에는 구획이라고 할 만한 순간이 있는데, 아무래도 지금이 그 구획의 때가 아닌가 싶네. 내가 절실하게 느끼는 건, 바로 그 끝나버린 시대라는 것과 내가 얼마나 단단히 연결되어 있었는가 하는 점이야. 특별히 루이 필리프에 대해 존경심을 품었던 것도 아니고 기조 내각을 지지했던 것도 아닌데 말일세."

"그야 그렇지. 자네의 비호자는 야당의 우두머리였으니까."

피에레가 농담처럼 말했다.

들라크루아는 가만히 웃어 보이고 말을 이었다.

"7월왕정하의 사회적 타락에 대해서도 나름대로는 한심하다고 생각하고 있었네. 그렇지만, 아무리 그 시대에 대해 위화감을 느꼈다고 해도, 그럭저럭 그 십팔 년 동안을 살아왔다는 사실은 내 내부에서 의외로 묵중한 무게를 가지고 있었던 거야. ……나는 지금 쉰 살이야. 앞으로 몇 년을 더 살 수 있을지 모르지만, 아무래도 이런 상태라면 그리 오래 살 수 있을 것 같지 않아. 기껏해야 십 년 정도겠지. 그렇다면 나라는 한 인간이 화가로서 가장 충실한 시간을 보낸 것 역시 그 십팔 년 동안인 셈이야. 그런데 그 시대가 끝나버렸어. 이건 정말 큰 사건 아닌가?"

"자네, 상당히 중증인 것 같군."

피에레는 실망한 듯 한숨을 섞어 말했다.

"그런가?"

"그렇고말고. 그런 건 나처럼 갈 데까지 가버린 공무원이나 생각할 일이지. 자네는 재능 있는 예술가니까 앞으로 좀더, 미켈란젤로만큼 오래 살아서 진보를 계속해야 할 사람이 아닌가. 그런 기력마저 잃어버린 건 아니겠지? 그러기 위해서 자진해서 내일의 공화주의자가 된 거잖아?"

들라크루아는 짐작대로 자신이 말하고자 했던 뜻이 제대로 전달되지 않았다 싶어 곧바로 대답했다.

"물론이지. 화가로서의 발전이 끝나버렸다는 게 아니야. 사실 회화에 대한 내 이해는 재작년보다 작년이, 작년보다 올해가 확실히 심화되었고 내년, 내후년에는 한층 더 발전할 것이라는 확신도 있어. 괜히 해보는 소리가 아니라 정말이야. 그렇지만 무언가가 나를 강렬하게 사로잡아 과거에 묶어두려고 한다는 느낌이 드네. 또 새로운 시대에 발을 들이민 지금은 솔직히 엉뚱한 곳에 와버린 듯한 이상한 당혹감을 느껴. 이곳은 나의 시대가 아닌 것 같아. 이제는 좋든 싫든 젊은 사람들의 시대가 아닌가?"

피에레는 여전히 이해가 되지 않는다는 듯 고개를 갸우뚱했다. 그것을 보고 르블롱이 입을 열었다.

"음, 무슨 말을 하려는지는 알 듯도 한데…… 뭐라고 할까, 세대의 변화와 시대의 변화가 뒤섞인 게 아닐까? 우리는 7월왕정기 시대의 사람이고, 앞으로의, 정말로 공화제 같은 게 길게 이어질 수 있을지는 모르겠지만, 아무튼 그런 시대는 젊은 사람들의 시대라는 식으로 단순하게 말할 수 있을까?"

"단순하긴 하지만, 그렇지 않을까?"

"이를테면 자네가 노동자의 시대에 발을 들이밀고서 어쩐지 잘못 들어선 것 같다고 느끼는 거라면 그건 알겠어."

"그런가……"

"그렇지만 이번 사건은 젊은 세대의 의사의 총합은 아니잖아? 젊고 또한 가난한 자들이 원했던 일이었을 뿐이지, 실제로 이 젊은 친구만 해도," 하고 앙리를 바라보며 말했다. "혁명에 참가한 사람에 대해 별로 친근감을 느끼는 것도 아니고, 딱히 그 결과를 반기는 것도 아니잖아?"

"그렇군요, 들라크루아 씨가 잘못 생각한 점이 바로 그게 아닐까요? 젊은 세대 모두가 이 새로운 시대를 환영할 만큼 무분별하지는 않아요."

"아니, 그게 아냐. 환영하느냐 마느냐와는 상관없이, 이 시대를 살아가는 주역은 역시 우리가 아니라 앙리, 자네 세대의 사람들이야. 아까 말한 술리에에게 보낸 편지에도 썼었지만, 나는 지금까지의, 1848년 2월 21일까지의 나는 미래에 대한 꿈이나 희망 같은 것들과 함께 매장되어 사라졌다는 심정으로 살고 있어. 겉으로만 그럭저럭 땜질해가면서 마치 남의 일처럼 그 무덤 위를 오락가락하고 있을 뿐이야. 7월혁명 때는 이런 생각을 하지 않았어. 그건……" 하고 피에레를 돌아보며, "자네는 사건의 성격이 다르기 때문이라고 할지도 모르지만, 나는 아무래도 이유가 그것뿐이라고는 생각하지 않아." 그리고 다시 〈그리스도의 매장〉이 떠올라, "아무튼 나는 스스로 내 매장을 집행한 걸세. 그 무덤 위에 다시 꽃이 필지 아니면 이끼만 가득할지, 지금은 아직 거기까지는 예측할 수가 없어."

"그렇지만 그건 자네가 7월왕정하에서 나름대로 성공한 사람이기 때문이 아닐까? 잃을 것이 있는 사람이라면 혁명에 대해 나름의 상실감을 느낄 거라고 생각해."

르블롱은 들라크루아 자신도 이야기를 미처 수습하지 못하는 상태인 것 같아 그를 도와줄 생각으로 말했다.

"그럴지도 모르지. 그러나 내게 잃을 것이 있다면 그건 구체적인 물건이 아니야. 재산도 아니지. 말하자면 나 자신이야. 과거라는 것은 일견 지나가버린 시간처럼 느껴지지만, 사실은 이를테면 뼈나 내장 같은 우리의 육체가 축적된 과거의 집적이듯이—육체는 결코 매순간 갱신되어 완전히 다른 것으로 다시 태어날 수 있는 것이 아니기 때문에—과거는 항상 현재와 불가분의 관계로 맺어지면서 나라는 인간의 형태를 만드는 것이라고 생각해. 그런 나의 가장 큰 의미를 가진 부분을 잃어버린 것 같은 느낌이었어. 그러니까 과거가 내게 좋은 시대였다거나 나쁜 시대였다거나, 또는 다음에 올 시대가 좋은 시대라거나 나쁜 시대라거나 하는 건 극단적으로 말하면 아무런 관계가 없어. 단지 한 사람의 인간이 좋건 싫건 어떤 한 시대를 살았고, 그것을 잃어버렸다는, 글쎄, 단순하다면 단순한 그 사실이 문제인 거야."

들라크루아는 고요해진 식탁의 한가운데에서 입을 다물었다. 스스로도 생각이 미처 정리되지 않은 상태에서 말을 꺼냈기 때문에 뒷맛이 개운치 않았다. 이야기에 지친 표정으로 식은 커피를 마시는 그를 보고 르블롱은 어쩐지 우스워져서,

"하긴," 하고 웃음을 짓고는 "무슨 말인지는 알겠어"라고 말했다.

피에레는 여전히 의아한 표정이었다.

"정직하게 말하면 나는 이해할 수 없는 부분이 많지만, 아무튼 알겠어. 전에 없이 혼란스러운 말투를 통해 지금 자네의 정신상태를 짐작하는 선에서 이해해두지."

들라크루아는 씁쓸하게 웃으며 대답했다.

"그래, 그걸로 됐어."

"이렇다 저렇다 말은 하면서도 어떻든 자넨 씩씩하게 살아갈

거야. 그래도 자네는 고야니까 말야. 어쩌면 임종하는 자리에서는 방금 말했던 것처럼 앞으로 다가올 십 년이나 십오 년이 가장 중요한 세월이었다고 할지도 모르지 않는가."

피에레의 말을 따라 르블롱도,

"맞아, 지금은 자네가 자각하고 있는 것 이상으로 평소의 정신상태가 아닌 게야" 하고 말을 보탰다.

그리고 피에레 부인이,

"앞으로도 한참 이런 소요가 계속될까요?"라고 자신이 가장 하고 싶었던 이야기로 대화를 되돌렸다. 피에레는 그 말을 받아 지방에서 일거리를 찾아 상경한 노동자들로 폭발 직전의 상태가 된 국립작업장 이야기를 하고, 그 존속을 둘러싸고 다시 한바탕 분쟁이 일어날지 모른다고 말했다.

"아, 대체 언제까지 집 안에 얌전히 틀어박혀 있어야 되는 걸까요?" 하고 한숨을 내쉬며 마리가 말했다.

"그냥 마음대로 돌아다니면 어때서?" 앙리가 말했다.

"그렇지만 거리에 나가면 마치 들개 같은 눈초리로 쳐다보는 사람이 너무 많은걸? 무서워서 도저히 돌아다닐 수가 없어."

"그래, 앙리. 남자인 너와 같이 생각하면 안 돼. 마리는 당분간 얌전히 지내도록 해." 부인이 타이르듯 말했다.

"무턱대고 파리로 몰려와봤자 일자리는 한정되어 있는데, 어쩌자는 건지 모르겠어. 건달패 같은 자들이 일도 없이 어슬렁거리다보니 못된 짓도 하게 마련이지. 일거리가 없으니 거리를 때려부수고 자기들이 그 보수 공사를 맡으려는 속셈이라는 농담도 떠돌던데, 그게 전혀 엉뚱한 소리만도 아닌 것 같다니까. 도시가 저렇게 엉망진창이니 어디서부터 어떻게 손을 대야 좋을지 모르겠어. 포부르 생 탕투안의 바리케이드 같은 건 완전히 요새라고 해야 할 정도야."

피에레의 말이 지나치게 험악했던 탓에 부인이,

"미안해요, 이 사람이 요즘 눈이 핑핑 돌 만큼 바빠서 기분이 좋지 않아요" 하고 변명을 했다.

"그래도 오늘은 들라크루아 씨랑 르블롱 씨가 와주셔서 그나마 기분이 좋으신 거예요" 하고 마리가 덧붙였다.

피에레는 두 여자에게 꾸지람을 듣자 적잖이 당황하는 눈치였다. 얼른 화제를 돌려야겠다 싶었던지,

"자네는 그럼, 요즘 정말 아무 일도 안 하고 있나?" 하고 부럽다는 듯 들라크루아에게 물었다.

"음, 그림은 그리지 않지만, 논문을 써볼까 하고 있어."

"그래? 무엇에 대해?"

르블롱이 이제야 재미있는 이야기가 나오는구나 하는 투로 잔을 내려놓고 고개를 들었다.

"그로에 대해서 쓰려고 해."

"그로?"

피에레와 르블롱이 거의 동시에 놀란 목소리로 물었다.

"그래, 오래 전부터 생각은 하고 있었는데, 요즘 통 그림 그릴

기분이 아니라 마침 잘 됐다 싶어서 말야."

"역시 자네도 나이를 먹은 건가?" 르블롱은 웃으면서 아까의 이야기를 끌어왔다. "예전 같으면 생각도 할 수 없는 일이잖아?"

"그런가?" 하고 들라크루아도 잔을 내려놓고는, "글쎄, 그럴지도 모르겠군. 하지만 나는 역시 그로라는 사람이 좋아. 최근 몇 년 동안 절실하게 그런 생각이 들었어."

"화가로서 좋아한다는 건가?"

"그래, 화가로서, 그리고 인간으로서, 양쪽 다야. 지금 쓰려는 논문도 전에 썼던 프뤼동 론 같은 순수한 회화론보다는 전기적인 구성에 가까운 것이 될 거야. 이번에도 『르뷔 데 되 몽드』 지에 게재할 예정이니까 되도록 일반인들도 이해하기 쉽게 쓸 생각이야."

"저도 읽을 수 있을까요?" 피에레 부인이 물었다.

"물론이지요. 짧은 글이 될 테니까요."

그로의 이름을 입에 담자마자 들라크루아는 가슴속에 여러 생각이 솟구치는 것을 느끼고, 그것을 정리하기 위해 잠시 뜸을 들였다. 의식이 내부로 향하는 만큼 멍한 표정이 되어, 내려놓았던 잔을 다시 들고 커피를 마시는 그를 모두 말없이 기다렸다. 이윽고,

"나는……" 하고 첫마디를 꺼냈다. "나는 그 사람의 심정을 이제야 제대로 이해할 수 있게 되었어. 아까 이야기로 돌아가자는 건 아니지만, 이건 역시 내가 그럴 만한 나이에 이르렀기 때

문이라고 생각해…… 그로는 말이지, 내가 처녀작인 〈단테의 조각배〉로 비평가들에게 뭇매를 맞고 있을 때 그 세대의 신고전파 화가들 중에서—제라르를 제외하고—유일하게 나를 옹호해준 사람이지 않은가? 물론 제라르가 내 재능을 인정해준 건 큰 격려가 되었고 나중에도 신세를 져서 지금도 감사는 하네만, 아무래도 그가 리즈네르 숙부님의 친구였기 때문에 어느 정도는 사적으로 신경을 써준 점도 있었을 거야. 게다가 무엇보다 내가 그의 그림에 그다지 감동을 받지 못했다는 점도 그 기쁨에 어떤 종류의 유보를 두게 했지. 그렇지만 그로는 달랐어. 그와는 정말 아무런 면식도 없었는데, 우연히 만난 자리에서 내가 〈단테의 조각배〉의 작자라는 걸 알자마자 나 스스로도 당황할 만큼 열렬히 내 그림을 칭찬해주었거든. 순화된 루벤스라고까지 했어. 루벤스 숭배자인 그에게는, 그리고 물론 나에게도 그 이상은 없을 최고의 표현이지."

"그야 잘 알고말고. 그때 자네에게 아마 백 번도 넘게 들었을걸?"

피에레가 그렇게 말하며 웃자 똑같은 생각을 하고 있던 피에레 부인과 르블롱도 재미있다는 듯 웃음을 터뜨렸다. 그리고 르블롱이,

"그렇지만 참으로 오랜만에 그 이야기를 들었으니 이걸로 백한번째인 셈인가? 아무튼 좋은 이야기야. 몇 번을 들어도 좋군"

하고 말했다.

들라크루아는,

"아니, 그러니까, 그만큼 흐뭇했다는 얘기지"라고 말하고는 부끄러움을 감추기 위해 빈 잔을 손에 들고 아직 커피가 남아 있는 척 바닥에 있던 한 방울을 입 안에 흘려넣었다. 갈색 커피 방울이 한줄기 선을 그리면서 잔 안쪽을 타고 흘러내리는 것이 마침 그만한 양의 커피가 입 안에 흘러드는 만큼의 시간을 벌어주었다. 입술을 떼자 혀 위에 짙은 한 점의 얼룩처럼 씁쓸한 맛이 퍼졌다. 잔을 테이블에 내려놓고 다시 이야기를 계속했다.

"아무튼 그때는 정말 기뻤어. ……그로에게는 비록 상대방이 신인이라도 화가로서의 경의를 결코 잊지 않는 일종의 고귀함이 있었어. 나는 그런 점에 마음이 끌렸고, 나도 나이를 먹어 화단에서 그만한 지위를 얻으면 반드시 그렇게 되고 싶다고 생각했지. 이 나이가 되어보니까 알겠는데, 신인에게 너그럽지 못한 화가들은 실은 그만큼 자신이 없는 거야. 나는 그런 작자들의 한심한 작태를 줄곧 경멸해왔어. 내가 루소 같은 화가의 재능에 대해 그가 어떤 인물인가와는 별개로 항상 일정한 경의를 잊지 않는 건, 무엇보다 나 스스로가 그런 경험을 했기 때문이야."

"그로도 고생을 많이 했던 사람이니까." 르블롱이 고개를 끄덕이며 말했다.

"그래, 그도 젊은 시절에는 고생이 많았지. 로마 상을 놓친 뒤에 곧바로 아버지가 파산하고 병으로 돌아가시는 바람에 먹고 살기 위해 따분한 초상화 작업까지 했어. 그토록 염원하던 로마에 갈 때도 젠, 플로렌스 같은 곳에서 초상화를 그려 돈을 벌어야 했다니, 정말 저절로 고개가 숙여지는 이야기야."

"그는 특히 사람 얼굴을 잘 그렸으니까."

피에레는 들라크루아가 항상 비평가들로부터 얼굴을 그리는 데 서툴다고 비판받는 것을 빗대어 짐짓 놀리듯이 말했다. 들라크루아는 그 의도를 알아채고,

"그런가?" 하며 씁쓸하게 웃었다. 그러고는 "정말 맞는 말이야. 초상화는 대단히 자유롭게 표현했는데, 평범한 사람이라도 그가 그린 초상화에서는 마치 역사에 남을 위대한 인물처럼 보이곤 했어. 그러니 모델이 정말 훌륭한 사람일 때는 비할 데 없는 예술적 완성도를 보였지. 최근에 그가 나폴레옹을 처음 만났을 때 그린 〈아르콜 다리를 건너는 나폴레옹〉을 다시 봤는데, 정말 좋은 그림이더군" 하고 말했다.

르블롱도 크게 동의하면서,

"그래, 정말 훌륭하지. 그가 그린 어떤 나폴레옹 그림보다 단연 멋졌어. 그 얼굴이야말로 우리 모두가 동경했고 베토벤이 교향곡까지 작곡했던 바로 그 나폴레옹이지" 하고 말했다.

그러자 피에레도,

"그래, 그 얼굴을 보고 나면 다비드가 산더미처럼 그려낸, 번쩍이는 금빛으로 치장한 나폴레옹 따위는 그야말로 베토벤이 실망해버린 나폴레옹의 풍자화처럼 보일 정도야" 하고 말했다.

피에레의 두 아이는 나폴레옹 이야기가 나오자마자 세 사람

이 의기투합해 눈을 반짝이는 것을 보고 새삼 세대 차이가 실감나 웃음이 나올 것 같았다. 요즘에는 공화주의자의 원조라는 식으로 일컬어지는 그 나폴레옹을 두고, 공화주의는 세계의 타락이라며 혐오해마지않는 세 사람이 어째서 이렇게 그의 화제에 열을 올리는지 이해할 수 없었다.

르블롱은 그런 아이들의 모습을 보고 나폴레옹 때문이 아니라 아까부터 화제에 오른 젊음이라는 문제가 여전히 낯설어서 그런 모양이라고 착각하고는,

"너희 나이 때는 아무래도 실감이 나지 않을 게다. 젊음이란 건 원래 잃을 때까지 그 소중함을 이해하지 못하는 법이지" 하고 말했다.

두 사람 모두 르블롱의 착각을 깨닫기는 했지만, 들라크루아가 열심히 설명한 그 젊음 운운하는 이야기가 따분하기만 했던 데다, 르블롱이 말없이 자리를 지키고 있는 자신들을 배려해서 해준 말이라는 것을 알고 있었기 때문에 굳이 이의를 달지 않고 맞다는 듯한 표정을 지어 보였다. 들라크루아는 어쩐지 이가 맞지 않는 듯한 그 대화를 건너뛰어, 이야기를 피에레의 마지막 말에 이었다.

"더구나 앵그르가 그린 나폴레옹에 이르면 차마 봐줄 수가 없지. 그로의 나폴레옹은, 뭐라고 표현해야 좋을까…… 청춘? 그래, 아마 인간의 청춘에 대한 가장 탁월하고도 영웅적인 표현의 하나일 거야. 순수하고 올곧은 야심의 정열이 불타고, 호쾌하고

용감하면서도 내면에 감추어진 불안의 그림자가 희미하게 내비치는…… 그 그림을 보고 있으면 머리와 몸의 방향이 약간 이상하다는 비난도, 결코 틀린 건 아니지만 어쩐지 쓸데없는 소리인 것 같은 생각까지 드니 정말 신기하지. 그런 서투르고 불합리한 부분까지도 그의 거친 터치와 마찬가지로 청춘의 생생한 특질 중의 하나로 인정해주어야 할 것 같은 느낌이 든단 말야. 그건 나폴레옹이면서 동시에 그로야. 삼십 년 가까이 불우한 세월을 보내던 화가가 세계를 뒤흔든 한 사내의 아내에게 인정을 받아 그 동안 쓸모없이 소진되어가던 재능을 마침내 화면 가득 펼쳐 보인 그 감동적인 순간의 기념이지. 그 그림의 습작도 본 적이 있는데, 당연히 세련미는 좀 떨어지지만 그런 젊음은 훨씬 힘차고 생생하게 숨쉬고 있었어."

"나도 그 습작을 본 적이 있어. 자네가 그린 쇼팽의 초상화와도 어딘가 비슷하더군."

르블롱의 말에 들라크루아는,

"흠…… 그런가? 글쎄, 터치가 거칠어서 그렇게 보였을 거야" 하고 조금 의외라는 듯한 표정을 짓고는, 아까부터 다시 돌아가려 했던 이야기의 종착점에 들어섰다.

"조금 전의 이야기로 돌아가는 건데, 그때 그로가 어째서 나를 그렇게 칭찬했는지 최근 몇 년 동안 곰곰이 생각해봤어. 이번 논문의 집필 동기와도 관계가 있는 이야기야. 최근에 샤를 블랑이 이삼 년 전에 쓴 『19세기 프랑스인 화가의 역사』라는 책을 다시 읽으면서 절실하게 느낀 건데, 그로는 늘 말수가 적고 무뚝뚝해서 어지간한 일이 아니면 먼저 입을 여는 일이 없는 사람이었잖아? 게다가 몸집까지 남달리 커서 살롱에 있으면 마치 꽃밭 저편에 우뚝 솟은 휴화산 같았어. 물론 독특한 매력이 있었지. 탄탄한 몸집, 총명해 보이는 아름다운 이마, 그리고 눈썹은 마치 왕성한 정력이 그대로 돋아난 것처럼 굵직하고. 블랑은 그런 그의 풍모와 일거수일투족이 마치 그의 그림과 똑같았다고 썼어. 그 부분의 기술이 상당히 뛰어나서 나도 논문 속에 인용할 생각이네만…… 아무튼 내 머릿속에는 처음 만났을 때 잔뜩 흥분해서 이야기하던 인상이 강하게 남아 있었기 때문에, 그 뒤로 몇 번 마주쳤을 때는 너무 말수가 적어 뭔가 기분 나쁜 일이라도 있나 하고 걱정했을 정도였어. ……하긴, 솔직히 말하면 그때까지는 그의 그림에 특별히 관심을 가지지 않았고, 진심으로 좋아하게 된 건 한참 후의 일이지. 동시대를 살아가는 몇 안 되는 위대한 화가라고 생각하고 진심으로 존경했어. 사람들이 말하는 것처럼 결코 나를 칭찬해준 사람이라서가 아니야."

"그렇지만 역시 게랭에 대한 반발도 있지 않았나?"

르블롱의 말에 피에레 부인은 맞다는 듯 고개를 끄덕이며 웃어 보였다.

"글쎄……" 들라크루아는 당시에 그런 불만을 곧잘 친구들에게 털어놓았던 것을 떠올리고는, "그런 면도 부정할 수는 없겠지만……" 하고 마지못해 인정하듯 말했다. "분명 나는 게랭에게 하나도 배운 것이 없고, 어떻게 보면 적잖이 냉대까지 받았다고 생각해. 지금 돌이켜보면 제리코를 만난 것 말고는 고맙게 여길 만한 일이 없었어. 차라리 그로의 아틀리에에 다녔으면 좋았을 거라는 생각을 많이 했었지. 그래서 더 그랬겠지만, 〈키오스 섬의 학살〉에 대해 그로가 회화의 학살이라며 혹평했을 때는 정말 실망했었어."

"실망이라고?" 이번에는 피에레가 다시 웃음을 머금으며 말했다. "실망 정도가 아니었지. 화가 머리끝까지 나서 결국 그로도 보수적인 화단 원로의 한 사람일 뿐이라고 욕을 하는가 하면, 또 금방 풀이 죽어서는 그로의 말이 맞는지도 모른다며 자책하기도 하고. 그때마다 자네를 어르고 달래느라 우리가 얼마나 힘들었는지 알아? 그렇지, 여보?"

"네, 우리집에 자주 오셔서 그 이야기를 하셨죠. 너무 딱해 보여서 돌아가신 뒤에도 이 사람과 함께 어떡하면 좋을까 하고 걱정하곤 했어요."

피에레 부인이 그렇게 말하자,

"그건 처음 듣는 얘긴데요?" 하고 앙리가 들라크루아 쪽을 돌아보며 흥미 있다는 듯 말했다.

"맞아, 아저씨 같은 분도 그런 시절이 있었어요?"

마리도 뜻밖이라는 표정으로 말했다.

"아냐, 네 아버지가 괜히 부풀려서 말한 거야."

부끄럽다는 듯이 말하는 들라크루아에게,

"부풀리기는 뭘. 그랬었지?" 하고 피에레가 르블롱을 바라보며 물었다. 르블롱도,

"그럼, 어지간히 들볶였지" 하고 웃으며 고개를 끄덕였다.

들라크루아는 스스로도 또렷하게 기억하고 있었던 만큼,

"그래, 됐어. 그쯤 해두세"라고 졌다는 듯 말을 이었다. "아무튼 그로와는 그 일 때문에 영 틀어져버렸어. 그 뒤로는 거의 얘기를 나눠본 기억이 없군…… 또 그걸 두고 짓궂은 사람들은 그에게 혹평을 들었기 때문이라고들 했지만, 사실은 그로의 그 방대한 작품들을 보면 볼수록 걸작이라고 할 만한 것이 그다지 많지 않다고 느끼기 시작했기 때문이었어. 특히 만년에는…… 그가 마지막에 심혈을 기울여 그린 〈헤라클레스와 디오메데스〉도 사라져가는 명성을 되찾을 만한 작품은 아니었잖아?"

"음, 아무리 잘 봐줘도 성공했다고 하기는 어려운 작품이었지."

피에레가 진지한 말투로 대답했다.

"그래, 그것만 생각하면 너무도 서글퍼져. 아까 자네들이 말했듯이 나도 한때는 그로를 미워했던 적이 있었어. 〈키오스 섬의 학살〉은 그로가 선호하는 현대의 전쟁이라는 주제를 역사화로까지 승화시키려는 야심이 있던 작품이었기 때문에, 다른 사람들은 몰라도 그로만은 알아줄 것이라고 기대했던 면도 있었지. 그래도 그로가 세상을 떠났을 때는 역시 슬펐어…… 지금도 그렇고 말야. 이 나이가 되고 보니 더 그렇게 느껴지는지도 모르겠군. 하지만 예순네 살이라는 나이에 순수하게 자신의 예술

에 대한 고민으로 센 강에 뛰어들다니, 정말 보통 사람이 할 수 있는 일이 아니야. 비록 만년에는 영광에서 멀어졌다고 해도 화단에서는 여전히 상당한 지위를 유지하고 있었고, 로시니처럼 태평한 성격이었다면 아마 창작에서 손을 떼고 마음껏 사치를 부리며 살 수도 있었을 텐데 말이야. 그런 처신은 존경받을 일은 못 되지만 그렇다고 비난받을 일도 아니지. 나이가 들면서 여러 가지를 잃어가는 가운데 변함없이 창조의 모체로서 살아간다는 건 참으로 힘든 일이야. 나는 그런 처신도 충분히 이해하네…… 그런데 어째서 그때 화단에서는 그렇게 마구잡이로 〈헤라클레스와 디오메데스〉를 깎아내렸던 걸까……?"

"설마 자살까지 할 줄은 아무도 몰랐겠지."

르블롱도 그 당시를 떠올리며 말했다.

"지금도 생생하게 기억해. 그가 자살했을 때, 아무리 시답잖은 화젯거리에도 좋아라 달려들던 이 나라의 경박한 사교계는 거의 완전히라고 해도 좋을 만큼 이 슬픈 사건을 무시해버렸어! 상상할 수 있는가? 그의 장례식은 정말 한심할 정도로 초라했어. 그 조촐한 묘지만 봐도 당시 그의 죽음이 일으킨 반향이 얼마나 보잘것없는 것이었는지 알 수 있어. 그것이 이 나라, 아니, 전 세계 회화의 역사에 한 시대를 쌓아올린 위대한 화가에게 할 짓이란 말인가? 너무 심한 처사였네…… 아까 내가 '어째서 그때 화단에서는' 이라고 했는데, 그건 애초에 그로가 그런 그림을 그리기를 원했던 것이 바로 그 잘난 화단이었기 때문이야. ……

다비드가 망명한 후 화단에서는 그로를 그 후계자로 삼기 위해 신고전파의 수호신이니 뭐니 하는 수식어를 써가며 치켜세웠지 않나? 하지만 그로는 결코 그런 틀에 담기지 않는 엄청난 가능성을 가진 화가였어."

"특히 사포의 그림은 정말로 낭만주의적이었지." 르블롱이 말했다.

"게다가 한층 더 비극적인 것은, 단순히 사람들이 그에게 그런 역할을 강요한 것만이 아니라 그 스스로도 적극적으로 그것을 받아들이려 했다는 점이야. 그것이 바로 그의 고뇌였어. 이번에 그의 서간문 중 상당한 양을 읽어봤는데, 특히 젊은 시절에 루벤스의 〈상 티그나스〉를 보고 감동했다는 편지에는 참으로 가슴이 뭉클해지더군. 사실 그로는 루벤스를 몹시 좋아했던 사람이야. 전부터 알고는 있었지만, 이번에 다시 그 점을 실감했지. 그건 거의 그의 숙명적인 기질이었어. 내 〈단테의 조각배〉를 그토록 마음에 들어한 것도 그 때문이었을 거야. 그런 의미에서는 제리코가 나의 형님이었다면 그로는 나의 아버지인 셈이지. 루벤스라는 자극적인 피를 이어받은 프랑스 화단 일가족의 아버지야. 그래서 나는 결국 화단에서도 고아가 되어버렸네만……"

"와토는 그럼 할아버지인가?"

피에레는 일부러 밝은 질문을 던져 침울하게 가라앉으려는 그를 건져올려주었다.

"응, 뭐 그런 셈이지만…… 아무래도 제리코나 그로처럼 친근감이 느껴지지는 않아. 좋아하기는 하네만. ……그로의 몇몇 작품은 참으로 루벤스적이야. 그는 플랑드르의 위대한 화가에 대한 자신의 경애를 모두에게 호소하고 싶었던 거야. 실제로 젊은 시절에는 자주 그런 이야기를 했었지. 그런데 나중에는 점점 그러지 않게 되었어. 내가 요즘 곰곰이 생각하고 있는 것이 바로 그 부분이야."

"그로는 루벤스도 좋아했지만, 역시 다비드에 대한 동경이 대단하지 않았나?"

르블롱이 당연한 일이라는 듯 말했다.

"그래, 로마에 가기 전에는 다비드의 아틀리에에 들어가고 싶어했을 정도였어. 그런 십대 때의 동경은 타산이라고는 없는 순수한 것이었을 게야. 그래서 자신이 그토록 동경하던 사람의 후계자 자리에 앉게 되자 누가 뭐라고 하지 않아도 스스로 강한 사명감을 느꼈겠지. 실제로 망명중이던 다비드도 역사화를 더 그려라 어쩌라 하고 그에게 편지로 이런저런 잔소리를 했던 모양이야. 몸이 부서지는 듯한 괴로움이 시작된 것이 그 무렵부터였어. 화가로서 자신이 가져야 할 자세를 생각하면, 루벤스에게 한없이 감동하고 피비린내 나는 현실에서나 상상력이 솟구치는 자신의 기질이 지긋지긋했을 거야. 그러나 그것뿐이었다면 자신과의 남모르는 격투 끝에 마침내 그것을 극복해냈을지도 몰라. 결국 현실은 그렇지 못했지만. 그에게 가장 큰 불행은, 다음 세대의 화가들이 그의 그런 기질을 너무도 민감하게 감지해버렸다는 것이야. 신고전파들은 그의 내부에서 대단히 불순한 무언가를 알아보고 비난했지. 그로는 내내 그것을 마음에 걸려했는데, 문제는 오히려 다른 곳에 있었어. 그가 필사적으로 지키려던 회화의 전통을 어지럽히기 시작한 낭만파라는 일단의 젊은이들이 어처구니없게도 자신들이 그로의 영향을 받았고 그로를 존경한다고 공언하는 데는 그도 정말 아연하지 않을 수 없었을 거야. 사실 자신의 화풍 속에 그런 의심이 가는 부분이 아주 없었던 것은 아니지. 그래서 자신의 작품이 프랑스 화단의 타락의 원천이 되고 있다는 사실에 고민하기 시작했을 거야."

"그런 판에 〈키오스 섬의 학살〉이라니……"

피에레가 웃으며 말했다. 들라크루아는 고생 끝에 도달한 결론을 그에게 어이없이 가로채이는 바람에 그만 힘이 쭉 빠져버렸다.

"뭐야, 지금 내가 하려던 말이었는데!"

피에레는 그러는 들라크루아가 재미있어서 배를 잡고 웃었다. 모두들 저절로 웃음이 터졌다.

"뭐, 좋아. 아무튼 중요한 이야기야. 지금 생각해보면 〈키오스 섬의 학살〉은 너무도 그로적이었어. 딱히 그로처럼 그리겠다고 의식했던 건 아니었는데, 그로는 분명 그 그림을 자신이 낳은 기형아쯤으로 느꼈을 거야. 더구나 이전에 자신이 절찬했던 〈단테의 조각배〉를 그린 젊은 화가의 작품이었으니 더더욱 책임을 느꼈겠지. 그래서 절대로 인정할 수 없었던 거야."

"그래, 알 것 같아. 나도 전적으로 같은 생각이야. 무척 힘겨운 입장이었던 거지."

르블롱은 그의 결론을 완전히 이해하겠다는 듯 말했다.

"하지만," 들라크루아는 몸을 앞으로 내밀며 "지금까지 한 말을 부정하는 이야기가 되겠지만……" 하고 모두의 주의를 환기시켰다. "그의 그런 태도가 단순히 자신이 떠맡아야 했던 난처한 입장에 대한 의무감에서 비롯된 것이라는 생각은 정곡을 찌르지 못한 것이라고 생각해. 그것이 큰 부분을 차지하고 있었다는 것은 틀림없어. 틀림은 없지만, 예술가로서의 순수한 판단 역시 작용했을 거야. 이런 얘기를 하는 것은, 나 스스로가 최근 수년 동안 그로가 당시에 느꼈을 당혹감을 직접 경험했기 때문이야. 물론 나는 그로처럼 화단의 수호신이라고까지 할 위치는 아니니까 상당한 차이는 있지. 하지만, 나로서는 도저히 인정할 수 없는 요즘 젊은 화가들의 어떤 결함, 사실 따지고 보면 그들이 무지하다고밖에 할 수 없는 점일 텐데, 구체적으로는 그러니까…… 붓의 터치에서 드러나는 졸렬함, 세련미의 결여, 소묘의 미숙함, 조잡함, 그 밖에도 여러 가지가 있지만…… 어쨌건 그런 것들이 모두 나에게서 비롯되었다고 여겨지는 모양이란 말야. 그래서 화단의 보수파는 나에 대한 경계를 더욱 강화하고, 거꾸로 젊은 친구들은 나를 무슨 반체제 화가의 상징인 것처럼 떠받들고 있어. 이번 혁명 때 있었던 일련의 움직임은 그 일단이 드러난 것이지. 그렇지만 나에게는 정말 피해 막심한 일이야. 그들은 나에게서 영향을 받았다고 하지만, 내가 보기에 그건 내가 이제까지 해왔던 작업의 곡해일 뿐이야. 나에게는 이 이상은 안 된다는 어떤 미묘한 경계선이 있어. 대단히 미묘한 경계선이지. 이를테면 배경 처리도, 필요 이상으로 자세하면 전경이 묻혀버리니까 되도록 단순한 상태로 두려고 해. 하지만 어느 정도까지는 제대로 그려야만 해. 어디에서 경계선을 긋는가 하는 문제는 작품의 질을 결정적으로 좌우하는 일이지. 날림으로 엉성하게 해두는 것과는 전혀 달라. 그들은 그걸 이해하지 못해. 그러고는 배경을 조잡하게 처리해놓고 그걸 들라크루아식이라고 서슴없이 말하지. 내가 참으로 답답한 게 바로 그 점이야! ……그런데 말일세, 그런 생각을 하면서 난 〈키오스 섬의 학살〉을 마주했을 때의 그로의 심정을 헤아리지 않을 수 없었어. 그의 입장에서는 〈에일로의 나폴레옹〉은 허용할 수 있어도 〈키오스 섬의 학살〉까지 가버리는 건 회화의 학살이라고 느낄 만하다고 생각해. 물론 나는 그런 그의 한계를 뛰어넘었다는 점에서 의미가 있다고 생각하지. 하지만 내가 그런 얘기를 하면 요즘 젊은 작자들까지 똑같은 소리를 하고 나올 테니, 정말 고민스럽네……"

모두들 과연 그렇다는 듯 고개를 끄덕였다. 그러나 무슨 말을 해주어야 좋을지는 아무도 알지 못했다. 피에레가 어쩔 수 없이 우스갯소리로,

"그런데 자네는 그로의 심정은 그토록 세심하게 이해해주면

서 비슷한 입장에 처한 앵그르의 마음은 전혀 몰라주는구만."

르블롱은 이런 분위기에서 참 잘도 저런 소리가 나오는구나 싶어 반은 감탄하며 웃었다. 들라크루아는 그런 말을 들을 줄 알고 있었다는 듯이,

"그래, 그렇게 나올 줄 알았지. 하지만 그로와 앵그르는 애초에 격이 달라! 그로는 자신의 거친 기질과 전통 사이에서 미묘하게 흔들리면서도 〈자파의 페스트 환자를 방문하는 나폴레옹〉이나 〈나사렛의 전투〉처럼 회화의 역사에 새로운 장을 연 훌륭한 걸작을 그려냈잖아. 그것이 바로 그로의 위대한 점이야. 앵그르의 기법은 내가 보기에는 다비드 시대에서 과연 얼마나 진전했는지 의심스럽기만 해. 내가 언젠가 그의 작품을 **불완전한 지성의 완벽한 표현**이라고 비꼰 적이 있는데, 그 말은 지금도 정정할 필요가 없다고 생각해. 나는 그의 베네치아 파에 대한 완전한 이해의 결여를 도저히 인정할 수 없고, 또한 루벤스라는 북방의 거장과 진지하게 맞서려고 하지 않는 점도 용서하기 힘들어. 무엇보다도 그에게는 그로만큼의 고뇌가 없어. 그저 죽은 것이나 진배없는 전통의 껍질 속에 틀어박혀 안심하고 있는 것뿐이지. 물론 그도 나름대로 낭만주의적이라고 비웃음을 사는 일도 있지만, 그건 그 용어의 최악의 의미에서, 즉 내가 가장 끔찍하게 싫어하는 의미에서 낭만주의적이야. 〈오시안의 꿈〉 같은 작품이 바로 그래. 흔히들 그로가 낭만주의의 서막을 열었다고 하는데, 그건 거꾸로 낭만주의라는 말의 최상의 의미에서 그

런 거라고 생각해. 그건 거의 낭만주의라는 말에서 벗어나는 것이지만 말야. 나는 그래서 그로를 좋아하고 또 존경하는 거야. 이 나라의 화단은 벌써 그를 잊어가지만, 나는 반드시 그의 명예를 회복해주고 싶네. 그리고……" 하고 마지막은 약간 자조적인 목소리로 "내가 논문을 쓰면 진취적인 기상이 넘치는 화단의 젊은 개혁자들께서도 귀를 좀 기울여주겠지" 하고 말을 맺었다.

"그럼, 그렇고말고."

피에레가 유쾌하게 웃었다. 이쯤에서 이윽고 이야기가 마무리되는 모양이었다. 저마다 자연스럽게 시계에 눈길을 던지고 그새 시간이 훌쩍 가버린 것에 깜짝 놀랐다.

"어머, 벌써 시간이 이렇게 됐군요."

피에레 부인이 누군가 해야 했던 말을 입에 담았다.

"그렇군. 자, 그럼 슬슬……" 르블롱이 들라크루아 쪽을 쳐다보자, "응, 어쩌다보니 자리가 너무 길어졌군" 하고 그도 자리에서 일어섰다.

"오늘은 여느 때보다 자네 얘기를 많이 들었네."

피에레가 웃으며 말했다.

"내내 집에만 틀어박혀 있다보니 하고 싶은 말이 쌓였었나봐. 나야 덕분에 속이 후련해졌지만……" 하고 졸린 표정의 두 아이들을 돌아보며 "너희는 어지간히 따분했겠구나" 하고 말했다.

"아니에요, 정말 유익한 이야기였는걸요" 마리는 급히 고개를 저었다.

"저도 그로라는 화가에게 처음으로 흥미를 가지게 되었어요" 하고 앙리가 말했다.

들라크루아는 흡족한 듯,

"그래? 다행이구나. 그것만으로도 오늘 이야기한 보람이 있어. 앞으로는 아버지가 아니라 너를 상대로 이야기해야겠구나. 비꼬는 소리를 듣지 않아도 될 테고 말이다" 하고 웃었다.

현관을 나서는 길에 피에레와 르블롱이 뭔가 작은 소리로 말을 주고받았다. 들라크루아에게 비요에 대해 물어볼 생각으로 줄곧 기회를 엿보았는데, 이야기가 너무도 열기를 띠는 바람에 결국 입 밖에 내지 못한 것이었다. 그런 기색을 알아차린 들라크루아가,

"뭔가 못 한 말이라도 있나?" 하고 먼저 물었다.

"아…… 아니, 비요가 말이지, 이번 인사 건으로 자네가 기분이 상하지나 않았는지, 좀 걱정을 했었거든. 그 이야기도 잠깐 물어보고 싶었는데……"

르블롱이 애매하게 얼버무리는 듯이 대답하자, 답답한 듯 피에레가 나서서 "벌써 둘이서 얘기했지?" 하고 물었다.

들라크루아는 두 사람이 그 일에 은근히 신경을 쓰고 있는 것을 알고 놀랐지만 곧바로,

"얘기하고 말 것도 없어…… 그냥 잘됐어, 축하하네, 그렇게 얘기했고, 비요도 기쁘게 받아들였고, 그뿐이야" 하고 그런 질

문 자체가 어이없다는 듯 말했다.

피에레와 르블롱은 그 말에 역시 그가 그 동안 그 일을 상당히 마음에 걸려하고 있었던 모양이라고 짐작했다.

"그래? 그렇다면 다행이네만."

르블롱은 당혹해하는 그의 모습을 못 본 척하고, 공연한 질문을 해서 미안하다는 식으로 짧게 대답했다. 피에레는 거꾸로,

"아, 그럼 됐어. 비요 그 친구, 평소에는 꽤 대범한 것 같더니만 의외로 혼자 공연한 고민을 할 때가 있다니까" 하고 웃어젖혔다.

들라크루아는 피에레가 모든 것을 다 알면서 일부러 그렇게 말하는 것인지 아니면 정말로 그렇게 생각하는 것인지 판단하기 어려웠지만, 결국 그 점은 애매하게 둔 채로,

"글쎄, 요즘은 다들 신경이 예민해져서 묘하게 신경질적이 되기도 하고, 뭔가 아무래도 정상이 아닌 것 같아" 하고 이즈음 들어 입버릇이 된 말을 다시 반복했다. 두 사람 모두 맞는 말이라는 듯 고개를 주억거렸다. 그리고 셋이서 얼굴을 마주 보았을 때, 침묵의 구멍이 그 한가운데 뻥하고 뚫렸다. 잠시 동안 누구의 입에서도 말이 나오지 않았다.

"자…… 가볼까?"

르블롱의 재촉에 들라크루아는 말없이 모자를 썼다. 마지막 작별 인사를 하고 돌아보자, 피에레가 그의 어깨를 두어 번 토닥였다. 그때서야 들라크루아는 비로소 그날의 모임이 어떤 의

미를 갖는 자리였는지 깨달았다.

7

"스털링 양과 어스킨 부인께서 오셨습니다."

"그래, 안으로 모셔요."

"알겠습니다."

거실 창가로 옮겨놓은 의자에 앉아 구름 낀 하늘 너머 기척만 슬쩍 내보이는 해를 바라보며 쇼팽은 우울한 생각에 빠져 있었다. 손님이 왔다는 사용인의 말에 돌아보지도 않은 채 그렇게 대꾸하고는 내키지 않는 듯 겨우 몸을 일으켜 플레옐과 에라르, 브로드우드 세 대의 피아노가 있는 넓은 살롱으로 걸음을 옮겼다. 벽난로 앞까지 똑바로 걸어가 거울 앞에서 느슨하게 풀어놓았던 칼라 깃을 단정하게 바로잡았다. 생기 없는 창백한 얼굴이었다. 맨 위 단추까지 채워도 손가락이 세 개나 들어갈 만큼 헐렁해서 그 동안 더 말랐다는 것을 알 수 있었다. 앞머리가 보기 싫게 흘러내려 있는 것을 오른손으로 쓸어올렸다. 그리고 거울 앞을 떠나려는 순간 그 한 줌의 머리칼이 다시 흘러내리려고 해서 다시 한번 쓸어올려 꼭 붙여놓았다. 조심스레 손을 떼보니 가까스로 머리에 붙어 있었다.

'머리 모양 하나 내 맘대로 되지 않는구나……'

그는 지겹다는 듯 마음속으로 중얼거렸다. 런던에 건너온 뒤로 무엇을 하건 만족감을 느껴본 적이 없었다. 어째서일까? 조금 전까지 바라본 하늘을 떠올린 그는 항상 묵직하게 구름이 드리워져 걸핏하면 비가 내리는 이 나라의 날씨 탓인지도 모른다고 생각해보았다. 습기가 많아서 머리카락까지 이렇게 축 늘어져버린다. 나를 바보로 여기는 것처럼……

실내복의 편안함을 아쉬워하며 아홉시 반에 벌써 정장으로 갈아입고 있었다. 이제부터 시작될 하루 일을 생각하면 항상 그렇듯 새삼 우울해졌다. 귀찮은 일들이 산처럼 쌓여 있었다. 매일 아침 열시 이후부터 내객 접대를 비롯한 수많은 잡무가 경쟁하듯 그의 자유를 앗아갔다. 그 일이 일단락되면 오후에는 두세 사람의 레슨을 봐주었다. 레슨이 없는 날에는 스털링 양의 마차에 실려 하염없이 그녀의 친척들을 찾아 돌아다녔다. 세 시간이나 마차에 흔들린 끝에 겨우 집에 도착했다 싶으면 잠깐 쉴 틈도 없이 야회에 나갈 준비를 했다. 건강하던 때라면 분주하게 이 살롱에서 저 살롱으로 오가면서 성공을 손에 넣기 위해 애쓸 수 있으련만, 지금의 몸으로는 너무도 힘겨운 일이었다. 야회에는 매일같이 참석했지만 늘 이른 시간에 돌아오곤 했다. 밤이면 통증에 시달리는 때도 많았지만, 그나마 외출할 수 있게 된 것만도 다행이었다. 5월 말에는 지금보다 상태가 더 나빠서, 그치지 않는 기침에 허덕이며 연일 객혈을 하고 얼음과 레몬 이외에는 아무것도 입에 넣을 수 없었다.

"안녕하세요. 오늘은 좀 어떠세요?"

"예…… 전보다는 훨씬 좋아요. 고맙습니다. 두 분께서는?"

"물론, 보시는 바와 같이 너무 행복한 기분이랍니다. 매일같이 이렇게 당신을 뵐 수 있으니까요! 그렇죠, 언니?"

"네, 정말 멋진 일이에요. 동생이 이렇게 좋아하는 모습을 곁에서 지켜보는 것만도 얼마나 기쁜지."

쇼팽은 두 사람에게 의자를 권하고 자신은 탁자 맞은편 자리에 앉았다.

"두 분께 차를 내와요. 나는 전에 받은 쇼콜라를."

"네, 알겠습니다."

사용인 다니엘이 방을 나가자 어스킨 부인이 문득 목소리를 낮추어 물었다.

"저 새로 온 아일랜드인 사용인은 어떤가요?"

"겨우 어제 왔으니까 아직 어떻다고 할 수는 없지만, 우선은 만족스럽습니다. 지난번 사람이 워낙 심했으니, 이제 누가 오든 다 좋아 보이겠지만요."

"정말 얼마나 끔찍한 사람이었는지!" 스털링 양이 몹시 분개한 얼굴로 말했다. "지금도 저는 한번 호되게 혼내줄 걸 그랬다는 생각이 든답니다!"

"그야말로 전형적인 이탈리아인이었으니까요."

사실 쇼팽은 이따금 그지마와 백작에게 편지로 써보냈던 것처럼 그 사내에 대한 쌓이고 쌓인 불만을 모조리 풀어놓고 싶었지만, 그녀 앞에서는 그것도 조심스러워 그저 짤막하게만 대꾸했다.

런던에 와서 처음 고용한 사용인의 못된 소행은 오래도록 쇼팽의 고민거리였다. 5월 초부터 해고해야겠다고 생각하면서도 결국 그저께까지 두 달이 넘게 그대로 두었던 것은 프랑스어가 유창하면서 병든 주인을 안고 계단을 오르락내리락할 만큼 건장한 젊은이를 새로 구할 수 없었기 때문이었다. 게다가 그를 소개해준 스털링 양 때문에 조심스럽기도 했다. 쇼팽이 더이상 참을 수 없어 고민을 털어놓자 그녀는 너무도 놀라고 화가 난 나머지 자제심을 잃고 당장 그를 불러들여 온몸을 부들부들 떨고 눈물까지 글썽이며 크게 나무랐다.

그녀가 그 사내를 절대 용서할 수 없었던 것은 단순히 쇼팽에 대한 미안함 때문만은 아니었다. 그보다는 그에 대한 자신의 일념이 짓밟혔다는 것에 더욱 분개하고 있었다. 어리석은 사용인 하나 때문에 이제까지의 노력이 물거품이 되고 말다니! 용서할 수 없어, 절대로! 그가 영국 행을 결심하도록 하기 위해 얼마나 많은 노력을 기울였던가. 그렇게 어렵사리 찾아온 이 나라는 그녀가 그간 들려준 말 속의 영국보다 조금이라도 뒤떨어져서는 안 되었다. 그녀의 분투는 이미 그가 도착하기 전부터 시작되었다. 일단 열차로 불로뉴에 가서 배편으로 갈아타고 포크스톤으로 건너가 거기에서 다시 열차를 타고 런던으로 향한다. 그런 세세한 계획에서부터 차표 준비에 이르기까지 번거로운 수속은 모두 그녀가 맡았다. 굳이 동행할 필요는 없다는 그의 제안을 받아들여 한 발 앞서 런던에 도착해서 그를 맞을 만반의 준비를 했다. 긴 여행으로 피곤해진 그가 편안히 발을 뻗을 수 있도록 호텔이 아니라 벤팅크 가 10번지에 집을 빌려, 도착하자마자 당장 입주할 수 있도록 생활에 필요한 것들을 모두 마련해놓았다. 그러나 그곳에서 며칠을 머문 뒤에 그가 마음에 들지 않는다며 직접 오텔 랑베르의 런던 지부인 '폴란드 친구회'의 사무국장 카롤 슈르체프스키에게 부탁해 도버 가 48번지의 집으로 옮겼을 때도 싫은 내색 한 번 하지 않고 도와주었다. 그럭저럭 자리를 잡은 뒤에는 이 나라 최고의 상류층이 모이는 야회에 그를 소개했다. 영어가 서툰 그를 위해 항상 곁에 따라다니며 통역도 했다. 특히 중요한 인물을 만날 때는 지위나 이력을 설명하는데 그치지 않고 뭔가 인상적인 일화를 한두 가지 곁들여서 반드시 얼굴을 기억할 수 있게 하려고 애썼다. 신문에 천재 음악가의 내방을 알리는 대대적인 광고도 실었다. 연주하기에 적합한 살롱을 찾아 알 만한 곳은 모조리 찾아다녔고, 끊어져가던 오래전 인맥까지 이번 기회에 다시 들쑤셨다. 레슨 학생도 모집했다. 손님도 수없이 초대했다. 혼자 식사하는 일이 없도록 외출 예정이 없을 때는 반드시 함께 식사를 했다. 몸이 좋지 않을 때는 헌신적으로 간병했다. 그가 가장 좋아하는 쇼콜라는 상품명까지 지정해 특별히 주문했다. 파리의 신문은 적어도 하루 뒤에는 그의 손에 도착하게 해주었다. 남겨두고 온 친구들에게 언제라도 편지를 쓸 수 있도록 특별히 그의 이니셜 C자가 인쇄된 편지지까지 준비했다. 모두 그가 기뻐하기를 바라고 한 일이었다. 단 한마디, 영국에 오기를 잘했다는 말을 듣기 위해서였다. 어떻게든 그에게 도움이 되고 싶었다. 그에게서 감사를 받고 조금이라도 그의 애정을 받을 수 있다면 그보다 더 큰 행복은 없었다. 아직도 그의 마음속에 머물고 있는 보기 싫은 그 여자를 하루빨리 쫓아내고 싶었다. 아직까지 그를 괴롭히고 있는 그 여자를!

매사에 사양만 하는 성격의 그를 위해 불편한 일은 없는지 항상 앞서서 세심한 주의를 기울였다. 조금이라도 곤란해하는 듯한 모습이 보이면 즉각 응할 수 있도록 준비했다. 그만큼 했으니 이제는 분명 그도 만족할 거라고 생각했다. 매일 그가 입에 올리는 감사의 말이 진심이라고만 생각했다. 아아, 그랬는데, 그를 곁에서 도와주는 가장 중요한 사람이 그런 못된 인간이었을 줄이야! 어째서 미리 알아차리지 못했을까! 게다가 그 사람을 데려온 이가 바로 나였다니!

"생각할 때마다 화가 나요! 꼭 몰리에르의 희극 속에서 튀어나온 것처럼 천박한 사람이지 뭐예요. 게으르고 교활하고 뻔뻔하고, 게다가 돈까지 함부로 쓰다니! 무엇보다 자신이 얼마나 훌륭한 분 곁에서 일하는지 전혀 깨닫지 못했어요. 그걸 알았다면 그런 태도는 절대로 보일 수 없었겠지요. 아아, 정말 믿을 수가 없어!"

스털링 양은 벌써 몇 번이나 했던 그 이야기를 참지 못하고 다시 언니에게 하기 시작했다.

"일부러 검소한 생활을 원하는 쇼팽 씨를 되려 비웃을 정도였다니까요! 대체 얼마나 홍청망청하는 부잣집에서 일했었는지 모르겠어! 미처 마차를 마련하지 못해서 어쩔 수 없이 공중마차를 부르셨는데, 그런 마차에 타는 건 사양한다면서 동행을 거절하기까지 했다지 뭐예요! 믿을 수 있어요? 그 얘기를 듣고 내가 너무 화가 나서, 파리에서 쇼팽 씨가 타고 다니셨던 사륜마차가 얼마나 멋있고 호화스러운 것이었는지, 그림 재주가 없는 사람도 앵그르만큼 훌륭하게 그릴 수 있을 정도로 자세하게 설명해 주었죠!"

그런 그녀의 모습에 쇼팽은 자신에 대한 미안함 때문에 일부러 더 흥분하는 모양이라고 짐작했다.

도중에 찬 음료를 가지고 들어온 다니엘이 해고된 이전 사용인의 이야기를 하는 중이라는 것을 알아차리고 그녀의 험한 말에 겁에 질린 표정을 지었다. 그것이 재미있어서 쇼팽과 어스킨 부인이 함께 웃었다. 스털링 양은 뒤를 돌아보고서야 그가 들어온 것을 깨닫고는,

"당신도 제대로 모시지 않으면 내가 용서하지 않을 거예요!"

라고 못을 박았다.

다니엘은 잔뜩 긴장해서 "네" 하고 대답하고는, 그것만으로는 부족하다고 느꼈는지 "지금까지 여러 부호들을 모셨지만 여

왕님 앞에서 피아노 연주를 하실 만큼 훌륭한 예술가 선생님을 모신 적은 없었던 터라 아무래도 부족한 점이 많겠지만, 그래도 성의를 다해 모시도록 하겠습니다. 부디 어떤 일이든 시켜만 주십시오" 하고 덧붙였다.

겁에 질린 그 말투가 미덥지 못하다기보다 오히려 측은하게 느껴져서 세 사람 모두 안도하고 흐뭇해했다.

스털링 양은 목을 축이고 화가 조금 가라앉자,

"그래요, 오늘은 이런 이야기를 하러 찾아뵌 건 아니에요. ……저기 저것 좀 가져와요" 하고 방 한쪽에 물러서 있던 자신의 사용인에게 손짓해 잡지와 신문 다발을 들고 오게 했다. "너무 무거워서 도저히 혼자 들고 올 수가 없었어요. 지난번 사토리스 부인 댁에서 열었던 연주회에 관한 기사가 나왔답니다. 모두 더할 수 없는 절찬들이에요! 이건, 음…… 6월 24일자 『모닝 포스트』니까…… 연주회 다음날 기사로군요. 이건 벌써 보셨지요?"

"네, 아주 잘 써주었더군요."

"당연하지요! 그만큼 멋진 연주회였는걸요. 2월에 파리에서 연 연주회도 정말 감동적이었지만, 이곳에 오신 뒤로 어쩐지 더 좋아지신 것 같아요. 그저께 또 두 군데나 기사가 실렸어요. 하나는 이건데……" 하고 다섯 부 정도의 잡지를 건네며, "『일러스트레이티드 런던 뉴스』예요. 짧은 기사지만 대단히 호의적인 내용이에요. 괜찮으시면 폴란드의 어머님께도…… 그리고 이

건," 하고 다른 잡지 다섯 부 정도를 이번에는 유리잔을 피해 탁자에 펼쳐놓고 "『아테네움』이에요. 여기는 이렇게 길게 실렸어요" 하고 손에 든 한 부를 펼치며 기사가 실린 부분을 가리켰다.

"퍽 크게 다뤘군요."

쇼팽은 관심 없다는 표정으로 미소만 지어 보였다.

"이건 정말 드문 일이에요."

어스킨 부인은 그의 기뻐하는 표정을 끌어내기 위해 확인이라도 하듯 그렇게 말했다.

건네준 잡지를 읽지 못해 그저 쳐다보기만 하는 쇼팽을 위해 스털링 양은 기사 한 자 한 자를 꼼꼼하게, 때로는 윤색까지 해가며 프랑스어로 번역해주었다. 연주회는 쇼팽의 희망대로 백오십 명으로 인원을 한정하여 대회장이 아닌 넓은 개인 저택에서 열었는데, 그 덕분인지 소리가 작다는 이유로 비난하는 기사는 찾아볼 수 없었고 도리어 그 섬세하고 미묘한 표현에 크게 이해를 표하는 내용이었다.

쇼팽은 그녀의 번역에 귀를 기울이며, 리스트나 탈베르크가 특기로 삼는 것과 같은 화려한 기교를 섞은 대음량의 연주에 청중이 이제 슬슬 식상해하는지도 모른다는 생각을 했다. 하지만 그가 직접 이곳에 와서 느낀 인상으로는, 나라는 달라도 사람들의, 특히 부르주아의 취미는 한결같이 기교주의에 대한 열광에서 조금도 벗어나지 않는 것 같았다. 게다가 템포 루바토니 레가토니 하는, 파리에 있던 시절 자신의 연주를 특징짓는 데 쓰였던 전형적인 문구들이 여기서도 너무도 당연하게 쓰이는 것을 보자, 어쩌면 그 기사가 자신도 모르는 사이에 이 나라에 들어온 소문에 의한 것이거나, 아니면 그의 지인들의 손에 의해, 또는 스털링 양이나 그 주변 인물들이 손을 써서 실린 것인지도 모른다는 의심이 들어 흥이 깨지는 것 같은 기분이었다.

'애초에 연주회라는 것 자체가 통속적인 성공을 위한 일이야. 지나치게 심각하게 생각하지 않는 한 그다지 나쁜 결과는 아니지……'

기사를 전부 읽은 스털링 양은 다시 무릎 위에 있던 그날 아침의 『타임스』 지를 들고 '이건 뭐였지?' 하고 잠시 어리둥절 쳐다보다가, '팰머스 백작 저택, 세인트 제임스 스퀘어 2번지' 라는 글을 보고 그것이 나흘 뒤로 다가온 쇼팽의 두번째 연주회 광고 기사라는 것을 생각해냈다.

"참, 이것도 보셔야 해요. 7일 연주회의 광고가 오늘과 내일, 이런 식으로 실릴 거예요. 아쉽게도 이건 한 부밖에 사지 못했어요."

쇼팽은 신문에 눈길을 던졌다.

"벌써 이백 명분의 좌석이 매진됐어요. 첫번째 연주회 때도 못 가고 이번에 또 좌석을 잡지 못한 가엾은 친구들 때문에 저도 어지간히 시달렸죠. 그렇지만 아무리 부탁해도 없는 건 없다고 할 수밖에 없잖아요? 덕분에 무정하다는 원망을 잔뜩 들었답니다."

"내 주장만 하는 바람에 그렇게 됐군요. 하지만 이번 연주회가 마지막은 아니니까요."

"네, 다들 기대하고 있어요! 탈베르크가 열두 번이나 연주회를 한다니까, 프레데리크 쇼팽이라면 스무 번을 해도 희망자 모두에게 좌석이 돌아갈 수 없을걸요? 그렇죠, 언니?"

"그럼."

"한 회의 좌석 수가 적으니까 당연히……"

"아뇨, 그 이유만이 아니에요. 한 번 왔던 분들이 두 번 세 번 다시 듣겠다고 해서 회를 거듭할 때마다 사람 수가 늘어나는걸요. 분명 그렇게 될 거예요. 이번 연주회도 그랬어요."

"그렇다면 다행이지만……"

스털링 양의 자신 있는 말에 압도되어 저도 모르게 대답하긴 했지만, 쇼팽의 얼굴에는 불안한 기색이 역력했다. 그의 표정 변화가 아마도 경제적인 불안 때문일 거라고 짐작한 스털링 양은 틈을 두지 않고 말을 이었다.

"그렇게 되면 생활도 퍽 안정될 거예요, 틀림없이. 지난번 연주회가 한 사람당 일 기니에 백오십 명이었지요? 이번에는 같은 액수로 이백 명이니까……"

"네, 그렇군요. 살기도 좀 편해지겠지요. 사교계의 계절이 끝나기 전에 몇 차례 연주회를 더 열고, 야회에서도 연주를 좀 하고…… 그리고 레슨도 있으니까요."

"레슨은 한 번에 이 기니지요?

"네…… 너무 비싼가요?"

"아뇨, 전혀! 파리에서는 이십 프랑이었으니 오히려 싼 편이지요. 야회 연주 보수도 이십 기니면 적당해요. 그렇죠, 언니?"

"그럼, 쇼팽 씨라면 그 정도는 받으셔야지."

"그런가요? 원래 그 액수는 브로드우드와의 피아노 사용 계약중에 결정된 것이라서 나는 잘 모르겠어요…… 하지만, 한 달 전인가 로스차일드 노부인을 뵈었을 때, 분명 내 처지를 염려해서 하신 말씀이겠지만, 좀더 값을 낮추는 게 좋지 않겠느냐는 충고를 해주시더군요."

"그렇지만 너무 낮으면 마음에 안 들어해요, 이곳 사람들은."

어스킨 부인이 말했다.

"예, 그건 파리에서도 마찬가지입니다만……"

쇼팽은 그렇게 대답하면서 일 기니를 십오 프랑으로 계산해 실제 수익이 얼마나 되는지 따져보았다.

'이곳에서는 오페라도 천 프랑 남짓한 수익에 경비가 구백 프랑이나 든다고 하니까…… 확실히 연주회 두 차례의 수입치고는 그리 나쁜 건 아냐. 그렇지만……'

그의 계산은 곧 지출 쪽으로 쏠렸다. 아무래도 불안을 금할 수 없었다. 지금 살고 있는 집의 임대료로 매주 십 기니를 내고 있었는데, 이것은 예상하지 못했던 부담이었다. 처음 계약할 때 정한 임대료는 그 절반인 주당 오 기니였기 때문이었다. 이사를 하고 얼마 지나지 않아 그가 저명한 음악가라는 것을 알게 된 집주인은 당장 집세를 두 배로 지불하거나 방을 하나 더 임대하지 않으면 이곳을 떠나야 한다는 억지 요구를 들이댔다. 쇼팽은 그런 너무도 노골적인 욕심에 어이가 없어 크게 분개했지만, 런던에 이곳보다 넓은 살롱을 가진 집이 없었고 한꺼번에 세 대의 피아노를 둘 장소를 생각하면 아무리 못마땅해도 그 요구를 받아들일 수밖에 없었다. 돈은 집세 외에도 날개가 달린 듯 빠져나갔다. 지난번 사용인의 조소쯤은 무시할 수 있었지만, 불편한 점이 하나 둘이 아닌 공중마차를 병든 몸이 한사코 거부하는 데는 어쩔 수가 없어서 결국 자가용 마차를 빌리게 되었고, 옷이나 그 밖의 지출도 만만치 않았다.

런던에서의 음악활동은 순풍에 돛을 단 것처럼 순조롭지만은 않았다. 성공으로 통하는 계단이 꼭 한 가지인 것은 아니지만, 그는 그중 어느 쪽으로 오를지 정하지 못한 채 막연히 모든 계단에 발을 올렸고, 게다가 여기저기서 발을 헛디디기까지 하고 있었다.

쇼팽이 두번째로 이 땅을 찾을 무렵에는 그의 음악이 이미 여러 곳에서 연주되고 악보까지 출판되어, 마치 번식력 강한 외래식물이 해를 거듭하면서 각지에서 꽃을 피우고 차츰 그 나라의 풍경에 녹아드는 것처럼 영국 사람들의 귀에 익숙해져 있었다. 물론 평판은 그의 작품 이상으로 널리 퍼져 있었다. 음악에 대한 토론이 벌어져 당대 제일의 피아니스트를 꼽을 때면 리스트다, 탈베르크다 하는 논의가 분분한 가운데 자연스럽게 쇼팽의 이름도 함께 거론하는 것이 통상적인 일이 되어 있었다. 모두가 꼭 한번 그의 곡을 들어보고 싶어했다. 그리고 우연한 기회에 여기저기서 자주 귀에 들어오는 이 곡이 누구의 작품이냐고 물어보고는 쇼팽이라는 답을 들으면 그제야, 아, 이것이 쇼팽인가, 하고 감탄하는 것이었다.

프랑스를 비롯한 각국에서 벌어진 혁명은 차티스트 운동조차 좌절된 이곳 런던으로 전 유럽 대륙의 음악가들을 한데 모아주었고, 덕분에 영국 국민들에게 뜻하지 않은 혜택을 가져다주었다. 쇼팽에 대해서도, 그 소식을 발빠르게 전한 문예과학협회의 잡지 『아테네움』은 4월 8일자에서 '쇼팽의 내방과 관련해 우리는 프랑스 혁명에 진심으로 감사를 표하는 바이다' 라고 그를 환영하는 많은 예술 애호가들의 목소리를 대변하는 기사를 실었다.

물론 쇼팽은 단순히 그런 분위기 때문에 환영받은 것은 아니었다. 런던에 사는 지인들, 그리고 텔레프센처럼 그와 마찬가지로 파리를 도망쳐나온 제자들이 그가 이곳에서 하루빨리 성공을 거둘 수 있도록 적극 협력하겠다고 자진하여 나섰고, 쇼팽 자신도 걱정 많은 성격대로 파리에서 모을 수 있는 만큼의 소개장을 대대적으로 모아왔다. 소문을 듣고 그를 찾아오는 사람들도 끊이지 않았다. 따라서 어떤 일을 기획하건 기댈 곳이 없어 쩔쩔맬 일은 없었다.

음악활동 전반에서 쇼팽이 특히 든든하게 여긴 사람은 영국의 유명한 피아노 제조회사인 브로드우드 사의 후계자 헨리 파울러 브로드우드였다. 쇼팽이 그의 후원을 받은 것은 십일 년 전 첫번째 런던 방문 때였다. 음악활동은 일절 하지 않을 작정으로 이 도시를 찾았던 그는 플레옐이 친구인 브로드우드를 소개해준다며 야회에 데려갔을 때도 처음에는 프리츠라는 거짓 이름을 대며 그저 일개 피아니스트라고 자신을 소개했다. 그러나 파티가 한창 절정에 이르렀을 때 브로드우드가 꼭 한 곡 듣고 싶다고 연주를 청해 어쩔 수 없이 피아노 앞에 앉았고, 음악 관계자들이 많은 자리였던 터라 몇 소절 연주하자마자 그의 정체가 탄로나버렸다. 브로드우드는 나중에 플레옐에게 "어째서 처음부터 제대로 알려주지 않았어? 장난이 너무 심하잖아!" 하고 항의했다고 하는데, 덕분에 브로드우드와의 첫 대면은 특별히 유쾌한 사건으로 강하게 인상에 남아 있었다. 그리고 이번 만남은 이른바 '예상치 못한 사태'였던 첫번째와는 달랐다. 브로드우드는 그를 극진하게 대접하면서 격조했던 그간의 소식을 물었고, 앞으로 여러 가지로 그에게 힘이 되어줄 것을 약속했다. 쇼팽은 그의 후의에 보답하려는 마음에서 그가 제시한 영국에서의 전속 계약 건을 흔쾌히 수락했고, 피아노를 제공받는 대신 영국에서의 연주회에는 반드시 브로드우드 사의 악기를 사용한다는 조건에 합의했다. 물론 이것은 원래부터 쇼팽이 플레옐 피아노와 연주 감각이 비슷한 브로드우드 피아노를 마음에 들어했다는 전제하에서 성립된 계약이었다. 그래서 쇼팽의 자택 살롱에는 이미 가지고 있던 두 대의 피아노와 더불어 새롭게 브로드우드 피아노까지 한 대 더 놓이게 되었다. 원래의 두 대는 자신의 소유의 플레엘과 임대한 에라르였다. 에라르 피아노는 지난 2월의 연주회를 통해 새삼 프레데리크 쇼팽의 광고 효과를 깨달은 에라르 사에서 영국 시장 개척을 기대하며 파리에서 보내준 것이었다.

쇼팽이 처음 공개적인 연주를 한 것은 세련된 취향과 호사스러움에서는 왕궁도 능가한다는 서덜랜드 공작 부부의 자택 스태퍼드 하우스에서 열린 파티에서였다. 그런 곳에서 연주할 수 있다는 것은 곧 그가 이 나라 최상의 인맥을 구축했다는 사실을 증명하는 것과 같았다. 5월 15일 버킹엄 궁의 교회에서 딸이 세례를 받은 기념으로 서덜랜드 부부가 개최한 그 성대한 파티는 이 나라 사교계의 최고봉이라고 할 팔십 명의 참석자들로 성황을 이루었다. 그중에는 프러시아 황태자, 웰링턴 공작 같은 인물들과 함께 서덜랜드 공작 부인이 십 년 전부터 여관장(女官長)으로 근무하고 있어서 개인적으로도 극히 친밀했던 빅토리아 여왕과 앨버트 대공의 모습도 보였다. 이 파티를 장식한 것은 조반니 마리오, 안토니오 탐부리니, 루이지 라블라케 같은 정예 가수들의 호화로운 공연이었고, 쇼팽도 주요 출연자의 한 사람으로서 가수들의 반주와 더불어 자작 왈츠, 마주르카 독주, 그리고 독일인 율리우스 베네딕트와 함께 모차르트의 〈두 대의 피아노를 위한 변주곡 사장조〉를 연주해 큰 박수갈채를 받았다.

쇼팽은 이어서 제자 중의 한 사람인 스탠리 양의 어머니의 소개로 여왕의 여관(女官)으로 일했던 게인즈버러 부인 댁의 야회에서도 연주를 했고, 그 며칠 뒤에는 파리에서 친분이 있던 해밀턴 공작 부인의 아들이며 바덴의 왕녀를 아내로 둔 더글러스 후작 댁에서도 연주할 기회를 얻었다.

한편으로 연주회 기획도 순조롭게 진행되었다. 첫번째 마티네에 장소를 제공한 사토리스 부인은 저명한 배우의 딸로, 결혼 전에 이 년 남짓 가수로서 무대에 서본 경험이 있어 쇼팽과는 파리에서 이미 면식이 있었다. 두번째 마티네를 열 예정인 팰머스 백작도, 만남을 주선한 것은 브로드우드였지만 백작의 조카딸과 파리에서 낯을 익혀뒀던 터라 전혀 모르는 사이는 아니었다.

이런 일들을 꼽아보면 영국에서의 활동은 지극히 순조롭다고 할 수 있었고 실제로 평판도 점점 좋아지는 추세였지만, 런던에 자리잡은 지 벌써 두 달이 흘렀다는 것을 감안하면 어딘가 부족하고 기대에 못 미치는 성과인 것만 같았다.

'무엇이 잘못된 것일까?'

한 가지는 확실했다. 런던에 도착하자마자 쇼팽은 필하모니 협회로부터 공동 연주 요청을 받았다. 1813년에 창설된 이래 저속한 청중에게 추파를 던지지 않는 모범적인 취향의 상징으로 여겨져온 이 협회의 오케스트라에 독주자로 초대받는 것은 음악가라면 누구나 기뻐할 만큼 명예로운 일이었으며, 또한 이 도시에서 성공을 거두기 위한 가장 빠른 길이기도 했다. 역대 외국인 독주자에는 피아니스트로는 젊은 날의 신동 리스트, 장년기의 멘델스존, 훔멜, 모셸레스, 그리고 바이올리니스트로는 드베리오, 슈포어, 가수로는 돈첼리와 파스타 같은 쟁쟁한 면면들이 나란히 이름을 올려놓고 있었다. 그러니 공연을 열망하고 간청하는 이는 있어도 협회의 의뢰를 받고도 수락하지 않은 이는 지금껏 한 사람도 없었다. 쇼팽과 마찬가지로 파리에서 몸을 피해 건너온 친구 할레와 중진인 칼크브렌너 등도 협회에서 공연 요청이 오기를 학수고대하며 자신들을 광고하기에 여념이 없었다. 그런데 쇼팽은 누구나 선망해마지않는 공연 요청을 건강이 좋지 않다는 이유로 깨끗이 거절해버린 것이었다.

쇼팽은 협회의 요청에 처음부터 관심이 없었다. 파리에서처럼 마음대로 일거리를 선택할 여유가 없다는 것은 잘 알고 있었지만, 일단은 이곳에서도 살롱 연주나 레슨 사례비로 생계를 꾸려나갈 수 있기를 원했고, 연주회도 많아야 청중 삼백 명 정도의 소규모밖에는 생각하지 않았다. 이제 와서 새삼스럽게 대회장에서 오케스트라와 공연할 이유가 없었다. 그런 장소에서 자신의 연주가 효과를 거두지 못한다는 것은 지겨우리만치 잘 알고 있었다. 청중은 만족하지 못할 것이고, 특히 처음으로 자신의 연주를 접하는 이들은 소리가 작은 것에 부정적인 감상을 품을 것이 뻔했다. 자신도 결코 만족하지 못할 것이다. 고생은 많고 보람은 너무나 적다. 그런 쓸모없는 연주회를 무엇 때문에 받아들일 것인가?

간곡한 요청을 받았으니 그래도 일단 연습하는 모습이나 둘러보자고 오케스트라를 찾았지만, 역시 별다른 매력을 느끼지 못했다. 마치 이 나라의 식탁에 오르는 로스트 비프나 터틀 수프처럼 덤덤하기만 하고 속이 더부룩해지는 느낌이었다. 레퍼토리 역시, 한때는 베를리오즈 등을 다루면서 영역을 넓히려는 노력도 했던 모양이지만, 그런 시도가 실패한 뒤로는 이전처럼 오로지 모차르트나 베토벤 같은 고전 위주로만 연주하고 있었고, 멘델스존 정도가 유일한 예외라고 했다. 그나마 협회측에서는 최대한의 경의와 배려를 보여 특별히 그의 자작 콘체르토 공연을 타진해왔지만, 결국 그는 마지막까지 고개를 끄덕이지 않았다.

쇼팽은 필하모니 측의 열의와 주위의 설득에 떠밀려 일단은 요청을 받아들일 마음으로 문제를 처음부터 다시 검토해보기도 했다. 그러나 아무리 의욕을 내보려 해도 그것만으로는 도저히 해결할 수 없는 문제가 있었다. 협회의 제안은 처음부터 터무니없이 들렸다. 그가 아무래도 승복할 수 없었던 것은, 피아노와 오케스트라의 공동 리허설이 단 한 번뿐이고, 게다가 그것마저도 일반에 공개한다는 것이었다. 협회에서도 이 문제에 대해서는 일관되게 한치도 양보하지 않았다. 쇼팽은 그런 발상 자체가 어처구니가 없었다. 우선 단 한 번이라는 것부터 이해할 수 없었다. 나아가 그 귀중한 리허설조차 중간에 멈출 수도 없고 의견을 나눌 수도 없으며 연주를 수정할 수도 없는 공개적인 것으로 하겠다니, 그것으로 어떻게 본무대를 맞이할 수 있단 말인가? 그들이 수없이 연주해본 익숙한 작품이라면 또 이해해줄 수도 있다. 그러나 자신은 그들과 처음으로 함께 공연하는 사람인 것이다. 그런데 어떻게? 물론 시간은 절약될 것이다. 무료로 공개하면 좋은 광고도 될 것이다. 그것이 이 나라를 지배하는 공리주의라는 것일지도 모른다. 그러나 결국 부족한 연주를 하게 되면 치욕을 덮어쓰는 것은 자신들이다. 그러고도 비참함을 맛보지 않을 수 있을까? 예술가로서 수치스럽지 않을까?

쇼팽에게는 분명 오산이 있었다. 그는 의뢰를 거절한다는 것을 그다지 심각하게 생각하지 않았다. 연주할 의의가 없고 수입도 크게 기대되지 않는 의뢰이니 거절할 수밖에 없다는 정도의 생각으로 거절 의사를 밝히고, 자신과는 달리 필하모니 협회의 오케스트라와 공연하기를 열망하고 있는 할레를 대신 추천하기도 했다. 그것으로 그 일은 해결되었다고 생각했다. 그가 자신의 그런 예상이 잘못되었다는 것을 깨달은 것은 『뮤지컬 월드』 지에 이 일과 관련해 자신의 태도를 비판하는 기사가 실린 뒤였다.

쇼팽은 기사 자체에 대해서는 별반 신경을 쓰지 않았다. 으레 있는 일이었다. 이 유명한 잡지의 발행인인 제임스 데이비슨은 원래 쇼팽의 훌륭한 이해자였는데, 멘델스존을 알게 되고 그의 음악에 심취하면서 쇼팽에 대한 열기가 식어버린 모양이었고, 그뿐 아니라 무슨 이유에선지 쇼팽이 공연히 멘델스존을 미워한다는 억측을 하면서 노골적으로 그에게 적의를 나타내기 시작했다. 쇼팽은 그 전해 12월호 『뮤지컬 월드』 지상에서도 자신이 지독한 공격을 받았던 것을 알고 있었다. 그 이유 또한 시시한 것이었다. 멘델스존이 사망했을 때 미망인에게 보낸 조사에 그가 냉혹하게도 서명을 거부했다는 것이었다. 쇼팽이 조사에 서명하지 않은 것은 그 첫머리가 '조국을 멀리 떠나 살아온 우리 독일의 예술가'라는 문구로 장식되어 있었기 때문이었다. 그도 물론 멘델스존의 죽음을 애도하고 있었다. 그러나 지금도 조국의 영토 일부를 독일에게 점령당하고 있는 폴란드인이 어떻게 독일 국민의 한 사람이라도 된 듯이 그 자리에 이름을 나란히 적어넣을 수 있단 말인가. 단지 그뿐이었다. 그 외에 다른 뜻은 없었다. 널리 서명인을 모을 생각이었다면 그쪽에서도 최소한 그런 정도의 배려는 했어야 옳지 않았을까?

그렇지만 아무리 그 기사 자체를 무시한다 해도 기사에 대한 사람들의 반응에 대해서는 무관심할 수 없었다. 지금까지 그의 성공을 바라고 도움을 주었던 이들은 그 불가해한 행동에 놀라고 당혹했다거나 실망했다는 등의 반응을 보였고, 야회에 나가면 두세 걸음을 뗄 때마다 여기저기서 호기심에 찬 시선과 함께 "어째서 거절하셨지요?"라는 질문을 지겨울 만큼 받아야 했기 때문이었다.

실제로도 이번 문제는 쇼팽의 운신을 눈에 띄게 악화시켰다. 필하모니 협회의 요청을 거부한 것은 그 관계자뿐 아니라 일부 음악가들까지 포함해 쇼팽이 이 나라의 음악 수준 전반을 의심하고 있다는 듯한 인상을 주었고, 특히 그중에서도 1846년에 상임지휘자로 취임한 이래 이 나라에서는 지극히 가볍게 취급되어왔던 지휘자의 권한을 최대한으로 발휘하여 밑바닥에 가깝던 협회의 오케스트라를 현재 수준까지 향상시키고 레퍼토리를 늘리는 등의 노력으로 결과적으로 경영에 지대한 공헌을 한 마이클 코스타가 쇼팽의 대답에 몹시 분개하고 있다는 소문이 나돌았다.

코스타의 분노는 뜻하지 않은 방향에서 쇼팽의 활동에 악영향을 끼쳤다. 그가 런던에서의 성공의 발판으로 크게 기대를 걸었던 것은 오케스트라와의 공연이 아니라 버킹엄 궁에서의 어전 연주였다. 그러나 궁정의 음악 관계자에게도 지대한 영향력을 가지고 있던 코스타의 반감을 샀으니 그의 활동이 중대한 지장을 받을 것은 뻔한 일이었다. 게다가 더욱 불리하게도, 쇼팽은 궁정의 음악 감독에 대한 의례적인 방문이라는 이 나라의 관례마저 지키지 않았다. 이것은 단순히 그의 무지에서 비롯된 일이었고 누군가가 준비를 해주었어야 할 일이었지만, 어찌 됐건 이미 늦어버린 상황이었다. 기대와 달리 스태퍼드 하우스에서의 연주 후에도 궁정에서는 쇼팽에 대해 이렇다 할 반응을 보이지 않았다. 모두가 곧 초청장이 올 것이라고 생각했고 그 자신도 그렇게 믿었으며, 항간에는 빅토리아 여왕이 은밀하게 그에게 피아노 레슨을 받는다는 소문까지 떠돌 정도였지만, 실제로는 별다른 기미가 보이지 않은 채 자꾸 시간만 흘러 그는 물론이고 주위 사람들 모두가 불안했다.

"어전 연주가 힘들다고 해도, 벌써 호평이 널리 퍼져 있으니까 조금만 기다리면 다시 파리에 비해 전혀 손색이 없는 생활을 하실 수 있을 거예요. 궁정도 내내 상중이었으니까 이제 곧……"

스털링 양이 위로해줄 생각으로 꺼낸 그 말에 쇼팽은 답답해져서, "하지만 상은 벌써 열흘 전에 마쳤잖아요?" 하고 말했다. 그리고 말이 미처 끝나기도 전에 괜한 소리를 했다고 후회했다.

역시 스털링 양은 그의 말에 크게 당황하면서,

"그렇지만…… 그렇군요, 네…… 스태퍼드 하우스에서 연주했을 때도 앨버트 대공께서 일부러 피아노 옆까지 와주셨고, 여왕 폐하께서도 두 번이나 말을 걸어주셨잖아요? 그건 정말 이례적인 일이에요. 연주가 마음에 들지 않았다면 절대로 그러시지 않았을 테고……" 하고 중언부언했다.

일이 제대로 풀리지 않는 현재의 상황 때문에 초조해하는 것 같아 보였다. 어째서 나는 그런 기분을 좀더 다정하게 살펴주지 못하는 걸까? 그 여자라면, 상드 부인이라면 이런 때 어떤 말을 했을까? ……아아, 또 상드 부인!

단순히 경제적인 문제가 아닐 터였다. 자신이 도움을 준다고 해도 그는 결코 받아들이지 않을 것이다. 그의 자존심을 다치지 않게 하기 위해서는 반드시 스스로의 성공으로 생활이 안정되도록 도와주어야 한다. 그것도 공개적인 방법으로는 안 된다. 아무 도움도 주지 않는 척, 자연스럽게 해야 한다.

쇼팽은 당황하는 그녀가 가엾기도 하고 또 자신의 어린애 같은 반응이 한심하기도 해서, "그래요" 하고 잘 알고 있다는 듯이 대답했다. "여왕 폐하께서 내 연주를 마음에 들어하셨다니 참으로 영광스러운 일이지요. 그것만으로도 크게 만족스러워요. 아무래도 필하모니 협회의 제안을 거절한 탓도 있을 거예요. 하지만 그건 두 분의 충고를 무시하고 내 마음대로 결정한 일이니 자업자득이지요."

"지금이라도 늦지 않았어요. 다시 한번……" 스털링 양은 저도 모르게 그 말이 튀어나왔다.

"아뇨, 전에도 말씀드렸지만 리허설에 관해서 그쪽이 양보할 생각이 없는 한 연주는 불가능해요. 그들의 의사는 잘 알겠어요. 내 마단조 콘체르토는 한번 연주해서 널리 호평을 받았으니 괜찮다는 거지요. 하지만 그게 정말일까요? 그렇게 보수적인 사람들이 어째서 내 곡을 다루겠다는 거지요?"

"그렇지만 그건 정말이에요."

"정말이라고 해도, 아마추어 여성 피아니스트가 연주한 거였다지요? 그들이 무슨 생각으로 내 곡을 다뤘는지는 그것만 봐도 명백해요. 작곡자인 내가 직접 나서서 함께 연주해보면 틀림없이 거슬리는 부분이 있을 겁니다. 그런데도 전혀 수정하지 못하고 본무대에 나서야 하다니, 나로서는 생각도 할 수 없는 일이에요."

쇼팽은 이 이야기는 더이상 꺼내지 말아달라는 뜻으로 약간 지겨운 듯한 표정을 보였다. 그녀의 심정은 잘 알고 있었다. 그렇지만 참을 수가 없었다.

어스킨 부인은 그런 두 사람의 대화를 차마 볼 수 없어서,

"어려운 문제군요……"라며 끼어들고는 "그런데 팰머스 백작 댁에서는 비아르도 부인이 노래를 하시나요?" 하고 화제를 돌렸다.

어스킨 부인의 쇼팽에 대한 견해는 동생과는 또 달랐다. 원래 그녀는 그에 대해 일반인들과 비슷한 정도의 관심과 동경을 품고 있었을 뿐, 동생처럼 피아노를 배운 적도 없었다. 동생을 통해 직접 그를 만나고부터 그 인품에 매료되기는 했지만, 그래도 특별한 애정을 느낄 정도는 아니었다. 무엇보다 나이 차가 너무 컸다. 어스킨 부인은 오히려 그에게 푹 빠져 사는 동생의 모습에서 기쁨을 느끼고 있었다.

어스킨 부인은 스털링 양에 대해 언니로서 염려하는 마음과 여자로서 부러워하는 마음을 동시에 품고 있었다. 한편으로는 동생이 결혼하지 않은 것이 자신의 불행 때문이라고 생각해 내심 괴로워했다. 그녀가 남편과 사별했을 때 제인은 겨우 열두 살이었다. 절망의 늪에 빠진 언니를 동생은 정성껏 위로해주었다. 그러나 그때 자신의 모습이 그녀의 마음에 얼마나 어두운 그림자를 드리웠을지를 생각하면, 줄곧 결혼을 거부해온 동생이 가엾어서 견딜 수 없었다. 젊은 시절 제인은 부모님의 끈질긴 결혼 권고를 거절할 변명거리가 없을 때면 으레 "나는 언니처럼 슬픈 일은 겪기 싫다니까요"라고 농담처럼 말하곤 했다.

그 말이 반드시 진심은 아니라 해도 역시 자신의 불행이 영향을 주었을 것이라고 어스킨 부인은 짐작했다.

어스킨 부인이 그렇게까지 스털링 양을 염려하는 것은 무엇보다 그녀가 열 살 이상이나 어리기 때문이었다. 그리고 그런 나이 차는 때로 동생을 객관적인 시선으로 바라보게 했고, 그녀의 삶의 방식에 동경과도 같은 마음을 품게 하기도 했다. 그녀에게는 사회의 관습을 전혀 개의치 않는 동생의 분방한 생활이 자신도 가능했을지 모를 또 하나의 인생처럼 느껴졌다. 당연한 사고방식에 아무 생각 없이 순종하는 것이 아니라, 자신이 진실로 원하는 삶을 산다. 자신에게도 그런 용기가 있었더라면 젊은 나이에 결혼 때문에 그런 큰 슬픔을 겪는 일 없이 파리나 런던을 여행하며 많은 친구들을 사귀고 매일 밤 여러 사람들과 연극을 보러 가거나 음악을 들으러 다닐 수 있었을 것이다. 피아노도 사람들의 비웃음을 살 만큼 어설픈 솜씨가 아니라 남자라면 피아니스트가 되었을 거라는 말을 들을 만큼 훌륭하게 쳤을지도 모른다. 그리고 무엇보다, 나이가 들어도 누군가에게 사랑받을 자격을 유지하고 누군가를 사랑할 정열 또한 버리지 않았을 것이다. 이를테면 전 유럽에 이름을 떨치는 천재 음악가를 상대로. ……그런 삶을 살기에는 이미 자신의 나이가 너무 많다는 건 알고 있었다. 쇼팽에 대한 동생의 사랑이 어떻게든 이루어지기를 바라는 것은, 한편으로는 오랫동안 일정한 거처 없이 떠돌아다니는 동생이 마침내 안착할 곳을 찾은 것 같았기 때문이고,

또 한편으로는 이 사랑이 이루어지는 모습을 상상하면 마치 너무 늦어버린 자신의 꿈이 이루어지는 것처럼 가슴이 두근거렸기 때문이었다.

쇼팽은 냉큼 이야기를 마무리하는 어스킨 부인의 눈동자 속에 일이 순조롭게 풀리지 않아 답답해하는 자신에 대한 연민의 빛이 담긴 것을 깨닫고 저도 모르게 고개를 돌렸다. 자매가 나란히 자신 때문에 쩔쩔매고 있는 것이다. 무어라 말할 수 없이 비참한 기분이었다.

"네, 결국 그렇게 되었어요."

그렇게 짧게 대답하고는, 이제 아무 생각도 하지 말자고 스스로에게 다짐하며 작게 한숨을 내쉬었다. 어스킨 부인은 그런 모습을 자신이 꺼낸 화제와 관련된 것으로 이해하고,

"유감이네요. 린드 양이 노래해주기를 기대하셨는데"라고 말했다.

"그래요. 하지만 비아르도 부인도 훌륭한 가수예요. 그녀의 출연은 바라지도 않던 일이지요. 내 마주르카를 편곡한 노래도 불러줄 모양입니다. 린드 양은 손님으로서 참석해줄 겁니다. 내가 멘델스존과 사이가 나쁘다는 악의에 찬 헛소문을 흘리는 사람들은 린드 양이 내게 보여준 특별한 경의의 의미를 재고해봐야 할 거예요. 그녀만큼 멘델스존의 총애를 받았던 사람도 없으니까요."

폴린 비아르도 부인은 혁명이 일어난 당초에는, 오랜 꿈이 실

현되어 물 만난 고기처럼 정력적으로 활동하는 남편 루이 비아르도를 내조하며 파리에 머물렀다. 상드 부인은 그녀야말로 이제 막 탄생의 울음을 터뜨린 공화국의 첫번째 가희(歌姬)가 될 만한 사람이라며, 코메디 프랑세즈에서 새롭게 태어난 공화국 극장의 무료 첫 공연으로 자신이 쓴 프롤로그에 라셸 양이나 오귀스틴 브로앙 양과 함께 그녀를 발탁해서, 그 노래가 이제는 결코 귀족이나 부르주아의 전유물이 아니라 앞으로 민중에게 무구한 정신을 함양해주는 것이 될 것임을 주장했다. 결과는 대성공이었다. 상드 부인은 나아가 뒤퐁의 가사에 새로운 마르세예즈의 곡을 쓰는 명예를 그녀에게 안겨주기 위해 힘썼다. 그러나 5월 15일의 사건으로 궁지에 몰린 상드 부인은 파리를 떠나 노앙으로 돌아가버렸고, 비아르도 부인도 그것을 계기로 활동 장소를 이곳 런던으로 옮긴 것이었다.

쇼팽과 비아르도 부부는 런던에서도 몇 차례 얼굴을 마주했다. 상드 부인과 특별히 친했던 비아르도 부부는 파리에서는 그를 만나도 왠지 어색해하며 묘하게 그의 역성을 들고 때로는 상드 부인을 나쁘게 말했다가 또 어떤 때는 다시 그와 일정한 거리를 두려고 애쓰기도 했다. 그러나 바다를 건너 이곳까지 오자 한결 마음이 편해졌는지 최근 반년 동안에는 느끼지 못했던 허물없는 분위기가 서서히 싹트고 있었다.

비아르도 부인도 런던에서는 고전을 면치 못하고 있었다. 그녀의 현재 처지가 어떤지는 스털링 양이나 어스킨 부인, 그리고 브로드우드에게 이 도시의 오페라 상연을 둘러싼 복잡한 이야기를 들은 터라 대강 짐작이 갔다.

그즈음 런던의 오페라 계는 대립하는 두 극장에 의해 양분되어 있었다. 하나는 피에르 라포르트의 뒤를 이어 지금은 벤저민 럼리가 지배인 자리에 앉아 있는 허 머제스티스 극장, 그리고 또 하나는 럼리에게 반기를 든 가수들을 모아 그 전해에 마이클 코스타의 지휘 아래 코번트 가든에 개장한 로열 이탈리안 오페라 하우스였다. 럼리는 원래 라포르트의 고문 변호사였다. 당시 두 사람은 허 머제스티스 극장의 지배를 통해 런던의 오페라 경영을 한 손에 거머쥐겠다는 야심을 품고 있었는데, 여기에 가수들이 반발해 1840년에는 모든 가수의 고용이 보장되지 않으면 출연을 거부하겠다는 선언을 발표했다. 이에 라포르트 측에서는 시험적으로 안토니오 탐부리니를 재고용하지 않는다는 방침을 발표했는데, 여기에 이 나라의 가장 유복한 상류층으로 이루어진 청중들이 오히려 가수들보다 크게 반발하여 극장이 무너질 만큼 대소동이 벌어졌다. 이 소동이 일어난 일 년 뒤에 라포르트가 사망하고 그 뒤를 럼리가 이어받은 후에도 가수들과의 뿌리 깊은 대립은 여전히 계속되었다. 양쪽의 관계를 크게 변화시킨 것은 당시 허 머제스티스 극장의 상임지휘자였던 마이클 코스타를 둘러싼 문제였다. 코스타는 1845년에 필하모니 협회로부터 상임지휘자로 초빙받았으나 럼리는 이를 허용하지 않았다. 이 일로 럼리에게 정이 떨어진 코스타는 다음해 그의 휘하를 떠나 필하모니 협회에 참가했고, 그곳에서 큰 업적을 세워 그 다음해에는 새롭게 창설된 로열 이탈리안 오페라 하우스의 상임지휘자로 들어가게 되었다. 이때 한 덩어리로 뭉쳐 있던 가수들 사이에 균열이 생겨났다. 예전에 수모를 당했던 탐부리니를 선두로 조반니 마리오와 줄리아 그리시 부부 등 중심 가수 대부분이 코스타 쪽에 가담했지만, 개중에는 루이지 라블라케처럼 럼리 밑에 남은 이도 있었다. 두 개의 극장이 나란히 손님을 두고 치열한 경쟁을 벌이는 현재의 상황은 거기에서 비롯된 것이었다. 게다가 양 극장 사이에는 증오라는 무시무시한 힘까지 작용해 경쟁은 더욱 치열해졌고, 청중은 그만큼 높은 수준의 오페라를 마음껏 즐길 수 있었다.

코번트 가든은 스카우트에 성공한 가수들 외에도 도니제티의 〈라메르무어의 루치아〉를 초연했던 소프라노 판니 페르시아니, 베르디의 〈나부코〉를 초연했던 바리톤 조르조 론코니, 로시니에게 사사받은 귀중한 경력을 가진 알토 마리에타 알보니 같은 거물급 가수를 새롭게 영입하고, 나아가 발레단에도 이름 높은 오스트리아의 파니 엘슬러를 초빙하는 데 성공하여 만전의 체제를 갖추었다. 럼리도 여기에 지지 않았다. 그는 즉각 나는 새도 떨어뜨릴 기세인 기예의 작곡가 베르디와 신작 오페라 계약을 체결했고, 나아가 결국 작곡자의 사망으로 실현되지는 않았지만 이 나라에서 절대적인 인기를 누리고 있던 멘델스존에게도 오페라 제작의 확약을 얻어내 그것을 대대적으로 광고했다. 또한 발레단에도 마리아 탈리오니, 카를로타 그리지 등 지명도에서나 실력에서 결코 엘슬러에게 뒤지지 않는 두 인재를 확보했다. 그리고 럼리가 계약을 체결하기 위해 특히 심혈을 기울였던 가수가, 이미 전 유럽에 명성을 떨치고 있던 제니 린드 양이었다.

린드 양의 기용은 대성공이었다. 도니제티의 〈연대의 아가씨〉에서 좋은 연기를 보여주었고 이어서 베르디의 신작 오페라 〈군도群盜〉에서 그 진가를 유감없이 발휘하며 아말리아 역을 훌륭하게 초연한 이 '스웨덴의 꾀꼬리'를 런던의 관객은 열광적으로 환영했다. 그녀의 성공은 허 머제스티스 극장의 흥행 수익에 직접적으로 반영되었다. 아이러니하게도 전통을 자랑하던 극장은 작곡자와 출연자의 새로운 바람에 의해 유지되는 반면, 신설 극장인 코번트 가든은 작곡자와 출연자 모두 새로운 면모를 보여주지 못해 경쟁자에게 다소 뒤지는 현상이 빚어졌다.

이러한 상황은 그해 들어서도 변함이 없었다. 쇼팽은 5월 4일에 린드 양의 그해 첫 공연인 허 머제스티스 극장의 〈몽유병의 여인〉을 그녀가 직접 명함을 붙여 보내준 일층 특별석 티켓으로 관람했다. 티 없이 맑고 작은 음에서도 전혀 흔들림이 없는 그녀의 깨끗한 목소리에 쇼팽은 완전히 매료되었다. 그녀에 대해서는 소문만 들었을 뿐 일면식도 없고 노래도 들어본 적이 없었지만, 과연 아낌없는 호평을 받을 만큼 뛰어난 재능에다 스웨덴적이라고 형용할 수밖에 없는 독특한 요정 같은 분위기를 지니고 있었다. 이 린드 양에 대항하기 위해 그해 코번트 가든에서 큰 기대를 걸고 무대에 세운 가수가 이제는 전설이 되다시피 한 말리브란의 동생 폴린 비아르도 부인이었다. 곡은 똑같이 벨리니의 〈몽유병의 여인〉이었다. 전혀 다른 분위기를 가진 두 가수의 우열을 가리는 것은 처음부터 어려운 일이었고, 다만 용모만을 두고 말하자면 분명 린드 양 쪽이 우세하다는 것은 누구나 공통된 생각이었다. 결과적으로 허 머제스티스 극장이 그 전해의 크리스마스 행렬 이후 처음으로 공개석상에 모습을 드러낸 빅토리아 여왕의 내방으로 화려하게 첫 막을 열고 그후에도 지속적인 성황을 유지한 것에 비해, 코번트 가든 쪽은 딱히 나쁘지는 않지만 관객 수에서 번번이 아쉽게 패배했고, 비아르도 부인도 건강이 별로 좋지 않은 탓도 있어 같이 공연한 그리지와 알보니의 눈부신 활약 사이에서 다소 시들해 보이는 감이 있었다.

쇼팽은 연주회 뒤에 마를리아니 백작 부인의 살롱에서 인연을 맺은 후원자 구로 부인을 통해 린드 양을 소개받았고, 그녀가 노래뿐 아니라 인품 또한 지극히 매력적이라는 것을 알고 더욱 호감을 가졌다. 그녀 역시 꼭 만나보고 싶었던 천재 음악가의 부드럽고도 예의 바른 말투에 친근함을 느꼈다. 일 주일 후에 두 사람은 저녁식사를 함께 하고 밤 한시경까지 그녀는 모국 스웨덴의 노래를 부르고 그는 마주르카와 그 밖의 자작곡을 연주하는 자리를 가지면서 한층 더 마음이 통하게 되었다. 그녀는 그에게 연주회 때 꼭 자신이 노래하게 해달라고 청했는데, 이것은 매우 이례적인 일이었다. 린드 양은 지금껏 아무리 상류 사교계의 살롱이라 해도 오페라 무대 이외의 장소에서는 한 번도 노래한 적이 없었기 때문이었다. 쇼팽 역시 그녀의 명성은 물론이고 그 재능에 대해서도 큰 경의를 품고 있었던 터라 바라지도 않던 반가운 일이라며 공연을 크게 기대하고 있었다.

어스킨 부인이 "유감이네요"라고 한 것은 그러한 쇼팽의 기대를 알고 있었기 때문이었다. 그녀의 말대로 유감스럽게도 그 계획이 실현되지 못한 것은 극히 최근에 일어난 엉뚱한 우연 때문이었다. 팰머스 백작이 쇼팽의 두번째 연주회를 위해 흔쾌히 자택을 제공하겠노라고 했다는 기쁜 소식을 안고 브로드우드가 그의 집을 찾았을 때, 우연히 그 자리에 함께 있던 비아르도 부인의 오빠 마누엘 가르시아가, 그렇다면 꼭 여동생에게 노래를 맡기자며 바로 집으로 달려가 그녀에게 말을 전해버린 것이었다. 쇼팽은 린드 양이 예전에 가르시아에게 사사받았다는 것을 알고 있던 터라 그녀와의 공연 계획을 그에게 알릴까 했지만, 일단 말을 꺼내면 일이 어떻게 돌아갈지 뻔했기 때문에 연주회 예정 자체에 대해 입을 다물고 있던 참이었다. 가르시아가 돌아간 뒤에 브로드우드는 "좋은 소식이어서 한시바삐 알려주려던 것뿐이었는데……"라며 몇 번이나 자신의 경솔함을 사과했지만 이미 엎질러진 물이었다. 쇼팽은 그렇다고 화를 내는 것은 비아르도 부인에게 큰 실례가 되겠다 싶어 그저 쓴웃음을 짓는 정도에서 그쳤지만, 내심 유감스러운 마음을 금할 수 없었다.

비아르도 부인은 오빠의 이야기를 듣고 그 자리에서 출연을 승낙했다. 쇼팽은 그녀가 가수로서 얼마나 우수한지를 누구보다 잘 알고 있었기 때문에 공연자로서 물론 두말할 것 없이 적합하다고 생각하기는 했지만, 파리에서도 늘 보던 얼굴인 만큼 런던까지 와서 굳이 공연할 필요가 있을까 하는 생각도 있었고, 또 그녀의 속셈에 대해서도 짚이는 구석이 있어서 쌍수를 들고 환영할 마음은 나지 않았다.

비아르도 부인은 〈몽유병의 여인〉에 출연하기 전에 한번 코번트 가든에서 소곡을 부른 적이 있었는데, 쇼팽의 마주르카를 스스로 가곡으로 편곡한 것도 프로그램에 포함되어 있었다. 파리에서는 별다른 부탁 없이는 자신의 노래를 거의 부르지 않았던 비아르도 부인이 이곳 런던에서 자진해서, 그것도 첫 무대에서 자신의 노래를 택한 것에 쇼팽은 매우 놀랐다. 하지만 아는 사람 없는 낯선 땅인데다 함께 노력하자는 격려의 의미가 아닐까 싶기도 하고, 어쩌면 상드 부인이 없는 곳이라 더 우호적인 것인지도 모른다고 여러 가지로 이유를 짐작해보며 그 후의를 고맙게 여겼다. 그러나 얼마 후부터 그녀는 공연 때 배포하는 프로그램 카드에 '쇼팽의 마주르카'가 아니라 '비아르도 부인이 편곡한 마주르카'라고만 기재하기 시작했다. 알고 보니 어떤 신문에서 그녀에 대한 기사를 쓰면서, 별로 들어본 적이 없는 쇼팽이라는 사람의 곡을 노래했는데 기왕이면 다른 노래가 좋지 않았겠느냐고 했고, 그것을 본 비아르도 부인은 이곳에서는 그의 이름이 별로 도움이 되지 않고 도리어 나쁜 인상까지 줄 수 있다고 판단해 그의 이름을 빼버린 것이었다. 거기에 쇼팽과 필하모니 협회 사이에 있었던 일에 대한 소문도 영향을 끼친 모양이었다. 쇼팽에 대해 누구보다 분노한 사람이 협회의 오케스트라 지휘자인 마이클 코스타였고, 또한 그는 비아르도 부인이 계약한 코번트 가든의 지휘자이기도 했던 것이다. 쇼팽의 이름을 내세워봤자 분명 득이 될 것이 없는 상황이었다. 공연한 반발을 사지 않도록 슬그머니 그의 이름을 감춘 것은 현명한 판단이었는지도 몰랐다.

쇼팽은 비아르도 부인을 둘러싼 상황에 대해서는 충분히 이해했지만, 그 너무도 빈틈없고 재빠른 처신에는 다소 경박한 인상을 받았다. 원래부터 그는 **성공**이라는 것에 대한 그녀의 집착이 마음에 들지 않았다. 물론 **성공**이 가만히 기다려서 저절로 굴러들어오는 것이라면 아무도 애써 노력하지 않을 것이다. 그러나 위신이나 체면도 모두 버리고 기를 쓰며 그것을 추구하는 모습은 아무래도 품위 있는 일이라고 하기 힘들었고, 상대가 자진해서 도움을 준다면 또 몰라도 마치 이용하듯 주위 사람들을 끌어들이는 그녀의 버릇은 곁에서 보기에 결코 기분 좋은 것은 아니었다. 쇼팽은 그녀의 그러한 비속함을 상드 부인에 대한 태도에서도 줄곧 보아왔다. 그녀가 가수로서 세상에 이름을 알리는 데 상드 부인의 도움이 얼마나 컸는지는 모두가 다 아는 일이었다. 그녀가 상드 부인을 은인으로 존경하는 것은 말하자면 당연한 일이었다. 그러나 그는 아무래도 거기에 뭔가 교활한 계산이 감춰져 있다는 생각을 지울 수 없었다. 그녀의 재능이나 됨됨이는 사랑하고 있었다. 이제껏 그녀를 미워한 적은 한 번도 없었다. 때문에 그녀의 그런 면을 더더욱 이해할 수 없었다. 때로는 그것이 요절한 언니 말리브란의 위광과 관계가 있는지도 모른다는 생각도 했다. 그 거대한 환영 때문에 괴로워하는 게 아닐까…… 어찌 됐건 자신의 연주회에서 노래하겠다는 것도 사심 없는 우정 때문이라고는 생각되지 않았다. 공개적인 연주회에서는 쇼팽이라는 이름이 도움이 되지 않는다. 그러나 그를 애호하는 사람들이 모이는 개인 저택에서의 연주회라면 출연할 가치가 있다. 분명 그런 계산이 있었을 것이었다.

쇼팽은 자신의 그러한 추측을 편향된 생각이라고 반성하며 그녀에게 미안한 마음을 품기도 했다. 남들이 들으면 분명 배은망덕한 생각이라고 비난하리라. 그래서 그는 그런 생각을 가슴 속에 담아두고 이따금 그지마와 백작이나 로지에르 양 같은 파리의 친구들에게 편지를 통해, 절대 말하지 말라는 조건을 달아 조금씩 털어놓는 데 그쳤다.

어스킨 부인과 스털링 양은 입을 다물고 있는 쇼팽을 잠시 걱정스럽게 지켜보았다. 이윽고 그가 얼굴을 들자 두 사람이 동시에 "괜찮으세요?"라고 말을 걸었다. 그 말이 마치 약속이라도 한 것처럼 동시에 튀어나왔기 때문에 세 사람은 마주보며 저도 모르게 웃었다.

"멋진 3도의 이중창인데요?"

쇼팽이 농담을 던지자 이번에는 자매 둘이서 얼굴을 마주 보았다.

"별일 아니에요. 잠깐 생각할 게 있어서요. ……그보다 식사를 준비하라고 하죠. 오후에 세 사람 정도 레슨이 있으니까 조금 일찍 마치고 싶군요."

쇼팽은 늦은 시간에 예정되어 있던 레슨 학생 수를 일부러 한 사람 더 늘려서 말했다. 그녀들을 일찍 돌려보내기 위해서였다. 잠시 혼자 있고 싶었다. 두 사람은 별다른 의심 없이 조금 전의 웃음의 여운을 희미하게 담은 채, 여전히 어딘가 기분이 썩 좋아 보이지 않는 그의 얼굴을 걱정스럽게 바라보았다.

8

팰머스 백작의 저택에서 열린 연주회는 비아르도 부인의 호연에 힘입어 첫번째 연주회에 뒤지지 않는 호평을 얻었다. 그러나 사전에 기대했던 대로 앞으로의 활동에 활로를 열어주는 정도는 아니어서, 결국 그저 무사히 마쳤다는 데서 의의를 찾을 수밖에 없었다.

염려했던 대로 런던의 음악 시즌은 새롭게 등장한 사람이 충분한 성공을 거두기에는 너무도 짧았다. 7월도 중반에 접어들자 사람들의 머릿속은 온통 시골 별장에서 보낼 여름휴가 계획으로 가득 차 음악은 다들 관심 밖이었다. 반년만 더 시간이 주어졌다면 어느 살롱이든 거리낌없이 드나들 만큼 명성을 얻을 수 있었을 것이었다. 그러기 위해 어떻게 해야 하는지도 잘 알고 있었다. 그러나 실행할 시간이 없었다. 겨우 성공의 실마리를 붙잡았을 때, 사람들은 벌써 충분히 만족해 흡족한 기분으로 그 해에 들은 음악을 반추하기 시작하고 있었다. 말하자면 그는 서서히 막이 내려가는 극장에 때늦게 찾아온 가수였다. 그가 나설 무대가 있다면 다음 회, 즉 내년이었다. 그리고 그때까지 이 나라에 머물러 있을 생각은 없었다.

그에게 남겨진 것은 풀리지 않는 피로감과 함께 집세와 마차 임대료, 그리고 사용인의 급료 등을 제한 이백 기니 남짓한 수입뿐이었다.

성공에 그다지 욕심을 내지 않았다는 것은 스스로도 느끼고 있었다. 스물한 살에 파리 음악계에 처음으로 발을 들여놓았을 때를 돌이켜보면 이제는 정열도 야심도 완전히 소진된 것만 같았다. 처음부터 당장 체재하는 데 불편하지 않을 만큼의 수입만 있으면 된다고 생각했다. 그럼에도 불구하고 이런 결과에 낙담할 수밖에 없었던 것은 무엇보다 음악가로서의 긍지에 상처를 입었기 때문이었다. 특히 그토록 기대를 걸었던 어전 연주가 끝내 이루어지지 않은 것이 마음에 걸렸다. 사전 준비는 완벽했다.

여왕의 신뢰가 두터운 서덜랜드 공작 부인의 저택에서 연주회를 연 것이다. 그런 유리한 조건에도 불구하고 궁정에서 그를 초대하지 않은 것은 결국 자신의 연주에 매력이 부족해서라고밖에 할 수 없었다. 필하모니 협회와의 불화가 분명 불리하게 작용하긴 했겠지만, 그것 또한 스스로 초래한 결과였다. 파리를 찾은 외국 음악가가 콩세르바투아르에 대해 마찬가지 태도를 보였어도 똑같은 결과가 나왔을 것이었다. 그들의 편협한 속물성은 경멸스러웠지만, 뒤늦게 원망해본들 어쩔 수 없는 일이었다.

게다가 유일한 성과인 이백 기니라는 액수도 충분하다고는 하기 어려웠다. 이탈리아라면 일 년은 편안히 살 수 있겠지만 이곳 런던에서는 반년을 겨우 버틸까 말까 한 액수였다. 어느 정도 돈벌이가 되었다면 비속한 만족감으로나마 스스로를 위로할 수도 있었으리라. 그러나 이 정도의 돈으로는 앞으로의 생활에 대한 불안조차 씻어낼 수 없었다.

음악활동의 전망이 불투명해지자 살롱들을 이곳저곳 바삐 돌아다니는 나날이 무익하게 느껴져 견딜 수가 없었다. 레슨 학생의 질도 좋지 않았다. 모셸레스의 딸인 에밀리 로슈 부인처럼 가르치는 보람이 있는 학생도 없지는 않았지만, 그것은 예외 중의 예외였다. 파리에서라면 진작에 내쫓았을 불성실한 학생에서부터 아홉 회분의 사례비를 내지 않은 채 시골로 떠나버린 학생, 주 이 회 레슨을 약속하고 일 주일 건너 한 번씩밖에 나타나지 않는 학생도 있었다. 소질이 있어 보여서 좀더 시간을 갖고 지도해주겠다고, 파리의 학생이라면 펄쩍 뛰며 반길 제안을 해도 "지난번 선생님은 일 회에 반 기니로 주 이 회를 가르쳐주셨는데, 선생님은 일 회에 일 기니를 받으시니까 지금까지처럼 주 일 회만 받으면 안 될까요?"라는 참으로 실망스러운 대답이 돌아왔다. 게다가 그런 조건까지도 승낙해주었더니 그후로 두 번의 레슨만 받고는 시골로 돌아가버렸다.

아무도 진지하게 배우려는 마음이 없었다. 심지어는 리버풀에서 찾아와 일 주일 동안 다섯 번의 레슨만 받겠다고 하는 학생도 있었다. 그의 명성이 오히려 악영향을 끼쳐 대부분의 학생들이 그저 프레데리크 쇼팽에게 레슨을 받았다는 사실을 자랑하기 위해 잠시 그를 거쳐갈 뿐이었다. 완벽하게 배우겠다는 열의는 애당초 찾아볼 수 없었다. 그런 사실을 뻔히 알면서도 생활을 위해, 그리고 애써 학생을 모아준 스털링 양과 어스킨 부인 때문에 차마 지도를 거절하지 못하는 자신의 처지가 견디기 힘들었다.

앞날에서 어떤 희망도 발견할 수 없게 되자 이제껏 경험한 적 없는 심각한 우울이 찾아와 그의 심신을 사로잡았다. 우울의 집요한 숨결이 그를 끊임없이 분노하게 했다. 의자에 앉으면 이따금 팔다리를 쥐어뜯고 머리를 감싸쥐는가 하면 그대로 탁자에 팔꿈치를 괴었다. 두 손으로 얼굴을 덮고 고개를 푹 숙이며 손바닥으로 눈두덩을 누르고는 이윽고 천천히 펼쳐서 턱을 받쳤다. 그렇게 험악한 얼굴로 잠시 가만히 있다가 결국에는 체념의 한숨을 내쉬거나 고개를 저으며 의자 등에 몸을 내던지고 억지로 눈을 감으며 침착함을 되찾으려 애쓰는 것이었다.

매일 신문을 읽었기 때문에 혁명 후의 추이에 대해서는 대충 파악하고 있었다. 지인들의 동향도 그지마와 백작을 비롯한 파리의 친구들이 보내주는 편지를 통해 알 수 있었다. 편지 쓰는 일에 게으른 그도 무료함에 지쳐 자주 펜을 들었지만, 항상 그렇듯 좀처럼 완성시키지 못했다. 일상적인 대화에서는 그토록 유창한 프랑스어를 구사하는 그도 막상 작문에 들어가면 아직까지 막히는 부분이 있는 터라 자연히 그지마와 백작 같은 폴란드 사람에게 모국어로 보내는 편지가 많았다.

바다 건너에서 새로운 소식이 도착할 때마다 영국 행을 결심한 당시의 판단이 옳았다는 것을 스스로 확인하려 애썼다. 다른 길은 없었다. 여기에서 이러고 있는 것도 결코 시간 낭비만은 아니다. 적어도 신상에 위험은 없지 않은가. 하지만 파리에 남겨두고 온 친구들을 생각하면 단순히 기뻐할 수도 없었다. 혼자 이런 평화로운 곳에서 그들이 직면한 위기와는 비교도 되지 않는 사치스러운 고민에 빠져 의기소침해 있다는 생각을 하면 더욱 기분이 가라앉는 것이었다.

파리에서의 혁명에 대한 쇼팽의 관심은 대부분 구체적인 염려에서 비롯된 것이었다. 6월 말의 폭동 소식을 들었을 때도 그가 알고 싶었던 것은 다만 그 가장 처참한 무대의 하나였다는 로슈슈아르 가 근처에 사는 그지마와 백작과 들라크루아,

알캉, 플레옐 등의 안부였을 뿐, 다른 문제는 그다지 중요하지 않았다. 프랑스가 공화제로 이행한 것보다 여전히 요원하기만 한 폴란드 독립 문제가 오히려 그의 마음을 움직였다. 그러나 그런 때에도 제일 먼저 생각나는 것은 역시 가족과 친구들의 안위였다.

쇼팽은 본질적으로 정치적인 인간이 아니었다. 어떤 종류의 정치적인 예민함은 있었지만, 동시에 정치를 거부하는 듯한 면이 있었다. 어쩌면 그 예민함이 그를 정치에서 멀어지게 했는지도 몰랐다. 그가 정치에 대한 회의를 불식하지 못한 것은, 정치가 표방하는 현실주의의 근저에는 항상 또다른 종류의 비현실적인 면이 있고 그 비현실은 대부분의 경우 인위적인 것이라는 생각을 가지고 있기 때문이었다.

그에게 토론할 가치가 있는 유일한 정치적 문제는 단 하나, 폴란드였다. 결코 그 이외도, 그 이상도 아니었다.

11월 봉기가 실패로 끝난 1831년 겨울, 팔천 명에 달하는 폴란드인이 프랑스를 목표로 속속 망명길에 올랐을 때, 쇼팽 또한 그들과는 별도로 빈에서 파리로 활동의 거점을 옮겼다. 처음으로 프랑스를 찾은 그는 소문으로 듣던 것 이상으로 이 나라 사람들이 폴란드에 대해 큰 관심을 가지고 있는 데 놀랐다. 그 흥분의 양상은 나중에 회상해보아도 이상하게 느껴질 정도였다. 1846년에 크라코프에서 민중 봉기가 일어났을 때도 그만큼 광범위한 토론이 벌어지지는 않았다. 러시아를 비롯한 신성동맹국을 자극하지 않기 위해 폴란드 문제에 대한 개입에는 지극히 신중해야 할 터인 프랑스 정부가 대규모 망명자를 어쩔 수 없이 받아들인 것도 국내 여론과 라파예트를 필두로 하는 좌파 군인들의 압력 때문이었다. 결국 프랑스 정부는 바르샤바 함락 후 삼십만 프랑의 신용 대출을 통해 실질적으로 망명자의 이동 비용까지 떠맡았으며 나아가 그후 도덕적 부채라는 명목으로 삼십만 프랑의 추가 대출까지 실시했다. 그러나 폴란드에 대한 동정과 정치적 호기심은 결국 신성동맹의 압력을 받으면서 그저 한바탕 태풍이 훑고 지나간 것처럼 쉽사리 프랑스 민중을 떠나버렸고, 그후로는 오랫동안 차가운 무관심의 계절이 이어졌다.

쇼팽은 부르주아지의 승리가 점차 결정적으로 굳어가는 루이 필리프 치세하에서 망명 폴란드인들이 서서히 사람들의 관심 밖으로 밀려나 거처를 잃고 곤경에 처하는 모습을 목격해왔다. 자신처럼 재능에 의해 성공을 거둔 사람은 그래도 다행이었다. 그러나 대부분의 사람들은 그렇지 못했다. 거리를 헤매는 동포를 위해 그는 아낌없이 사재를 쾌척하여 도움의 손길을 내밀었다. 그것은 그들을 위한 것임과 동시에 폴란드를 위한 것이기도 했다. 그들 한 사람 한 사람이 곧 폴란드였다. 폴란드의 문화이며 역사였다. 그들의 고난은 곧 폴란드의 고난이었다. 그들의 삶이 존속하지 못한다면 조국의 재생 또한 결코 가능할 수 없었다.

쇼팽은 프랑스인의 동정에는 예의 바르게 고개를 숙였지만 프랑스인이 폴란드에 기울이는 관심의 본질에 대해서는 처음부터 기대를 갖지 않았다. 그것은 필경 자신들의 혁명에 대한 도취에서 비롯되어, 그 도취를 깨려는 위협에 대한 반발로 싹튼 것이 틀림없었다. 아니면 기껏해야 자선활동이라는 고상한 취미의 일환에 지나지 않는 것이었다. 차르에 대한 적대감만 해도, 나폴레옹 시대 이래의 원한이 있다고는 해도, 당장은 그들의 정치 이념에 정면으로 반대하는 구태의연한 야만족의 수장으로서 위험시하는 데 지나지 않았고, 실제로 조국이 갈가리 찢겨 지배당하고 있는 사람들이 항상 마음속에 마르지 않는 증오의 상징으로서 그를 위한 형장을 준비하고 있는 것과는 근본부터가 달랐다. 무엇보다 그가 반발을 느꼈던 것은 그 자체가 비극이라고 할 폴란드의 지리적인 위치를, 차르의 전제로부터 유럽을 수호하기 위한 방어벽쯤으로 마음대로 해석하고, 봉기가 계속되었던 일 년여 동안 러시아가 비스와 강 유역에 온 신경을 집중시키고 있었던 덕분에 7월왕정의 요람기를 차르의 간섭 없이 무사히 보낼 수 있었다고 고마워하며, 봉기에 나선 그 국민들을 '자유의 기사' 니 뭐니 하며 영웅시하는 것이었다. 완전히 자기들 좋을 대로였다. 어느 누가 그런 이유 때문에 죽음을 무릅쓰고 저 절망적인 싸움에 제 몸을 던질 것인가? 어느 누가 그런 장대한 이념에 목숨을 바치기 위해 저 엄청난 대국에 도전한단 말인가? 프랑스가, 그리고 자유주의가 그때 떨치고 일어난 민중들에게 과연 어느 정도의 무게를 가지고 있었을 것인가? 그들은 단지 자신들의 땅을 되찾고 싶었을 뿐이다. 그들의 논밭을 지키고 가족을 지키고 싶었을 뿐이다. 그런 너무도 당연한 염원에 불과했다.

그러나 프랑스인뿐 아니라 같은 폴란드인들조차 이런 쇼팽의 견해를 지나치게 소박한 생각이라고 받아들였다. 그 심정은 절실히 이해한다. 그러나 그런 생각만으로는 아무것도 해결되지 않는다. 무엇보다 그가 혐오하는 프랑스인의 폴란드 관(觀)은 그 근본을 따지자면 이 나라에 망명한 폴란드인 스스로가 심어 주었고 또한 이용하려 획책한 것이었다. 프랑스인이 칭송하는 용감한 폴란드인의 모습 역시 그들 스스로가 프랑스인의 기억 속에서 나폴레옹 시대의 폴란드 병사를 끄집어내 먼지를 떨어내고 깨끗이 닦아놓은 것이었다. 결국 어느 나라에서건 우선 내 한 몸이 가장 소중하게 마련이다. 연민만으로 아무 인연도 없는 다른 나라의 독립을 도와줄 선량한 나라는 있을 리 없다. 그렇다면 폴란드의 독립은 반드시 프랑스의 국익에, 아니 유럽 전체의 새로운 자유세계의 창조와 직결되는 문제로 이해되어야만 한다. 그러기 위한 전술이다. 프랑스인의 그런 생각은 오히려 환영해야 할 일이 아닌가.

프랑스에 망명한 폴란드인들은 십 년 남짓한 사이에 온갖 우여곡절을 거쳐 최종적으로 양대 파벌을 형성하기에 이르렀다.

하나는 입헌군주제를 이상으로 내세우며 아담 차르토리스키 대공을 그 사실상의 국왕으로 옹립하는 대귀족 중심의 일파로, 초기에는 '폴란드 문예역사협회'를 설립해 활동 거점으로 삼았지만 1842년 차르토리스키 대공이 생 루이 섬의 오텔 랑베르를 매입한 뒤로는 그 이름을 따서 '오텔 랑베르 파'라고 불리게 되었다. 소수이지만 프랑스 정부의 신뢰도 두터워 실질적인 망명 정권으로 인식되고 있는 이 일파는 외면적으로는 빈 회의에서 러시아와의 동군연합(同君聯合)이라는 입장으로 인정을 받은 폴란드 국왕의 자치 회복을 목표로 하는, 신성동맹에 금이 가지 않는 형태의 조국 재건의 길을 주장했다. 물론 그 최종 목표는 폴란드의 완전한 부활이었으며, 나아가 슬라브 민족의 각성과 자립에 의한 연방 구상까지도 내다보고 있었다.

또 하나는 주로 중소귀족으로 구성된 민주협회라는 일파였다. 민주협회는 원래 빌노 대학의 역사학 교수 요아힘 렐레벨을 지도자로 하여 그가 예전에 대표를 맡았던 애국협회 회원들이 다수 참가한 폴란드 국민위원회라는 조직의 좌파가, 사회 문제나 헌법 문제에 대해 어정쩡한 태도를 보이는 렐레벨에 실망해 집단으로 탈퇴하여 새로이 설립한 공화주의적인 조직이었다. 그러나 회원의 증가와 크렝포비에츠키 같은 극좌파의 이탈, 그리고 프랑스 정부의 감시와 억압을 겪으면서 점차 온건화되고 그것이 다시 조직의 확대로 연결되면서 파리에서 푸아티에로 옮겨간 중앙지도부를 거점으로 프랑스 전역에 그 지부가 퍼져 있었다.

쇼팽은 오텔 랑베르 파와 깊은 관련을 가지고 있었고, 특히 마르셀리나 차르토리스카 대공비의 피아노 레슨을 맡는 등 차르토리스키 대공 일가와는 매우 친밀한 교류가 있었다. 그렇다고 완전히 그쪽에 속해 있었던 것은 아니고 민주협회 쪽에도 그지마와 백작 등과 같은 많은 지인들이 있었다. 강한 동포 의식과 정치적인 입장의 애매함이 파리에서 폴란드인 동포들과의 교제를 용이하게 해주었지만, 좀더 자세히 들여다보면 사실 그의 입장은 정치체제에서는 입헌군주제를 지지하는 듯했고 반대로 조국의 독립이라는 문제에 대한 일종의 낙관론은 오히려 푸아티에 선언으로 불리는 민주협회의 정치강령과 상통하는 것으로 여겨졌다.

이 푸아티에 선언은 '모든 것은 민중을 위해, 모든 것은 민중에 의해' 라는 협회의 기본 원칙에 입각해 있었으나, 그 무렵에는 크게 늘어난 다양한 계급의 회원들을 배려하고 또 앞으로 모든 계급의 사람들이 이 선언 아래 결집하여 혁명에 참가할 수 있도록 하기 위해, 발족 초기처럼 11월 봉기의 실패 책임을 기득권에 집착하느라 농노 해방에 선뜻 나서지 않았던 대귀족과 중소귀족들에게 물으며 공격하던 태도는 버린 상태였다. 또 농노제나 부역 폐지에 관해서도, 봉기 초기에는 경작 농민에게 토지를 무상으로 분배한다는 방침이었지만, 토지 없는 농민에 대한 토지 분배 문제는 교묘하게 회피한 채 보류해두고 있었다. 이러한 애매한 방침에 감추어진 애국심에 대해 쇼팽은 지나친 기대를 가지고 있었다. 바로 그 점이 이를테면 세간의 동정이 식은 뒤에도 일관되게 폴란드에 대한 관심을 유지했던 상드 부인 같은 이가 끝내 이해하지 못했던 점이었다. 분할열강을 타도하면 현재의 빈곤에서 해방된다는 유의 주장이 최하층민에게 설득력을 갖지 못한다는 것은 11월 봉기의 실패로 이미 증명되었을 터였다. 들고일어난 농민들의 손에 쥐어진 곡괭이가 향한 곳은 러시아나 오스트리아, 프로이센의 병사가 아니라 그들을 직접적으로 괴롭힌 폴란드인 지주였다. 그들은 끝내 주인님들의 폴란드에는 기대를 품지 않았다. 오히려 행복은 선하신 차르께서 가져다주실 것이라고 믿었다. 어째서 쇼팽은 그 사실을 이해하지 못하는 것일까? 그들 없이는 봉기의 성공은 결코 있을 수 없다. 그들을 해방하여 지주와 농민이 동지로서 손을 마주 잡고 일치단결하여 맞서지 않고서야 어떻게 저 엄청난 대국과의 싸움에서 승리할 수 있을 것인가? 그 실패 때문에 맛보아야 했던 쓰디쓴 패배가 아니었던가? 사회의 불평등을 불문에 부친 채 애국심만으로 가진 자와 못 가진 자를 아무 모순 없이 하나로 묶는다는 것이 어떻게 가능하단 말인가? 그들의 힘을 결집하기 위해서는 반드시 사회악의 해소가 선결되어야 한다. 어째서 그런 간단한 이치를 모른단 말인가? 차르토리스키 대공조차 이제는 농노 해방의 길을 모색하려 하는 판국에!

그러나 상드 부인은 쇼팽과 이 문제에 대해 그렇게까지 깊이 들어가지는 않았다. 정치에 대한 연인의 무지와 무관심에 대해서는 일찌감치 포기하고 있었고, 또 그가 망명자라는 엄연한 사실이 지니고 있는 무게에 대해서는 조심스럽지 않을 수 없었다.

한편 쇼팽 또한 그녀의 그런 견해를 알고 있었지만 그다지 영향을 받지는 않았다. 아무리 허망한 환상이라는 비웃음을 산다 해도 그는 애국심이라는 것이 모든 대립을 넘어 동포를 한데 묶어준다는 기적을 믿고 있었고, 그것이 다른 나라 사람으로서는 도저히 알 수 없는 것이라는 점도 이해하고 있었다. 게다가 우선 계급이 문제라는 식의 생각도 마음에 들지 않았다. 결국 독립 문제는 뒷전인 것이다. 분할열강의 통치하에서 자유주의적인 개혁이 진척된다면, 그녀는 그래도 여전히 폴란드 독립을 소리 높여 외칠 것인가?

그렇다고 쇼팽이 민주협회의 강령에 친근감을 느꼈던 것은 아니었다. 특히 그가 익숙해질 수 없었던 것은 그들이 애국심에 기대하는 한편으로 최후에 의존하는 것이 전 유럽 민중의 각성과 연대라는 점이었다. 애초에 쇼팽에게는 민중이라는 존재에 대한 공감이 결정적으로 결여되어 있었다. 그런 말을 들을 때 그의 가슴에 싹트는 것은 친애의 정이 아니라 불안과 두려움이었다. 그런 한편 오텔 랑베르 파가 주창하는, 러시아의 범슬라브주의에 대항하는 폴란드와 그 밖의 소국으로 이루어지는 슬라브 연합의 구상에 대해서도 쇼팽은 위화감을 품고 있었다. 그가 아담 미츠키에비치 같은 이의 견해를 도저히 받아들일 수 없었던 것도, 입장은 다르지만 그것과 똑같은 위화감에 뿌리를 두고 있었다.

쇼팽이 미츠키에비치를 알게 된 것은 폴란드에서 살던 십대 때의 일이었다. 소년 시절의 쇼팽은 열두 살 연상의 이 시인에게 완전히 심취해 그의 작품을 애송하고 노트에 옮겨쓰고 편지로 친구들에게 권하기도 했으며, 그것으로도 부족해 그 시에 선율을 붙여 가곡으로 만들기도 했다. 그가 시인을 처음으로 만난 것은 파리에 와서 삼 년 반 정도 지난 후였다. 곳곳의 살롱에서 자주 얼굴을 마주치고 서로 작품을 피로하는 동안 자연스럽게 존경과 친애에 찬 우정이 싹텄고, 거기에 일찍부터 미츠키에비치를 찬미해왔던 상드 부인이 쇼팽의 연인으로 합석하게 되어 세 사람은 서로의 집을 왕래하며 막 완성된 작품을 각자 비평해줄 정도의 사이가 되었다. 그러나 그들의 교류는 얼마 지나지 않아 잠시 끊어졌다. 쇼팽과 상드 부인이 마요르카 섬에 머무는 동안 미츠키에비치가 로잔 대학에서 고전 로마 문학 강의를 맡아 스위스로 거처를 옮겼기 때문이었다. 세 사람이 재회한 것은 미츠키에비치가 콜레주 드 프랑스에 신설된 슬라브 역사 및 비교문학 강의의 강사로 초빙되어 파리에 돌아온 1840년 말이었다.

쇼팽은 상드 부인과 함께 그의 강의에 열심히 출석했고, 상드 부인과 미츠키에비치라는 조합에 대한 세상의 주목까지 더해져 그 일이 신문에 다루어지기도 했지만, 차츰 발걸음이 뜸해지기 시작해 마침내는 그와의 우정마저 희미해지기에 이르렀다.

애초에 쇼팽은 미츠키에비치가 『폴란드 국민과 폴란드인의 순례에 관한 책들』에서 보여준 폴란드 역사 해석에 전혀 공감하지 못했다. 쇼팽은 그를 만나고 얼마 되지 않아 그 책을 읽고 대부분의 폴란드인들과 마찬가지로 당혹감을 느꼈고, 그와 우정을 키워가는 것을 잠시 망설이기까지 했다. 시인으로서 그를 존경하는 마음은 변함이 없었다. 그 고결한 인품도 사랑했다. 그러나 라므네, 몽탈랑베르 등의 부추김을 받아 마치 예언자처럼 폴란드의 종교적 사명을 역설하는 그의 모습에는 솔직히 환멸을 금할 수 없었다.

그중에서도 쇼팽이 가장 받아들이기 힘들었던 것은 그가 폴란드 국가의 소멸이라는 미증유의 비극을 그리스도의 수난과 동일하게 해석하고 폴란드 국민을 신에게 선택된 제 민족의 그리스도라고 칭하는 점이었다. 독립은 곧 부활이다. 그 첫째 날은 바르샤바 최초의 함락, 둘째 날은 두번째 함락, 그리고 마침내 찾아올 셋째 날이야말로 떨치고 일어선 그 국민이 독립을 달성하고 동시에 유럽의 여러 민중을 노예상태에서 해방시켜 세계 전역에서 전쟁을 종결시키는 날이다. 그때 폴란드인은 구원자이며 참된 그리스도인이다. 세계의 정치는 폴란드인에 의해 타락의 늪에서 구원받고 속죄받으며 로마 가톨릭을 통해 영원히 그리스도교화되리라. 그것이 미츠키에비치가 역설하는 바였다.

쇼팽은 몇 년 만에 재회한 미츠키에비치의 사상적 진전을 기대하며 그의 강의를 들었지만, 회를 거듭할 때마다 기대는 무참한 실망으로 바뀌었다. 그때 미츠키에비치의 관심은 이미 1830년대에 전개했던 폴란드인의 신격화를 통한 메시아니즘에서 멀리 벗어나 있었다. 그러나 민중에 대한 그의 장대한 공감은 이제 그 시야를 유럽에서 러시아로 바꾸어 새롭게 슬라브 민족의 통일이라는 이상을 내세우기에 이르렀다. 쇼팽은 그 점을 이해할 수 없었다. 국경에 의해 갈라진 슬라브 민족을 하나로 묶는다는 생각 자체는 별반 새로울 것도 없었다. 오텔 랑베르 파는 말할 것도 없고 『르뷔 데 되 몽드』 지 등을 애독하는 진보적인 프랑스인 중에서도 그런 논의를 하는 자들은 많았다. 그러나 그것은 어디까지나 차르의 전제가 슬라브 세계를 통째로 삼키는 것을 막기 위한 대항책이었다. 어째서 하필이면 그런 러시아와 동포의 연을 맺어야 한다는 말인가? 조국을 찬탈당해 신민의 입장을 강요당하며 괴로움에 허덕이고 있는 우리 폴란드인이! 가령 폴란드가 성인과도 같은 관용으로 이웃 나라를 용서해준다고 해도, 상대가 거기에 응해줄 것인가? 과거의 일은 모두 잊고 사이좋게 새로운 나라를 만들자고? 바보 같은 소리! 그런 달콤한 몽상으로 순순히 적군에게 투항한다면 그것이야말로 유럽 전체의 웃음거리다. 그들은 단연코 적인 것이다. 어떻게 공감 따위가 싹틀 수 있는가? 러시아 민중은 차르의 전제에 허덕이는 피해자라고 한다. 또 그 차르를 만들어낸 것은 러시아 국민들이 아니라 저 잔혹하기 이를 데 없는 몽골인과 핀족이라고 한다. 그러나 바로 그렇기 때문에 전쟁이 필요한 것이다. 아니, 전쟁에 의해 야만족의 불행한 선물인 그 악, 차르를 타도하지 않고서는 슬라브 민족에게 미래란 없다. 물론 적은 러시아이지 결코 러시아 민중은 아니다. 전제라는 그 정치체제가 적인 것이다. 그리고 그 정점에 군림하는 차르가 적인 것이다! ……미츠키에비치의 그러한 사고방식은 본래 그의 은사인 렐레벨의 가르침을 이어받은 것이었으나, 강의가 시작되고 나서 일 년 반 남짓한 사이에 크게 확대되어 한편으로는 결국 차르마저도 악으로 간주하기를 그만두고 그것을 신이 슬라브 민족의 극기를 위해 보낸 시련의 정령이라고 해석하기에 이르렀고, 또 한편으로 '진보'라는 관념을 선택된 매개자를 통해 신이 국민에게 계시하는 진리를 실현하려는 행위의 연속으로 파악하고 그 매개자를 영웅시하는 교양적인 사상으로 급속하게 기울고 있었다. 게다가 1830년대만 해도 그 매개자가 바로 폴란드 국민이며 폴란드 국민이야말로 다른 제 국민의 연대와 협조의 견인차라고 주장하더니, 그즈음에는 오히려 개인 숭배로 바뀌어 특히 나폴레옹이야말로 두말할 것 없이 그 매개자의 한 사람이라며 열렬한 찬미를 표명했다. 미츠키에비치의 이러한 사상적 변모는 결과적으로 수많은 이들이 그의 휘하를 떠나는 결과를 낳았다. 그 조짐은 일찍부터 눈에 띄었다. 사람들이 그의 언동에 불신을 품기 시작한 것은 그의 이야기에 차츰 리투아니아 출신의 신비주의자 안제이 토비안스키의 이름이 등장하면서부터였고, 강의가 삼 년째로 접어들 무렵에는 그 영향이 한층 노골적으로 드러나, 나폴레옹과 함께 그의 이름이 현대의 위대한 지도자로 거듭 등장하게 되었다.

쇼팽과 미츠키에비치가 결정적으로 반목하게 된 것도 토비안스키에 관한 평가 때문이었다.

사실 미츠키에비치와 토비안스키가 만난 데는 동정할 만한 딱한 사연이 있었다. 미츠키에비치의 아내 셀리나는 일찍이 '폴란드의 꽃'이라고 불리며 유럽 전체에 그 명성을 떨쳤던 필드 문하의 피아니스트 마리아 시마노프스카 부인의 딸로, 미츠키에비치를 페테르부르크 시절부터 줄곧 뒷바라지해준 세상 그 무엇과도 바꿀 수 없는 존재였다. 그러나 그녀는 러시아에서 독일로 이탈리아로 전전하는 세월의 심적인 고통과 파리에서의 생활고, 게다가 사랑하는 자식의 죽음이라는 불행에 시달리다 결국 정신이 이상해지고 말았고, 그후로 현실세계로의 출구를 찾아 길고 고독한 방황을 계속하고 있었다. 로잔의 아름다운 자연이 지난날의 아내의 마음을 되찾아주었으면 하는 기대도 헛되이 미츠키에비치는 병세가 전혀 호전되지 않는 아내를 데리고 파리로 돌아왔고, 대학에서 강의를 하는 한편 끈기 있게 수많은 의사들을 불러들여 치료를 시도했지만 별다른 효과 없이 낙담만 거듭되었다. 그러던 어느 날, 그 기적에 대한 소문을 듣고 지푸라기라도 붙잡는 듯한 심정으로 찾아갔던 것이 다름아닌 안제이 토비안스키였다. 시인은 그때 기적을 목격했다. 토비안스키가 아내를 향해 엄숙하게 몇 마디를 던지자, 그때까지 남편이 그토록 깊은 애정을 담아 말을 걸어도 결코 그 흐릿함이 씻겨지지 않던 아내의 눈망울에 생생한 생명의 광채가 되살아났던 것이다. 아내는 눈앞에 선 사내의 얼굴을 똑바로 올려다보더니 마치 잠에서 깨어난 듯한 표정으로 남편을 돌아보며 미소를 지었다. 미츠키에비치는 저도 모르게 울부짖으며 아내를 끌어안았다. 아내도 거기에 응했다. 그 한순간은 마치 영원과도 같았다. 또한 참으로 허망했다. 기적은 한순간에 불과했다. 셀리나는 다시금 가엾은 병의 늪으로 가라앉아버렸다. 그러나 그 미소짓던 얼굴의, 털끝만큼의 애매함도 없던 또렷한 윤곽은 그의 마음에 강한 낙인으로 찍혔다. 광기가 어떻게 그런 아름다운 미소의 선을 그려낼 수 있을 것인가? 눈부신 희망의 서광에 그는 아연해했다. 그것은 병 속에 깊이 유폐되어 있던 그녀가 감옥의 닫힌 창 사이로 흘끗 내비친 미소였다. 거의 체념하고 있던 그에게 자신이 아직 이 세계에서 완전히 실종된 것은 아니라는 사실을 알려주기 위한 미소. 구해낼 수 있다. 출구만 찾아낸다면, 분명 아내는 내 품으로 돌아오리라. 그 출구를 가르쳐줄 사람은 단 한 사람뿐이다. 아, 토비안스키! 이 사람이 아니면 어느 누가 그런 일을 해낼 수 있을까?

쇼팽은 신동으로 알려져 바르샤바 대귀족들의 저택에 불려다니던 소년 시절에 시마노프스카 부인 앞에서도 연주를 들려주어 크게 찬사를 받은 기억이 있었고, 또한 그 일이 아니더라도 경애하는 친구의 아내로서 미츠키에비치 부인의 병에 대해서는 항상 가슴 아프게 생각했다. 미츠키에비치가 온 정성을 다해 헌신하는 모습에도 저절로 고개가 숙여졌다. 그러나 그가 토비안스키에 빠지는 것에는 단호히 반대하지 않을 수 없었다. 더구나 그 수상하기 짝이 없는 서클에 가입하는 것은 당치도 않은 일이라고 생각했다.

토비안스키는 의심스럽고 천박한 사상가로 폴란드인 망명자들 사이에서도 평판이 좋지 않았다. 오텔 랑베르 파의 귀족들은 물론이고 예전에 미츠키에비치와 함께 '통일형제단'을 설립했던 동지이자 친구인 비트비츠키조차 그가 토비안스키에 심취하는 데는 얼굴을 찌푸렸다. 상드 부인도 미츠키에비치에게 때로 쇼팽보다 더 큰 경의를 표하곤 했지만, 그즈음에는 사람들에게 "그는 위대하지만 병든 영혼이에요"라며 다소 거리를 두고 있었다.

쇼팽은 원래부터 영웅 숭배에는 관심이 없었던데다 특히 신이 내렸다거나 하는 이야기에는 누구보다 강한 경계심을 품고 있었기 때문에 토비안스키의 교설 역시 처음부터 바보 같은 망상의 산물 정도로밖에 여기지 않았다. 그러나 그의 서클이 폴란드인 망명자들을 하나 둘 끌어들이며 서서히 그 규모를 확대하기 시작하자 차츰 심한 혐오감을 느끼게 되었다. 친구들은 이 이야기만 나오면 보기 드물게 흥분하며 화를 내곤 하는 쇼팽을 보고 그럴 만하다고 생각하면서도 내심 놀라워하곤 했다.

그가 무엇보다 용서할 수 없었던 것은 토비안스키가 자신의 사상을 널리 펴기 위해 동포들의 순수한 애국심을 교활하게 이용한다는 점이었다. 그가 토비안스키에 대한 미츠키에비치의 노골적인 공감 표명을 비난하는 것도 그 미망에 대한 염려뿐 아니라 그런 태도가 토비안스키의 사상에 권위를 부여해주는 것을 우려했기 때문이었다. 『판 타데우시』의 저자이며 12개국의 언어와 문학에 능통하고 당시 콜레주 드 프랑스라는 권위 있는 후원자까지 지니고 있던 이 박식한 시인의 참가는 토비안스키의 서클에 얼마나 큰 홍보 거리가 될 것인가. 조국의 독립을 위해 국민의 힘을 결집해야 할 이런 때에 또다시 많은 폴란드인들이 광신의 무리에 빠져들다니. 우리를 동정하는 수많은 외국인들조차 그 어리석음에 비웃음을 금하지 못할 것이다. 대체 그 책임을 어떻게 지겠다는 것인가.

쇼팽의 이러한 우려와는 별도로, 미츠키에비치를 흠모하던 이들도 그가 점점 논리도 실증성도 결여된 독단적인 역사관에 빠져드는 데 그만 싫증을 내게 되었고, 마침내 프랑스 정부도 콜레주 드 프랑스에서의 강의를 중지하라는 명령을 내리기에 이르러 대부분의 사람들이 그의 휘하에서 멀어져갔다. 미츠키에비치 자신도 이윽고 토비안스키의 굴레에서 벗어나 도서관원 일로 근근이 생활을 유지하며 조금씩 예전 친구들과의 관계를 회복해나갔지만, 쇼팽과의 사이에 생겨난 깊은 균열만은 아무리 해도 결코 메울 수 없었다.

쇼팽은 토비안스키에 대한 미츠키에비치의 열광을 멀리서 지켜보며 자신과 그가 본질적으로 얼마나 다른 인간인지 통감했다. 원래부터 그는 역사에 종교적인 의미를 부여하는 것이 싫었다. 그것은 소년 시절에 아버지의 권유로 조제프 드 메스트르를 읽고 그의 프랑스 혁명에 대한 해석에 위화감을 느낀 이래 일관되게 변하지 않은 견해였다. 특히 그는 폴란드 독립의 정당성을 가톨릭의, 혹은 여타 종교의 입장에서 설명하고 그것으로 권위를 얻으려는 시도에 단호히 반대해왔다. 어째서 그것을 단지 애국심으로만 주창하지 못하는 것일까? 애국심이라는 것이 무엇이 부족하단 말인가? 논리? 그러나 거기에 신을 끌어들여 근거를 만들어내고 사람을 납득시킨들 그것이 대체 무엇이란 말인가? 그런 어수룩한 논리에 무슨 진실이 있다는 것인가? 지금 와서 새삼스럽게 가톨릭이 다 무언가! 폴란드 사람이라면 교황이 11월 봉기에 대해 취한 그 냉혹하고 비정한 태도를 절대 잊을 수 없을 것이다. 아니, 교황이나 교회만의 문제가 아니다. 바르샤바가 함락되던 그날, 폴란드는 신에게 버림받았다. 그리고 망국의 백성은 무신론이냐 아니면 마니교도처럼 잔혹한 악신(惡神)의—분명 러시아인의 얼굴을 한!—존재를 믿느냐 하는 절망적인 양자택일을 강요당했다. 그때 폴란드가 하늘을 향해 외친 저주의 말은 아직도 생생했다. 폴란드는 아무런 대답도 얻지 못했던 것이다! 어떻게 그것을 골고다의 하늘에 울려퍼졌던 '나의 하느님, 나의 하느님, 어찌하여 나를 버리시나이까?' 라는 말과 똑같은 것으로 간주할 수 있단 말인가? 폴란드인이 폴란드를 간절히 원하는 데에 그런 거짓된 이론은 필요 없었다. 애초부터 그 두 가지는 구별할 수 없는 것이다. 폴란드인이 곧 폴란드이고, 폴란드는 곧 폴란드인이다. 그 모든 마음이 이른바 폴란드 문화의 역사다. 우리 한 사람 한 사람이 느끼고 생각하고 창조하고자 할 때, 항상 느낌을 주고 생각을 주고 탄생을 주는 것은 폴란드다. 폴란드 땅이 낳은 빵이 피가 되고 살이 된 것이 이 몸이다. 열 손가락 하나하나 그 땅의 은혜를 입지 않은 것이 없다. 그리고 언젠가 그것은 다시 똑같은 하나의 땅이 되어야 하는 것이다. 누대에 걸쳐 우리의 선조들이 그랬던 것처럼! 그때 우리들 한 사람 한 사람은 과거의 모든 폴란드인이며, 폴란드이며, 미래의 새로운 폴란드인으로, 그리고 폴란드로 다시 태어나는 것이다! 우리의 언어는 봉인되어 있다. 그것은 곧 우리가 봉인된 것이다. 우리의 공기는 더럽혀져 있다. 그것은 곧 우리가 더럽혀진 것이다. 우리의 대지는 짓밟히고 유린되었다. 그것은 곧 우리가 짓밟히고 유린된 것이다! 사랑하는 가족과 친구들은 지금도 잃어버린 국가 안에서 스스로를 잃은 채 살아가고 있다. 망명자들은 그 바깥에서 마찬가지로 스스로를 잃은 채 살아가고 있다. 우리가 독립을 바라는 것은 단지 그런 절대적인 현실 때문이 아닌가!

쇼팽에게 중요한 것은 언제나 폴란드라는 국가였을 뿐, 슬라브 세계 전체를 포함하는 경계선은 너무도 원대해서 시야에 들어오지 않았다. 무엇보다 그것은 지나치게 몽상적이어서 도저히 실현 불가능한 것으로 보였다. 그가 보기에 폴란드와 러시아 사이에 피의 강, 피의 산맥으로 가로놓여 있는 국경을 같은 민족의 땅 위에 두 개의 다른 정치이념이 그어놓은 구분선에 불과하다고 역설하는 미츠키에비치의 생각은 지나치게 관념적이고 억지스런 것이었으며, 차르토리스키 대공이 말하는 소국에 의한 슬라브 연합이라는 것도 전략적인 발상으로만 여겨졌다. 그리고 민족 문제에 이르면, 아버지로부터 물려받은 프랑스인의 피 때문에 그는 애매한 입장에 놓이지 않을 수 없었다. 그가 슬라브 민족의 통일이라는 이상에 그다지 마음이 움직이지 않는 것도 어쩌면 그 때문인지도 몰랐다. 슬라브 민족이라는 자각부터가 희박했던 것이다. 주변 사람들도 그것을 의식하지 않았다. 많은 사람들에게 폴란드인은 곧 슬라브 민족이었으므로, 그들은 이따금 그가 폴란드인이라는 것조차 잊어버리곤 했다.

예전에 쇼팽이 마음을 빼앗겼던 마리아 보진스카는 언젠가 편지에서 당신의 이름이 쇼핀스키였으면 좋겠다고 쓴 적이 있었다. 쇼팽이라는 이름은 당신이 폴란드인이라는 사실을 나타내는 증거가 되어주지 않습니다. 그렇게 프랑스인들은 우리 폴란드인들에게서 당신이 우리와 같은 나라 사람이라는 자부심을 앗아갑니다…… 물론 그것은 그의 재능을 칭송하기 위한 단순한 농담이었다. 그러나 그에게는 그 말이 잊어버릴 수 없이 가슴속 깊이 새겨져 있었다. 사실 그는 서류상으로는 이미 고국의 국적을 박탈당한 상태였다. 1834년 사부아 원정 미수 사건 이후 니콜라이 1세가 프랑스 국내에 체류하는 폴란드인에 대한 감시를 강화하기 위해 폴란드 국왕의 이름으로 내린, 모든 폴란드인은 즉각 러시아 대사관으로 출두해 여권 연장 수속을 밟아야 한다는 명령을 어기고 스스로 봉기 참가자들과 같이 정치적 망명자가 되는 길을 택했기 때문이었다. 그가 부르주아 중에서도 예컨대 로스차일드 남작 같은 유대인의 살롱뿐 아니라, 기조가 항상 염두에 두고 있는 국가 이익의 모체가 되는 국민의 배타적인 통합이라는 주장에 동조하는 프랑스인 부르주아들의 살롱에서도 환영을 받았던 것은, 그의 재능 덕분에 특별한 예외로 받아들여졌기 때문만이 아니라 그에게 흐르는 프랑스인의 피와 그것을 증거하는 듯한 프랑스 풍의 이름이 은연중에 동포의식을 품게 했기 때문이기도 했다. 벨리니처럼 끝까지 모국어 사투리를 고치지 못한 것도 아니었다. 예의범절이나 습관에서도 그가 프랑스인이라는 것을 의심할 만한 점은 전혀 없었다. 그러다가 그의 음악을 접하고 그 북방풍의 리듬이나 선율에 주목한 후에야 비로소 사람들은 그것이 단순히 낭만파의 진기한 이국 취미와는 명백히 다르다는 점을 깨닫고 그의 성공의 비밀이 혼혈성에 있다는 사실을 새삼 깨닫는 것이었다.

쇼팽은 물론 한 번도 자신을 프랑스인이라고 생각하지 않았다. 어떤 의미에서는 그렇게 여겨지는 것에 대한 반발로 폴란드인이라는 사실을 더욱 강하게 자각하기도 했다. 예술가란 본디 뿌리 없는 풀이며 국제인이라고 하는 친구도 있었지만, 그에게는 자신이 폴란드인이라는 것은 너무도 자명한 현실이었다. 그 근거가 무엇인지는 스스로도 잘 알 수 없었다. 논리적으로 분명하게 설명할 수 있는 성질의 것이 아니었다. 기껏해야 폴란드에서 나고 자랐기 때문이라고밖에 할 수 없었지만, 굳이 논리적인 설명이 필요하지 않을 만큼 당연한 사실로 느끼고 있었다. 폴란드에 대한 애정도, 폴란드인에 대한 친근함도 그에게는 마찬가지로 너무도 자명한 것이었다. 그러나 자신이 슬라브 민족이라는 자각에는 끝내 그런 자명함이 없었다. 그렇게 배웠고 그렇게 알고 있기는 했다. 그러나 피부에 와 닿을 만큼 실감해본 적은 없었다. 어떻게 국경을 넘어 러시아나 세르비아 사람들에게 폴란드인 동포들과 다름없는 애정을 느낄 수 있단 말인가? 제대로 말도 통하지 않는 그들과? 물론 그렇다고 모든 러시아인이 악당이라는 말은 아니었다. 파리의 지인 중에도 러시아인이 있었고, 러시아인 제자도 있었다. 그들 개개인의 선량함을 인정하는 데는 조금도 인색함이 없었다. 그러나 국가간의 문제는 별개였다. 아무리 그들에게 친밀함을 느낀다 해도, 본질적으로 다르다는 실감만은 떨쳐낼 수 없었다.

그렇게 쇼팽이 자신과 미츠키에비치의 현격한 거리를 자각한 것과 마찬가지로, 미츠키에비치 또한 쇼팽에 대한 반감을 쌓아가고 있었다. 그는 쇼팽이 국경을 넘어 보다 큰 세계를 보려 하지 않는 것이 항상 불만이었다. 그 점에 대해 몇 번이나 그의 생각을 확인해봐도 납득할 만한 대답이 나오지 않아 애써 설득에 나서기도 했지만, 그는 고집스럽게 자신의 생각에 얽매여 전혀 귀를 기울이지 않았다. 미츠키에비치는 쇼팽의 그런 정치적 미성숙을 어떻게 이해해야 할지 고민스러웠다. 상드 부인의 말대로 그의 머릿속에는 시와 음악밖에 없다고 이해해버리면 그만일 수도 있었다. 주변의 폴란드인들은 쇼팽이 바르샤바 이외의 폴란드를 거의 알지 못하기 때문이라고 생각하는 것 같았다. 그럴지도 몰랐다. 쇼팽은 1810년 3월에 바르샤바 교외의 조그만 마을 젤라조바 볼라에서 태어나 그해 10월에 바르샤바로 이사한 이후로 폴란드를 떠날 때까지 여름의 짧은 여행을 제외하고는 거의 그곳을 벗어나본 적이 없었다. 그가 폴란드라고 할 때 그것은 물론 분할 이전의 폴란드 공화국을 가리키는 것이었지만, 그가 염두에 두고 있는 구체적인 모습은 아무래도 빈 회의 이후의 폴란드 왕국일 것이었다. 아니, 그것도 너무 넓게 잡은 것인지도 모른다. 사실은 기껏해야 바르샤바와 그 근교인 것이나. 이것은 원래 리투아니아 출신인 미츠키에비치와도, 푸와비를 본거지로 하는 차르토리스키 가의 사람들과도 근본적으로 다른 점이었다. 그렇게 생각해보면 조국에 대한 쇼팽의 발상이 과연 어디에서 유래하는지 짚이는 바가 있었다. 미츠키에비치 역시, 강요당한 것이기는 하지만 러시아에서의 생활을 경험한 뒤에야 비로소 슬라브 민족 통합의 필요성을 통감했던 것이다. 그것은 폴란드 국내에 머물면서 책을 통해 연구하는 것만으로는 결코 얻을 수 없는 결론이었다. 불행히도 쇼팽이 그런 기회를 갖지 못했다고 한다면 그의 편협함도 이해할 수 있었다. 계급 문제에 대한 그의 무관심도 이미 농노제가 폐지되고 있던 폴란드 왕국 내에서, 그것도 수박 겉핥기 정도로만 농민의 실태에 대해 알고 있는 것이라면 어쩔 수 없는 일인지도 몰랐다.

그러나 그런 점을 인정한다 해도, 미츠키에비치로서는 쇼팽이 자신의 생각을 거기에서 한 걸음도 진전시키지 않는다는 것이 아무래도 참을 수 없었다. 누구보다 애국심이 강하다는 것은 알고 있다. 그러나 진심으로 행동에 나서 세계를 변혁할 꿈이 있다면 조국을 유럽 속에, 그리고 역사 속에 자리매김하여 사람들을 설득해야 할 것이 아닌가.

예술가로서의 쇼팽의 자세에 대해 그가 오랫동안 품고 있던 불만도 결국 그런 생각에서 기인한 것이었다. 민중의 정신을 한없이 고양시킬 수 있는 천부적인 음악적 재능을 포부르 생 제르맹에서 향락의 나날을 보내는 귀족들의 환심을 사는 데 헛되이 낭비하고 있는 쇼팽을 그는 도저히 용납할 수 없었다. 어째서 그 재능을 폴란드의 국민 오페라를 창조하는 데 쓰려고 하지 않는가? 어째서 자신에게 특별히 주어진 재능의 사명을 이해하려 하지 않는가? 이탈리아가 로시니를, 오스트리아가 모차르트를 필요로 했듯이 폴란드는 쇼팽을 필요로 하고 있는 것이다. 어째서 그걸 알지 못하는가? 아무리 나라를 잃었다 해도 폴란드는 그 문화에 의해 계속 살아 있는 것이다. 그리고 그것은 언젠가 하나로 통합될 모든 슬라브 민족을 위한 새로운 문화의 초석이 될 것이다. 어째서 그 영예를 누리기에 충분한 재능을 가졌으면서도 그 책임을 다하려고 하지 않는단 말인가!

이런 생각은 미츠키에비치뿐 아니라 친구인 비트비츠키, 바르샤바 음악원 시절의 은사인 유제프 엘스네르, 그리고 그의 가족, 요컨대 그의 재능을 인정하는 모든 폴란드인에게 공통된 바람이었다. 언젠가는 폴란드어로 씌어진 쇼팽의 오페라를 듣고 싶다. 그것은 결코 꿈같은 이야기가 아니었다. 그의 능력과 오페라에 대한 깊은 조예로 보면 걸작은 이미 약속된 것이나 다름없었다. 세계 음악사는 폴란드를 알고 새로운 불멸의 빛을 품게 될 것이었다. 지금처럼 간절히 그것이 필요한 때는 없었다. 또한 지금 그것을 실현할 수 있는 사람은 쇼팽 외에는 없었다.

쇼팽은 사람들의 그런 바람과 기대를 진작부터 알고 있었고 또 그것을 영광스럽게 느끼기도 했지만, 음악가로서 자신의 앞날에 국민 오페라의 창시라는 문제는 애당초 들어 있지 않았다. 그는 예술을 수단으로 취급하는 견해가 싫었다. 애국심이라면 누구에게도 지지 않을 자신이 있었지만 그것을 표현하는 것이 작곡의 목적이 될 수는 없었고, 청중의 애국심을 앙양시키는 것 또한 마찬가지였다. 더구나 오페라 작곡에 대해서도 냉정한 판단을 하고 있었다. 자신의 자질은 누구보다 자신이 잘 알고 있었다. 쓰려고 마음먹으면 못 쓸 리는 없었다. 그러나 오페라는 자신이 최고의 성과를 거둘 수 있는 장르는 아니었다. 그런 장르에서 작품을 남기는 것은 오히려 자신의 재능에 대해 불성실한 자세가 아닌가. 그는 피아노를 연주하고 피아노를 위한 작곡을 했을 때 비로소 음악가로서 자신에 대해 자부심을 가질 수 있었다. 잘하지 못하는 장르에 손을 대 이류의 작품을 써낸들 대체 무슨 의미가 있단 말인가?

쇼팽과 미츠키에비치는 완전한 절교상태는 아니었지만 예전과 같은 친밀함을 되찾지 못하고 있었다. 오래도록 소원한 채로 이따금 인편으로 서로의 동향을 전해듣는 정도였다. 파리에서 일어난 혁명의 물결에 힘입어 각지의 동시적인 민중 봉기를 통한 오스트리아, 러시아, 오스만 세 제국의 해체를 꿈꾸고 있던 아담 차르토리스키 대공은 이탈리아 민족운동에 큰 기대를 걸고 그를 지원하기 위한 폴란드군의 창설을 피우스 9세에게 진언하였다. 그러나 오스트리아와의 교전을 염려한 교황이 이를 거절하자 그는 다급한 마음에 교황을 알현하기 위해 로마로 향했고, 결국 요청이 받아들여지지 않겠다는 판단이 서자 스스로 폴란드군 창설의 '제 원칙'을 선언하고 널리 오스트리아 내의 슬라브 민족, 나아가 각국의 망명 폴란드인들에게 결집을 호소했다. 쇼팽도 미츠키에비치의 폴란드군이 이탈리아 통일군 산하에 들어가 행동을 함께한다는 소식은 들었지만, 그 성과에 대해서는 별다른 기대를 하지 않았다. 자신에게는 없는 그의 행동력에는 항상 존경과 감탄의 마음을 품고 있었다. 그러나 결국 차르토리스키 대공도 미츠키에비치도 거대한 이념에 휘둘려 계획을 지나치게 확대하고 있다는 것이 그의 솔직한 느낌이었다. 그는 오히려 갈리치아, 크라코프, 포즈나니 같은 폴란드 내의 동향에 주목하고 있었다. 정보가 혼란스러워서 신빙성이 적기는 했지만 최대한 정확한 소식들을 수집하여, 봉기에 참가하겠다고 흥분하는 혈기 넘치는 친구들에게 아직은 그럴 때가 아니라고 설득하기도 했다.

쓸데없는 피를 흘려서는 안 되었다. 애국심의 앙양이 국민들을 절망적인 싸움의 소용돌이로 몰아넣어 타오르는 불길에 던져진 장작처럼 탐욕스레 소모해버린다면 그보다 더 큰 비극은 없을 것이었다. 지금껏 그런 비극을 수없이 거듭해오지 않았던가. 파리에 있는 동안에는 이대로 유럽 전역이 전화에 휘말려들지 않을까 하는 예감까지 들었다. 그리고 아이러니하게도 그런 혼란이, 차르토리스키 대공의 말처럼 폴란드에 독립의 기회를 가져다줄지 모른다는 생각도 했다. 그렇게 된다면 이번에야말로 프랑스가 움직여줄 터였다. 그들의 열광에는 7월혁명의 기억이 담겨 있었고 옛 대혁명에 대한 빈약한 동경심이 감추어져 있었다. 지금 이 시국에 프랑스가 자유의 기사들을 모른 척한다는 것은 있을 수 없는 일이었다. 더구나 그 덕분에 국내에 산더미처럼 끌어안고 있는 똑같은 이름의 밥벌레들까지 쫓아낼 수 있을 테니!

그러나 런던에서의 생활은 쇼팽을 그러한 현실에서 한없이 유리시키고 있었다. 신변을 옥죄는 위험이 없어지자 기대도 두려움도 모두 과장된 추측에 불과하다는 생각이 들었다. 생각했던 것 이상으로 자신이 혼란에 잠식되어 있었다는 사실을 새삼 실감했다. 실제로 정치 상황은 그의 그런 생각을 뒷받침하듯 진행되고 있었다. 폴란드에서는 이렇다 할 움직임을 찾아볼 수 없었다. 6월의 처참한 사건 이후로는 파리에서조차 반동세력들이 다시 들썩이고 있다는 소문이었다.

그리고 멀어져가는 것은 바다 건너의 세계만이 아니었다. 일상이 한 꺼풀 한 꺼풀 벗겨져나가 그와의 사이에 틈을 만들기 시작했다. 그것은 결코 어둠이 아니었다. 좀더 공허한, 칠하다 만 캔버스의 바탕색과도 같은 하얀 틈이었다. 바깥 세계는 그 틈에 의해 그의 눈앞에서 차단되었다. 갑자기 아무것도 느낄 수 없게 되었다. 기쁨과 슬픔은 현이 끊어진 것처럼 울림을 멈추었다. 하루하루는 규칙적으로 흘러갔지만, 그의 앞에서만은 그대로 지나쳐갔다. 그는 생활을 잃어가고 있었다. 그리고 그것을 붙잡을 방법을 찾지 못한 채, 그저 멍한 눈으로 우두커니 서 있을 뿐이었다.

9

8월 5일, 쇼팽은 유스턴 역에서 런던 앤드 노스웨스턴 철도의 버밍엄-칼라일 경유 에든버러 행 급행열차를 타고, 앞서 떠난 스털링 양과 어스킨 부인의 뒤를 쫓아 멀리 스코틀랜드 땅으로 향했다. 인간 진보의 역사에서 당대 최고의 상징이라고 할 이 열차는 런던과 에든버러 사이의 사백칠 마일에 이르는 거리를 단 열두 시간 만에 연결해주는 경이적인 속도를 자랑하며, 영국

산업기술의 압도적인 우위를 증명하는 다시없는 예로 주목받고 있었다. 쇼팽도 그런 설명은 귀가 따가울 만큼 들었지만, 그것을 신기하게 여기고 즐거워할 여유는 없었다.

출발시각인 오전 아홉시보다 조금 일찍 유스턴 역에 도착해 마차 안에 누운 채로 잠시 기다렸다. 다니엘이 시간을 알려 지팡이를 짚고 밖으로 나오자, 고대 장식을 모방했다고는 하나 빈약하기 짝이 없는 장식뿐인 역사 정면에 거대한 문처럼 우뚝 버티고 선 두 개의 도리스 식 기둥이 높직하게 올려다보였다.

그 밑을 지나가면서 쇼팽은 다시금 불안해졌다. 이런 무모한 여행에 나서다니, 내가 지금 제정신인 걸까? 열두 시간이나 열차에 흔들리면 도저히 몸이 당해낼 수 있을 것 같지 않았다. 역까지 잠시 마차를 탄 것조차 부담스러웠을 정도였다. 그런데 앞으로 반나절이나 더 가야 하다니! 이 여행은 분명 내 병을 치명적으로 악화시킬 것이다. 어쩌면 두 번 다시 이 문을 볼 수 없을지도 모른다. 고향과도, 익숙해진 거리와도 멀리 떨어진 낯선 땅에서 가족은커녕 곁을 지켜줄 친구조차 없이 세상을 떠난다면 과연 어떤 기분일까?

그런 불안이 몇 번이나 그의 가슴을 스치고 지나갔다. 그러나 깊이 생각하고 싶지 않았다. 무언가가 진지한 생각을 가로막고 있었다. 여행을 피할 기회는 얼마든지 있었지만, 그는 그 모든 것을 그냥 지나쳐버렸다.

차표는 브로드우드가 준비해주기로 했다. 그의 지시를 받고 배웅을 나온 심부름꾼이 다섯 명씩 마주 앉는 일등차의 십인용 칸에 쇼팽을 포함한 네 사람분의 자리를 마련해주었다. 쇼팽은 정면을 바라보는 창가 자리였고, 그가 마주 앉은 사람을 신경쓰지 않고 발을 뻗고 편안하게 갈 수 있도록 맞은편 자리는 비워두었다. 옆자리는 쇼팽과도 낯이 익은, 브로드우드의 절친한 친구이자 에든버러와 글래스고에 악기점을 소유하고 있는 뮤어우드, 그리고 그 앞에는 쇼팽이 친구처럼 신뢰하는 사용인 다니엘이 앉게 되어 있었다. 낯선 사람들과 오랜 시간 마주하는 것을 끔찍이 싫어하는 쇼팽을 위한 배려였다. 티를 내지 않으면서도 한치의 빈틈도 없는 브로드우드의 배려에 쇼팽은 감격했다. 실은 전에도 이와 비슷한 일이 있었다. 어느 날 오전엔가 브로드우드가 찾아왔을 때 쇼팽은 그저 지나가는 말로 간밤에 제대로 잠을 자지 못했다는 이야기를 했다. 그리고 그날 밤 서머싯 공작 댁에서 돌아와보니 침대 위에 새로 산 최고급 침구 일습이 갖추어져 있었다. 브로드우드는 자신이 보낸 선물이라는 것을 알리지 말라고 다니엘에게 입단속까지 해두었다. 물론 선량한 다니엘의 입을 열게 하는 것은 쉬운 일이었고, 쇼팽은 그의 영국식 친절에 깊이 감동했다.

주변에 낯선 사람들이 없다는 것은 실제로 쇼팽을 매우 편안하게 해주었다. 출발 플랫폼이 그가 13과 함께 터부시하는 7이나 20이 아니라 6번이었던 것도 은근히 그를 안도하게 했다.

우드는 업무차 에든버러에 가는 길이었는데, 브로드우드가 그의 인품을 믿고 쇼팽과 동행해줄 것을 부탁해 일부러 이날로 일정을 조정한 것이었다. 열차 안에서의 따분한 열두 시간을 그해 런던 사교계의 화제였던 고명한 음악가와 함께 보낼 수 있는 기회였으니 그가 그 부탁을 거절할 리 없었다. 십이 년 전에 폴란드인 바이올리니스트 카롤 리핀스키의 집에서 얼핏 만난 적은 있었지만 이렇게 오랜 시간 동안 그를 독점하는 것은 물론 처음이어서, 쇼팽과 절친한 친구라도 이런 경험을 가진 사람은 아마 없을 거라고 우드는 출발 전부터 크게 흥분하고 있었다. 브로드우드는 그의 잔뜩 들뜬 모습에 은근히 걱정이 되어서 "쇼팽은 그저 옆에 있어주는 것만으로도 안심할 거야"라며 쓸데없는 수다로 쇼팽을 피곤하게 하지 않겠다는 다짐을 받아두었다. 사용인 다니엘은, 태어나서 처음 타보는 일등차에 잔뜩 긴장한 가운데서도 자신이 그런 대단한 좌석에 타게 된 이유를 충분히 이해하고, 주인에게 부끄럽지 않도록 예절에 세심한 주의를 기울이며 아무리 소소한 지시에도 즉각 응할 수 있도록 사용인으로서의 의무를 다시 한번 스스로에게 확인했다.

열차가 출발하고 잠시 동안 우드는 이 급행열차가 생긴 뒤부터 런던과 에든버러 사이의 왕복이 얼마나 편해졌는지에 대해 이야기했다.

"백여 년 전만 해도 스코틀랜드 근교에 가게가 있는 악기상이 런던에서 생활한다는 건 상상도 할 수 없었지요. 문명이란 참으로 놀랄 만한 것이에요."

쇼팽은 그의 이야기에 귀를 기울이며 지난해 들라크루아와도 비슷한 이야기를 했던 것을 떠올렸다. 그때는 몽모랑시의 별장에서 매일 기차로 파리에 있는 공장까지 출퇴근하는 플레옐이 화제에 올랐었다. 쇼팽은 "사백칠 마일이나 되는 거리를 왕복하는 당신과는 비교도 안 될 이야기입니다만……"이라고 전제한 다음 그 이야기를 들려주었다. 우드는 악기 판매상으로서 카미유 플레옐에 대해 잘 알고 있었고 몇 차례 만난 적도 있었지만, 그 이야기는 처음 듣는 것이어서 큰 관심을 갖고 파리의 악기 공장에 대한 이야기 등을 덧붙여 물었다.

쇼팽은 그의 질문에 대답하면서 들라크루아와 그런 이야기를 나눴던 것이 상드 부인의 최후 통첩과도 같은 편지를 들고 그에게 상의하러 갔을 때였다는 사실을 기억해냈다. 그로부터 벌써 일 년이나 지났단 말인가. 세월이 정말 빠르구나……

문득 맞은편 옆자리를 바라보니, 처음의 결심은 어디로 갔는지 다니엘이 필사적으로 눈꺼풀을 뜨려고 애쓰면서 저러다 머리를 바닥에 찧는 게 아닌가 걱정스러울 만큼 몸을 앞뒤로 흔들며 졸고 있는 것이 눈에 들어왔다.

"다니엘, 편하게 자도 괜찮아. 아직 갈 길이 머니까."

쇼팽의 말에 다니엘은 깜짝 놀란 듯 고개를 들고 "아뇨, 죄송합니다. 괜찮습니다" 하고 눈을 깜빡였지만, 금세 다시 몸이 슬금슬금 흔들리기 시작하더니 결국 완전히 잠들어버렸다.

우드는 굳이 사용인까지 일등차에 태운 이유를 생각해 그를 깨우려 했지만, 쇼팽이 극구 제지했다.

"제가 밤에 기침이 심해서 거의 한숨도 못 자고 간병을 해준답니다. 게다가 요 며칠 동안은 짐을 꾸리느라 낮에도 일거리가 많았으니 무척 피곤할 거예요."

그렇게 작은 소리로 다니엘을 감싸주고는, 스스로도 양해를 구했다.

"저도 조금 쉬었으면 하는데, 괜찮겠습니까? 아침부터 몸이 별로 좋지 않아서요."

우드는 그를 걱정스럽게 바라보았다.

"예, 물론이죠. 제가 깨어 있을 테니 안심하고 푹 쉬세요."

"고맙습니다. 우드 씨도 한숨 주무시지요."

"아뇨, 저는 아직 괜찮습니다."

쇼팽은 알겠다는 듯이 창 쪽으로 머리를 기울이고 눈을 감았다. 창으로 들어오는 바람이 땀에 젖은 뺨을 시원하게 쓰다듬고 지나갔다. 기차를 타본 적이 거의 없어서 미처 알지 못했지만, 브로드우드가 일등차 중에서도 뒤쪽 좌석을 잡아준 것은 앞쪽은 창을 통해 연기가 들어오기 때문인 모양이었다. 거기에 생각이 미치자, 새삼 그의 빈틈없는 배려가 감탄스러웠다. 잠시 후 옆에서 우드의 잠자는 숨소리가 들려왔다. 쇼팽은 가만히 그의 잠든 모습을 확인하고는 시선을 돌려 지나쳐가는 바깥 풍경을 내다보았다.

포크스톤에서 런던으로 가는 동안에도 그랬지만, 마차만 타던 그에게 열차의 속도는 심상치 않은 것으로 다가왔다. 이런 기세로 마구 내달려도 괜찮은 것일까? 그러고 보니 몇 년 전에 신문에서 벨뷔인가 하는 역에서 끔찍한 사고가 났다는 기사를 읽은 적이 있었다. ……그런 소박한 불안이 복잡하게 펼쳐지면서 그를 깊은 우울로 끌고 들어갔다. 좌석에 기대고 있던 몸을 일으켜 창문을 마주 보면서 뒤쪽으로 흘러가는 풍경을 눈으로 좇았다. 시선을 어디에 두느냐에 따라 흘러가는 속도가 달라졌다. 바로 앞의 풍경은 거의 눈으로 붙잡을 수 없을 정도였다. 그러나 시선을 멀리 옮기자 기나긴 회상처럼 천천히 멀어져가는 넓은 풍경이 보였다. 다시 좌석에 몸을 맡기고 눈을 감았다. 창에서 몸을 돌리는 순간, 다니엘의 두 자리 건너에 앉아 있는 사내가 차창에 바싹 붙어 바깥을 내다보는 자신을 신기한 듯 바라보는 것이 언뜻 눈에 띄었다.

지금 이 순간의 생. 그것은 항상 이렇게, 눈에 보이는 것이 무엇인지조차 분명하지 않은 순간에 눈앞을 스치며 멀어져가버리는 것일까? 그리고 고개를 돌려보아도 이미 잡을 수 없을 만큼 멀어진 다음에야 겨우 그 정체가 밝혀지는 것인가. 생이란 그렇게 기억 속이 아니면 소유할 수 없는 것일까? 그렇다면 지금 이 순간 나는 대체 어디에 살고 있는 것일까?

문득 수첩을 뒤적여 최근 몇 달 동안 자신이 구체적으로 무슨 일을 했는지 확인해보고 싶은 충동이 일었다. 그러나 수첩을 짐가방 깊숙이 넣어둔 것이 생각나 하릴없이 그 생각을 접었다.

커버 귀퉁이에 금으로 이름을 새긴, 그가 애용하는 가죽 수첩은 그해에는 종이를 교체할 필요가 없을 만큼 아예 펜을 댈 기회가 없었다. 예전에는 매일같이 넘치도록 빽빽이 일정을 적어넣고 단 하루도 펼쳐보지 않는 날이 없었던 수첩이었는데, 요즘은 어쩌다 손에 들고 그 공백투성이의 페이지를 마치 자신의 생활의 허망함을 확인하듯 멍하니 바라볼 뿐이었다. 한 달 전쯤, 그는 그 견디기 힘든 여백에 연필로 묘지를 그리고 그 안에 커다랗게 자신의 묘를 그려넣었다. 왼쪽 앞에는 자물쇠가 채워진 묘지 입구, 그리고 오른쪽 뒤에는 큼직한 검은 묘비가 세워졌다. 특별히 생각이 있어서 그린 그림은 아니었다. 무심코 십자가 하나를 그리고 그저 연필이 움직이는 대로 끼적였던 것이 그 그림이었다. 다 그린 뒤 물끄러미 그림을 바라보던 그는 자신이 구사한 원근법의 불길한 현실감에 깜짝 놀랐다. 묘는 바로 눈앞에 있었다. 그리 뛰어난 솜씨는 아니었지만, 그것은 마치 종이 너머에 실제로 펼쳐진 것처럼 생생한 풍경이었다.

그는 자신의 그림이 아주 그럴듯하다고 느꼈다. 마치 종이의 결 밑에 또다른 그림이 감추어져 있었던 것만 같았다. 적당한 때를 기다려 저절로 떠오르도록 고안된 장치. 그의 수첩뿐 아니라 모든 수첩은 종이 아래 묘비를 감추고 있는 것이 아닐까. 잉크 자국이 희미해짐에 따라 서서히 떠오르는 묘비를. 공백만 가득한 수첩은 살아 있는 자의 물건이 아니다. 그것은 죽은 자가 살아남은 자들에게 그가 부재하는 나날을 고스란히 보여주는 장소다.

조금 전 그는 열차 바깥을 맹렬한 속도로 지나쳐가는 풍경을 자신의 인생의 시간이 흘러가는 데는 빗대어 생각했었다. 자신은 분명 그곳으로부터 소외되어 있었다. 그저 헛되이 흘러가는 대로 내맡기고 있을 뿐. 지금까지의 인생이 모두 그랬던 것일까? 아니면 바로 지금이기 때문에 그렇게 느껴지는 것일까? 열차에 탄 순간부터 자신과 세계가 격리되어버린 것처럼?

그는 다시 한번 수첩에 대해 생각했다. 그것을 지금 꺼내서 보고 싶다는 생각이 든 데는 어쩌면 또다른 이유가 있었는지도 모른다. 다니엘이 잠이 든 것은 그에게는 다행스런 일이었다. 긴 여행길에 우드 같은 동행인이 있어주어서 마음이 든든했고 따분함을 잊기 위해 대화를 나누는 것도 싫지는 않았지만, 불편한 몸으로 익숙하지 않은 열차에 시달리다 도버 해협을 건너올 때처럼 나중에 크게 고생할 것이 걱정스럽기도 했고, 무엇보다 문득 떠올라 지워지지 않는 상드 부인의 모습 때문에 잠시 혼자서 창 밖이라도 내다보고 싶었던 것이다.

수첩은 분명 그때부터 마음에 걸렸다. 그는 그 수첩의 표지 안쪽에 아무도 모르게 비단 봉투를 넣어두었다. 거기에는 고향에 있는 누님의 명함과 한 줌이 채 못 되는 상드 부인의 머리카락이 들어 있었다.

그녀와 헤어져 각자 다른 길을 걷기 시작한 뒤로 벌써 일 년이나 되는 세월이 흘러가버렸다. 그는 그것이 새삼 놀라웠다.

그녀에게 마지막 편지를 받은 후로 자신은 과연 얼마나 변한 것일까? 그 변화를 조금이라도 실감할 수 있는 증거가 있는가? 자신과 그녀 사이에 가로놓인 거리는 그녀가 멀어져간 만큼만 생겨난 것일 터이다. 자신은 그때부터 아직 한 걸음도 내딛지 못했다. 돌아보지 않는 그녀의 등을 미련의 눈빛으로 하염없이 바라보면서……

마를리아니 백작 부인 댁에서 재회한 뒤로 다시 얼굴을 마주할 기회는 없었지만, 그녀의 동향은 그가 원하든 원하지 않든 여러 가지 형태로 들려왔다. 그녀를 칭찬하거나 비방하는 기사는 일일이 열거할 수도 없었다. 정치 상황에 대한 사람들의 이야기를 듣다가 그녀의 소식을 알게 되는 일도 적지 않았다. 영국으로 건너온 뒤에도 스털링 양이 구해주는 파리의 신문은 모두 읽었고, 이곳 신문에까지 뤽상부르 공원에서 르드뤼 롤랭과 조르주 상드가 잔디밭에 앉아 시시덕거렸다는 식의 허튼 기사가 실리곤 했기 때문에 완전히 무관심하게 지낼 수는 없었다. 물론 그지마와 백작과 로지에르 양, 그리고 솔랑주의 편지를 통해 알게 되는 소식도 많았다. 특히 그녀 가족의 동향에 대해서는 대부분 그 경로를 통해서 정보를 얻었다. 혁명중에 일어난 진기한 일들 중에서도 모리스가 노앙 시장에 취임했다는 이야기는 특히 각별하게 느껴졌다. 모리스의 우유부단한 애정 때문에 애를 먹었던 오귀스틴은 4월 12일에 빅토르 보리에게 소개받은 망명 폴란드인 앙드레 샤를 드 베르톨디와 결혼했다. 그는 튈에 있는 대학에서 데생을 가르치는 연수 삼천 프랑 정도의 평범한 인물로 쇼팽과도 나이가 엇비슷한, 결코 젊다고는 할 수 없는 사람이었다. 그러나 공화주의자로서 혁명 때 튈 지사의 퇴임 운동을 지휘한 일로 일약 그 명성이 높아졌고, 그것이 상드 부인에게 좋은 인상을 심어준 모양이었다. 오귀스틴은 자신을 빈곤에서 구해주고 몇 년이라는 짧은 시간이나마 친자식처럼 사랑해준 상드 부인의 품을 떠나 너무도 따분해 보이는 남자와 결혼해야 한다는 사실이 내심 서글펐지만, 다른 사람도 아닌 상드 부인이 원한 일이고 이 사람 저 사람 골라가며 허세를 부릴 처지가 못 된다고 스스로를 다독이며 그의 구혼을 받아들였다. 상드 부인은 혁명의 파장으로 전집 간행 계획이 좌절된데다 자신의 활동에 따른 여러 가지 지출, 그리고 클레징게르 부부에 대한 원조 때문에 당초 마음먹은 대로 솔랑주와 똑같은 액수는 마련하지 못했지만, 그래도 삼만 프랑의 지참금을 그녀에게 쥐여주었고 신랑에게는 리베라크의 세무 공무원이 될 수 있도록 손을 써주었다. 두 사람의 혼인신고는 우연히도 한 달 남짓했던 모리스의 시장 재임기간중에 제출되었다. 모리스도 결국 포기하고 자기 손으로 서류를 처리하면서 오귀스틴에 대한 미련에 종지부를 찍었다.

결혼식은 5월 6일에 치러졌다. 사정을 아는 사람들 사이에서는 노앙 관에서 공연되는 웬만한 연극보다 훨씬 더 재미있다는 우스갯소리까지 오고갔던 이 양녀를 둘러싼 상드 가의 소동은 그로써 잠시 막을 내리는가 싶었다. 하지만 또다시 뒷맛 씁쓸한 일막이 남아 있었다. 이 결혼을 끝까지 허락하지 않았던 오귀스틴의 친아버지 조제프 브로가 '어떤 동시대 여성―조르주 상드의 삶과 음모' 라는 제목으로 그녀를 지독하게 중상하는 책을 펴낸 것이었다. 브로는 자신의 딸이 어디서 굴러왔는지 모를 가난뱅이 그림선생 따위와 결혼하게 된 데 격분하여, 상드 부인이 처음부터 아들의 노리개로 삼을 목적으로 소중한 외동딸을 빼앗아갔고, 처음에는 자기 아들과 결혼시키겠다는 약속을 해놓고서 그것을 지키지 않았으며 마침내는 딸을 베르톨디 같은 시시한 사내에게 내줌으로써 책임을 저버렸다는 이야기를 상드 부인의 편지를 인용해가며 샅샅이 털어놓았다. 물론 거기에는 파리에서 마음껏 활개치다가 도망치듯 노앙으로 돌아간 상드 부인에 관한 이야기라면 어떤 것이건 날개 돋친 듯 팔려나갈 것이라는 약삭빠른 계산도 있었다.

인편에 그 책을 구해본 쇼팽은 심히 불쾌했다. 브로의 악의에 찬 표현에 대한 혐오 때문만은 아니었다. 그 추악한 폭로가 어느 정도는 사실이라고 할 수밖에 없었기 때문이었다. 그런 느낌은 똑같은 감상을 보다 신랄한 말로 표현한 솔랑주의 편지를 통해 재차 확인되었다.

클레징게르 부인은 어머니에게 오귀스틴의 결혼 소식을 듣고도 아무런 동요도 일지 않았다. 이걸로 귀찮은 인간 하나가 사라진다고 생각하니 속이 시원했다. 게다가 상대는 자신의 재기 넘치는 남편과는 달리, 저 입심 좋은 어머니조차 칭찬할 말을 찾느라 쩔쩔맬 만큼 별볼일 없는 인물인 모양이었다. 분수에 맞게 살라는 게 바로 이런 것이 아닌가. 살살 아첨이나 하는 음흉한 여자는 결국 이런 보답을 받는 것이다. 혁명 때문에 어머니가 결혼식에 얼굴을 내밀지 않았다는 것도 말할 수 없이 유쾌했다. 물론 그녀와 클레징게르도 참석하지 않았다. 당초의 어이없는 계획과 달리 지참금이 겨우 삼만 프랑으로 정해진 것도 당연한 일이었다. 아니, 그것도 과분한 액수였다. 친딸이 엄청난 빚에 시달리고 있는데도 여전히 이천오백 프랑의 알량한 연금 이야기나 하고 있는 어머니가 어째서 그 여자에게 그런 큰돈을 준단 말인가? 그 여자만 없었다면 그 삼만 프랑은 고스란히 오텔 드 나르본의 저당권 말소를 위해 쓸 수 있었을 것이 아닌가.

솔랑주는 오귀스틴의 아버지 따위는 처음부터 얼간이로 취급하고 있었지만, 자신이 그런 인간에게 모욕당하는 여자의 딸이라고 생각하니 다시 비참한 기분이 들었다. 기유리에서는 어디를 가도 남작의 영양(令孃)으로 융숭한 대접을 받았다. 그런데 파리에 와서는 위험한 혁명가의 딸이라며 반대로 사람들의 호기심에 찬 눈초리를 받게 된 것이다. 물론 어제오늘의 일은 아니었다. 어릴 때부터 어머니 때문에 얼마나 괴로운 꼴을 당해왔던가! 하지만 이번은 정말 사정이 달랐다. 바로 눈앞에 무참하게 파괴된 도시의 모습이 펼쳐져 있는 것이다. 그리고 사람들은 당장이라도 그 광경을 가리키며 네 어머니는 이런 꼴을 보고 좋아 날뛰고 있을 것이라고 비난하는 듯한 표정이었다. 대체 뭐라고 대답해야 한단 말인가? 아아, 그런 사람의 딸로 태어났다는 이유 하나만으로!

게다가 누구보다 이 혁명이 원망스러운 것은 그녀 자신이었다. 이따위 혁명을 지지할 이유는 하나도 없었다. 혁명은 그녀가 어릴 때부터 동경해왔고 이제 막 발을 들여놓으려던 휘황찬란한 세계를 모조리 파괴해버렸다. 쇼팽 같은 예술가를 국외로 쫓아냈고 식탁을 뒤엎듯 온 거리를 엉망으로 만들어버렸다. 모두가 경제적으로나 심정적으로나 예술을 애호할 여유가 없었다. 큰 기대를 걸었던 남편의 관전 출품작은 호평에도 불구하고 사겠다는 사람이 나서지 않았고 새롭게 작품을 주문하는 이도 없었다. 거리에서 샤를 블랑을 만나 큰맘 먹고 이만오천 프랑으로 값을 낮춰 〈자유〉를 구입해달라고 했더니 "나라면 그 돈으로 당신 남편 작품만은 못하더라도 다른 여섯 개의 조각을 사겠소"라며 일소에 부치고 말았다. 이게 어찌 된 일인가! 프랑스 미술 행정의 수장이라는 사람이 작품의 질보다 양에 무게를 두다니! 그런 어리석은 사람이 어떻게 미술국 국장이 되었단 말인가? 물가 폭등으로 생활은 점점 더 어려워졌고, 그렇다고 오텔 드 나르본의 자산 가치가 올라갔는가 하면 그렇지도 않았다. 온통 빚뿐이었다. 대체 어떻게 된 세상인가! 어떻게 그런 혁명을 반길 수 있단 말인가?

아이의 죽음이라는 불행한 사건은 모녀가 서로 한 발짝씩 다가설 수 있는 계기가 되었다. 그러나 몇 차례 이야기를 나눌 기회를 가졌음에도 두 사람은 진심으로 서로를 용서하는 데까지는 이르지 못했다. 솔랑주는 다른 사람도 아닌 자신의 어머니가 폭도들의 말도 안 되는 행위를 용감한 것으로 치켜세우고 스스로 앞장서 깃발을 흔들고 나선 것을 철저히 경멸했다. 한편 상드 부인은 딸에 대한 연민과 함께 그녀의 배후에서 쇼팽의 그림자가 엷어진 것, 그리고 바쁘게 동분서주하는 자신의 생에서 느끼는 충실함 때문에 지금까지의 강경한 태도를 누그러뜨리고 그토록 미워하던 사위에게도 면회를 허락했으나, 여전히 고집스런 딸의 태도에 실망을 금할 수 없었다.

좁혀지려던 모녀간의 거리가 다시금 멀어지는 것을 막아준 것은 아이러니하게도 혁명의 실패로 인한 상드 부인의 패주였다. 솔랑주는 노앙으로 도망치다시피 돌아간 어머니를 가엾게 생각했다. 심상치 않은 소문이 나돌더니 급기야 국민군이 조르주 상드를 체포하기 위해 나섰다는 말까지 떠돌았다. 어머니의 신변에 위험이 닥쳤다고 생각하니 걱정이 되어 견딜 수 없었다. 그리고 지금껏 한 번도 겪은 적이 없었을 그 딱한 처지에 마음이 쓰였다. 문득 자신이 이제 어머니의 보호에서 완전히 벗어난 한 사람의 대등한 여자라는 생각이 들었다. 지금껏 억지로 스스로에게 되뇌었던 그 말이 신기할 만큼 자연스럽게 실감으로 다가왔다. 동정이란 사람에게 얼마나 큰 자신감을 부여해주는 것인가. 얼마나 사람을 관대하게 해주는 것인가.

상드 부인은 파리에서 쓰디쓴 환멸을 맛보고 돌아온 만큼 정치에서 완전히 손을 떼고 자신의 본래 임무인 소설 집필에만 전념할 작정이었고, 동시에 딸 부부의 경제 문제에 좀더 깊이 관여하기로 마음먹었다. 클레징게르 부부는 6월의 처참한 사건의 와중에 결국 작품이 팔릴 희망이 없어진데다 파리의 치안이 더욱 악화될 것이라는 우려도 있어서 브장송에 있는 남편의 친가에 몸을 의탁하게 되었다. 상드 부인은 우선 딸에게 편지를 보내 이전부터 주장해왔던 부부별산제를 다시 한번 생각해보라고 설득했다. 클레징게르의 빚이 엄청난 액수라는 것은 그녀도 잘 알고 있었다. 그리고 그가 빚을 갚기 위해 오텔 드 나르본의 매각에 눈독을 들인다는 것도 짐작하고 있었다. 클레징게르 부부는 오래도록 거부해왔던 그 제안을 뜻밖에도 순순히 받아들이기로 의견의 일치를 보았다. 솔랑주는 빚 문제만 나오면 자신이 다시금 무력한 아이로 돌아가고 마는 것 같아 별로 기분이 좋지는 않았지만, 기대했던 조각마저 팔리지 않는 상황에서 무엇을 어떻게 해야 할지 알 수 없었던데다 남편의 엄청난 빚에도 큰 불안을 느끼던 참이었다. 그를 가엾게 여기는 마음도 있었다. 그렇게 열심히 조각 제작에 몰두했던 사람이다. 그것도 가장 큰 원인은 오텔 드 나르본의 이자가 급했기 때문이었다. 그런 고역에서 해방시켜주고 싶었다. 자기가 진 빚이라면 모르겠지만 아내가 지참해온 빚까지 짊어지게 된 것에는 분명 불만도 있을 것이다. 게다가 이제는 매각조차 위태로운 상황이었다. 기껏 의욕에 차 있던 사람이 자포자기해버리면 또다시 나쁜 일에 돈을 물쓰듯 할지도 몰랐다. 그렇게 되면 모든 것이 끝장이었다. 한편 클레징게르는 팔아봤자 몇 푼 되지도 않을 오텔 드 나르본에는 관심도 없었고 괜한 이자 부담이나마 덜 수 있다면 그것이 자신의 재산 목록에서 떨어져나가는 것쯤은 오히려 고마운 일로 여겼다. 이십만 프랑이라는 터무니없는 희망을 품고 결혼을 서두른 결과가 이것인가 싶어 그는 허탈한 한숨을 내쉬었다. 온 힘을 기울여 제작한 작품을 사겠다는 사람이 나서지 않아 그도 적잖이 의기소침해 있었다. 샹드 마르스를 위한 조각 의뢰가 들어와 약간의 수입이 있었지만, 그 한 건 외에는 씻은 듯이 아무것도 없었다. 코시디에르를 비롯한 몇몇 후원자들도 일찌감치 영국으로 피신해버린 뒤였다. 이번만은 도무지 손을 써볼 방도가 없었다. 이참에 활동 무대를 아예 러시아로 옮겨 귀족 후원자라도 만들어볼까, 거지반 진심으로 그런 궁리까지 해보았다. 파리를 떠나기 직전에는 자신과 마찬가지로 작품이 팔리지 않는 조각가 친구들과 함께 그 나라만은 절대 혁명이 일어나지 않을 거라는 이야기를 나누기도 했다. 조각이란 사치스러운 생활을 누리는 귀족들에게나 사랑받는 것이다. 노동자 따위가 어떻게 자신의 예술을 이해할 수 있을까! 그러나 나폴레옹의 러시아 원정을 떠올리자 그것도 너무 자포자기한 생각인 것 같아서, 만일 실행에 옮긴다면 나의 아내 탈레랑 대공에게 반드시 폴란드의 협력을 얻어오도록 해야겠다고 머리를 굴려보는 것이었다.

상드 부인은 예상하지 못했던 딸 부부의 대답을 듣고는 그 마음이 변하기 전에 재빨리 변호사를 통해 수속을 마쳤고, 그리하여 7월 12일 무사히 클레징게르 부부의 부부별산제가 선고되었다. 이것으로 준비는 갖춰진 셈이었다. 기껏 딸을 위해 재산을 지켜주어도 그것이 결국 클레징게르의 명의라면 아무 소용이 없을 터였다. 자신이 차지할 몫이 없어졌을 때 그가 어떻게 나올지는 뻔한 일이었다. 단순히 돈이 목적이었다는 것을 알면 딸도 남편과의 관계를 다시 생각해볼지도 몰랐다.

쇼팽은 그런 자세한 내막까지는 알지 못했지만, 클레징게르 부부가 혁명으로 인해 경제적인 재기의 기회를 놓쳤다는 것과, 한편 상드 부인과의 관계는 다소 개선되는 것 같다는 사정 정도는 솔랑주의 편지를 통해 파악하고 있었다.

그럴 법한 이야기라고 생각했다. 그는 상드 부인이 클레징게르의 찬미자 중 하나인 토레가 주관하는 잡지에 기고를 시작할 때부터 이미 두 사람이 그를 다리 삼아 화해할 것이라고 짐작했었다. 애초부터 클레징게르에 대한 상드 부인의 열의는 심상한 것이 아니었다. 크게 다투기는 했지만 마음을 다잡고 진지하게 작업에 몰두하는 모습을 보면 의외로 깨끗하게 모든 것을 없던 일로 해줄지도 몰랐다. 생각해보면 참으로 허망해지기도 했지만, 솔랑주의 입장을 생각하면 분명 기뻐해야 할 일이었다. 그 모녀간에는 항상 장애가 너무 많았다. 클레징게르만이 아니었다. 오빠와 양녀, 그리고 자신까지.

아이의 죽음이라는 불행한 사건에 괴로워하는 솔랑주를 멀리서 위로해줄 수밖에 없었던 것을 그는 지금도 후회하지는 않았다. 얼마나 괴로웠는지 모른다. 그러나 만일 자신이 파리에서 그녀의 집을 계속 들락거리며 돌봐주었다면 상드 부인은 분명 딸의 집에 발걸음도 하지 않으려 들었을 것이고, 솔랑주 역시 치유되지 않은 불화의 상처 때문에, 혹은 그런 후의를 보여주는 자신에 대한 배려 때문에 어머니에게 도움을 청하지 못했을 것이었다.

마를리아니 백작 부인 댁에서 마지막으로 마주쳤던 상드 부인의 모습은 시간이 지날수록 쇼팽의 기억 속에서 승리에 도취해 민중이 모인 폐허 위에 올라서서 군주제라는 유적을 경멸을 담아 손가락질하는 한 사람의 혁명가로 짙게 각인되어갔다. 그는 그녀에 대한 기사와 그녀가 쓴 짧은 글들을 읽고 자신에 대한 그녀의 증오가 이제는 그 정치적인 증오와 깊이 맞물려 더이상 구별할 수 없게 되었다는 것을 깨달았다. 사람들이 아무리 자신을 위로해준다 해도, 아니 상드 부인이 자신의 그런 생각을 알고 당신에 대해서는 단 한순간도 의식해본 적이 없노라고 비웃음을 섞어 부정한다 해도, 그는 그녀가 적의를 담아 묘사하는 구시대의 폐습으로 가득 찬 귀족과 부르주아들의 애처로운 회의주의와 경계심이라는 특질에서, 오랫동안 그녀가 자신의 내면에서 읽어내고 탄식해왔던 영혼의 질병의 증상이 노골적일 정도로 선명하게 드러나 있는 것을 눈치채지 않을 수 없었다.

그는 거기에서 깊은 상처를 입었다. 상드 부인이 이런 상황에서 망설임 없이 민중의 편에 선 것은 당연하다면 당연한 일이었지만, 왠지 석연치 않은 느낌도 있었다. 혁명 후에 상드 부인이 마치 물 만난 고기처럼 활약하는 것을 멀리서 바라보며 그는 다시금 가진 자들에 대한 그녀의 적의가 어디에서 유래하는 것인지 생각해보게 되었다. 못 가진 자들에 대한 연민이라면 이해할 수도 있다. 그러나 사실 몇십만 프랑의 부동산을 소유하고 있고 결혼하는 딸에게 이십만 프랑이나 되는 지참금을 내줄 수 있는 사람이라면 파리의 웬만한 부르주아보다 훨씬 가진 자로 꼽힐 자격이 있는 것이 아닐까? 더구나 가난한 환경에서 자란 것도 아니었다. 그녀가 항상 경애를 담아 추억하던 할머니 마리 오로르 뒤팽 부인은 자신이 들은 바로는 유복하고 교양이 풍부한 왕당파 귀족의 완벽한 모범이었다. 그런 성장과정과 혁명에 대한 그녀의 열정이 대체 어떻게 이어지는 것일까? 아니면 할머니와는 달리 거의 입에 담지 않았던, 어딘가 수상한 구석이 있는 서민 출신의 어머니로부터 물려받은 피를 고집하는 것일까? 그도 아니라면 제국군 장교였던 아버지에 대한 동경일까?

쇼팽은 그녀와 헤어진 뒤 오텔 드 나르본 문제로 솔랑주가 상의를 해왔을 때 이제까지 애매하게 알고 있었던 상드 부인의 구체적인 수입을 듣고는, 그제야 비로소 그녀의 재정 상태가 자신의 생각보다 훨씬 어렵다는 사실을 알았다. 결코 부족한 수입은 아니었다. 액수만으로 비교한다면 저술활동과 노앙의 토지에서 들어오는 것만으로도 그의 수입의 두 배 가까이 되었다. 이것은 두 사람의 씀씀이를 알고 있는 사람에게는 뜻밖의 사실이었다. 쇼팽의 오해는, 자세한 액수까지는 아니었어도 어떻든 그런 사실을 알고 있었던 데서 비롯된 것이었다. 만일 그녀의 수입이 자신과 비교도 되지 않을 만큼 적었다면 그녀 앞에서 내키는 대로 돈을 낭비하는 생활은 하지 못했을 것이다. 그가 아무런 죄책감도 느끼지 않았던 것은 그녀가 버는 돈이 훨씬 더 많을 것으로 믿고 안심했기 때문이었다. 실제로 그녀의 수입은 눈이 휘둥그레질 만큼 많았다. 그러나 쇼팽이 막연히 짐작했던 만큼 많은 액수는 아니었다. 두 아이의 양육비와 노앙 관의 유지비, 사용인의 급료, 내객의 체재비…… 그것들을 모두 제하고 나면 수중에 남는 것은 극히 적을 터였다. 그렇게 고생하는 그녀 곁에서, 친지라고는 없는 독신 남자가 한 해에 이만 프랑 남짓한 큰돈을 벌고, 다른 이들이 사교를 위해 치러야 하는 잡다한 경비는 자신의 재능으로 메우면서 그 모두를 마음대로 낭비하는 화려한 생활을 보내고 있었다면, 아닌게 아니라 그리 기분이 좋지는 않았을 것이다. 게다가 자신의 딸이 그렇듯 무신경한 사람의 씀씀이에 어린애 같은 동경심마저 품고 있었으니 더 말할 것도 없으리라.

그렇게 생각하자 쇼팽은 자신의 사치스러운 생활에 대한 그녀의 반감이 이제야 이해되는 것 같았다. 물론 그도 두 아이의 양육을 위해, 혹은 그녀의 생활을 위해 금전적인 도움을 아까워한 적은 없었다. 그러나 그것을 완고하게 거절한 것은 그녀였다. 각자 경제적으로 자립한다는 것은 그녀에게 연애를 연애다운 것으로 만드는 근본적인 조건이었다. 경제적 자립은 연인에게는 연애를 결혼과 구별하게 하고, 자신에게는 연애를 재능 있는 젊은이의 후원자가 되는 것에서 기쁨을 찾는 어리석은 부잣집 여인의 취미와 결정적으로 구별하게 해주는 의미를 지닌 일이었다. 연인에게 금전적인 도움을 받는 것은 그에게 자신의 가정에 대한, 혹은 자기 자신에 대한 권력을 부여하는 일이었다. 어떻게 그걸 참을 수 있단 말인가?

상드 부인은 그런 견해에서 도출된 당연한 결론으로서 연인의 생활에 거의 간섭하지 않았다. 꽃이나 선물, 팁 같은 잡비로 일 년에 오천 프랑이나 되는 돈을 뿌리는 그의 도락(道樂)에 대해서도 눈썹을 찌푸리기는 할망정 쓴소리를 늘어놓지는 않았다. 그는 그녀의 그런 태도에서 특별히 무리한 양보라는 느낌은 받지 못했다. 그는 끝내 그녀의 평등사상이라는 것을 신뢰할 수 없었다. 그런 의식이 있다는 것은 잘 알고 있었다. 철저한 공화주의자였던 옛 연인 미셸 드 부르주에서 비롯되었을 그 사상적 영향은 라므네와 피에르 르루, 루이 블랑, 마치니 같은 사람들과의 교제를 거치면서 그녀를 확실하게 감화시켜왔던 것이 분명했다. 그러나 그녀가 그 사상을 위해 목숨을 바칠 수도 있을 거라고는 한 번도 생각해보지 않았다. 그녀에게는 마를리아니 백작 부인 같은 몇몇 유복한 친구들도 있었다. 그런 사람들의 사치를 비난한 적도 없었고, 애써 노동자들의 참상을 이해시키려고 노력한 적도 없었다. 오늘은 그들과 지나치리만큼 호사스런 식사를 했는가 하면, 그 다음날은 루이 블랑 일행과 빈곤층의 구제를 둘러싸고 열띤 토론을 벌였다. 그가 상드 부인의 정치적 신념에 대해 모종의 의혹을 떨쳐버릴 수 없었던 것은 그런 모순을 바로 곁에서 줄곧 보아왔기 때문이었다.

쇼팽은 종국에 이르러서는 그녀가 검소함을 찬양하고 사치를 혐오하는 것을 거의 취미 정도로밖에 여기지 않았다. 보석 장신구나 드레스로 꾸미고 있는 것보다는 그다지 초라하지 않은 검소한 옷을 걸치고 있는 편이 마음이 편하다. 살롱에서 공허한 맞장구를 치고 있는 것보다는 열변을 토하며 사상적인 동지들과 공감을 나누는 것이 더 좋다. 도회지의 소란스러움보다는 시골의 조용함이 더 좋다. 세련된 예의범절보다는 가식 없는 소박함이 더 좋다…… 그런 정도에 불과한 것이 아닌가. 그런 것을 굳이 그녀의 정치적 입장과 연결지어 생각할 필요가 있을까?

솔랑주에게 전해들은 그녀의 경제적인 곤란은 그의 그런 생각을 어느 정도 교정해주었고, 어쩌면 그것이 그녀의 실제적인 문제에서 비롯된 주장이었는지도 모른다는 반성을 촉구했다. 충분히 설득력 있는 생각이었다. 그리고 그렇기 때문에 더더욱, 그는 혁명 동안에 상드 부인의 보인 처신이 의아하게 여겨졌다. 가령 그런 경제적인 어려움이 사실이었다 해도 그것은 사람을 죽이고 거리를 파괴하기에 이를 만큼 절박한 것은 아닐 터였다.

계급제도에 대한 증오에 찬 그녀의 말들은 결코 그녀의 생활에서 터져나온 것이 아닐 터였다. 그때까지의 애매한 입장을 버리고 소리 높여 표명한 그녀의 자유와 평등과 우애의 정신이 나날의 가계에 대한 어려움이 쌓일 대로 쌓여 터져나온 것이라고 어떻게 생각할 수 있단 말인가? 그럼에도 불구하고 민중에 대한 그녀의 공감은 분명 열렬하고도 직선적이었다. 그전까지 한 번도 참되게 민중이었던 적이 없었고 민중과 함께했던 적도 없었던 그녀였다. 어쩌면 그 공감이란 그녀의 왕성한 열정의 불길이 엉뚱한 곳으로 비화한 결과가 아니었을까?

그런 의심을 씻어낼 수 없었음에도 불구하고, 그녀의 문장에서 피어오르는 젊음의 증거와도 같은 생생한 외침은 쇼팽의 휑한 가슴에 힘찬 메아리가 되어 울려퍼졌다. 이토록 발랄하고 활기에 찬 그녀의 모습은 최근 수년 동안 결코 본 적이 없었다. 연인과의 불화와 가정 문제에 쫓기는 동안 그녀는 한 번도 미소다운 미소를 보여준 적이 없었다. 눈동자에서는 자신감이 사라지고 이마는 찌푸려지고 뺨은 윤기를 잃고 말은 항상 병들어 있었다. 그는 자신과의 관계가 끝난 것이 결과적으로 그녀를 생기 넘치는 활동가로 변신시켰다는 사실을 순수한 마음으로 축복할 수 없었다. 그 한편에서 자신은 대체 무엇을 얻었는가. 이별의 의미는 그녀에게보다 자신에게 훨씬 더 심각한 문제를 낳지 않았던가? 자신은 그 사건 후로 아무런 변화 없이 그저 잃어버린 것에 대한 미련 때문에 비참하게 신음하고 있을 뿐이다. 그녀는 다시 태어나려 하는 세계와 함께 또 하나의 생명을 얻었다. 그것은 그녀를 소생시키고 새로운 탄생을 경험하게 했다. 자신은, 말하자면 그 반대였다. 매장되려 하는 세계의 한복판에서 어쩔 줄 모르고 멍하니 서 있을 뿐이었다. 그리고 아직도 구태의연한 호사가 숨쉬고 있는 이 나라로 마치 쫓기듯이 도망쳐왔다. 그러나 그뿐이었다. 사는 장소를 바꾼다 해도 이 몸뚱이로부터 도망칠 수는 없었다. 여전히 황폐하기 그지없는 폐허일 뿐. 그것을 새롭게 다시 일으켜세울 수 있는 사람은 없는 것이다.

그러한 생각은 결국 무참한 패주의 소문과 함께 들려온 상드 부인의 말로에 대한 그의 감상에 복잡한 그림자를 드리웠다.

열차 안에서 그때를 돌아보면서 쇼팽은 말로 표현할 수 없는 슬픔을 느끼지 않을 수 없었다. 그녀가 헛된 착각의 열정을 전력을 다해 불태웠을 뿐이라고 할 수 있을까? 그가 처음에 예감했던 대로? 그녀의 행동은 착각이라고 하기에는 너무도 성실했다. 그 열정은 그녀가 좌절의 순간까지 가슴에 품고 있었던 그 사상과 처음 만났던 날부터 준비된 것이었다. 결국 마지막은 만인의 눈앞에서 요란스럽고 거창하게 연출되었다. 그리고 실패는 결국 최대한의 오명을 뒤집어쓰고 그녀를 노앙으로 끌고 돌아간 것에 지나지 않았다.

쇼팽이 그녀의 활약에서 어두운 그림자를 느낀 것은 보통선거의 결과로 사회주의자 진영이 정부 내에서 그 자리를 잃으면서 파리의 거리 분위기가 단숨에 반혁명으로 기울기 시작한 무렵부터였다. 그리고 멀리 떨어진 영국에서 그녀가 5월 15일의 사건과 관련된 필화 때문에 파리를 탈출했다는 소식을 들었을 때, 그는 그것이 마치 영광으로부터의 급격한 전락인 것처럼 느껴졌다. 그는 세상 모든 사람들이 갑자기 그녀에게 경멸 가득한 증오의 시선을 던지기 시작했다는 것을 깨달았다. 민중은 자신들을 내팽개치고 혼자 달아나버린 그녀의 무책임함에 분노했다. 폭도들의 행위에 대한 분노가 가라앉지 않은 이들은 무지한 민중에게 터무니없는 사상을 불어넣어 선동한 그녀의 어리석음을 신랄하게 비판했다. 그런 소문과 기사가 너무 많아서, 스털링 양이 일부러 그런 소식만 모아오는 것이 아닌가 하는 의심마저 들 정도였다. 아직까지 옛 연인의 기억을 떨쳐버리지 못하는 자신에게 그녀가 얼마나 조락(凋落)하고 말았는지 알려주기 위해. 그것이 과거의 행복했던 상드 부인의 모습까지 잠식해 마침내 그의 마음속에서 사라지게 하면 지금 눈앞에 있는 한 여인의 모습을 볼 수 있을 것이라 믿고서…… 그러나 수많은 매리잡언(罵詈雜言)은 그를 상드 부인에게서 떼어놓기는커녕 오히려 다시 가까이 다가서게 했다. 그는 상드 부인을 향한 그런 말들에 가슴이 쓰라렸다. 그녀의 좌절로 자신의 비참함이 위안을 받는다고 생각하면 견딜 수 없었지만, 그런 생각보다 그녀를 가엾어하는 마음이 훨씬 자연스러웠다. 자존심의 만족 때문이 아니라 마치 그런 말들이 자신에게 쏟아진 비난인 것처럼, 자신 속의 가장 소중한 무언가를 짓밟힌 것처럼 고통을 느꼈다. 어느 누가 자신만큼 그녀를 이해하고 있단 말인가? 어느 누가 그런 말을 입에 담을 권리가 있단 말인가! 쇼팽은 세상에 대한 자신의 반발을 지금 그녀의 연인인 자가 품어야 할 그것과 혼동하지 않으려 세심한 주의를 기울였지만, 그래도 그녀를 감싸는 마음은 어떻게도 억제할 수 없어, 그런 이야기를 들으면 저도 모르게 노골적으로 불쾌한 표정을 보이곤 했다. 사람들의 주장을 이해하지 못하는 것은 아니었다. 오히려 내심 공감도 하고 있었다. 혁명은 그가 파리를 떠난 뒤로도 점점 더 어둡고 음울한 것으로 변해갔다. 6월 사건의 소식은 그런 인상을 결정적인 것으로 만들었다. 참상을 직접 목격하지 못했던 만큼 공연히 강렬한 상상이 발동하여 시체가 수없이 늘어선 폐허의 모습이 머릿속을 맴돌았다. 그녀가 그런 것을 원했을 리가 없었다. 분명 그녀가 꿈꾸었던 것과는 하늘과 땅 차이의 결말이었을 것이다. 그러나 그것을 예견하지 못한 어리석음 역시 죄일 수밖에 없었다. 또한 그녀가 그 자리에 없었다는 것은 더욱 비난받아 마땅한 일인지도 몰랐다.

몇 달 동안 그녀는 잠자는 시간도 아끼고 끼니도 잊어가며 먼지투성이가 되어 필사적으로 거리를 뛰어다녔다. 그 결과 손에 넣은 것이 무엇인가? 민중은 끝내 그녀를 받아들이지 않았고, 그녀는 그 민중이 일으킨 폭동의 책임을 뒤집어쓰고 파리에서 도망쳐야 했다. 이상(理想)은 중도에 폐기되었다. 열정은 혼란의 와중에 어디론가 날아가버렸다. 동지들은 대부분 투옥되거나 망명했다. 민중의 적이라는 선고를 받고 만 오랜 친구들은 일제히 그녀와 연락을 끊었다. 과연 그들 중 몇 사람과 예전의 관계를 회복할 수 있을까? 혁명을 지지하지 않는 자들은 물론 지지하는 자들조차 그녀를 경멸했다. 노앙마저 이제는 그녀에게 안식의 땅이 아니었다. 반동적인 그 지역 농민들이 노앙 관에 욕설을 퍼붓고, 언제 방화가 저질러질지 모를 위험에 빠져 있는 모양이었다. 그런 가운데 그녀는 지금 무슨 생각을 하고 있을까? 그녀가 얻은 것이 있다면 그것은 단지 사상운동은 결국 자신이 맡아야 할 사명이 아니었다는 쓰디쓴 실감뿐이지 않을까?

쇼팽은 저도 모르게 감고 있던 두 눈을 가만히 뜨고, 이제는 완전히 익숙해진 낮고 어슴푸레한 하늘조차 자신에게는 너무나 눈부시다고 느끼면서, 어쨌건 그녀가 최근 몇 달 동안 충실하게 살았던 것만은 분명하다고 생각했다. 잠잘 시간을 아끼고 끼니도 잊고 온몸이 먼지투성이가 되어가며 필사적으로, 스스로를 잃어버릴 만큼 몰두하며 살았다. 그것은 역시 그에게는 부러운 일이 아닐 수 없었다. 자신과는 다른 것이다. 세계가 이토록 빠르게 멀리멀리 스쳐 지나가기만 하는 지금의 자신과는……

흔들리는 열차에 몸을 맡기고 차창에 머리를 기울인 채 쇼팽은 꼼짝도 하지 않았다. 그 눈동자는 더이상 아무것도 받아들이지 않았다. 그저 풍경이 그 표면을 흘러가는 대로 내맡기고 있었다. 종점에 도착할 때까지 이대로 있을 것인가? 허탈하게 바깥을 내다보고, 이따금 다니엘과 몇 마디 말을 나누고, 건강이 악화되는 것을 괴로워하고 잠으로 그것을 풀어보려 애쓰면서? 모든 것이 멀어져갔다. 짐가방 깊이 넣어둔 텅 빈 수첩과 누님의 명함, 그리고 헤어진 연인의 머리카락 외에는, 그렇게 모든 것이 너무도 신속하게 과거 속으로……

10

스코틀랜드 체재 계획은 전적으로 스털링 양에 의해 세워졌기 때문에 쇼팽은 에든버러에 도착할 때까지 일정이나 숙박지에 대해 개략적인 것밖에 알지 못했다.

스털링 양은 그가 드디어 자신의 고향 스코틀랜드를 방문한다는 사실에 잔뜩 흥분해 있었다. 내가 가장 사랑하는 땅을 내가 가장 사랑하는 사람에게 보여줄 수 있다면. 그것은 그녀의 오랜 바람이었다. 언덕과 숲, 성과 교회, 유서 깊은 저택과 그 광대한 정원, 바다, 해안, 호수, 평원…… 곳곳에 이루 말로 다 할 수 없는 추억이 있고 어린 날의 자신이 깃들어 있다. 그런 장소들을 남김없이 모두 보여주고 싶다. 친척들에게도 소개해주어야지. 내가 얼마나 훌륭한 사람들 속에서 성장했는지, 그리고 지금도 얼마나 큰 사랑을 받고 있는지 보여주어야지. 물론 친척들도 그분이 얼마나 멋진 사람인지 알게 되겠지. 그 기품 있는 인격, 그 신과도 같은 음악을 접하고 대체 누가 그분을 마음에 들어하지 않을 수 있을까. 당연히 나에 대한 이야기도 많이 나오겠지. 모두들 쇼팽이 어떻게 이곳에 초대되었는지 잘 알고 있을 테니. 그분도 지금껏 알지 못했던 나의 매력을 깨닫게 되리라. 그리고 그것이 이 아름다운 스코틀랜드 땅과 얼마나 깊이 관련되어 있는지 깨닫고 나를 더 깊이 이해해주리라. 런던에서는 파리에서 도망쳐온 지인들에 둘러싸여 항상 나만 바라볼 수가 없었다. 그러나 이제 이곳에는 그런 사람들은 없다. 어느 누구도! 오직 나, 그리고 나와 인연이 깊은 사람들뿐. 그 울타리 안에서 그분과 함께 하루하루를 보낸다. 날마다 함께 잠들고 함께 일어나 같은 식탁에 마주 앉는다. 마치 새로운 가족처럼!

상드 부인도 노앙에서 그렇게 생활했으리라. 여자라면 누구나 그러기를 바랄 것이다. 그렇게 상드 부인이 그분에게 자신의 매력을 알렸다면, 나라고 못할 리가 있을까? 이곳이 노앙같이 궁벽한 시골보다 못할까? 아니, 절대 그렇지 않다. 이토록 아름다운 대지에, 그분이 머무실 집도 모두 훌륭한 저택이다. 아아, 정말 기쁘다. 그분과 나란히 걷는 것을 보면 다들 얼마나 놀랄까! 만에 하나 모든 것이 노앙보다 못하다 해도, 내가 상드 부인보다 못한 게 한 가지라도 있을까? 그것만은 절대적으로 자신 있다! 내가 더 아름다워서? 아니. 더 유복해서? 아니. 제대로 된 상식을 가져서? 아니. 그분의 음악을 더 잘 이해하니까? 그분의 마음을 누구보다 잘 아니까? 아니, 아니다! 그런 모든 것에 앞서서, 내게는 상드 부인에게 절대로 지지 않을 소중한 것이 있다. 그분을 사모하는 마음, 오로지 그분만을 생각하는 마음…… 아아, 이보다 중요한 게 또 있을까! 나라면 결코 그분을 그렇게 괴롭히지는 않았을 것이다. 그분 이전에 수많은 다른 남자가 있었고 이후에도 잽싸게 다른 남자를 만드는 그런 일은 절대 없다. 내게는 오직 그분만이 특별한 것을! 나의 사랑은 그분만을 위해 준비되어 그분과 함께 끝나는 것. 어떻게 그분을 알고 나서 다른 누군가를 사랑할 수 있을까? 그런 천박한 짓을 할 수 있는 여자라면 결국 그분의 진짜 매력을 알지 못한 것이 틀림없다. 아아, 하느님은 어쩌면 이토록 잔혹하실까! 그런 여자에게 구 년 동안이나 그분을 묶어두다니. 게다가 마지막에는 그리도 추악한 일을 준비해두시다니. 어째서 좀더 일찍 그분을 만나지 못했을까? 나를 사랑했다면, 아니 사랑하지 않는다 해도 그저 내 사랑을 허락해주기만이라도 했다면 나는 분명 그분에게 어울리는 행복을 바칠 수 있었을 텐데…… 아아, 그분이 나를 사랑해준다면 얼마나 기쁠까? 분명 말로는 다 표현할 수 없겠지! 아니, 그것도 결코 불가능한 일은 아니다. 그분이 이제 곧 이곳에 오신다. 나를 싫어한다면 어떻게 일부러 이 먼 길을 찾아와줄 수 있을까! 아아, 너무 기쁘다. 꿈을 꾸는 것만 같다……

쇼팽은 8월 5일에 에든버러에 도착해 스털링 양이 예약해둔 시내 최고의 호텔인 더글러스 호텔에서 묵었다. 다음날 마차로 거리를 구경하고 다시 하룻밤을 묵은 다음, 7일에 그곳에서 서

남서쪽으로 십이 마일 떨어진 미드콜더에 있는 제임스 샌딜런즈 터피켄 경의 저택으로 그가 보내준 마차를 타고 이동했다. 터피켄 경은 스털링 양과 어스킨 부인의 친척으로, 두 자매와도 그곳에서 만나기로 되어 있었다. 쇼팽이 도착한 콜더 하우스라는 고풍스러운 영주관은 월터 스콧의 소설에도 등장하는 저명한 저택으로, 수령이 수백 년에 달하는 나무들이 광대한 정원 여기저기에 가지를 드리우고 창문 너머로는 푸른 잔디와 나무들, 그리고 멀리 산들만이 보이는 조용하고 고즈넉한 곳이었다.

손님을 구속하지 않는 것이 최상의 대접이라는 그곳의 예법 덕분에 쇼팽은 스털링 양과 어스킨 부인에게 이끌려 마차로 여러 친척들을 방문하고 다니는 것 외에는 파리를 떠난 이후 한 번도 갖지 못했던 자유로운 시간을 마음껏 누릴 수 있었다. 잡다한 일들에 대해 걱정할 필요 없이 하루를 시작할 수 있다는 것은 얼마나 마음 편한 일인가, 하고 그는 생각했다. 공연히 이것저것 번잡하게 신경써주지 않고 그저 가만히 내버려둔다. 과연 이보다 더 좋은 환대는 없었다. 저택도 마음에 들었다. 이따금 몸에 무리가 가지 않을 만큼 정원을 거닐었다. 팔 피트나 된다는 두꺼운 석조 벽으로 둘러싸인 복도를 돌아 안쪽으로 들어갈수록 점점 더 윗대로 거슬러올라가는 선조들의 초상화를 둘러보고는, 터피켄 경이 자주 출몰한다고 하던 유령이 누구일지 호기심이 발동하기도 했다. 가구와 집기들은 하나같이 진귀한 것들이었고 서고에는 어떤 종류의 책이든 없는 게 없었다. 마차도 원하면 언제든지 사용할 수 있었다. 이름을 외우는 데만도 진땀을 흘릴 만큼 많은 사용인들은 어떤 요구에도 달갑게 응해주었고, 부탁할 때가 아니면 절대 그를 성가시게 하지 않았다. 피아노는 이 집 소유의 브로드우드가 쇼팽의 방에 한 대, 스털링 양이 런던에서 실어온 플레옐이 거실에 한 대 있었다. 굳이 연습을 해야겠다고 다짐한 것은 아니었지만, 두 대의 피아노 모두 손대지 않은 날이 없었다. 마음이 내키면 스털링 양이 청하는 대로 레슨을 봐주기도 했다. 그러나 작곡은 전혀 하지 않았다. 아니, 하지 못했다고 하는 것이 옳았다. 단 한 곡도. 전체적인 구상은커녕 곡의 단서조차 떠오르지 않았다. 최근 일 년 동안 그는 줄곧 상드 부인과의 불화와 이별이 원인이라고 생각했다. 그러나 정말 그것뿐이었을까? 이런 적은 이제껏 한 번도 없었다. 어쩌면 이것은 육체의 쇠약과 큰 관계가 있는 것은 아닐까? 손끝에서 출구를 찾지 못한 영감은 영혼보다 한 발 앞서 이 육체에 대한 기대를 버렸는지도 모른다. 이것은 분명 예술가가 평생 단 한 번 겪게 되는 경험일 것이다. 그리고 그것이 벌써 내 몸에 일어난 것인지도 모른다.

사실 에든버러에 도착했을 때부터 내내 고단해서 몸이 뜻대로 움직여주지 않았다. 정원을 산책하고 저택 안을 둘러볼 수 있는 날은 그나마 다행이었고, 대개는 모두가 얼굴을 내미는 두 시의 점심식사와 일곱시 만찬 때 외에는 방에 틀어박혀 침대와 의자 사이를 하릴없이 오고갔다. 그렇게 혼자서 보내는 시간이면 파리에서 가져온, 손도 대지 못한 자필 악보 더미를 펼쳐놓고 정리 작업을 했다. 그 밖의 시간은 런던에서부터 계속 밀려 있던 편지를 쓰며 보냈다.

받기는 했으나 왠지 펜을 들 마음이 나지 않아 그대로 두었던 편지의 답신이었다. 그지마와 백작의 편지에는 자신의 근황을 전하는 글과 함께 폴란드의 가족들이 부탁한 편지도 함께 들어 있었다. 누님과 여동생도 그랬지만 특히 어머니의 글에서는 낯선 곳에서 지내는 아들을 걱정하는 마음이 이전보다 더 많이 드러나 있어 가슴이 미어졌다. 가엾은 어머니, 얼마나 걱정하실까…… 병으로 인한 고통보다, 어머니를 만나지 못하는 것보다 그에게는 아들의 건강을 염려하고 아들을 만나지 못하는 것을 안타까워하는 어머니를 생각하는 것이 훨씬 더 괴로웠다. 죽음에 대해 복잡한 생각에 빠질 때면 괴로움은 한층 더 커졌다. 자신의 부보를 듣는 순간 비탄에 잠길 어머니의 얼굴을 상상하면 도무지 견딜 수가 없었다. 사 년 전 아버지가 돌아가셨을 때 어머니는 얼마나 많은 날을 울며 괴로워하셨던가. 이제 아들마저 죽어버린다면? 아아, 도저히 상상할 수 없다. 약해질 대로 약해져버린 지금의 내 모습을 보신다면 어머니는…… 어머니의 마음속에서 나는 아직도 스물다섯 살의 건강한 모습 그대로일 것이다. 파리에서 화려하게 성공을 거두었을 무렵 딱 한 번 카를스바트에서 만났던 그날 그대로 발랄하고 젊은, 연약하지만 아직 건강한 청년의 모습일 것이다. 지금 이 모습을 보면 어머니는 내가 그 프리섹인 줄 알아보실까? 마흔을 목전에 둔 얼굴에 세월과 병고가 겹겹이 깊은 주름으로 새겨진 이 여위어빠진 나를 보고? ……아니, 나 또한 같은 시간만큼 어머니의 얼굴을 뵙지 못했다. 지금은 어떤 모습이실까? 나처럼 몰라보게 변하셨을까? 주름투성이에 백발이 하얗게 머리를 덮고…… 그것 역시 나의 책임일 것이다. 이렇게 걱정만 끼쳐드렸으니. 아아, 이 무슨 잔인한 운명인가! ……만나고 싶다. 죽기 전에 단 한 번이라도 어머니를 만나고 싶다. 그 소원만 이루어진다면 더이상 아무것도 바라지 않을 텐데. 바르샤바에 돌아가 가족들과 함께 살고 싶다. ……이제 불가능한 일일까? 잠시 눈을 감았다 뜨면 바르샤바에 가 있는, 그런 기적은 일어나지 않을까? 아아, 악마가 그런 기적을 행해준다면 내 영혼이라도 기꺼이 넘겨줄 텐데!

폴란드의 가족에게 보내는 편지에는 모두가 안심하도록 가능한 한 상세하고 길게, 그리고 밝은 분위기로 좋은 내용만 썼다. 그지마와 백작에게는 런던을 떠나오기 전에 답장을 했었지만 다시 한 통을 더 썼다. 얼마 전에 부친상을 당했다는 프랑숌에게는 깊은 위로의 말을 전하고 악상이 떠오르지 않는다는 고민도 털어놓았지만, 항상 그렇듯 프랑스어 철자나 문법이 힘들어 생각만큼 길게 쓰지는 못했다. 플레옐에게도 사무적인 연락과 함께 사적인 안부를 덧붙였다. 그리고 미국에서 피아니스트로 활동하는 폴란드인 친구 율리안 폰타나가 우연히, 그것도 하필 서로 어긋나는 일정으로 런던을 찾았다는 소식을 듣고 그에게도 편지를 보냈다.

마지막으로 폰타나를 만난 것도 벌써 십일 년 전의 일이었다. 바르샤바 음악원 시절의 동급생인 그는 음악뿐 아니라 바르샤바 대학 법학부에 적을 두고 법률 공부까지 하고 있던 학생이었는데, 11월 봉기가 일어나자 자퇴원을 내고 봉기군에 지원해 발트 해 방면으로 진군하는 뎀빈스키 장군 휘하에서 포병대원으로 공을 세워 중위까지 진급했다. 당시 애국심에 불타던 폴란드 청년의 전형이었던 그는 바르샤바 함락 후 다른 병사들과 함께 망명길에 오르는 처지가 되어 일단 함부르크로 도피했지만 궁핍한 생활에 쫓겨 얼마 후에 파리로 나왔고, 그때 먼저 파리에 와 있던 쇼팽과 재회했다. 파리 생활 초기에는 쇼팽의 비서 역할을 맡아 출판사와의 교섭이나 악보 필사 같은 일을 해주었으나 피아노 교사로 생계를 이어갈 수 있게 되자 다시 런던으로 건너가 피아니스트로도 성공했고, 1837년에는 쇼팽이나 리스트 같은 스타 피아니스트가 활약하는 유럽에서의 활동에 만족하지 못하고 큰 뜻을 품고 미국으로 거점을 옮겼다.

올해 들어 파리에서 혁명이 일어났다는 소식을 들은 폰타나는 십팔 년 전과 다름없이 당장이라도 바다를 건너 날아올 것 같은 기세로 고국의 정세를 묻는 편지를 보내왔다. 쇼팽은 그런 폴란드 사람들에게 항상 그랬듯이, 무책임한 정보에 휘둘려 헛된 죽음을 초래하는 어리석음에 대해 강조하며 지금은 가만히 있어야 할 때라고 애써 다독였다. 그러나 쇼팽은 그런 그가 좋았다. 이 동갑내기 친구의 행동력은 자신에게는 주어지지 않은 귀중한 자질이었고, 앞뒤 가리지 않고 타오르는 애국심도 그래서 더욱 순수하게 느껴졌다. 파리에서 함께 지내던 시절부터 자주 놀려대곤 했던 그의 사랑스러운 대머리가 떠오르자 쇼팽은 더욱 그가 보고 싶어졌다. 많은 폴란드 친구들이 세상을 떠나버렸다. 기회가 있을 때 서둘러 만나지 않으면 두 번 다시 못 볼지도 모른다. 더구나 지금까지와는 상황이 다르다. 이번에는 자신이 먼저 없어져버릴지도 모르는 것이다. 그러나 냉정히 생각해보면 도저히 불가능한 일이었다. 지금 다시 런던까지 열차 여행을 한다면 몸이 버텨내지 못할 것이고, 앞으로의 일정도 빡빡했다. 스털링 양의 후의를 무시하고 일정을 모두 취소할 수도 없었고, 그렇다고 폰타나를 이곳으로 불러들이기도 어려울 것 같았다. 사실 그러기를 바라기는 했다. 그러나 무리하게 간청할 수는 없었다.

몇 통이나 되는 편지를 쓰면서 쇼팽은 런던에서 보낸 나날들을 묘하게 평온한 마음으로 회상했다. 좋은 추억이라고는 할 수 없었다. 그러나 왠지 까마득히 먼 옛날 일인 듯 느껴져 그때의 번민이 가슴속에 되살아나지 않았다. 역시 거리 탓일까? 필하모니 협회와의 다툼도, 어전 연주가 실현되지 않아 애를 태웠던 것도, 밤마다 무의미한 야회에 참석했던 일도, 무기력한 레슨도 이제는 모두 지나간 옛일로만 느껴졌다. 런던에서의 일들이 여전히 경제적인 문제에 그림자를 드리우고 있는 것은 사실이었다. 그러나 그것을 되짚어 계산해보며 걱정하거나 하지는 않았다. 어쩌면 집이며 마차의 임대료 같은 나날의 걱정거리에서 해방되었기 때문인지도 몰랐다. 어떻든 그런 것들은 남김없이 런던에 두고 왔다. 그리고 자신은 마치 그곳에서 벗어나기 위해 반드시 거쳐야 할 고통을 겪듯이, 질주하는 열차에서 열두 시간을 시달린 끝에 가까스로 이곳에 도착한 것이다.

쇼팽은 콜더 하우스에서 이십여 일을 보낸 뒤 다시 열차를 타고 꼬박 일곱 시간을 들여 왔던 길을 되돌아가야 했다. 목적지는 맨체스터였다.

8월 28일에 쇼팽은 마리에타 알보니, 코르바리, 로렌초 살비 등의 가수와 함께 그 지역 콘서트홀에서 시내 및 근교의 회원들을 위해 정기적으로 기획한 젠틀맨즈 콘서트라는 행사에 출연하기로 되어 있었다. 되도록 소규모 공연을 원했던 그의 희망과는 달리 회장은 천이백 명이나 되는 관객을 수용할 수 있는, 콩세르바투아르 홀의 세 배는 될 만큼 넓은 곳이었고, 광고도 통상대로 신문 잡지에 대대적으로 실렸다. 나아가 그 무렵 그곳에서 널리 인기를 얻고 있던 지기스문트 폰 노이콤의 공연과 날짜가 겹치지 않도록 사전 교섭까지 해둔 상태였다. 노이콤은 하이든의 첫째가는 제자로 빈, 상트페테르부르크, 파리 등 각지에서 활약한 뒤 리우데자네이루의 궁정악단 지휘자로 있다가 리스본을 거쳐 유럽에 돌아온 참이었다. 쇼팽은 이런 모든 일들을 거부하지 않았다. 청중을 만족시키는 것은 처음부터 거의 포기하고 있었다. 노래 반주를 맡기로 한 아일랜드 출신의 피아니스트이며 칼크브렌너의 제자였던 친구 조지 오즈본에게는 자신이 연주하는 동안 회장을 잠시 떠나달라고, 그리고 파리에서 몇 차례 들었던 자신의 연주만 기억해달라고 부탁했다. 보수는 육십 파운드 정도였지만, 연주에 나선 이유는 사실 고생스럽게 이 일을 주선해준 스털링 양의 성의에 답하기 위해서일 뿐이라고 해도 과언이 아니었다. 일이 이렇게 된 것도 말하자면 런던에서 생각했던 것만큼 수입을 올리지 못한 탓이었다.

사전에 발표된 프로그램에서는 제1부에서 녹턴과 자장가, 제2부에서 마주르카, 발라드, 왈츠를 연주하기로 되어 있었지만, 연주회를 며칠 앞두고 쇼팽의 변경 요청에 따라 당일 개연 전에 정정 통지가 이루어져 결국 제1부에서는 작품 22번 안단테 스피아나토, 작품 31번 스케르초 내림나단조, 제2부에서는 작품 9의 2번 녹턴 내림마장조, 작품 25번 에튀드에서 올림다단조, 바단조, 내림가장조, 작품 57번 내림라장조의 자장가, 그리고 앙코르에서도 몇 곡이 연주되었다.

예상했던 대로 평판은 그리 좋지 않았다. 혹평까지 하는 사람은 없었지만 충분히 이해되거나 감명을 주었다고 하기는 어려웠다. 지극히 아름답지만 전체적으로 지나치게 섬세하고 상식에서 벗어난 연주였다는 인상이 대부분이었다. 쇼팽은 그런 소리들에 최대한 귀를 막고 잡지에 게재된 비평 따위에서도 눈을 돌리기로 마음먹고 있었지만, 결국 연주회 직후에 그 지역의 기

업 경영자나 은행가 같은 이들에게 둘러싸여,

"오늘은 컨디션이 별로 좋지 않으신 것 같더군요. 건강 탓인지 아무래도 음이 좀 작았던 거 아닙니까?" 하는, 요란한 광고와 평판을 비꼬려는 것인지 아니면 자신의 귀는 속일 수 없다며 제법 전문가다운 면모를 과시하려는 것인지, 어쨌거나 애매하게 웃어넘길 수밖에 없는 감상을 지겹도록 듣고 말았다. 난처한 표정으로 서 있는 그를 위해 대개는 스털링 양이 끼어들어, 바로 그런 연주법에 쇼팽의 독창성이 있다, 결코 건강이 좋지 않아서 터치가 약했던 건 아니다, 하고 대신 반론을 해주었다. 쇼팽은 직접 그들을 상대해야 하는 성가심에서 해방된 것은 고맙게 여겼다. 그러나 사실 현재의 허약해진 몸을 생각하면 분명 예전처럼 만족스러운 연주는 아니었을 텐데, 그것을 이제껏 자신이 쌓아온 주법과 혼동하여 그런 식으로 변호하는 것을 들으니 결국 아무도 자신의 연주를 진실로 이해하지 못했다는 실망스런 마음이 들었다.

맨체스터에서의 연주회 전후로는 굴뚝투성이 도시의 매연을 피해 교외에 있는 슈바베 부부의 저택 크럼설 하우스에 머물렀다. 슈바베는 스털링 양과 어스킨 부인의 지인이기도 했지만, 리처드 코브던과 막역한 친구일 만큼 확고한 자유무역주의자로 파리에도 자주 걸음을 했고, 그와 마찬가지로 프로테스탄트로 개종한 유대인 실업가 오귀스트 레오와도 친밀한 사이라 쇼팽도 몇 번 레오의 집에서 대면한 적이 있었고, 맨체스터 체류중에는 그곳에서 회사를 경영하는 레오의 아우가 찾아와 쇼팽을 기쁘게 하기도 했다. 쇼팽은 연주회를 위해 맨체스터 시내를 방문했을 때 파리에서 슈바베가 늘 자랑하던, 맨체스터에서 가장 높다는 그의 공장 굴뚝을 올려다보며 과연 오천 파운드나 되는 거액을 들일 정도의 가치가 있다고 감탄했다. 그러나 열차로 이 나라를 북상한 뒤부터 자신의 내면의 암울함 때문인지 자꾸만 낮아지는 것 같이 느껴지던 하늘이 우뚝 솟은 굴뚝 뒤로 마치 그것이 토해낸 매연이 정체해 있는 듯한 거무스레한 구름에 뒤덮인 것을 보고는 문득 속이 메슥거렸다.

탁한 공기가 약해질 대로 약해진 그의 폐를 더욱 해치는 것 같았지만, 이후 일정이 이미 빽빽이 짜여 있었기 때문에 쇼팽은 맨체스터를 방문할 때면 반드시 크럼설 하우스에 머문다는 제니 린드 양이 며칠 뒤에 올 것이라는 슈바베 부부의 말에 아쉬워하면서도 9월 초에는 다시 열차를 타고 북쪽으로 가 존스턴에 있는 스털링 양의 사촌언니인 휴스턴 부인의 성으로 옮겨야 했다.

주위 사람들이 쇼팽의 건강상태가 심상치 않다는 사실을 눈치채기 시작한 것이 바로 이 무렵이었다.

그 계기는 크럼설 하우스에 머물던 중에 일어난 작은 사건이었다. 맨체스터에서의 연주회를 마친 며칠 뒤에 쇼팽이 슈바베 부부와 스털링 양, 어스킨 부인, 그리고 지방지 기자 등 몇몇 초대객 앞에서 작품 35번 내림나단조의 피아노 소나타를 연주하고 있을 때였다. 제1악장과 제2악장의 연주를 마친 다음 제3악장 〈장송행진곡〉에 들어가려는 순간, 갑작스레 그가 깜짝 놀란 얼굴로 눈앞의 무언가를 응시하기 시작하더니 이윽고 얼굴빛이 창백해져서는 의자에서 일어나 빠른 걸음으로 방을 나가버렸던 것이다. 참석자들은 순간 무슨 일이 벌어졌는지 언뜻 이해할 수 없었다. 모두가 아무 말 없이 멍하니 그의 등을 눈으로 좇다가 어리둥절한 표정으로 옆 사람과 얼굴을 마주 보았다. 갑자기 몸이 불편해진 게 아닐까 하고 생각했다. 있지도 않은 악보를 보면대에서 찾으려 했던 것이라고 착각한 몇몇 사람들은 도저히 있을 수 없는 일이라고 생각하면서도 혹시 곡의 첫 마디를 깜빡 잊어서 확인하러 갔는지도 모른다고 건너짚었다. 또 그의 시선이 반쯤 열린 피아노의 몸체에 박혀 있었다고 느꼈던 이들은 혹시 현이 끊긴 게 아닌가 하고 자리에서 일어나 확인해보려고도 했다. 그렇게 모두들 웅성거리고 있는 참에 쇼팽이 말없이 돌아왔다. 안색은 여전히 창백했다. 사람들은 또다시 아무 말도 건네지 못했고, 그도 방금의 불가해한 행동에 대해 굳이 설명하려 들지 않았다. 고개를 숙인 채 피아노 앞으로 걸어가 멈칫거리듯 무언가를 확인하더니 조금 안심했다는 표정으로 다시 의자에 앉아 그대로 연주를 재개했다.

이 일이 유난히 사람들의 인상에 강하게 남은 것은 그때 다시 연주된 음악 때문이었다. 쇼팽은 악상의 어둠 속에 빨려들지 않기 위해 세심한 주의를 기울였다. 그것은 청중들이 조금 전의 기묘한 행동을 제3악장의 음악적인 의미와 안이하게 연결짓는 것을 경계하기 위해서인 것처럼 보였다. 또한 그 스스로가 이 곡이 빚어낼 최초의 필연적인 혼돈으로 되돌아가는 것을 위험하게 느끼기 때문인 것도 같았다. 그는 심연의 가장자리를 지극히 신중하게 걸어갔다. 그 지독한 억제가 음의 연속에 긴박감을 주고 어떤 살벌한 정경을 그려냈다. 소나타를 마감하는 제4악장의 마성적인 일흔다섯 소절은 그의 의도와 달리 그 지독한 덧없음과 깊은 감상의 거부 때문에, 슈만이 그것을 조롱이라고 불렀던 것처럼, 불가사의하고도 불길한 여운이 가득한 연주가 되었다.

그것은 분명 그의 최상의 연주는 아니었지만, 그 불완전함 자체가 마치 하나의 불안한 독창성인 것처럼 유난히 두드러져 보였다. 콘서트홀에서의 연주가 그리 좋은 성과를 거두지 못한 것을 염려하여 그의 진가를 다시금 이해시키기 위해 스털링 양이 불러들인 지방지 기자들은 예의만 아니었다면 자칫 "어째 기분 나쁜 연주였어"라는 감상을 입 밖에 낼 뻔했다.

그런 분위기 속에서 연주가 끝났기 때문에 사람들은 그에게 연주중에 퇴실한 이유를 차마 묻지 못했다. 쇼팽도 청중의 당황한 모습을 감지했는지 "몸이 좀 좋지 않아서요"라고 밝히고는 그것을 핑계로 일찌감치 방으로 돌아갔다.

참석했던 이들 모두가 그 설명을 납득한 것은 아니었다. 그러나 쇼팽이 그런 식으로 감추려 한 것이 무엇이었는지는 잠시 뒤에 스털링 양이 들려준 에든버러 체류중의 일화가 잘 말해주었다.

맨체스터로 출발하기 며칠 전의 일이었다. 쇼팽은 우울한 기분과 연주회 전의 불안감을 씻기 위해 다니엘과 함께 터피켄 경 소유의 서러브레드 두 마리가 이끄는 호화로운 상자형 포장마차를 타고 해안 암벽을 따라 난 길을 산책하러 나갔다. 처음에는 공원을 달리면서 멀리 바다가 내다보이자 거의 다 왔다고 좋아하며 다니엘과 둘이 있으면 마음이 편하다는 농담까지 했다. 그런데 앞자리에서 말고삐를 쥐고 있던 마부의 목소리가 갑자기 험악해졌다. 내다보니 말 한 마리가 속도가 점점 떨어지더니 발굽에 뭔가 걸린 듯 비틀거리다가 순식간에 앞으로 튀어나갔다. 그러고는 무슨 일이 일어났는지 알 수 없었다. 마차는 돌연 맹렬한 기세로 내달렸고 옆에서 다니엘이 비명을 질렀다. 흔들리는 마차 앞쪽으로 두 마리의 말이 서로 고삐가 뒤엉켜 헐떡거리는 모습이 보였다. 마부는 필사적으로 말을 달래려 애를 썼지만 이미 그 자신이 마차에 붙어 있기도 어려운 상황이었다. 마차가 내리막길로 접어들자 속도는 더욱 빨라져 마침내 고삐가 끊겼고, 마부는 마차 밖으로 튕겨나갔다. 그러고는 길도 없는 길을 마구 내달릴 뿐이었다. 도중에 몇 차례 나무에 부딪혀 속도가 떨어지기는 했지만 여전히 멈출 기미는 보이지 않았다. 옆에 있던 다니엘이 영어로 "떨어지겠어요! 떨어져요!" 하고 외쳤다. 앞길의 나무들이 차츰 수가 줄어들더니 시야가 활짝 펼쳐졌고, 조금 전까지만 해도 그토록 멀리 보이던 바다가 어느새 눈앞까지 바짝 다가와 있었다. 다음 순간 다니엘은 정신없이 마차 밖으로 몸을 날렸다. 그와 동시에 말은 급하게 방향을 바꾸었고 마차는 좌우로 흔들리며 그대로 마지막 나무를 들이박았다. 그 충돌이 절벽 바로 한 걸음 앞에서 마차를 세워주었다. 말 한 마리가 미친 듯이 달려가는 뒷모습이 정면 창 옆으로 눈에 들어왔다. 다른 한 마리는 마차와 함께 옆으로 나동그라져 끊어진 고삐를 온몸에 칭칭 감은 채 버둥거리고 있었다. 마차 밖으로 튀어나온 마부와 다니엘이 엎어진 채 꼼짝도 하지 않는 것을 보고 멀리서 누군가 "사고가 났다! 사람이 둘이나 죽었어!" 하고 외치는 소리가 들렸다. 잠시 후 쇼팽은 자신이 옆으로 쓰러진 마차 안에 있다는 것을 깨달았다. 세게 부딪혔던 다리가 다행히 부러지지 않은 것과 몸에 별다른 외상이 없다는 것을 확인하고는 조각난 유리를 피해 마차에서 기어나와 달려온 사람들에게 도움을 청했다. 잠시 뒤에는 마부와 다니엘도 사람들의 부축을 받아 일어났다. 마차는 완전히 부서져 있었다. 절벽은 말 그대로 바로 코앞이었다. 쇼팽은 기억을 더듬어 어떻게 이런 큰 사고에 이 정도의 가벼운 부상으로 그쳤는지 이해하려 애썼다. 창유리를 뚫고 눈앞에 나뭇가지가 들이닥쳐 깜짝 놀랐던 것이 기억났다. 말이 내달리는 동안 분명한 죽음의 예감이 닥쳤지만, 이상할 만큼 평온한 기분이었다. 너무 놀라서였을까? 아니면 이미 그런 예감에 익숙해진 것일까? 그래도 마차 안 여기저기에 부딪힐 때마다 손가락뼈가 부러질지도 모른다는 생각에 전율했던 것이 기억났다. 스스로 생각해도 우스웠지만, 죽는 것보다 피아노를 칠 수 없게 되는 것이 더 무서웠다는 건 과연 음악가다운 일화다 싶어 왠지 감격스러운 마음도 들었다.

돌아온 세 사람에게 사건의 전말을 들은 일동은 소스라치게 놀랐다. 특히 스털링 양은 눈물까지 글썽이며 쇼팽의 무사를 기뻐했다. 그리고 터피켄 경이 마부의 부주의를 꾸짖는 한쪽에서 그녀는 마차가 부딪히는 충격 때문에 저도 모르게 마차 밖으로 튕겨나갔다고 변명하는 다니엘을, 어떻게 주인을 버리고 혼자 탈출할 수 있느냐고 호되게 나무랐다.

이 끔찍한 사고로 인한 심리적 동요가 그 뒤로도 계속 그의 마음에 영향을 끼쳤을 것이라고 스털링 양은 생각했다. 그래서 그가 맨체스터에서의 연주회 곡목을 며칠 전에 갑작스레 바꾸겠다고 했을 때도 그녀는 놀라지 않았다. 자칫 한 걸음만 더 나아갔더라면 사망하고 말았을 끔찍한 사고를 당한 뒤가 아닌가. 아무렇지도 않다면 그게 더 이상하다. 크럼설 하우스에서 연주를 갑자기 중단했던 것도 그 사건과 연결지어보면 납득이 갔다.

쇼팽은 다음날 그녀의 그런 해석을 듣고도 굳이 바로잡지는 않았다. 사실 그 연주 중단은 전혀 다른 이유 때문이었지만 그것을 설명하기란 불가능했고, 또 마차 전복 사건의 영향이 전혀 없었던 것도 아니었다. 그러나 그는 죽을 뻔했던 불운을 한탄하기보다 오히려 죽지 않고 무사한 행운을 흐뭇하게 여겼다. 그지마와 백작에게 보낸 편지에는 그 일을 대단한 무용담처럼 재미

있게 묘사했고, 만일 신이 자신을 데려갈 생각이었다면 그 자리에서 데려가셨을 텐데 살아난 것을 보면, 의외로 이번 여행이 무사히 끝날지도 모르겠다는 생각을 해보기도 했다.

그렇다고는 해도 스털링 양이 자신에 대해 매사를 그런 단순하고도 구체적인 인과관계에 짜맞춰 이해하려 드는 데는 역시 반발을 느끼지 않을 수 없었다. 맨체스터에서 존스턴에 이르기까지의 기나긴 여정은 건강을 더욱 악화시켰고 고독은 별다른 이유도 없이 깊어져갔다. 자신이 예의상 가까스로 유지하고 있는 표면상의 건강과 명랑함을 그녀가 아무 의심도 없이 순진하게 믿어버리는 것에 화가 났다. 누군가의 등을 빌리지 않으면 계단도 올라갈 수 없을 만큼 몸이 약해진 것을 보면 뻔히 알 수 있을 텐데, 실로 참담한 모습까지 남김없이 다 보여주지 않으면 모른단 말인가?

이 무렵부터 갑작스레 더이상 견딜 수 없다는 괴로움이 깊어졌다. 특히 존스턴 성은 이제까지 머물렀던 그 어떤 곳보다 무의미했다. 성을 방문하는 귀부인들이 수다를 떠는 자리에 앉아 있거나, 젊은이들이 사냥을 떠난 뒷자리에 앉아 남아도는 시간을 주체하지 못하고 있는 노인들을 상대해야 했다. 휴스턴 부부는 선량한 사람들이었지만 쇼팽을 매료시킬 만한 특징은 전혀 갖고 있지 않은 이 나라 상류계급의 전형적인 인물들로 보였고, 그들 역시 스털링 양과 어스킨 부인이 자못 자랑스럽게 소개한 이 명망 높은 천재 음악가에 대한 최상의 대접에 소홀한 점은 없었지만 그렇다고 최고의 경의를 표했다고 하기는 어려웠다. 이들 부부에게 쇼팽이 진객(珍客)임은 틀림없었지만, 그다지 흥미를 끄는 사람으로 비쳐지지는 않았다. 쇼팽에게는 영국에 도착해 처음에는 크게 경악했다가 이제는 완전히 익숙해져버린 한 가지 발견이 있었다. 이 나라에서는 예술이란 단지 회화와 조각, 건축만을 가리키는 단어이고 음악은 그 범주에 속하지 않는다는 것이었다. 음악가는 결코 예술가로 간주되지 않으며, 심지어 예술가라는 단어를 음악가를 가리키는 말로 쓰는 것은 오용이기까지 했다. 쇼팽은 이것을 한참이나 깨닫지 못하고 있었다. 스털링 양은 고국의 그런 관습을 부끄럽게 여겼고, 또한 그에게 "당신은 이 나라에서는 예술가가 아닙니다"라고 면전에서 말하는 무례를 범할까봐 차마 설명을 하지 못했다. 쇼팽은 처음에는 단순히 예술에 대한 이해가 부족한 일부의 견해일 뿐이라고 생각했다. 그러나 시간이 갈수록 모두가 한결같이 별다른 악의도 없이 당연하다는 듯이 그러한 견해를 피력하는 것을 보고 그제야 이 나라에서 음악가가 어떤 입장인지 이해했다. 어째서 이 땅의 사람들이 별다른 거리낌도 배려도 없이 자신에게 피아노 연주를 부탁하는지도 비로소 알게 되었다. 맨체스터에서 노이콤을 만났을 때 그 이야기를 꺼냈더니 그 역시 쓴웃음을 지으며 "그렇다니까요, 브라질에서도 그런 일은 없는데 말예요. 이 나라에서는 음악이 예술이라고 썼다가는 인쇄 전에 교열 담당자가 잽싸게 고쳐버릴 거예요"라고 할 정도였다.

매일 저녁 식탁에서 듣는 화제는 거의 대부분 유서 깊은 가계에 대한 자랑뿐이었다. 모두가 입이라도 맞춘 듯 누가 누구를 낳고 그 사람이 결혼해서 누구누구를 낳고 그리고 그 사람이 또…… 하는, 그리스도에 이르기까지 줄줄이 이어지는 마태복음 제1장과 같은 이야기가 시작되고, 이따금 "아, 그분은 저희 남편의 삼대조 할아버지의 막내동생의 아내의 오빠와 두번째로 결혼하셨던 분이에요!" 하고 과장되게 놀라는 목소리가 끼어들었다. 그런 말에 "어머나, 그렇군요!" 하고 일제히 호응하는 소리를 들으면 쇼팽은 쓴웃음조차 나오지 않았다. 그렇다고 자리가 파한 뒤에 그것을 함께 은근히 비웃어줄 친구도 없었다. 그런 얘기를 진심으로 재미있다는 듯 듣고 있는 스털링 양을 바라보면 그는 새삼 그녀가 자신과는 전혀 다른 세계의 인간이라는 것을 느끼지 않을 수 없었다. 그는 결국 쌓이고 쌓인 울분을 그지마와 백작을 비롯한 파리의 친구들에게 보내는 편지에 털어놓았다. 불평을 늘어놓는 따위의 볼썽사나운 짓은 그가 가장 한심하게 여기는 일이었다. 편지지에 글로 적어놓은 것을 들여다보고 있으면 더욱더 한심한 마음이 들었다. 그래서 대개는 썼다가 지우거나 찢어버리고는 한참 동안 편지를 끝맺지 못했다. 그나마 조금은 명랑한 투로 자신이 메리 스튜어트의 열세번째 사촌이라고 주장하는 어느 귀부인의 이야기 등을 쓰기도 했다. 그렇지만 다시 읽어보면 문장 틈새마다 괴로운 심경을 호소하는 솔직한 말들이 엿보여서 이런 편지를 보내야 할지 말아야 할지,

봉투에 수신인을 쓰는 마지막 순간까지 고민하곤 했다.

9월 중순에는 존스턴 성을 벗어나, 런던을 떠나기 전에 초대를 받았던 이 나라에서의 첫번째 제자 머리 경 부인의 파인 호수 저택을 방문하여 일 주일 남짓 머물다 돌아왔다. 그리고 에든버러에서 만난 동종요법 전문가인 폴란드 의사 위슈친스키로부터 알렉산데르 차르토리스키 대공과 마르셀리나 차르토리스카 대공비 부부가 에든버러에 머물고 있다는 소식을 듣고는 피곤한 것도 잊고 서둘러 열차에 올랐다. 두 사람과 일 년만의 재회를 마음껏 즐긴 그는 도무지 내키지 않는 걸음으로 다시 세번째로 존스턴 성에 돌아와 9월 27일로 예정된 글래스고에서의 연주회를 준비했다.

글래스고 연주회는 시내의 조지 스퀘어와 가까운 머천트 홀에서 오후 두시부터 열렸다. 드물게 날씨가 화창했고 터피켄 경과 머리 경 부부뿐 아니라 에든버러에서 차르토리스키 대공 부부까지 일부러 달려와주어 쇼팽도 맨체스터 때보다 더욱 연주에 공을 들였다. 공연자는 가수 줄리에타 아델라시오 드 마르게리트 부인, 프로그램은 작품 22번의 안단테 스피아나토, 작품 36번 올림바장조 즉흥곡, 작품 25의 2번 바단조 에튀드, 작품 27번과 작품 55번 녹턴에서 각각 한 곡씩, 작품 57번 내림라장조의 자장가, 작품 28번의 프렐류드에서 몇 곡, 작품 38번의 바장조 발라드, 작품 7번 다섯 개의 마주르카와 작품 64번 세 개의 왈츠에서 각각 몇 곡이었다. 특히 작품 55번 녹턴은 자신에게 헌정된 이 작품이 맨체스터 연주회에서 다루어지지 않아 섭섭해한 스털링 양을 위한 선곡이었다. 쇼팽은 특별 앙코르를 받은 작품 7의 1번 내림나장조 마주르카를 처음과는 전혀 다른 취향으로, 더구나 양쪽을 비교하기 어려울 만큼 매력적으로 연주해 연주회가 끝난 뒤 사람들은 한결같이 그 뛰어난 기량에 대해 이야기를 나누기에 바빴다. 입장료는 반 기니나 되는 고액이었지만 인기가 좋아 쇼팽은 구십 파운드의 수입을 얻게 되었다.

그날 밤 차르토리스키 대공 부부는 아들 마르셀을 데리고 존스턴 성의 만찬회에 출석했다. 물론 쇼팽과 조금이라도 더 많은 시간을 보내기 위해서였다. 차르토리스카 대공비는 파리에서 만났을 때와 변함없을 것이라는 생각에 쇼팽을 에든버러까지 불렀다가 야윌 대로 야윈 그의 모습을 보고 놀라움과 슬픔에 할 말을 잃었었다. 그는 그녀의 그런 심정을 순간적으로 알아차렸다. 연주회 비평에서도 자신의 환자 같은 모습이 언급되었던 것을 보면 필시 자신이 생각하는 것보다 훨씬 이상하고 참혹한 모습인 모양이었다. 그는 그녀의 눈에 어떤 모습으로 비칠지 염려하는 자신이 한심했다. 나는 대체 왜 이런 곳에 와 있는 것일까? 어째서 내 목숨을 갉아먹으면서까지 이런 낯선 땅을 방황하는 것일까? 그러나 비참한 심정의 와중에도 그녀와 재회했다는 기쁨이 그의 눈에 눈물을 글썽이게 했다. 차르토리스카 대공비는 그의 두 눈에 촉촉하게 번진 눈물을 보고 자신의 경솔함을 자성했다. 그리고 어떻게 하면 그의 도움이 될 수 있을지 내내 고민했다.

그녀에게 문제의 소재는 분명해 보였다. 그러나 해결할 방법은 쉽게 찾아지지 않았다. 쇼팽은 지나치게 친절한 그 스코틀랜드 자매를 드러내놓고 나쁘게 말하지는 않았지만, 그가 이곳에 오게 된 경위와 눈이 핑핑 돌 듯 빽빽한 일정을 보면 그녀들의 예우에 무리가 있다는 것을 알 수 있었다. 파리에서는 모두가 세심한 주의를 기울여 그의 건강에 신경을 쓰고 잠깐 시내를 이동하는 것조차 되도록 큰 부담이 되지 않도록 조심했다. 건강에 대해서뿐만이 아니었다. 아무리 소개하고 싶은 사람이 있어도 그가 원하지 않는 한 삼가는 것이 일반적이었다. 살롱의 손님 선별은 그를 중심으로 이루어졌고 그 수도 엄격히 제한되었다. 피아노 연주는 그가 자진하여 개최 의사를 밝힐 때까지 참을성 있게 기다렸고 끝내 그 기회가 주어지지 않더라도 결코 원망해서는 안 되었다. 그 정도는 파리에서는 모두가 다 아는 불문율이었다. 아무도 그를 오만하다고 비난하지 않았다. 크리스털 잔을 도자기 그릇보다 조심스럽게 다뤄야 한다고 해서 성가시다고 불평하는 사람은 없듯이, 모두들 쇼팽이라면 원래 그런 예우를 받는 것이 당연하다고 생각했다. 누가 시켜서 하는 일이 아니었다. 일부러 크리스털 잔을 깨려는 사람은 없는 것처럼, 모두가 그에게 상처를 입히지 않기 위한 방법을 잘 알고 있는 것뿐이었다. 그런데 이곳은 어떤가? 건강한 사람이라도 녹초가 되어 병이 날 만큼 바쁜 일정에다 그의 사정을 전혀 이해하지 못하는 수많은 사람들이 그를 둘러싸고 있고, 그 가운데 그는 조심성 없는 부탁들을 거절하지 못한 채 여흥과도 같은 피아노 연주를 강요당하고 있다! 대체 무슨 일인가! 이런 환경이 쇼팽에게 결코 바람직하지 않다는 것은 너무도 명백했다. 그러나 자신은 이 일에 끼어들기에 적합한 입장이 아니었다. 스털링 양의 속마음은 알고 있었다. 지나칠 만큼 잘 알고 있었다. 쇼팽의 주위에 모여드는 여자라면 누구라도 한 번쯤 꿈꿔보는 일이었고, 그녀 역시 예전에 그런 꿈을 가슴에 품은 적이 있다는 것을 부정할 수 없었다.

스털링 양은 쇼팽을 사랑하고 있다. 그녀의 모든 행동은 그 한마디로 설명할 수 있었다. 쇼팽을 자신의 고향에 초대해 친척 한 사람 한 사람에게 소개하려고 동분서주하는 것도, 그런 행위가 그를 얼마나 소모시키는지 알아차리지 못하는 것도 모두 그에 대한 연모의 정이 너무 깊기 때문이다. 차르토리스카 대공비는 주위의 시선은 아랑곳하지 않는 스털링 양의 모습을 적잖이 경멸하고 있었고, 그것으로 쇼팽의 마음을 살 수 있으리라고 생각하지도 않았지만, 어떤 외곬의 순수성마저 엿보이는 그런 열의가 그가 결국 그녀를 받아주는 이유일지도 모른다고 생각했다.

실제로 사랑하는 사람을 독점하여 더할 수 없는 행복감에 젖어 있는 그녀의 얼굴에는 교활한 책략가라기보다는 수도원 기숙학교에서 막 나온 순수한 소녀와도 같은 홍조가 어려 있었다.

상대의 마음속을 민첩하게 읽어내고 그에 따라 자신을 자유자재로 바꿔가는 것이 아니라, 오히려 상대의 속마음을 알지 못하기 때문에 더더욱 자기 생각대로 행동하게 되는 것이었다. 수많은 남자들을 겪어본 경험에서 귀납되는 그들의 비밀을 통해 쇼팽을 이해하려는 것이 아니라 처음부터 몽상의 그림을 그려나가는 것이었다. 그렇다고 꼭 단순한 것만도 아니었다. 남자라는 환상에서 연역한 쇼팽이라는 인간을 그녀 나름대로 만들어내는 것이었다. 그녀는 그 몽상 속의 쇼팽에게 언제나 헌신했다. 자신이 현실의 쇼팽에게 기울이는 호의가 반드시 환영받을 것이라는 그녀의 확신은 타인이 보기에는 아무런 근거도 없는 일이었지만, 그녀의 입장에서는 근거 따위는 필요도 없을 만큼 자명한 일일 뿐이었다.

그녀가 상드 부인을 강하게 의식한다는 것은 쉽게 짐작할 수 있었다. 그러나 차르토리스카 대공비가 보기에 스털링 양과 상드 부인은 마치 누가복음에 등장하는 마르타와 마리아 자매처럼 대조적이었다. 마리아는 우리가 신께 바쳐야 할 단 한 가지를 알고 있었다. 우리는 언제나 신을 위해 너무 많은 일을 하려고 한다. 그러나 진정으로 해야 할 일은 그 곁에서 신의 말씀에 귀를 기울이는 것뿐이다. 아마도 상드 부인은—적어도 어느 무렵까지는—분명 그런 식으로 쇼팽을 사랑했다. 그리고 지금 스털링 양은 마르타와 같이 쇼팽을 사랑하려 드는 것이다. 그리고 사람들이 마르타의 통속성을 차마 비난하지 못하고 오히려 딱하게 여겼듯이, 스털링 양은 가까운 사람들에게 동정을 받으며 마음대로 처신할 수 있도록 허락받은 상태인 것이다. 이를테면 어스킨 부인 같은 이에게서.

사실 스털링 양이 지금까지 쇼팽을 위해 기울여온 온갖 정성이 모두 쓸모없는 것만은 아니었다. 실의에 빠져 무위도식하는 생활에 안주할 수밖에 없었던 그에게 동란의 소용돌이에 휘말린 위험한 파리를 떠나 영국으로 건너갈 결심을 하게 한 이는 두말할 것도 없이 스털링 양이었고, 그후의 활동을 위한 최고의 장소를 준비해준 것도 그녀였다. 그 은혜에 대한 부담감이 쇼팽을 얽어매고 그로부터 자유를 빼앗고 있는 것은 사실이었고, 차르토리스카 대공비가 이 일에 개입하기가 곤란한 것도 그 때문이었다. 더구나 이 일은 연애 문제였다. 같은 여성으로서, 더구나 그녀보다 젊고 그녀보다 오래된 지인이며 그녀보다 쇼팽과 더 친근하게 이야기하는 자신이 대체 무슨 얘기를 할 수 있단 말인가? 말을 해본들 과연 스털링 양이 귀를 기울일까? 질투에 휩싸여 도리어 어떻게든 쇼팽을 놓아주지 않으려고 필사적이 되지 않을까? 스털링 양의 체면을 손상시키는 것만은 피하고 싶었다. 자신보다 열세 살이나 연상인데다 그토록 훌륭한 가문의 여성에게 어떻게 그런 무례를 범할 수 있단 말인가. 일단 그녀의 체면을 세워주고, 그런 다음에 쇼팽을 최소한 지금보다 안정적인 환경에서 지내게 할 수 있는 해결책을 강구해야 했다.

차르토리스카 대공비는 존스턴 성에서 여러 사람들을 소개받는 가운데 터피켄 경에게 무언가 끌리는 점이 있어 만찬 후의 환담 때 자연스럽게 그를 방 한쪽으로 불러 쇼팽에 대해 상의해 보려고 했다. 그러나 그녀가 입을 열기도 전에 마치 이런 기회를 기다렸다는 듯 그가 먼저 말을 꺼냈다.

"쇼팽 씨는…… 파리에 계셨을 때도 저렇게 약하셨던가요?"

"아뇨," 그녀는 그가 짐작대로 모든 것을 이해하고 있다고 확신하고,

"예전에도 그리 건강한 편은 아니었지만, 결코 지금처럼 약하지는 않으셨어요. 에든버러에서 처음 뵈었을 때는 정말 깜짝 놀랐답니다. 누군지 얼른 알아보지도 못할 만큼 여위셨어요……"

"그렇습니까…… 조금 전 소개 때도 말씀드렸던 것처럼 쇼팽 씨는 8월에 저희 집에서 지내셨는데, 한 달 남짓 못 뵌 사이에 더 마르신 것 같아서 말이지요."

그 말에 그녀는 새삼스럽게 현재의 상황을 더 설명할 필요는 없다는 것을 깨달았다. 그러나 터피켄 경이 그런 염려를 마음속에 담아두기만 하는 일이 없도록 그의 눈을 똑바로 바라보며 다짐하듯 말했다.

"쇼팽 씨는 파리에서는 거의 장거리 여행을 해본 적이 없으세요. 연주회도 마찬가지고요. 그분은 자신의 건강에 대해 누구보다 잘 아세요. 지금 같은 생활을 견디시기에는 그분은 이미……"

그녀의 뇌리에 에든버러에서 재회했을 때 쇼팽이 보였던 슬

픈 표정이 스쳤다. 그녀는 솟구치는 눈물을 억누르느라 말을 잇지 못했다. 터피켄 경은 그녀의 손을 잡고 깊게 주름이 파인 자신의 두 손으로 감싸며 "예, 그렇고말고요" 하고 몇 번이나 고개를 끄덕였다. 거기에 안심한 탓인지 그녀는 저도 모르게 눈물이 흘러 고개를 떨구고 두 손으로 얼굴을 가렸다. 아주 짧은 순간이었다. 그러나 터피켄 경이 쥐어준 오른손은 분명 왼손보다 그녀의 뺨에 따뜻하게 느껴졌다.

그러나 이미 세워진 계획을 바꾸어 모든 일을 중지시킬 수는 없었다. 터피켄 경은 차르토리스카 대공비가 말하려는 바를 깊이 이해하고 스털링 양에게 쇼팽의 건강을 염려하는 이야기를 했지만 그녀는 받아들이지 않았다. 이동과 이동 사이의 기간은 넉넉히 잡아두었고, 다소 무리가 되더라도 되도록 여러 곳에 데려가고 싶다. 건강도 그리 심각하게 나쁘다고 생각하지 않는다. 충분히 신경을 써서 그의 부탁은 무엇이든 들어주고 있다. 정말로 무리한 일정이라면 쇼팽 본인이 그렇다고 말할 것이다. 그러나 그는 시간만 허락된다면 파인 호수의 아가일 부인 저택과 영국 제일의 대저택으로 유명한 위쇼의 벨헤이븐 부인 저택의 초대에도 응하고 싶다고 할 정도다. 어째서 그런 그를 따분한 침대 위에 묶어두어야 한단 말인가?

"그분은 항상 그렇게 얼굴이 창백하세요. 그걸 잘 모르시는 분은 건강이 좋지 않으신 게 아닌가 하고 걱정들을 하시죠."

터피켄 경이 설득을 위해 차르토리스카 대공비의 이름을 꺼낸 것도 좋지 않았다. 쇼팽이 머리 경 부인의 저택에서 돌아와 받은 편지 속에서 그녀의 이름을 발견하자마자 그때까지 내내 피로를 호소했음에도 불구하고 갑자기 눈빛이 변해 서둘러 에든버러 행을 준비하고, 존스턴 성의 만찬회에서도 영국에 온 뒤 한 번도 보여준 적이 없는 밝은 웃음으로 그녀와 대화를 나누는 것을 보고 스털링 양은 질투의 감정을 억누를 수 없었다. 여자로서 이 미모의 젊은 폴란드 부인에게 질투하는 것이라면 그나마 그리 큰 상처를 입지 않았을지도 모른다. 그러나 스털링 양은 자신보다 먼저 쇼팽을 알고 지냈다는 사실만으로도 그녀를 질투하게 되는 것이었다.

존스턴 성을 떠난 쇼팽은 퍼스셔의 키어에 있는 스털링 양의 친척 윌리엄 스털링 맥스웰의 저택에 며칠 머무른 후 곧바로 10월 4일로 예정된 연주회를 위해 그 전날 에든버러로 가 워리스턴 크레센트 가 10번지의 폴란드인 의사 위슈친스키의 집에서 묵었다.

키어 하우스의 주인은 부유할 뿐 아니라 교양 있는 전문인으로 멀리 런던에까지 그 명성이 알려져 있었고, 특히 회화, 그것도 스페인 화파에 대해서는 최근에도 그에 관한 췌언(贅言)을 담은 책을 출판했을 정도로 조예가 깊어 저택에는 책에서 다룬 화가의 작품들이 많이 수집되어 있었다. 그러나 그런 모든 것에도 불구하고 쇼팽은 그저 허탈한 권태만 느낄 뿐이었다. 윌리엄 스털링은 런던의 명사들이 스코틀랜드를 방문할 때면 반드시 자기 집에 면회를 청한다는 것을 일종의 자랑으로 여겼는데, 그 말이 틀리지 않아서 점심식사 자리에는 대개 서른 명 정도가 참석했고 그중 상당수가 만찬 때까지 남아 매일같이 밤늦도록 홍겨운 시간을 보냈다. 그 자리에 함께하게 된 쇼팽은 그들의 이야기를 멍하니 구경하며 영문도 모른 채 고개를 끄덕였고, 친절하게 번역해주는 농담에 건성으로 웃는 시늉을 하다가 마지막에 반드시 연주를 청해오면 짤막하게 두세 곡 쳐주곤 했다. 그러고 나면 항상 이층 자신의 방까지 다니엘의 등에 업혀가야 했다. 다니엘이 옷을 벗기고 잠옷을 입혀주고 이불까지 덮어주고 나가면 다음날 아침까지 터져나오는 기침에 시달리다 이따금 얕은 잠에 들어 꿈을 꾸거나 괴롭게 뒤척이기를 반복했다. 인내의 한계는 이미 넘어 있었다. 에든버러에서 스털링 양이 짠 계획을 거스르고 위슈친스키의 집으로 뛰어든 쇼팽은 거의 사지에서 도망쳐온 심경이었다. 그곳에서 그는 양친과 아이들로만 이루어진 아담한 가족과 함께 조용한 식탁을 마주하고, 아무런 강요도 없이 마치 내 방 같은 이층에서 오로지 안정만을 취하는 잠깐의 행복을 맛보았다. 그렇다고 건강이 쉽게 회복될 리는 없었지만 마음은 어느 정도 안정되어서, 기운이 없는 중에서도 "나는 파리에서는 너무 귀족적이라는 소리를 들었는데, 이곳에 온 뒤로는 내가 귀족도 아니고 부르주아지도 아니라는 것을 절실히 깨닫게 됐어요" 하고 농담 비슷한 얘기를 하며 미소지을 정도가 되었다.

10월 4일의 연주회는 시내의 호프타운 룸즈라는 곳에서 개최될 예정이었다. 입장료가 지난번 연주회와 마찬가지로 반 기니나 되는 고액이었고 더구나 일정 안에 공연자를 확보하지 못하는 바람에 쇼팽으로서도 처음이고 일반인에게도 지극히 이례적인 독주회 형식을 채택했기 때문에, 공석을 염려한 스털링 양은 쇼팽에게는 비밀로 따로 백여 장 정도의 표를 사들여 친척과 지인들에게 나누어주었다. 곡목은 작품 18번 〈화려한 대왈츠〉 등을 추가한 대신 몇 곡을 제외한 것 외에는 지난번과 거의 마찬가지였고, 스털링 양이 사람들에게 자랑하고 다녔던 작품 55번 녹턴은 몇 번이나 다짐하며 부탁한 보람이 있어 잊지 않고 연주되었다. 당일 쇼팽의 몸 상태가 좋았던 탓도 있어, 연주는 대부분 호평을 받았다. 쇼팽은 이곳에서는 딱히 이름이 널리 알려진 음악가는 아니었지만 스털링 양의 간곡한 부탁에 마지못해 참석한 이들도 마치 **흐르는 물과 같은** 멋진 연주였다고 칭찬을 아끼지 않았다. 이 기묘한 찬사는 그가 영국에 온 이래 연주 뒤에는 반드시 듣곤 하던, 부인들 사이에 일종의 유행처럼 떠돌던 상투어 중의 하나였다.

며칠 뒤에 몇몇 잡지에도 감동과 경탄으로 가득 찬 비평이 게재되는 등 지나치게 호의적인 평판 일색이어서 다시 스털링 양이 뒤에서 손을 쓴 게 아닌가 하는 의심이 들었지만 쇼팽은 굳이 캐묻지 않았다. 비평 따위 이제 뭐라건 상관없었다. 연주회 일정은 일단 이것으로 끝이었다. 끝났다는 안도감이 모든 고민을 과거로 흘려보냈다. 이제 뒤돌아보지 않으리라. 생활을 위해서는 어쩔 수 없는 일이었다고 생각하자. 연주할 때마다 깊은 후회에 시달렸지만 그것도 되도록 빨리 잊어버리려고 애썼다. 파리의 친구들이 이곳에 없는 것이 그나마 다행이었다. 이토록 비참하고 이토록 낙담한 자신의 모습과 연주를 들키지 않을 수 있었으니……

당분간 위슈친스키의 집에서 편히 쉬고 싶었지만 그것도 여의치 않았다. 항상 방이 남아도는 대부호의 저택과는 달리 일가족이 조용히 살아가기에 적당한 정도의 집에 호의를 핑계로 장기간 신세를 질 수도 없었고, 한편으로 스털링 양의 체면이 상하게 될까봐 걱정스럽기도 했다.

10월 중순에 쇼팽은 스털링 양의 초대에 응해 다시 콜더 하우스로 거처를 옮기기로 결정했다. 터피켄 경의 마차가 에든버러까지 마중 나왔을 때, 그즈음 주인의 처지가 딱해서 견딜 수 없었던 다니엘은,

"또 이리저리 끌려다니시겠네요" 하고 걱정스럽게 위로의 말을 건넸다.

쇼팽은 여느 때 같으면 잠시 미소라도 비쳤을 그 말에 표정 하나 바꾸지 않고 "그렇지"라고만 대답했다.

그리고 마차가 출발하고 한참 뒤에야 표정이 풀어지면서,

"정말 그래…… 이 여행은 분명 내가 살아 있는 한 끝나지 않을 모양이야" 하고 농담처럼 말하고는, 당황하는 다니엘에게 다

시 한번 다정하게 미소를 지으며 천천히 시선을 돌렸다.

11

쇼팽이 스코틀랜드를 전전하는 동안 파리에서는 제자들과 지인들이 모여서 매일같이 그의 건강을 염려하고 있었다. 구트만은 아직 하이델베르크의 양친 댁에 있었고 들라크루아는 샹로제에 있었지만, 프랑숌, 로지에르 양, 그지마와 백작 같은 이들은 자주 자리를 함께했고 클레징게르 부인도 오텔 드 나르본의 부채 문제 때문에 남편의 집이 있는 브장송을 떠나 잠시 파리에 머물고 있었다.

아무래도 일이 심상치 않은 것 같았다. 저마다 쇼팽에게서 편지를 받은 그들은 서로 그 내용을 확인해보고는 안심이 되기는커녕 걱정만 점점 더 깊어졌다. 그중에서도 그가 가장 솔직하게 고독을 토로한 것은 그지마와 백작 앞으로 보낸 편지였다. 그 편지를 읽어보면 다른 사람들에게 다소 명랑한 투로 적어보낸 문면까지 갑작스레 어두운 그림자가 드리워졌다. 마음속의 괴로움을 그대로 드러내기보다 농담 몇 마디를 입에 담으며 미소짓기를 좋아하는, 그의 변함없는 미덕의 표현으로만 느껴져 암울한 마음을 금할 수 없었다. 더구나 여름에 접어들면서부터는 다른 이들에게 보낸 편지에도 그의 심신이 얼마나 피폐해져 있는지가 곳곳에 안쓰러운 단어로 드러나 있어서 상황을 충분히 짐작할 수 있었다.

그들을 특히 놀라게 한 것은 9월 9일자로 클레징게르 부인 앞으로 보낸 편지였다. 그 글에서 그려지는 삽화는 기묘하다기보다 오히려 불길하다고 할 종류의 것이었다. 쇼팽은 그날 현지의 몇몇 지인들 앞에서 자신이 작곡한 내림나단조 소나타를 연주하고 있었다고 했다. 제1악장 알레그로와 제2악장 스케르초를 무난히 연주하고 막 제3악장 〈장송행진곡〉에 들어가려던 때였다. 반쯤 뚜껑이 열려 있던 피아노의 동체에 갑자기 마요르카 섬 카르토지오 회 수도원의 저 음참한 밤에 보았던 끔찍한 괴물들이 기어오르는 것이 보였다. 그 때문에 쇼팽은 잠시 연주를 중단하고 피아노 앞을 떠나야 했다. 그리고 밖으로 나가 땀을 닦으며 마음을 진정시킨 뒤에야 겨우 연주를 계속할 수 있었다는 것이었다.

클레징게르 부인은 이런 일화를 이야기하는 쇼팽의 필체가 너무도 침착하다는 것이 더욱 으스스했다. 카르토지오 회 수도원이란 그들이 마요르카 섬에 갔을 때 머물렀던 발데모사 수도원을 말하는 것이었다. 그녀는 그가 소나타 중에서도 그 〈장송행진곡〉을 가장 먼저 완성했고 그것을 품고 마요르카 섬으로 여행을 떠났다가 다시 돌아와 노앙에서 나머지 악장을 썼다는 것을 기억하고 있었다. 갑자기 그런 환각에 시달린 것도 분명 그 무렵의 기억이 되살아났기 때문일 것 같았다. 그러나 그가 본 괴물이라는 것이 무엇인지는 알 수 없었다. 마을 사육제에서 가장을 하고 기성을 지르던 현지 주민을 말하는 것일까? 그때는 쇼팽뿐만 아니라 모두가 무서움에 떨었다. 그게 아니라면 매일 밤 수도원을 찾아와 죽은 수도사들의 이름을 불러댔던 그 미치광이를 말하는 것일까? 그러고 보면 쇼팽은 그중에 아버지의 이름이 들어 있다는 것에 무척 신경을 썼었다. 그 생각이 났던 것일까? 아니면 그에게만 보인 뭔가 다른 것이 있었을까? 그녀는 편지의 내용을 모두에게 들려준 뒤에 그런 자신의 추측을 덧붙였지만, 어느 쪽이든 쇼팽이 그 섬에서 피를 토하며 괴로워하다 하마터면 죽을 뻔했다는 것만은 분명한 사실이었고, 어린 그녀의 마음에 새겨졌던 그 생생한 광경은 마음속에서 현재의 그의 모습과 고스란히 겹쳐졌다.

그러던 얼마 후, 그들은 영국에서 건너와 여기저기로 금방 퍼져나간 한 가지 소문 때문에 그런 염려를 일단 멈추고 당황하지 않을 수 없었다. 쇼팽이 스털링 양과 결혼할 것 같다는 소문이었다.

처음에는 아무도 그 말을 믿지 않았다. 어떤 편지에도 그런 이야기는 한마디도 없었다. 눈에 띄는 것이라고는 그녀와 그 언니의 따분함에 대한 불만뿐이었다. 그러나 그들은 소문을 들은 순간 자신들의 뇌리에 여지없이 싹튼 의심으로 인해 다시금 자신들이 지금껏 쇼팽이라는 인간을 얼마나 제대로 이해했는가 하는 불안감을 갖지 않을 수 없었다. 그들은 그의 편지를 다시 세심하게 읽으면서 어쩌면 거기에 씌어진 스털링 양에 대한 불만이나 반감이 모두 그다운 도회(韜晦)의 표현일 수도 있다고 고쳐 생각했다. 아무리 읽어봐도 그런 식으로는 해석되지는 않았지만, 쇼팽은 으레 남에게 들키고 싶지 않은 비밀을 그런 단어 속에 자연스럽게 감싸 숨기는 버릇이 있지 않던가. 그런 얘기를 처음으로 꺼낸 이는 뜻밖에도 프랑숌이었다. 그리고 거기에 — 이 또한 의외였지만 — 곧바로 호응한 이는 그지마와 백작이었다. 클레징게르 부인은 누구보다 그를 이해하고 신뢰하고 있을 터인 두 사람이 그런 말을 하는 것에 깜짝 놀랐다. 그리고 마침내는 로지에르 양까지 "하긴 그렇군요. 그분은 웬만해서는 본심을 겉으로 드러내지 않으시니까요" 하고 동의하기에 이르자, 이들은 지금껏 대체 어떤 마음으로 그를 대해왔던 것일까 하는 불신감마저 들었다. 그렇게도 쇼팽의 말을 믿을 수 없다는 건가? 그가 무슨 말을 할 때마다 마음속으로 하나하나 의심스럽게 생각했다는 건가? 아니, 어쩌면 쇼팽은 이 사람들 앞에서 정말로 본심을 감추며 지내왔는지도 모른다. 그렇지만 적어도 자신 앞에서는 그러지 않았다. 언제나 무엇이든 말해주었다. 구 년 동안이나 함께 살았던 사람이니. 그러나 그렇게 생각하는 한편 그녀 역시 쇼팽과 스털링 양의 결혼에 대해서는 그럴 수도 있겠다는 생각이 들었다. 만약 소문이 사실이라면? 스털링 양에 대해서는 별로 아는 것이 없었다. 이따금 그의 집에 레슨을 받으러 올 때 보았던, 가녀린 몸매에 피부가 희고 언제나 검은 옷을 입은 아름다운 사람. 그 정도의 인상밖에 없었다. 그러나 더이상 어머니 때문에 그가 괴로워하지 않을 수만 있다면 분명 기뻐해야 할 일이라고 생각했다. 어머니와의 일은 어서 잊어버려야 한다. 아무리 그리워해도 이미 돌이킬 수 없는 일이다. 어머니의 자존심만을 만족시켜줄 뿐이다. 옛 애인이 아직도 자신을 잊지 못해 괴로워한다는 그 사실이! 아아, 그는 어째서 그렇게까지 어머니에 대한 마음을 접지 못하는 걸까?

쇼팽을 걱정하는 마음은 누구나 마찬가지였다. 거리도 조금씩 안정을 되찾고 있었고, 정양을 위해서는 겨울이 닥치기 전에 파리로 돌아와야 한다는 데도 의견이 일치했다. 그러나 그가 진심으로 스털링 양과의 결혼을 고려하고 있다면 이야기는 달라진다. 그지마와 백작은 소문의 진위를 확인하기 위해 몇 번이나 편지를 써볼까 생각했지만, 만일 쇼팽이 지금도 그녀 외에는 달리 기댈 데가 없는 상황이라면 공연히 그를 자극하여 관계를 악화시키는 일만은 피해야겠다는 생각에 한동안은 말없이 상황을 지켜보기로 했다.

물론 쇼팽은 굳이 그들이 말해주지 않아도 그런 소문에 대해 이미 알고 있었다. 그리고 그런 억측이 단순히 스털링 양의 주변 사람들이 그녀에 대한 아부의 뜻에서 수군거리는 것에 그치지 않고 차츰 그 범위를 넓혀 자신의 가장 친한 친구들의 귀에까지 들어갈까봐 불안해하고 있었다. 그런 얼토당토않은 소문이 온 파리 시내에 퍼지고 이윽고 폴란드의 가족에게까지 전해질지 모른다고 생각하면 말할 수 없이 불쾌했다. 이렇게 반쯤 죽은 것이나 마찬가지인 사내가 어떻게 결혼 같은 걸 할 수 있단 말인가? 돈도 없다. 살 곳도 없다. 언제까지 살 수 있을지도 모른다. 이런 내가 어떻게? 그러나 한편으로 전혀 근거 없는 소문은 아니라는 생각도 들었다. 지금 자신의 생활을 생각하면 그렇게 착각하는 사람들이 있다고 해도 이상할 것이 없었다. 지금까지도 그는 스털링 양이 친척들에게 자신을 소개할 때 곧잘 저도 모르게 마치 그가 약혼자라도 되는 것처럼 말할 때면 나중에라도 반드시 두 사람의 관계는 어디까지나 성실한 우정이라고 못박아두곤 했다. 그러나 그것이 불충분했다면 자신에게도 책임이 있다. 아닌게 아니라 너무 조심스러웠는지도 모른다. 그녀가 몇 번이고 그런 잘못을 거듭하는 것은 자신의 태도에 어딘가 애매한 부분이 있었기 때문이리라. 그녀의 그런 태도가 우정에 대한 중대한 배신이라는 것을 좀더 강조해야 했던 게 아닐까? 오랫동안 함께 지내다보면 언젠가는 그렇게 될지도 모른다는 희망이 여전히 그녀의 마음속에 있는 것이리라. 그리고 그것 때문에 더더욱 언제까지나 자신을 곁에 붙잡아두려고 하는 것이다.

이런 생각은 저절로 쇼팽의 태도를 경직시켰다. 소문을 전하면서 그가 "저도 경솔했습니다. 앞으로는 좀더 주의하지요"라고 덧붙이는 것을 들은 스털링 양은 하마터면 그 자리에 쓰러질 뻔했다. 세상 사람들이 두 사람 사이를 인정하면 그도 자신과의 관계를 좀더 긍정적으로 생각할지 모른다. 암암리에 그런 기대를 품으며 그와의 친밀함을 주변에 과시했었다. 그러나 그런 소문 때문에 그가 도리어 자신을 경계한다는 것을 깨달은 순간, 그녀는 겨우 잘 풀려나가던 두 사람의 관계를 쓸데없는 소문으로 엉망으로 만들어버린 세상의 경박함이 저주스럽기만 했다. 어쩌면 그리도 생각이라고는 없는 사람들일까! 이제 대체 어떻게 해야 한단 말인가? ……하지만 어떻게든 올 겨울을 이곳에서 함께 지낸다면 그의 마음도 바뀔 가능성이 있다. 그 동안 다시 한번 나를 돌아본다면…… 그러나 그런 그녀의 마음을 꿰뚫어보기라도 한 듯 쇼팽은 자신의 말을 구체적인 태도로 보여주기 시작했다. 예의에 어긋나지 않는 한도 내에서 되도록 그녀와 거리를 두려고 노력했다. 콜더 하우스로 다시 돌아와 잠시 동안 자유로운 시간을 보내면서 가까스로 완성한 나장조의 짧은 왈츠는 일부러 스털링 양이 아니라 어스킨 부인에게 헌정했다. 예전에 그녀에게 바쳤던 작품 55번 녹턴이 결코 특별한 의미를 가진 것이 아니라는 것을 이해시키려는 의도였다.

"지금까지 어스킨 부인께 이루 말로 다 할 수 없는 관대한 후의를 입었으면서도 내내 동생분에게만 저의 충실한 우정의 징표를 보냈던 게 항상 마음에 걸렸습니다. 부디 받아주십시오."

이런 말과 함께 어스킨 부인에게 악보를 내미는 쇼팽의 모습에 스털링 양은 깊은 상처를 받았다. 어스킨 부인은 영광스러운 일이라고 기뻐하면서도 동생이 가엾어서 내심 그의 태도가 조금 잔혹하다고 생각했다.

터피켄 경은 쇼팽의 심정도 스털링 양의 마음도 충분히 이해가 되었지만, 무엇보다 차르토리스카 대공비의 말대로 나날이 쇠약해져가는 그의 건강을 심상치 않게 여겨 스털링 양에게는 친척들에게 그를 소개하고 다니는 일을 극력 삼가도록 하라고 타이르고, 저택에 남아 있는 그를 위로하기 위해 서툰 프랑스어로 손짓 발짓을 섞어가며 열심히 이야기 상대를 해주었다.

쇼팽은 위슈친스키의 집에서 콜더 하우스로 옮긴 뒤로도 건강이 두드러지게 악화되지 않은 것에 다소 자신감을 얻어, 런던에서 초대에 응하기로 약속했던 두 부인의 저택에 스털링 양과 어스킨 부인을 두고 혼자 찾아가기로 했다. 따지고 보면 너무 오랜 시간을 함께 지냈기 때문에 그런 소문이 난 것이라고 생각했다. 딱히 스털링 양을 책망할 일은 아니었다. 그녀의 친절에 어영부영 기대왔던 자신도 잘못이었다. 다른 여성의 초대에도 적극적으로 응하는 것은 그녀뿐만 아니라 세간의 오해를 푼다는 점에서도 의미 있는 일이었다. 이것으로 다들 납득해준다면 다소 건강에 무리가 가는 것도 감내할 수 있었다.

콜더 하우스에서 열흘 남짓 머물다 다시 에든버러의 위슈친스키의 집에서 며칠 신세를 진 뒤에 그곳에서 위쇼의 벨헤이븐 부인 저택을 찾아갔고, 다시 그 다음 초대지인 해밀턴의 해밀턴 공작 부인 저택을 향해 떠났다.

이 며칠 간격의 일정에 그의 몸은 완전히 무너지고 말았다. 이번의 건강 악화는 에든버러에서의 마지막 연주회 이후에 취한 안정의 성과를 그 이자까지 모조리 몰수해갔다. 자신의 건강을 과신했다고는 생각하지 않았다. 어차피 완치는 바랄 수 없는 상태였다. 완치를 기다리려면 계속 콜더 하우스에 머무를 수밖에 없다. 그것은 그리 바람직한 일이 아니었다. 건강해졌다는 어리석은 낙관으로 마차에 올라탄 것이 아니었다. 그저 이제까지의 경험으로 보아 이 정도의 몸 상태라면 이 정도의 무리는 괜찮을 것이라고 판단한 것뿐이었다. 그 판단이 잘못이었다. 예상이 완전히 틀렸던 것이다. 그는 자신의 몸이 예전에 알던 그것과는 명백히 다른 상태로 변해버렸다는 사실을 새삼 깨달았다. 이제까지 알고 있던 것이 아무런 쓸모도 없게 되었다. 그리고 앞으로도 계속 타인의 몸처럼 변해가서 마침내는 생 그 자체에 대해 이질적인 오십 킬로그램 남짓한 차디찬 살덩이가 될 때까지 끊임없이 고통을 감내해야 하는 것이다.

건강 악화와 더불어 도시에서 멀리 떨어진 낯선 땅을 여행해야 하는 불안은 그를 한층 더 우울하게 했다. 해밀턴 팰리스라고 불리는 공작의 저택은 역시나 각지에서 모여든 귀족들로 북적거렸지만, 사람들이 많을수록 고독은 더욱더 깊어져서 이럴 줄 알았으면 차라리 콜더 하우스의 객실에 틀어박혀 있는 것이 나았겠다는 생각마저 들었다. 음악가로서의 쇼팽은 이곳에서도 아무런 경의를 받지 못했다. 음악은 이곳 사람들의 빼놓을 수 없는 취미이기는 했지만, 그의 연주는 살롱에 모인 부인들이 필사적인 모습으로 손가락 하나하나에 주의를 기울여가며 한껏 감정을 실어 잘못된 음을 치는 것과 그다지 다르지 않은 취급을 받았다. 콜더 하우스에서 아픈 몸을 이끌고 시작했던 작곡도 마음먹은 대로 풀리지 않았다. 사본조차 만들어두지 않고 어스킨 부인에게 헌정한 소곡 같은 것이 아니라, 충분히 만족할 만한 작품을 쓰고 싶었다. 음악가로서의 재능을 다시 한번 스스로에게 증명할 수 있는, 과거의 어떤 작품보다도 뒤떨어지지 않는 곡을. 그러나 무언가가 그것을 가로막고 있었다. 조용히 작곡에 몰두할 장소를 구하지 못했다는 실질적인 이유도 컸다. 그러나 진정으로 창작을 행하기 위해서는 자신의 깊은 내면에 자리한 또 하나의 방에 발을 들여놓지 않으면 안 되었다. 그 깊은 방 안에서만 새로운 선율은 힘차게 솟아오르고 화음은 정묘하게 호응하며 울려퍼지고, 그리운 조국의 리듬이 심장 박동처럼 끊임없이 땅을 내리칠 터였다. 그런데 그 방의 문이 굳게 닫혀 있는 것이었다.

그는 지금껏 항상 활짝 열려 있었고 당연한 듯이 드나들었던 그 입구가 굳게 닫혀 있는 것에 당황했다. 그 문이 어째서 닫혔는지, 어째서 자물쇠가 채워졌는지 이해할 수 없었다. 지금껏 열쇠 따위가 필요 없었던 만큼 그것을 어떻게 열어야 할지 알 수 없었다. 지금도 문 너머 아무도 없는 방 안에서는 음악이 허망하게 생겨났다 사라지고 있을 것이다. 아아, 얼마나 안타까운 일인가! 귀를 기울여도 아무 소리도 들리지 않는다. 그저 그 문 앞에 멍하게 서 있을 수밖에. 그러나 정말 그럴까? 정말로 음악은 지금도 그 방 안에서 숨쉬고 있는 것일까? 그곳은 이미 텅 비어 차가운 침묵밖에 없는 것은 아닐까? 그리고 문을 닫아건 것은 그것을 깨달은 나 자신이 아닐까?

해밀턴 팰리스에서는 얼마 전부터 대륙 각지로 전염되고 있다는 소문이 돌던 콜레라가 마침내 런던을 석권하고 스코틀랜드까지 북상하고 있다는 화제가 날마다 사람들의 입에 오르내렸다.

"정말 무서워요. 혁명 같은 어수선한 사건이 일어날 때마다 번지는 병이잖아요?"

"그래요, 원래는 러시아의 야만인들이 십팔 년 전에 폴란드에 퍼뜨린 역병이지요. 하지만 그걸 다시 온 유럽에 옮기고 다닌 건 바로 폴란드에서 온 망명자들이에요."

"그런 엉뚱한 피해가 어디 있겠어요."

"그렇고말고요. 하지만 이것도 하느님의 은혜일 거예요. 그렇지 않아요? 말씀하신 것처럼 도당을 만들어 우격다짐으로 세상을 바꾸겠다고 끔찍한 소란을 피울 때마다 마치 하늘에서 내리치듯이 이 병이 번지잖아요. 절대 우연이 아니에요. 하느님도 인간의 어리석음에 분개하신 거죠. 이건 틀림없는 천벌이에요……"

쇼팽을 위해 프랑스어로 나누는 대화에서도 이런 말들이 너무도 사려 없이 입에 올랐다. 그 몽매함에 그는 그저 어이가 없을 따름이었지만, 한편으로는 자신이 맞이하게 될 운명의 교묘한 짓궂음에 묘한 감개를 품지 않을 수 없었다. 올 겨울을 이곳에서 보낼 마음은 없었다. 그러나 런던에 돌아가면 콜레라의 직격을 면하기 어려울 것이었다. 십팔 년 전 조국의 봉기에 참가하지 않았던 자신이, 수많은 동지들이 목숨을 잃었고 러시아군에 앞서 폴란드 땅을 황폐화시켰던 바로 그 병에 걸려 죽는 셈이었다. 고국에서 이토록 멀리 떨어진 곳에서, 지켜봐주는 동포 한 사람 없는 가운데 비참한 망향의 정을 가득 안은 채…… 그렇게 생각하니 이 십팔 년이라는 세월이 마치 자신에게 부여되었던 유예의 시간인 것처럼 느껴졌다. 그 동안 만든 작품도 손에 넣은 명성도, 그때 고국에 남아 싸움에 참가하거나 휩쓸렸더라면, 혹은 차르의 군대가 함께 몰고 온 역병을 앓다 죽었더라면 모조리 환상으로 사라졌을 것이다. 그러나 자신은 생을 더 연장하도록 허락받았다. 그리고 그때 맞이했어야 할 죽음을 지금 완전히 똑같은 형태로 맞이하려 하고 있다. 그렇다면 이 죽음의 방문은 오히려 너무 늦은 것이 아닐까?

이런 암울한 사색조차도 이곳을 떠나 파리로 돌아가고 싶어하는 그의 마음을 막지 못했다. 그지마와 백작을 비롯한 파리의 모든 지인들이 권하는 일이기도 했다. 해밀턴 팰리스에서는 발열 때문에 걸음을 떼기조차 힘겨울 정도로 건강이 악화되어 그 달 말에 다시 에든버러의 위슈친스키의 집에 돌아가 치료를 받았다. 위슈친스키는 가까스로 안정되는 듯해 보이던 그의 건강이 겨우 일 주일 사이에 차마 볼 수 없을 만큼 악화된 것을 보고 아연했다. 무리라는 걸 알면서도 막지 않은 것이 잘못이었다. 그때 억지로라도 붙잡았으면 당장 호전되지는 않았더라도 적어도 이토록 무참한 상태가 되지는 않았을 것이다. 그렇다면 이제 어떻게 해야 하는가? 쇼팽은 런던의 지인인 더들리 스튜어트 경에게서 11월 16일에 길드홀에서 개최되는 '폴란드 친구회' 주최 자선 음악 무도회에서 꼭 연주해주기를 바란다는 의뢰의 편지를 받고 이 기회에 런던으로 돌아갈 예정이었다. 그러나 지금의 그에게는 런던까지의 긴 여행을 견딜 만한 체력이 남아 있지 않았다. 그러나 지금 돌아가지 않으면 앞으로는 점점 더 어려워질지도 몰랐다. 쇼팽도 같은 이야기를 하면서 추운 겨울이 오기 전에 이곳을 뜨지 않으면 때는 이미 늦을 것이라고 묘하게 확신에 찬 말투로 덧붙였다.

위슈친스키의 집에서 단 한 번도 외출하지 않고 신경쓰이던 몇몇 초대까지 모두 거절한 채 일 주일 남짓을 방에 틀어박혀 지내던 쇼팽은 10월 31일에 휘청거리는 걸음으로 모두가 걱정하는 가운데 런던 행 열차에 올랐다. 도착할 무렵에는 같은 칸에 탔던 승객들이 깜짝 놀랄 만큼 병세가 심각해져서, 세인트제임스 플레이스 4번지 이층집에 새로 방을 얻자마자 침대에 들어 그대로 음악 무도회 당일까지 한 번도 일어나지 못했다. 온몸이 꽁꽁 얼어붙어 이불 속에서도 떨림이 멈추지 않았고 빼근하게 무거운 머리는 마치 돌덩이처럼 베개 깊숙이 파묻혔다. 숨쉬는 것도 쉽지 않았다. 기침 발작이 이어질 때는 미간이 펴질 새가 없었고 때로는 가슴이 답답해서 얼굴이며 머리를 마구 쥐어뜯어 곳곳에 불그죽죽한 상처를 만들기도 했다.

스털링 양과 어스킨 부인은 이 주일 만에 쇼팽을 만난 자리에서 다음날 그가 에든버러를 떠난다는 갑작스런 소식을 듣고 당혹감을 감출 수 없었지만 만류할 도리가 없어 급히 자신들의 겨울 스코틀랜드 체재 계획을 변경하여 런던까지 뒤따라와 있었다. 쇼팽의 치료를 맡은 게인즈버러 부인의 친척이며 저명한 동종요법 전문의인 맬런 박사도 그 자매가 소개했다. 쇼팽을 그대로 놓아둔다는 것은 그녀들로서는 애정이라는 면에서는 물론이고 체면 역시 허락하지 않는 일이었다. 런던에 머물고 있을 때는 그럭저럭 정상적으로 생활했던 쇼팽이 몇 달 스코틀랜드를 여행하는 사이에 제대로 일어서지도 못할 만큼 건강을 해치고, 게다가 도망치듯 혼자 열차를 타고 돌아왔다는 이야기가 퍼지면 대체 어떤 대접을 받아 이 꼴이 되었느냐고 다들 의심할 것이 뻔했다. 실제로 계속 런던에 머물면서 그녀들 이상으로 매일 열심히 그의 병문안을 하던 알렉산데르 차르토리스키 대공 부부와 브로드우드 등은 내심 스털링 양에 대한 불신을 금할 수 없었다. 특히 차르토리스카 대공비는 존스턴 성에서 터피켄 경에게 모든 일을 맡기고 런던으로 돌아온 것을 깊이 후회했다. 방법이 없었던 것은 사실이었다. 만일 그곳에서 그의 신병을 인도받아 런던으로 데려왔더라면 그것이야말로 스털링 양의 체면을 뭉개는 일이었을 것이다. 그것은 결코 최선의 해결책이 아니었다. 그러나 그녀의 체면을 살려준 대가로 그의 건강이 이렇게까지 악화될 줄 알았더라면 예의를 모르는 사람이라는 비난을 받더라도 단호히 그 일을 실행에 옮겼어야 했다. 커튼을 활짝 열어놓은 대낮에도 촛불이 필요할 정도로 어두운 방에서 괴롭게 기침을 하는 쇼팽을 바라보면 그런 자책이 바늘처럼 수없이 마음을 찔렀다. 그리고 이번에는 절대로 그의 곁을 떠나지 말자고 굳게 결심하고 그가 바라는 대로 되도록 빨리 파리에 돌아갈 수 있도록 온 힘을 다했다.

쇼팽이 가장 반가워한 것도 그녀와 그 가족의 병문안이었다. 그에게 차르토리스카 대공비의 아름다움은 단지 그녀만의 것이 아니라, 잃어버린 조국의 아름다움처럼 고귀한 것이었다. 그 총명함과 선량함, 기품과 신중함까지 그 모든 것이 폴란드였고, 폴란드 인들의 내면에 깃든 가장 정묘한 미덕의 결정이었다. 쇼팽은 그녀와 폴란드어로 이야기를 나눌 때만 진심으로 평안을 느꼈다. 자신의 입에서 나온 폴란드어 한마디를 알아듣고 거기에 대답해주는 폴란드어 한마디가 귀에 들어오면, 그는 고통이 극에 달한 때라도 마치 몸 안에 무수히 박혔던 가시가 스르르 뽑혀나가고 상처가 부드럽게 아무는 듯한 기쁨을 느꼈다. 오랜 세월 프랑스어를 만족스럽게 구사하지 못하는 생활이 이어진 탓인지, 죽음의 불안이 그를 한층 고독하게 만들어 망향의 정이 더 간절해진 탓인지, 그는 모국어의 신비한 힘을 그 어느 때보다 뚜렷이 절감했다. 자신이 내뱉는 한 덩어리 소리의 조합 속에서 자신의 마음속 가장 깊은 비밀을 발견해주는 사람이 있다. 이 얼마나 엄청난 기적인가!

11월 16일 길드홀에서 열리는 자선 음악 무도회만은 어떻게든 출연할 생각이었다. 이 행사는 '폴란드 친구회' 주관으로 해마다 이 회장에서 열리는 대규모 자선사업으로, 쇼팽은 오텔 랑베르에서의 연말 바자를 비롯해 폴란드인 망명자 구제를 위한 이런 행사에 항상 적극적으로 참가해왔다. 폴란드의 정세는 그의 예상대로 별다른 움직임을 찾을 수 없이 급속히 수습 국면으로 기울어가는 혁명의 혼란 속에서 여전히 고립무원인 상태였지만, 그런 고국을 위해 할 수 있는 일이라고는 그나마 곤궁한 동포들을 지원하는 것밖에 없었다. 지금처럼 자신이 폴란드인이라는 실감이 필요한 때도 없었다. 동포들과 어울리며 자신의 내면에 아직 살아 있을 폴란드를 확인하고 거기에 매달리고 싶었다.

음악회는 무도회에 앞서 중앙 홀 옆 실내에서 열릴 예정이었다. 참가하는 가수가 열일곱 명이나 되고 율리우스 베네딕트와 예전에 파리에서 쇼팽에게 가르침을 청했던 린제이 슬로퍼 등이 지휘를 맡았다.

다니엘이 안아일으켜서야 침대를 벗어나 가까스로 마차에 올라타고 회장에 도착한 쇼팽은 대기실에서 출연 직전까지 누워 있다가 약 한 시간 남짓 온 힘을 쏟아부어 연주를 마쳤다. 피아노와 피아니시모만 제대로 칠 수 있으면 포르테는 꼭 건반을 강타하지 않고도 표현할 수 있다는 것이 그의 변함없는 확신이었지만, 이날의 그는 그 생각을 극한까지 밀어붙여 강약의 정치한 대비를 통해 쇠약한 양팔에서 음악의 다양한 억양을 이끌어내고자 고심했다.

그러나 그런 쇼팽의 너무도 섬세한 피아노 소리를 지워버리기라도 하려는 듯이 옆방에서는 쉴새없이 무도회를 준비하는 소리가 들려왔다. 방을 잘못 찾아 문을 여는 사람이 있는가 하면 큰소리로 이야기하며 복도를 지나가는 이도 있었다. 스털링 양은 그때마다 화가 나서 사용인을 시켜 최소한 그가 연주하는 동안만이라도 조용히 해달라는 말을 전했지만 별 효과가 없었다. 쇼팽은 그다지 신경쓰는 기색 없이 마지막까지 연주에 집중했다. 그리고 전곡을 다 연주하고 커튼콜까지 응한 다음에는 무도회 시작을 기다리지 못하고 곧바로 마차로 집에 돌아와 그대로 침대에 쓰러졌다.

브로드우드 등 절친한 지인들은 피아노 앞에 앉아 있을 수 있다는 것 자체가 믿어지지 않을 만큼 쇠약해진 쇼팽이 그 연약한 몸으로 있는 힘껏 연주하는 모습에 가슴이 미어지는 것 같았다. 그리고 그처럼 위대한 예술가에게는 절대 어울리지 않는 이날의 연주회가 몇 개월에 걸친 그의 영국 체재의 모든 것을 잔혹하게 상징하는 것만 같아서 기도하는 심정으로 연주를 지켜보며 아프고 답답한 마음을 금할 수 없었다.

12

5월 말부터 샹로제에 은둔한 이래 들라크루아는 파리의 정치적 동향에 완전히 등을 돌리고 6월의 대규모 폭동에도 거의 관심을 보이지 않은 채 8월 초까지 날마다 『르뷔 데 되 몽드』 지에 발표할 그로 론의 집필에 몰두했다. 내용은 처음에 계획했던 대로 그의 생애를 연대순으로 살펴보는 전기체 구성을 취했는데, 전체적으로 개개의 작품에 대한 분석을 자제하기는 했지만 완성도 면에서는 불만이 남았다. 특히 결론을 맺지 못해 골머리를 앓았던 마지막 한두 주일은 그림을 그려도 전에 없이 붓을 들 때마다 공연히 화가 치밀었다. 논문을 쓸 때마다 지겹도록 통감하는 빈약한 글재주를 이번에도 여지없이 증명해보인 스스로가 한심했다. 그리고 자신이 예술가라기에는 너무도 거리가 먼, 엄밀히 말해 한 명의 화가에 불과하다는 것을 절실히 깨달았다. 자신의 재능은 그림을 그리는 것에만 부여된 것이었다. 문학에만 국한된 얘기가 아니었다. 바이올린을 연습했을 때도 한 번도 목표한 수준에 도달한 적이 없었다. 머릿속에는 이미 이상적인 수준이 그려져 있었다. 단지 그곳에 도달하기 위한 길이 준비되지 않은 것이다. 그에 비하면 회화는 얼마나 쉽게 머릿속에 그린 이상을 뛰어넘는 성과를 가져다주는가? 결과가 착상을 배반하는 일은 없었다. 오히려 착상의 불완전함을 보완하고 그 감추어진 일면까지 분명히 드러내주었다. 거꾸로 말하면, 제작에 착수하는 단계에서 그는 결코 완성된 작품의 전모를 전망할 수 없었다. 그것을 가리고 있는 것은 무엇일까? 그리고 제작이 진행될수록 조금씩 분명하게 보여주는 것은 무엇일까? 그것이 바로 칸트가 말하는 천재라는 것일까?

염색 기술자처럼 손끝을 잉크로 까맣게 물들이며 논문 집필에 악전고투하고 있으려니 그토록 소진되었던 회화의 제작 의욕이 걷잡을 수 없이 끓어올라 도무지 마음먹은 대로 나가주지 않는 펜이 한층 답답하게 느껴졌다. 그것은 또한 파리의 소요 따위는 전혀 알지 못하는 평화로운 시골에서 시간을 보내고 있기 때문이기도 했다. 현실의 가열함에서 멀리 떨어지고 보면 자신은 이전과 조금도 다름이 없는 한 명의 화가일 뿐이었다. 그러다 막상 탈고하고 나니 이번에는 맥이 빠져 막막한 기분이 들었다. 마침 그런 때에 모르네 백작이 그의 소유지인 몽포르 라모리 근교의 그루세 성으로 초대해 8월 14일부터 며칠 동안은 백작과 그 가족, 그리고 이십 여명이나 되는 사용인들에 둘러싸여 보낼 수 있었다.

다시 샹로제에 돌아온 뒤로는 한동안 항간의 소문대로 자신이 위원으로 임명된 관전 심사회의와 그 심사위원 전원으로 구성된 내무성 미술국 위원회에 출석하기 위해 파리를 왕래해야 했고 그 밖에도 몇 가지 정리해야 할 잡무에 쫓겨 좀체 조용한 시간을 보낼 수 없었다. 그러나 9월에 접어들면서는 그 황망함도 일단락되어 마침내 구체적으로 창작에 대해 고민할 수 있었다. 더위도 한풀 꺾이고 아침저녁으로는 쌀쌀할 정도여서, 예년보다 유난히 극성스럽게 귓전에서 앵앵거리며 그를 놀라게 하던 모기도 어느새 사라졌다. 처음에는 손을 풀기 위해 샹로제의 풍경을 그리거나, 혁명에서 손을 떼고 그와의 관계 회복을 모색하고 있던 상드 부인의 의뢰에 따라 예전에 제작한 〈클레오파트라와 농부〉의 바리앙트에도 손을 댔지만, 9월 중순을 지나면서부터는 다음해 관전을 목표로 전부터 줄곧 그리고 싶었던 꽃 그림 제작에 들어갔다.

원기둥 몇 개를 적당히 배치하고, 으레 등장하는 호화로운 꽃병을 세우고, 그 아래로는 눈부시게 아름다운 천을 깔아 받침대 앞으로 우아하게 흐트러지듯 내려뜨리는 식의 구성을 지겨우리만치 수없이 반복해온 꽃 그림의 타성적인 상투성을 그는 조금이라도 벗어나고 싶었다. 그런 배경 처리 대신 정원이나 길가에 피어 있는 꽃처럼 자연스럽게, 또한 쓸데없는 세부에 연연하느라 작품을 산만하게 하지 않고 어디까지나 하나의 전체로서 충분히 캔버스에 살리기 위한 표현을 연구했다.

오전중에 산책을 겸해 숲에서 따온 꽃을 다른 꽃들과 함께 정원에 심거나 혹은 땅 위에 흩어놓거나 꽃바구니에 장식하거나 하며 그렇게 날마다 오후 시간을 환한 태양 아래 그 눈부시게 선명한 색채의 사태 앞에서 보내는 일은 그에게 무한한 기쁨을 주었다. 장미, 달리아, 작약, 마거리트…… 정물화 작업은 오랫동안 하지 못했었지만, 그것은 화가를 신비할 만큼 온유한 마음으로 이끌고 창작의 충족감을 온몸으로 새삼 실감하게 해주었다. 거대한 천장을 상대하며 거기에 맞게 상상력을 비대화하고, 수년에 걸쳐 그 장력을 계속 유지하기 위해 엄청난 소진을 강요당해야 하는 벽화 제작과는 달랐다. 정물화의 대상은 화가 앞에 확실한 사물로서 존재하고 눈으로 보이며, 외계를 향해 그를 개방시키고 연결해주는 견고한 구체성을 지니고 있었다. 시각에 주어진 그러한 세계의 흔들림 없음은 한편으로 혁명이라는 가열한 사건을 통해 상상력의 영역을 압박하고 위기로 몰아붙였던 현실이 그것을 다시 활성화하기 위해 내밀어준 구원의 손길 같았다. 개개의 사물을 의미의 연관이 아닌 색의 관계로서만 바라보는 것에서 그는 큰 안도감과 상쾌함을 느꼈다. 그때 하나의 꽃과 다른 하나의 꽃은 단순히 색의 차이밖에 없었다. 그 한 다발의 꽃과 대지 사이, 나무들 사이에도 꽃잎과 잎사귀 사이에 그어진 윤곽선 이상의 차이는 없었다. 타블로가 캔버스에 칠해진 다양한 물감을 한 장의 연속된 표면으로 만드는 것처럼, 세계가 단지 색이라는 동질의 요소에 의해 완전히 하나가 되고 자신 또한 그 속에서 특별할 것 없는 한 덩어리의 색으로서 타자와 경계를 맞대고 있다는 감각. 더구나 그 윤곽은 서로 어우러지는 쌍방의 색에 의해 끊임없이 아슬아슬한 침범의 위험에 노출되어 있다. 꽃과 줄기는 문자로 씌어진 그 두 단어 사이의 간격을 알지 못한다. 화가와 대상은 그 말과 말 사이의 공백을 잃고 하나의 제한 없는 공간 속에서 단지 우연히 서로 달라진 두 가지 색일 뿐이었다.

다른 한편 색채의 이동은 또다른 의미에서 개체라는 것의 자명함을 의심하게 했다. 꽃들은 구름이 하늘을 가려 빛이 차단되는 아주 잠깐의 순간에도 과민하게 그 색채를 변화시켜 한순간도 똑같은 음영을 남기지 않는다. 시간과 함께 시들어가는 꽃의 점진적인 변모는 그 은밀한 선형적 추이를 끊임없는 색채의 흔들림 속에 감추고, 이윽고 부패하고 죽음에 이르러 무로 변하여 색에 의해 농밀하게 연결되었던 이 세계로부터 떨어져나갈 것을 예고한다. 화가는 그런 가운데에서 영원히 변하지 않는 하나의 색에 도달하고 그것을 캔버스의 부분부분에 정착시켜야 한다. 그는 스스로 시간의 속박에서 벗어나 대상과 영원히 교류하며 그것을 시간으로부터 해방시키는 역할을 맡아야 했다. 단순히 표층의 우연에 지나지 않는 사건인 명멸하는 빛을 뛰어넘어 개개의 사물에 참되게 갖추어진 단 하나의 색인 고유색의 비밀에 접근해야 했다. 그것은 화가인 그에게 있어 세계 그 자체의 참된 모습을 발견하는 일이었다. 빛도 그림자도 없는, 다양한 사건의 생멸을 폐하고 단지 색채만이 서로를 맺어주는 견고하게 정지된 세계. 지금 이 순간에도 분명하게 존재하고, 또한 결코 그 변화에 흐트러지지 않는 절대적인 협화(協和)의 세계. 그곳을 통과한 후에야 비로소 그의 상상력은 그 환시의 풍경을 현실 한가운데 초연히 버티고 선 것으로 쌓아올릴 수 있을 터였다. 그것은 위기의 때에 회화가 인간을 구원하는 유일한 신비의 방법이었다.

창작은 그에게 참된 행복을 느끼게 해주었지만, 다른 한편에서 몇 가지 문제들이 여전히 마음에 걸려 있었다.

그 가장 큰 부분을 차지하는 것은 비요였다.

비요와의 문제는 그날 부인에게 일의 경위를 듣고 그와도 직접 만나서 서로에 대한 신뢰를 충분히 확인함으로써 이미 해결되었다고 생각했다. 그 뒤 몇 번 얼굴을 보았을 때도 이전과 별반 달라진 점은 없었고, 비요가 가족과 함께 샹로제에 휴양차 찾아왔을 때는 둘이서 나란히 산책을 나가기도 했다. 업무 면에서도 그 우정에 조금도 그늘이 없다는 점은 서로에 의해 증명되었다. 비요는 새로운 지위를 최대한 이용하여 혁명 후 혼란의 와중에서 난항을 겪던 들라크루아의 관전 출품작 정부 매입이 성사되도록 애썼고, 특히 평판이 좋았던 〈아랍의 희극배우들〉이 이천 프랑에 매입되는 데 중요한 역할을 했다. 나아가 국립미술관 관리국 국장인 장롱을 통해 내무대신의 인가를 얻은 이후 아직까지 구체적인 처우가 결정되지 않은 〈민중을 이끄는 자유의 여신〉의 미술관 소장 문제에 대해서도 비요가 그 해결을 맡기로 되어 있었다. 이는 화가에게 관전 출품작의 매각 성사 못지않은 기쁨을 가져다주었다. 〈민중을 이끄는 자유의 여신〉은 미술국 국장인 샤를 블랑의 재량으로 소장 미술관이 결정될 때까지 리옹에서 일반에 공개하기로 결정되어 지금은 현지의 화상인 잠이 보관하고 있었는데, 들라크루아는 포장이나 장거리 이동으로 인한 훼손 때문에 처음부터 이 계획을 그리 탐탁지 않게 여겼고, 그후로 그쪽에서 일절 연락이 없는데다 보수로 약속한 천 프랑의 지불은커녕 전시조차 제대로 하지 않는 모양이어서 어떻게든 한시바삐 결정이 내려지기만을 바라며 답답해하고 있던 참이었다.

한편 들라크루아도 취임 당시의 의욕대로 루브르 소장 작품의 전시 방법에 대한 근본적인 개혁에 착수한 비요를 위해 조각가 프레오와 비평가 고티에 등 친분이 있는 예술가와 재야 지식인들에게 이해를 구하고 지원을 부탁하는 등 보수적인 화단의 맹렬한 반대에 맞서 비요를 옹호하는 역할을 맡았다.

사생활뿐 아니라 업무적으로도 서로 협력하여 깊은 관련을 맺은 두 사람은 언뜻 보기에는 예전보다 더욱 관계가 돈독해진 듯했다. 그러나 무언가가 어긋나고 있었다. 무언가가 두 사람을 예전과는 달라지게 했다. 그런 점을 눈치챌수록 각고의 노력을 보여준 상대에 대해 호의를 표할 때조차 왠지 헛도는 느낌이 들어 위화감이 더욱 두드러지곤 했다. 무슨 일이 있었던 것일까? 아니면 무언가를 잃어버렸기 때문일까? 발단은 루브르의 인사를 둘러싼 오해 때문이었다. 그러나 아무래도 이 문제는 그보다 훨씬 더 일찍부터 시작된 것 같았다. 어째서 이십 년 동안이나 친하게 지내온 친구에게 이런 마음을 품어야 하는가? 두 사람은 동시에 스스로의 흉중을 의심했다. 그리고 암담한 심정 속에서도 끝내 그것을 말끔히 지워버릴 수 없었다.

들라크루아가 비요에 대해 느끼는 어떤 껄끄러움은, 그것이 인사 문제를 둘러싼 불편한 감정에서 나온 것이 아니라면, 결국 부인이 말했던 그의 본질적인 불안에서 기인하는 것이 틀림없었다. 사실 들라크루아는 친구 앞에서 스스럼없이 예술가로서의 자신의 고뇌를 토로하지 못했다. 과거를 돌아보면 기억의 하늘에 갑자기 구름이 낀 것처럼 그와 나누었던 대화 하나하나가 어두운 그림자로 덮여 있는 것이 느껴졌다. 이제까지 몇 번이나 그런 푸념을 늘어놓았을까? 비요는 그럴 때마다 어떤 심정이었을까? 그런 것에 신경을 쓰는 것이 오히려 잘못인지도 모른다. 자꾸 신경쓰는 모습을 보일수록 상대는 더 힘들 것이다. 더구나 그 이야기는 부인과 자신 사이에서만 오고간 비밀이었다. 자신만 예전과 똑같이 그를 대해주면 잘못될 일이라고는 아무것도 없다. 피에레와도, 술리에와도 그렇게 새로운 관계를 쌓아오지 않았던가. 서로에 대한 깊은 이해와 배려가 가득한 참된 우정의 이름에 걸맞은 관계를. 그런데 어째서 유독 비요와의 사이에만은 그것이 불가능하단 말인가? 스스로는 충분히 그럴 용의가 있다. 지금까지 무언가에 얽매여 있는 듯한 태도를 보이고 있는 건 오히려 비요 쪽이 아닐까? 내가 아직 마음이 정리되지 않았다는 것을 꿰뚫어보았기 때문일까? 그게 아니라면 부인과 다시

다른 이야기를 주고받은 것일까?

비요의 가슴속에 인사 문제와는 또다른 응어리가 있는 것은 사실이었다. 그러나 그것은 친구가 자신의 예술가로서의 열등감에 신경을 쓴다는 것을 눈치챘기 때문도, 부인이 그런 이야기를 그에게 털어놓은 것을 알았기 때문도 아니었다. 오히려 아무것도 알려진 것이 없었던 탓에 그의 마음속에는 이런저런 의심이 싹틀 여지가 남게 되었다.

루브르에서 새로운 일을 시작한 덕분에 비요의 생활은 크게 변했다. 이제껏 인연이 없었던 권력이라는 것을 손에 넣은 뒤로 그는 어째서 사람들이 그것을 동경하는지 새삼 몸으로 실감하게 되었다. 어제까지만 해도 자신을 일개 동판화가로 떨떠름하게 내려다보던 화가들이 손바닥 뒤집듯 인사를 하겠다고 뻔질나게 찾아왔다. 그리고 마치 자신의 지시 하나에 그들의 운명이 바뀌기라도 하는 듯 듣기 좋은 찬사와 추종의 말을 늘어놓았다. 화단 관계자들만이 아니었다. 정치가를 만나든 은행가를 만나든 예전에는 상상도 할 수 없었던 정중한 인사를 받았고 경의에 찬 시선이 쏟아졌다. 그는 그런 변화에 마침내 복수를 했다는 식의 천박한 만족감이 아니라 오히려 무언가 불쾌함마저 느꼈지만, 그래도 자신이 이제는 이 나라의 회화 제도를 위해 그간 꿈꿔왔던 것을 대부분 실현해낼 수 있는 입장에 섰다는 사실만은 크게 실감하고 있었다.

그런 지위에 오른 뒤 비요는 새삼 들라크루아를 생각했다. 두 사람 사이에 생겨난 이 새로운 관계는 과연 다행스러운 것인가? 언뜻 보기에는 그런 것도 같았다. 그러나 적어도 그의 입장에서는 하나의 왜곡이 있는 것이 분명했다. 예술가로서 친구를 존경하는 마음에 변함은 없었다. 그것은 화단의 중추에서 일을 시작한 뒤로 점점 더 강해지기까지 했다. 작품의 전시 방법을 둘러싸고 아카데미 회원들의 엄청난 반발에 직면했을 때, 그는 이십대 때부터 이런 저항에 굴복하지 않고 자신이 믿는 화법을 관철해온 들라크루아를 생각했다. 그런 유의 불평은 심심찮게 들어왔지만, 실제로 자신이 비판의 표적이 되고 보니 보통 어려운 일이 아니었다. 들라크루아는 단순히 기능에서만 뛰어난 것이 아니었다. 그런 강한 의지 역시 분명 존경할 만한 가치가 있는 화가, 아니 인간인 것이었다.

비요는 그것을 누구보다 깊이 통감하는 한편으로 자신이 앞으로 화가로서의 그의 활동에 중대한 영향을 미칠 수 있는 지위에 올라앉고 말았다는 사실을 생각했다. 그것은 역시 짓궂은 일이었다. 자신은 앞으로도 변함없는 경애의 마음을 유지하며 그의 활동을 계속해서 뒷받침해주게 될까? 거기에 무언가 굴절된 감정이 스며들 틈은 없을까? 일과 관련된 문제 없이 서로 마음 편한 친구 사이로 지내던 때가 훨씬 좋았는지도 모른다. 두 사람의 이해가 항상 일치할 것이라는 보장은 없었다. 사실 들라크루아와 절친하다는 사실이 그의 입장에 이미 여러 가지로 영향을 끼치기 시작하고 있었다. 아카데미 회원들이 이번 전시 방법의 개혁에 맹렬히 이의를 제기하면서 그것을 미술관의 학살이니 뭐니 비난한 것도 명백히 그의 배후에 들라크루아의 존재가 있다는 것을 감안한 행동이었다. 이런 화단에서 그를 계속해서 옹호한다는 것은 쉬운 일이 아니었다. 토레와 고티에처럼 아무것도 잃을 것이 없는 인간들이 마음대로 떠들어대는 것과는 달랐다. 자신은 과연 가까스로 손에 넣은 이 지위를 위태롭게 하면서까지 화가 들라크루아를 위해 온 힘을 다할 수 있을까?

비요의 불행은 루브르 국립미술관 초대 회화 부문 부장 취임이라는, 아무도 예상하지 못했던 돌연한 인사의 파문이 곧 주위의 갖가지 질투와 악의를 불렀다는 데 있었다. 어느 날 그의 귀에 이런 소문이 들려왔다. 이번 인사를 가장 못마땅하게 여기는 사람은 실은 들라크루아일 것이다. 그도 그럴 것이, 본래 이 자리는 들라크루아가 앉기로 결정되어 있었기 때문이다. 그런데 친구인 줄 알았던 비요가 그것을 가로챘다. 당연히 화가 난 그는 당장 복수할 방법을 강구했다. 비요가 집을 비운 동안 그의 아내를 만나러 들락거리며 숱한 굴욕 중에서도 가장 견디기 힘든 오쟁이진 사내라는 칭호를 친구에게 붙여주기로 한 것이다. 그렇게 해서 비요가 그 자리에 오른 것을 뼈아프게 후회하도록 해줄 속셈이다. 의심스럽다면 비요의 집을 들여다보라. 날이면 날마다 들라크루아가 희희낙락 들락거리고 있다! ……한심하기 짝이 없는 소리라고 생각했다. 어떻게 그리도 속없는 사람들이 많은지. 아무것도 모르는 주제에 사정을 훤히 꿰뚫고 있다는 듯이 그럴싸한 말을 떠들고 다닌다. 혹은 자신들이 그런 소문들을 보기 좋게 짜맞추어서 득의양양하게 이곳저곳 퍼트린다. 그런 구원받을 길 없는 우열한 인간들은 어디를 가나 꼭 있게 마련이다. ……하지만 그렇게 생각해도 소문의 유래에 대해서는 신경이 쓰였다. 실제로 들라크루아는 자신이 직장에 나와 있는 사이에 자주 아내를 찾는 모양이었다. 그런 일은 전에는 없었다. 뭘 하러 오는 것일까? 원래 두 사람이 그렇게 친한 사이였던가?

비요는 아내가 친구의 천재적인 재능에 한없는 동경심을 품고 있다는 것은 새삼 물어볼 것도 없을 만큼 잘 알고 있었다. 그녀가 오랜 번민 끝에 지금의 자리를 권했던 것도 들라크루아와 비교하여 남편의 예술가로서의 장래를 진지하게 고려했기 때문이었다. 그러나 단순히 그것뿐일까? 두 사람 사이에 자신이 짐작할 수 없는 묘한 신뢰 같은 것이 싹트고 있는 것 같았다. 얼마 전부터 그것을 어렴풋이 감지할 수 있었다. 무엇일까? 내가 알지 못하는 두 사람만의 비밀이라도 있는 걸까? 비요는 이 나이에 처음으로 아내를 혼자 집에 두고 직장에 출근하는 생활을 하게 되자 당장 이런 시시한 시의심에 붙들려 어리석기 짝이 없는 망상의 포로가 되어버린 자신이 참으로 한심했다. 이 무슨 추한 생각인가. 뭐가 모자라서 스스로를 그렇게 깎아내려야 한단 말인가. 그러나 그렇게 가까스로 냉정을 되찾을 만하면 기다렸다는 듯이 여기저기서 의심의 불길에 장작을 던져넣듯 외젠 들라크루아를 둘러싼 알 만한 사람은 다 아는 소문이 귀에 들어오는 것이었다.

들라크루아가 이번 혁명 때에 취한 신중한 태도에 대해 혈기 왕성한 젊은 화가들 사이에서는 심한 악평이 떠돌았지만, 화단 관계자 대부분은 오히려 그것이 당연하다고 받아들였다. 그가 스스로의 정치적 입장을 고집해 화가로서의 지위를 위험에 빠뜨린다는 것은 상상도 할 수 없는 일이었다. 애초에 들라크루아가 무슨 대단한 정치적 신념이라도 있는 인물이던가? 그의 기회주의적인 태도는 제정기부터 왕정복고기, 나아가 7월왕정기를 거쳐 지금에 이르기까지의 행적이 여실히 증명해준다. 그는 그 어떤 체제하에서도 재주 좋게 자신의 지위를 확보해왔다. 그런 재주는 말하자면 그의 타고난 혈통 덕분이다. 유례없는 변절자로 이름 높은 그의 아버지에게 물려받은 피.

외젠 들라크루아의 아버지가 총재정부기에 활약한 저명한 정치가 샤를 들라크루아라는 사실은 모두가 다 아는 이야기였지만, 사실 친아버지는 저 샤를 모리스 드 탈레랑 페리고르 공작이라는 소문은 거의 주석처럼 따라붙는 소위 공공연한 비밀이었다. 이 소문을 그럴싸하게 만들어준 근거가 몇 가지 있었는데, 특히 가장 신빙성 있게 내세워진 것은 당시부터 거의 전설처럼 회자되었던 전 외무대신 샤를 들라크루아의 고환 절제수술에 대한 일화였다.

1797년 9월, 샤를 들라크루아는 넷째아들 외젠 들라크루아가 태어나기 약 칠 개월 전에 오래도록 앓아왔던 '남성의 가장 소중한 기관' 을 치료하기 위한 세기의 대수술을 받았다. 후에 『모니퇴르』 지에 생생한 삽화와 함께 공개된 그 병상과 수술 내용은 실제로 환자를 본 사람이 없었더라면 아무도 믿을 수 없었을 것이었다. 수술에 임하는 샤를 들라크루아에게는 그 모습을 빗대어 '임신 구 개월' 이라는 별명이 붙어 있었다. 그도 그럴 것이 당시 환부는 부을 대로 부어올라 가로 이십칠, 세로 삼십칠 센티미터에 무게는 약 십육 킬로그램에 달하는 거대하고도 괴상한 살덩어리가 되어 있었기 때문이다. 갖가지 치료법이 시도되었지만 전혀 효과를 거두지 못하고 마침내 낭종 전체를 절제한다는 대결단이 내려지게 되었다. 수술은 장시간에 걸쳐 다섯 단계로 나누어 시술되었다. 결과는 대성공이었다. 수술 후의 경과도 양호해서 마침내 샤를은 산후의 부인처럼 몸이 가벼워졌지만 봉합 부위가 완치되기까지 그 뒤로도 이 개월의 시간이 더 필요했다. 바로 그것이 샤를이 넷째아들의 친아버지일 수 없다는 근거였다. 그는 아내가 아이를 임신했다고 추정되는—그것도 최대한 멀리 잡아서—시기 전체를 전반은 병에 의해, 후반은 수술 후의 안정 때문에 '남성으로서 가장 중요한' 기능을 사실상 상실한 상태였다. 게다가 더욱 결정적인 것은 샤를이 그 동안 아내를 파리에 남겨둔 채 헤이그에서 바타비아 공화국 주재 전권공사로 근무했다는 사실이었다. 그리고 그가 경질된 후에 외무대신 자리를 이어받아 이 전임자의 지위를 보증해주면서 치밀하게도 파리에서는 멀리 떨어뜨려놓은 장본인이 다름아닌 탈레랑 공작이었다.

당시에 탈레랑 공작이 들라크루아 부인에게 구애한 것 같다는 소문은 이미 여기저기서 들리고 있었다. 그 때문에 샤를 들라크루아가 바타비아 공화국 주재 전권공사로 취임한다는 소식이 알려지자 사람들은 이를 방해꾼을 떼어내고 부인을 독점하려는 탈레랑의 떳떳하지 못한 획책에 의한 인사라고 믿어 의심치 않았다. 탈레랑이라면 그런 일쯤은 태연히 해치울 사람이다. 외무대신 사임 이후의 지위에 대해 적극적으로 편의를 봐준 것은 양심에 찔려서 베푼 배려라고 하는 사람들도 있었지만, 대부분은 가엾게도 아내를 빼앗긴 사내를 파리에서 떠나보내며 도리어 감사 인사까지 받으려는 그다운 정치적 교활함 때문이라고 생각했다. 들라크루아 가에 넷째아들이 탄생하기 이 주일 전에 돌연 『모니퇴르』 지에 칠 개월 전의 수술에 대한 기사가 발표되어 그 성공과 환자의 괄목할 만한 회복 등이 크게 강조된 것도 수상쩍었다. 탈레랑이 자신의 간통죄를 감추려고 뒤에서 적극적으로 손을 써서 게재하게 만든 기사임이 분명하다. 살롱마다 들라크루아 부인이 임신한 아이의 아버지가 탈레랑 공작이라는 소문이 당연한 일처럼 떠돌았다. 만약 헛소문이라면 탈레랑 같은 모략꾼이 어떻게 아무 말 없이 손을 놓고 있겠는가?

사실 그가 외젠 들라크루아의 친아버지이고 자신도 그것을 충분히 자각하고 있었다고 한다면, 이 화가를 둘러싼 몇 가지 수수께끼는 어이없을 만큼 전부 술술 풀려버린다. 저널리스트로서 『콩스티튀시오넬』 지에 막 기사를 게재하기 시작한 아돌프 티에르가 어째서 그때 스스로의 식견을 의심받을 위험에도 불구하고 이름도 없는 신인 화가를 위해 그토록 열렬한 비평을 써주었으며 후에 정치가로서 성공을 거둔 뒤에도 계속 그 활동을 지원해왔는지, 그 이유도 이 시기에 티에르가 탈레랑의 신임을 얻기 위해 온갖 고생을 했고 정계에 입문한 뒤에는 탈레랑의 졸개라는 소리까지 들었던 점을 생각해보면 저절로 이해가 된다. 〈키오스 섬의 학살〉처럼 관전에서 어지간히도 혹평을 받았던 작품이 어떻게 육천 프랑이라는 파격적인 금액으로 정부에 매입되었는가? 당시 심사위원으로 일했던 제라르 남작이 혼자 그 작품을 강력히 추천하여 무리하게 이등상을 수여한 이유는 무엇인가? 예술가로서 그 재능을 인정했기 때문에? 절친한 화가 앙리 리즈네르의 조카였기 때문에? 정말 단지 그런 이유 때문이었을까? 의심하기 시작하면 끝이 없었다. 애초에 국민공회에서 국왕의 처형에 찬성표를 던진 벼락출세한 정치가의 아들이 제정귀족의 살롱이라면 또 모르되 왕정복고기에 포부르 생 제르맹의 정통 왕조파 귀족의 저택에 당당히 얼굴을 내밀었다는 것 자체가 기묘한 일이었다. 궁정 장식 가구사의 딸이었던 어머니 쪽 연줄일까? 그녀는 진작에 타계했는데? 게다가 7월혁명 후에 그 지역 사람들이 궁정에서 쫓겨나 정치적인 영향력을 잃자마자 그는 즉각 〈민중을 이끄는 자유의 여신〉의 작자로 변모해 그런 살롱 따위는 돌아보지도 않았다. 요즘 들어서는 생김새까지 꼭 닮아가고 있다. 아무리 봐도 결코 샤를 들라크루아의 자식이 아니다. 가로 일직선으로 반듯한 눈썹과 그 한가운데에서 수직으로 내리뻗은 코가 영락없이 T자처럼 보인다는 짓궂은 농담을 하는 사람까지 있었다. 마치 미리 새겨져 있던 그 친아버지의 머리글자가 세월이 흘러 불쑥 떠오른 것처럼. 얼굴만이 아니다. 일부러 가르친 것도 아닐 텐데 몸짓 하나하나가 어쩌면 저토록 닮았느냐고, 씨도둑은 못 한다는 이야기를 할 때마다 으레 좋은 예로 들먹여졌다. 무엇보다 그 기회주의적인 삶의 방식이 저 오툉의 전 주교를 너무도 꼭 빼닮았지 않은가.

비요는 그런 소문을 낱낱이 듣고 있었다. 1809년생인 그에게 탈레랑 공작은 그리 익숙한 인물이 아니었지만 그 놀랄 만한 일화들은 물론 잘 알고 있었다. 만일 정말로 탈레랑의 자식이라면 들라크루아도 어지간히 호색한일 것이라는 세간의 풍평은 어딘지 설득력 있게 들리기도 했다.

들라크루아 본인은 자신의 아버지를 둘러싼 이 요란한 억측에 대해 어떻게 생각하고 있을까? 비요는 오래도록 그 점에 의문을 품었지만 확실한 것은 알지 못했다. 그뿐만이 아니었다. 피에레나 술리에처럼 오래된 친구들조차 이 문제에 대해서는 거의 아는 바가 없었다. 그저 단 한 번 들라크루아가 없는 자리에서, 지금은 죽었지만 그와는 아버지 간에도 서로 친했던 펠릭스 기유마르데가, 정확하지는 않지만 아마 정말로 샤를 들라크루아의 아들일 것이라고 말하자 모두 입을 다물어버렸던 일이 있었던 정도였다.

아직 순진한 어린 나이에 들라크루아를 알았던 그들과는 달리 비요가 그를 만난 것은 이미 스무 살을 넘긴 때였고, 언제 누구에게서랄 것 없이 그런 소문의 존재는 진작부터 알고 있었다. 당연히 본인도 알고 있을 것이라고 생각했다. 비요가 굳이 소문의 진위를 확인해보지 않은 것은 필시 그 소문이 사실일 것이라고 생각했기 때문이었고, 또 그것이 사실이라면 흥미본위로 그런 이야기를 꺼내 그의 기분을 상하게 하고 싶지 않았기 때문이었다. 그러나 그는 곧 사정이 그리 단순하지 않다는 것을 깨달았다. 왜냐하면 자신의 그러한 배려에도 불구하고 장본인인 들라크루아는 가령 나폴레옹의 공과라든가 왕정복고기의 추억이라든가 하는 이야기를 할 때 언제나 상대가 당황할 정도로 스스럼없이 탈레랑의 이야기를 화제에 올렸고, 한편으로 또다른 아버지인 샤를 들라크루아에 대해서도 아무 거리낌 없이 옛 추억을 회상하고 최대한의 경의를 표했을 뿐만 아니라 자신과 여기가 닮았다, 여기는 닮지 않았다 하는 이야기를 즐겨 했기 때문이었다.

이 친구는 전혀 모르는 건가? 혹은 알면서도 얼토당토않은 사실무근의 소문이라고 굳게 믿는 건가?

만일 샤를 들라크루아가 그의 친아버지라고 해도 세간에 그런 소문이 떠돈다는 것을 알고 있다면 탈레랑의 이름을 입에 올리는 일에 좀더 신중을 기할 것이었다. 혹은 평소의 성품으로 보자면 그런 주위의 의문에 앞서서 본인이 먼저 그 일을 화제에 올리고 의심할 여지 없이 부정해주었을 터였다.

결국 진상은 알 수 없었다. 이토록 오랜 친구인데도 불구하고. 아니, 오히려 오래 사귀었기 때문에 점점 더 알 수 없는지도 모른다. 너무나 한심한 소리라고 일부러 무시하는 것일까? 그렇다면 그건 스스로가 그 소문에 크게 동요하고 있다는 증거가 아닐까? 샤를 들라크루아에 대한 저 공공연한 경애의 표명은 어떻게 해석해야 할까? 아버지에 대한 자연스러운 감정일까? 그러나 아버지라면 더더욱 부자연스럽지 않은가? 일찍 사별했기 때문에 마음속에서 더욱 미화된 것일까? 그렇게라도 생각하지 않으면 설명이 되지 않았다. 세간에서는 샤를 들라크루아라면 대혁명시대의 야심찬 젊은이의 전형이며 그 가장 빛나는 성공자로 기억되면서도 한편으로는 인품의 매력이 부족해서 남을 압도하는 듯한 탈레랑 공작의 속물적인 광채 앞에서는 그 존재가 흐릿해지고 마는 것도 당연하다는 평을 받는 인물이었다. 그런 점을 알고 있기 때문에 아들로서 그 명예의 회복을 꾀해야 한다고 생각하는 것일까? 아니면 그런 평가조차 알지 못하는 것일까? ……샤를 들라크루아는 넷째아들의 출생에 대해 어떻게 생각했을까? 자신의 자식이라고 생각했을까? 그토록 소문이 요란했다면 설마 알지 못했을 리는 없을 것이다. 들라크루아가 유독 사랑하는 그 어머니는? 그가 어머니에 대해 이야기할 때의 어투는 아무리 생각해도 남편을 배신하고 간통의 죄를 범한 끝에 자신을 낳은 사람에 대한 그것이 아니었다. 그는 어머니의 죄의식을 눈치채지 못했던 것일까? 게다가 아버지가 그 사실을 알고 있었는지 어떤지도? 어찌 됐건 그가 아버지에게 동정을 기울일 이유는 충분하다. 그런 선상에서 그는 아버지를 아버지로서 변호해야만 했던 것일까?

탈레랑 공작이 들라크루아의 친아버지라는 소문은 혁명에 즈음해 다시금 떠들썩하게 숙덕거려지게 되었다. 그 때문에 비요는,

"아무리 친한 사이라도 안심할 수 없겠어요. 사실 포르제 남작 부인이라는 이도 원래 친구 퀴빌리에 플뢰리에게서 가로챈 여성이 아닙니까? 탈레랑의 아들이라면 그 정도야 식은 죽 먹기겠지요. 당신도 그 매력적인 안주인을 잘 간수하시는 게 좋겠습니다." 하는 충고를 직접 혹은 다른 사람의 입을 통해 수없이 들어야 했다. 비요가 그런 말을 액면 그대로 받아들인 것은 아니었다. 그러나 일단 싹이 튼 의심은 쉽사리 불식시킬 수 없었다. 그것은 지금껏 대범하게 여겨왔던 친구의 천재적 재능에 대한 열등감에 어두운 색조를 덧칠하여 좀더 냉정히 바라보게 했고, 남편에게는 연민을, 친구에게는 동경을 품고 있는 아내에 대한 불신을 낳게 되었다. 이 두 가지가 복잡하게 얽히고설키면서 그의 가슴 안쪽에 불쾌하게 괴어갔다. 믿고 싶다. ……그런 마음으로 애써 평정을 가장하는 자신이 어딘가 억지스러워 보였다. 새로운 자신의 지위와 여전히 화단의 배척자인 들라크루아의

입장이 절충되기 어렵다는 것 또한 비요의 우울을 조장하고 있었다. 만에 하나라도 그와 아내가 관계를 가졌다면? 그런데도 필사적으로 그를 위해 힘을 써주고 있다면 그야말로 웃음거리가 아닌가…… 자신이 이런 천박하기 이를 데 없는 일로 고민하고 있다는 것에 그는 깜짝 놀랐다. 아내와 친구에게 이따위 불쾌한 의심을 품다니, 그야말로 비루한 사내로 전락하고 말았구나. 어째서 일이 이 지경이 된 걸까.

마음을 굳게 먹고 한번 물어볼까? 무엇을? 두 사람에게, 자신에게 고백해야 할 일은 없느냐고? 그는 그런 상상을 도저히 견딜 수 없었다. 만일 지나친 억측이었다면 그것은 자신에게 가장 소중한 두 사람에 대한 중대한 배반을 뜻하는 일이 된다. 아무런 확증도 없이 세간의 풍평에 혹해 머리를 썩이고 있는 자신을 그들은 동정 어린 시선으로 바라볼까? 혹시 사실이라면? 그것을 확인해본들 어쩌자는 것인가? 둘 중 어느 쪽이건 두 사람과의 관계는 끝장나는 것이다……

내가 어떻게 된 거다. 비요는 진심으로 그렇게 생각했다. 모든 것이 지긋지긋해져서 생각하는 것 자체를 그만둬버렸다. 세상이 뒤숭숭하니 사람들이 죄다 어딘가 이상하다고 하던, 혁명 후에 들라크루아가 수없이 되뇌던 말이 문득 떠올랐다. 참으로 맞는 말이라고 생각했다. 새로운 업무를 시작해서 긴장한 탓도 있을 것이다. 반년쯤 지나면 소문도 사그라들게 되리라. 그때에 어리석은 의심 때문에 아내도 친구도 잃고 외톨이가 되어버린 자신을 발견한다는 건 너무도 희극적인 일이 아닌가……

13

1849년 초입은 의외로 조용했다.

들라크루아는 샹로제에서 보낸 평온한 나날을 아쉬워하면서도, 제니가 건강이 좋지 않아 시골생활을 힘겨워하는데다 관전 개최에 관한 의제 때문에 미술국 위원회에 출석해야 했고 새로운 장식화 주문을 따내기 위해 각 방면에 청탁 작업도 해야 하는 등 어쩔 수 없는 사정들이 겹쳐, 연말부터 다시 사교계가 재개되어 들썩거리는 파리로 돌아오게 되었다. 그러자 금세 날마다 우울증이 심해지는 것이 느껴져 도시라는 곳이 참으로 고약하다는 것을 새삼스럽게 깨달았다.

창작 의욕은 왕성했다. 정부로부터 비공식적이나마 현재 계획 단계인 생 쉴피스 성당의 개수사업에 포함된 샤펠 장식에 대해 의사를 타진하는 이야기가 들어왔고, 또 지난해 말에 의회에서 이백만 프랑의 예산이 배정된 루브르의 보수사업 계획과 관련해서 루이 14세 시대의 수석궁정화가 샤를 르 브룅이 맡기로 했다가 무산되었던 '아폴론의 방' 중앙 천장의 공백 부분에 새롭게 장식이 들어가기로 결정되어 곧 그 일을 맡을 화가를 뽑는다는 소문이 들려왔다. 이 두 일은 어떻게든 자신의 손으로 해내고 싶었다. 몇 년이 걸리는 대작이 될 것은 틀림없었다. 생전에 그려낼 수 있을지조차 의심스러웠다. 그래도 완성하기만 하면 두 가지 모두 자신의 화가로서의 집대성이라고 할 만한 작품으로 프랑스 회화사에 그 이름을 영구히 새기게 될 터였다. 그럴 만한 의욕도 있었다. 경제적인 문제도 꽤 해결될 수 있을 것이었다. 재작년에 알퐁스 드 지조르에게서 이야기가 들어왔던 뤽상부르 궁 계단 측벽의 장식 계획이 하원 도서관 천장화의 완성이 지연된데다 그 뒤 정정이 혼란한 와중에 취소되고 말았던 만큼 이번만은 꼭 조기에 정식 의뢰를 받아내고 싶었다. 다행히 전망은 밝았다. 비요와 샤를 블랑을 비롯해 뒤를 밀어줄 만한 후원자도 점찍어두었다. 그 주제에 대해 생각하기 시작하자 지난해 초의 공허함이 마치 거짓말이었던 것처럼 다시금 의욕이 되살아났다. 일기를 거슬러읽어가며 두 곳의 도서관 천장화를 그리는 과정에서 얻었던 여러 가지 기법상의 발견들을 다시 확인해두었다. 그것을 새로운 프레스코 화 제작에 시험해보고 더욱 발전시킬 수 있을 것이라고 생각하니 더할 나위 없는 기쁨이 몰려왔다. 일을 도울 조수도 수배해둬야 했다. 앤드류와 지난번에 미리 운을 떼두었던 루이 불랑제는 문제가 없었다. 그 밖에는? 지난해 관전 심사위원이었던 자신이 제자의 출품작 제목조차 몰랐다고 해서 잔뜩 골이 나 있는 라살 보르드는 어떨까?
……아틀리에에서는 계속해서 꽃 그림 작업을 했지만, 손님이 자주 찾아오는데다 자신도 외출해야 할 일이 많아서 역시 샹로

제에 있을 때처럼 오랜 시간 조용히 캔버스 앞을 지킬 수는 없었다. 그나마 그해의 관전은 튀일리 궁으로 회장이 옮겨지는 바람에 예년보다 석 달 늦은 6월 25일에 개최될 예정이어서 5월 15일인 출품 기한까지는 아직 얼마간 여유가 있었다.

파리 시내는 서서히 치안이 회복되어가고 있었다. 6월 사건 이후 우파가 결집해 질서당을 결성하고 집행위원회로부터 몰수한 행정 전권을 카베냐크 장군에게 위임한 이래, 그 군사적 통제에 의해 폭동은 일단 진정 국면에 접어들어 눈에 띌 만한 소요는 자취를 감추었다. 나아가 연말에는 최초의 직접 보통선거에 의한 대통령 선출이 이루어져 예상과는 달리 루이 나폴레옹이 압도적인 득표수로 당선되면서 조각과정에서 5월 15일 사건 후 사회주의자들이 일소되는 데 이어 마침내 공화주의자들까지 배척당하게 되어, 바로를 수반으로 마치 7월왕정기로 거꾸로 돌아간 듯한 면면의 내각이 탄생하기에 이르렀다.

정부의 새로운 진용은 들라크루아로서도 환영할 만한 것이었다. 소란스러운 사건은 이제 지긋지긋하다. 그런 그의 심정은 이제는 대부분 지방 못지않게 반동적이 되어버린 이 도시의 대다수 사람들과 다를 바가 없었다. 특히 정계에서 자신의 입지를 착실히 회복해가고 있는 아돌프 티에르의 동정에는 눈이 휘둥그레질 수밖에 없었다. 어쩔 수 없이 지지로 돌아선 선거에서 꼭두각시를 만들 작정으로 도왔던 루이 나폴레옹이 계산대로 대통령에 취임했고, 더구나 이 황태자 대통령의 거듭된 수상 취임 요청을 고사해 지금과 같이 유동적인 정치 상황에서는 고생만 톡톡히 할 것이 분명한 그 자리는 바로에게 넘기고 자신은 배후에서 권력을 쥐고 있는 것이었다. 존경스러운 마음은 들지 않았지만 그 질긴 생명력만은 역시 웬만한 사람은 흉내도 낼 수 없을 것이라는 생각이 들었다. 바로 몇 달 전까지만 해도 혼란스러운 혁명의 와중에 울며불며 이리저리 도망다니는 꼴이 세간의 우스갯거리가 되고 한때는 의석마저 잃었던 사람이 지금은 다시 정계의 중추에서 커다란 영향력을 행사하기에 이르고 있었다. 그 활약상은 7월혁명의 흐름을 타고 급부상했던 젊은 날의 티에르를 방불케 했고, 최근 몇 년 동안 의회 정치에서는 생기를 잃고 어쩔 줄 몰라하는 모습을 보였지만 혼란을 도리어 기회로 잡아 단숨에 권좌로 치고 올라가는 수완에는 놀라움을 금할 수 없었다. 물론 그것은 들라크루아에게는 마음 든든한 일이었다. 혁명 후에는 조금 소원해져 있었지만 이번 일을 계기로 다시금 두 사람 사이의 우정을 확인해둘 필요를 느꼈다. 입만 떡 벌리고 감탄하고 있을 일이 아니었다. 화가로서의 자신의 입장도 이 새로운 공화제 사회 속에 공고하게 다져두어야 했다. 아슬아슬한 줄타기였지만 지난 한 해도 결과적으로는 무난하게 견뎌낸 셈이었다. 자신의 빈틈없는 처신에는 만족하고 있었다. 안도와 함께 장래에 대한 희망이 부풀었다.

보나파르티스트들이 루이 나폴레옹의 대통령 취임에 열광한 것은 당연한 일이었지만, 오로지 들라크루아만을 위해 그것을 기뻐한 사람은 포르제 남작 부인이었다.

포르제 부인은 지난해 여섯 살 연하의 이 재종형제가 혁명의 조류를 타고 바다를 건너 갑작스레 파리에 모습을 드러낸 뒤부터 그가 낯설기만 한 이 도시에서 활동할 수 있도록 때로는 자신이 곤경에 빠질 위험을 무릅쓰면서까지 줄곧 후원해왔다. 일단 런던으로 물러난 그가 다시 파리로 돌아와 숙부인 나폴레옹 보나파르트와 인연이 있는 오텔 뒤 랭으로 옮길 때까지 잠깐 머무를 수 있도록 비밀리에 받아준 곳이 바로 그녀의 집이었다. 두 사람의 교제는 그 역사가 오래된 것이었다. 케레르 백작 부인, 라발레트 백작 부인을 비롯한 친척 대부분이 이상하다며 고개를 갸웃거렸지만, 그녀는 오래 전부터 기묘한 독일어 사투리가 섞인 프랑스어를 쓰고 풍채도 시원찮은데다 두 번씩이나 어리석은 봉기를 기획했다가 결국 실패하고 만 악명 높은 이 친척에게 알 수 없는 매력을 느꼈다. 나이가 엇비슷하기 때문인지도 몰랐다. 왠지 내버려둘 수 없을 것 같은 가엾은 분위기 때문에 그를 친동생처럼 돌봐주게 되었는지도 몰랐다. 그러나 결코 그것만은 아니었다. 불로뉴에서 일어난 두번째 봉기 때문에 암 감옥에 유폐되었던 그를 몇 차례나 찾아갔던 그녀는 정체를 알 수 없는 그의 재기(才氣)에 강하게 이끌렸다. 항상 허풍을 치고 우스꽝스러울 만큼 야심가에, 맹렬한 기세로 책을 읽고 고독하게 논문을 써대는 사람이었다. 그 모든 것이 수상쩍고 어딘지 정신이 의심스러운 구석마저 있었다. 사람들이 대체 무엇 때문에 그를 그토록 높게 평가하느냐고 묻는다면 실은 그저 막연한 감이라고 대답할 수밖에 없었지만, 그 감에는 그녀 스스로도 무어라 설명할 수 없는 기묘한 확신이 수반되어 있었다. 이제까지 정치가에서 예술가에 이르기까지 셀 수 없이 많은 사람들을 보아왔다. 그러나 그런 식으로 어떤 감을 주었던 사람은 그야말로 한 줌도 되지 않았다. 들라크루아를 만났을 때의 그 섬세함과 오만함이 녹아든, 일종의 비뚤어짐이라고 할 수밖에 없는 인상과는 또 다르게, 루이 나폴레옹은 거의 한심스럽다고나 할 풍채에 근거라고는 그저 위대한 황제의 조카라는 사실밖에 없는 듯한 과장된 자신감을 내비쳤고, 게다가 그것이 왠지 모를 강한 설득력을 가지고 있었다.

그러나 그가 새로운 공화국의 대통령에 취임할 것이라고까지는 예상하지 못했다. 분명 무언가 해낼 것이라고는 생각했다. 그러나 그것이 무엇인지는 짐작도 가지 않았다. 그녀가 처음 그 싹을 알아본 것은 라마르틴의 권고를 받아들여 런던에 다시 돌아가 있던 그가 입후보도 하지 않은 상태에서 헌법제정 국민의회의 보궐 선거에 복수의 현에서 당선되는 진기한 사건이 일어났을 때였다. 나아가 그 자리를 사퇴한 뒤 이번에는 정식으로 열세 개 현에서 입후보한 두번째 보궐 선거에서도 역시 부재인 상태로 다섯 개 현에서 당선되는 이례적인 성과를 거두었다. 그녀는 루이 나폴레옹에 대한 세상의 기대가 엄청나다는 것을 실감했다. 그것이 그 자신이 아니라 그의 이름에 대한 기대라는 것은 충분히 알고 있었지만, 오히려 그 이유 때문에 더더욱 그의 대통령 선거 출마에 큰 희망을 품을 수 있었다. 선거운동은 이미 오십여 년에 걸쳐 프랑스의 여러 곳에서 여러 사람들에 의해 이루어져왔다. 이 나라의 지도자가 되기 위해 그가 해야 할 일은 단지 전설 속의 인물과 같은 혈통이라는 점을 바로 그 이름을 통해 증명하는 것뿐이었다. 그녀는 그의 연인도 아니었다. 아무런 이해타산 없이 그저 자선을 베푸는 마음으로 후원해왔을 뿐이었다. 그런데 이제 거기서 갑자기 싹이 나고 꽃이 피고 열매를 맺으려 하고 있다. 아아, 이 무슨 행운인가! 그 이익은 그녀 자신은 물론이고 라발레트 가 전체에 이루 헤아릴 수 없는 이익을 가져다줄 것이었다. 그리고 새로운 사회에서 자신의 활동에 불안을 품고 있는 그녀의 연인 또한 분명 그 은혜를 입을 수 있을 것이었다.

들라크루아가 샹로제를 떠나 파리로 나온 것은 새 대통령과 개인적인 우정을 쌓아두는 것이 좋겠다는 포르제 부인의 정성 어린 배려에 응하기 위해서였다. 루이 나폴레옹의 살롱에 단골로 드나들게 되면 화가로서의 장래가 현재보다 훨씬 안정되리라는 것은 명백한 일이었다. 이번 일을 계기로 대통령 관저뿐 아니라 다시 활기를 띠게 된 제정귀족의 살롱 어디든 충분히 얼굴이 통할 것이다. 그런 자신의 연줄이 도움이 되었으면 하는 것이 포르제 부인의 바람이었다. 그가 다시 한번 사람들이 깜짝 놀랄 훌륭한 작품을 완성했을 때, 그 기회를 만든 것이 바로 자신이라면 그 기쁨은 얼마나 클까. 그와 함께 감동을 맛보고 그와 똑같은 자부심을 가질 수 있다. 제작에 몰두하느라 그의 발길이 다시 멀어진다 해도 그가 전심전력으로 뛰어든 것이 다름아닌 자신이 주선해준 일거리라면…… 아아, 그때는 그 견디기 힘든 고독도, 자신의 무력함에 대한 한탄도 더이상 맛보지 않아도 될 것이다.

들라크루아와 포르제 남작 부인의 관계는 혼란한 세상의 흐름과는 반대로 지난 몇 년 동안 다시 좋아지고 있었다. 그녀는 지난 한 해 동안 지금껏 애매하게만 알아왔던 그의 많은 부분을 새삼 분명히 이해하게 되었다. 자신의 염려와는 달리 그는 여전히 자신을 사랑하고 있었다. 그것도 자신이 원했던 것보다 훨씬 더 깊이. 그것을 확인할 수 있었던 것은 그가 작년 봄부터 오래도록 창작에서 벗어나 있었기 때문이었다. 이것은 최근 십 년을 되짚어봐도 전혀 찾아볼 수 없던 일이었다. 그리고 일단 회화에서 벗어나자마자 자신이 그에게 있어서 지금도 충분히 사랑받을 만한 존재라는 것을 깊이 실감할 수 있었다. 그녀를 기쁘게 한 것은 그런 확신이었다. 샹로제에 은둔한 뒤에도 그는 업무차 파리를 방문할 때마다 시간을 내어 자신을 찾아주었다. 한 해의 대부분을 파리에서 보냈던 재작년보다도 훨씬 더 잦은 발걸음이었다. 여름에 그녀가 오랫동안 살아왔던 마티뇽 가 10번지에서 라 로슈푸코 가 19번지로 이사한 것도 그와의 왕래가 편리하다는 점이 크게 작용했다. 만나서는 다정하게 서로를 염려해주고 불안을 달랬으며 헤어질 때는 기분 좋은 만족과 아쉬움을 동시에 맛보았다. 편지도 자주 보내주었다. 그의 글씨를 바라보고 있으면 신기하게도 마음이 가라앉는 것 같아 혼자 있을 때면 몇 번이나 서랍에서 꺼내 읽어보곤 했다.

그가 여전히 자신을 필요로 한다는 사실은 충분히 확인했다. 그런 그를 제멋대로라고 생각한 때도 있었다. 자신이 비참하다는 쪽으로 한번 생각이 기울면 그 우울한 늪에 한없이 빠져들었다. 그러나 이제는 그의 그런 면을 어쩐지 용서할 수 있을 것 같았다. 이 사람이라면 그래도 괜찮을 것 같았다. 이 사람에게 그것 외에 다른 어떤 삶이 있을 수 있을까? 상대를 상처입힐 마음이라고는 티끌만큼도 없다. 그저 가장 소중한 것이 무어냐고 물으면 당장 자신의 예술을 떠올리는 사람일 뿐이다. 아마도 연인 앞에서는 굳게 입을 다물겠지만. 단지 그것뿐이지 않을까?

사랑받고 있다는 실감 때문에 마음이 한결 편안해졌는지도 모른다. 따지고 보면, 그런 사람이었기 때문에 자신은 그를 사랑한 것이다. 그가 다시 창작 의욕을 되찾아 지금 작업중이라는 꽃 그림에 대해 열을 올려 이야기하자 그녀는 그 순수할 정도로 생기 있는 표정에 기쁨을 느꼈다. 자신의 재능을 알고 그것을 충분히 살릴 줄 아는 사람은 아름답다. 그런 그에게 도움이 될 수만 있다면 참으로 멋진 일이리라. 자학에 빠지지 않고 그의 성공을 진심으로 내 기쁨처럼 여길 수만 있다면……

들라크루아는 그런 그녀의 심정적 추이 전부를 정확히 이해하지는 못했지만, 대작 작업에서 벗어나 마음에 한결 여유가 생긴 자신을 그녀가 반기고 있다는 것은 알 수 있었다. 그 또한 그녀에 대한 애정을 새삼 깊이 느꼈다. 현실적인 어려움도 두 사람에게 평상시보다 더 큰 위안을 요구하고 있었다. 그녀를 찾아가 함께 보내는 시간이 유난히 귀중하게 느껴졌다. 샹로제에서 지내는 동안에도 자주 그녀를 생각했다. 아이들의 옷매무새를 바로잡아주거나 어머니가 깜빡 잊은 물건을 찾아내 장난기 가득한 표정으로 건네줄 때의 그 사랑스러운 모습 등을 떠올리면 이런저런 불쾌한 소식에 우울하던 마음까지 저절로 풀어졌다. 산책중에 문득 그녀의 말버릇이 생각나 흉내라도 내볼라치면 공연히 우스워져서 혼자서 한참 동안 미소짓곤 했다.

그녀 이외의 지인들의 형편이 너무 비참했기 때문인지도 몰랐다. 가을에는 피에레로부터 술리에가 파산 위기에 몰려 있어서 여동생의 연금으로 도와줄 생각이라는 편지가 도착했었다. 자세한 내용은 적혀 있지 않았지만, 르블롱이나 피롱 같은 친구들은 이미 다 알고 있는데 자신만 전혀 모르고 있었던 모양이었다. 모두들 비요를 통해 혁명 이후 화가들이 처한 곤궁에 대해 자주 들었던 터라 그가 이 소식을 들으면 분명 돈을 내겠다고 할까봐 일부러 숨겼던 것인데, 비요의 인사 문제도 있고 또 비밀리에 일을 진행했다가 나중에 드러나면 분명히 또 기분 나빠할 것이라고 짐작한 피에레가 큰맘 먹고 털어놓은 것이었다. 들라크루아는 그런 배려가 고맙기는 했지만 한편으로는 우정에 대해 불성실한 태도로 여겨지기도 했고, 또 피에레나 르블롱도 지금은 그리 윤택한 형편이 아닐 텐데 유독 자신만 무명 삼류화가처럼 경제적인 어려움을 걱정해주는 것 같아 적잖이 자존심에 상처를 입어 솔직히 그다지 좋은 기분은 아니었다. 술리에의 일을 생각하면 가슴이 아팠다. 역시 가만있을 수는 없었다. 사실 들라크루아 역시 수천 프랑의 생활비를 벌기 위해 마치 이십대로 되돌아간 것처럼 일 년 내내 이곳저곳을 분주히 돌아다녀야 하는 상황이었지만, 그래도 파리에 나와 르블롱을 비롯한 친구들과의 회식 자리에서 수중에 남은 마지막 천 프랑의 반을 재량껏 써달라는 말과 함께 억지로 쥐여주었다.

예술가 동료들의 경우는 상황이 더욱 참담해서, 일감을 구하지 못해 길거리를 헤매는 이들이 한둘이 아니었다.

노앙의 상드 부인은 여전히 악평의 소용돌이에 휘말린 가운데에서도 새 소설의 연재를 개시하고 『내 생애의 역사』의 집필에도 착수하여 작가로서의 생활에 일단 안정을 회복해가고 있었다. 그러나 사생활은 사정이 영 딴판이어서, 특히 딸 부부와의 관계는 오텔 드 나르본의 매각 문제 때문에 이미 수습할 수 없을 만큼 악화되어 있었다.

솔랑주는 7월에 부부별산제의 법적 수속을 마치고 지참금 명목으로 받은 저주스러운 부동산을 마침내 혼자 책임지게 된 뒤로 단 하루도 그 매각을 생각하지 않은 날이 없었다. 느긋하게 손해니 이익이니 따지고 있을 여유가 없었다. 장래의 십만 프랑보다 지금 당장 천 프랑이 급한 판이었다. 어떻게 더이상 이런 가혹한 운명을 견뎌낼 수 있을까! 빚 이자를 재촉하는 사람들에게 쫓기는 생활에는 이제 물릴 대로 물렸다. 그것도 자신은 전혀 알지도 못하는 어머니의 빚 때문에! 결혼한 지 벌써 일 년 반이 지났건만 진심으로 편안함을 느껴본 적은 단 한 번도 없었다. 다른 집 딸로 태어났더라면 분명 인생 최고의 행복을 맛보았을 신혼의 나날들을 이해할 수 없는 빚에 쫓겨 마치 고리대금업자에게 시집온 것처럼 아침부터 밤까지 돈 계산만 하며 허망하게 보냈다. 토레와 고티에처럼 쟁쟁한 사람들이 인정해주는 재능 넘치는 예술가의 아내인 내가! 오텔 드 나르본이 남편 명의의 재산이었을 때는 그녀도 일단 이자를 갚아보려고 무진 애를 썼다. 클레징게르도 마음을 다잡고 조각 제작에 몰두했고, 그 작품으로 큰 수입을 얻을 수 있다면 그런 허접한 부동산이나마 서둘러 매각하는 것보다 일단 참고 가지고 있는 것이 이익이라는 생각도 했었다. 경제적인 곤궁 때문에 그가 술이나 도박 같은 나쁜 버릇을 버리고 작업에 대한 열정을 되살린 것도 사실이었고, 이제 곧 태어날 아이를 위해서도 부동산을 수중에 지니고 있는 편이 분명 안심이 되기는 했다. 그러나 그 모든 것이 제대로 풀리지 않았다. 아이는 태어나자마자 곧바로 세상을 떠나버렸다. 작품은 관전에서 일등을 따낼 만큼 뛰어났음에도 구매자가 나서지 않았다. 모두 어머니가 신바람이 나서 민중을 선동하고 나선 혁명 때문이었다. 혁명의 혼란에 불안을 느낀 채권자들은 예전보다 더욱 심하게 빚을 독촉했고, 이제는 소송도 불사하겠다는 태도였다. 수입은 지금 당장은 전혀 없는 것이나 마찬가지였다. 새로운 일의 주문도 없었다. 신혼집의 임대료도 밀려있었고, 집주인이 사람이 좋은 덕에 아직 계약금조차 내지 않고 있는 형편이었다. 이런 절박한 상황에서 어떻게 느긋하게 장래의 일 따위를 생각할 수 있단 말인가? 모든 것을 청산하고 처음부터 다시 시작하고 싶었다. 남편은 남편대로 자신이 저지른 빚을 갚아나가겠다고 약속했다. 그렇다면 이제 저 저주스러운 부동산을 매각하는 것 말고 대체 어떤 방도가 있단 말인가?

상드 부인은 딸의 그런 성급하고도 어리석은 생각을 용서할 수 없었다. 왜 그렇게 일을 서두른단 말인가? 소중히 간직하면 장래에는 반드시 큰 도움이 될 물건을 하필이면 부동산이 산더미처럼 매물로 나온데다 매입자는 찾아볼 수도 없는 이런 시기에 내놓겠다니! 오텔 드 나르본에 대한 특별한 애정도 있었다. 자신도 그것을 내놓고 싶은 적이 얼마나 많았는지 모른다. 그러나 그때마다 마음을 독하게 먹고 필사적으로 버텨왔다. 결과적으로는 그것이 여자 혼자 두 아이를 키워야 했던 자신에게 큰 도움이 되었고, 그것을 실감한 것은 세월이 한참 지난 뒤였다. 솔랑주도 지금 팔아버리면 우선 당장 살기는 편할지 모른다. 그러나 긴 안목으로 보면 이토록 어리석은 손해도 없다. 그 점을 어떻게든 알려주고 싶었다. 아니, 지금은 알지 못해도 상관없다. 어떻든 성급한 판단만은 하지 못하도록 막고 싶었다.

그녀가 무엇보다 답답했던 것은 딸의 본심이 무엇인지 분명하지 않다는 점이었다. 편지로만 서로의 생각을 주고받은 것도 문제였다. 부부별산제의 수속이 끝난 뒤부터 솔랑주는 오텔 드 나르본의 매각 이야기를 일절 꺼내지 않게 되었다. 처음에는 그녀도 그것을 당연하게 생각했다. 처음부터 오텔 드 나르본을 팔아치우려고 안달했던 것은 제 빚을 메워야 하는 남편 쪽이었고, 딸은 거기에 속아넘어갔을 뿐이었다. 그것을 미연에 방지하기 위해 법적으로 그에게서 지참금을 거두어들인 것이었다. 지참금의 재산권을 포기한 지금, 그는 더이상 아내에게 매각을 조를 수 없을 테고, 그래서 솔랑주도 이전처럼 내일이라도 당장 물건을 처분하겠다는 식의 억지를 부리지 않게 된 것이다. 그렇게 생각하면 이상할 게 없었다. 냉정하게 생각할 줄 아는 사람이라면 그 주장이 얼마나 상식을 벗어난 것이었는지 금방 깨달았을 테니. 그러나 그것은 그녀가 상상할 수 있는 가장 이상적인 가정이었다. 사실 딸의 꿍꿍이는 다른 데 있는 모양이었다.

딸이 이제껏 어지간히도 못마땅해하던 부부별산제 제안을 갑자기 받아들인 것부터가 상드 부인은 내내 마음에 걸렸었다. 일단 그런 의심을 지우고 딸의 현명함을 다시 한번 믿어보려 애쓰기도 했다. 그러나 얼마 뒤에 그런 기대가 완전히 배반당했다는 것을 깨닫게 되자 한층 더 경악하지 않을 수 없었다. 사태는 급변하여 생각지도 못한 파멸의 길을 걷고 있었다. 그것이 딸의 구제하기 힘든 어리석음 탓인지, 아니면 어찌해볼 수 없는 자포자기 탓인지, 아니면 교활하기 이를 데 없는 남편의 간계에 의한 것인지, 그도 아니면 남편의 말에 홀딱 속아넘어가버린 탓인지는 알 수 없었지만, 어찌 됐건 한스럽기 짝이 없는 것은 제 어머니를 속이려는 비열함보다는 차라리 어리석음 때문인 편이 낫겠다는 생각까지 든다는 것이었다.

솔랑주는 채권자들이 변호사를 앞세워 최종 지불 기일을 지정할 때까지 대략 일 년분의 이자를 고스란히 체납했다. 게다가 일부러 그 기일마저 어겨 어머니가 이러쿵저러쿵 잔소리를 할 여지도 없게 법적 강제력으로 밀어붙여 오텔 드 나르본을 매각할 꿍꿍이인 모양이었다. 아아, 이게 무슨 일인가! 도저히 믿을 수가 없었다. 어떻게 그런 바보 같은 짓을! 물론 솔랑주는 그것이 계획적인 일이라는 어머니의 의심을 부정했다. 거꾸로 원망까지 하며 경제적인 어려움 때문에 이자를 낼 수 없었을 뿐 다른 이유는 없다고 대들기까지 했다. 집의 임대료조차 내지 못하고 고생하고 있다. 다행히 파리에 있는 동안 어머니가 대신 지불해준 오백 프랑으로 겨우 집주인을 설득할 수 있었지만, 오텔 드 나르본은 어떻게 손쓸 도리가 없었다. 상드 부인은 그런 딸의 변명을 믿고 싶었다. 그러나 아무리 봐도 돈을 마련하려고 애쓰는 모습을 찾아볼 수 없었다. 지금 당장 오천 프랑이 필요하다고 했다. 그중 이천오백 프랑은 작년에 딸을 위해 설정한 연금으로 지불하도록 했다. 나머지는 이천오백 프랑이었다. 겨우 이천오백 프랑! 지난번에 연금 이야기를 했을 때는 그토록 하찮게 여겼던 이천오백 프랑, 딸은 지금 그 돈이 모자라다고 이십만 프랑의 부동산을 내놓겠다는 것이었다. 결코 마련할 수 없을 정도로 큰돈이 아니다. 자신에게는 이제 그런 여유가 없지만, 기유리의 제 아버지나 브장송의 시아버지, 혹은 두 사람의 고문 변호사 미셸 보베에게라도 부탁하면 당장이라도 빌릴 수 있을 것이었다. 일단 그렇게 융통한 뒤에 일 년만 노력하면 틀림없이 갚을 수 있는 돈이었다. 그런 노력 없이 그저 손을 놓고 쳐다보고만 있다는 건 애초부터 문제를 해결할 의사가 없다고 해도 틀린 말이 아니었다.

나아가 상드 부인이 특히 수상하게 여긴 것은 오텔 드 나르본에 일만 프랑의 채권을 가지고 있는 쥘 부즈몽이라는 재산관리인이었다. 그녀는 아무리 재촉을 해도 솔랑주가 문제 해결을 위해 나서려 하지 않자 답답한 나머지 미셸 보베와 지인들을 통해 직접 채권자들과의 교섭에 나섰는데, 거기서 딸의 말과는 또다른 많은 사실을 알게 되면서 더욱더 의심이 쌓였다. 채권자들의 요구는 명확했다. 소유자가 상드 부인이었을 때는 매달 정확하게 이자가 지불되었기 때문에 아무 문제가 없었는데, 명의가 클레징게르로 바뀐 뒤로 점차 지불이 늦어져 지금은 일 년분이 미납인 채로 방치되어 있다. 그들이라고 경제적인 여유가 있는 것이 아니었다. 그러잖아도 이자 수입에 의지하는 빡빡한 생활인데다 혁명까지 일어나 이래저래 궁지에 몰린 판이었다. 원금까지 즉시 갚으라는 것이 아니다. 단지 밀리고 밀린 일 년분의 이자를 기일까지 지불해달라는 것뿐이다.

그런 주장은 상드 부인으로서는 충분히 이해가 되었다. 그러나 그들이 체납분을 반드시 이번에 받아야겠다고 벼르면서 뜻이 이루어지지 않으면 소송에 의해 담보물을 경매에 붙이는 것도 불사하겠다고 강경하게 나오는 데는 다소 미심쩍은 구석이 있었다. 세상 돌아가는 상황이 불안정하기 때문이라고 했다. 그러나 채권이란 불안정한 때일수록 더 안정된 수입을 보장해주는 이상적인 투자가 아닌가. 자세히 사정을 캐들어가는 동안 그녀는 채권자들을 선동해 이자를 받아내는 것보다 물건을 매각해버리는 방향으로 채권자들을 선동하고 있는 사람이 재산관리인인 부즈몽이라는 것을 알아냈다. 이 사실은 그녀를 크게 동요하게 했다. 왜냐하면 이 부즈몽이라는 사내를 재산관리인으로 지정한 사람이 다름아닌 그녀의 사위, 즉 클레징게르였기 때문이었다. 일의 전말이 갑자기 환히 보이는 듯했다. 이 일은 분명 부즈몽의, 즉 클레징게르의 음모임에 틀림없다! 솔랑주가 어디까지 관여했는지는 알 수 없다. 그러나 이대로 두면 오텔 드 나르본은 반드시 경매에 붙여지고 만다!

상드 부인은 거듭 솔랑주에게 이천오백 프랑의 조달을 재촉했지만 딸은 전혀 귀를 기울이지 않았고, 대신 새로 오천 프랑의 빚을 얻을 테니 보증인이 되어달라는 대꾸를 해왔다. 어이가 없어 말도 나오지 않았다. 그러나 그녀는 포기하지 않고 편지로 딸을 설득했다. 솔랑주는 그렇지 않아도 남편에게서 지참금을 법적으로 빼앗는 바람에 자신이 얼굴을 들고 나설 입장이 아닌 터에 어떻게 염치없이 시아버지에게 돈을 달라고 할 수 있겠느냐고 반론했다. 뒤드방 남작만 해도 재작년에 라 샤트르에서 파리로 돌아왔을 때 돈을 빌린 뒤로 이따금 도움을 받아왔기 때문에 더이상 그런 얘기를 꺼내기 어렵다. 게다가 어머니도 혁명 때 이리저리 돌아다니느라 든 경비와 잡지의 실패에 따른 부채 등으로 도저히 남을 도와줄 형편이 아니라는 것도 잘 알고 있다. 이천오백 프랑이나 되는 돈은 도저히 구할 수 없다. ……그녀는 딸의 그런 말들이 의심스럽기만 했다. 그렇게 부모를 생각한다면 오텔 드 나르본을 매각하지 않는 것이 훨씬 자신을 위하는 일이다. 뒤드방 남작만 해도 일의 중대함을 알면 절대 거절할 리 없다. 다른 사람도 아닌 자신의 친딸이 하는 부탁이다. 지금껏 아버지다운 일이라고는 해준 적이 없었다. 여전히 아버지라는 이름을 내세우고 싶다면 바로 이런 때에 딸에게 구원의 손길을 내밀어주는 것이 당연하지 않은가.

그러나 솔랑주의 생각은 확고했다. 실제로 어머니보다 자신을 훨씬 애지중지해준 시아버지나 친아버지에게 더이상 폐를 끼치고 싶지 않은 마음도 있었다. 그러나 그보다 이 지긋지긋한 부채와 한시라도 빨리 관계를 끊고 싶다는 마음이 더 컸다. 어머니가 오텔 드 나르본의 가치를 강조하면 할수록 반발하는 마음이 강해졌다. 혁명이 실패하면서 도망치다시피 파리를 떠나

신상마저 위험해졌을 때는 그녀도 진심으로 어머니를 걱정했다. 그러나 그것도 한때에 지나지 않았다. 스스로가 세상 사람들에게 어리석은 자의 대명사처럼 조소를 받는 터에 누구보다 현명한 어머니인 척 딸의 앞날에 이러쿵저러쿵 참견하는 것이 우스꽝스럽기 짝이 없었다. 어째서 우리 두 사람을 믿고 하고 싶은 대로 놔두지 않는가? 그런 얘기를 하면, 가만히 둬서 지금이 꼴이 아니냐고 엉뚱한 소리를 했다. 일이 이렇게 된 건 모두 어머니의 빚 때문이 아닌가. 오귀스틴에게는 이런 번거로운 고생을 시키지 않고 깨끗이 현금으로 건네주었다. 정말 그 편이 훨씬 더 좋았을 것이다! 내 쪽이 비교도 안 될 만큼 큰 재산이라고 할지도 모른다. 그러나 이용할 수 없는 부동산 따위는 아무 의미도 없다. 어째서 현금으로, 하다못해 국채로라도 바꿔주지 않았는가? 부동산이 유리하다면 자기들이 판단해서 적당한 물건을 사면 됐을 것이다. 아니면 적어도 저당에서 벗어난 깨끗한 형태로 정리한 다음에 쥐여주는 것이 상식이 아닌가? 딸의 희망찬 출발을 축하하기 위한 재산인데도! ……아내의 그런 의사를 확인한 클레징게르는 자신이 모든 계획을 떠맡기로 했다. 이미 오텔 드 나르본에 대한 관심은 사라진 지 오래였지만, 솔랑주는 법률상의 결정이 어찌 되었건 부부 공동의 재산임에는 변함이 없으니 매각한 뒤에 들어오는 수입이 조금이나마 당신의 빚을 갚는 데 도움이 된다면 얼마든지 써달라고 기특하기 그지없는 말을 했다. 어차피 별볼일 없는 돈이라고 멀리서 팔짱만 끼고 있었는데, 조금은 득이 될 게 있다고 생각하니 오랜만에 지혜를 쥐어짜보고 싶기도 했다. 부즈몽과는 몇 차례나 상의를 거듭해 계획을 짰다. 상드 부인에게는 모두 이 사람이 꾸민 일이고 자신은 속았을 뿐이라고 둘러댈 작정이었다.

상드 부인은 여차하면 자신이 어떻게든 오천 프랑을 준비해서 우선 이 불합리한 사태의 진전을 막아볼 생각이었지만, 채권자들은 그녀의 그런 생각을 미리 짐작이라도 한 듯 갑자기 태도를 바꾸어 이자뿐 아니라 원금 오만 프랑을, 그것도 1848년 9월 15일까지 변제하라고 요구해왔다. 이것으로 이 일이 처음부터 오텔 드 나르본을 매각하기 위해 꾸며진 음모라는 것이 분명해졌다. 상드 부인은 앞으로의 지불 확약을 조건으로 체납분의 이자를 지불하는 것으로 어떻게든 기일을 연기해보려 고군분투했지만, 애쓴 보람도 없이 결국 오텔 드 나르본은 채권자들의 '청원과 소추와 주의'에 의해 12월 6일자로 경매에 들어가 어이없을 만큼 낮은 가격으로 팔리고 말았다.

이 사건은 상드 부인이 딸 부부에 대해 불신과 분노를 품는 결정적인 계기가 되었다. 절대로 용서할 수 없다. 설령 앞으로 화해할 날이 오더라도 12월 6일이라는 이 굴욕적인 날만은 결코 잊을 수 없다고 생각했다. 모녀의 관계는 솔랑주의 아이가 죽은 이후 일시적으로 회복의 싹이 엿보이기도 했지만, 이 일로 인해 다시 도로아미타불이 되고 말았다. 아니, 그 두 해 전에 두 사람이 노앙을 뛰쳐나갔을 때도 이토록 분노하지는 않았었다.

솔랑주는 마침내 빚에서 벗어났다고 생각하니 나름대로 안도감이 들기도 했지만, 뒷맛은 결코 좋지 않았다. 실제로 오텔 드 나르본을 잃고 보니, 어머니에게는 죽어도 말할 수 없지만, 조금 후회스럽기도 했다. 앞으로 내내 어머니의 빚 이자를 내며 살아야 한다는 정신이 멍해질 듯한 불안감은 사라졌다. 그러나 뭔가 엄청난 짓을 저지른 듯한 두려움이 그녀의 마음을 한순간도 편안하게 해주지 않았다. 게다가 손에 들어온 돈은 예상 밖으로 적었다. 남편의 작업에 대한 전망도 불투명했다. 앞으로 대체 어떻게 살아가면 좋을까? 생각하면 불안해서 매일 밤마다 눈물을 흘렸다. 클레징게르는, 고생해서 아내가 원하는 대로 해주었더니 감사는커녕 원망까지 할 기색이어서 예나 지금이나 이 여자는 머릿속에 무엇이 들어 있는지 알 수 없다고 아내를 어이없는 눈초리로 바라보았다. 딸도 딸이지만 그 어머니도 똑같다. 몇 달 전까지만 해도 민중의 권리니 뭐니 소리 높이 외치며 계급간의 빈부격차를 규탄하던 사람이 딸의 이십만 프랑짜리 재산을 지키기 위해 눈이 벌게져서 날뛰다니! 이런 어처구니없는 일이 또 있을까! 나서서 팔아보기는 했지만 짐작대로 그리 큰 값을 받아내지 못한 것도 별 재미가 없었다. 빚을 메워주기는커녕 솔랑주 본인의 빚도 제대로 갚을 수 있을지 의심스러웠다.

어머니와의 관계가 악화될수록 영국에 있는 쇼팽에게 편지를 보내는 횟수는 점점 빈번해져갔다. 마지막으로 기댈 곳은 쇼팽밖에 없다. 그만은 언제나 나를 이해해준다. 그리고 도와준다!

어서 파리로 돌아오면 좋으련만! 건강이 걱정되기는 했지만, 항상 병을 달고 살던 사람이니 이번에도 분명 그지마와 백작이나 프랑숌이 미간을 찡그리면서 걱정할 정도로 심각한 정도는 아닐 거라고 생각했다. 답장이 조금이라도 늦어지면 연달아 재촉하는 편지를 썼다. 어서 만나서 여러 가지 이야기를 하고 싶었다. 그 반대로 어머니에게는 일절 편지를 보내지 않았다.

쇼팽이 영국에서 돌아왔을 때, 두번째 아이를 임신한 솔랑주는 지난번 같은 일이 없도록 일찌감치 기유리에 가 있었기 때문에 두 사람 사이의 연락은 파리에서 조각 작업에 열심이던 남편 클레징게르가 맡게 되었다. 클레징게르는 러시아에 가야 할지 아니면 쇼팽의 권유대로 영국으로 가야 할지 여전히 망설이고 있었지만, 두 가지 모두 쇼팽 본인의, 혹은 그 지인의 소개가 꼭 필요한 일인지라 그의 심사를 거스르지 않도록 세심한 주의를 기울이고 있었다. 사실 두 사람이 서로 알게 된 지도 그럭저럭 일 년 반 정도가 지나 나름대로 친밀함도 싹트고 있었다. 쇼팽은 클레징게르라는 사내에 대한 경계심을 완전히 씻어낸 것은 아니었지만 이제는 경멸보다는 가엾은 마음이 들어 그가 술과 도박을 끊고 창작에 전념하는 한 그를 응원해줄 생각이었다. 클레징게르 역시, 여전히 음흉한 타산을 가슴속에 감추고는 있었지만, 도무지 좋아할 수 없는 사람이라는 첫인상은 꽤 누그러들어서 요즘에는 아내의 부탁이 없어도 문병을 겸해 그를 찾아가기도 했다.

들라크루아는 쇼팽이 스카르 도를레앙에 돌아온 다음부터 틈만 나면 열심히 문병을 다녔다. 쇼팽의 용태는 상상했던 것보다 훨씬 심각했다. 그지마와 백작이 놀라지 말라고 미리 말해주지 않았더라면 재회하는 순간 너무도 변해버린 모습에 저도 모르게 말을 잃고 말았을 것이었다.

해가 바뀐 뒤로는 갑작스레 일에 쫓겨 좀처럼 얼굴을 보러 갈 시간도 내지 못하고 있었지만, 월말인 29일이 되어서는 문득 다음날 오전에 아무 예정도 없다는 것을 알고 포르제 남작 부인 집에서 저녁을 들고 둘이서 이탈리아 극장에 나갔다 돌아오는 길에 쇼팽의 집을 방문하기로 했다. 미리 약속을 잡은 것은 아니었지만, 그즈음에는 이미 밤 외출은 할 수 없는 상태였기 때문에 집에 있으리라는 것은 알고 있었다. 용태를 봐서 몸이 너무 좋지 않아 보이면 얼굴만 보고 바로 돌아올 생각이었다.

쇼팽의 집에 도착하고 보니 드물게도 문안객도 없이 집 안이 조용했다.

"여어…… 오래간만이야. 와주었군."

영국에서 마음에 들어 여기까지 데려왔다는 사용인 다니엘의 안내를 받아 살롱에 들어서자 실내복에 가운을 걸친 쇼팽이 의자 팔걸이를 양손으로 짚고 애써 일어서려는 모습이 눈에 들어왔다. 들라크루아는 인사보다 먼저,

"아, 그냥 있어도 괜찮아" 하고 급히 말을 건넸다.

쇼팽은 그 말에 순간 뜻밖이라는 표정을 지어 보이더니 곧 무

슨 말인지 알아듣고는 다시 의자에 앉아 등받이에 몸을 맡기고 두 손을 슬며시 들어 보이며 힘없이 쓴웃음을 지었다.

"미안하네, 이런 꼴이라서. 자네라면 용서해줄 것 같아서 그만 게으름을 피웠어."

쇼팽은 차림새도 제대로 갖추지 못한 채 억지로 일어서려고 애쓰던 자신의 모습이 그의 눈에 얼마나 딱하게 보였을까 하는 생각에 스스로도 한심한 마음이 들었다. 들라크루아는 그 표정이 너무도 가엾어서,

"괜찮아, 그런 건. 내게 그렇게 남 대하듯 신경을 쓰다니 너무한걸" 하고 불만스러운 듯 미소를 지어 보였다. 그리고 이번에는 조금 정색한 얼굴로, "누워 있지 않아도 괜찮나?" 하고 물었다.

"응, 실은 조금 전까지 오브레스코프 대공비와 슈톡하우젠 남작이 오셔서 함께 식사를 하고—나는 거의 먹지도 못했지만—오늘은 일찍 돌아가셨어. 자네, 식사는?"

"하고 왔어. 이탈리아 극장에서 도니제티를 듣고 오는 길이야."

그렇게 말하며 들라크루아는 난롯가의 쇼팽 앞으로 의자를 가져와 앉았다.

"그래? 바깥은 괜찮던가?"

쇼팽은 방 한쪽에 대기하고 있던 다니엘에게 쇼콜라 두 잔을 가져오라고 지시했다.

"바깥? 왜?"

"아니, 오늘은 길거리에 무장한 군인들이 많았다는 것 같아서……"

"아, 그러고 보니 그랬지."

"정치결사를 해산시키기 위한 법안을 내각이 제출했으니 다시 한바탕 소요 사태가 벌어지는 게 아니냐고, 슈톡하우젠 남작도 걱정하시더군."

"오늘은 아직 괜찮은 것 같았네만…… 글쎄, 어떻게 될지. 겨우 거리가 조용해진 참인데 말야."

"응, 정말…… 도니제티는 좋았어?"

"아니 그게, 롯시니의 〈알제리의 이탈리아 여자〉라고 해서 갔는데 막상 가보니 〈사랑의 묘약〉이야. 뭐 그리 나쁘진 않았지만, 우선 장내가 너무 추워서 말야."

"으음, 그랬군."

"응. 추위를 잊게 해줄 정도는 아니었지……"

그렇게 이야기하며 쇼팽의 모습을 살피던 들라크루아는, 무슨 증상인지 알 수 없지만 바싹 여윈 중에도 이상하게 얼굴만 부어 있는 것이 걱정이 되어서,

"손님을 치른 뒤라 피곤한 거 아닌가?" 하고 물었다.

"응…… 괜찮아. 며칠 전이라면 만나지 못했을지도 모르지만, 오늘은 수조 대공비의 레슨을 봐줬을 정도니까 그나마 좋은 편이겠지?"

"아, 그래서 오브레스코프 부인이 찾아오셨군."

카트린 수조 대공비는 루비오 부인이나 셰레메테프 백작 부인, 체르니셰프 부인 같은 쇼팽의 러시아인 귀족 제자들 중의 한 사람으로, 걸작으로 이름난 작품 49번 바단조 환상곡을 헌정받은 것으로 잘 알려져 있었다. 또한 셰레메테프 백작 부인이 파리를 떠나고 루비오 부인이 직접 피아노 교사가 되어 오므아라 양 등과 함께 비서일을 돕기 위해서만 쇼팽의 집을 찾게 된 뒤에도 그녀만이 유일하게 계속해서 그의 지도를 받아 모두의 선망을 한 몸에 받고 있기도 했다. 그녀의 어머니 나탈리아 오브레스코프 대공비는 예전부터 쇼팽과 친하게 교류하던 이로, 국외에도 널리 얼굴이 알려져 그와 폴란드 가족 사이의 연락에도 큰 역할을 해주었다. 특히 몇 년 전에 그의 어머니 유스티나 쇼팽을 파리에 모셔올 계획을 세웠을 때—결국 그녀의 류머티즘이 악화되어 실현되지는 못했지만—크게 힘을 써준 일이 있어서 누구보다 쇼팽의 큰 신뢰를 얻고 있었다.

"그래, 슈톡하우젠 남작도 오랜만에 레슨을 견학하고 싶다며 함께 오셨어. 물론 그건 구실이고 실은 병문안을 와주신 거지만."

"지금도 여전히 레슨은 계속하는군."

들라크루아는 조금 놀란 듯 말했다.

"응, 나도 먹고살아야 하니까" 하고 쇼팽은 쓴웃음을 짓고는, "학생 수는 많이 줄었어. 요즘은…… 수조 대공비에 칼레르기 부인, 차르토리스카 대공비, 구트만뿐인가? 나머지는 모두 알캉이나 오므아라 양에게 소개해줬지. 특히 알캉은…… 자네, 알고 있나?"

"아니, 모르겠는데. 뭐지?"

"참 딱한 이야기인데…… 그의 스승인 짐메르망이 작년 콩세르바투아르의 피아노과 교수직을 퇴임했거든. 그래서 알캉이 그 자리에 입후보했는데, 운 나쁘게도 동문인 마르몽텔도 같이 입후보를 했어. 결국, 짐작대로라고나 할까, 떨어져버렸지."

"그래? 그랬었군……"

들라크루아는 문득 사정은 전혀 다르지만 루브르의 인사를 둘러싸고 자신과 비요 사이에 있었던 일이 떠올라서, 요즘은 어디서나 그런 일이 일어나는구나 하고 절실히 느꼈다. 예술가들은 모두 그렇게 이 혼란의 시대에 자신의 지위를 안정시키기 위해 부심하고 있는 것이다. 황제도 왕도 사라져버린 지금으로서는 결국 사회 속에 다양한 형태로 흩어져버린 모종의 권위에 기댈 수밖에 없는 것이다.

"알캉의 성품으로 봐서 여기저기 머리를 숙이고 돌아다녔을 리도 없으니 낙선은 당연한 결과였을 수도 있지만, 그래도 역시 일이 일인 만큼 이래저래 심사가 좋지 않았던 것 같아. 지난 대통령 선거 때 같은 중상모략전은 아니었지만 말이야."

"그래, 그럴 거야. 나도 예전에 아카데미 회원에 입후보했을 때는 정말 밸이 꼴리는 심정이었거든."

들라크루아는 쇼콜라를 들고 온 다니엘 쪽을 돌아보며 말했다.

"고맙네."

쇼팽도 짧게 인사를 건네고 잔을 들고는 뜨거운 정도를 확인하는 듯 잠시 입에 댔다 다시 탁자에 내려놓았다. "알캉 역시 낙선이라는 결과보다는 선거중에 있었던 일에 더 상처를 받은 것 같아. 요즘은 집에 틀어박혀 아무도 만나지 않는데다 시절이 이래서 살롱에서도 좀체 초대가 없으니 생활도 무척 힘들 거야."

"참 딱하군."

"응. ……나는 마르몽텔도 잘 아는데—전에 스카르 도를레앙에 살았었거든—그리 나쁜 사람이라고는 생각하지 않아. 실제로 어떤지는 잘 모르겠지만…… 알캉을 두고 사람들이 괴팍하다, 사람을 싫어한다고들 하는데, 그건 그의 내성적이고 섬세한 성격을 뒤집어서 표현하는 말들일 거야."

"맞아. 나는 그에 대해 잘은 모르지만, 분명 그럴 거네."

"응, 분명 괴팍한 점이 없잖아 있긴 하지만, 그래도 나쁜 사람은 아니지…… 나는 알캉이 마음에 들어. 피아노 실력도 뛰어나고. 그래서 단순히 동정심 때문이 아니라 정말로 그에게라면 안심하고 학생들을 소개할 수 있어. 물론 학생을 위해서나 그를 위해서나 그의 성격을 이해해줄 사람을 고를 필요는 있지만…… 알캉에게는 참 과분한 감사를 받았지만, 나도 예전처럼 하루에 다섯 명이 넘는 학생들을 봐주는 건 불가능한 형편이니까……"

그렇게 이야기하다 말고 애매하게 입을 다물며 잔을 드는 쇼팽을, 들라크루아는 자신도 쇼콜라 잔을 입에 대고 틈을 두며 잠시 말없이 바라보았다. 영국에서 돌아온 직후에는 겨우 한두 마디 하는 것이 고작일 만큼 병세가 좋지 않았지만, 지금 모습을 보니 몇 년 전과 하나도 변하지 않은 것처럼 느껴졌다. 주위에서는 이번만은 회복이 어려울지 모른다는 염려의 말들이 조심스럽게 나오고 있지만, 정말 그럴까? 쇼팽 본인도 그것을 자각하고 있는 듯한 모습이 보이기는 했지만. ……이야기 도중에 기침을 참으려는지 몇 번 괴로운 표정을 보였다. 그런 아주 사소한 일이 계기가 되어 갑자기 손쓸 수 없는 중태에 빠져버릴지도 모르는 것이었다.

들라크루아가 입을 열려고 하자 쇼팽이 문득,

"이 쇼콜라, 어때?" 하고 물었다.

그 엉뚱한 질문에 들라크루아는 자신이 하려는 이야기를 그가 민감하게 알아채고 한 발 앞서 말을 막은 것 같은 인상을 받았다. 그리고 그의 질문에 되도록 자연스럽게 대답했다.

"응, 아까부터 역시 자네가 즐겨 마실 만한 훌륭한 맛이라고 생각했어. 고급스럽고, 첫맛이 아주 부드럽군."

"그래? 다행이야."

쇼팽의 양볼에 기쁜 듯이 웃음이 번졌다.

"특별한 건가?"

"응, 학생 한 사람이 항상 보내주고 있는 건데, 특별히 보르도의 사촌에게 부탁해서 향료를 전혀 넣지 않고 순수하게 만들어 달라고 한다는군. 자네가 지금 말한 것처럼 날카로운 맛이 덜해서 마시기 편하고 웬만해서는 질리지 않지."

"그렇군, 역시 내가 항상 마시는 싸구려와는 질이 달라."

들라크루아는 그런 자기 자랑이 전혀 싫지 않고 오히려 흐뭇하게 느껴지는 것이 새삼 신기했다. 그리고 두 해 전에 자신이 매일같이 마셨던 쇼콜라를 넣은 커피가 생각나서, 겨우 그런 정도로 그토록 좋아했던 자신의 미각이 우스웠다. 나중에 쇼팽에게도 방법을 알려주었고 그도 맛있다고 기뻐했다. 그러나 그는 분명 최고급 커피와 쇼콜라를 써서 자신과는 비슷하려야 비슷할 수 없는 맛을 즐겼을 터였다. 그렇게 생각하니 왠지 우스워졌다.

"그렇지…… 그건 이것저것 섞인 것이었어."

들라크루아는 알겠다는 듯이 말했다.

"나도 비교해서 마셔보기 전까지는 몰랐어. 마음에 들면 나중에 다니엘에게 좀 싸달라고 하지."

"괜찮겠어? 그렇게 귀한 걸."

"응, 어차피 나 혼자서는 다 마시지도 못할걸."

"고마워."

그 대수롭지 않은 말 한마디가 이상하게 마음에 걸렸다. 혼자서는 다 마시지도 못한다고……

"그렇지만 너무 지나치게 마시지 않도록 주의하는 게 좋을 거야. 나는 아침마다 커피가 아니라 쇼콜라를 마신 뒤부터 머리가 영 나빠진 것 같아. 아니, 웃을 일이 아냐."

"그런 얘기는 처음 들었는데?"

"정말이야. 발자크만 해도 일하는 동안에 커피를 벌컥벌컥 마셔댔을지언정 쇼콜라는 마시지 않았잖아?"

"음, 그건 그렇지…… 그래도 이렇게 맛있는 쇼콜라라면 절제하기가 어렵겠어. 나도 오늘 가져가서 매일 마시면 다음에 만날 때는 꽤 멍해져 있겠군."

"그래? 그럼 역시 안 주는 게 좋으려나?"

쇼팽은 정말로 그런 속설을 믿는 것처럼 고개까지 갸웃거렸다. 그 모습에 들라크루아는 웃음을 참을 수가 없었다.

잠시 뒤에 쇼팽은,

"그나저나……" 하고 입을 열더니 온화한 표정으로 "……이렇게 다시 자네와 이야기를 나눌 수 있다니, 영국에 있을 때는 상상도 못 했던 일이야. 다시는 파리에 돌아가지 못할 것 같다는 생각까지 했었지…… 그랬다면 정말 미쳐버렸을 거야."

들라크루아는 쇼팽의 영국 체재가 어떠했는지 본인이나 차르토리스카 대공비 등을 통해 이미 여러 번 들어 알고 있었던 터라 다시 한번 그의 귀국을 축하하는 뜻에서 미소를 지어 보였다. 그러고는,

"그러고 보니, 오늘은 스코틀랜드의 두 부인께서 보이지 않으시는군."

"응, 요즘 한참 발걸음이 뜸해…… 아무래도 말이지," 하고 무언가를 마음먹고 털어놓으려는 듯한 모습으로, "내 꼴이 너무 참혹한 것을 보고 그지마와 백작이 그녀들을 몹시 나무랐던 모양이야."

"그래? 그지마와 백작다운 이야기로군."

"그래, 게다가 백작만큼은 아니어도 다른 사람들도 이런저런 말들을 했던 모양이야. 나는 그쪽에 신세를 진 것도 있고 해서 그런 상황을 반길 처지는 아니지만, 솔직히 숨구멍이 좀 트였다고 할까, 그런 면도 있어. 특히 여동생 쪽은 나와 결혼하고 싶어 하는 기색이라서…… 이건 자네니까 하는 얘기네만……"

"물론," 한동안 그런 소문이 떠돌았던 것을 떠올리며 들라크루아는 대답했다. "입 다물고 있겠네."

"그녀들도 사람이 나빠서 그런 건 아냐. 오히려 지나치게 착하지. 단지 나한테는 아무래도 따분한 사람들일 뿐이야. 따분해서 견딜 수가 없어. 이번 영국 체재에서 나는, 내가 결국 귀족이라고 불리는 사람들과 가장 멀리 떨어진 존재라는 것을 실감했어. 인생의 막을 내릴 날이 머지않은 지금에야! 지금껏 내내 그런 사람들과 교류해왔지만 그들처럼 생활해본 적은 한 번도 없었거든. 정말 따분했어. 견딜 수 없을 만큼."

"그 심정은 잘 알아. 실은 나도 작년 8월에 모르네 백작의 몽포르 라모리 근교의 성에서 며칠을 보냈어. 스무 명이나 되는 사용인들이 나를 둘러싸고 원하는 건 무엇이든 들어주었지만,

역시 따분하더군. 게다가 백작 부부도 꽤 오랫동안 사귄 사이인데도 내가 신기해 보였는지 너무 흥미진진해해서 상대하느라 솔직히 피곤했어."

"아, 그래?" 쇼팽은 깊이 공감한다는 듯, "정말 똑같군. 다만 내 경우는 도망칠 데가 없어서 몇 달 동안 꼼짝할 수 없었다는 것 정도지, 다른 점이라면."

"정말 피곤했을 거야. 나라도 똑같은 꼴이 됐을지 몰라."

"그런데, 그렇다면 나는 대체 어떤 족속인가 하고 생각해봤는데 좀처럼 대답이 나오지 않아. 귀족이 아니다, 노동자도 아니다, 뭐, 굳이 말하자면 부르주아에 가까울지도 모르지만, 그들만큼 사회에 도움이 되는 일을 하는 것도 아니잖아?"

"그렇지. 더구나 세상이 이렇게 되고 보니 정말 예술가는 설 자리를 찾기가 힘들어."

"응. 그래서 말야, 자네가 들으면 경멸할지 모르지만, 우리가 지금도 이 사회에 필요하고 사회와 연결되어 있다는 것을 증명할 유일하고 확실한 근거가 무엇일지 생각해보니, 결국 우리에게 지불되는 보수—요컨대 돈이지—정도밖에 없어."

"그래, 그렇지."

"우리는 결코 돈을 위해 창작을 하는 건 아니지만, 우리가 필요한지 아닌지는 돈으로밖에 측정할 수가 없어. 원하든 원하지 않든 세상은 점점 그런 방향으로 굴러가고 있으니. 그래서 나는 역시 이렇게 형편없는 몸이 되었어도 가르치는 일 자체의 기쁨과는 별도로 역시 레슨을 해서 내 손으로 돈을 벌고 싶어. 스털링 양을 비롯해서 원조를 해주겠다는 분들이 몇몇 계시지. 그렇지만 내가 나 자신을 쓸모없는 사람으로 여기지 않기 위해서는 적은 금액이라도 수입이 있다는 게 퍽 위로가 된다네."

들라크루아는 맞는 말이라고 몇 번이나 고개를 끄덕여 보였다. 쇼팽의 이야기는 지금 이 시대를 살아가는 여러 예술가들이 당면한 현실이었다. 그는 혁명이 발발한 뒤 지금까지 나름대로 꾸준히 그 문제를 생각해왔지만, 지금 쇼팽의 말을 들으니 그야말로 간단하면서도 요점을 정확하게 짚은 설명이어서 크게 공감이 갔다.

"그래, 정말 맞는 말이야…… 나 역시 그렇다네. 자네 말대로 예술가는 누구나 예외 없이 그런 입장에 처해 있겠지."

"지난 금요일이었나, 클레징게르가 찾아왔었어. 그 친구가 그 동안 크게 의지해왔던 몽지브레의 이폴리트 샤티롱이 연말에 세상을 떴다는 얘기를 하더라고."

"아, 돌아가셨어, 그이가?"

"응, 그런 모양이야, 나도 잘 몰랐었네만. 아무튼 그런 얘기를 하다 앞으로 자네 부부는 어떻게 할 거냐고 물었더니, 러시아에 가고 싶다더군."

"러시아?"

"응, 상트페테르부르크에 말이야. 작년부터 내내 하는 소리야, 나는 반대하고 있지만."

"거긴 또 왜? 게다가 프랑스에서 그쪽으로 가기는 꽤 어렵지 않은가? 수상한 자가 들어와서 소동이라도 일으키면 가만있지 않겠다는 분위기일 텐데."

"그렇다니까. 오브레스코프 부인 같은 분도 어지간한 연줄이 아니면 어려울 거라고 할 정도야. 솔랑주는 그 일로 그녀를 나쁘게 말하지만, 그건 어쩔 수 없는 일이야. 스페인에 성을 세우겠다는 얘기나 마찬가지니까…… 클레징게르는, 그 〈자유〉라는 작품이 관전에서 일등상을 탔는데도 살 사람이 나서지 않은 데다 정부에서 사주지도 않았고, 그래서 이런 나라는 이제 지겹다고 아예 자포자기에 빠져 있어. 나도 동정은 가. 그렇게 좋아하던 도박도 끊고 열심히 제작에 임했으니…… 지난번에 찾아왔을 때는 이래저래 위로도 해주고 런던 쪽이라면 나도 몇몇 유력한 분을 소개해줄 수 있으니 러시아보다는 영국으로 가는 게 어떻겠냐고 다시 설득했지. 나와는 달리 그 친구는 건강하니까 그곳에서도 충분히 활동할 수 있을 거야."

"나도 그게 나을 것 같군. 솔랑주를 위해서도 말야."

"정말 그래. 실은 솔랑주가 다시 임신을 한 모양이야."

"그래? 그건 참 다행이군."

"응, 정말 다행이야." 쇼팽은 진심으로 흐뭇한 듯, "첫아이를 그렇게 잃은 뒤로는 너무 가엾었지. 솔랑주를 생각하면 항상 가슴이 아파. 그래서 이번에는 꼭 안정을 취해서 건강한 아기를 낳기를 빌고 있어. 도저히 그렇게 얼어붙을 듯이 추운 나라에 보낼 수는 없지. 더구나 말도 통하지 않는데…… 런던도 지금은 부자들이 모두 시골 별장으로 들어간 때라 시기가 좋지 않지만, 봄이 되면 괜찮아질 거야…… 오늘 클레징게르에게서 편지가 왔는데, 당분간은 파리에서 노력해볼 생각이라며, 관전에 출품하기 위해 〈허영〉이라는 작품을 시작했다는군."

"재능은 있는 친구니까."

"응……"

쇼팽은 다시 괴로운 기색을 보이더니 이번에는 참지 못하고 심한 기침을 했다. 기침이 너무 오래 이어지자 들라크루아는 걱정이 되어 자리에서 일어났다. 등을 쓸어주는 그를 올려다본 쇼팽은 두 눈에 눈물이 글썽이고 뺨이 붉게 달아오른 얼굴로 가까스로 손을 저어 괜찮다는 몸짓을 해 보였다. 조금 가라앉는 듯하더니 이번에는 갑작스레 얼굴이 창백해졌다. 그리고 뭔가 말을 하려고 할 때마다 가라앉으려던 기침이 다시 터져나오기를 몇 차례 거듭한 끝에,

"몸이 좀 좋아졌다고……" 하고는 다시 기침을 하고, "……좀 좋아졌다고 신이 나서 얘기를 하면 금방 이렇게 되고 말아……"

들라크루아는 그의 곁에 선 채로 말을 건넸다.

"침실로 갈 텐가?"

"그래……"

손짓을 하자 다니엘이 다가와 탁자를 피해 의자 옆에 허리를

굽혔다. 쇼팽은 들라크루아의 시선에 신경이 쓰여 다니엘의 등에 업히는 것을 잠깐 망설였지만, 그런 자신에게 슬그머니 코웃음을 치고는 곧 쓰러지듯 다니엘의 등에 업혔다. 그 모습에 마음이 아파 들라크루아는 저도 모르게 눈을 돌릴 뻔했다. 이 사람이 예전 이맘때면 온 파리의 살롱을 바람을 가르며 활보했던 그 프레데리크 쇼팽이란 말인가?

쇼팽은 그런 들라크루아의 심정을 민감하게 알아차리고 다니엘의 등에서,

"한심하지? 요즘은 영락없이 아기 꼴이라네"라고 한숨을 쉬며 말했다. 농담처럼 말할 생각이었는데 자조가 지나쳐 도리어 상대를 당황하게 한 것 같았다. 들라크루아는 굳이 그 말에 대꾸하지 않고,

"피곤하게 한 것 같아 미안하네. 그만 옛날 생각만 하고 이야기에 빠져서…… 이제 그만 나도 실례할까?" **그만 옛날 생각만 하고**, 라는 말은 실언이라는 후회가 들었다. 마치 이제 그런 날은 그에게 두 번 다시 돌아오지 않는다는 듯이……

쇼팽은 고개를 저으며,

"자네만 괜찮다면 조금 더 함께 있어주겠나?" 하고 말했다. 그리고 계속 다니엘의 등에 업혀 있는 것이 견딜 수 없었던지 어서 침대에 눕게 해달라고 부탁했다. 걸음을 떼기 시작한 다니엘을 따라 걸으며 들라크루아는,

"나야 상관없지만, 자네 정말 괜찮겠어?" 하고 되물었다.

"응, 내내 혼자 누워 있다보면 사람이 그리워져."

"그래…… 그럼 아기가 잠들 때까지 내가 지켜봐줘야겠군."

쇼팽은 그렇게 말하며 미소짓는 그가 조금 전에 자신이 했던 못난 농담을 멋지게 받아준 것을 깨닫고 감사했다.

살롱 옆의 서재 겸 침실은 벌써 따뜻하게 데워져 있었다. 쇼팽은 이불 속에 들어가 몸을 반쯤 일으키더니,

"내가 보기에도 참 꼴이 말이 아니야. 아까 같은 모습을 남에게 보이지 않으려고 아예 침대를 저쪽 방으로 옮길 생각이네. 그러면 정말 환자 꼴이 되겠지만……" 하고 중얼거리듯 말했다.

들라크루아는 아무 말 없이 고개를 끄덕였다. 잠시 그렇게 두 사람 모두 침묵했다. 이따금 쇼팽이 기침을 참으려고 호흡을 고르는 소리만 들렸다. 잠시 후에 다니엘이 다시 내온 뜨거운 쇼콜라를 받으며 쇼팽은,

"이 친구에게 좀 나눠줄 거니까 쇼콜라를 반쯤 어디 적당한 그릇에 담아주겠나?" 하고 말했다.

"절반이나? 그건 미안한데……"

들라크루아가 두 사람 사이에 끼어들었다.

"사양할 거 없어. 떨어지면 다시 주문하면 되는데 뭐."

"그래? ……그럼 고맙게 받도록 하지."

쇼팽의 지시를 받고 다니엘이 방을 나가자 다시 말이 끊겼다. 쇼콜라에는 손도 대지 않았다. 이윽고 쇼팽이,

"이제 겨우 안정을 찾은 것 같군……" 하고 혼잣말로, "예전엔 이맘때면 매일같이 밤마다 여기저기 살롱에 얼굴을 내밀었는데……" 하고 중얼거렸다.

"그래도 용기를 잃어서는 안 돼."

들라크루아는 자신이 조금 전에 마음속으로 생각했던 것과 똑같은 말을 듣고 좀더 위로가 될 이야기를 해주고 싶었지만, 생각대로 말이 나와주지 않았다. 쇼팽은 그 모습에서 그의 당혹감을 알아차리고,

"미안해, 요즘은 자꾸 못난 소리를 하게 되는군…… 그런 말은 되도록 남에게 비치지 않는 걸 미덕으로 삼아왔는데 말이야."

"괜찮아. 마음 가는 대로 못난 소리를 하고 싶을 때는 하면 되지. 담아두는 게 도리어 더 나빠."

"그래……"

쇼팽은 그의 미소를 바라보며 약간 표정을 누그러뜨렸다. 그리고 방의 깊은 어둠으로 멍하니 시선을 주고는 불쑥,

"자네, 상드 부인이 회상록을 쓰기 시작했다는 얘기는 들었나?" 라며 그를 돌아보았다.

들라크루아는 쇼팽 앞에서는 되도록 그녀에 대한 얘기는 하지 않으려고 조심해왔던 터여서 뜻밖이라고 느끼면서도,

"응, 알고 있어" 라고 대답했다.

그녀가 직접 편지도 알려줬다는 이야기는 굳이 하지 않았다.

"그래? ……어떻게 생각해?"

"음……" 들라크루아는 잠시 생각에 잠겼다. "……어느 정도의 얘기를 쓰려는 걸까?"

"그리 길지는 않을 거야. 나는 처음부터 그녀에게는 회상록 같은 건 무리라고 생각하는걸. 무슨 일이든 금세 잊어버리는 사람이니까. 좋은 일도 나쁜 일도…… 그녀의 어머니 쪽 친구 중에 피에레라는 사람이 있는데—자네 이야기에 곧잘 등장하는 그 친구와는 물론 별개의 인물이야—사오 년 전이었던가, 그가 사망했다는 소식을 들었을 때는 참 많이도 울었어. 그래서 내심 걱정했는데 며칠 지나자 깨끗이 잊어버리는 거야. 어쩌다 생각하는 일도 전혀 없었어. 그런 슬픔을 마음속에 오래 담아두거나 하지 않아. 어떤 의미에서는 행복한 성격이지……"

"그렇군. 자네처럼 꾸역꾸역 옛일을 되새기며 괴로워하진 않지."

"그래, 감수성이 아주 풍부하고 생각난 것을 그 자리에서 곧바로 실행에 옮기는 능력은 정말 감탄스럽지만, 그것을 곰곰이 생각해보는 일이 없고 시간이 지나면 자기가 생각했던 것 자체를 까맣게 잊어버리기도 해. 그녀가 소설을 쓰는 방식이 바로 그랬으니까. 하루에 수십 매씩 맹렬한 기세로 글을 쓰지만, 한 번 쓰면 신중하게 퇴고하지 않고 그대로 출간해버려. 나로서는 도저히 생각할 수도 없는 일이지."

"취미에 의한 세련이라는 게 없지" 하고 들라크루아는 지난해 이후 줄곧 마음에 걸려 있던 천재와 취미의 문제를 떠올리며 말했다.

"응, 그래. 게을러서 그런 것도, 그렇다고 용기가 없어서—자신의 작품을 되돌아보는 건 용기가 필요한 작업이잖아?—그런 것도 아니고, 처음 써낸 게 가장 좋다고 믿어 의심치 않기 때문이야."

"낭만파 작가나 시인 중에 많지, 그런 사람은."

"그래, 많지. 자네가 언젠가 자신이 낭만파 화가라고 불리는 게 어처구니없다는 얘기를 한 적이 있지만, 나 역시 내가 그 일파에 속하는 예술가라고 생각한 적은 한 번도 없어. 나도 자네와 마찬가지로 삼십년대에는 리스트나 베를리오즈 같은 이들과 함께 위고나 뒤마의 살롱에 자주 드나들던 때가 있었지만…… 당시에는 그러지 않을 수 없는 어떤 분위기가 있었지."

"그래, 온통 그런 분위기였지."

"그렇지만 금세 싫어졌어. 무엇보다, 나만큼 바흐나 모차르트를 존경하는 음악가는 없었거든."

들라크루아는 "맞는 말이야" 하고 흡족한 듯 몇 번이나 고개를 끄덕이고는,

"자네와는 정말 얘기가 잘 통하는군" 하고 웃었다.

쇼팽은 가볍게 웃음을 지어 보이고는 다시 기침이 나오려는지 아니면 뒷말을 어떻게 이을지 망설이는 것인지, 웃는 얼굴로도 우는 얼굴로도 변할 수 있을 듯한 애매한 표정을 지은 채 잠

시 말이 없었다. 그러고는 다시,

"하지만…… 그게 창작에만 한정된다면 잘못이랄 수는 없지. 그런데 그녀의 경우에는—아까 피에레 씨의 경우가 그렇다는 건 아니지만—그게 실생활에서도 마찬가지라……"

"그렇지, 작년 일만 해도, 물론 그전부터 사회주의에 관심을 가지기는 했지만, 사실 혁명이 일어났다는 것을 알고 깊이 생각해보지 않고 노앙에서 뛰쳐나왔다는 게 맞지 않을까?"

"그럴 거야, 아마. 그 뒤에도 그저 닥치는 대로 활동했던 것 같으니까."

"마지막에도 그러다 결국 궁지에 몰렸던 걸 거야."

"음…… 나도 그 기분과 같은 면에 퍽 피해를 봤지만, 아무래도 솔랑주가 가엾다는 생각이 들어, 항상…… 솔랑주도 제멋대로인 데가 있긴 하지만, 그래도 자식인데……"

들라크루아는 쇼팽이 상드 부인과 솔랑주 간의 고집 싸움에 대해 이제는 딸 이야기밖에 듣을 수 없다는 것을 알고 있었기 때문에 여러 가지로 오해가 있을 것이라는 생각은 하면서도 굳이 반론은 하지 않았다.

"그래도 우선 빚 문제가 정리된 건 다행스러운 일 아닌가?"

"그래, 물론 오텔 드 나르본이 경매로 넘어가버렸으니 최선의 해결책이라고는 할 수 없지만 말이야. 클레징게르 쪽의 빚도 아직 남아 있고…… 예언이 들어맞았다고 즐거울 건 하나도 없지만, 역시 나나 자네가 결혼 전에 염려했던 대로의 결말이지."

"그렇군, 정말."

"……클레징게르의 일은 그렇다 치고, 애초에 그런 저당물건을 딸의 지참금으로 쥐여준 것도 방금 말했던 것과 같은 그녀의 묘한 사고방식이 아닌가 싶어…… 빚이 정리되더라도 마음의 정리가 퍽 어려울 것 같아서 하는 말이야. 솔랑주는 여전히 어머니에 대한 원망만 늘어놓고. 나도 달래보기는 하지만……"

"최근엔 그나마 관계가 좋아졌다고 들었는데?"

"응, 그런데 내가 영국에 가 있는 동안 다시 악화된 모양이야. 특히 그 오텔 드 나르본의 매각 문제를 둘러싸고 말야. 솔랑주는 하루라도 빨리 깨끗이 정리하고 싶었던 모양이고, 상드 부인은 끝까지 반대했거든. 영국으로도 그런 내용의 편지가 자주 왔어."

"솔랑주에게서?"

"응."

"역시 솔랑주는 자네를 제일 의지하는 모양이군."

"응……" 하고 약간 주저하는 듯한 모습으로, "나 역시 언제까지 돌봐줄 수 있을지 모르는 처지니까…… 영국에 가기 전에는 내가 끼어들면 도리어 모녀간의 관계에 좋지 않을 것 같아 되도록 거리를 두려고 했어. 하지만 어차피 나도 곧 이 세상에서 사라질 테고, 마지막까지 돌봐주는 것도 괜찮지 않을까, 지금은 그런 생각이야…… 하긴 나부터 이렇게 남의 도움이 필요한 판이니 어디까지 해줄 수 있을지는 모르겠어. 경제적으로도 몹시 힘겨운 상황이고 게다가 물가까지 부쩍 올랐으니…… 어쨌든 내가 무엇보다도 절실하게 바라는 건 두 모녀간의 화해야. 이것만은 한 번도 변한 적이 없어. 그것이 솔랑주에게 제일 큰 행복일 테니까. 지금은 안타깝게도 잘 풀리지 않지만, 시간이 흐르면 분명…… 하긴 그런 의미에서는 클레징게르가 그나마 일을 똑바로 해주고 있는 게 유일한 구원인지도 모르겠어."

들라크루아는 쇼팽의 그런 성실함에 가슴이 뭉클해져서,

"그녀는—상드 부인은 참 어려운 사람이군…… 미덕이 그대로 결점이 된 듯한 면이 있어. 총명함과 교활함, 천진함과 잔혹함, 애정과 증오가 신기하게도 항상 함께 녹아 있는 것 같아…… 아무래도 그녀의 만년은 힘겨운 것이 되지 않을까?"

"글쎄, 나는 그렇게 생각하지 않아. 아까도 말했듯이, 나쁜 일은 깨끗이 잊어버리는 성격이니까…… 헤어진 연인을 언제나 지독하게 매도하곤 하는데, 보통은 그게…… 그리 쉽지 않은 일이잖아? 그게 가능하다는 건, 일단 애정이 식으면 그때까지의 즐거웠던 추억이니 뭐니 죄다 한번에 날려버리기 때문일 거야……"

쇼팽은 거기서 잠시 말을 끊고 다시 그 뒷말을 해야 할지 말아야 할지 생각했다. 말하지 않아야 할 일이라는 것은 잘 알고 있었다. 그러나 말해버리고 싶은 마음을 억누르기 힘들었다.

"……나는 지금껏 단 한 번도 누군가를 진심으로 미워한 적이 없어. 지금도 그래. 그런데 영국에 있을 때는 모든 게 너무 괴로워서…… 차라리 그녀를 미워할 수 있다면 얼마나 마음이 편할까…… 그런 생각까지 했어."

"음……"

고개를 끄덕이며 따뜻하게 이해해주는 들라크루아를 보며 쇼팽은 긴장된 얼굴을 조금 풀 수 있었다.

"……그렇지만 불가능했어…… 그게 또 괴로웠지…… 그녀는 앞으로도 항상 힘이 넘칠 거야. 남들이 비난한다고 해서 결코 자신을 책망하거나 하지 않으니까…… 우리는 너무도 달랐어. 구 년 동안이나 함께 지냈던 게 신기할 만큼…… 이제는 오귀스틴도 결혼했고, 솔랑주와는 그런 상황이고, 그녀에게 영향을 미칠 무언가가 있다면…… 아마 아들밖에 없을 거야…… 모리스가 죽거나 어떻게 되거나……"

그렇게 말하고 쇼팽은 쇼콜라 잔에 손을 내밀려고 했다. 그것을 본 들라크루아가 잔을 들어 건네주었지만, 한 모금 마시더니 "이런, 벌써 식어버렸네" 하고는 다시 탁자에 놓아달라고 부탁했다.

들라크루아도 자신의 잔을 들어 조금 입에 머금고는,

"정말이네. 고급품인데 아깝군." 하고 웃었다.

다시 미소를 지으려던 순간, 쇼팽은 결국 기침을 시작했다. 들라크루아는 등을 쓸어주면서 그의 오른손이 무엇을 집으려는지 자꾸만 허공을 휘젓는 것을 보고 물었다.

"뭐가 필요한가? 물?"

그가 고개를 저으며 무슨 말인가 하려고 했지만 그때마다 기침이 입을 막아버렸다. 들라크루아가 대신 큰 소리로 다니엘을 불렀지만 그가 미처 방 안에 들어서기 전에 쇼팽은 입을 막고 있던 두 손에 피를 토했다. 그제야 들라크루아는 그가 곁에 있던 세면기를 집으려 했다는 것을 깨달았다.

"이건가?"

안에 접혀 있던 새하얀 수건을 집어 그의 턱 밑을 받쳐주었다. 쇼팽은 고개를 끄덕이며 세면기의 은색 표면에 선혈을 왈칵 토했다. 다니엘이 방 안에 들어서다 곧바로 다시 뛰어나가 물을 들고 돌아왔다. 기침은 여간해서 가라앉지 않았다. 피로 더럽혀진 두 손을 이불에 닿지 않도록 위로 들어올리고 있어 방금 옆에 두었던 수건을 집어 건네주었다. 쇼팽은 두 손을 닦으며 희미한 냉기와 금속 냄새가 피어오르는 세면기 안에서 자신의 거친 숨결에 파르르 떨리고 있는 피의 표면을 흐린 눈물 너머로 바라보았다. 세면기를 붙잡고 고개를 저으며 입 안에 남아 있는 피를 침과 함께 뱉어내려고 했다. 그리고 다시 기침을 했다. 목구멍이 찢어지는 듯한 소리가 났다.

역시 예전 같지 않구나, 하고 들라크루아는 그 참혹한 모습을 바라보며 생각했다. 너무 오래 머물러서 무리를 하게 한 자신의 어리석음이 원망스러웠다.

입에서 토해낸 피는 세면기 안으로만 들어갔지만 처음에 더럽혀버린 두 손이 이불에 닿아서 몇 군데 엷은 얼룩이 남았다.

이윽고 안정을 되찾은 쇼팽은 다니엘에게 물을 따르게 해 입을 헹군 다음 그가 가져온 젖은 수건으로 입가와 두 손을 깨끗이 닦았다. 그리고 쓰러지듯 자리에 누웠다.

이불을 덮어주다가 얼룩이 진 것을 본 다니엘이 "지금 갈아드릴까요?" 하고 물었다. 쇼팽은 고개를 저었다.

"그럼, 볼일이 있으시면 언제든 불러주십시오."

그렇게 말하며 돌아선 그는 들라크루아에게 "낮부터 저녁때까지는 괜찮으신데, 밤에는 항상 좋지 않으십니다" 하고 작은 소리로 말했다.

들라크루아는 고개를 끄덕이고 그에게 자신의 외투와 모자를 가져오라고 부탁했다. 다니엘은 "알겠습니다"라고 대답하고 밖으로 나갔다.

들라크루아는 침대 곁에 서서,

"미안하네. 내가 주의가 부족했어. 반성하고 있네." 그리고 쇼팽이 뭔가 말하려 하자, "됐어, 말하지 않아도 돼" 하고 만류했다.

곧 다니엘이 돌아왔다. 외투를 받아들어 팔을 꿰고 있으려니,

"……병고(病苦)가……" 하고 첫마디를 떼고는, 다시 한번 크게 기침을 한 뒤에 "……병고가 내게서 다양한 것들에 대한 흥미를 앗아가고 있어…… 특히 일에 대한 것…… 뭐든 어떻게 되건 상관없다고 느껴지는 때가 많아. 오늘 이야기한 것들도…… 혼자 있을 때는 그리 깊게 생각하지도 않아……"

들라크루아는 곁으로 다가가,

"너무 비관은 하지 말게. 나 역시 나이도 나이인데다 이런 동란의 와중에 언제까지 일에 대한 열정을 유지할 수 있을지 모르는걸……"

쇼팽은 베개 속에서 조용히 고개를 젓고는 물끄러미 그를 바라보며 말했다.

"자네는 분명 이겨낼 거야……"

그리고 한순간 바다 물결이 잔잔해지는 것처럼 호흡이 가라앉더니, "……자네는 자신의 재능을 다른 사람에게는 없는 어떤 특권적인 온화(穩和)함 속에서 즐길 수 있어. 그건 치열하게 명성을 추구하는 것 못지않게 가치 있는 일이라네……"

마치 이 말만은 꼭 해야겠다고 미리 마음먹었던 것처럼 쇼팽은 말을 마치자 안심한 듯 천장을 바라보며 그대로 눈을 감았다. 목구멍에서 그르렁거리는 기침이 그의 몸을 이따금 가늘게 흔들었지만 조금 전 같은 심한 발작에는 이르지 않았다.

"그래, 고맙네……"

들라크루아는 깊은 감동과는 달리 그저 그 말밖에 하지 못했다. 그것은 너무도 적확하게 현재의 자신을 위로하고 용기를 심어주는 말이었다. 그러나 그렇기 때문에 더더욱, 그 말에는 사람이 평생에 걸쳐 단 한 번밖에는 알 수 없는 어떤 귀중함이 숨어 있는 듯 보였고, 그 불안감에 저도 모르게 할말을 잃고 말았다.

자신이 말하려 한 것이 제대로 전달된 것을 확인하고 만족한 탓인지, 혹은 조금 머쓱했던 탓인지 쇼팽의 얼굴에 환영처럼 희미한 웃음이 언뜻 스치고 지나갔다.

들라크루아는 외투 앞섶을 여미기 전에 윗옷 안주머니에서 회중시계를 꺼내 보고는,

"벌써 열시야…… 정말 너무 오래 있었네"라고 중얼거리듯 말하고 "다시 오겠네. 부디 힘을 내" 하고 마지막으로 인사를 건넸다.

쇼팽은 이번에는 천천히 미소를 지어 보이고, 문득 생각난 듯 뭔가 말하려다 다시 기침을 했다. 그리고 손짓으로 다니엘을 불러 띄엄띄엄 기침을 해가며 "쇼콜라…… 쇼콜라를, 잊지 말고 내드려……" 하고는 선 채로 그 모습을 바라보는 들라크루아를 올려다보며 다시 한번 웃어 보였다.

들라크루아는 말없이 웃는 얼굴로 응했다. 그런 사소한 후의도 몇 번이고 확인을 해야 직성이 풀리는 그의 성격이 지금은 너무도 슬퍼서 그 이상은 도저히 입을 열 수가 없었다.

14

겨울 추위를 넘기고 봄을 맞이하기만 하면 조금은 병세가 호전될 것으로 기대했던 쇼팽은 4월이 지나도록 여전히 침대에서

나오지 못하고 있는 자신에게 크게 실망했다. 이런 일은 지금까지 한 번도 없었다. 마요르카 섬에서 돌아왔을 때도, 재작년 발작으로 쓰러졌을 때도 그토록 가까이에서 죽음을 느꼈지만 그 후로는 육체가 착실히 쾌조 쪽으로 향하는 것을 실감할 수 있었다. 비록 기는 듯 더디고 더딘 전진이었지만, 그 길의 끝에는 항상 예전과 같은 건강한 생이 보이곤 했다. 사흘 전에는 수프조차 넘기지 못했지만 오늘은 빵을 조금 먹어보아도 토하지 않았다. 일 주일 전에는 제대로 걷지도 못했지만 오늘은 뜰에 나가서 햇빛이라도 쬐어볼까 하는 마음이 들기도 했다. 사소하나마 그런 분명한 개선의 징후가 생활 곳곳에서 발견되는 것이 괴로움 외에는 아무것도 없는 나날에 큰 힘이 되곤 했었다. 그런데 이제는 그렇지 않았다. 한 달 전의 자신을 되짚어본다. 대체 지금과 무엇이 다른가? 도리어 몸은 더욱 쇠약해진 것만 같다. 반년이 지났건만 병세에는 전혀 차도가 없다. 그런 자신이 앞으로 반년 뒤에는 꼭 건강해질 것이라고 어떻게 믿을 수 있을까? 희망을 가질 수 없다. 좋아진다는 보장만 있으면 그나마 참을 수 있다. 아픔을 견디고 의사의 지시를 따르며 하루 종일 이불 속에서 따분함과 함께 누워 있을 수도 있다. 그러나 좋아질 희망조차 없다면 어떻게 그런 상황을 계속 견뎌낼 수 있단 말인가? 무엇을 위해 견뎌야 한단 말인가? 모든 건 생에 대한 희망이 있을 때의 얘기다. 결코 죽기 위해 고통을 견디는 것이 아니다! 그게 아니라면, 혹 죽음은 이미 시작된 것일까……?

런던을 떠난 것이 지난해 11월 23일 아침이었다. 갈 때는 혼자였던 그 길고긴 여정을, 돌아올 때는 파리에서도 계속 일해주기로 한 다니엘과 런던에서 가끔 병문안을 와준 폴란드 친구 레오나르트 니에치비에츠키와 함께 거꾸로 더듬어왔다. 역에는 차르토리스키 대공 부부와 브로드우드가 배웅을 나와주었다. 차표를 마련해준 브로드우드는 마지막까지 매력적인 배려를 잊지 않고 스코틀랜드 여행 때와 마찬가지로 개인실 그의 맞은편에 공석을 준비해주었다. 쇼팽은 출발한 지 얼마 되지 않아 차 안에서 심한 경련을 일으키는 바람에 그의 그런 증세에 익숙하지 않은 니에치비에츠키를 대경실색하게 했다. 포크스턴에서 "금방 속이 더부룩해지는 이런 덤덤한 요리도 이게 마지막이군요" 하고 우스갯소리를 해가며 수프와 로스트 비프, 그리고 소량의 와인으로 식사를 했더니, 도버 해협을 건너는 중에 마치 영국에 대한 아쉬움을 모조리 떨어버리려는 것처럼 그 전부를 토해버렸다. 심한 배멀미에 시달리며 가까스로 불로뉴에 도착해 오텔 드 뢰로프에서 하룻밤을 묵고 다음날 열차로 파리에 돌아왔다. 역에서 마차로 스카르 도를레앙에 도착해 현관에 들어서자 미리 모여 있던 그지마와 백작과 프랑숌, 로지에르 양이 뛰쳐나왔다. 그 자리에서 한 사람 한 사람과 깊은 포옹을 나누었다. 에티엔 부부도 함께 있었다. 모두 웃는 얼굴이었지만 그지마와 백작만은 참을 수 없었던지 큼직한 눈물을 떨구었다. 출발 당시 군인과 노동자들로 넘쳐나는 파리 거리를 뚫고 혼자서 그를 역까지 배웅했던 것을 떠올리고, 연신 잘됐다, 다행이라고 되뇌며 쇼팽을 꼭 끌어안았다. 쇼팽도 희미하게 눈물을 글썽였다. 프랑숌의 팔에는 너무도 여위고 약해진 친구의 몸의 감촉이 오래도록 남았다. 그리고 끌어안은 순간 자칫하면 부서져버릴 물건을 안은 것처럼 힘을 빼버린 자신을 그가 어떻게 생각했을지 걱정스러워 그 얼굴을 한참이나 바라보았다.

로지에르 양에게 미리 편지를 통해 부탁해두었기 때문에 그의 방은 모든 것이 완벽하게 정돈되어 있었다. 청소에 대해 특별히 그가 당부했던 대로 침대 주변부터 장식장의 보이지 않는 부분에 이르기까지 먼지 하나 없이 깨끗하게 치워져 있었다. 침구는 창가에서 햇볕을 듬뿍 빨아들여 빵처럼 부풀어 있었고, 환기가 잘 되어 있는데다 벽난로에는 장작이 넉넉히 타올라 방 전체가 골고루 따뜻했다. 거기에 특별히 사들인 온실 재배 제비꽃의 향기가 맑고 은은하게 감돌았다. 카펫과 커튼은 단골 가구상 페라르가 그의 취향에 맞게 새것으로 갈아두었다. 쇼팽 소유의 피아노는 나중에 도착할 예정이었기 때문에 플레옐 사에서 대신 언제라도 연주할 수 있도록 잘 조율된 피아노 한 대를 따로 마련해두었다.

마침내 돌아왔다. 그 말할 수 없는 안도감이 그를 행복하게 해주었지만, 그가 오래도록 신뢰해왔고 출국 전에도 그의 처방약만은 집요할 만큼 몇 번이고 확인했던 주치의 몰랭 박사가 파리를 떠나 있는 동안 급서했다는 소식을 듣고는 갑자기 회복에 대한 자신감을 잃고 말았다. 런던에서도 스털링 양이 소개해준 맬런 박사와 빅토리아 여왕의 시의로서 만년의 존 키츠를 치료했던 제임스 클라크 박사 등 몇몇 우수한 의사의 진료를 받았지만 이렇다 할 증상의 개선은 보이지 않아서, 파리에 돌아가 몰랭 박사에게 진찰을 받는 것을 의지처로 삼고 있던 참이었다.

몰랭 박사의 뒤를 이어 그에 못지않다는 평판이 나 있던 세 명의 의사가 차례차례 그의 치료를 맡았지만 쇼팽은 전혀 만족할 수 없었다. 몰랭 박사에게는 의사로서의 실력은 물론, 몸이 좋지 않을 때면 유독 까다로워지는 이 환자에게 적당히 박자를 맞춰가며 어르고 달래어 걱정을 덜어주는 인간적인 매력이 있었다. 그것은 쇼팽 자신도 인정한 능력이었고, 그래서 안심하고 그의 충고에 따를 수 있었다. 실제로 그의 치료는 몇 번이나 쇼팽을 고통의 늪에서 끌어올려주었다. 심각하지는 않지만 늘 불쾌감이 느껴지는 불편한 상태에서 재작년처럼 심각한 위기에 이르기까지 그 모든 것을. 애초에 그의 병세가 지금처럼 심각한 상태가 아니었기 때문에 그럴 수 있었다는 것은 사실이었다. 그러나 병이란 때때로 가장 불합리한 생각에나마 매달리게 하는 것이 아닌가?

프랑숌이나 그지마와 백작은 쇼팽이 새로운 의사들을 인정하지 않는 것이 딱히 그 때문만은 아니라고 생각하고 있었다. 그들이 그 점을 깨달은 것은 그가 런던에서 결핵 치료의 권위자인 클라크 박사를 소개받았다는 사실 때문에 크게 고민하는 모습을 보았기 때문이었다.

쇼팽의 병명은 과연 무엇인가? 이제는 누구의 눈에도 분명해 보였지만, 홀로 고집스럽게 그것을 인정하려 들지 않은 것은 다름아닌 쇼팽 본인이었다. 그가 새로운 의사들을 못마땅해하는 것도, 그들이 너무도 조심성 없이 그를 그 불치병 환자로서 진료하려 했기 때문이었다. 그는 그런 오진을 끔찍이 싫어했다. 사실 그들이 처방한 약을 아무리 복용해도 병세는 전혀 호전되지 않았다. 당연한 일이다. 완전히 잘못된 약을 쓰고 있으니 들을 리 없다. 그는 무엇보다도 회복되지 않는 자신의 몸 상태를 오진을 주장하는 근거로 삼았지만, 그것은 의심이 비롯된 곳이 아니라 말하자면 마지막 결정적인 사실로서 도달해야 할 결론이었다. 자신의 병을 진정으로 이해했던 사람은 오로지 몰랭 박사뿐이다. 그는 결코 자신에게 결핵이라는 진단은 내리지 않았다! 그의 말이 떠오를 때마다 그것과 다른 소견 하나하나가 의심스러웠다. 몰랭 박사는 결코 그런 말을 하지 않았다. 몰랭 박사는 한 번도 그런 지시를 내린 적이 없다. 그만이 이 잘못된 몸에 대해 제대로 알고 있다. 그리고 그만이 나를 낫게 할 수 있다! 그런 그가 이제는 없다. 어떻게 다른 의사들이 나를 치료할 수 있단 말인가!

쇼팽의 그런 선입견에 그지마와 백작도 프랑숌도 고심하지 않을 수 없었다. 명의로 이름 높았던 몰랭 박사가 결핵 증세를 놓쳤다고는 생각할 수 없었다. 틀림없이 알고 있었을 것이다.

치료도 분명 그런 진단에서 비롯된 것이었을 터였다. 단지 노련한 의사답게 그것을 감추고 환자를 안심시키는 방법을 잘 알고 있었던 것이다. 그런데 지금의 의사들에게는 그런 수완이 없다. 아니, 몰랭 박사 역시 설령 살아 있었더라도 이토록 병세가 악화되어버린 쇼팽을 전과 같이 대할 수 없었을지도 모른다. 그러나 쇼팽을 나무랄 수는 없었다. 회복에 대해 비관적인 말만 하고 있었지만, 결핵이라는 병명을 그렇게 완강히 거부하는 것은 그가 아직 살아보려는 의지를 가지고 있다는 증거였다. 치료를 위해서는 결핵이라는 사실을 어떻게든 이해시키는 편이 나을지도 모른다. 그러면 적어도 고통을 줄여주는 처치 정도는 할 수 있을 것이다. 그러나 그것은 그가 지금까지 포기하지 않고 거머쥐고 있는 한 줌의 희망마저 내던져버리라고 하는 것이나 마찬가지다. 어떻게 그런 짓을 할 수 있단 말인가? 그가 가엾어서만은 아니었다. 그들 스스로가 그 슬픔을 도저히 견뎌낼 수 없기 때문이었다. 더구나, 그것이 정말 올바른 조치일까? 그는 지금까지도 이와 비슷한 심각한 위기를 몇 번이나 극복해오지 않았던가? 만약 그가 살아보겠다는 굳건한 의지를 품지 않았다면 그중 어느 때에 죽음은 용서 없이 그를 데려갔을 것이었다. 지금에 와서 굳이 그에게 정확한 병명을 밝히는 것이 정말 유익할 일일까? 그것이 그에게 더 주어져 있을지도 모르는 몇 년 동안의 삶을 빼앗는 일이 되는 것은 아닐까?

쇼팽에게 결핵이라는 병명은 결코 지울 수 없는 깊은 슬픔의 기억과 연결되어 있었다. 그에게는 폴란드에 남겨두고 온 세 살 연상의 누나 루드비카와 한 살 어린 누이 이자벨라 말고도 누이 하나가 더 있었다. 에밀리아라는 이름의 그 소녀는—그녀만이 지금껏 변함없이 소녀였다—그보다 세 살 연하로, 어릴 때부터 시문에 능하고 감수성이 풍부해 비록 막내였지만 오빠의 음악적 재능에 대해서는 가족 누구보다 예민한 이해를 표해주었다. 열네 살 되던 해 봄, 에밀리아는 갑자기 심상치 않은 기침을 하기 시작했다. 이윽고 병마는 독버섯처럼, 불길한 꽃의 개화처럼 그 작은 가슴 전체에 퍼져나가 살을 달구고 목을 조이고 터질 듯한 기침과 함께 수없이 피를 토하게 하더니, 마침내 그 쇠약이 극에 달한 순간 냉혹하게도 여린 그녀의 목숨을 앗아가버렸다.

쇼팽은 사혈(瀉血)을 위해 거머리에게 피를 빨리고 온몸이 발포 고약이며 물에 갠 겨자나 백부자(白附子) 범벅이 되어서도 살아보겠다는 일념으로 내내 힘없는 신음 소리를 내던 누이의 그 참혹한 말기를 결코 잊을 수 없었다. 쉼없이 쏟아지는 땀에 젖어 앞머리가 흐트러져 있는 이마. 움푹 파인 채 끓인 우유에 생기는 막처럼 얇은 눈꺼풀이 덮여 있던 두 눈. 그곳에 그어진 불그레한 눈물의 흔적. 광대뼈가 생생히 드러나도록 여위어버린 뺨. 그리고 단 한 줌의 빵도, 단 한 숟가락의 수프도 받아넣지 못하던 그 말라버린 입술…… 막 솟아오르려던 생의 높이에서 발을 헛디뎌 누구의 손길도 붙잡지 못한 채 한없는 내리막길을 고독하게 굴러떨어지기만 할 뿐이었다. 온몸에 상처를 입고,

피에 얼룩지고, 마침내 울음소리조차 짜내지 못하게 될 때까지, 단 한순간의 휴식도 허락받지 못한 채! 열일곱 살의 오빠는 그 모든 것을 그저 눈물을 흘리며 무력하게 지켜보는 수밖에 없었다. 얼마나 살려내고 싶었던가! 아아, 그녀 대신 자신을 아프게 해달라고 얼마나 빌었던가! 그러나 소녀의 전락은 너무도 빨라서, 문득 깨닫고 보니 아득히 먼 곳에 떨어져 있었다. 아무리 죽을힘을 다해 손을 뻗어도 그 작은 몸에 닿을 수 없었다.

쇼팽은 그 뒤 바르샤바 고등학교 시절부터의 친구이며 파리에서도 오랫동안 함께 지냈던 의사 얀 마투신스키마저 같은 병으로 잃었다. 그런 기억들이 그를 결핵이라는 병명에서 과민하게 떼어놓으려 하고 있었다. 그러나, 그럼에도 불구하고 병상에서 문득 떠오르는 두 사람의 모습은 지금 그에게는 너무도 그립고 친근하게 느껴지는 것이었다.

재작년, 그의 생애에 단 한 번의 청혼 상대였던 마리아 보진스카의 오빠 안토니 보진스키가 죽고 시인 스테판 비트비츠키가 죽은 뒤로 그는 자신의 주위에서 차례차례 세상을 떠나는 지인과 친구들을 생각하게 될 때가 많았다.

그의 피아노를 항상 최고의 상태로 만들어주던 조율사 에니크도 이미 세상을 떴다. 이제 그렇게 한치의 실수도 없이 조율된 피아노는 이 세상에 존재하지 않는 것이다. 오랜 세월 단골로 거래하던 구둣방 모스도 세상을 떴다. 그토록 기분 좋고 편안한 구두를 이제 누가 만들어줄 수 있을까? 2월 8일에는 콩세르바투아르의 오케스트라 지휘자였던 프랑수아 아브네크가 죽었다. 삼 년 전에 뇌일혈로 쓰러진 뒤에도 그토록 열심히 지휘대에 섰건만. 그가 없으니 이제 대체 누가 베토벤의 교향곡을 지휘한단 말인가? 그리고 누구보다 아까운 몰랭 박사…… 한 사람 한 사람이 세상을 떠날 때마다 그들뿐만 아니라 그 기술까지 함께 사라지고 만다는 당연한 사실이 그의 가슴을 강하게 내리쳤다. 자신이 죽으면 잃게 되는 것은 결코 몸뚱이만이 아니다. 음악 또한 사라지는 것이다. 그가 안타까워하는 것은 바로 그것이었다. 어느 누구도 자신이 연주한 것처럼 피아노를 치지는 못하리라. 자신의 연주가 그 죽음의 순간 이 세상에서 완전히 사라지는 것이다. 아, 이 무슨 비극인가! 아직 음표로 모습을 드러내지 못한 수많은 곡이 있다. 그 모든 것이 이 목숨과 함께 사라져버리는 것이다. 나 자신은 생각했던 것보다 훨씬 더, 음악 그 자체나 다름없었다. 나 자신이야말로 음악이었다. 아아, 이제야 그것을 깨닫다니!

피아노를 칠 수 있는 날에는 다니엘에게 부축을 받으면서라도 건반을 두드렸다. 그것도 허락되지 않을 때는 침대에서 몸을 일으켜 질리지도 않고 열 손가락을 움직였다. 그렇게 새삼 물끄러미 자신의 손을 바라보는 일에는 말할 수 없는 감동이 있었다. 건반을 누르듯이 손가락을 움직이며 손등에 떠오르는 뼈의 모습을 바라본다. 손바닥을 뒤집어 자신을 향해 펼치고 가만히 쥐어본다. 솜이 부풀어오르는 듯한 속도로 신중하게 다시 한번 펼쳐본다. 이번에는 반쯤 손가락을 구부렸다 편다. 그러고는 하나하나의 손가락을 자유롭게 움직여본다. 조금 전보다 빠르게 쥐고 펴는 동작을 거듭해본다. 희미하게 떨리는 정도로 움직여본다. 레가토로, 스타카토로 움직여본다. 생각대로 움직인다는 것. 그것이 왠지 지극히 소중한 일 같아서 그 신비로움에 대해 끊임없이 생각했다. 마음속으로 움직이려고 생각한 뒤에 움직여본다. 그러나 그 말에 따라 움직이는 것이 아니라는 것은 쉽게 알 수 있다. 그런 생각을 할 틈도 없이, 어떻든 뜻대로 움직인다. 어떤 형태로든 자유롭게, 순식간에. 얼마나 정교한가! 이제껏 한 번도 신경쓰지 않았던 그런 당연한 사실에 신선한 경탄이 있었다. 가슴이 뜨거워지는 감격이 있었다. 그렇게 오래 자신의 손을 바라보고 있노라면 언제나 눈물이 주르르 흘러내렸다. 죽은 이들의 육체는 지금도 그의 내면에서 생생했다. 생전에 그 한 사람 한 사람을 만나 곁에서 느꼈던, 그곳에 있다는 힘찬 존재의 압박이 미미하게나마 그 흔적을 남기고 있었다. 쇼팽은 그들의 손을 하나씩 떠올리고 그 손들이 움직이고 작업하던 모습을 뇌리에 그려보았다. 조현 핀을 돌리는 공구를 쥔 에니크의 힘차고도 섬세한 손. 두툼한 가죽에 바늘을 꽂는 모스의 완강하고도 망설임 없는 손. 언제나 다정하게 이마의 열을 재던 몰랭 박사의 묵직하고 따스한 손. 모든 연주자의 주의를 집중시키며 자유자재로 움직이던 아브네크의 긴장된 손…… 모두 이제는 차갑게 굳어버려 움직이지 않는다. 흙 속에서 아무것도 만지지 못한 채 저항 없이 부패를 받아들이고 있다. 그리고 곧 이 손도……

쇼팽이 음악에 대한 자신의 생각을 정리하기 위해 지금껏 그다지 관심을 갖지 않았던 교본의 초고를 쓰기 시작한 것은 이 무렵부터였다. 음정과 음의 장단 같은 음악의 근본 문제에서부터 피아노라는 악기의 건반의 구조, 악보 기재 방법, 연주 기술의 기본, 나아가 음악이란 무엇인가와 같은 본질적인 논의에 이르기까지 글로 남겨두고 싶은 것이 너무도 많았지만, 실제로 시작하고 보니 지나치게 거대한 계획이어서 펜을 들 엄두가 나지 않았다. 레슨 때는 별 힘을 들이지 않고 말로 설명했던 것들이 글로는 제대로 표현되지 않았다. 보통 때라면 우스갯소리 정도로 끝났을 그런 고민도 남겨진 시간이 적다는 생각을 하면 걷잡을 수 없이 답답하고 애가 탔다. 프랑스어로 써야 하는 어려움도 있었다. 가장 쉽게 씌어져야 할 첫머리의 한 구절조차 몇 번이나 망설이며 고쳐 썼다. 몸 상태가 좋을 때만 펜을 들 수 있는데다 그것도 쉬엄쉬엄 하지 않으면 몸에 무리가 갔기 때문에 시간을 들여 깊이 생각한다는 것 자체가 불가능했다. 써놓은 것을 다시 읽어보면 항상 실망스러웠다. 아직 기본 부분이니 괜찮다고 스스로를 위로하곤 했지만, 정말 쓰고 싶은 본격적인 논의에 이를 때까지 자신의 수명이 계속될 것 같지 않았다. 무엇보다, 거기까지 쓴다 해도 과연 스스로 만족할 만한 결과를 만들어낼 수 있을까? 언어를 사용해서?

어떻든 음악에 대한 나름의 견해를 조목조목 써보자는 생각을 하기 시작하자 그 모든 것이 지금껏 자신이 써낸 작품에 비해 너무도 치졸하고 매력이 결여된 것처럼 느껴져서 힘이 빠졌다.

"음에 의해 표현되는 예술을 음악이라고 부른다. ―음에 의해 사상을 표현하는 예술. ―음을 조작하는 기술. ―음에 의한 감정의 표출. ―인간의 한정할 수 없는 막연한 언어, 그것이 음악이다. ―한정할 수 없는 언어, 즉 음악. ―언어는 소리에서 태어났다. 즉 언어 이전의 소리. ―언어, 즉 어떤 종류의 소리의 변용. ―말하기 위해 언어를 사용하듯, 음악을 연주하기 위해서는 소리를 사용한다……"

자신이 평생을 바쳐온 음악이라는 것에 대해 말할 수 있는 것이 고작 이 정도란 말인가? 일단 이것저것 써두기는 했다. 조금 더 깊이 생각하면 제대로 된 표현이 나올 것이다. 물론 그럴 만한 시간이 있을 때의 이야기지만……

병문안을 위해 찾아오는 손님들의 발길은 끊이지 않았다. 로지에르 양과 구트만, 프랑숌이 가장 빈번하게 그의 집을 찾았다. 들라크루아도 1월 말 이후로 몇 차례 얼굴을 보러 와주었다. 그지마와 백작은 재작년의 파산 소동에 이어 이번에는 2월혁명에 참가한 폴란드 민주협회 회원 몇 명이 국외추방 처분을 받은 여파로 정부의 엄중한 감시를 받게 되어 상당 부분 자유를 빼앗긴 상태였지만, 그래도 어떻게든 기회를 엿보아 집을 빠져나와 세심한 주의를 기울이며 스카르 도를레앙의 문을 두드리곤 했다. 클레징게르는 이따금씩 들러 아내의 말을 전하거나 기특하게도 앞으로의 처신에 대해 그의 조언을 청하기도 했다. 제자들도 걱정이 되어 그를 찾아왔다. 특히 잠시 프랑스를 떠나 있던 베라 루비오 부인은 프랑숌과 함께 악보정리 등의 잡무를 도와주었다. 그녀는 최근 십 년 사이 그의 가장 우수한 제자 중의 한 사람이었다. 집에 틀어박혀 지내던 알캉도 그의 집에만은 때때로 얼굴을 내밀었다. 파리에 돌아와 있던 델피나 포토츠카 백작부인은 병문안 때마다 그의 요청에 응해 노래를 불러주었다. 오브레스코프 대공비나 로스차일드 남작 부인처럼 유복한 숭배자들은 서로 협력 없이 오히려 얼마간 견제까지 해가며 직접적인 금전적 도움을 달가워하지 않는 그의 경제적 곤궁을 어떻게 도울 수 있을지를 궁리하고 있었다. 차르토리스카 대공비는 공공연히 앞장서서 쇼팽의 비호자 입장을 취하며 그런 사람들이 그에 대한 지원을 주저하는 일이 없도록 적당한 자리를 마련하기 위해 노력했다. 스스로는 매우 신중하게 다른 이들에게 자리를 양보하면서도 병상에는 자주 들렀고, 자신을 조심스럽게 대하는 그의 심중을 고려하여 생활을 위한 여러 가지 도움을 도맡아 주었다.

모든 사람에게 면회가 허용된 것은 아니었다. 파리에서 오래 생활하는 동안 그는 각별히 친한 사람이나 그들에게 소개받은 사람이 아니면 만나지 않는 것이 항례였지만, 병의 악화는 그 선정을 한층 엄밀하게 만들어, 수많은 문안객이 몸이 좋지 않다는 이유로 다니엘에 의해 문 앞에서 쫓겨났다. 그러다보니 좀체 얼굴 한 번 보기 어려운 처지로 밀려나고 만 사람도 있었다. 그 중 한 사람이 마를리아니 백작 부인이었다. 그녀는 상드 부인과 쇼팽이 헤어진 후, 이를테면 로지에르 양 같은 이가 명백히 쇼팽 편에 서겠다는 의사를 표시하고 상드 부인과 절연한 것과는 달리, 계속해서 양쪽 모두와 좋은 관계를 유지하려고 노력했다. 그러나 그런 애매한 태도는 그지마와 백작처럼 애초부터 쇼팽의 편이었던 사람에게는 도저히 이해할 수 없는 것이어서, 문득 깨닫고 보니 마치 그쪽 편인 것처럼 쇼팽의 눈 밖에 나버린 것이었다.

그녀로서는 이런 조처가 너무도 불합리하게 느껴졌다. 어째서 자기만 이런 식으로 두 사람 사이에서 애매한 입장을 추궁당해야 하는가? 비아르도 부부도 그렇고 들라크루아도 그렇고, 모두가 쇼팽을 동정하고 그 고통을 위로하면서도 한편으로 상드 부인과 연락을 계속 유지하고 있는데 말이다. 어째서 자신에게만 마치 배신자라도 되는 것처럼 굴욕적인 오명을 씌운단 말인가?

그런 넋두리를 들은 들라크루아는 그녀가 조금은 딱하게 여겨지기도 했다. 그러나 실제로 쇼팽이 영국에서 돌아온 뒤로 한 번도 그녀와 얼굴을 마주하지 않았을 뿐 아니라 만나고 싶어하는 기색도 전혀 없었던 반면, 비아르도 부인은 그녀가 부재중인 집을 세 번이나 마차로 방문할 만큼 만나고 싶어했다는 얘기만 봐도 그녀가 병문안을 거부당한 것은 단순히 주위 사람들의 악의 때문이 아니라 쇼팽 본인의 의향에 따른 것이라고 짐작할 수 있었다. 그가 그녀를 멀리하게 된 것은 무엇보다 그녀가 입이 가볍기 때문이었다. 들라크루아나 비아르도 부인에게는 적어도 그가 부주의하게 발설한 상드 부인에 대한 비난이나 불만의 말을 가슴속에만 담아두고 입을 다물 만큼의 신중함이 있었다. 그러나 그녀는 도무지 그러지 못했다. 그는 상드 부인과의 사이에 메우기 힘든 거리가 생기기 시작했던 당시 노앙에 있었던 상드 부인이 그녀가 전해준 정보 때문에 얼마나 많은 오해를 품게 되었을지를 생각했다. 지금 생각해보면, 그때 상드 부인도 분명 몹시 초조했을 터였다. 그지마와 백작이나 로지에르 양에게까지 그토록 열심히 편지를 보내지 않았던가. 자신이 없는 동안 파리의 친구들이 한 사람씩 연인 쪽으로 돌아선다는 생각이 내내 그녀를 불안으로 몰아넣었을 것이었다. 사실 그녀의 편지에 대한 그들의 답장은—적어도 그지마와 백작 등의 말로는—매우 냉담한 내용이었다고 했다. 그런 때 거의 유일하게 그녀에 대해 변함없는 우정을 표시하며 많은 정보를 준 이가 바로 마를리아니 백작 부인이었던 것이다. 여느 때처럼 아무런 악의 없이 그저 들은 이야기를 그대로 전하기만 한다는 생각으로. ……그런 추측이 옳은지 그른지 쇼팽은 그리 깊이 생각해보지 않았지만, 만일 그것이 완전한 사실이라 해도 이제 와서 새삼 그녀를 나무랄 마음은 없었다. 단지 더이상 만나고 싶지 않았다. 그녀와 이야기하면 다시 상드 부인 생각이 날 것이고, 자연히 마를리아니 부인을 둘러싸고 상드 부인과 다시 공연한 다툼이 일어날 가능성이 있었다. 그런 일은 생각도 하기 싫었다. 게다가 비참하리만큼 쇠약한 자신의 모습이 낱낱이 보고되는 것도 원치 않았다. 그녀는 이런 꼴을 어떻게 받아들일까? 문병이라도 와줄까? 아니면 그럴 마음이 전혀 없노라고 인편으로 전해올까? ……그런 생각으로 마음을 어지럽히는 건 이제 너무도 지겨운 일이었다.

마를리아니 백작 부인처럼 쇼팽의 집에 일절 출입이 금지된 정도는 아니었지만, 어스킨 부인과 스털링 양 또한 항상 그의 곁을 지킬 수 있는 처지가 아니었다.

그의 뒤를 좇아 파리를 찾아온 이 스코틀랜드 자매에 대한 비난은 거셌다. 프랑숌처럼 의외로 그녀들에게 이해를 표하는 이도 있었지만, 지인들의 대부분은 그의 병이 이토록 악화된 데는 그녀들의 책임이 크다고 생각했다. 몸이 그런 지경인 사람을 영국의 남쪽에서 북쪽까지 내내 끌고 다닌 그 비상식적인 처사를 두고 정신이 이상한 게 아니냐는 말까지 나왔다. 그지마와 백작 같은 이는 "당신들의 고향에 우리 선량한 친구의 묘지를 만들 작정이었습니까?" 하고 저도 모르게 차가운 비아냥의 말을 던진 적도 있었지만, 지인들의 거센 분노는 결국 그 자매를 믿고 친구를 맡겼던 스스로에 대한 큰 후회에서 나온 것이었다. 좀더 나은 선택을 할 수도 있지 않았을까? 파리 교외에 있는 알브레히트나 퀴스틴 후작, 로스차일드 남작 같은 이들의 별장에 쇼팽을 맡겼더라면 결코 일이 이 지경에 이르지는 않았을 텐데…… 물론 별다른 수입도 없이 완전히 그들에게 의존하는 생활을 쇼팽이 순순히 받아들이지는 않았을 것이다. 그러나 그것도 어떻게 설득하느냐에 달린 것이 아니었을까? 그런 노력조차 하지 않았던 것은 자신들의 예상이 너무 안일했기 때문이 아닐까? 그럴지도 모른다. 그러나 아무리 그렇다 해도 모든 것은 이 자매를 전적으로 신뢰했기 때문이었다. 그녀들은 그렇게 파리에 남아 있던 친구들 모두의 마음을 짓밟았다. 어떻게 분노하지 않을 수 있단 말인가?

스털링 양은 그런 그들의 비판에 큰 상처를 입었다. 그러나 그녀를 가장 슬프게 한 것은 파리에 돌아온 뒤 눈에 띄게 냉랭해진 쇼팽 본인의 태도였고, 나아가 전혀 회복의 기미를 보이지 않는 그의 병세였다. 그녀는 자신을 향한 수많은 비난의 말에 크게 분개했다. 모두 말도 안 되는 소리고 그야말로 적반하장격의 무책임한 태도라고 생각했다.

'그 혼란스러운 때에 대체 어느 누가 그분을 구해드릴 수 있었다는 거지? 모두들 제 한 몸 챙기기에 여념이 없었다. 오직 나만이 그분을 위해서라면 어떤 일이든 할 생각으로 혼신의 힘을 다했다. 그런데 이제 와서! 무엇보다, 결코 억지로 데려간 것이 아니다. 새로운 활동 장소를 찾고 있었던 건 바로 그분 자신이었던 것을. 나는 그저 도와드렸을 뿐이다. 그것도 다른 누구도 흉내낼 수 없을 만큼 혜택받은 환경을 마련해주면서! 영국에 건너가자마자 서덜랜드 공작 부부의 야회에서 연주할 수 있었던 것도 내가 미리 모든 준비를 해뒀기 때문에 가능했던 일이다. 런던에서 성공을 거두는 데 그보다 더 확실한 방법이 있을까? 여왕 폐하와의 알현도 이루어냈다. 그분이 바라는 소규모 연주회에 어울리는 저택을 찾아 사방팔방 뛰어다녔다. 레슨을 받을 학생도 수없이 모아들였다. 스코틀랜드에서도 충분히 편히 쉴 수 있었을 것이었다. 그토록 아름다운 땅이 아닌가. 그런데 아무것도 모르는 사람들이 당치도 않은 생각으로 나를 나무라다니. 마치 내가 그분의 수명을 줄이기라도 했다는 듯이. 말도 안 돼! 어떻게 그런 소리를 할 수 있을까? 그지마와 백작이 대체 그분을 위해 무엇을 했다는 건가? 그분 자신도 무일푼이나 마찬가지면서! 아아, 대체 어느 누가 그런 험한 말을 할 자격이 있는가? 이토록 성심을 다해 그분을 위해 애써온 나에게!'

그러나 스스로를 이해시키려고 하면 할수록, 이제는 그야말로 빈사상태로 침대에 누워 있는 그의 참혹한 모습이 그녀의 뇌리에 스쳤다. 그 현실만은 어떻게도 부정할 수 없었다. 그에 대한 자신의 성실한 마음에는 의심의 여지가 없다. 결단코 허영심 같은 것이 아니다. 그러나 이토록 참담한 결과를 보고 대체 어느 누가 의도의 순수함 따위에 눈길을 줄 것인가! 역시 내가 잘못했던 것일까? 사람들이 말하는 것처럼?

영국에서 돌아와 예전처럼 수많은 사람들이 쇼팽의 주위를 에워싸게 되자 그녀는 갑자기 그가 더욱 멀게 느껴졌다. 이제 자신에게는 무언가를 부탁하는 일도 없었다. 친한 친구들에게 둘러싸여, 영국에서는 한 번도 보여주지 않던 편안한 표정을 짓고 있는 그를 바라보노라면 언제나 말로 표현할 수 없는 고독을 느껴 재빨리 자리를 떴다. 등뒤로 사람들의 차디찬 시선이 느껴졌다. 특히 그 중심에 있는 사람의 차가운 시선이. 다른 어느 누구에게 미움을 받는다 해도 상관없었다. 그러나, 오직 그에게만은 다정하게 위로받고 싶었던 바로 그 사람의, 몸이 얼어붙을 듯한 그 차디찬 시선은……

그가 자신을 멀리하고 있는지도 모른다는 불안은 에든버러에서 쇼팽이 한사코 위슈친스키의 집으로 가겠다고 고집하던 무렵부터 그녀의 마음속에 끊임없이 피어올랐다. 이럴 리가 없었다. 어째서일까? 쫓으면 쫓을수록 그는 점점 더 멀어져만 갔다. 그런 동생을 보다 못한 어스킨 부인은 별 참견 없이 지켜보기만 하던 그때까지와는 달리 동생에게 잠시 그를 놓아주면 어떻겠느냐고 조언했다. 그녀는 동생이 그 나이가 되도록 연애의 초보적인 밀고 당기기조차 모른다는 것이 놀랍기도 하고 사랑스럽기도 했다. 아니면 뻔히 알면서도 자신을 주체하지 못하는 것일까? 그녀 역시 쇼팽의 심중을 충분히 파악한 것은 아니었다. 그러나 그의 마음이 동생에게서 점점 멀어지고 있다는 것만은 분명했다. 딱히 동생을 싫어하지는 않는 것 같았다. 병에 대한 불안이 너무도 큰 나머지 애정을 받아들일 여유가 없는 것이다.

이런 때는 막무가내로 상대에게 자신의 마음을 전하려 해봤자 역효과가 날 뿐이다. 그렇다면 한동안은 내가 나서서 그를 돌봐주자. 힘들겠지만 지금은 우선 동생에게 인내를 가르치지 않으면 안 될 때다.

언니의 그런 의견을 받아들여 스털링 양은 마지막 런던 체재 때부터는 그와 되도록 거리를 두려고 노력했다. 그러나 파리에 돌아온 뒤로도 사태가 전혀 진전되지 않자 애가 타서 자기 대신 병문안을 갔던 언니가 돌아오면 항상 현관까지 달려나가 이제는 만나러 가도 되겠느냐고, 그가 자신에 대한 얘기를 하지는 않았느냐고 질문을 퍼부어댔다. 레슨도 그의 병을 이유로 루비오 부인에게 넘겨졌지만, 차르토리스카 대공비나 칼레르기 부인은 여전히 그에게 직접 지도를 받는다는 사실을 알자 온몸이 질투심으로 타오르는 것만 같았다. 진정되지 않는 마음을 억지로 가라앉히고 혼자서 매일 레슨용 악보에 남겨진 쇼팽의 글씨를 바라보며 예전에 배웠던 곳을 복습했다. 마지막으로 주의사항을 적어준 글씨가 아직도 새로웠다. 지난 가을에 스코틀랜드에서 적어준 것이었다. 피아노를 마주하고 앉아 물끄러미 그때를 추억했다. 숨결이 느껴질 만큼 가까이에서 손가락으로 악보를 가리키며 매끈하게 넘어가지 않는 부분은 몇 번이고 연주해주었다. 아아, 지금 이 시간에도 다른 이들은 그런 행복을 느끼고 있을까? 그런데 어째서 나만! ……다음에 만날 때는 그가 깜짝 놀랄 만큼 훌륭하게 연주하기 위해 루비오 부인 댁에서도 누구보다 착실히 연습했다. 그것이 가장 자연스럽게 그의 웃는 얼굴을 이끌어내는 길이리라. 자신의 음악에 대한 성실함은 루비오 부인을 통해 분명 그의 귀에도 들어가리라…… 그러나 때로는 도저히 참을 수 없어 언니 몰래 혼자 병문안을 간 적도 있었다. 그리고 그때마다 깊은 실망과 함께 총총히 집으로 돌아와야 했다.

'그리도 쇠약해지다니…… 그것도 모두 내 탓일까? 그분은 나를 미워하는 걸까? 아아, 그런 끔찍한 일은 생각하기도 싫어…… 대체 어떻게 해야 하지? 뭔가 그분에게 도움이 되는 일을 할 수만 있다면…… 미움받고 싶지 않아…… 절대로 그것만은…… 이토록 사랑하고 있는데…… 아아, 어떻게? 대체 어떻게 해야 하는 걸까?'

15

파리에 돌아온 뒤 오랜만에 깨달은 이 도시의 번잡함이 한참이나 낯설기만 하던 들라크루아도 두 달쯤 지나서는 서서히 감을 되살려 날마다 아틀리에에서 제작에 정진하고 이따금 틈을 내어 여러 살롱에 얼굴을 내미는 등, 이 계절의 화가들이면 모두 해야 하는 생활에 순응해갔다. 5월 15일의 관전 마감에 대한 걱정과 함께 변함없이 호주머니 사정도 슬슬 불안해지는 등의 즉물적인 사정이 창작 의욕을 떠밀어주었다. 올해 관전에는 샹로제에서 그리기 시작한 꽃 연작을 중심으로 한 작품들을 발표할 예정이었는데, 동시에 재작년에 착수한 〈알제의 여인들〉 개작, 마찬가지로 모로코 여행의 기억인 〈시리아인과 말〉, 셰익스피어의 원작과 로시니의 오페라에서 착상한 〈오셀로와 데스데모나〉 같은 작품도 준비해 완성도에 따라 그 양쪽에서 모두 다섯 점 정도를 출품할 생각이었다.

반년에 걸쳐 스페인, 모로코, 알제리의 각 도시를 여행하면서 그렸던 오백 매가 넘는 수채 소묘를 다시 꺼내보는 일은 항상 그에게 말로 다 할 수 없는 흥분을 불러일으켰다. 벌써 십칠 년이나 지난 옛일이었다. 그런데도 그 풍경이 아직도 이토록 선연하게, 세부까지 빠짐없이 눈앞에 그려지는 것은 대체 어떤 마술의 소행일까?

그 여행에서 자신은 분명 변했다. 그것이 어쩌면 자신이 현재 화단에서 고독해진 이유인지도 몰랐다. 아낌없이 넘쳐나던 그 생생하고도 강렬한 색채. 그것이 주름 하나 없이 활짝 펼쳐진 새 캔버스 같은 건물의 하얀 벽에 방금 칠한 그림물감처럼 비쳐서로 어우러졌던 그 세계. 빛은 세상 어느 곳보다 눈부셨고 그림자는 세상 어느 곳보다 짙었다. 게다가 그 각각의 것들을 오로지 표면으로만 맞아들이면서 하나하나의 색은 그 확고함에 일절 흔들림이 없었다. 그후 그의 상상력의 팔레트에는 프랑스 국내에서는 결코 손에 넣을 수 없는 그림물감이 선명히 늘어서게 되었다. 귀국 후에 즉각 몇 점의 그림을 완성하여 호평을 얻은 그는 그 뒤로도 계속해서 북아프리카의 풍속과 풍토를 취재한 작품을 그려냈다. 그것은 물론 화단에서 그의 존재의 특이함을 한층 두드러지게 했다. 관전 준비를 하는 동안 그런 일을 다시금 되짚어본 그는 동시에 자신이 최근 몇 년 동안 아랍 세계라는 주제를 작품에서 열심히 다뤄온 것도 희귀한 일이었는지 모른다고 생각했다. 재작년 관전에서 예년에 없이 모로코 관련 작품을 세 점이나 발표했을 때도 그는 수없이 그 이유에 대한 질문을 받았다. 특별히 의식하고 한 일은 아니었다. 그럴 때마다 "어쩌다보니 그렇게 되었습니다" 하고 그저 짤막하게 대답했지만, 그것은 거짓 없는 본심이었다. 많은 이들이 화가는 관전에 출품할 그림만 그린다는 단순한 착각을 한다. 실제로 그런 화가들이 많은지도 모른다. 그러나 자신의 경우는 달랐다. 늘 관전 출품작의 몇 배나 되는 그림을 동시에 작업했다. 그리고 그중에서 가장 완성도가 높은 작품을 몇 점 골라 내놓는 것뿐이었다. 모로코 관련 작품이라면 지금까지도 줄곧 그려왔다. 그러던 것이 어쩌다보니 이번 관전에는 예년보다 많은 작품을 출품하게 되었다. 기껏해야 그런 정도에 지나지 않았다. 원래부터 그에게는 자신의 작품 주제에 대해 그 유래를 따지고 분석하는 습관이 없었다. 성서나 소설을 읽는다. 연극을 본다. 음악을 듣는다. 그럴 때마다 자연스럽게 하나의 정경이 머릿속에 떠오르고, 그것을 캔버스에 어떻게 옮길지 궁리한다. 그러다 형태가 잡히면 본격적으로 제작에 들어간다. 곧바로 작업에 들어가지 못할 때는 머릿속 어딘가에 넣어두었다가 나중에 구상이 정리되면 그때부터 그리기 시작한다. 미리 어떤 의도를 가지고 작품의 주제를 궁리하는 것은 공공건축물의 장식화처럼 의뢰를 받아 시작하는 경우뿐이었다. 타블로라면 주제의 선택은 단지 순수하게 그가 화가로서 흥미를 느꼈느냐 아니냐의 문제와 관련되어 있을 뿐, 그것이 현대라는 시대나 자신의 현재 생활과 어떻게 연결되는지는 붓을 잡기 전에는 물론이고 작업중에도 그 뒤에도 거의 머릿속에 들어 있지 않았다.

들라크루아가 그런 문제에 신경을 쓰기 시작한 것은 예의 매장이라는 보들레르의 말에 대해 비요와 이야기를 나누고부터였다. 혁명이 일어난 것은 실제로는 그로부터 반년도 더 지난 후였다. 그러나 그는 자신이 그 전후에 모두 다섯 점이나 되는 〈그리스도의 매장〉을 그렸다는 사실과 혁명에 의해 그야말로 쓰레기더미에 매장되어버린 거리의 참상 사이에 어떠한 연결고리를 찾아보고 싶은 악취미적인 충동을 억누를 수 없었다. 사회의 격변으로부터 떨어져 샹로제에 은둔하는 동안 지나치게 내성적이 된 것인지도 몰랐다. 그곳에서 매일같이 꽃 그림을 그릴 때도 그는 그 작업이 자신의 불안을 무엇보다 확실히 진정시켜주는 것을 느꼈고, 그 느낌의 의미에 대해 생각했다. 그러한 일련의 일들이 그에게 최근 몇 년 동안 그려온 모로코 관련의 작품에 대해 재고하게 하는 계기가 되었다. 정확하게 헤아려보니 과연 예년에 비해 그런 종류의 작품이 늘어난 것을 알 수 있었다. 역시 의식적으로 한 일은 아니었다. 그러나 화가로서의 결정적인 전기가 되었던 그 여행을 돌아보고 이제까지의 자신을 다시 한번 검증해보고 싶다는 생각이 마음속 어딘가에 자리잡고 있었는지도 모른다. 혁명은 그에게 분명하게 하나의 단절이라는 의식을 가져다주었지만, 그 훨씬 이전부터 늙음이라는 것이 착실히 그런 자각을 강요해왔던 것이 아닐까? 육체의 쇠잔은 부정할 수 없었다. 그러나 회화에 대한 이해는 더욱 깊어졌다. 양원 도서관의 대작도 완성했다. 관전 심사위원 일을 맡기도 했고 화단에서의 입장도 조금씩 변했다. 자신은 어쩌면 한편으로 무언가를 매장하면서 다른 한편으로는 그곳에서 소생할 미래의 모습을 찾고 있는 것이다. 그렇다면 그런 그림은 말하자면 〈그리스도의 부활〉의 선상에 있는 작품이 아닐까?

큰 노력을 요하는 작업은 없었던 덕분에 건강은 예년보다 한결 좋아졌지만, 2월 말에 "아직 추워서 안 돼요!" 하고 만류하는 제니의 걱정을 흘려들으며 목욕탕에 들었다가 아니나 다를까 감기에 걸려 갑작스레 기침과 인후통에 시달리게 되었다. 그래도 옷을 갑옷처럼 껴입고 시간을 줄여 아틀리에에서 제작을 계속했고 이곳저곳의 살롱에도 게으름 피우지 않고 싹싹하게 얼굴을 내밀었다.

대통령과는 아직 서로를 탐색하는 단계라서 딱히 원만한 관계라고 하기는 어려웠지만, 야회는 현관에서의 복잡한 절차 없이도 살롱 출입이 가능해서, 열심히 대통령의 마음을 사려고 애쓰던 앵그르와 그 일파들에 비해 딱히 자신이 뒤떨어진 건 아니라고 생각했다.

어느 날 밤의 추억은 각별히 통쾌했다. 들라크루아는 그날 티에르와 비에야르 같은 정치가들과 함께 대통령 관저에 저녁식사 초대를 받았다. 도착해보니 뜻밖에 앵그르도 와 있었다. 서로 얼굴을 보자마자 또 지겨운 인간을 만났다는 씁쓸함을 고스란히 표정에 담은 채 냉랭한 인사를 나누었다. 식사가 시작된 잠시 뒤에 대통령이 참석자들 앞에서 악명 높은 스위스 시골 사투리가 두드러지는 프랑스어로 열심히 앵그르의 그림을 치켜세우기 시작했다. 별말씀을 다하신다며 만족스러운 듯 답례하는 앵그르를 본 척도 하지 않은 채 들라크루아는 혼자 묵묵히 접시만 들여다보고 있었다. 그런데 잠시 뒤에 대통령이,

"제가 지금 어떤 작품에 대해 말씀드리는지 벌써 아시겠지요? 그 아름다운 〈캐퓨신 회 수도원의 성가대석〉을 두고 하는 얘기랍니다" 하고 덧붙이는 소리를 듣자마자 그는 웃음이 터질 것 같아 고개를 쳐들었다.

앵그르의 얼굴이 금세 당황한 기색으로 찌푸려졌다.

"실은 나도 하나 갖고 있어요. 그 그림을 볼 때마다 화가에 대한 한없는 찬탄을 금할 수 없답니다."

들라크루아는 도저히 참을 수 없어 일부러 작게 헛기침을 했다. 그 소리가 귀에 들어갔던지 앵그르가 슬그머니 그를 흘겨보

았다. 그것이 또 너무 우스워 견딜 수 없었다. 세상 누구보다 보이기 싫은 사람에게 이런 모습을 보이고 말았다. 영락없이 그런 표정이었다. 조금 전까지 기고만장하던 태도가 거짓말처럼 사라지고 잔뜩 굳은 얼굴로 고개를 떨구고 입을 다물어버렸다. 무슨 일인지 바로 이해하지 못한 사람들도 많았지만, 육 년 동안이나 『콩스티튀시오넬』 지에 회화에 관한 기사를 썼던 티에르는 당장 사태를 알아차리고 '바보 아냐?' 하고 경멸하는 듯한 웃음을 지으며 대통령의 얼굴을 쳐다보고 있었다. 〈캐퓨신 회수도원의 성가대석〉은, 똑같은 다비드의 문하이긴 해도 앵그르가 아니라 지난번에 비요에게 루브르의 회화 부문 부장직을 물려주고 엑상프로방스로 은퇴한 프랑수아 마리우스 그라네의 너무도 유명한 작품이었다. 인기가 높아서 화가 본인에 의해 수많은 복제판이 제작되었고, 대통령이 소유하고 있다는 작품도 그중의 한 장일 터였지만, 어쨌든 네덜란드 파를 연상시키는 그 어둑신한 작품은 앵그르의 화풍과는 비슷한 점이라고는 전혀 없는 것이어서 착각치고도 어지간히 희한한 착각이라고 하지 않을 수 없었다.

의기양양하게 이야기를 시작했는데 별로 달가워하지 않는 기색의 화가를 의아하게 쳐다보는 대통령이 들라크루아는 우습다기보다 다소 딱하다는 생각까지 들었지만, 회화 상식이 저 정도라면 지금까지의 화단 조류에 사로잡히지 않고 의외로 자신을 발탁해줄지도 모르겠다고 오히려 희망을 품기까지 했다. 다시 한번 앵그르의 얼굴을 지그시 쳐다봐준 다음, 고소한 마음으로 피식 웃으며 와인을 입 안에 흘려넣었다.

한편 아돌프 티에르와의 관계는 그해 들어 급속도로 냉각되었다. 티에르는 혁명 후의 불우한 시기에 마치 공원의 비둘기 떼에 돌멩이를 던진 것처럼 주위에서 사람들이 일제히 떠나가는 굴욕을 맛보아야 했다. 특히 그중의 한 사람이 들라크루아였다는 데 아직껏 분을 삭이지 못하고 있었다. 대체 누구 덕분에 오늘날까지 화가로서의 생활을 이어올 수 있었단 말인가? 설마 순전히 자기 힘이라고 생각하는 건 아니겠지? 어림없는 소리! 화단에서 그렇게 지독한 평판을 받던 사람을 자신의 취향까지 의심받아가며 이십 년이 넘도록 감싸온 은혜를 잊었단 말인가? 평소에는 우정이니 뭐니 그럴싸한 말을 늘어놓더니, 결국 머릿속에는 상대의 지위를 교활하게 이용하는 것밖에 없는 사람이 아닌가! 정말 기가 막힌 일이다. 내 쪽에서 그를 편애할 이유 따위는 이제 없다. 지금 와서 새삼스럽게 그의 편을 들어줄 필요가 어디 있단 말인가!

2월 11일에 들라크루아는 삼 개월 만에 방문한 들레세르 부인의 집에서 우연히 티에르를 만났다. 거기서 두 사람 사이에 결정적인 균열이 생기게 되었다. 티에르는, 본심을 말하자면, 들라크루아라는 인물이 싫지는 않았다. 물론 단순히 이해관계만을 따지자면 이미 십이 년 전에 그와의 관계는 청산되고도 남았을 것이었다. 그런데도 오늘날까지 변함없는 교제를 유지해올 수 있었던 것은 왜곡된 가운데서도 이른바 우정이라는 것이 두 사람 사이에 존재했기 때문이었다. 한 살 차이밖에 나지 않는 동세대인으로서의 공감도 있었다. 같은 시대를 비슷한 나이로 살았다는 단순한 사실은 사람들을 의외로 단단히 묶어주는 법이다. 게다가 그는 예전에 마르세유의 시골에서 맨몸이나 마찬가지로 상경했던 자신에게 성공으로 향하는 길을 열어준 인물의 사생아였다. 공식적으로는 아무런 배경도 없는 들라크루아를 돌봐주는 것은 자신이야말로 그 인물의 후계자라는 사실을 세상에 널리 알리는 중요한 의미를 가지고 있었다. 그리고 그것은 동시에 자신의 벼락출세자로서의 열등감을 달래주는 역설적인 배경이기도 했다. 그렇기 때문에 더욱 용서할 수 없었다! 혁명중에 들라크루아가 보인 태도에 화가 난 것은 확실했다. 그러나 그 이상으로, 지금 그가 보아르네 가의 유서 깊은 혈통에 기대어 노골적으로 루이 나폴레옹의 품에 기어들려는 꼴은 자신이 이제껏 쌓아온 모든 것에 대한 모욕으로 간주하지 않을 수 없었다.

들라크루아는 이 노회한 친구와 사이가 틀어지리라고는 전혀 생각지 않았기 때문에 그와 재회했을 때도 그간 적조했다는 인사를 하며 예전처럼 다정하게 말을 건넸지만, 티에르는 처음부터 응하지 않았다. 그러고는 들라크루아에게 냉담하게 쏘아붙였다. 당신과 나는 이미 이해를 함께하지 않는다. 아니, 오히려 당신 쪽에서 내게 적대적인 입장을 취하고 있다. 루이 나폴레옹에게 접근하려는 것이 바로 그것이다. 나는 대단히 유감스럽다.

당신만한 인물이니 이미 짐작했겠지만, 나와 대통령의 관계는 일시적인 것에 지나지 않는다. 동시에, 어디까지나 나는 그보다 우위에 서 있다. 지금 당장 그렇다는 것은 아니지만, 가까운 장래에 반드시 그렇게 된다. 나는 틀림없이 당신이 수고스럽게 손에 넣은 그 권력과의 연결을 전부 무로 돌릴 것이다. 그때서야 당신이 다시 내게 접근해온다면 어떻게 할까? 내가 그토록 남에게 관대할 수 있을지는 장담할 수 없다…… 들라크루아는 그런 그의 태도에 당황했지만, 무슨 말을 하려는 것인지는 분명히 알아들었다. 은근히 염려했던 일이기는 하지만, 최근 일 년 남짓 거의 완전히 연락을 끊다시피 했던 것이 그의 기분을 상하게 했다는 생각이 들었다. 특히 그가 비참한 낙백(落魄)을 강요당하던 때는 편지 한 통 보내지 않다가 오랜만에 재회하고 보니 그야말로 고무신을 바꿔신듯 루이 나폴레옹의 살롱에 뻔질나게 출입하고 있으니 물론 기분이 좋을 리는 없었다. 그러나 그 당시는 남의 걱정을 할 상황이 아니었다. 누구라도 그렇지 않았던가? 티에르가 그런 사정을 알아줄 것이라는 기대는 허망하게 무너졌지만, 그의 마음을 전혀 이해할 수 없는 것은 아니었다. 그러나 들라크루아는 자신과 루이 나폴레옹 중 누구를 선택할 것인지 이 자리에서 확실히 입장을 밝히라고 암암리에 추궁하는 티에르에게 당신만 택하겠다고 할 수는 없었다.

그런 말을 할 수 있을 리가 없었다. 그는 여기에 이르기까지 포르제 남작 부인이 얼마나 각고의 노력을 기울여왔는지 잘 알고 있었다. 그 노력을 결코 헛되이 할 수는 없었다. 그녀의 열의에는 깊이 감사하고 있었다. 그러나 연인에게 큰 도움이 되었다는 그녀의 기쁨이 그에게는 괴롭게 느껴졌다. 어째서일까? 자신 또한 그녀가 뭔가 도움을 필요로 하고 거기에 응해줄 수 있을 때는 적극적으로 그 역할을 맡지 않을까? 그녀는 그런 때 지금 자신처럼 말로 표현할 수 없는 이런 허탈함을 느낄까? 모든 것이 변해버리려 하는 이 프랑스라는 나라에서 그는 가까스로 화가로서의 새로운 지위를 개척해냈다. 거기에 가장 큰 도움을 준 이는 말할 것도 없이 그녀였다. 그것을 인정하면서도 역시 서글펐다. 지난 한 해 동안 두 사람의 관계가 원만했던 것은 사회의 불안이 어쩔 수 없이 서로를 필요로 하게 했다는 사정도 있었지만, 그보다 더 큰 것은 자신을 압박하는 대작 작업이 없었기 때문이었다. 그 점은 충분히 이해하고 있었다. 그렇게 마주 웃으며 지낸 것이 얼마 만이었던가. 벌써 가물가물할 만큼 옛날이었다. 재작년에는 그토록 깊은 우울을 호소했던 그녀가 작년에는 단 한 번도 그런 말을 입에 담지 않았다. 세상 모든 사람들이 깊은 한숨을 내쉬는 속에서 그녀의 웃는 얼굴만은 행복을 알고 있었다. 그리고, 연인이 꽃 그림에 착수하고 파리에서 본격적으로 관전 출품작 작업을 시작한 무렵부터 그녀는 역시 변하지 않을 수 없었다.

그녀는 자신의 내부에서 다시 고개를 들려고 하는 적막감을 민감하게 감지하고, 그것을 연인의 일 때문에 동분서주하는 것으로 어떻게든 극복해보려 애썼다. 마치 홀로 뒤처지는 것이 두려운 듯이. 그가 절감하고 안타깝게 여기는 것이 바로 그것이었다. 그것은 결코 단순히 애정에서 나오는 헌신이 아닐 터였다. 그렇게 그녀가 이제껏 애써온 일 모두를, 어떻게 이제 와서 헛되이 할 수 있을 것인가.

게다가 그는, 정치적으로 무지한 화가의 예감이기는 했지만, 이번만은 티에르의 야심도 좌절될 것이라는 느낌이 들었다. 정부 내의 권력 다툼이 어떻게 전개되고 있는지는 모르지만, 세상을 뒤흔들고 있는 "나폴레옹 만세!"라는 함성은 대통령 선거 전후의 일시적인 열광으로 무시되던 시기를 넘어 이제는 명백히 하나의 도도한 조류를 형성하고 있었다. 그것은 티에르도 잘 알고 있을 터였다. 당초에 새 대통령을 단순한 꼭두각시에 불과하다고 생각했던 사람들 사이에서도 의외로 그가 만만치 않은 인물일지 모른다는 경계의 움직임이 커지고 있었다. 그런 가운데서 과연 어떤 작전으로 정치의 주도권을 쥐겠다는 것인가?

들라크루아는 티에르의 말에 애매한 대답만 되풀이하며 어떻게든 험악한 분위기를 개선해보려고 애써 대화를 이어나갔지만, 그것이 도리어 더 거슬렸던지 티에르는 휙 등을 돌리고는 예전처럼 다시 만나자는 말도, 집에 찾아오라는 말도 없이 자리를 떠버렸다.

돌아오는 길에 들레세르 부인의 친척이며 칼바도스 현의 지사인 에두아르 보셰의 이륜마차에 동승했을 때도 그는 앞으로의 정국 전망에 대해 물어보았지만, 보셰 역시 "의회는 앞날이 암담해요"라는 의견이었다.

"루이 나폴레옹은 그의 옹립자들이 예상했던 것보다 훨씬 강력한 권력을 움켜쥐고 있어요. 아까 당신이 말씀하신 대로, 티에르 일파에게는 뜻밖의 큰 오산이겠지만요. 그러나 사실 최근 삼십 년 동안 프랑스의 통치자 중에서 루이 나폴레옹만큼 유명한 사람은 없었다는 점을 감안하면 당연한 일인지도 모르지요……"

그랑주바틀리에르 가 쪽으로 돌아가는 보셰에게 그참에 집에까지 태워달라고 하려다 갑자기 생각이 바뀌어 콩코르드 광장 근처에서 내릴 때까지, 두 사람은 요즘은 모든 것이 변해가고 있다는 이야기를 나누며 서로 크게 공감했다. 헤어진 뒤에는 보셰가 몇 번이나 지적했던 민중의 무어라 말할 수 없이 해이해진 꼴을 직접 눈으로 보고 걸으면서 과연 맞는 말이라고 실감했다.

"이렇게 날씨 좋은 일요일 낮인데 말이에요, 도무지 활기라고는 찾아볼 수가 없다니까요!"

티에르와는 그 뒤에도 몇 차례 얼굴을 마주할 기회가 있었지만 그의 냉담한 태도는 여전했다. 그러다보니 두 사람의 불화는 여기저기서 입방아에 오를 만큼 유명한 이야기가 되었다.

3월이 되자 고생한 보람이 있어 그에게 생 쉴피스 성당의 장식 일을 맡기기로 내무성의 내부적인 조정이 이루어져, 몇 달에 걸친 살롱 순례도 그럭저럭 일단락되는 듯했다. 남은 것은 정식

의뢰를 기다리는 것뿐이었다. 루브르의 '아폴론의 방'은 별다른 진전이 없었는데, 아무래도 조금 더 시일이 걸릴 것 같았다. 고생스럽기는 했지만 한쪽이나마 충분한 성과를 거뒀다는 것이 화가를 기쁘게 했다. 이제 앞날에 대한 희망을 품을 수 있었다. 관전 마감을 향해 마지막 총력을 기울이는 한편, 틈틈이 생 쉴피스 성당에 들러 샤펠 개수 공사가 어느 정도 진척되었는지 확인하기도 했다.

3월도 끝나갈 무렵에는 시간 여유가 나서 다시 자주 쇼팽을 찾았다. 한 달쯤 전에는 최악의 사태까지 염려했을 정도였지만, 그 무렵에는 약간 회복된 듯해 찾아가면 반갑게 대화에 응하곤 했다. 4월 초 티에르의 장인 장례식에 참석하고 돌아오는 길에 들렀을 때는, 앞서 병문안을 와 있던 알캉과 셋이서 열심히 음악 이야기를 하다 해가 지기 전에 잠시 바깥바람을 쐬고 싶다고 해서 모두 어울려 마차를 타고 산책에 나섰다. 2월에 감기를 앓은 다음부터 들라크루아 역시 건강이 그리 좋지 않았던데다 장례식장에서 내내 서 있었던 탓에 솔직히 몹시 피곤했지만, 쇼팽 쪽에서 뭔가 부탁하는 일은 좀체 없었던 터라 자신이 도움이 된다는 것이 흐뭇했다. 일단 마차에 오르자 바로 돌아오기가 아쉬워 샹젤리제를 지나 개선문을 거쳐 시문(市門) 근처까지 나간 다음에야 마차를 돌렸다. 마차 밖으로 나가지는 못했지만 작은 동산만하게 겹겹이 껴입은 옷 위로 바위틈에 핀 흰 백합 같은 얼굴을 내밀고 창가에 기대어 물끄러미 바깥 풍경을 바라보는 쇼팽을 보니 함께 오기를 잘했다는 기쁨이 마음 깊은 곳에서 피어올랐다.

4월 11일에 찾아갔을 때는 델피나 포토츠카 백작 부인이 병문안을 와 있었다. 그녀와는 3월 말에도 쇼팽의 집에서 만난 적이 있었는데, 함께 자리한 칼레르기 부인 못지않은 달처럼 맑은 그 아름다움에 저도 모르게 홀린 듯 숨을 멈추고 바라보았었다. 깊이 쌍꺼풀이 진 얇은 눈꺼풀 가장자리로 자귀나무꽃 수술처럼 나란히 뻗은 긴 속눈썹. 그 틈새로 열린 유난히 큰 눈. 줄기처럼 곧게 뻗은 콧날. 얌전한 입매. 깔끔한 선을 그리는 턱. 가늘고 긴 목. 그녀의 아름다움에 대한 소문은 전부터 듣고 있었고 셰페르가 그린 초상화도 본 적이 있었지만, 실제로 그녀를 처음 보았을 때는 언제나 사실보다 삼 할 정도는 부풀리는 이 도시의 소문에도 예외가 있구나 하고 내심 놀랐다. 더불어 그가 그녀에게 경의를 품은 것은 그 드문 미성(美聲) 때문이었다. 지난번 쇼팽에게 피아노 기초 수업을 받고 있다는 칼레르기 부인의 연주가 다소 기대에 못 미쳤던 데 비해, 그녀의 유려하고도 풍부한 음색의 소프라노는 왜 가수가 되지 않았는지 의문스러울 만큼 그 표현력이 뛰어났다. 인품에도 독특한 매력이 있었다. 이혼한 뒤로 지금까지 그녀에게 연간 십만 프랑의 위자료를 지불해오고 있는 미에치스와프 포토츠키 백작이 유난히 악명 높은 사람이었던 만큼 그의 아내의 훌륭함은 분명 실제 이상으로 과장되었을 것이라고 짐작하고 있었는데, 몇 마디 나눠보니 역시 쇼팽이 매료될 만한 면이 있었다. 세련되고 총명하며 폴란드어와 프랑스어 외에도 영어와 이탈리아어를 능숙하게 구사하는데다 언뜻 냉랭한 듯하면서도 정이 깊고 섬세한 마음 씀씀이와 조심성이 있었다. 게다가 이를테면 차르토리스카 대공비 같은 이가 젊은 나이답지 않게—혹은 결국 그 젊은 나이 탓에—빈틈이라고는 없는 완벽한 매력 때문에 도리어 가까이 다가가기가 어려운 것과는 달리, 그녀의 경우는 자신의 매력에 기품있게 적당한 장난기를 남겨두는 기술까지 겸비해서 남자들은 그녀의 매력에 이끌리는 대로 두려움 없이 그녀와 대화를 즐길 수 있었다.

이날도 쇼팽은 살롱으로 옮겨놓은 침대에 누워 그녀의 노래에 귀를 기울이고 있었다. 들라크루아도 마침 때맞춰 찾아간 덕분에 프랑숌이 쇼팽의 녹턴에 〈오 살루타리스〉의 가사를 붙여 편곡한 것을 포함해 그녀의 노래를 몇 곡 듣고 새삼 그 아름다운 목소리에 감동했다. 연습 삼아 불러보겠다며 뒤를 이어 라마르틴의 〈호수〉를 속취 분분한 니더마이어의 곡조로 부르는 데는 그저 입이 딱 벌어져서 "이건 좀 안 되겠는데요" 하고 저도 모르게 쓴웃음을 지었다.

그러고는 잠시 그녀와 음악 이야기로 꽃을 피웠다. 들라크루아는 음악에 있어서—아니, 어쩌면 예술 전반에 걸쳐서—양식이나 성격 같은 가장 심각한 문제가 그 표현에 드러날 때는 다른 모든 요소를 지워버리게 된다는 이야기를 했다. 그녀는 다소 알아들을 수 없는 부분이 있었지만, 곁에서 재미있다는 듯 듣고 있던 쇼팽은 지난번에 알캉과 셋이서 음악 이야기를 했던 때를 떠올리며 '아, 그 이야기로군' 하고 이해했다.

그날도 들라크루아는 항상 그렇듯 영감에 의존하는 낭만파 예술가들의 창작 방법을 비판하고, 음악에서는 무엇이 논리를 결정하는가 하는 문제에 대해 쇼팽의 의견을 듣고 싶어했다. 쇼팽은 그런 그의 의도를 민감하게 알아차렸다. 단순히 그 문제에 대한 흥미를 나타내는 것만은 아닐 터였다. 분명 병마에 시달려 집 안에 틀어박혀 지내는 자신에게 용기를 불어넣어주려는 생각에서 던진 화제일 것이었다. 그런 너무도 그다운, 어찌 보면 모범생 같은 착실한 배려가 쇼팽은 고마웠다. 일단 재미있는 이야기가 될 것 같기도 하고 또 그런 그의 배려에 보답해야겠다는 마음도 들어, 알캉에게도 들려줄 생각으로 극히 간단하게 자신의 견해를 밝혔다. 들라크루아는 음악 이야기가 나오면 금세 활기를 되찾는 그의 모습에 예술가는 역시 모두 똑같다는 것을 새삼 절감했다. 쇼팽은 우선 화성과 대위법에 대해 간단히 설명하고는, 푸가야말로 음악에 있어 가장 순수한 논리이며 푸가에 정통하는 것은 음악에 있어 그 동기와 결과, 양쪽 모두의 열쇠를 쥔 요소를 이해하는 것이라고 이야기했다. 들라크루아는 그의 설명을 완벽히 이해할 수는 없었지만, 그렇다고 그가 긴 이야기를 하게 만들 수 없는 상황이라서 간간이 질문을 던지는 정도만 해두고, 마음에 걸리는 점이 있어도 일일이 캐묻지는 않았다.

그래도 지극히 복잡한 내용을 요령 있게 정리하고 순서에 맞게 논의를 진행해가는 쇼팽의 설명에는 큰 감동을 받았다. 그것은 하나의 과학과도 같았다. 그 정치하고 엄격한 논리가 곧 예술과 직결된다는 사실에 가슴이 뜨거워졌다. 그에 비하면 회화가 가지는 논리는 얼마나 애매한 것인가? 구폐적(舊弊的)인 교조주의는 물론 만연해 있었다. 그러나 그런 논리는 제작 기법에 전혀 창조적인 도움을 주지 못하고, 앵그르 일파 화가들이 거기에 얽매여 죽은 듯한 그림만 그리는 것처럼 도리어 화가들을 옥죄고 자유를 억압했다. 그러나 쇼팽이 말하는 것은 달랐다. 그것은 예술에 일종의 수학적 진리를 가져다주었다. 그 추구의 동기는 철학자가 과학에 접근하는 것과 궤를 함께하는 것이었다. 이런 엄격한 체계가 회화의 세계에도 확립된다면 현대 화가들의 작품은 아마도 큰 변화를 맞을 것이다. 창작에 있어 절대란 얼핏 취미의 논리화처럼 보이지만, 실은 구축된 취미의 논리와 천재를 포괄하는 수학적 해명이어야 할 것이다. 쇼팽의 과학이 경탄할 만한 가치가 있는 것은 바로 그런 면이 아닐까?

그리고 논의가 그가 전에 듣고 그 통일성의 결여에 강한 이질감을 느꼈던 베토벤의 〈영웅〉에 대한 화제로 옮겨갔다가 다시 모차르트와 베토벤의 대비라는 문제로 넘어가자 쇼팽의 설명도 한층 바빠졌다. 쇼팽은, 베토벤이 때때로 애매하고 통일성이 결여된 것처럼 느껴지는 것은 세간의 평가처럼 그것이 난폭하다고까지 할 그의 독자성이어서가 아니라, 오히려 그가 곧잘 음악이 영원한 진실처럼 지니고 있는 제원칙에 등을 돌리는 데서 비롯된 필연적인 결과라는 관점에서 논의해야 한다는 의견을 펼쳤다. 그리고 모차르트의 경우에는 절대 그런 것이 없다며, 그의 악곡은 여러 가지 부분이 각자 고유한 동기를 가지고 있고, 동시에 다른 모든 부분과 조화를 이루어 하나의 곡을 형성하는 데 부족함이 없이 기여하고 있다고 말을 이었다. 들라크루아는 그런 그의 견해에 깊은 친근감을 느꼈다. 그리고 다시 화성과 대위법 문제로 돌아가 그가 베를리오즈의 작곡법—"이래도냐!" 하는 식으로 최대한 화음을 우겨넣어 한껏 울려퍼지게 하는—을 심술궂게 야유하는 소리를 듣고는, 이런 신랄함에는 어느 누구도 당하지 못할 것이라며 유쾌하게 웃었다.

그런 지난번의 대화를 떠올리며 쇼팽은 오늘밤의 이야기에 귀를 기울였다. 들라크루아도 그때 했던 이야기를 확인하듯 몇 번이나 그에게 시선을 던졌다.

그리고 이야기는 자연스럽게 다음주 오페라 극장에서 첫 상연을 맞이할 마이어베어의 〈예언자〉에 대한 것으로 옮겨갔고, 쇼팽도 거기에 가담했다.

"자네도 보러 갈 건가?"

"가능하면 꼭 가고 싶은데, 아직 좌석은 잡지 못했어."

"그래? 이십일이라면 특석 초대장이 있는데. 자네만 괜찮다면 어때?"

"정말이야? 꼭 부탁하네! 그런데…… 괜찮겠어?"

"응, 칼레르기 부인이 초대해주셨는데 나는 이미 비아르도 부인이 출연하는 십육일 첫날의 초대장을 받은 상태라서. 함께 가지 못해 미안하지만, 칼레르기 부인과 둘이라도 괜찮다면 나 대신 가주겠나?"

"물론이지."

그렇게 반갑게 대답하는 들라크루아를 보자 쇼팽은 지난번에도 그가 마차 안에서 칼레르기 부인의 미모에 대해 여러 번 이야기했던 것이 생각나서,

"아, 실례. 내가 함께 가지 않는 게 더 좋겠지?" 하고 미소를 지었다.

들라크루아는 금방 말뜻을 알아듣고는, 무슨 얘기인지 의아한 표정으로 쳐다보는 포토츠카 백작 부인을 돌아보며,

"아뇨, 지난번에 뵈었는데 너무 아름다우셔서, 그 이야기를 이 친구와 했었거든요. 깊은 뜻은 없습니다" 하고 변명하듯 겸연쩍은 웃음을 지었다.

포토츠카 부인은 고개를 끄덕이며,

"정말 아름다운 분이시죠. 저도 그날 그런 생각을 했어요"라고 말했다.

쇼팽은,

"이 친구는 칼레르기 부인이 연주하다가 가만히 두 눈을 치켜뜨는 모습이 루벤스나 지드의 '막달라 마리아' 같다더군요. 화가는 역시 보는 눈이 달라요. 나 같은 사람은 그렇게 오래 레슨

을 하면서도 한 번도 그런 생각은 못 했는데 말예요."

"칼레르기 부인은 예술에 조예가 깊은 분이시니 어쩌면 정말로 모델이 되신 적이 있는지도 몰라요."

포토츠카 부인은 점점 더 부끄러워하는 들라크루아를 도와줄 생각으로 그렇게 말했다. 그녀는 쇼팽이 여자 문제로 남을 놀리는 것을 처음 보았기 때문에, 이분도 이런 이야기를 하시는구나, 하고 적잖이 놀랐다. 내가 미처 알아차리지 못한 건가? 들라크루아 씨하고는 항상 이런 이야기를 하시는 걸까? 그게 아니면, 사람이 조금 변한 걸까? ……요즘 들어 혼자 너무 고통스러울 때면 의사나 다니엘에게 자주 화를 낸다는 얘기도 들렸다. 역시 마음이 안정되지 않아서일까? 그런 마음이 이런 식으로 왜곡되어 나타나는 걸까?

들라크루아도 그에게서 평소와는 다른 무언가를 느끼고 있었다. 전에도 단둘이 있을 때면 그렇고 그런 이야기를 하기도 했지만 다른 사람들 앞에서는 그런 얘기를 꺼낸 적이 없었고, 특히 여성에 관한 이야기는 신중하게 비밀을 지켰다. 당연한 일이었다. 파리의 수많은 음악가 중에서도 쇼팽처럼 미모와 재능, 게다가 높은 신분을 겸비한 여성 제자를 많이 가진 이는 없었다. 상드 부인과의 관계가 원만했을 때는 그런 문제로 그녀의 질투를 사는 일이 없도록 항상 조심했고, 누구보다 스스로가 그런 환경이 세간의 저속한 흥밋거리가 되는 것을 싫어했다. 언젠가 한 살롱에서 누군가가 쇼팽에게 농담 겸 아첨으로 "그런 미인들에게 둘러싸여 계시다니, 정말 부럽기 그지없습니다"라고 말을 건넨 적이 있었다. 그때도 그의 눈에는 예사롭지 않은 경멸의 빛이 생생히 감돌았다. 그러던 그가 굳이 이 자리에서 칼레르기 부인의 아름다움을 화제에 올리는 것이 의아했다. 혹시 두 사람이 뭔가 특별한 관계인 것은 아닐까 하는 생각도 해봤지만 아무래도 그런 것 같지는 않았다. 항상 걱정 근심이 많은 성격이라, 이번에도 별것 아닌 일을 지나치게 걱정하는 건지도 몰랐다. 그렇다고 해도 그의 태도에 드러난 부자연스러움에 대한 의심은 쉽사리 씻겨지지 않았다.

"물론 칼레르기 부인의 아름다움만 화제로 삼았던 건 아닙니다. 아름다운 두 부인께서 한자리에 계시다는 게 놀랍다는 얘기였어요."

들라크루아는 그녀의 말에 응하여 대답했다.

"어머, 이 나이에 그렇게 젊은 분과 나란히 세워주시다니, 너무 황송한 일이죠."

포토츠카 부인은 기품 있게 미소지었다. 그 너무도 우아하고 자신에 찬, 게다가 아무런 악의도 없는 말투에 들라크루아는 감탄했다. 쇼팽은 그런 두 사람의 대화가 재미있었다.

포토츠카 부인이 침대에 누워 있는 쇼팽을 돌아보며 말했다.

"그런데, 요즘은 어디를 가나 온통 〈예언자〉 얘기더군요."

"예, 정말이에요. 그것도 음악에 관한 게 아니라 온통 무대 장치 얘기뿐이에요. 꽤나 요란한가봅니다."

"그래?" 하고 들라크루아가 끼어들었다.

"응, 커다란 전기 태양이 떠오른다는데, 그 밝기가 열대의 태양 못지않다는군."

"전기 태양?"

"응, 나도 자세한 것까지는 모르지만. 거기다 기겁할 만한 화재 장면이라든가 스케이트를 신고 추는 신선한 안무라든가…… 아무튼 구경거리가 굉장한 모양이야."

"오호, 줄거리까지 지금 시대 상황과 딱 들어맞으니 분명 크게 흥행하겠군."

"맞아, 그 괴상한 재세례파(再洗禮派)라는 건 분명 사회주의자들을 풍자한 거겠지? 그러니 더더욱, 아들이 그런 단체에 빠져들어가는 것을 탄식하는 어머니 역할을 맡은 비아르도 부인의 연기에는 다들 소매깃을 적실 거라고들 하더군. 아무튼 사전 평판은 굉장해."

쇼팽은 비아르도 부인이 연기하는 그 역할을 상드 부인이 어떤 마음으로 지켜볼지, 이 이야기를 들은 뒤로 벌써 몇 번이나 뇌리를 스친 생각을 다시금 떠올려보았다. 들라크루아와 포토츠카 부인도 그런 쇼팽의 생각을 금방 알아차렸다.

"비아르도 부인도, 영국에서의 성과는 별로 좋지 않으셨다던데……" 포토츠카 부인은 틈을 두지 않고 대화를 이었다. "그래서 더욱 이번 무대에 서는 마음이 각별하실 거예요."

"예, 그럴 겁니다. 역시 그 나라에서 성공한다는 건 무척 어려울 거예요."

쇼팽은 쓴웃음을 지으며 말했다. 그러고는,

"그건 그렇고…… 전 이번 무대에 정말 크게 기대하고 있어요. 마이어베어에게 이렇게 큰 기대를 품은 건 처음입니다!"

"자네가 그렇게까지 기대하는 줄은 몰랐는걸" 하고 들라크루아가 말했다.

"응, 최근 몇 달 동안 제대로 된 음악을 듣지 못했거든. 스코틀랜드에 있을 때는 정말 무슨 곡이든 좋게 느껴졌어. 소빈스키의 오라토리오를 듣고도 그 자리에서 픽 쓰러져 죽지 않고 되레 고마워했을 정도라니까! 왜, 예전에 지독한 엉터리 그림을 보고 너무 불쾌한 나머지 그만 죽어버리고 말았다는 로마의 화가가 있었다잖아? 자네, 그 얘기 알지?"

"아니, 모르겠는데, 누군가?"

이런 독설이 나오는 건 쇼팽의 몸 상태가 좋은 때였다. 들라크루아는 그의 건강한 무엇보다 모습이 기뻤다.

"그래? 아무튼 그런 정도였단 말이지…… 결국 돌아오긴 했지만 몸이 이러니…… 예전 같으면 이맘때는 지겨워서 더는 못 들을 만큼 여기저기 음악을 들으러 다녔을 텐데, 올해는 그럴 기회가 전혀 없었군…… 자네는 어때?"

"뭐 그럭저럭 예년과 비슷한 것 같아. 내 유일한 즐거움이니까."

"그래? 정말 부럽군."

"아브네크 씨의 추모 연주회에는 가셨던가요?"

"예."

"아, 굉장히 훌륭했다면서? 프랑솨이 그러던데."

"응, 비아르도 부인의 오빠가 곧잘 찾아가곤 하는 르블롱이라는 내 친구 있잖아? 그 부부와 함께 갔었어. 베토벤의 그 장엄하기 그지없는 〈전원〉을 들었지. 〈영웅〉은 아무래도 산만한 느낌이었지만……" 하고는 지난번 논의가 다시 생각나서, "……〈전원〉이 통일성이 있느냐 없느냐 하는 문제와는 별개로, 나는 아주 좋았어."

"실은 저도 다녀왔답니다. 정말 훌륭한 연주였어요. 지금 이 나라에서 그만한 베토벤 연주를 들을 수 있는 것도 아브네크 씨 덕택일 거예요."

"맞아요. 그런데 유감스럽게도 옆자리에 앉은 사람들이 떠드는 바람에 제대로 집중할 수가 없었어요."

"그러셨어요? 연주회는 정말 좌석에 따라 크게 다르다니까요. 특히 오페라 극장은 더 그렇죠."

"맞는 말씀입니다. 이탈리아 극장에서는 소란스러워서 연주를 제대로 못 듣는 일은 없는데 말예요."

"거기는 박수도 맘놓고 치지 못할 만큼 조용하죠. 양극단이라 해도 좋을 정도예요."

"그후로 제가 절실하게 생각한 게 있습니다—자네는 또 생각이 다를 수도 있겠지만—" 하고 쇼팽에게 마음을 써주고는, "음악이 인간에게 주는 즐거움 중에서 연주회장을 찾아간다는 행위가 의외로 큰 의미를 가진다는 느낌이 들었습니다. 외출 준비를 하다보면 평소에 마음에 걸렸던 잡다한 일에서 해방되기도 하고, 또 연주회장에서 수많은 사람들과 하나의 감동을 공유한다는 것도 각별한 흥분이지요. 항상 생각하는 거지만, 만약 똑같은 연주를 내 집 아틀리에에서 독점한다면 연주회장에서 느끼는 만큼의 감동은 받을 수 없지 않을까요?…… 하긴, 그럴 만한 신분이 못 되는 사람의 비뚤어진 생각인가?"

"비뚤어진 생각이라뇨? 저도 동감인걸요. 그 장소만의 분위기라고 하면 너무 진부한 표현일지도 모르지만…… 그러나 무대가 최고조에 오르는 순간 연주회장에 가득 차는 감동에 문득 저 자신이 빨려들어가는 듯한 그 느낌은 살롱에서는 결코 맛볼 수 없죠."

"맞습니다." 들라크루아는 그녀의 재치에 감탄한 듯 말했다. "정말 그래요."

"자네는 항상 아틀리에에 틀어박혀 작업하는 사람이라 더 그럴 거야. 그런데…… 간혹 제대로 듣지 않는 사람 때문에 정신이 산란한 점도 있잖아?"

쇼팽은 자신이 연주회를 혐오하는 이유를 들고 나서서 반론하고 싶었지만, 말이 길어질 것 같아 그렇게 짧게 그쳤다.

"그건 그렇지. 나는 그래서 자기가 듣고 싶은 곡이 시작하기 직전에야 거만을 떨며 연주회장에 들어오는 상류계급의 관습이 너무 싫어. 그러다가 정작 연주의 가장 좋은 부분은 놓치게 마련이지. 게다가 무슨 의무인 양 일일이 옆 사람과 수군거리며 고개를 끄덕이질 않나, 늦게 온 사람에게 굳이 인사를 하질 않나, 그 사람에 대해 여기저기서 주워들은 소문들을 속닥거리질 않나, 도무지 집중할 수가 없잖아? 그래서 정말 부인 말씀대로……" 하고 이번에는 포토츠카 부인을 향해, "좌석 나름이에요. 특히 베토벤의 교향곡은 긴 곡이니까요. 주위에 그런 사람이 있으면 정말 답답하지요. 그런 점에서 저는 항상 회화의 장점을 주장합니다. 훌륭한 음악을 듣는 데 드는 시간이 아깝다는 뜻은 절대 아니지만, 회화는 아무리 훌륭한 작품이라도 한순간에 감상할 수 있는데다 마음에 안 들 때는 고개만 돌리면 그만이거든요."

들라크루아는 전에도 이따금 쇼팽과 농담처럼 회화와 음악의 우열에 대해 이야기를 나누었던 것을 떠올리며 말했다. 그러나 쇼팽은 이야기에 끼어들지 않고 웃음만 지을 뿐이었다. 들라크루아는 허공에 떠버린 자신의 말을 어떻게 수습해야 할지 난처했다. 포토츠카 부인이 재빨리 눈치를 채고,

"물론 음악을 듣는 데 필요한 시간을 시계로 재면 몇십 분은 되겠지만, 실제로는 거의 무의식중에 지나가버리는걸요. 그림을 감상한 뒤에도 음악을 들은 뒤에도, 지나간 시간의 길이에 대한 인상은 사실 별 차이가 없지 않을까요?" 하고 쇼팽 대신 대답했다.

들라크루아는 그녀의 기지에 고마워하며 "아, 그럴지도 모르겠군요"라고 말했다. 그리고 문득 재작년 하원의 천장화를 그리는 동안 끊임없이 머리를 스쳤던 '시간'의 문제가 생각났지만, 굳이 이야기를 꺼내지는 않았다.

포토츠카 부인이 다시 말을 이어서,

"마이어베어 씨도 이번 무대에는 그 긴 시간이 지루하지 않도록 여러 가지 장치를 마련해두셨을 거예요"라고 자연스럽게 결론을 맺었다.

쇼팽은 그녀의 말을 받아,

"예, 물론이지요! 크게 기대하셔도 좋습니다. 원래 파리의 그랑 오페라의 역사는 졸작인 〈악마 로베르〉와 〈위그노〉에 의해 결정적으로 쇄신되었다고 해도 과언이 아니니까요" 하고 마이어베어의 말투를 우스꽝스럽게 흉내냈다.

꽤나 엉뚱한 얘기였지만, 쇼팽의 가장 건강하던 무렵의 경묘한 풍자적 재능이 고스란히 되살아난 말이어서 두 사람은 우습기도 하고 기쁘기도 해서 함께 유쾌하게 웃었다.

"정말 어쩌면 그렇게 흉내를 잘 내시는지…… 몰래 혼자 연습하시는 거 아니에요?"

"설마요. 대충 해보는 것뿐이에요."

"발자크도 예전에…… 대부분의 예술가는 당탕에게 자신의 풍자 조각을 받은 시점에서, 이 이상 더 기분 좋게 자존심을 긁어주는 장난은 더이상 맛볼 수 없을 것이라 생각합니다. 그러나 스카르 도를레앙의 또 한 분의 풍자의 대가께서—그 실력이 어느 정도인지는 그 분야에서 그의 천재성이 저 장엄할 정도의 음악적 천재성에 결코 뒤지지 않는다고 하면 잘 아시겠지요—자신의 흉내를 내주지 않는 한 결코 이 도시의 가장 세련된 장난의 피해를 봤다고 할 수 없습니다!……라는 얘기를—지금 이것도 일단 흉내인데, 어때요, 비슷했나요?—했었지요."

"스카르 도를레앙의 음악가라면, 칼크브렌너 얘기신가?"

쇼팽은 예전에 당탕과 함께 칼크브렌너도 잠시 스카르 도를레앙의 한 귀퉁이에 둥지를 틀었던 것이 생각나서 그렇게 자신에게 쏟아진 과장된 찬사를 슬쩍 피하고는,

"나는 그래도 당탕만큼 짓궂지는 않아요. 탈베르크처럼 연주할 때 페달을 냅다 밟으며 장난스럽게 그의 흉내를 내봐도 도저히 당탕의 탈베르크 조각처럼 괴수 같은 모습에는 따라가지 못했는걸. 하긴 내 흉상은 조심하느라 그랬는지 너무 평범해서 재미가 없었지" 하고 미소를 지었다. 그래도 칭찬받은 것이 기분 좋아서, 방금 자신이 한 말에 발자크라면 어떻게 응했을지 흉내를 내보기로 했다.

우선 발자크의 살진 두 겹 턱을 만들기 위해 턱을 한껏 당기고, 말을 시작하기 전에 자신의 모습을 확인하려고 맨틀피스 위의 거울에 시선을 던졌다. 그리고 자신의 몸에는 이미 그런 모양을 만들 만한 살집이 전혀 남아 있지 않다는 것을 깨달았다. 그는 천천히 고개를 돌리고 얇은 거죽만 덮인 자신의 턱을 가만

히 쓰다듬어보았다. 손가락을 볼 쪽으로 옮겨 관자놀이쯤에서 갑자기 함몰된 듯 움푹 파인 그늘 주변을 몇 번이나 쓸어보며 감촉을 확인했다. 여위었다는 건 알고 있었지만, 부종이 심했던 탓에 이렇게 심하게 살이 빠진 줄은 알지 못했다. 고개를 떨구며 저도 모르게 작은 한숨을 흘렸다. 기침인지 탄식인지, 혹은 쓴웃음인지 오열인지 알 수 없는 그 소리가 조용히 가라앉은 방 안에 퍼졌다.

들라크루아도 포토츠카 백작 부인도 그의 일련의 동작이 뜻하는 바가 무엇인지 알 수 있었다. 발자크 흉내를 낼 때 턱을 한껏 당기고 볼을 부풀려 꼭 닮은 얼굴을 만드는 것은 그가 예전부터 자주 하던 장난이었다. 그가 거울 속에서 무엇을 확인했고 어떤 상처를 입었는지, 침묵은 잔혹할 만큼 분명하게 보여주었다. 포토츠카 부인은 눈물이 나려는 것을 애써 참았다. 침묵하는 것이 마치 그를 홀로 내버려두는 것만 같아서 마음이 무거웠다. 아무것도 모르는 척해야 한다고 생각했다. 그것은 들라크루아도 마찬가지였다. 그리고 두 사람이 뭔가 말을 꺼내려고 애쓰고 있을 때, 쇼팽이 얼굴을 들고

"그 사람도……" 하고 말을 꺼내다가, 머릿속에 발자크를 떠올리고 있는 것이 자신뿐이라고 생각하고 "발자크도 참 안됐어……"라고 고쳐 말했다. "……그런 사람을 놀리는 건 아무래도 악취미겠지……"

결국 두 사람 다 말을 꺼낼 기회를 놓치고 말았다.

그러고 나서 쇼팽은 문득 생각난 듯이 "그러고 보니 보여주고 싶은 게 있어"라면서 들라크루아에게 다니엘을 불러달라고 부탁해 그에게 지시를 내렸다.

조금 후에 그가 서재에서 가져온 것은 한 장의 은판사진이었다.

"내 악보를 출판해주는 슐르생제의 집에서 찍은 사진이 최근에 나왔거든. 너무 볼품없는 얼굴이라 완전히 자신감을 잃어버렸지."

쇼팽은 농담처럼 그렇게 말하며 미소를 지었다.

"영국에서 돌아온 다음에 찍었어?"

"응, 얼마 전에. 가만히 앉아 있는 게 힘들더군. 그래서 얼굴이 그렇게 나왔나봐. 나름대로 한껏 위엄 있는 표정을 지어보긴 했는데…… 하긴 그 정도면 잘 나온 거지. 처음으로 찍어본 건데, 다시는 찍지 않을 거야."

포토츠카 부인은 그가 건네준 사진과 본인을 번갈아 바라보며, "그렇게 걱정하지 않으셔도 실물이 훨씬 더 멋져요" 하고 웃었다.

"나는—쇼팽에게는 전에도 얘기했지만—실은 사진에 관심이 있어서 칠 년쯤 전부터 몇 번 찍은 적이 있답니다."

"어머, 역시 화가분이시라 그런 쪽의 연구에 열심이시군요. 저는 아직 찍어본 적이 없어요."

"예, 그래서 알게 된 건데, 역시 사진도 자꾸 찍히다보면 요령이라는 게 생기더군요, 이상한 얘기지만. 그래서……" 하고 쇼팽 쪽을 돌아보며, "내 얼굴도 처음에 찍었을 때는 영 험악했는데, 그 다음에는 한결 나아졌어."

"그래?"

"응, 그러니까 몸 상태하고는 별로 상관없어, 사진이 잘 나오고 못 나오는 건."

들라크루아는 포토츠카 부인에게 건네받은 사진을 들여다보았다. 그리고 한 달쯤 전에 화가 에르네스트 메소니에의 집에 갔다가 그가 지난해 관전에 발표하여 화제가 되었던 〈바리케이드〉라는 작품의 소묘를 보았던 것을 떠올렸다. 그 산더미 같은 쓰레기의 묘사가 얼마나 정밀한지 몸이 오싹해질 정도였다. 기교만으로 본다면 경탄하지 않을 수 없었다. 그러나 거기에는 분명히 불쾌하기 이를 데 없는 대상을 예술의 대상답게 만들어주는 무언가가 결정적으로 빠져 있었다. 지금 손에 든 사진에서 받은 인상이 그때 느낀 반발감과 너무도 흡사했다. 그는 사진 속의 쇼팽을 물끄러미 바라보았다. 거기에는 그가 알고 있는 가장 아름다운 쇼팽의 모습은 털끝만큼도 없었다. 병마에 시달려 참혹하게 말라버린 한 중년 남자가 앉아서 이쪽을 바라보고 있을 뿐이었다. 지독히도 냉철한 시선! 쇼팽과 같은 위대한 예술가가 이런 참혹한 형벌을 받아야 할 이유는 아무것도 없었다. 게다가 이 사진을 보는 사람은 누구나 반드시 그 시선을 통해서만 사진 속의 그와 마주해야 하는 것이다. 자신처럼 그에 대해 최상의 경애를 품은 사람조차 예외일 수 없이.

"재작년에는 예년에 없이 많은 사람들이 내 초상화를 그려주었어. 아리 셰페르, 앙리 레망, 빈터할터…… 예전에 자네가 그려줬을 때도 그랬지만, 모델이 된다는 건 참 신기한 경험이더군. 지금 이 순간의 내가 시시각각 캔버스에 고스란히 옮겨진다는 것—이런 치졸한 표현은 자네 마음에는 안 들겠지만—거기에는 확실히 어떤 기묘한 황홀함이 따라와…… 물론 피곤하기는 했지만. 지금까지 나는 완성된 초상화에 대해서는 그저 비슷하게 그려졌는지 멋지게 그려졌는지 하는 것만 생각했어. 그런데 지금은 아냐 …… 새삼 이런 얘기를 하는 것도 우습지만, 초상화라는 건 언젠가는 그 모델을 잃게 돼. 당연한 일이지. 예술은 불멸이지만, 인간의 목숨이란 너무도 덧없으니까. 내 초상화는 머지않아 모델을 잃게 될 거야…… 그러면…… 그러면, 나라는 인간은 점점 희미해져가는 다른 사람들의 기억 속에서, 그리고 액자에 담겨 영원히 늙지 않는 그림 속에서만 살아가게 되겠지. 이해하겠어? 나는 이제 이 한 장의 사진이 되고, 자네가 그린 초상화가 될 거야. 모든 사람들이—만약 내 명성이 오래 지속된다면—프레데리크 쇼팽 하면 여기에 찍힌, 혹은 여기저기에 그려진 그 얼굴들을 떠올리게 되는 거야. 그것이 곧 내가 되는 거지…… 그건…… 정리가 잘 안 되는군…… 무슨 말을 하려는 건지, 나도 잘……"

"알겠어…… 무슨 말인지 알 것 같아."

들라크루아는 이마에 손을 짚고 고개를 떨군 친구에게 그렇게 말을 건넸다. 순간 그의 뇌리를 스친 것은 샹로제에서부터 계속 그려온 꽃 그림이었다. 아침에 꺾어와 애써 정원에 꽂아놓은 꽃들은 해가 저물 무렵에는 완전히 시들어 흔적조차 찾아볼 수 없게 되고 말았다. 그런 때면 그는 이제 캔버스 위에만 머물게 된 그 꽃들의 선명한 색채에 말할 수 없는 만족을 느꼈지만, 시든 꽃의 목소리에 귀를 기울여본 적은 없었다. 쇼팽의 말은, 말하자면 그 사라져가는 꽃의 중얼거림이 아닐까?

쇼팽은 생각을 정리하려는 듯 내면으로 깊이 침잠한 표정으로 말을 이었다.

"내가 죽으면…… 아마 나는 곧 내 작품이 될 거야. 거기서 떨어져나오는 내 파편을 주워모아줄 사람은 없겠지. 그래도 괜찮아. 하지만, 예컨대 자네의 그림은 자네가 사라져도 언제나 그 모습 그대로 남지만, 음악은 여러 연주자의 손길이 더해지기 때문에 아마 백 년 뒤에는 내가 생각했던 것과는 전혀 다른 모습으로 변해버릴 거야. 바로 지금도 내 눈이 닿지 않는 곳에서는 그런 식으로 연주되고 있으니까. 모차르트만 해도 지금의 연주자 중에서 카미유 플레옐처럼 정교하게 연주할 수 있는 사람은 정말 드물어…… 그렇게 내가 음악으로만 남게 된다면, 그건 결국 나 자신이 시간 속에서 차츰 변모되어간다는 얘기겠지…… 그냥, 잠깐 그런 생각이 들었어……"

그리고 쇼팽은 방 안에 무겁게 퍼진 진지한 정적이 싫어 다시

장난스런 말투로,

"스코틀랜드를 떠돌던 무렵부터 악보 교정을 시작했거든…… 또 최근에는 음악에 대한 내 생각을 기록해두어야겠다 싶어 오선지 뒷면에 부지런히 끼적거리고 있어. 조금이라도 오해가 생길 여지를 없애보려고 말이야. 통 진전은 없지만…… 그리고 마지막으로 나의 집대성이라고 할 멋진 곡을 몇 곡—물론 오선지 앞면에!—쓸 수 있으면 좋겠는데, 아무래도 이미 늦은 것 같아…… 그래서 별수 없이 옛날에 썼던 작품을 뒤적이며 뭐가 제일 나은가 하고 괜한 생각을 하고 있어. 우습지?"

쇼팽은 무릎을 덮고 있던 이불을 끌어당겨 "잠깐 누워도 괜찮겠지?" 하고는 몸을 뉘었다.

"그럼요, 오래 얘기하시느라 피곤하셨죠?"

포토츠카 부인이 다가가 이불을 덮어주었다.

"고마워요…… 오늘은 그나마 몸이 좀 나은 것 같아서…… 얘기할 수 있을 때 실컷 해둬야지, 안 그러면 혼자 끙끙대며 고민하거든요……"

"그래, 항상 하는 말이지만, 마음속에 담아두면 몸에 좋지 않아."

두 사람은 어떤 말도 괜한 소리가 될 것 같아 그의 집필 이야기는 더이상 언급하지 않았다. 쇼팽은 대답이 돌아오지 않자 그들이 자신의 이야기를 정말 심각하게, 또는 당혹해하면서 받아들였다는 것을 깨달았지만, 그렇기 때문에 더더욱 아무 말 없이 그냥 흘려들었으면 하는 마음도 있었다.

오늘은 숨쉬기가 힘겨운 편은 아니었지만, 중간부터 이따금 말이 막히기 시작했었다. 이불 속으로 들어가자, 하나 둘 떨어지며 차츰 촘촘해지는 빗방울이 호우를 예감케 하듯, 기침이 점점 더 빈번하게 목을 괴롭혔다. 자신들이 곁에 있으면 아무래도 안정을 취할 수 없을 것 같아 두 사람은 적당한 기회를 보아 작별 인사를 건네고 방을 나섰다.

현관을 나선 들라크루아는 포토츠카 백작 부인에게 인사를 건네려 했다. 순간 그녀는 자리에 멈춰 서서 얼굴을 가리고는 남의 눈도 잊은 채 참았던 눈물을 한없이 쏟았다.

16

4월 16일의 〈예언자〉 초연은 사전 평판대로 호화찬란한 무대였다. 그러나 쇼팽은 활기를 되찾기는커녕 그 음악에 대한 강한 혐오감 때문에 일 주일 남짓 불쾌한 마음을 떨칠 수 없었다. 월초부터 손꼽아 기다렸던 연주회였던 만큼 더욱 실망이 컸다. 그날 의사의 만류도 뿌리치고 기다시피 마차에 올라 오페라 극장까지 갔던 그는 공연이 끝난 후 기대가 깨어진 허탈함 때문에 배로 느껴지는 피로에 시달리면서 왜 의사 말대로 집에 가만히 누워 있지 못했는지 스스로에게 화가 치밀었다. 어째서 그렇게까지 기대를 했었단 말인가? 마이어베어의 오페라 따위, 처음부터 마음에 들지 않을 것을 뻔히 알고 있었으면서! 생각할수록 자신이 어처구니가 없고, 작자의 악취미가 저주스러웠다. 그나마 누군가 병문안을 올 때마다 험담을 하는 것으로 울분을 달랬다.

20일 공연을 칼레르기 부인과 함께 관람한 들라크루아 역시 전혀 감동을 받지 못했다. 이틀 뒤에 찾아간 쇼팽에게서 지독한 혹평을 듣고 난 후에는 그런 인상이 한층 더 굳어졌다. 그는 쉴새없이 분개하는 친구에게 지난달 『르뷔 데 되 몽드』 지에 발표된 모차르트의 '난폭하기까지 한 정열이라도 결코 혐오감을 부채질할 정도로 표현되어서는 안 된다. 무시무시한 장면에서라도 음악은 결코 귀에 상처를 주어서는 안 되고 음악이기를 포기해서는 안 된다' 라는 말을 인용하며 자기도 똑같은 느낌을 받았다고 말했다. 그 말을 듣자 쇼팽은 자신의 뜻이 통했다는 듯 몇 번이나 고개를 끄덕이며 "정말 맞는 말이야" 하고는 더이상 험담할 가치도 없다는 투로 입을 다물었다.

〈예언자〉에 대해 생각하기 시작하자 들라크루아는 이즈음 끊임없이 머릿속을 스쳤던 진보라는 문제로 다시 돌아가지 않을 수 없었다.

4월 초에 라신의 〈아탈리〉를 보고 감동한 뒤로 그는 지금 이 시대가 얼마나 비참한지를 다시금 절감했다. 라신의 비극은 그에게는 곧 라신을 라신으로 빚어낸 시대 그 자체로 여겨졌다. 그것은 엄격한 질서와 확신, 난폭할 만큼의 열광과 지루할 정도의 광신을 함께 지니고 생생히 살아 있었다. 그러나 그중 지금 주위에 실제로 존재하는 것이 무엇이란 말인가? 비슷한 구석이 있기는커녕, 오히려 그 정반대이다. 거리는 온통 무질서에 지배당했고, 어떤 여지도 허용되지 않는 무기력이 구석구석 만연해 있다. 그런 상황이 이 시대의 예술에 정확히 반영되어 있는 것이 아닐까? 며칠 뒤 포르제 남작 부인의 집을 방문했을 때는, 지난해 5월에 일어난 의회 난입 사건에 대한 재판에서 바르베스와 블랑키가 재판관 앞에서 했다는 진술의 일부를 전해듣고 더욱 불쾌해졌다. 끔찍한 몽매! 끔찍한 위선! 그들의 발언은 그 빈약하고 비뚤어진 머릿속에 담긴 온갖 종류의 오류들과 거창하지만 내용은 없는 온갖 종류의 망상들을 고스란히 드러내는 것 같았다. 혁명가입네 사상가입네 하는 그들이 과연 길거리에 널리고 널린 삼류 문사들과 무슨 차이가 있단 말인가? 그들이야말로 태연한 얼굴을 하고 사람들을 그 병든 두뇌의 희생양으로 만드는 교활한 근대의 페스트였다. 바르베스는 말했다, 목적이 모든 것이라고. 그자들이 열렬히 주장했던 보통선거가 나름대로의 역할을 담당한 것은 사실이다. 적어도 그 선거로 의회가 성립되었다는 사실을 고려한다면 말이다. 그러나 그런 의회도, 그에 앞선 임시정부도—이것 또한 어떤 보편적인 희망이 낳은 결과라고 확신에 찬 단언을 하고 있지만—바르베스에게는 단지 수단에 지나지 않는 것이다. 만약 그것이 자기 머릿속에서 멋대로 꾸며낸 그 대단한 목적에서 멀어지기만 하면 그것은 이미 지지

할 필요도 없고 오히려 전복되어야 마땅한 것으로 간주되는 것이다. 완전히 제멋대로가 아닌가! 그러더니 결국은, 인류가 그의 숭고한 야망을 좇아 필연적으로 도달해야 할 궁극의 목적에서 일탈해가는 모습을 손 놓고 바라보는 고통을 맛보느니 감옥이나 독방에 들어가는 굴욕을 감수하는 편이 낫다며 뻔뻔스럽게 떠들고 있다. 분명 미쳤거나 마귀에 씌었다고밖에 할 수 없는 짓거리다…… 그 며칠 전 블랑키의 진술은 위고의 냄새가 물씬 풍기는, 즉 근대풍의 농담과 시시껄렁한 시적 비유를 잔뜩 집어넣은 꼴이 또다른 의미에서 그를 불쾌하게 만들었다. 블랑키는 낡은 사상에서 새로운 사상으로 이행하기 위해 대혁명이 뛰어넘었어야 했던 어떤 균열에 대해 말했다. 불행하게도 사회의 도약력이 약했기 때문에 미래는 지금 그 균열의 진창 속에서 익사해가고 있다는 것이다. 말하려는 바는 알 것 같았다. 그러나 그 균열이, 진창이 무엇인가를 논하는 그의 언어는 너무도 보잘것없고 취약했다. 그의 진술은 전체적으로 맺고 끊는 부분이 없는데다 진실과 너무도 동떨어져 있었다. 똑바로 뻗은 지름길을 놔두고 먼 길을 빙빙 돌다 결국 엉뚱한 목적지에 떨어져버린 듯한 인상이었다. 그것은 단지 블랑키 한 사람만의 악취미가 아니었다. 그것은 말하자면 지금 이 시대의 하나의 병리현상이었다.

그런저런 일로 한창 우울해 있던 참에 마치 확인사살이라도 하듯 그를 실망의 구렁텅이로 밀어넣은 것이 바로 그 〈예언자〉

였다.

그는 홀로 일기를 쓰면서 곰곰이 생각했다. 결국 그 진보라는 관념이 모든 잘못의 근원이다. 최근 일 년 동안의 지긋지긋한 사건들에서 얻은 명명백백한 교훈에 바탕해, 우리는 모든 진보는 필연적으로 새로운 진보를 초래하기는커녕 결국 진보의 부정, 시원으로의 회귀로 귀결된다는 결론을 내려야 하지 않을까? 인류의 역사가 그것을 증명하고 있다. 그런데도 아직까지 많은 사람들이 그것을 인정하려 하지 않는다. 어째서인가? 그들에게는 앞선 세대로부터 지금에 이르기까지 끊임없이 지속되어온, 근대의 산물이라고 할 관념에 대한 어떤 맹신이 있다. 즉, 너무도 이해하기 힘든 한 시대의 도래에 대한 맹신, 인류의 완전한 혁신을 실감할 수 있는—그렇다면 얼마나 좋으랴만!—시대의 도래에 대한 맹신이다. 그것이 바로 진보다. 그곳을 향해 똑바로 달려가야 할, 저 아득한 길 끝에 기다리고 있을 천년왕국이다.

무엇보다 인류의 이 비참한 숙명이 혁신된다면 제일 먼저 개개의 인간성 자체에 혁신의 징조가 나타나야 할 것이 아닌가. 그런 당연한 이치마저 고려되지 않았다. 수십 번을 말해도 속이 시원하지 않지만, 지금껏 살인이라는 범죄 하나, 그런 간단한 악조차 일소하지 못한 이 세상을 그들은 어떻게 설명하겠다는 것인가?

과거의 어떤 역사도 그런 어수룩한 맹신의 정당성을 입증해주지 않는다. 그럼에도 불구하고 진보라는 관념의 기초가 될 터인 미래의 찬란한 성공이라는 환상, 또는 인류의 운명이 피할 수 없는 것으로서 열망해온 혁명이라는 것의 유일한 담보는 여전히 그 괴상한 맹신뿐인 것이다. 바로 지금 이 사회가 완전한 야만상태로 전락하기 일보직전까지 질질 끌려온 판인데!

예술도 마찬가지다. 저 끔찍한 〈예언자〉의 작곡자 스스로는 그것이 곧 진보라고 생각하겠지만, 참으로 엉터리 같은 소리다! 그것이야말로 예술의 절멸이라고 해야 한다. ……애초에 현대에 진보라는 사고가 이토록 깊이 침투한 것은 어째서일까? 변하지 않으면 안 된다는 일종의 강박관념 탓일까? '만물은 항상 같은 자리에 존재하지 않는다(Nil in eodem statu permanet)' 라는 것은 고대인이 진작에 생각해낸 관념이지만, 과연 주위의 모든 것이 변해가는 듯 느껴지는 가운데 인간의 삶만이 아무리 시간이 흘러도 같은 자리에 멈추어 있는 현실은 견디기 어려운 것인지도 모른다. 그러나 자연이란 일견 변화하고 있는 것처럼 보여도 기실 어떤 진보 따위도 알지 못하는 것이 아닐까? 바로 그것이 헤라클레이토스가 하고자 했던 말이다. 같은 강에 두 번 들어갈 수는 없지만, 그래도 여전히 강은 강으로서 그 자리에 존재한다. 지금 이곳에서 사라지는 것은 조만간 어딘가 다른 장소에서 나타날 것이고, 그 역도 마찬가지다. 혹은 다시 똑같은 장소에서 부활할지도 모른다. 스콜라 학자라면 그런 자연의 진보의 궁극적인 목적으로 신의 이름을 내세우겠지만, 생각해보면 이토록 신앙이 위기에 처한 시대에 사람들이 저렇게 열심히 세계의 점진적인 개선 가능성을 믿는다는 것은 얼마나 기묘한 광경인가? 한 나라 국민 모두가 팡글로스다. 게다가 그 시선의 끝에는 이미 신의 모습은 없고 그저 망양한 허공에 물질적인 번영으로 채워진 정체 모를 낙원의 환영이 떠올라 있는 것이다.

마이어베어는 아마도 오늘날까지 음악의 역사가 이루어낸 것보다 좀더 나은 무언가를, 혹은 적어도 다른 무언가를 만들어내겠다는 오만한 망념에 들씌워진 이 시대의 불행한 예술가의 전형이겠지만, 결국 그런 생각은 그에게서 예술을 지배하는 취미와 논리에 대한 영구불멸의 법칙을 앗아갔다. 쇼팽이 소름끼치게 싫어하는 것도 무리는 아니다. 쇼팽이야말로 현대의 가장 독창적인 음악가이며 더구나 그것을 더할 나위 없이 세련된 취미와 과학이라 해도 될 만큼 치밀한 논리로 설명할 줄 아는 천부적 재능의 소유자이지 않은가! 위고나 베를리오즈 같은 자칭 개혁자라는 이들도 마이어베어와 똑같다. 그런 작자들이 과연 이제껏 예술을 지배해왔던 모든 법칙을 무화시킬 만한 성과를 거두었는가 하면, 결코 그렇지 않다. 그럼에도 불구하고 민중, 혹은 뒤를 이을 예술가들이 진실이나 이론과는 무관한 다른 무언가를 만들어낼 가능성을 맹신하고 있다는 것만은 분명했다.

이야기를 미술에 국한한다면, 거의 모든 문제는 16세기에 이미 해결되었다. 소묘나 구도의 완벽함, 혹은 우아함이라는 특질에 있어서는 라파엘로가, 색채와 명암의 기법에 있어서는 코레조, 티티안, 베로네세 등이 이미 답을 내주었다. 루벤스는 그 천재성으로 강한 힘과 선명한 효과, 그리고 그의 시대에 넘쳐흘렀던 열광적인 표현을 확립해 회화의 새 장을 열었다. 나아가 렘브란트는 환상의 애매함, 회화 속 인물의 동작의 불확실성에 있어 새로운 이상을 발견해냈다…… 거기에 무엇을 더 덧붙이겠다는 것인가? 창조적 혁신성에 대한 자부심은 대개 무지의 산물이다. 단순히 공부가 부족한 것일 뿐이다.

앵그르와 그 일파처럼 내용 없는 형식주의자가 되는 것도 곤란하다. 그러나 예술이 과거에 구축해온 진실을 곱씹어보지 않는다면 오늘의 예술가들은 원시의 치졸한 상태로 돌아가야만 할 것이다. 실제로 지금이 그렇지 않은가? 정치도 마찬가지다. 무궤도한 변혁이 이어진 끝에 야만적인 무법상태가 찾아오는 것도 당연한 귀결이 아닌가……

생각하기 시작하니 억지로 덮어두었던 체념의 틈새에서 억제할 수 없는 분노가 터져나와 수습이 되지 않았다. 제니를 상대로 이런저런 푸념을 해봐도 평소처럼 기분이 나아지지 않았다. 관전 마감이 닥쳐와 어쩔 수 없이 캔버스 앞에 앉아 있어야 하는 것이 도리어 구원이 되어주었다. 창작에 몰두하는 동안만은 공연한 일로 마음을 어지럽히지 않아도 되었다. 쇼팽과의 대화 중에 그런 이야기가 화제에 오른 적이 있었다. 권태는 무엇보다 잔혹한 고통이라고 쇼팽은 말했다. 그에 답하여 들라크루아는 이따금 자신을 엄습하는 견디기 어려운 공허함을 혹 그도 느낀 적이 없는지 물어보았다. 쇼팽은, 자신은 끊임없이 무언가에 몰두하는 바쁜 일상에 몸을 맡기기로 했다. 그다지 중요한 일이 아니더라도 일단 몰두하면 어떻게든 시간을 채울 수 있었다. 그것 말고는 모든 것이 슬픔의 씨앗이었다고 했다. 들라크루아는 그 말을 잘 이해할 수 있었다. 그것은 곧 자신에 대한 말이기도 했다. 모두 똑같은 것이다. 쇼팽 같은 인물도 생의 무서운 권태에서 결코 자유롭지 않다. 그러고 보니 그와 그런 이야기를 찬찬히 나눠본 적이 없었다. 비요 같은 친구에게 딱할 만큼 자신을 적나라하게 드러냈던 것과는 달리 그 앞에서는 그런 행동을 할 수 없었다. 쇼팽 역시 마찬가지가 아니었을까? 좀더 깊이 서로를 이해할 수 있었을지도 모른다. 그러나 억지로 그러려고 했다면 그는 분명 자신을 멀리했을 것이다. 두 사람의 관계는 처음부터 지나친 공감을 견디지 못하는 것이었는지도 모른다. 그도 고독하다. 그리고 나 또한……

쇼팽이 말하고자 했던 것은 예의 시간의 문제일 것이었다. 그런 추상적인 토론을 즐기지 않아 굳이 입 밖에 내지는 않았지만, 그 역시 일상이 강요하는 저 끈끈한 괴로움과 창작을 통한 그곳으로부터의 해방—그것이 아무리 많은 것을 앗아간다 해도—을 알고 있는 것이 틀림없었다. 아니, 적어도 전에는 알고 있었다. ……그는 쇼팽이 이미 그것을 과거형으로밖에 말할 수 없다는 것에 대해 생각했다. 논의를 꺼내기가 망설여졌던 것은 그의 취미에 맞지 않았기 때문만은 아니었다. 쇠약해질 대로 쇠약해진 지금의 그에게 도저히 그런 여유가 없을 것이라는 짐작 때문이었다. 그때는 단순히 육체의 쇠약만을 생각했다. 혹은 거기에서 유래하는 무기력에 대해서만. 그러나 이미 그런 논의는 그와는 너무도 멀어져버린 것이 아닐까?

일상이란 생각해보면 실로 인공적인 것이다. 그것은 천변만화하는 자연의 위협 속에서 확고한 질서를 세우고자 인간이 마련해낸 고심의 산물이다. 그 확고함이 한편으로는 인간을 괴롭히고 또한 쇠약하게 만들었을 것이다. 예술을 창작하는 것—쇼팽의 표현에 따르자면, 어쨌거나 무언가에 몰두하는 것—은 그런 질서와는 일단 완전히 관계를 끊는 것이다. 작업장으로 나갈 때의 초조와 불안이 바로 그런 것이 아닐까? 그리고 완성된 작품은 그때만은 사람들을 그 견고한 질서의 감옥에서 아주 짧은 순간 구원해내고 절대적인 자유를 체험하게 해주는 것이다. 그러나 그 모든 것은 두말할 것 없이 살아 있는 자들의 문제다. 이 일상의 한복판에 앞으로도 계속 머물러야만 하는 자들의 문제인 것이다.

쇼팽은 자신이 그 질서라는 것의 울타리 밖으로 조금씩 떠밀려가고 있다는 것을 알고 있다. 그리고 어떻게든 그곳에 머물기 위해 고심하는 것이다. 그런 그가 지금 느끼는 권태가 과연 예전에 알고 있던 권태와 같은 것일까? 일상이란 어떻게 보면 질서의 울타리 안에 세워진 안전한 공원인지도 모른다. 그러나 그것은 끝내 자연의 최대의 위협마저 몰아내지는 못했다. 그 사실이야말로 곧 인간이 여전히 자연에 속하는 생물이라는 것을 깨닫게 해주는 가장 큰 증명—바로 죽음이다. 그리고 끝내 몰아내지 못한 그것은 결국 죽음과 인간을 피할 도리 없이 같은 곳에 가두어놓았다. 우울이란, 따라서 다른 것에 주의를 기울이지 못하는 만큼 한층 더 강렬하게 죽음을 감지하게 되는 상태를 말하는 것인지도 모른다. 그는 지금 아무도 없는 침실에 죽음과 단둘이 남겨져 있을 것이다. 그리고 예전에는 부옇고 애매하던 그 기척이, 마치 달빛에 드러난 자기 자신의 그림자처럼 가깝게 느껴지는 것에 고뇌하고 있는 것이다.

그렇게 생각해보면, 창작이란 항상 죽음에 무한히 근접하는 행위인지도 모른다. 혹은 때에 따라서는 죽음 그 자체인지도 모른다. 인간을 일상의 질서로부터 완전히 단절시킬 수 있는 무언가가 있다면 그것은 오직 죽음뿐이다. 창작과 죽음이 흡사하다는 것은 단순히 예술가의 자각만이 아니다. 아틀리에에서, 서재에서, 피아노 앞에서 홀로 창작에 몰두하고 있을 때, 실제로 예술가는 타자에게 있어서는 이 사회에 존재하지 않는 존재다. 작업장으로 향할 때 그가 거기에서 하나의 죽음을 받아들여야만 한다면, 불쾌는 그를 일상에 그대로 붙잡아두려고 할 것이다. 그리고 스스로 죽음이 되었을 때만, 그는 죽음과 맞서는 고통을 면하고 그 기척을 감지하지 않을 수 있을 것이다. 이것은 단순히 말의 유희에 지나지 않는 것일까? 그렇다면 바로 지금 진실로 죽음을 곁에서 느끼고 있는 쇼팽에게 이런 논의는 아무 쓸모도 없는, 참을 수 없는 종류의 것이 아닐까?

5월에 들어서면서부터는 외출도 거의 하지 않고 오로지 아틀리에에 틀어박혀 관전 출품작의 완성에 힘을 기울였다. 마감 직전까지 망설인 끝에 꽃 그림은 〈꽃병에 꽂힌 마거리트와 달리아〉〈꽃과 과일을 담은 바구니〉 두 점만 내기로 하고, 거기에 〈알제의 여인들〉 개작, 〈오셀로와 데스데모나〉〈시리아인과 말〉을 보태 예정대로 모두 다섯 점을 출품하기로 했다.

전날 오후까지 마지막 손질을 한 터라 물감이 제대로 마를지 걱정하면서 마감 당일 올해의 회장인 튀일리 궁으로 작품들을 보내고 나자 잠시 한숨을 돌릴 여유가 생겼다. 액자는 미리 구해두었다. 회장에서 확인할 때 약간의 손질이 필요할지도 모른다. 그러나 우선은 완성시키는 것이 중요했다. 일을 마치고 난 뒤의 기분은 나쁘지 않았다. 오래도록 맛보지 못했던 그 느낌에 들떠 피곤한 것도 잊고 집을 뛰쳐나왔다. 지난 14일에 비요 부부가 함께 찾아왔는데도 바쁘다는 이유로 그냥 돌려보내고 말았던 일이 있어서, 사과를 겸해 그날 저녁에는 그의 집에서 화가 로베르 플뢰리와 함께 식사를 하기로 약속했었기 때문이었다. 그때까지 시간을 보낼 요량으로 지난번에 〈예언자〉를 함께 보러 간 뒤로 완전히 친해진—그것이 그날 밤의 유일한 수확이었다—칼레르기 부인의 집을 찾아갔지만, 공교롭게도 선약이 있었던지 잠깐 동안의 면회밖에 이루어지지 않았다. 그래서 죽은 누이의 시어머니뻘 되는 뒤리에 드 베르니나크 부인, 마를리아니 백작 부인, 옛 친구인 리베 남작의 집까지 한 바퀴 돌았지만 모두 한결같이 외출중이었다. 눈이 핑핑 돌 만큼 바쁠 때는 성가실 정도로 여기저기서 찾아오는 이들이 많더니 시간이 남아도는 날에는 한가하게 말상대를 해줄 사람 하나 없으니 대체 무슨 조홧속인가 하고 우울한 기분으로 구름 낀 하늘 아래 거리를 돌아다니다 마지막으로 잠시 화가 친구인 쥘 로베르 오귀스트의 집에 들렀다. 그곳에서 한 시간이 채 못 되게 머물렀는데, 그의 궁핍한 살림이 안쓰러웠던 나머지 나올 때는 서글픈 마음이 들고 말았다. 아틀리에는 영락없이 창고 같아서 작품은 물론이고 모델에게 입히는 옷가지며 갑옷까지 한데 뒤엉켜 있었다. 그 한가운데 먼지투성이 의자에 앉아 있는 그의 모습에는, 어린 나이에 조각가로 화려하게 등장해 스물한 살에 로마 상을 수상했던 시절의 흔적은 털끝만큼도 보이지 않았다. 들라크루아가 쥘 로베르를 처음 만난 것은 그가 친구인 제리코의 영향을 받아 조각칼을 버리고 붓을 들게 된 다음이었는데, 그 무렵에는 누구보다 일찍—들라크루아보다 더—다녀왔던 모로코 여행의 진기한 경험도 있었던 터라, 이국의 직물이며 공예품이 넘치는 이 아틀리에에는 항상 수많은 예술가들이 북적거려 신선한 활기가 넘쳤다. 혁명 이후로 영락한 예술가의 모습을 여기저기서 보아 왔지만, 여기보다 참혹한 곳도 없을 것 같았다. 해방감을 맛보기 위해 집을 나섰건만 생각지 못한 음울한 기분만 가득한 채, 더구나 갑작스레 쏟아진 비에 흠뻑 젖어서 가까스로 비요의 집에 도착했더니 이 집은 부인이 병으로 자리에 누워 있다고 해

결국 마지막까지 아무 기쁨도 건지지 못하고 허무하게 귀로에 들었다.

다음날은 파시의 가브리엘 들레세르의 집을 찾아, 우연히 와 있던 샤를 드 레뮈자 백작과 세상 돌아가는 이야기로 오래간만에 제법 긴 대화를 나누었다. 그러고 나서 생 쉴피스 성당의 장식화 작업에 참고가 될까 하고 샤요의 교회에서 다비드 파의 그림을 두세 차례 둘러보고, 돌아오는 길에 그달부터 근방으로 집을 옮긴 쇼팽을 찾아가 마침 병문안을 와 있던 칼레르기 부인, 에르보 등과 어울려 환담을 나누었다. 쇼팽을 만난 것은 오랜만이었다. 4월보다 퍽 좋아진 것 같았다. 예단은 할 수 없겠지만, 다시 회복될지 모른다는 희망도 품을 수 있었다. 돌아오는 마차에서는 에르보와 그런 이야기를 나누었다. 천천히 시간을 두고 요양하면 다시 옛날처럼 건강해질지도 모른다. 지금은 그저 그런 희망을 붙잡고 지켜보는 수밖에 없다.

그는 18일 밤에야 포르제 남작 부인을 찾아갔다. 작품을 완성하면 가장 먼저 달려와줄 거라고 믿고 있었던 그녀는 마감 날부터 이틀 동안이나 아무 소식도 없이 바람을 맞힌 것에 단단히 화가 나 있었다.

4월에 접어든 뒤로 지금껏 한 번도 그의 얼굴을 보지 못했다. 마티뇽 가에 있던 예전이라면 또 모르지만 일부러 가까운 곳으로 이사까지 왔는데. 아무리 바빠도 한두 시간 잠시 얼굴을 내미는 정도는 마음만 먹으면 언제든지 할 수 있지 않을까. 어차피 식사는 해야 할 테니 그 시간만이라도 여기서 함께 있으면 좋으련만. 그러나 으레 있던 일이 아닌가. 일단 제작에 빠져들면 다른 사람은 돌아보지 않고 그저 그림 생각밖에 하지 않는다. 원래부터 그런 사람이었고, 그런 사람이었기 때문에 나는 그에게 매력을 느꼈던 것이다…… 그렇게 억지로 마음을 고쳐먹고 되도록 방해가 되지 않으려고 말없이 일이 끝나기만을 기다리고 또 기다렸다. 외롭지 않았다고 한다면 거짓말일 것이다. 이번 일을 시작하기 전에는 유독 빈번하게 발걸음을 해주었던 만큼 더욱 그렇게 느껴졌다. 작품 제작은 이미 작년 말부터 재개되었다. 그러나 관전 마감이 예년보다 몇 달 늦춰져서 그리 급하게 아틀리에에 칩거하지 않아도 되는 모양이었다. 사교계의 계절이 돌아오자 더욱 자주 연락을 주고받았다. 새로운 사회 속에서 그도 자신의 지위를 확보하기 위해 필사적이었다. 그러기 위해서는 자신의 힘이 필요했다. 그렇게 자신을 의지해주는 것이 반가웠다. 그를 위해 무언가 해줄 수 있다. 포르제 부인은 딱히 그것을 의식해서라기보다 그저 자연스럽게 행복을 느꼈다.

포르제 부인은 생 쉴피스 성당의 벽화 장식 일이 그에게 맡겨지기로 거의 확정된 시기와 그가 관전 출품작 마무리에 들어가 자신의 집에 발길을 끊은 시기가 정확히 일치하는 것에 그리 깊은 의미를 두지 않으려고 했다. 우연한 일일 뿐이다. 왜 그런 일에 의심을 품어야 하는가? 세상 사람들은 지치지도 않는지 여전히 그가 아버지에게 물려받은 수완에 대해 비꼬는 소리들을 수군거렸다. 내가 그런 말에 넘어가 불안해하는 걸까? 그가 나와의 관계를 소중히 여기는 것이 화가로서의 입지를 유리하게 만들기 위해서일 뿐이라고? 아아, 어떻게 그런 비참한 근심을! 가령 그런 식으로 나를 이용했다 해도, 어떻게 그것을 나무랄 수 있을까? 그야 당연한 일이 아닐까? 연인이 아카데미 회원이 되기를 바란다면 어떤 여자라도 온 힘을 다해 도울 것이다. 선거에 나가겠다고 해도 그렇다. 무슨 관직에 나가고 싶다고 해도 그렇다. 나는 그 보답을 바라는 걸까? 어떤 보답을? 나를 사랑해주기를? 보답으로서?

지나친 비약이라고 생각했다. 이렇게 한없이 고민하는 자신의 불행한 성격이 저주스러웠다. 그가 찾아오면 알려주고 싶은 일도 있었다. 포르제 부인은 루브르의 회화 부문 부장직을 둘러싸고 연인과 그의 친구인 비요 사이에 아직까지 회복되지 않은 틈이 벌어져 있다는 것을 알고 있었다. 겉으로는 이미 정리된 일이라며 신경쓰지 않는 척했다. 그러나 그가 그 자리를 몹시 원했다는 것은 진작부터 알고 있었고, 그런 자리를 결과적으로 가장 믿었던 친구에게 가로채이다시피 한 사실에 그가 큰 상처를 입었다는 것도 충분히 짐작이 갔다. 예술가라면 누구라도 생활의 안정을 위해 동분서주해야 하는 때인 만큼, 더더욱 큰 배신으로 느껴졌을 터였다. 그의 성격으로 보아, 반대로 자신이 그 자리에 앉았다면 비요가 어떤 심정이었을지 하는 것까지 생각하고 있을 것이 틀림없었다. 그렇게 자신의 감정을 풀어낼 곳을 잃고 있는 것이다.

그녀는 들라크루아가 비요 부인과 무슨 대화를 나누었는지 알지 못했고, 더구나 그가 인사 문제와는 별개로 친구와의 현격한 차이를 더 마음에 걸려한다는 사정도 알지 못했다. 그러나 그것을 해결하기 위해 생각해낸 구체적인 방책은 전혀 엉뚱한 것만은 아니었다. 그녀는 지인을 통해 국영 고블랭 직물공장의 소장직이 공석이 될 것 같다는 정보를 입수했다. 그 자리에 대통령이나 나르시스 비에야르 등의 연줄을 동원해 그를 앉히려는 것이 그녀의 생각이었다. 전부터 슈브뢸의 저서의 열렬한 독자였던 들라크루아는 고블랭 직물뿐 아니라 슈브뢸이 한때 염색 감독관으로 일했던 고블랭 직물공장에도 관심을 가지고 있었다. 직함은 소장이었지만 실질적으로는 명예직 비슷한 자리였다. 게다가 루브르의 부장 자리처럼 그림 그릴 틈도 없을 만큼 바쁘게 돌아가는 업무도 없었다. 그런 자리에 앉는다면 아쉽게 놓쳐버린 지위에 대한 미련도 사라져 친구를 좀더 관대한 눈으로 바라볼 수 있을 것이었다. 동시에 수입까지 보장된다면 일석이조였다.

연인의 방문을 기다리다 못해 혹시 그가 과로로 쓰러진 게 아닐까 하는 걱정으로 불쾌한 심사를 달래고 있던 포르제 남작 부인은, 마침내 모습을 드러낸 그의 너무도 태평한 웃는 얼굴에 갑자기 화가 치밀어 "어라, 오셨어요?" 하고 퉁명스러운 얼굴로 그를 살롱에 맞아들였다.

오랜만에 라발레트 백작 부인과 함께 셋이서 저녁식사를 들고 잠시 이야기를 나눈 뒤 어머니가 안으로 들어가자, 그녀는 참고 있었던 분노가 다시 끓어올라 얼굴에서 서서히 웃음이 사라지는 것이 스스로도 느껴질 정도였다.

들라크루아는 고개를 갸웃거렸다. 처음 만났을 때부터 어딘지 기분이 나빠 보인다 싶더니 둘만 남자 더 노골적이 된 것 같았다. 무엇 때문에 화가 난 걸까? 일에 파묻혀 한동안 찾아오지 못한 것 때문인가? 아니면 조금 전의 이야기 때문에?

포르제 부인은 식사 때 그가 어머니의 물음에 마이어베어의 〈예언자〉를 칼레르기 부인과 함께 보러 갔었다는 이야기를 신나게 하는 것을 보고 그만 어처구니가 없었다. 그녀의 토라진 얼굴을 본 그는 쇼팽이 꼭 가라고 표를 주며 권했기 때문이었다고 변명하고는 서둘러 〈예언자〉의 내용에 대한 이야기로 화제를 옮겼지만, 그 말투가 어쩐지 자리에 어울리지 않게 부산스러웠다. 작업을 마친 뒤의 고양감이 남아 있다가 부자연스러운 명랑함으로 나타난 모양이었다. 그녀는 그의 우스꽝스러운 말투에서 스스로 무덤을 파고 그것을 필사적으로 얼버무리는 사람의 한심함이 느껴져 점점 더 흥이 깨졌다. 남의 속도 모르고 혼자 신이 났구나 싶었다. 열심히 작업하고 있을 것이라고 생각해서 말없이 참고 기다렸다. 물론 가끔 기분을 푸는 시간도 필요하겠지만, 그럴 때 왜 우리집에는 오지 못하는 걸까?

'칼레르기 부인 얘기를 할 때의 저 흐뭇한 표정이라니! 그렇

게 젊고 아름다운 분이니 그렇기도 하겠지. 어지간히 즐거웠던 모양이야!'

둘이 이야기를 시작한 지 얼마 되지 않아 그는 다시 6월부터 한동안 샹로제에 가 있을 거라는 말을 꺼냈고, 포르제 부인은 그 말에 더욱 기분이 상했다.

"그런 얘기는 일일이 제게 양해를 구하지 않으셔도 괜찮아요. 당신이 저보다 그 심술궂은 사용인과 함께 있는 걸 훨씬 편하게 생각한다는 것쯤은 진작부터 알고 있었는데요 뭐. 부디 하고 싶은 대로 하세요" 하고 스스로도 왜 이런 말을 입에 담는지 알 수 없는 서글픈 심정으로 쏘아붙였다.

그때까지 그녀의 가시 돋친 소리를 쓴웃음으로 흘려듣고 있던 들라크루아는 그런 말까지 듣고 나니 결국 기분이 나빠져서,

"왜 그래요, 대체? 당신 입에서 그런 한심한 말을 들을 줄은 몰랐군요. 무슨 일이 있었나요?" 하고 정색한 얼굴로 말했다.

그가 특히 놀라고 실망한 것은 그녀가 갑자기 그때까지 화제에 오르지도 않았던 제니 이야기를 꺼낸데다 그 인격마저 모욕했다는 점이었다. 물론 제니를 감싸주고 싶은 마음도 있었다. 그러나 그것을 억누른다고 해도, 대체 그녀만한 신분의 사람이 일개 사용인에게 왜 그렇게 심한 말을 하는지 이해할 수 없었다. 무례를 범해 그 자리에서 나무라는 것이라면 받아들일 수 있다. 그러나 마치 오랜 세월 동안 미워해온 사람처럼 그녀의 인격을 정면으로, 그것도 뒷전에서 공격하다니!

포르제 부인은 그의 말에 담긴 뜻을 민감하게 알아차렸다. 그리고 자신이 하필이면 사용인을 상대로 질투라도 하는 것처럼 생각하는 것에 심히 분개했다.

"아무 일도 없었어요. 당신이야말로 왜 그렇게 심각한 얼굴을 하세요? 샤로제에 가신다고 하시길래 가시라고 했을 뿐이에요. 뭔가 거슬리셨나요? 눈물이라도 흘리면서 말려야 하나요?"

"그런 말이 아니에요."

"그러면 저도 데려가달라고 빌기라도 해야 하나요? 전 싫어요, 그런 시골구석은."

"아니, 그런 말이 아니잖아요? 그 얘기를 하는데 왜 제니를 끌어들이냐는 거지요. 빈정거리는 것도 아니고."

"어머, 빈정거리다니, 천만에요! 왜 내가 그런 짓을 하겠어요? 당신을 두고 제가 그녀에게 질투라도 한다고 생각하나요? 사용인 따위에게? 무슨 말씀을! 당신이야말로 어떻게 되셨군요. 그 사용인의 평판이 얼마나 안 좋은지는 당신도 익히 들으셨겠죠. 비에야르 씨도, 케레르 숙모님도 다들 하시는 말씀이에요. 내가 댁에 찾아갈 때마다 얼마나 무뚝뚝하게 맞이하는지! 뻔뻔스럽게도 질투를 하는 건 그쪽이 아닌가요? 나는 그저 그 얘기를 한 것뿐이에요."

빨려들 듯이 아름다웠던 그녀의 양 볼이 빨갛게 달아오르며 파르르 떨렸다. 들라크루아는 별것도 아닌 일로 티격태격하는 것이 너무도 한심스러웠지만, 아무래도 뭔가 심각한 충돌로 이어질 불씨 같은 것이 감춰져 있는 것 같아 내심 당황하면서도 자제가 되지 않았다.

"당신에게는 그저 사용인인지 모르지만 내게는 충실하고 헌신적인, 소중한 여성이에요. 그녀를 그런 식으로 심하게 말하는 건 다른 누구도 아닌 내게 상처를 입히는 일입니다."

"어머, 그저 단순한 사용인이 아니었군요? 그럼 뭔가요? 그거야말로 저에 대한 모욕이 아닌가요?"

그녀는 흥분하여 벌떡 일어서더니 당장이라도 울음이 터질 것처럼 눈이 붉어졌다. 들라크루아는 그 모습에 다소 냉정을 되찾아 일어나서 그녀의 손을 잡았다.

"당신을 모욕할 마음은 전혀 없습니다, 맹세코. 물론 그녀는 사용인이지요. 뭐냐고 묻는다면, 그저 단순한 사용인이에요. 그러나 십 년이나 내 시중을 들어주었으니 나름대로 정도 들었을 거예요. 그런데 그런 사람을 나쁘게 말하면 기분이 나쁜 게 당연하지 않겠어요? 당신처럼 총명하고 선량한 사람이 그런 점을 이해하지 못할 리는 없겠죠? ……아무튼 진정합시다. 당신과 이런 식으로 말다툼을 하다니, 정말 견디기 힘든 일이에요."

포르제 부인은 입술을 깨물며 필사적으로 눈물을 떨구지 않으려고 참고 있었다. 어쩌다 이런 흉한 대화를 하게 되었을까? 흐트러진 자신의 모습이 거울에 크게 비치는 것을 깨닫고 저도 모르게 눈을 돌려버렸다. 주름 하나 없이 환한 그녀의 이마에 푸른 혈관이 돋아 있었다. 그 모습이 들라크루아의 마음을 아프게 했다. 한 손으로 붙잡고 있던 그녀의 손을 두 손으로 감싸주려 하자, 포르제 부인은 뿌리치며 그에게서 등을 돌렸다. 그 순간 마침내 눈물이 볼을 타고 흘러내렸다. 머리칼을 쓸어올리면서 재빨리 손바닥으로 훔치고는 창가로 걸어가 밤의 유리창에 비친 그의 모습을 바라보았다. 들라크루아의 눈이 창에 비친 그녀의 눈과 마주쳤다. 이윽고 포르제 부인이 돌아서서 목이 멘 소리로 말했다.

"결국 당신은 아무것도 알지 못하는군요."

들라크루아는 이번에는 직접 그녀를 바라보았다. 그녀가 사태를 수습하지 않고 굳이 이야기를 이어가려는 것에 문득 불안을 느꼈다.

"알지 못하다니…… 무엇을?"

정면으로 받을 이야기가 아닌지도 모른다. 말을 뱉자마자 그런 후회가 들었지만, 침묵하고 있기가 불안해 생각과는 달리 입을 열고 말았다. 그녀는 그의 마음을 확인해보려 한 것이었다. 그리고 엉뚱한 대답에 갑작스레 현기증 같은 무력감이 엄습해 고개를 저었다.

"아뇨…… 그만 됐어요."

이대로 애매하게 이야기를 끝내는 편이 좋을 터였다. 그러나 알지 못하는 것이 아니라는 뜻을 어떻게든 그녀에게 전하고 싶었다.

"잘 알고 있습니다."

그녀는 그렇게 튀어나온 그의 말을 매섭게 쏘아보는 것처럼 불끈 고개를 들었다. 그 얼굴에는 강한 불신의 빛이 넘실거렸다.

"어떻게 그런 말을…… 대체 뭘 알고 있다는 거죠……? 제가 이렇게 힘겹게 말하려는 것을, 당신은 그런 적당한 말로 대충 넘어가려는 건가요……? 너무해요…… 전 이제 당신을 믿을 수가 없어요."

"오해예요. 절대로 당장 이 자리를 모면하겠다고 한 말이 아닙니다."

"그럼 뭘 알고 있다는 거지요?"

추궁을 받고 들라크루아는 망설였다. 대화는 분명 바람직하지 못한 방향으로 진행되고 있었다. 잘 알고 있다―그 말은 그의 본심이었다. 지나칠 만큼 잘 알고 있었다. 그러나 그것을 지금 여기서 밝히면 분명 그녀에게 깊은 상처가 될 것이었다. 그녀 역시 지금은 흥분한 상태라서 굳이 그의 말을 들으려고 하지만, 모든 것을 다 밝혀버리면 그녀는 화해한 뒤에도 오래도록 슬퍼하게 될 것이 분명했다. 그렇다고 아무 대답도 하지 않을 수는 없었다. 그녀의 심정을 이해하지 못하는 것은 아니라는 점을 밝히면서도 그 내용은 발설하지 않는 선에서 그쳐야 했다.

"당신이 곁에 있어 내게 얼마나 큰 위로가 되는지 모릅니다. 당신이 아니었다면 나는 지난 일 년여의 끔찍한 불행을 견뎌낼 수 없었을 거예요. 사실입니다. 그리고 당신이 이 새 세상에서 나처럼 미력한 화가를 위해 얼마나 든든한 버팀목이 되어주었는지도 충분히 알고 있어요. 나는…… 당신의 그런 애정을 한 번도 잊은 적이 없습니다. 내가 얼마나 당신을 사랑하는지, 당신이 그것을 모를 리는 없겠지요. 최근 사십여 일을 나는 고독 속에서 보냈어요. 당신을 찾는 일도 드물었지요. 그러나 그건……"

"그만 됐어요……"

포르제 부인은 고개를 가로저으며 중얼거리듯이 말했다. 조금 전의 흥분이 거짓이었던 것처럼 그녀의 얼굴은 차갑고 창백해져 있었다. 그러고는 그가 뭔가 더 말하려는 것을 막으며 다시 말했다.

"이제 더이상 아무 말씀도 하지 마세요."

들라크루아는 그 말의 진의를 제대로 헤아릴 수 없었다. 내 말이 부박하게 들렸던 걸까? 그게 아니면, 이제 충분히 이해했다는 뜻일까?

그녀 스스로도 어째서 그의 말을 막았는지 알 수 없었다. 아무튼 더이상 어떤 말도 듣고 싶지 않았다. 역시 그의 말의 성실성을 믿을 수 없었는지도 모른다. 아니면 뭔가 번지수가 틀린 소리를 한다는 느낌을 받았는지도 모른다. 그렇다면 당연히 그의 우스꽝스러운 모습을 더이상 지켜볼 수 없었을 것이었다. 그러나 아마도 그런 이유에서가 아니었다. 그녀는 그의 말이 핵심으로 다가가는 것을 견딜 수 없었다. 그녀가 가장 간절히 이해를 원했던 것이 바로 그것이었다. 그러나 마지막 순간에 그녀는 끝내 그것을 받아들일 수 없었다. 그가 그것을 입에 담으면 두 사람의 관계가 영원히 상실되고 만다는 것은 분명했다. 겉으로 아무리 꿰매놓아도 결코 그 상처는 막을 수 없을 터였다. 그 슬픔이 너무 큰 것이어서 그녀는 더이상 생각하기를 멈춰버렸다. 모든 것을 중단시켜 원래의 애매함 뒤로 돌려놓고 말았다.

이런 이야기를 할 생각은 아니었다. 그저 요즘 들어 내게 너무 소홀했다고 잠시 잔소리를 하면 그것으로 끝날 일이었다. 물론 언젠가는 이렇게 터질 일인지도 모른다. 그러나 그녀는 결국 거기에 온몸을 맡길 만한 용기를 가질 수 없었다.

"당신의 일에 대한 열의를 나무랄 마음은 없어요. 비꼬는 말이 아니라…… 그렇게나 많은 분들께 당신이 얼마나 대단한 화가인지 광고하고 다녔는걸요. 관전에 훌륭한 작품을 출품해주시지 않으면 내 체면이 망가질 거예요."

그녀는 희미하게 웃는 표정을 내비쳤지만 역시 어딘가 어색했다. 딱히 그 웃음을 받아들인 건 아니었지만 일단 들라크루아도 굳었던 얼굴을 풀었다. 그러나 아무래도 모든 게 농담이었다고 흘려버리기는 어려웠다.

잠시 뒤에 "오늘은 이만 실례하지요"라고 입을 열었다. 그녀는 아무 말 없이 고개를 끄덕여 보였다.

현관까지 배웅을 나가 가까스로 "조심해서 가세요" 하고 인사를 건넸다. 눈물이 마른 뒤의 마비된 듯한 눈동자가 머뭇머뭇 그의 얼굴을 스쳤다.

"예, 고맙습니다. 만나서 반가웠어요…… 잘 자요."

계단을 내려가며 들라크루아는 몇 번이나 다시 돌아설까 생각했다. 최소한 좀더 그럴듯한 작별을 했어야 하는 게 아닐까? 지금 돌아가면 그녀도 반가워하리라. 그러나 연애의 종말이 대개는 별 특별할 것도 없는 이런 일상 속에 숨어 있다는 것을 생각하면, 그는 도저히 발길을 되돌릴 수 없었다. 그녀를 잃고 싶지는 않았다. 갑작스럽게 그런 가능성이 심각하게 다가온 것이 두렵기만 했다.

정원을 지나며 기도하는 마음으로 부연 등불이 켜진 거실 창을 돌아보았다. 그러나 그곳에 그녀의 모습은 없었다. 오히려 마음속에 방 깊숙한 곳에 허망한 눈빛으로 우두커니 서 있는 그녀의 모습만 떠올라 도망치듯 문 밖으로 빠져나왔다. 아직 그리 깊지 않은 밤길을 걸으며, 너무 이른 귀가시간을 굳이 알아볼 일도 없건만 회중시계를 꺼내 확인해보았다.

17

5월에 들어서서 쇼팽은 큰맘 먹고 파리 교외의 사요에 별장을 빌려 몇 달간 머물 예정으로 거처를 옮겼다. 이 결정이 행운을 불렀는지 미미하나마 병세가 개선될 징후를 보이기 시작했다. 파리를 떠나면서 레슨을 전면 중지하고 피아노도 거의 치지 않았지만, 식사는 잘하는 편이었고 이따금은 약 먹는 것까지 깜빡 잊곤 했다. 햇볕이 따스한 날에는 불로뉴 숲으로 마차를 타고 산책을 나가기도 했다.

쇼팽이 빌린 별장은 오브레스코프 대공비가 우연히 건진 보물이라며 소개한 물건으로, 언덕배기 위의 이층집이었다. 혼자 살기에는 과분할 만큼 방이 많고 거실도 넓은데다 서쪽으로 큼직하게 뚫린 다섯 개의 창문으로는 정원 너머로 파리의 전경이 한눈에 내려다보이는 고급스러운 건물이었다. 쾌적하다는 실감이 들 때마다 그는 이런 집을 겨우 이백 프랑에 빌렸다는 사실이 믿기지 않았지만, 그도 그럴 것이 사실은 사백 프랑에 달하는 임대료의 반을 오브레스코프 대공비가 쇼팽 모르게 지불해주고 있었던 것이었다.

오래 전부터 두려워하고 있었던 콜레라가 마침내 파리에까지 번져 헌법제정 국민의회의 의원부터 직장을 잃고 떠도는 지방 출신의 노동자에 이르기까지 그야말로 평등하게 사람들이 줄줄이 죽어나가자, 쇼팽의 집에 자주 문병을 오던 이들은 하루빨리 그를 안전하고 공기 맑은 곳으로 피난시키자는 이야기를 하기 시작했다. 다행히 지금은 그리 멀지 않은 곳이라면 그도 마차 여행을 견뎌낼 수 있을 것 같았다. 몇 군데가 후보지로 올랐지만, 역시 오브레스코프 대공비가 찾아낸 샤요 대로 74번지의 집보다 더 적합한 곳은 없었다. 문제는 오히려 그의 경제 사정이었다. 오브레스코프 대공비는, 영국에서도 끔찍할 만큼 콜레라 피해를 목격했을 쇼팽이 이런 상황에서도 선뜻 교외로 옮길 결심을 못 하는 것은 몸에 대한 염려도 있지만 그보다는 필시 상당한 부담이 될 임대료를 걱정해서일 것이라고 짐작했다. 이사를 하면 침대에 누운 채로 겨우 이어가던 레슨도 일단 끊어질 터여서 수입에 대한 전망이 서지 않는 상황이었다. 우선은 현재 가진 얼마 안 되는 저금으로 근근이 이어갈 수밖에 없고, 그것으로 충당하지 못할 때는 가진 물건을 내다팔고, 결코 적은 액수가 아닐 빚까지 얻어야 한다는 것도 각오했다. 사실 그것은 얼마 뒤에 현실로 나타나, 프랑숌에게 오백 프랑, 그지마와 백작에게는 사백 프랑을 빌렸고, 불필요한 가구와 장식품도 조금씩 처분하고 있었다.

오브레스코프 대공비는 그가 그런 단순한 문제로 고민해야 한다는 사실이 어처구니가 없었다. 그 비할 데 없이 위대한 천재성으로 모든 이에게 사랑받고 존경받는 불세출의 음악가가 역병의 위협에 노출되고 생사를 가르는 경계에 팽개쳐져 있는 때에, 경제적인 곤궁이라니, 얼마나 사소하고 시시한 문제인가! 다른 방도가 전혀 없다면 또 모르지만, 그가 마음만 먹으면 자신은 물론이고 자진하여 적극적으로 지원해줄 사람이 얼마든지 있을 터였다. 샤요 별장의 임대료를 실제의 반으로 줄여 말하고 나머지를 비밀리에 그녀가 지불하기로 한 것은 그런 상황에서 짜낸 고육지책이었다. 쇼팽은 아무리 세상 돌아가는 일에 어둡기는 해도 작년부터 물가가 급격히 상승했다는 얘기는 많이 들었던 터라 그녀가 별장이 얼마나 좋은지 열심히 설명할수록 그런 곳을 이백 프랑에 빌릴 수 있다는 것이 아무래도 이상했지만, 결국 항복하고는 "여름이면 다들 먼 시골 별장으로 가니까, 근교는 생각보다 싸게 빌릴 수 있답니다"라는 설명을 그대로 받아들이기로 했다.

이백 프랑이라면 염출하지 못할 것도 없었다. 콜레라와 여름 더위를 피해 몇 달 동안만 빌릴 예정이라서 상드 부인과 이별한 뒤 몇 번이나 떠날 생각을 했던 스카르 도를레앙의 집도 일단 남겨두기로 했다. 그쪽 임대료는 연간 육백이십오 프랑이었다. 거기에 식비며 꽃값, 사용인의 월급 같은 평소의 지출과 귀국 후 네번째 주치의인 프렌켈 박사에게 지불하는 일 회 십 프랑의 진료비를 생각하면 아무래도 하찮게 볼 수 없는 액수였지만, 그래도 겨울까지 머물면서 추가로 몇백 프랑 정도 더 필요한 일만 없으면 그럭저럭 메울 수 있을 것 같았다. 로스차일드 남작이 보내준 천 프랑의 원조금도 그의 결단을 도왔다. 아내를 통해 쇼팽의 곤궁을 들은 남작은 그가 사양하지 않도록, 그러면서도 생활에는 충분히 도움이 되도록 신중히 생각하여 천 프랑이라는 액수를 준비했다. 정히 부담이 된다면 건강이 회복된 다음에 자신의 집에서 마음껏 연주를 들려달라는 남작의 말에 기대어 쇼팽은 정중한 감사의 인사와 함께 그 돈을 받기로 했다.

샤요로 이사한 뒤, 아들의 궁핍을 알게 된 바르샤바의 어머니로부터 이천 프랑이 우송되어왔다. 쇼팽은 그 액수에 깜짝 놀라 이만한 돈을 만들어내느라 가족들이 얼마나 고생했을지 가슴이 뭉클했지만, 간절한 감사의 마음 한편으로 역시 깊은 슬픔을 맛보지 않을 수 없었다. 그는 그 고생의 의미를 잘 알고 있었다. 파리까지 몸소 아들을 간병하러 오지 못하는 것을 어떻게든 보상해보려는 마음이었다. 오고 싶어도 올 수가 없다. 그렇다면 적어도 그 마음에 걸맞은 도움이나마 보내주고 싶다. 그것이 바로 그 고생의 의미였다.

쇼팽은 영국 체재중의 고통스러운 나날 속에서도 폴란드의 가족에게 보내는 편지에는 결코 그 고통에 대한 이야기를 쓰지 않았다. 그러나 파리에 돌아온 뒤로 차츰 그 결심이 무뎌져서 작년부터는 조금씩 현재의 병세와 경제적인 곤궁에 대해 고백하게 되었다. 노령의 어머니께 걱정을 끼치고 싶지 않은 마음은 지금도 변함이 없다. 지병인 류머티즘은 말할 것도 없고, 연세가 예순일곱이시니 몸이 퍽 쇠약해지셨을 터였다. 혁명 후에도 프랑스와 폴란드 사이의 왕래는 여전히 어려운 상태였다. 여기저기 손을 쓰면 입국 허가 정도는 가능할지 모르지만, 여정이 순조로울 것이라는 보장은 어디에도 없었다. 도중에 어떤 난관이 잠복하고 있을지 알 수 없는 상황이었다. 어머니를 파리로 불러들이는 것은 도저히 불가능했다. 어차피 이루어지지 않을 일이라면 무엇 때문에 자신의 병세를 밝혀 공연한 걱정을 끼칠 것인가? 내내 그렇게 생각했다. 사정은 누구보다 잘 알고 있었다. 그렇지만 이제는 도저히 견딜 수 없었다. 마지막으로 단 한 번만이라도 어머니의 따스함을 마음껏 느끼고 싶었다. 죽기 전에 단 하루라도 좋았다. 아니, 한 시간이라도, 일 분이라도 좋았다. 다시 한번 어머니를 만날 수만 있다면 얼마나 행복할까? 침대에 누워 있으면 바르샤바에서 보낸 어린 시절의 일들이 기이할 만큼 생생히 떠올랐고, 그때마다 표현하기 힘든 황홀과 적막을 느꼈다. 죽기 전에는 다 이런 걸까? 지금 나는 너무 지나치게 회상에만 빠져 있는 게 아닐까? 마치 나 자신이 벌써 하나의 회상이 되려는 것처럼. ……머릿속에 되살아나는 광경 하나하나가 미치도록 그리웠다. 그리워서 견딜 수가 없었다. 탐욕스럽게 추억을 찾으며 좀더 생각나는 것이 없을까 하고 그 하나하나에 달린 실마리들을 필사적으로 더듬어나갔다. 나의 빈약한 기억은 아직도 그 전부를 드러내기를 아까워하고 있는 것이 아닐까? 좀더 찾아보면 어딘가에 고스란히 남겨져 있는 행복한 나날의 풍경이 불쑥 튀어나오지 않을까? 하루 온종일 정처도 없이 회상의 한복판을 방황했다. 그러다보면 추억의 마지막은 반드시 어머니의 모습으로 수렴되는 것이었다.

쇼팽이 샤요 행을 망설인 가장 큰 이유는 파리를 떠나면 자연히 사람들의 발길이 뜸해져서 홀로 병상에 남겨질지 모른다는 걱정 때문이었지만, 그런 불안과는 달리 별장의 소재지를 미리 알아둔 친구들은 하나도 빠짐없이 시간을 내어 그를 찾아주었고, 별장 주소가 엄격히 비밀로 부쳐진 덕분에 도리어 문안객이 적당히 정리되어 편안함을 느낄 정도였다. 구트만과 로지에르 양, 프랑숌이 가장 자주 방문해 이런저런 일을 돌봐주었다. 알렉산데르 차르토리스키 대공 부부, 안나 대공비, 루자 사피에하 대공비도 이따금 그의 얼굴을 보러 찾아왔고, 한편으로 어머니가 불가능하다면 최소한 누님 부부만이라도 파리에 초대하고 싶다는 그의 바람을 받아들여 그들의 여권이 허가되도록 각처에 힘을 써주었다. 오브레스코프 대공비와 수조 대공비 가족, 로스차일드 남작 부부, 포토츠카 백작 부인, 카미유 플레옐 같은 이들도 병문안을 왔다. 올해 처음으로 파리를 방문해 그의 지우(知遇)를 입은 폴란드 시인 치프리안 카밀 노르비트도 대문을 자유롭게 드나들 수 있게 되었다. 여전히 거북한 분위기였지만, 스코틀랜드의 두 자매도 이따금 상황을 살피러 왔다. 한편 그지마와 백작은 여전히 옴짝달싹할 수 없는 상태였다. 들라크루아는 6월에 들어서면서 곧바로 샹로제로 떠나 한동안 얼굴을 볼 수 없었다. 들라크루아만이 아니었다. 콜레라와 더불어 새로운 폭동이 일어날 것이라는 소문이 돌아 사람들은 차례차례 먼 시골로 몸을 피했다. 일자리가 없는 노동자들만이 굶주림과 역병의 공포에 쫓기며 텅 빈 파리 거리를 헤매고 다녔다. 그런 광경을 상상하면 그도 한없이 마음이 무거웠다.

평소에 자주 얼굴을 보는 지인들뿐 아니라, 파리에 우연히 들른 차에 그의 병이 심각하다는 소식을 듣고 꼭 한번 만나고 싶다며 병문안을 온 외국 손님도 있었다.

한 사람은 영국에서 파리와 함부르크를 경유하여 스웨덴으로 돌아가는 중이던 제니 린드 양이었다. 지난해 여름 처음 만나

안면을 튼 지 아직 일 년이 채 못 되는데다 그리 긴 시간을 함께 보낸 것도 아니었지만, 두 사람 사이에는 묘한 친밀감이 있었다. 파리에서 재회하자 금세 친해져서 이제는 벌써 그리운 이름이 된 런던의 지인들에 대한 소식을 이야기하곤 했다. 좀더 일찍 알았더라면 분명 좋은 친구가 되었을 거라고 쇼팽은 내심 아쉬워했다. 그날 밤은 포토츠카 백작 부인, 보바 대공비, 로스차일드 남작 부인도 문병을 와 있었는데, 린드 양은 쇼팽의 청을 받고 흔쾌히 그 미성을 들려주어 모두를 경탄하게 했다. 그는 파리에 돌아온 뒤로 기회가 있을 때마다 지인들에게 런던에서 들었던 그녀의 노래가 얼마나 훌륭했는지 칭찬하곤 했지만 역시 말로는 제대로 표현하지 못하고 있던 참이어서, 그렇게 다들 실제로 본인의 노래를 듣고 그 훌륭함을 알게 된 데 크게 만족하고 자기 일처럼 자랑스럽게 여겼다. 물론 그 자신도 오랜만에 듣는 그녀의 노래를 마음껏 감상했다.

또 한 사람은 예전에 바르샤바에서 '신동'이니 '모차르트의 재림'이니 하는 평을 받던 아홉 살 쇼팽의 연주를 듣고 감격한 나머지 헌사가 새겨진 나무 케이스의 금장 회중시계를 선물했던 이탈리아의 왕년의 명 소프라노 안젤리카 카탈라니 부인이었다. 그녀는 처음에는 이제 전 유럽에 명성을 날리는 음악가가 된 그에게 최상의 경의를 담은 재회의 인사를 건넸다. 그러나 그가 그녀에게 받은 금시계를 보여주자, 오랫동안 애지중지 사용한 흔적과 함께 첫눈에도 귀중하게 간수해왔다는 것을 알 수 있는 손질 상태를 보고는, 그만 그리움과 반가움에 흥분하여 갑자기 다정함이 가득 감긴 말투로 바뀌었다. 그녀는 자신이 예순아홉의 나이라는 것도 잊고 그 무렵에는 참으로 작은 어린아이였다며 옛날을 떠올리고, 그 뒤로 '신동'의 활약상을 들을 때마다 재능을 알아보는 자신의 눈이 틀리지 않았다며 큰 자랑거리로 여겼다는 이야기를 들려주어 그를 감동시켰다. 그 역시 그녀에게 재능을 인정받은 덕분에 항상 큰 자부심을 가질 수 있었고, 어려울 때마다 시계를 들여다보며 더할 수 없이 큰 위로를 받았노라고 화답했다. 그리고 두 사람은 당시 바르샤바 사교계에 출입했던 인사들에 대해, 그녀는 공연을 위해 방문했던 저명한 가수로서의 인상을, 그는 영문도 모른 채 그 천부적 재능 때문에 여기저기 불려다니던 소년의 눈으로 바라보았던 인상을 서로 이야기하며 그 뜻밖의 차이를 즐겼다. 그리고 이야기가 1780년생인 카탈라니 부인이 당시 지금의 쇼팽과 비슷한 나이였다는 데 이르자, 그녀는 더욱 간절한 눈길로 그를 바라보며 나도 이렇게 할머니가 되도록 장수했으니 당신도 앞으로 꼭 더욱 건강해져야 한다고 격려의 말을 건네주었다.

카탈라니 부인과의 이 만남은 쇼팽에게는 잊을 수 없는 추억이 되었다. 그로부터 얼마 지나지 않아, 마침 린드 양이 파리를 떠나기 전날 안젤리카 카탈라니 부인이 콜레라로 급서했기 때문이었다.

이 사건은 그에게 적지않은 충격을 주었다. 이미 화가 들라로

슈의 장남과 프랑솜 가의 사용인 등 몇몇 낯익은 이들이 그 병으로 목숨을 잃었고, 스카르 도를레앙에서는 에티엔 부부의 어린 딸이 위독상태에 빠져 있었다. 그리고 6월 10일에는 작년에 그와 마찬가지로 런던으로 건너가 훨씬 정력적으로 활동했던 피아니스트 프리드리히 칼크브렌너가 사망했다.

의회에서는, 이탈리아에서 시작된 전투 소식과 함께 정부에서 바티칸을 구하기 위해 막 탄생한 로마 공화국에 군대를 보낸 사실이 발각되어, 르드뤼 롤랭이 이끄는 산악파가 헌법 위반을 내세우며 비난 결의를 강력히 요구했다가 이것이 부결되자 전국적인 무장 봉기를 호소해 6월 13일에는 가두 투쟁으로까지 발전해 있었다. 반란은 민중의 참여를 얻지 못해 계엄령 발령 후 즉각 진압되었고, 군데군데 세워졌던 바리케이드도 곧 사라졌다. 봉기가 일어난 다음주, 쇼팽은 영국에 머물던 무렵부터 시작했던 작품 정리를 위해 매일같이 샤요까지 찾아와주는 프랑숌과 창가에 의자를 나란히 놓고 앉아 대화를 나누었다. 프랑숌의 사용인의 불행에 대한 슬픔을 나누고, 화제는 칼크브렌너의 부고에 관한 것으로 넘어갔다.

"그러고 보니…… 칼크브렌너도 세상을 떴다지?"

"아, 그래…… 자네도 알고 있었군."

프랑숌은 올 때마다 말하려고 했지만 문병객에 둘러싸여 안정을 취하고 있는 사람에게 그런 소식을 전할 수 없어 고민하던 참이라 그의 말을 듣고 조금 놀랐다. 쇼팽은 고개를 끄덕였다.

"아픈 사람이 귀는 더 밝다고 하잖아? ……아니, 실은 어제 플레옐이 와서 눈물을 글썽이며 그 얘기를 했거든……"

칼크브렌너는 연주가와 지휘자로 활동하는 한편으로 1829년부터 이십여 년에 달하는 세월을 플레옐 사의 임원으로 일했고, 7월왕정 초기에는 특히 악단에 강한 영향력을 발휘해 판매에 큰 공헌을 했다. 카미유 플레옐과는 말하자면 친구이자 동지인 사람이었다.

"그랬었군."

"응. 자네, 장례식에는?"

"그럼, 물론 갔지. 콩세르바투아르의 동료들과 함께. 거리가 한참 시끄러울 때라 이래저래 혼란스러웠어. 플레옐은…… 역시 장례식에서도 많이 울더군. 그런 면은 좀체 보이지 않는 사람인데 말야……"

"그랬을 거야…… 오래된 친구였으니."

"맞아…… 칼크브렌너가 런던에서 파리로 활동 무대를 옮기기 전부터 친구였지?"

"그래, 나폴레옹의 백일천하 무렵에 파리에서 도망쳐서—그렇게 얘기하면 본인은 화를 내지만—런던으로 갔잖아? 그때부터 곧잘 함께 연주하고 다녔다고 하니 그럭저럭 벌써 삼십 년 가까운 지기야. 나이도 겨우 세 살 정도밖에 차이가 나지 않고."

"칼크브렌너가 더 많지?"

"응."

쇼팽은 그렇게 대답하며 멍하니 밖을 바라보았다. 맑게 갠 초여름의 푸른 하늘 아래 저 멀리까지 내다보이는 파리 거리는 바로 일 주일 전까지 길목마다 군대가 들이닥쳐 총성을 울렸다는 것이 도무지 믿어지지 않을 만큼 평화로웠다. 생 자크 탑, 튀일리 궁, 부르봉 궁, 생 제르맹 로세루아 성당, 노트르담 대성당, 남쪽으로 돌아서면 생 테티엔 뒤 몽 성당, 팡테옹, 생 쉴피스 성당, 발 드 그라스, 앵발리드…… 그 하나하나를 마음 내키는 대로 바라보고 있으려니 무언가에 홀린 듯 깊은 감개가 끓어올라 저도 모르게 입을 열었다.

"삼사 년 전에 그 아들이 내 작품 내림나단조 소나타를 치고 싶어한다고 해서 잠시 봐준 적이 있었는데, 그때도 그와는 별로 말을 나눌 기회가 없었고, 스카르 도를레앙에 있을 때도 거의 왕래가 없어서…… 추억이라고 해야 이십대 무렵의 일들밖에 없어."

"그렇겠군."

"그때는 나도…… 물론 그도 정말 젊었지."

"젊었고말고." 프랑숌은 그 시절이 그리운 듯 말했다. "정말 젊었어. 자네가 파리에 도착한 게…… 삼십일년이었던가?"

"그래, 삼십일년 구월이었어. 또렷이 기억하고 있지. 파리에 오던 도중에 슈투트가르트에서 바르샤바 함락 소식을 들었거든."

"그랬군…… 정말 잊을래야 잊을 수 없겠네."

"응……"

"그럼 나와 만난 건 파리에 도착하고 얼마 안 되었을 때였겠군."

"그래, 슐르생제와 악보 출판 계약을 맺기 전의 일이었으니까. 그후로는 갑자기 교제 범위가 넓어져서 언제 누구랑 만났는지도 잘 모르겠어…… 그 무렵에는 누가 누군지도 모를 만큼 수많은 젊은 음악가들이 파리에 와 있었지. 피아니스트만 해도……"

"리스트, 힐러, 멘델스존, 헤르츠 형제…… 헬러, 오즈본, 소빈스키…… 그리고……"

"탈베르크…… 아니, 탈베르크는 빈에서 만났지. 그가 파리에 온 건 좀더 뒤였을걸?"

"그래, 모셸레스 같은 이들도 그 무렵에는 없었어…… 그리고 또 누가 있었더라……? 피아니스트는 아니지만 베를리오즈…… 그 다음에는…… 그렇지, 스타마티 같은 사람이……"

"그래, 스타마티! 참 잘도 기억하는군."

"그럼, 자네가 플레옐 사의 살롱에서 첫 연주회를 했던 때를 생각했더니 기억이 났어. 그때 칼크브렌너와 함께 그가 만든 여섯 대의 피아노를 위한 곡을 연주했잖아? 스타마티도 같은 곡을 연주했었거든."

"그래, 맞아…… 그렇구나, 그런 괴상한 짓을 했으니 기억에 남은 거군."

"물론이지, 그 뒤에 자네가 연주한 마단조 협주곡도 생생하게 기억하고 있어. 정말 넋이 나갈 만큼 감동했었거든. 그래서 리스트에게 꼭 자네를 소개해달라고 졸랐던 것 같아."

"응, 삼십이년에 〈악마 로베르〉의 변주곡 때문에 자네 도움을 받으면서 친해졌으니까, 꼭 그 무렵이지…… 아무튼 리스트가 소개해준 건 확실해."

"리스트는 참 발이 넓었지."

"그만한 사교성이면 일종의 재능이지. 외교관이나 대사를 했으면 정말 대단한 인물이 되었을걸."

"그렇지."

"정말 많은 사람들을 소개받았지만, 아직까지 사귀는 이는 자네밖에 없어."

"영광이군."

프랑숌은 그가 아마 상드 부인을 떠올렸을 거라고 짐작했다. 그녀 역시 리스트의 소개로 만났던 것이다. 실제로 쇼팽의 뇌리에는 한순간 그녀의 모습이 스쳤지만, 굳이 입 밖에 내지는 않았다. 생각해보니 영국에서 지낼 때보다는 그녀를 생각하는 일이 많이 줄어든 것 같았다. 좋아하지도 않는 여성에게 이끌려 반은 죽은 사람 같은 꼴로 낯선 땅을 전전하던 당시의 비참한 고독 때문이었는지도 모른다. 아니면 그녀의 실패를 알았기 때문일까? 아니면 이제 그럴 경황도 없기 때문일까? 아니, 단순히 시간이 흘러서일까?

프랑솜은 더이상 깊이 들어가지 않고 다시 방금의 대화로 돌아가 문득 생각난 것처럼,

"그렇지, 왜 이런 얘기가 나왔는지 알겠어. 그 무렵에 자네가 칼크브렌너의 제자로 들어가려고 했었지?" 하고 웃었다.

"그래, 맞아." 쇼팽은 쓴웃음인지 겸연쩍어하는 것인지 모를 애매한 표정을 지었다. "가족들과 엘스네르 선생을 비롯해서 상의해본 이들 모두가 반대했었지. 자네도 극구 말렸어."

"어디 나뿐인가? 아까 이름을 들었던 젊은 음악가들은 한 사람도 예외 없이 반대했었지. 멘델스존 같은 이는 화까지 냈었어."

"나한테 어이가 없어서?"

"그런 점도 있었지." 프랑솜은 쇼팽에게도 그런 철부지 같은 시절이 있었다는 것이 너무 재미있었다. "안 그럴 리가 있어? 나도 동감이었지만 멘델스존은, 어째서 쇼팽이 칼크브렌너 같은 사람의 제자가 되려고 하는지 모르겠군, 자신이 훨씬 더 뛰어나면서! 하고 이해 못 하겠단 식으로 말했는걸."

"그러고 보니 자네하고 그런 얘기를 참 많이 했었어…… 하긴 멘델스존은 열네 살 때부터 칼크브렌너를 알았으니까 내가 막무가내로 숭배하는 꼴이 이상하게 느껴졌겠지. 전성기도 조금 지난 때였으니."

"게다가 아마 이 년인가 삼 년을 그 밑에서만 배워야 한다는 조건이지 않았나?"

"삼 년이었어."

"그렇지? 그러니 더욱더 말이 안 되는 소리로 들렸지. 자네의 천재성이 그런 쓸모없는 시간을 거쳐야 하다니, 누가 들어도 분개할 얘기야."

"결국 그 삼 년이라는 기간 때문에 다들 반대했고, 나도 그래서 조금 주춤했어."

"그런데도 그 뒤에 왔던 탈베르크 같은 친구는 감쪽같이 속아서 그의 제자로 들어가버렸지……"

"그래도 똑같은 훔멜 문하였어도 헬러는 거절했어."

"그랬었지. 아무튼 자네의 독창성 풍부한 연주를 위해서는 백해무익한 일이었어."

"실제로도 금방 눈 밖에 났는걸 뭐."

"바로 그거야." 프랑숌은 그 말이 나오기를 기다렸다는 듯이 물었다. "전부터 물어보고 싶었는데……"

"뭘?"

"정말 처음에는 칼크브렌너를 존경했었나?"

"그럼, 자네는 당시의 나를 몰랐으니 이상하게 여길지도 모르지만."

"아니, 자네가 그 무렵에 칼크브렌너야말로 피아노의 파가니니라고 했던 건 똑똑히 기억하고 있긴 한데…… 다만, 당시에는 그도 힘이 대단했잖아. 플레옐 사의 살롱 같은 곳은 말 한마디면 금방 빌릴 수 있었고, 그의 손님만으로도 좌석이 다 찰 정도였으니까…… 자네도 그때는 필사적으로 이름을 알리려 돌아다니던 시기였으니 혹시나 그런 계산이 있지 않았나 싶어서."

쇼팽은 웃었다.

"아, 제법 그럴싸한 추측이군. 지금 돌아보면 오히려 그 말이 맞다고 하고 싶지만…… 하지만 그 당시에는 정말 칼크브렌너의 연주에 푹 빠져 있었어. 아무런 타산도 없이. 나는 그때도 헤르츠처럼 연주할 수는 있어도 칼크브렌너는 아무래도 어렵겠다고 생각했거든. 체르니도 그에 비하면 발치에도 못 미쳐. 아무튼 굉장하다, 바로 저게 일류 피아니스트구나, 하고 감탄했었어."

"허, 역시 정말로 존경했었나보군."

"응. 게다가 내 연주를 들려줬더니 마치 크라머가 필드의 터치로 연주하는 것 같다고 치켜세워주고, 그러니 더 신이 났지. 폴란드에 있을 때부터 그의 곡을 자주 연주했었는데, 마침내 그 유명한 칼크브렌너를 만났다는 감격도 있었고…… 게다가 자네도 알다시피 나는 지금도 클레멘티를 좋아해서 학생들에게 반드시 그의 〈프렐류드와 에튀드〉를 연습시키는데, 칼크브렌너가 바로 그 클레멘티의 가르침을 받은 사람이었거든. 그의 제자가 되어 나도 그 계보에 들어간다는 걸 상상하니 정말 감격스러웠어."

"그랬군……"

"그리고…… 좀더 솔직히 고백하자면, 파리에 오고 나서 곧

파에르의 신임을 얻어서 그를 통해 로시니, 케루비니, 바이요 같은 쟁쟁한 분들을 소개받았는데, 역시 칼크브렌너가 가장 훌륭해 보였어. 아주 차분한 분이셨거든. 나중에는 왠지 그게 허세로 느껴져서 점점 거슬렸지만……"

쇼팽은 조금 괴로운 듯 호흡을 고르면서도 드물게 편안한 표정으로 말했다. 그리고 둘이서 잠시 멍하니 거리의 풍경을 내다본 다음, 가만히 혼잣말처럼 중얼거렸다.

"그때가 그리워."

"그래, 정말 그리운 시절이야……" 프랑숌은 고개를 돌려 앞을 향해 있는 쇼팽의 옆모습을 바라보다 다시 창 밖으로 눈길을 돌렸다. "……벌써 오래 전 일인데 왜 이렇게 선명하게 기억에 남아 있는 걸까?"

"정말, 한참 옛날 일인데…… 그렇지만…… 뭔가 눈 깜짝할 사이였던 것 같기도 해. 참 허망하지."

프랑숌은 다시 한번, 이번에는 훔쳐보듯이 쇼팽의 모습을 살폈다. 그의 표정은 스쳐가는 과거의 풍경을 아쉬운 듯 배웅하는 것처럼 보였다.

"나는 그 마단조 협주곡을 생각할 때마다 옛 기억들이 하염없이 떠올라서 가슴이 먹먹해져…… 젊어서 쓴 작품이고, 당시에 썼던 다른 작품들 중에는 도저히 만족할 수 없는 것도 많지만, 그래도 그 제1악장만은 왠지 특별해…… 내가 내 작품을 두고 이런 애기를 하는 건 좀 그렇지만, 지금도 정말 마음에 드는 곡 중 하나야. 레슨 때도 학생들이 제대로 쳐주지 않으면 다른 곡들보다 특히 더 답답하곤 하지."

"그 곡은 다들 좋아해. 나 역시 그걸 들으면 당시의 기억이 하나 둘 되살아난다네."

"그래?"

"정말이야."

"그래…… 막 파리로 건너왔을 무렵에는 돈도 없었고, 수첩 직업란에 빈민이라고 써넣었을 정도였는데—아니, 정말 그랬다니까—라지비우 대공이 로스차일드 남작의 살롱에 데려가주신 날부터 갑자기 명성이 높아졌어…… 그 무렵의, 뭐라고 해야 좋을까? 미래가 갑자기 환하게 열리는 듯한 느낌…… 그 흥분은 잊을 수가 없어. 빈에서도 일이 제대로 풀리지 않았던 터라 더 그랬지…… 과장 같지만, 운명이라는 말의 의미를 그때 참 많이 생각했었어. 지금 바야흐로 내 운명이 바뀌려고 하는구나, 하고. 그 변화의 경계선에 서서 오싹할 만큼 그것을 실감할 때의 기분이란…… 표현을 잘 못 하겠군…… 자네도 그런 때가 있었지?"

"있었지. 나는—벌써 몇 번이나 얘기했지만—열일곱 살 때 고향 릴에서 올라와 콩세르바투아르에서 르바쇠르와 노르블랭에게 사사받고…… 그러고는, 일 년 뒤에 일등상을 타던 그 무렵일 거야, 마침 그때 앙비귀 코미크 극장에서 연주하다가 오페라 극장의 오케스트라에 초청을 받았고, 얼마 되지 않아 이번에는 이탈리아 극장의 솔로 첼리스트로 발탁되고 왕실 예배당의 솔로 첼리스트까지 겸하게 되었어. 그 다음에는…… 아브네크와 함께 콩세르바투아르의 오케스트라 설립을 위해 분주하게 뛰어다녔지. 그게 이십팔년이었으니까, 자네가 오기 전이야."

"그래, 내가 왔을 때는 이미 대단한 오케스트라가 되어 있었지…… 그나저나 자네 경력도 정말 눈부시게 찬란하군."

"고마워. 뭐, 그거야말로 지금 생각해보니 그렇다는 거지…… 릴의 시골 음악원 시절에는 파리의 콩세르바투아르에는 굉장한 사람들만 우글거리는 줄 알고 잔뜩 겁을 먹었는데, 막상 올라와 보니 짐작했던 것보다 내가 그리 뒤떨어지지 않는다는 걸 알고 자신감을 얻었어."

"어떤 느낌인지 알겠어."

"자네야 나보다 훨씬 더 그랬겠지, 어디에 가든…… 그렇지만 나는 학교 밖에서 만난 젊은 음악가들에게는 정말로 많은 자극을 받았어."

"그 무렵의 파리에는 분명 좋은 의미에서든 나쁜 의미에서든 활기가 넘쳤어."

"그래, 좋은 의미에서든 나쁜 의미에서든. 이제 그런 시절은 더이상 없을 거야…… 그래, 그 무렵에 리스트, 멘델스존, 힐러, 베를리오즈, 그리고 자네와 나까지 포함해 작은 서클 같은 걸 만들었지? 그 모임은 지금 생각해도 굉장했어. 나는 내가 피아니스트가 아니길 정말 다행이라고 생각했다니까. 우수한 라

이벌들이 그렇게 많이 버티고 있었으니! 모두 성깔도 대단하고 절대로 지기 싫어하는 고집쟁이들만 모였으니 한번 피아노 앞에 앉았다 하면 화장실 가는 것도 망설일 만큼 굉장한 연주들을 했어. 역시나 베를리오즈는 빠졌지만 말야. 그게 젊음이라는 것이었을까? 지금은 생각도 못 할 일인데 말야."

"그래, 그랬어. 정말 지금은 생각도 못 할 일이지, 여러 의미에서…… 멘델스존도 이미 이 세상 사람이 아니고…… 나 역시……"

쇼팽은 저도 모르게 입 밖으로 튀어나오려던 말을 그대로 삼키고는, 그 모습을 물끄러미 바라보던 프랑숌에게 애매하게 웃어보였다. 그리고,

"그렇지만 나는 별로 앞에 나선 적이 없어" 하고 조금 전의 이야기로 돌아갔다.

프랑숌은 말없이 고개를 끄덕이다가,

"그랬지, 자네는 대개 마지막에 모두에게 등을 떠밀려서야 겨우 피아노에 앉는 편이었으니까."

"그래."

"그렇지만 역시 나는 자네의 연주가 제일 좋았어. 괜한 칭찬이 아니라."

"고마워. 괜한 칭찬이라도 기쁘지."

"정말이야. 모두 훌륭한 연주자들이었으니 실력으로 따지자면 쉽게 우열을 가릴 수 없었던 게 사실이지만, 단순한 호감도

로 말하자면 나는 단연 자네의 연주가 좋았어. 다른 사람들도 속으로는 그렇게 생각했을걸?"

"글쎄? 리스트가 그런 생각을 했겠어?"

"자네는 번번이 화를 냈지만, 그가 자네 곡에 어려운 장식음을 집어넣어서 자기 방식대로 연주했던 건, 악보대로 연주해서는 자네가 칠 때 같은 매력적인 연주가 나오지 않는다는 것을 누구보다 잘 알고 있었기 때문이 아닐까?"

"그렇지만 누구의 곡이든 자기 마음대로 바꿔버리는 건 마찬가지였어." 쇼팽은 쓴웃음을 지었다.

"하긴 그렇군." 프랑숌도 따라 웃었다.

"베토벤의 〈아델라이데〉에 오르겔푼크트*를 써서 엉망으로 만들어버린 게 좋은 예지. 그런 일이 다반사였지만, 그 곡만은 특히 잊을 수가 없어."

"그 악보가 실린 신문을 보고 꽤나 크게 화를 냈었지, 자네? 베토벤의 그 숭고한 칸틸레나에 대한 이보다 더 심한 모독은 없다고…… 어찌 됐건, 자네에 대한 그의 경쟁심은 탈베르크에 대한 그것과는 전혀 달랐다고 생각해. 리스트는 근본적으로 자네의 천재성을 존경했었지 않나."

"그건 서로 마찬가지야…… 나와 그 사이에는 음악 말고도 여러 가지 일이 있었으니까……"

---

* orgelpunkt. 지속음. 낮은 음이 같은 높이를 유지하면서 길게 지속되는 음.

쇼팽은 리스트의 애인이었던 마리 다구 백작 부인과 상드 부인의 불화를 떠올리며 말했다. 그리고 그 무렵부터 최근에 이르기까지의 일들이 주마등처럼 머리를 스쳤다. 그는 다시 바깥을 내다보며 말했다.

"……눈 깜짝할 사이였지만…… 길다면 역시 긴 시간이었는지도 모르겠네."

"그래……"

"여기서 파리를 내려다보고 있으면 발자크 소설의 유명한 한 장면이 떠오르곤 해. 『고리오 영감』의 마지막 부분인데, 라스티냐크가 페르 라셰즈 묘지 쪽에서 방돔 광장의 원기둥과 앵발리드의 둥근 지붕 가운데 부근에 시선을 던지며 이렇게 말하지. '자, 이제는 너와 나의 싸움이다!' 하고…… 처음 읽었을 때는 너무 연극적으로 들려서 우스웠지만, 실은 그 무렵 우리 모두가 그런 심정이었는지도 몰라…… 그리고 지금, 이 도시에서 나름대로 성공을 거둔 뒤에 그 방돔 광장의 둥근 기둥과 앵발리드의 둥근 지붕 가운데 부근을 바라보고 있으면 묘한 감개가 일어……"

"그 기분, 알 것 같네."

"……그곳도 지금은 엉망진창이 되었을 거야. 이런 기분이 뜻하는 건 대체 뭘까? 이제 이쯤해서 물러날 때가 됐다는 건지……"

"그건 너무 성급한 소리야."

"그럴까? 하긴 이제 곧 싫더라도 날마다 페르 라셰즈 묘지에서 파리 거리를 내려다보게 될 테지만……"

"또 그런 소리." 프랑숌이 다정하게 꾸짖듯이 말했다. "오늘처럼 이렇게 함께 이야기를 나누고 있으니 자네가 아픈 사람이란 것도 잊을 정도인데! 영국에서 돌아온 뒤로 내내 지켜봤는데, 확실히 안색도 좋아졌고 앞으로도 이렇게 착실히 정양하면 이 집을 떠날 때쯤에는 혼자 어디든 돌아다닐 수 있을 만큼 회복될 거야."

"……그럴까?"

"그럼."

"……그러면 좋을 텐데."

쇼팽은 그의 우정에 감사하며 힘없이 대답했다.

프랑숌은 물론 친구를 격려해주려고 한 말이었지만, 그렇다고 일부러 실제 모습을 과장할 필요는 없었다. 많은 병문안객들이 샤요로 옮긴 뒤로 쇼팽이 크게 회복된 것에 눈을 둥그렇게 떴고, 특히 오브레스코프 대공비에게는 그것이 큰 자랑거리였다.

쇼팽 스스로도 얼마 전에 비해 많이 좋아졌다고 느끼고 있었다. 그러나 주위에서 말하는 만큼 회복 상태를 낙관할 수는 없었다. 주치의인 프렌켈의 태도만 봐도 분명한 사실이었다. 쇼팽은 이 네번째 의사도 자신의 병을 결핵으로 진단했다는 것을 알고 있었다. 그것이 옳으냐 그르냐를 놓고 입씨름을 하고 싶지는 않았다. 그러나 그 진단에 따라 거의 손쓸 방도가 없다는 식으로만 치료하는 데는 초조함이 쌓여갔다. 처음에는 의기양양한 얼굴로 영국에서의 콜레라 치료 실적을 자랑하며 소변도 채취하고 리트머스 시험지로 검사도 하고, 장황한 지식을 적용하여 특별한 약초를 볶아 만든 독자적인 조제약을 시험해보기도 했다. 그러나 이윽고 전혀 나아지지 않는 치료의 효과에 환자가 불신을 품기 시작하고, 의사 쪽에서도 그것이 자신의 실력 때문이 아니라 그가 감염된 병의 성격에 따른 결과라고 생각하면서 두 사람의 관계는 차츰 악화되어갔다. 으레 있는 일이었다. 쇼팽은 그가, 최대한 높이 평가해서 콜레라 같은 긴급한 병의 진료는 뛰어나다고 해도 장기적인 치료가 필요한 병에는 적합하지 않은 의사라고 생각했다. 몸이 조금 나아지기는 했지만, 이후부터는 바깥 공기를 쐬러 외출하는 것이 좋은지, 정양을 하러 멀리 나간다면 어디가 좋을지, 남프랑스, 아니면 어떤 온천지가 적합한지⋯⋯ 그런 질문에 시원한 답을 주지 못하는 것이 답답하기만 했다. 나날의 건강 관리를 위한 섭생법을 물어도 무리하게 규칙적인 생활을 할 것 없다고 대답하는 식이었다. 프렌켈은 날마다 정해진 규칙에 과민하게 신경을 쓰다 환자가 도리어 피곤할까봐 한 말이었지만, 쇼팽의 귀에 그런 염려는 단순히 자신의 무능을 감추기 위한 변명으로만 들렸고, 이미 불치의 병이라고 생각해 포기해버린 증거일 뿐이라고 생각했다. 편할 대로 지내면 된다는 건 그런 의미가 아닌가? 지난주에 벌어진 무장 봉기 때문에 프렌켈이 왕진을 올 수 없게 되자 그는, 건강해졌기 때문에 의사의 출입도 뜸해진 것이라는 주위 사람들의 위로의 말도 귀에 들어오지 않고, 가망이 없다고 버림받은 듯한 마음에 그가 더욱 원망스러웠다.

프랑숌과 이야기를 나눈 며칠 뒤인 6월 21일 밤 쇼팽은, 두 달 남짓 잠잠하던 사이에 은밀히 쌓여오기라도 했던 것처럼, 지금까지 한 번도 경험한 적이 없을 만큼 끔찍이 많은 피를 두 차례나 토했고, 그 뒤 며칠 동안 여진처럼 객혈이 이어지면서 급격히 병상이 악화되었다. 이 불행한 소식은 즉각 파리 전역에 퍼져나갔다. 샤요 별장에는 얼마 전부터 다니엘 혼자서는 충분히 간호할 수 없겠다는 차르토리스키 가의 판단에 따라 마투셰프스카 부인이라는 폴란드인 여성이 파견되어 별장에 머물며 그의 시중을 들고 있었는데, 그녀로부터 급한 연락을 받은 사피에하 대공비는 폐질환의 권위자로 명성이 높은 의학 아카데미 회원 장 크뤼베이예 박사를 찾아 그를 이끌고 안나 대공비, 마르셀리나 대공비 등과 함께 샤요로 달려왔다. 진찰 결과는 그 자리에 모인 병문안객들을 절망에 빠뜨리는 내용이었다. 크뤼베이예 박사는 앞선 네 명의 의사들과 마찬가지로 이미 손쓸 방도가 없다는 사실을 인정했다. 쇼팽이 가까스로 잠이 든 다음, 다른 방에서 그 선고를 들은 이들은 선뜻 그 말뜻을 이해할 수 없었다. 이게 무슨 일인가? 그러니까, 이대로 죽는다는 것인가? 믿을 수가 없었다. 모두들 지금까지 어렴풋이 예감은 했던 일이었다. 그러나 막상 그런 선고가 내려지자 도저히 받아들일 수가 없어서, 혹시 뭔가 잘못 본 건 아니냐고 몇 번이나 되물었다. 사실 객혈에도 불구하고 의식은 또렷했다. 재작년에 쓰러졌을 때는 병문안 온 사람들을 제대로 알아보지도 못할 정도였다. 그런데도 다시 회복되었다. 그때에 비하면 지금은 훨씬 나은 상태가 아닌가. 그때는 그렇게 괜찮았는데 이번에는 가망이 없다니, 대체 무슨 근거로 그런 말을 할 수 있는가. 보통 사람이라면 진작에 죽었을 위기를 그는 몇 번이나 극복해냈다. 박사는 그를 처음 진찰하는 것이라 지금까지의 그런 경위는 전혀 모르는 것이다. 조금 더 상태를 살펴보고 그의 몸이 지닌 뜻밖의 강인함을 알아본다면 다른 판단을 내릴지도 모른다.

그러나 장본인인 쇼팽은 그런 희망을 가질 수 없었다. 그는 발작의 와중에 코앞에서 목격한, 소름 끼치도록 엄청난 양의 피를 결코 잊을 수가 없었다. 그 기묘함에는 무언가 삶과는 근본적으로 융합되지 못하는 것이 억지로 기어나온 듯한 불쾌한 느낌이 있었다. 그 정체 모를 것이 자신의 내부에 서식하고 있는 것이다. 맹렬한 기세로 가슴을, 기관지를 먹어치우며 제 몸을 불려가고 있는 것이다. 물론 객혈 뒤의 고통도 심했다. 가슴과 목이 찢어질 듯 아팠다. 머리도 맑지 않고, 억지로 밥을 떠 넣어도 왜 그런지 모두 아래로 쏟아져버렸다. 그러나 그런 각각의 병세보다 그에게는 그때 토한 피의 양이야말로 자신의 몸에서 벌어지고 있는 사태를 가장 정확히 나타내는 것 같았다. 그토록 많은 피를 토하고도 어떻게 반년 뒤, 일 년 뒤에는 예전처럼 건강해질 것이라고 상상할 수 있을까. 영국에 있을 때부터 수없이 죽음을 의식했었다. 그래도 최근 한두 달 정도는 혹시나 하는 마음이 없지 않아 있었다. 이대로 순조롭게 나가면 이번 위기도 그럭저럭 넘길 수 있을지 모른다. 이 고비만 넘어서면, 그때는 정말 위험했었노라고 다시 사람들에게 웃으며 말할 수 있으리라. 그런 장면이 집요하게 머릿속을 스쳐서 때로는 마치 약속된 광경인 것만 같기도 했다. 정양을 진지하게 계획해보기도 했다. 솔랑주도 편지를 통해 몇 번이나 그런 권유를 해왔고, 포토츠카 백작 부인도 이번 겨울은 니스에서 함께 보내자고 간청했다. 그러나 그 모든 것이 이제는 도저히 불가능해지고 말았다.

쇼팽 본인에게는 여전히 애매한 말로 병명을 감추고 있었지만, 그런 배려와는 달리 치료 방침은 잔혹할 만큼 단순했다. 약이래야 결핵 환자들이 쓰는 것으로 유명한 선태(蘚苔)를 몰래 섞어넣은 것 한 종류뿐, 그 밖에는 그저 안정을 취하라는 것뿐이었다. 쇼팽은 이 다섯번째 의사—그것도 특별히 모셔온 전문의—가 회복을 위한 치료는 전혀 해보지도 않고 사무적일 정도로 조용히, 오로지 편안한 임종을 위한 준비를 하는 것에 강하게 반발했다. 어떻게 이럴 수가! 이런 어처구니없는 일이 또 있을까! 대체 의사는 무엇 때문에 있는 건가! 때로 저도 모르게 신경질적이 되는 그에게 크뤼베이예 박사는 익숙하고 침착한 태도로, 그가 자주 증거로 내미는 몰랭 박사의 동종요법이 효과를 거두었던 것은 오히려 약의 사용을 삼가고 자연 치유력을 최대한 살렸기 때문이고, 지금 하고 있는 치료도 역시 같은 생각에 바탕을 둔 것이지 결코 의사로서의 의무를 포기한 것은 아니라고 설명했다. 그는 일단 그런 설명을 받아들였다. 그러나 진심으로 믿지는 않았다. 평소답지 않게 흐트러져서 다니엘에게까지 험하게 대하는 그의 모습을 볼 때면 병문안객들은 자신의 얼굴에 떠오른 슬픔의 표정을 들키지 않으려고 슬며시 고개를 돌리곤 했다. 그는 그런 사소한 몸짓의 의미를 민감하게 알아차렸다. 그리고 이제는 의사뿐만 아니라 주위 사람들 모두가 자신의 죽음에 의심을 품지 않는다는 사실에 더욱 초조해했다. 그의 겁에 질린 듯한 표정이 사람들의 눈에 너무도 가엾게 비쳤다. 가기 싫어, 가기 싫어, 하면서 발을 동동 구르는 어린아이가 외출복이 준비되고 집 앞에 마차가 기다리고 있는 것을 보고 차갑게 그를 내려다보는 어른들에게 마지막 불안을 호소할 때와 같은 얼굴이었다.

죽음…… 죽음…… 죽음…… 죽는다…… 내가 죽는다…… 내가! 아아, 이건 도대체 무엇일까? 거듭 생각하다보니 지금껏 당연하게 써왔던 단어에서 갑자기 그 의미가 벗겨져나간 듯한 공허한 혼란이 엄습했다.

'죽음이란 무엇일까? ……아니, 그게 아냐. 그런 명제는 내 의문에 아무런 대답도 되지 않아. 죽음 그 자체가 문제가 아니야. 내가, 바로 내가 죽는다는 것. 알 수 없는 건 그것이야……

나는 지금 분명히 존재한다. 이곳에 있다. 그것이 살아 있다는 것일까? 그렇다면 죽는다는 것은 그런 내가 없어진다는 것인가? ……없어진다? 그건 대체 누가 알아주는 것일까? 나는 아니다. 그것을 알아야 할 나는 없다. 내가 없다는 것을 알아줄 나는 이미 없어져버린다. 그렇다면 타인이? 죽음이란 그렇게 타인에게만 인정되는 것일까? 없어지려고 하는 순간, 죽음이란 그 찰나를 가리키는 말일까? 아니면 거기서부터 시작되는 끝없는 지속을 가리키는 말인가? 죽으면 나는 영원히, 계속적으로 죽는 것일까? 내가 없어진 다음날에도 프랑숌이나 차르토리스카 대공비는 이 세계에 존재한다. 그게 죽음이라는 것일까? 또 한번의 혁명이 일어나도, 폴란드가 독립을 해도 나는 그런 것들과 아무런 연락도 취할 수 없는 곳에서, 아니, 장소조차 없는 곳에서 죽음을 계속적으로 죽는다. 끝도 없이 영원히. 가령 이 세계에 종말이 온다 해도, 나는 그것과 아무런 관련도 없이 죽어 있다. 백 년, 천 년…… 그뿐인가, 만 년, 억 년, 십억 년이 지나도 나는 고독하게 계속 죽어 있다. 죽어 있다는 것조차 자각하지 못한 채. 시간이란 얼마나 엄청난 것인가! 그 어딘가에서도 결코 끝나지 않는다는 것. 그것은 얼마나 끔찍한 일인가! ……아아, 끝? 그러나 그런 것이 있다 한들 거기에 대체 어떤 의미가 있는 것일까? 끝이 찾아온 다음 순간부터 다시 시간은 그 뒤의 새로운 때를 새겨나가기 시작하는 게 아닌가. 정신이 아득해진다…… 아무 말도 할 수 없다. 소리도 들을 수 없다. 밤처럼 캄

캄한 암흑 속에서, 가만히…… 아니, 그런 것조차 느끼지 못하는 것이다. 생각하는 것도, 의식하는 것도…… 그 무엇도 불가능한 상태로 영원히! 나는 그 절대의 고독에—그래, 세계에 대해서만이 아니라, 나 자신에 대한 절대적인 고독!—단 한 걸음도 내디딜 수 없다. 이 생이라는 것에서 단 한순간도 빠져나올 수 없다. 죽는 순간, 나는 무한히 거기에 근접하면서도 결국 그 시작을 알지 못한다. 그 순간의 종이 한 장 차이뿐인 곳까지 바짝 다가가서도 결코 그것을 의식하지 못한다. 그리고 그대로 계속 끝도 없이 죽어 있는 것이다……'

음악가로서의 본격적인 활동을 위해 빈으로 향하던 마차 안에서 쇼팽은 어쩌면 이제 두 번 다시 고국에 돌아오지 못할 것이라는 생각을 몇 번이나 했었다. 이유는 알 수 없었다. 그러나 막 떠나온 거리의 정경이며 사람들의 얼굴이 이상할 만큼 집요하게 머리를 스쳐 사무치게 그리웠다. 그때의 예감은 그의 마음속에 오래도록 선명히 남아 있었다. 파리에 건너와서 수많은 친구들을 얻었다. 연인도 가졌다. 그러나 이 땅에서 죽게 된다는 상상을 할 때마다, 아무리 많은 타국의 지인들이 지켜봐준다 해도 임종의 순간에 손을 잡아줄 가족이 그 자리에 없다면 자신은 결코 행복하게 죽을 수 없을 거라고 생각했다. 그리고 실제로 죽음이 바짝 다가온 지금, 그 불안은 금세라도 미쳐버릴 것처럼 커져갔다.

객혈 후 얼마 지나지 않아 쇼팽은 마침내 결심을 하고 바르샤바의 누님에게 편지를 썼다. 떨리는 손으로 펜을 들고 오직 보고 싶다는 마음 하나로 온 힘을 다해 몇 장이나 되는 편지지를 채워나갔다. 그래도 차마 어머니에게는 무리한 부탁을 할 수 없었다. 그저 누님만이라도 곁에 있어준다면 자신의 고독이 큰 위안을 받을 것 같았다. 너무 노골적으로 죽음을 암시해서 가족들이 놀라는 일이 없도록, 임종을 지켜달라는 말 대신 지금의 위기를 넘기기 위해 잠시 돌봐주기 바란다는 내용으로 썼다. 오브레스코프 대공비에게 상의하자 곧장 여권을 수배해주고 직접 펜을 들어 바르샤바의 그의 누님에게 사정을 설명하는 편지까지 써주었다.

분명 와줄 것이다. 그런 희망이 그에게 용기를 심어주었다. 마지막으로 누님의 손을 잡고 포옹하고 입을 맞추고 마음껏 옛이야기를 나누고 싶다. 할 수만 있다면 누이동생과도. 그리고 바라서는 안 되는 줄은 잘 알지만 역시 어머니도. 그것은 그에게 다시금 살아갈 이유를 주고 고통을 견딜 의미를 주었다. 오늘과 내일 사이에 건너야 할 다리가 놓였다. 저 너머 언덕에 폴란드의 식구들이 두 팔을 벌리고 나를 기다리고 있다. 그것을 눈앞에 두고 그만 생을 놓아버릴 수는 없었다. 그곳에 다다른 다음에도 다시 길이 이어질 수 있을지에 대해서는 생각하지 않기로 했다.

18

바르샤바에서의 답장은 일 주일을 기다려도 이 주일을 기다려도 오지 않았다. 쇼팽의 병문안을 오던 이들도 여름이 되자 하나 둘 시골로 피서를 떠나기 시작해, 7월도 막바지에 접어들 즈음에는 프랑숌과 에르보를 제외하고는 파리에 남아 있는 사람이 거의 없었다. 로지에르 양은 친구인 그리유 드 부즈랑 부인과 함께 벨기에의 쇼퐁텐 온천으로 떠났다. 베르사유에 있던 포토츠카 백작 부인도 엑스라샤펠의 온천으로 떠났다. 마르셀리나 대공비를 비롯한 차르토리스키 가의 사람들도 모두 디에프 여행길에 올랐다. 어스킨 부인과 스털링 양 자매는 생 제르맹에 가 있었다. 오브레스코프 대공비도 그녀들과는 따로 생 제르맹에 머물고 있었는데, 매주 월요일에는 쇼팽의 병문안을 위해 샤요까지 찾아왔다.

사람들의 발길이 끊기자 널찍한 집 안이 더욱 쓸쓸하게 느껴져서 스카르 도를레앙의 정든 집이 그리워졌다. 창으로 내다보이는 경치는 언제 봐도 장관이었지만 변화가 없다는 것은 때때로 그에게는 잔혹한 일이었다. 바르샤바에서 찾아온 가족이 이 훌륭한 별장을 보고 깜짝 놀랄 것이라는 기대도 있었지만, 그 소원이 이루어지지 않을 바에는 차라리 떠나버리고 싶기도 했다. 임대료도 만만치 않았다. 6월 13일의 폭동 이후 파리의 정세에 대한 불안감도 컸지만, 그렇다고 레슨을 재개할 계획도 없이 언제까지 병석에 누워 있어야 할지 알 수 없는 현재 상황에서는 최대한 경비를 줄이지 않으면 결국 갚을 길 없는 빚에 의존하는 비참한 생활로 전락할 수밖에 없었다.

종종 무료함을 달래기 위해 볼테르의 『철학사전』을 꺼내 건성건성 건너뛰며 읽었다. 직접 손에 들 수 없을 때는 다니엘이나 마투셰프스카 부인에게 읽어달라고 부탁했다. 그럴 때마다 바르샤바에서 보낸 어린 시절 아버지가 항상 이 책으로 네 명의 자식들에게 여러 가지를 가르쳤던 것이 생각나곤 했다. 자신의 사고방식의 기초는 분명 그 무렵에 만들어졌을 터였다. 광신에 대한 경계와 극단적인 것에 대한 혐오감도 아버지의 가르침을 따라 자연스럽게, 마치 태어나면서부터 지닌 기질처럼 몸에 배었을 것이다. 그렇게 생각해보면, 가령 취미에 관한 장을 읽을 때 느낀 강한 공감은 결코 우연한 발견이 아니라 자신이 어린 시절에 아버지에게 받은 영향에 얼마나 충실하게 살아왔는지에 대한 확인인 것 같았다. 그것은 그의 예술관의 근간에 관한 문제였다. 자신이 창조해온 작품들은 결코 자기 혼자서 만들어낸 것이 아니었다. 그것은 자신에게 어머니다운 어머니, 아버지다운 아버지가 계셨고 루드비카 누님과 이자벨라, 에밀리아 같은 혈육이 있었다는 사실과 밀접한 관계가 있었다. 창작이라는, 자신의 생애에 틀림없이 가장 큰 의의를 가진 행위가 그 매순간마다 가족 한 사람 한 사람의 애정 가득한 개성의 도움을 받은 것이라는 자각이 그에게 깊은 감동을 주었다. 하나하나 정리하며 되짚어본 자신의 작품에 그는 다시금 그 완성도와는 별개로 깊은 애착을 느꼈다. 그리고 그런 심경을 한시라도 빨리 가족에게 들려주고 싶었다.

초조하게 기다린 누님의 편지는 한 달 남짓 지난 뒤에야 도착했는데, 그 내용이 어딘가 모호했다. 결론적으로 현재로서는 여권 취득이 매우 곤란해서 포토츠카 백작 부인이나 오브레스코프 대공비, 그리고 차르토리스카 대공비 같은 분들이 애를 써주셨음에도 불구하고 출국까지는 시일이 걸리겠다는 것이었다.

루드비카 옝제예비초바 부인은 바르샤바에서 한참 고민에 빠져 있었다. 출국 허가가 나지 않았다는 것은 편지에 쓴 그대로였다. 애초에 러시아에 대해 국경을 폐쇄하고 있는 프랑스에 그 연합국인 폴란드 국민이 입국한다는 것은 지극히 어려운 일이었고, 동시에 그들은 지금의 반동적인 질서당 정권하에서 프랑스 국내 급진좌파 세력의 협력자로 간주되어 경계를 받고 있었기 때문에, 프랑스 행을 희망하는 폴란드인들은 말하자면 이중의 반대에 의해 자국에 발이 묶여 있는 상황이었다. 그러나 설령 동생을 사랑하는 성실한 누이에게 신이 최후의 기적을 베풀어 빈사의 병상으로 통하는 한줄기 길을 내준다 하더라도, 여전히 그녀는 그 길을 갈 수 없는 상황이었다. 그 불행은 그녀를 번뇌케 하고 비탄의 눈물을 흘리게 했다. 그리고 그것을 강요한 것이 다름아닌 남편 칼라산티 옝제예비치였다는 사실은 그녀에게 처음으로 자신의 운명에 대해 격렬한 저주의 말을 입에 담게 만들었다.

쇼팽과 오브레스코프 대공비의 편지가 연이어 바르샤바에 도착했을 당시 옝제예비초바 부인은 공교롭게도 남편을 남겨두고 시골에 정양차 내려가 있었다. 그녀가 그 편지에 대해 안 것은 7월도 중순을 넘겨 남편이 시골로 마중 왔을 때의 일이었다. 그녀는 처음에는 일의 중대함을 알지 못했다. 그러나 남편이 건넨 봉투가 여느 때처럼 어머니 앞으로 온 편지에 동봉된 것이 아니라 직접 자신 앞으로 부쳐진 것이라는 사실을 깨닫자 순간적으로 불길한 예감이 들었다. 역시나, 이미 개봉되어 있던 그 편지의 첫머리는 갑작스럽게도 '가능하다면 부디 와주세요'라는 간절한 부탁의 말이었고, 이어지는 몇 장에 걸친 편지의 내용은 동생이 지금 얼마나 곤란한 상황에 처해 있는지를 충분히 짐작하게 하는 절박한 것이었다. 저는 병중입니다, 지금은 어떤 의사도 누님만큼 도움이 되지 못할 것입니다, 그렇게 적혀 있었다. 돈이 없다면 빌려서라도 와주었으면 한다. 형편이 좋지 않다면 자신이 벌어서 대신 갚아나가겠다. 내가 생각해도 왜 이렇게 보고 싶은지 모르겠지만, 아무튼 만나고 싶다. 누님에게도 틀림없이 좋은 여행이 될 것이다. 동행하는 가족에게도 분명 해가 되는 일은 아니다. 아이들은 물론이고 바르샤바 대학 농업경제연구소 교수인 자형에게도, 누님이 간병을 하는 동안 파리에서 개최되는 농산물전시회를 견학하고 오랜만에 파리 거리를 걸으며 좋아하시는 궐련을 마음껏 즐길 수 있는 여행이 될 것이다. 머물 곳도 있다. 지금 있는 샤요 별장에서 한눈에 내려다보이는 파리의 경치가 얼마나 아름다운지! 자형이 시내에 드나들기 불편하다면 스카르 도를레앙의 집을 써도 좋다. 그래도 이곳 샤요까지는 승합마차 한 번이면 올 수 있다. 어쩌면 귀국할 때는 자신도 함께일지 모른다. 바르샤바까지! 그런 것까지 미리 감안해주었으면 한다. 콜레라의 유행은 이제 사그라드는 중이다. 그리 많은 것을 바라지 않는다. 단지 와주기만 하면 된다. 나를 진심으로 염려해주는 사람들은 그것이 내게 가장 좋은 치료라고 한다. 부디 가족 모두가 누님의 파리 행을 허락해주시기를. 그리고 신께서! 그러나 가령 신께서 허락하지 않으셔도 허락해주신 것처럼 행동해주기를. 어떻든 우선 첫 발을 떼어주기를…… 서명은 '누님을 사랑하는, 그러나 병약한 동생이' 라고 되어 있었다. 명랑한 느낌이 전혀 없는 것은 아니었다. 그러나 문장마다 마치 그 명랑함에 속지 말아달라고 호소하는 듯한 부자연스러운 집요함이 느껴져, 읽으면 읽을수록 그 뒤에 감춰진 필사적인 느낌이 물씬 전해져오는 것 같았다.

또 한 통, 오브레스코프 대공비의 편지와 거기에 딸린 로지에르 양의 추신은 그런 그녀의 불안한 억측이 사실임을 증명하기라도 하듯 동생의 무참하도록 쇠약한 모습에 대해 상세히 쓰고 있었다.

정말로 죽음이 임박했는지도 모른다. 지금껏 그런 예감과 함께 나쁜 상상이 머리를 스칠 때면 고개를 저으며 지워버리곤 했다. 편지를 통해 안부를 물으면 언제나 명랑한, 예전과 다름없는 사랑스러운 프리섹의 답장이 돌아왔다. 그러나 이번은 달랐다. 자신이 가지 않는다면 그 아이는 먼 이국 땅에서 버림받은 듯한 비참한 심정으로 신의 품에 불려갈지도 모른다! 아니, 어쩌면 이미……

그녀는 편지의 날짜를 확인하고 그것이 삼 주일이나 전에 도착했다는 사실에 깜짝 놀라 어째서 이런 중요한 편지를 지금까지 보여주지 않았느냐고 남편에게 따져물었다. 그는 아내의 흥분한 태도에 기분이 상해, 여권은 벌써 신청해두었으니 문제 없다며 정말 파리까지 갈 작정이냐고 되물었다.

"물론이지요, 지금 당장이라도!"

망설일 여유가 없었다. 아이들과 떨어져야 하는 것은 괴로웠지만, 지금은 그 모든 것보다 동생이 우선이었다. 새삼 따져볼 것도 없는 일이었다.

"당신도 가실 거지요?"

아내의 물음에 그는 일단 "당연하지"라고 대답했지만, 곧 "하지만 내 여권이 나오지 않으면 당신 혼자 파리에 가는 건 허락할 수 없어. 처제하고 둘이 가는 것도 안 돼"라고 덧붙였다.

루드비카는 그 말의 의미보다 그 말투의 냉담함에 우선 놀랐다. 그리고 곧바로 "어째서요?" 하고 되물었다. 남편의 대답은 명료했다. 예상되는 여정의 곤란, 파리의 치안 악화, 콜레라의 위험…… 그런 여러 가지를 감안하면 상식적으로 생각해도 그녀 혼자 여행을 떠나는 건 절대 안 된다는 것이었다. 그녀는 남편이 그렇게 자신의 신상을 염려해주는 것은 고마웠지만, 사태의 긴박함과 중대함을 고려한다면 그 모든 것은 극복해야 마땅한 일이라고 생각했다. 여동생 역시 마지막으로 오빠를 꼭 한번 만나고 싶어할 것이다. 여권 신청만 가능하다면 반드시 그녀도 함께 데려가고 싶다. 물론 어머니가 가시는 것이 가장 좋다. 파리의 동생이 누구보다 만나고 싶어하는 사람은 바로 어머니일 테니. 그러나 노령의 어머니에게는 너무도 무리한 일이라는 것을 동생도 잘 알기 때문에 일부러 나에게 편지를 보내온 것이다. 당신이 나를 걱정해주는 마음은 잘 알겠다. 그러나 나는 혼자서라도 동생에게 가고 싶다.

그녀의 호소에 대해 칼라산티는 묘하게 완고한 태도를 보였다. 그리고 고집스럽게 자신의 생각을 양보하지 않았다. 루드비카는 그 모습에 당황하고 의심스러워하면서도 여권이 나오지 않으면이라는 가정하의 이야기였으므로 일단 바르샤바로 돌아가 다시 한번 가족 모두가 함께 상의해보자는 말로 그 자리를 수습했다.

유스티나 쇼팽 부인은 오 년 전 남편 미코와이 쇼팽이 세상을 뜬 뒤로 둘째딸 부부의 집에 몸을 의탁하고 있었다. 루드비카는 어머니를 모신 자리를 갖기 전에 따로 여동생 이자벨라 바르친스카 부인을 불러 직접 파리에 가서 동생의 간호를 해야겠다는 뜻을 전하고 예상되는 최악의 결말에 대해서도 숨김없이 말했다.

자매끼리 먼저 상의를 한 것은 노령의 어머니가 갑작스런 소식에 큰 충격을 받을까 걱정스러웠기 때문이었다. 어머니에게는 회복될 희망을 보고 출발하는 것이라고 설명하기로 하고, 여동생에게 그런 이야기를 도와달라고 할 생각이었다. 이야기를 들은 바르친스카 부인은 언니와 함께 한바탕 눈물을 흘린 뒤에 그 생각에 찬성하고 무슨 일이 있어도 파리에 함께 가게 해달라고 언니의 손을 잡고 간원했다.

가족이 함께 상의한 날, 짐작했던 대로 쇼팽 부인은 갑자기 파리까지 와달라는 편지를 보낸 아들이 걱정되어 자신도 동행하겠다고 고집했지만, 두 딸은 괴로운 심정을 억누르며 부디 마음을 돌려달라고 설득했다. 크게 염려할 일이 아니다. 타국생활의 외로움에 지쳐 기운을 잃은 그를 위로하러 가는 것뿐이다. 얼마 전 어머니의 명명일(命名日)에 보낸 편지를 봐도 그리 나쁜 상황은 아니다. 몸을 추스르면 바르샤바에도 올 예정이라고 한다. 모자간의 재회는 그때 얼마든지 할 수 있다. 무리를 해서 어머니의 건강까지 해칠 수는 없다…… 그런데 거기서 생각지도 못한 일이 일어났다. 그때까지 어머니와 두 딸의 대화를 가만히 듣고 있던 칼라산티가 돌연 말을 거들고 나서서, 자기 부부는 처음부터 갈 마음이 없으니, 그토록 원하신다면 쇼팽 부인이 바르친스카 부인과 함께 가시면 되겠다고 한 것이었다. 루드비카는 깜짝 놀라 "무슨 말이에요?" 하고 돌아보았다. 이자벨라도, 아내에게 사정을 들어 알고 있던 바르친스키도 역시 당혹감을 감추지 못했다. 칼라산티는 태연히 이렇게 말했다. 여권 발행이 계속 늦어진다면 9월에 시작될 대학 수업에 맞춰 돌아올 수 없다. 여유 있게 떠난다 해도 파리에서 발이 묶일 가능성도 크다. 그러니 자신은 동행하기 어렵고, 그렇다고 아내 혼자 가게 할 수는 없다. 게다가 우리에게는 이번 일을 치를 만한 경제적인 여유도 없다. 콜레라와 폭동의 위험도 있다. 그냥 이대로 일이 마무리된다면 가장 좋겠지만, 누군가 꼭 가야 한다면 파리의 처남이 가장 만나고 싶어하는 사람, 바로 어머니가 가셔야 마땅할 것이다. 그리고 자신과 아내는 갈 수 없는 처지이니 여동생이나 여동생 부부가 함께 가주는 수밖에 없다……

그 말에 모두가 깜짝 놀랐다. 루드비카는 금방이라도 울음을 터뜨릴 듯한 얼굴로 애써 남편을 설득했다. 여권은 틀림없이 휴가중인 8월에 나올 것이다. 파리에서도 많은 분들이 그토록 애를 써주고 계신다. 만에 하나 그쪽에서 오래 머물러야 할 것 같으면 자기만 남아서 간호하겠다. 어쩔 수 없으면 당신만 먼저 돌아와도 괜찮다. 그러나 칼라산티는 전혀 귀를 기울이지 않았다. 이자벨라는 형부가 혹시라도 어머니 앞에서 오빠의 병에 대해 곧이곧대로 발설할까 두려워, 오늘은 일단 이야기를 접고 다음에 다시 상의할 자리를 갖자고 제안했다. 그 말에 퍼뜩 정신을 차린 루드비카는 여동생의 기지에 고마워하며 남편에게 귀가를 재촉했다. 칼라산티도 그 말에 따랐다.

옝제예비치 부부의 다툼은 그 뒤에도 연일 계속되었다. 그녀는 남편이 자신과는 아무런 상의도 없이 멋대로 파리 행 계획을 중지시킨데다, 나아가 나이 든 어머니에게 그 역할을 떠넘기려 한 것에 분개했다. 어떻게 그런 가혹한 말을 할 수 있단 말인가? 지병인 류머티즘은 물론이고 노령으로 점점 더 쇠약해지고 있는 어머니가 며칠씩 걸리는 긴 마차 여행을 견뎌낼 리 없다. 게다가 기세가 많이 수그러들었다지만 여전히 콜레라의 희생자가 나오고 있지 않은가. 안젤리카 카탈라니 부인도 우연히 파리에 들렀다가 역병에 걸려 목숨을 잃었다고 한다. 그런 곳에 어떻게 쇠약한 어머니를 장기간 머물게 할 수 있는가? 가시라고 하면 무리를 해서라도 가실 게 틀림없다. 그것이 가져올 비극이 두려워서 자신과 여동생, 그리고 다른 누구보다 파리의 동생은 단장(斷腸)의 마음으로 어머니의 파리 행을 만류한 것이다. 어떻게 그런 마음을 그토록 매정하게 짓밟을 수 있단 말인가?

칼라산티는 아내의 말에 더욱 격앙했다. 그렇게 위험한 여행이라는 것을 알면서 당신을 보내란 말인가? 더구나 당신은 파리의 동생이 바라는 대로 딸까지 데려갈 생각이다. 앞날이 뻔한 동생의 목숨과 맞바꾸어 우리 가족 모두의 목숨을 희생하겠다는 건가? 도무지 제정신이 아니다! 더구나 엄청난 여비는 어떻게 마련할 것인가? 우리집에 그런 여유가 없다는 건 당신이 제일 잘 알 것이다! 만에 하나 가게 된다 해도 여비는 한 푼도 낼 수 없다. 이것만은 절대로 양보할 수 없다. 모조리 어머니에게 내시라고 해라!

그녀는 남편의 비정함을 이해할 수 없었다. 결혼한 이래 서로 존경하고 사랑하며, 서로의 가족도 내 핏줄과 마찬가지로 소중히 여기고 의지하며 살아왔다. 그런데 어째서? 이제껏 단 한 번도 자신을 위해 이런 무리한 부탁을 한 적이 없었다. 앞으로도 두 번 다시 없을 것이다. 그러나 지금은 어쩔 수 없는 상황이 아닌가. 사랑하는 동생이 죽어가고 있다. 마지막으로 꼭 한번 보고 싶다고 간청하는 편지를 보내온 것이다. 어떻게 그 소원을 들어주지 않을 수 있단 말인가? 어떻게 그것을 막을 수 있단 말인가? 남편의 말은 어떤 의미에서는 지당하기도 했다. 그러나 지나치게 지당해서 어딘지 믿기 어려운 구석이 있었다. 누구나 다 알고 있는 일이다. 알면서도 어쩔 수 없이 부탁한 것이었다. 그 역시 아내가 그 정도는 각오하고 있다는 것을 모를 리 없었다. 어째서일까? 동생을 만나러 가는 것이 이번이 처음은 아니었다. 오 년 전에 아버지의 부고를 받고, 상드 부인조차 어떻게 해볼 수 없을 만큼 슬픔에 젖어 있던 동생을 위로하기 위해 남편과 둘이서 노앙을 찾았을 때는 모두가 평생 잊지 못할 즐거운 시간을 보냈다. 그때는 남편도 파리의 동생을 진심으로 사랑해 주었다. 동생은 당연히 자형이 그때처럼 이번 부탁을 들어줄 것이라고 믿고 편지를 보내온 것이다. 그런데 그 이후로 무엇이 변한 것인가? 분명 변하기는 했다. 그리고 그것이 아마 남편이 파리 행을 반대하는 가장 큰 이유였다. 칼라산티 옝제예비치는 비록 임시직이기는 해도 일단 국립대학의 교수였다. 그리고 이

나라의 현재 국왕은 다름아닌 차르 니콜라이 1세였다. 남편이 전부터 파리의 처남이 비트비츠키, 미츠키에비치, 그리고 11월 봉기 이전에 혁명적인 비밀결사의 중심 인물이던 마우리치 모흐나츠키 같은 사람들과 교류를 가지는 것을 경계하고 있었다. 그가 그들의 사상에 직접적인 혐오감을 품은 것은 아니었다. 그러나 러시아 정부가 그의 친구들 때문에 프레데리크 쇼팽을 위험 인물로 간주하고 있다는 소문은 동료들에게 이따금 일종의 충고처럼 들어온 터였다. 오 년 전의 평화롭던 시절과는 사정이 달랐다. 지금 굳이 파리에 갔다가는 대학에서의 지위조차 위태로워질 우려가 있다. 그런 불안 때문이 아닐까? 그런 점을 생각하자 루드비카는 남편의 반대를 단순히 냉담한 몰이해라고 비난할 수는 없었다. 그것은 과연 이 가족 모두에게 들이닥칠 위험임에 틀림없었다. 그러나 아무래도 그것뿐이 아닌 것 같았다. 정말 그것뿐이라면 파리의 동생을 미워할 이유가 없었다. 그러나 남편의 마음속에는 그런 정치적인 문제와는 또다른, 동생에 대한 반감 같은 것이 있었다. 그것이 그녀가 가장 이해하기 어렵고 참을 수 없는 것이었다. 어제오늘 시작된 일이 아니었다. 전부터 어렴풋이 느끼고는 있었다. 그것이 이번 일을 계기로 마침내 노골적으로 드러난 셈이었다. 딸의 그런 이야기를 들은 어머니는 어쩌면 그것이 질투일지도 모른다고 짐작했다. 쇼팽 가에서 프레데리크의 존재는 누구보다 특별했다. 온 가족이 만나기만 하면 으레 그의 이야기를 했고, 그가 보낸 편지는 무엇보다 큰 기쁨이었으며, 그의 활약상은 집안의 자랑거리였다. 이십여 년이나 떨어져 살다보면 애정은 언제까지나 신선하게 유지되어 희미해지기는커녕 점점 더 생생해지게 마련이다. 그에게는 그런 분위기가 별로 유쾌하지 않았을 것이다. 특히 동생에 관한 일이라면 무엇보다 우선으로 삼는 아내 루드비카의 맹목적인 애정은 더더욱. 이번 일도 그 단적인 예라고 생각한 것이 아닐까?

칼라산티도 내심 고민인지 태도가 자꾸 바뀌었다. 처음 가족회의에서는 장모와 처제가 가야 한다고 주장하더니 그 다음에는 두 사람을 절대 보낼 수 없다고 하기도 했다. 루드비카는 날마다 애를 태우며 끈기 있게 남편을 설득했고, 그런 열의가 오히려 그를 거슬리게 하는 듯할 때는 애원도 하며 남편의 마음을 바꿔보려 노력했다. 적어도 자신만이라도 파리에 갈 수 있게 되기를 바랐다. 그나마 여권 신청이 취소되지 않은 것이 유일한 희망이었다. 여권만 손에 넣으면 경우에 따라서는 남편의 제지를 뿌리치고라도 떠날 각오였다. 그러나 그것만은 어떻게든 피하고 싶었다. 되도록 남편의 이해를 얻어 바르샤바를 떠나고 싶었다. 그리고 오해를 풀고 예전처럼 다시 한번 파리의 동생을 사랑해주었으면 했다.

누님의 방문을 기다리다 못해 이제는 거의 체념하고 의기소침해 있는 나날 속에서 쇼팽은 고통 너머로 시시각각 흐릿해지는 고국의 기억에 매달려 자신과 그 조각조각의 풍경을 이어주는 마지막 희미한 끈을 확인하기 위해 한 곡의 짧은 마주르카를 침대에 누워 작곡했다. 바단조 론도 형식으로 씌어진 그 곡은 다른 이에게 들려주는 것이 아니라 마치 자신에게 이야기하는 듯한 지극히 사적인 느낌의 곡이었다. 그 음악은 기침으로 상처 입은 목을 부여잡고 속삭이듯이 말해야 하는 그의 목소리와도 비슷해서, 이미 그의 내면의 울림으로서만 예전의 아름다움을 간직하고 있었다. 형식적인 연구도 없었고 기법 면에서도 특별히 새로운 시도는 없었다. 한 발 한 발 깊은 곳으로 이어지는 어두컴컴한 계단을 내려가듯이 두 소절 단위의 동기가 장2도로 음계를 더듬어내려가는 주악절. 몽상의 환영에 홀려 계단참에서 머뭇거리는 듯한 가장조로의 전조를 거쳐 다시 바단조로 돌아가면, 흐릿한 박명 속에 내림가장조의 트리오가 불쑥 모습을 드러낸다. 한순간 얼핏 보였다가 다시금 어둠으로 낙하하는 고향의 풍경…… 좌절을 거듭하면서도 가까스로 들려오는 일루(一縷)의 음을 어떻게든 오선지 위에 잡아내기 위해 고심했다. 그렇게 뚫고 나간 독백의 끝에 푸르게 펼쳐지는 환한 폴란드의 하늘을 그려내고 싶어 수없이 삽입부를 고쳐 썼지만 곧 닿을 듯한 순간마다 눈앞에서 음을 놓칠 뿐이었고, 어쩌다 손끝에 닿아도 마치 안개처럼 실감이 느껴지지 않아 가까스로 체재를 맞춰놓아봐도 처음에 원했던 것과는 사뭇 동떨어진 것만 같았다.

사소한 일들에 신경이 과민해져 불쑥 화가 치밀었다. 이럴 바에는 차라리 한번에 편안하게 해주면 좋으련만! 이불 속에서 수 없이 몸을 뒤척였다. 고뇌 없이 지낼 수 있는 때는 우습게도 병의 고통에 온통 정신을 빼앗겨 있는 동안뿐이었다.

그런 어느 날, 쇼팽은 자신이 생각지도 못한 희한한 사건의 장본인이 되어 있다는 소식을 듣고 아연실색했다. 느닷없이 터져 나온 그 이야기에 놀란 나머지 그의 마음은 손도 댈 수 없을 만큼 흐트러져 한동안은 그 일 외에는 아무 생각도 할 수 없었다.

사건의 발단은 어스킨 부인이 그지마와 백작과 나눈 대화였다. 그녀는 쇼팽의 병문안을 가고 싶어 애를 태우는 동생을 위해 그지마와 백작을 찾아가 그의 상태를 물었다. 백작 역시 자택에 발이 묶여 마음대로 그를 찾지 못하는 상황이었지만 편지 왕래로 대충 근황은 파악하고 있었기 때문에, 객혈 후 갑작스레 건강이 나빠졌고 아는 이들이 모두 시골로 떠나 적적해하는 가운데 바르샤바에서 오기로 한 누님이 한시라도 빨리 도착하기만을 기원하며 병마와 싸우고 있다는 이야기를 해주고, 마지막으로 여전히 경제적으로 곤궁해 가까운 시기에 샤요 별장을 떠나 스카르 도를레앙에 돌아갈 생각인 것 같더라고 덧붙였다. 그 말에 어스킨 부인은 눈을 동그랗게 뜨며 "설마, 그럴 리가 없을 텐데요"라고 목소리를 높였다. 그녀의 말은 이러했다. 영국 체재 때부터 우리 자매는 어떤 일이든 항상 그에게 도움이 되고자 성심을 다해 행동해왔다. 거기에 사람들이 숙덕거리는 개인적인 흑심이나 사심은 맹세코 없었다. 그러나 그것이 반드시 좋은 결과를 낳지만은 않았다는 것은 충분히 알고 있고, 그렇기 때문에 그가 파리에 돌아온 뒤로는 병문안조차 애써 삼가며 뒤에서나마 그의 회복을 빌어왔다. 그러나 그가 별다른 수입도 없이 나날의 생활까지 힘들 정도로 쪼들리고 있다는 이야기를 듣고 가만있을 수는 없었다. 그래서 그에게 도움이 될까 하고 비밀리에 이만오천 프랑의 현금을 보냈다. 그 돈이라면 특별한 일이 없는 한 일 년 동안은 편히 지낼 수 있을 터였다. 돈은 심부름꾼을 통해 스카르 도를레앙에 보냈다. 그는 소중한 것이니 꼭 본인에게 전해달라는 말과 함께 관리인인 에티엔 부인에게 맡기고 왔다고 보고했다. 그게 3월 8일의 일이다. 그래서 자신과 여동생은 그가 당연히 그 돈을 받았을 거라고 생각했다. 그런데 아직도 생활이 곤궁하여 고생하고 있다니, 대체 어떻게 된 일인가?

놀란 것은 오히려 그지마와 백작이었다. 그는 이 뜬금없는 이야기를 어떻게 받아들여야 할지, 과연 신빙성이 있는 이야기인지 판단할 수가 없어 일단 몇 가지 이해하기 힘든 점부터 그녀의 해명을 요구했다. 우선은 이만오천 프랑이라는 엄청난 액수부터가 의문이었다. 그런 큰돈을 쇼팽이 순순히 받을 거라고 생각했는가? 또 설사 받았다 해도, 그가 아무런 답례 인사도 없이 입을 다물고 있는 것이 이상하지 않았는가? 게다가 그런 중요한 일을 어떻게 심부름꾼에게 맡겼는가? 설사 맡겼다 해도 최소한 그 사람에게 쇼팽 본인이나 혹은 다니엘에게 직접 건네라고 일렀어야 옳지 않은가? 어스킨 부인의 대답은 명료했다. 이만오천 프랑이라는 돈이 많은지 적은지는 잘 모르겠다. 자신들은 그저 그가 건강을 회복하는 데 온 신경을 써도 시원찮을 판에 생활비 계산 같은 하찮기 짝이 없는 걱정으로 고생하는 상황을 도저히 보고만 있을 수 없었다. 건강을 회복하기까지 앞으로 시간이 얼마나 더 걸릴지 짐작도 할 수 없는 상황이 아닌가. 우선 급한 대로 장래에 대해 불안을 느끼지 않을 수 있는 액수를 생각해 이만오천 프랑을 준비했다. 그에게서 한마디 답례 인사도 없었던 것에 대해서는 전혀 이상하게 생각하지 않았다. 그 돈은 익명으로 보내졌기 때문이다. 원조를 한 사람이 자신들이라는 것을 알면 그가 거절하리라는 것은 불을 보듯 뻔했다. 아니, 다른 사람이 보냈다 해도 분명 그랬을 것이다. 금전 문제에 관해서는 유난히 결벽한 사람이 아닌가. 그렇다 해도 자신들은 어떻게든 그 돈을 보내고 싶었다. 누가 보낸 것인지 알아주지 않아도 상관없었다. 아니, 오히려 그러는 편이 자신들의 순수한 뜻이 지켜질 수 있을 것이다. 이 일에 관해서는 신께 맹세코 아무런 타산이 없었다. 보란 듯이 그에게 은혜를 베풀 마음은 없었다. 오로지 그가 편한 마음으로 건강에만 유념할 수 있는 환경을 만들어주고 싶었다. 익명으로 증여하는 것은 그로서도 돈을 보내준 이의 동기를 순수하게 받아들일 수 있는 좋은 방법이라고 생각했다. 실제로 런던에서는 브로드우드가 같은 방법으로 그를 도왔고, 그 신중함과 친절함은 큰 감사를 받았다. 그가 누가 보낸 돈인지 조사해보지 않고 그 뒤로도 아무 일도 없었던 것처럼 지낸 것은 전적으로 보내준 이의 순수한 마음에 감사했기 때문일 것이라고 생각했다. 물론 그에게 직접 건네지 않은 것은 실수였는지도 모른다. 그러나 그런 큰돈을 낯선 심부름꾼이 가져왔다면 거절했을 것이 분명하다. 받아들이게 하기 위해서는 일단 돈을 그의 집에 두고 와야 했다. 누구에게 돌려주어야 할지 모르면 어쩔 수 없이 돈을 받을 터였다. 다행히 에티엔 부인은 쇼팽과의 관계도 양호해 신뢰할 수 있는 인물인 것 같았다. 그녀라면 틀림없이 부탁받은 대로 그에게 그 소포를 건네줄 것이라고 생각했다. 그래서 일부러 그녀에게 맡긴 것이다. 그래도 만전을 기하기 위해 심부름꾼에게는 그저 소중한 물건이라고만 말했을 뿐 내용물이 무엇인지는 밝히지 않았기 때문에, 에티엔 부인 역시 소포를 풀어보지 않는 한 그것이 현금이라는 사실은 알지 못했을 것이다. 그러니 훔치겠다는 마음을 품었을 리도 없다. 설마하니 일이 이렇게 될 줄은 생각도 하지 못했다……

그지마와 백작은 어스킨 부인의 설명이 일단 앞뒤가 맞고 말투로 봐서도 거짓말은 아닌 것 같았지만, 그래도 역시 섣부른 행동이었다는 느낌은 지울 수 없었다. 좀더 나은 방법은 없었던 것일까? 심부름꾼에게 수령증이라도 받아오게 할 만큼의 신중함도 없었을까? 하나를 보면 백을 안다고, 분명 영국에서도 이런 식으로 쇼팽을 답답하게 했을 것이 틀림없었다. 그러고 보니 어처구니가 없지만, 이것으로 그간의 여러 가지 일들을 이해할 수 있을 것 같기도 했다.

어찌 됐든 더이상 쇼팽에게 비밀로 하고 있을 수는 없었다.

그지마와 백작은 곧장 그에게 편지를 썼고, 그간의 사정을 설명한 어스킨 부인의 편지도 동봉했다. 쇼팽은 병상에서 그 두 통의 편지를 받고 가슴이 심하게 뛰는 것을 느꼈다. 미처 다 읽기도 전에 편지 속의 글자에게 그 의미를 되묻는 듯한 탄식이 몇 번이나 터져나왔다. 이 자매가 혹시 무슨 나쁜 망상에 씐 게 아닐까? 이만오천 프랑이라니? 익명의 원조라고? 대체 무슨 소리인가?

두세 번 다시 읽고서야 대충 사정이 이해가 되었다. 그러나 처음부터 왜 일이 이렇게 되었는지 도무지 알 수가 없었다. 그 자매가 보낸 심부름꾼이나 에티엔 부인이 도둑질을 했다는 것인가? 아니면 자신이 그 돈을 이미 받았고, 그러고는 어딘가에서 잃어버렸거나 다 써버렸다는 건가? 이만오천 프랑이나 되는 큰돈을? 더구나 그런 사실조차 완전히 잊어버리고 있다니, 그러니까 내가 정신이 이상해졌다는 얘기일까?

혼란과 불쾌함이 그에게서 침착성을 완전히 앗아가버렸다. 쇼팽은 얼마 지나지 않아 혼자서 자신을 찾아온 어스킨 부인에게 사건의 경위를 모두 이해할 수 있게 설명해달라고 요구했고, 이따금 갈라진 목소리로 불명료한 점을 엄격히 추궁했다. 어스킨 부인은 병으로 쇠약해진 그가 필사적으로 쥐어짜는 듯한 분노에 당황하면서도 모든 것은 오직 순수한 선의에서 나온 일이라고 눈물을 글썽이며 해명하고, 그의 불신이 동생에게까지 미치지 않도록 이번 일은 모두 자기 혼자 한 일이라며 그녀를 감쌌다. 그는 그런 그녀를 더이상 나무라지 못했지만, 어쨌든 이만오천 프랑이나 되는 큰돈을 내가 어떻게 받을 수 있겠는가, 아니, 코츠 양 같은 대부호의 상속인이나 여왕 폐하 같은 분이라면 모를까 누구에게도 그런 큰돈은 받을 이유가 없다고 잘라 말했다. 다음으로 생각해야 할 것은 문제의 이만오천 프랑을 찾는 일이었다. 이에 관해서는 어스킨 부인이 벌써 손을 써둔 참이었다. 그녀가 설명하는 바는 이러했다. 그녀는 당연히 제일먼저 심부름꾼을 불러 엄하게 추궁한 끝에 틀림없이 그 소포를 에티엔 부인에게 전달했다는 사실을 확인했다. 그리고 그를 데리고 알렉시스라는 이름의 유명한 영매사를 찾아가 이 기묘한 사건의 해결을 의뢰했다. 영매사 알렉시스는 평판대로 신비한 능력을 발휘하여 강령술을 행한 끝에, 심부름꾼이 에티엔 부인에게 소포를 건네던 때의 상황을 마치 그 자리에 함께 있었던 듯 세세하게 묘사했고, 그때까지 일부러 밝히지 않았는데도 그 소포가 익명이었다는 것, 그리고 원래 받았어야 할 사람의 손에 전해지지 못했다는 것까지 척척 알아맞혔다. 어스킨 부인은 자지러질 듯 놀라서 그러면 그 소포는 어떻게 되었느냐고, 가장 중요한 질문을 던졌다. 그러자 영매사는, 지금은 알 수 없지만 만일 소포를 받은 사람의 머리칼이나 장갑, 수건 같은 평소에 몸에 지니던 물건을 가져온다면 대답할 수 있노라고 했다는 것이었다.

어스킨 부인은 문제의 해결을 위해 힘을 빌려줄 것을 쇼팽에게 부탁했다. 그는 그러잖아도 괴상한 사건에 이번에는 영매사까지 등장하는 바람에 도무지 현실에서 일어난 일이라는 실감이 들지 않을 정도였지만, 자신과 전혀 관계없는 일이라고 하기도 어려운데다 다소의 책임감도 느껴져 그것으로 해결이 된다면 한번 해보자고 그녀의 말에 따르기로 했다.

그는 곧바로 다니엘을 시켜 에티엔 부인에게 프랑스어 사전과 손수건 두세 장을 보내달라는 전언을 보냈다. 에티엔 부인은 곧장 물건을 챙겨들고 샤요 별장까지 왔다. 그는 그런 그녀에게 미안한 마음이 들면서도 이런 거짓말을 둘러대야 했다. 사실은 며칠 전에 어스킨 부인이 별장에 찾아와 자신의 머리칼을 한 줌 얻어가고 싶다고 부탁해왔다. 생 제르맹에 병을 낫게 해준다는 영험한 영매사가 있어서 찾아가려고 하는데, 그러려면 환자 본인의 머리카락이 필요하다는 것이다. 그러나 나는 그런 이야기는 전혀 믿지 않는다. 어이없는 사기라고 생각한다. 그래서 어스킨 부인에게 다른 이의 머리칼을 건네주려고 한다. 만약 영매사가 그 머리칼이 환자의 것이 아닌 줄 안다면 나도 그를 믿어볼 생각이다. 물론 알아맞히지 못한다면 없던 일로 할 것이다. 그래서 다른 사람의 머리칼을 찾던 중에 문득 당신 생각이 났다. 당신이라면 나와 머리칼 색깔도 비슷하고 이런 시답잖은 일도 너그럽게 용서해줄 것이라고 생각했다. 부디 조금이라도 좋으니 머리칼을 좀 나눠주셨으면 한다. 에티엔 부인은 그의 부탁을 듣고는 흔쾌히 머리칼을 조금 잘라주었다. 그는 마지막으로 이 우스꽝스러운 이야기에 신빙성을 더하기 위해, 어스킨 부인에게는 절대로 비밀로 해달라고 당부했다. 그녀는 “물론이고말고요” 하고 비밀스런 장난을 하는 아이들처럼 천진한 표정으로 몇 번이나 고개를 끄덕였다.

에티엔 부인의 머리칼은 그녀가 가져온 손수건에 싸여 그날 중에 생 제르맹에 보내졌다. 다음날 아침, 어스킨 부인과 그녀의 심부름꾼은—두 사람의 말을 모두 그대로 믿는다면—그것을 곧장 알렉시스의 집으로 가져갔고 거기서 이런 이야기를 들었다. 이 머리칼은 틀림없이 소포를 받은 사람의 것이다. 그리고 소포는 아직 분실되지도 않고, 남의 손에 넘어가거나 개봉되지도 않은 채 그 집의 침대 쪽 서랍장 안에 받았을 때의 모습 그대로 들어 있다. 만약 심부름했던 이가 찾아가 사정을 잘 이야기한다면 그녀는 그것을 다시 돌려줄 테지만, 자칫 잘못하면 소포는 두 번 다시 돌아오지 못할 운명이다.

강령술이 끝나자마자 사요로 와서 흥분한 기색으로 그 결과를 보고한 어스킨 부인은 당장이라도 심부름꾼을 스카르 도를레앙에 보냈으면 한다고 그에게 허가를 청했다. 그가 동의하자, 또 무슨 의미가 있는 일인지 열두시 정각에 맞춰 심부름꾼을 보냈다. 그리고 얼마 되지 않아 얼굴 가득 웃음을 머금고 돌아온 그의 옆구리에는 말로만 들었던 그 소포가 들려 있었다! 그의 말에 의하면, 스카르 도를레앙의 집을 다행히 혼자서 지키고 있던—다른 사람이 지켜보는 자리라면 그녀의 대응도 분명 달라졌을 것이므로—에티엔 부인을 붙잡고 우선 지난 3월에 자신이 찾아왔던 사실을 떠올리게 하고는, 그때 소포를 맡겼는데 아주 중요한 물건이니 만약 아직 가지고 있다면 일단 돌려주었으면 한다고 신중하게 말했다. 그녀는 바로 그를 알아보고 방으로 들어가더니 다섯 달 가까이나 맡아두었던 소포를 태연히 꺼내와 아무렇지도 않게 건네주었다는 것이다. 소포는 개봉된 흔적도 없이 어스킨 부인이 심부름꾼에게 건네주었을 때의 모습 그대로였다. 소포를 열어보니 실제로 이만오천 프랑이 들어 있었다. 그리고 방 안에, 이 사건의 괴이함과 함께 고스란히 갇혀 있던 새 지폐의 향기가 연기처럼 피어올랐다.

어스킨 부인은 일단 행방불명되었던 큰돈이 돌아온 것을 기뻐하고는 다시 그에게 도움이 되었으면 한다며 돈을 내밀었다. 쇼팽은 고사했다. 한번 했던 말을 왜 다시 반복해야 하느냐고 답답해하면서, 이미 말한 대로 당신에게 이런 큰돈을 받을 이유가 없노라고 분명하게 거절했다. 그러나 그녀는 물러서지 않았다. 이런 큰 소동에 말려들게 해서 참으로 죄송한 마음 금할 길이 없다. 그러나 돈을 찾았다고 다행이라며 그대로 들고 돌아간다면 자기들 두 사람은 정말로 세상의 웃음거리가 될 것이다. 부디 그런 일이 없도록 체면을 봐서라도 돈을 받아달라고 간청했다. 그녀는 저도 모르게 이번 일이 자신의 독단적인 결정이 아니라 동생과 함께 꾸민 일이라는 것을—사실은 동생이 제안한 일이었지만—인정하고 말았지만, 정신없이 내뱉은 말이라 자신이 입을 잘못 놀렸다는 것조차 깨닫지 못했다. 쇼팽은 그 이유 또한 자신들의 사정만 앞세우는 것처럼 들렸고, 자신이 입 밖에 내지만 않으면 조용히 끝날 일이니 괜찮다고 반론도 했지만 오래 입씨름을 하다보니 점점 모든 것이 어이없게만 느껴졌다. 아무튼 금액이 너무 많다는 그의 말에 조금이나마 태도의 변화를 알아챈 그녀가 그렇다면 일만오천 프랑만이라도, 하고 제안하는 데 이르러서는 그도 결국 지쳐서 그 뜻을 받아들이기로 했다.

어스킨 부인은 다소 양보하고 만 부분도 있었지만 일단 자신에게 맡겨진 큰 임무를 완수했다는 생각에 발걸음도 가볍게 생제르맹으로 돌아갔다. 언니의 귀가를 고대하고 있던 스털링 양은 그가 자신들의 마음을 받아주었다는 소식에 날아오를 듯이 기뻐하며 저도 모르게 울음마저 터질 뻔했다.

"이제 찾아가도 괜찮을까? 언니는 어떻게 생각해요?"

그 자리에서 눈을 반짝이며 묻는 동생에게는 어스킨 부인도 그만 할말을 잊고 말았다. 그녀 역시 그를 설득하기 위해 상당한 억지를 부렸다는 것은 잘 알고 있었다. 그러나 한편으로는 언젠가가 틀림없이 그가 자신들의 마음을 이해해주고 감사하는 때가 오리라는 강한 확신도 있었다. 원래부터 몸을 사리는 사람인 것이다. 약간의 빈축을 사는 것을 감수하면서까지 강하게 권하지 않는 한 결코 남의 돈을 받지 못할 사람이다. 지금은 기분이 상했을지도 모른다. 그러나 그 돈은 틀림없이 큰 도움이 될 것이다. 시간이 지나 냉정히 생각해본다면 그처럼 섬세하고 총명한 사람이 자신들의 이런 마음을 헤아려주지 않을 리 없다. 아니, 설사 헤아려주지 않는다 해도 안 될 게 무엇일까? 진심으로 누군가를 위해 정성을 다하고자 한다면, 가령 그에게 미움을 사게 되더라도 도움이 될 일은 최선을 다해 해야 하는 게 아닌가. 그러나 동생이 직접 나서는 것은 너무나 잔인한 일이었다. 사랑받기를 원하는 사람이 어떻게 그런 수모까지 견뎌낼 수 있을까. 언니인 자신이라면 그에게 미움을 사더라도 상관없다. 그러나 동생은 그래서는 안 된다. 지금 그를 찾아가는 것은 결코 좋은 결과를 낳지 못한다. 조금만 더 참으라고 달래자. 그러면 분명 상황은 좋아질 것이다.

아닌게 아니라 파탄 위기에 처해 있던 쇼팽의 경제 상황은 그 일만오천 프랑 덕분에 크게 시름을 덜었다. 적어도 당장 샤요의 별장을 떠나지 않아도 되었고 누님 가족의 여비에도 어느 정도 도움을 줄 수 있을 터였다. 어스킨 부인이 떠난 뒤에 찾아온 프랑숌에게는 그간 빌렸던 오백 프랑을 갚기도 했다. 프랑숌은 그 사건의 전말에 대해 온갖 의심과 혼란에 빠졌던 듯 힘겹게 설명하는 친구를 위로하며, 그렇다면 굳이 사양할 것 없이 받아두는 것도 괜찮다고 일부러 아무렇지도 않은 듯이 충고했다. 이 일은 그로서도 금시초문이었고 과연 진상이 어스킨 부인의 설명대로 일지 아닐지도 모르지만, 일단 그의 손에 들어온 일만오천 프랑은 편한 마음으로 쓰게 해줘야 한다고 생각했다. 무리하게 받아낸 돈이라면 또 모르되 그쪽에서 꼭 받아달라고 간청한 것이니만큼 친절을 베푸는 마음으로 받아두면 된다. 자네의 건강이 회복되지 않으면 그녀는 앞으로도 계속 루비오 부인에게 레슨을 받아야 할 것이다. 루비오 부인의 실력이 우수하기는 하지만, 아무래도 자네에게 직접 지도받고 싶어하는 그녀의 마음도 이해가 간다. 그런 바람에서 내놓은 돈이라면 그녀로서도 아까울리 없다. 사정이 복잡하게 얽힌 모양이지만 자네가 잘못해서 벌어진 일도 아니니 깊이 고민하지 않아도 된다. 뜻밖의 공돈이 생겼다고 뻔뻔하게 좋아하는 것도 아니지 않은가. 그렇게 가벼운 말로 그의 마음을 가라앉히고는, 그 자매뿐만 아니라 차르토리스카 대공비도 그렇고 오브레스코프 대공비, 로스차일드 남작 부인 등등 힘겨울 때마다 그런 후원자가 나타나는 것도 자네의 인덕 덕분이라며 부러운 듯 활짝 웃어 보였다.

그 이야기에 쇼팽도 일단 평정을 되찾기는 했지만, 며칠 지나지 않아 다시 아무래도 석연치 않은 생각이 들어서 어스킨 부인의 말 하나하나를 반추해나갔다. 모든 것이 의심스러웠다. 그녀는 정말로 알렉시스라는 이름의 영매사를 찾아간 것일까? 그걸 어떻게 확인할 수 있는가? 모든 일은 자신의 눈길이 닿지 않는 곳에서 일어났다. 그것을 보고한 것은 어스킨 부인과 그 자리에 동행했다는 정체 모를 심부름꾼뿐이다. 어떻게 그 말을 믿을 수 있는가? 쉽게 상상할 수 있는 이야기라면 또 모르겠지만, 가령 소설이라고 해도 웃음이 터질 만큼 황당무계한 이야기였다. 게다가 앞뒤 줄거리는 묘하게 척척 맞아떨어진다. 아니, 지나치게 정확히 맞아떨어진다. 그야말로 지어낸 이야기처럼! 3월 초순에 에티엔 부인에게 소포를 맡겼다는 것도 사실일까? 그녀가 그것을 다섯 달 가까이나 아무렇지도 않게 방치한 채로 지냈단 말인가? 도저히 생각도 할 수 없는 일이었다. 최근 칠 년 동안 한 번도 그런 엉성한 실수를 한 적이 없었다. 그렇다면 고의로 그랬다는 것인가? 심부름꾼이 찾아가자 곧바로 소포를 꺼내왔다고 한 것은 그녀가 소포에 대해 까맣게 잊고 있었던 것은 아니라는 사실을 은근히 내비치려는 이야기였을까? 적어도 어디에 놔두었는지는 기억하고 있었다는 말이 된다. 그러나 고의라면 대체 무엇 때문이었을까? 가로챌 마음이 있었다면 진작에 가져다 써버렸을 것이다. 개봉도 하지 않았을 리가 없다. 설마하니 서랍 장식물로 넣어뒀을 리도 없고. ……아아, 무엇보다 에티엔 부인에게 그런 마음이 있었을 리가 없다. 그렇게 선량한 사람을 어떻게 의심할 수 있단 말인가? 자신이 부재중인 집에 자유롭게 드나들며 관리를 맡아달라고 부탁할 만큼 굳게 신뢰하는 사람이다. 그녀는 지금껏 그런 신뢰에 값할 만큼 충실하게 자신의 역할을 다해왔다. 그런 가증스러운 꾀를 쓸 사람이었다면 진작에 가면을 벗고 본모습을 드러냈을 것이다. 아니면, 혹 이번 혁명이 사람의 마음을 그렇게까지 황폐화시킨 것일까? 아아, 인생도 마지막에 이르려는 지금 이때에 인간에 대한 비참한 불신에 허덕여야 하다니, 이 무슨 저주받은 운명인가! 사실은 이런 단순한 것이 아닐까? 즉 그녀, 어스킨 부인은 바로 이삼 일 전에 처음으로 스카르 도를레앙에 소포를 들려 보냈다. 무엇 때문에? 알 수 없다. 그 자매는 하나에서 열까지 모를 일투성이다. 일을 크게 벌여서 어떻게든 돈을 받게 하려고 연극을 꾸몄는지도 모른다. 얼마든지 그만한 일을 할 수 있는 사람들이다. 그게 사실이라면 어스킨 부인의 이야기도 이해가 된다. 영매사 알렉시스라는 이는 어떻든 간에, 에티엔 부인은 분명히 소포를 맡았다. 그러나 그건 다음에 그녀가 이 별장을 찾을 때까지만이었다. 그런데 그 사이에 어스킨 부인의 명을 받은 심부름꾼이 와서 직접 건넬 테니 소포를 내달라고 해서 받아왔다. 그의 말에 그녀는 아무 의심 없이 응했다. 단순히 그런 것이 아니었을까? 그러나 그렇다면, 이곳에 손수건을 가지고 왔을 때 그녀는 자신에게 소포를 건넸어야 한다. 그렇다면 그후였을까? 그러나 심부름꾼이 소포를 다시 받아온 것은 그 다음날이다. 에티엔 부인이 먼저 이 별장에 찾아온다. 그녀의 머리칼이 생 제르맹에 도착하자 그것을 신호로 서둘러 스카르 도를레앙에 소포를 가져가게 한다. 그리고 다음날 열두시에 별장에 찾아와 일부러 자신의 눈앞에서 심부름꾼을 보내 소포를 가져오게 한 것일까? 아니, 차라리 처음부터 소포는 어스킨 부인의 수중에 있었다고 생각하는 것이 훨씬 자연스럽지 않을까? 심부름꾼은 적당히 근처를 어슬렁거리며 시간을 보내다가 돌아온 것인지도 모른다. 일이 그렇게 된 것이라면, 만일 자신이 에티엔 부인에게 이번 일에 대해 모두 물어본다면 어떻게 할 작정이었을까? 아니, 그래도 이야기의 앞뒤는 들어맞는다. 당연히 에티엔 부인은 전혀 기억에 없는 일이라고 대답할 것이다. 정말로 어스킨 부인의 말을 믿는다면 에티엔 부인의 그런 대답은 딱 잡아떼는 소리로 간주된다. 아아, 그것이야말로 정말 무슨 봉변인가! 아무 죄도 없는 에티엔 부인은 비열한 거짓말쟁이가 되는 것이다. 과연 그녀는 그런 끔찍한 일까지 계산했던 것일까……

쇼팽은 이번 일에 대해 에티엔 부인에게 확인해보지는 않았다. 굳이 진상을 파헤치려고 마음먹었다면 못 할 것은 없었다. 그러나 그것이 몹시 뒤끝이 좋지 않은 결과를 낳으리라는 것이 쉽게 상상이 되었다. 그럴 바에는 아예 덮어두는 편이 낫지 않을까? 모든 추측을 그만두고 어스킨 부인의 말을 믿으면 된다. 에티엔 부인에게도 악의는 없었다. 단순히 부주의했던 것뿐이다. 그것이면 충분하지 않은가?

물론 그렇게 해서 완전히 기분이 풀린 것은 아니었다. 어스킨 부인이 일만오천 프랑을 두고 간 며칠 뒤, 쇼팽의 샤요 별장에 지난 5월 10일에 태어난 딸아이와 유모까지 데리고 클레징게르 가족이 병문안을 왔다. 쇼팽은 미리 아무런 연락도 받지 못한 이 방문이 놀랍고 반갑기는 했지만, 햇살이 쨍쨍한 속에 출산한 지 채 석 달도 되지 않은 모녀를 자신이 빌려준 사륜마차에 태우고, 하필 사교계의 계절도 끝나고 콜레라와 폭동의 불안 때문에 예년에 없이 인적이 뜸한 파리까지 열흘이나 걸리는 장거리 여행을 해서 찾아온 클레징게르의 생각 없는 행동에 진심으로 화가 나서 아픈 목을 부여잡고 가까스로 목소리를 짜내며 그를 크게 꾸짖었다. 클레징게르는 지금껏 잔소리를 들은 적은 있어도 그런 식의 노골적인 비난은 처음이었고, 특히 요즘 들어서는 관계도 좋았던 터라 일순 한 방 먹었다는 표정을 지었지만, 그래도 그가 기침을 거듭하며 마지막에는 겨우 몸짓으로만 불쾌감을 표시하다 창백하게 부어오른 얼굴에 희미하게 싹튼 홍조마저 갑작스레 사그라드는 것을 눈앞에서 목격하고는 고분고분 고개를 끄덕이며 그가 자리에 눕도록 도와주었다. 호흡이 안정되기까지는 한참이나 시간이 걸렸다. 클레징게르는 겉으로는 얌전하게 반성하는 척하면서도 속으로는 '돈도 없이 시골에 처박혀 있어봤자 뭐 좋을 일이 있겠소. 나도 마누라가 하도 졸라대는 통에 할 수 없이 자식까지 끌고 여기까지 찾아왔다고. 누가 좋아라고 이런 고생을 사서 하겠소!' 하고 불만이 가득했지만, 그래도 침대에서 한바탕 기침을 할 때마다 그대로 부서져 산산조각나버릴 것 같은 몸을 부르르 떨며 가는 숨을 헐떡거리고 있는 모습을 보니 역시 가엾은 마음도 들어서 '그나저나 이거 참, 정말 숨이 넘어갈 때가 된 모양이네' 하고 생각했다.

쇼팽과 일 년 반 만에 재회한 솔랑주도, 그 동안 편지 왕래도 있었고 지인들에게 소식을 듣기도 해서 그의 용태가 악화되었다는 것은 알고 있었지만, 실제로 그를 마주하고는 제 눈이 의심스러울 만큼 너무나 변해버린 모습에 저도 모르게 비명이 터져나올 뻔했다. 그와의 교제가 오래된 사람일수록 그의 병약에 익숙해져 있는 탓에, 걱정은 하면서도 한편으로는 으레 있는 일이라고 가볍게 여기는 면이 있었다. 쇼팽의 병세를 처음 보는 사람들은 혹시 죽는 게 아닐까 하고 유난히 허둥거렸다. 정말 보통 사람이라면 도저히 견뎌낼 수 없는 병인지도 모른다. 그러나 쇼팽만은 왠지 특별한 것 같았다. 모두가 말하듯이 이제까지 몇 번이나 생사의 경계를 넘나드는 위기를 극복해왔다. 그러는 사이 병이라고는 인연도 없던 사람이 오히려 콜레라에 걸려 어이없이 목숨을 잃기도 했다. 어쩌면 쇼팽 같은 사람일수록 실은 누구보다 긴 일생을 타고났는지도 모른다. 더구나 그는 빈사의 위기에서 회복될 때마다 훌륭한 곡을 써내곤 했다. 이번에도 마찬가지가 아닐까?

솔랑주는 최근 일 년 반 사이의 그의 병세에 대해서도 그런 낙관적인 걱정밖에 품지 않았다. 자신이 프레데리크 쇼팽과 가장 가까운 여성으로 지목되는 것은 그녀에게 언제나 말로 다 할 수 없는 쾌감을 가져다주었다. 그것은 조르주 상드의 딸이라는 것보다 훨씬 쉽게 사람들의 선망을 받을 수 있는 사실이었다. 게다가 이제는 많은 이들이 쇼팽과 상드 부인의 관계가 파국을 맞은 것에 딸 문제가 깊은 관련이 있다는 것을 알고 있었다. 그가 결국 딸의 편을 들어 연인과의 관계를 청산하게 되었다는 것도. 솔랑주는 사람들이 쇼팽에 관한 잘못된 이야기를 주고받을 때 자신이 나서서 자연스럽게 그 잘못됨을 지적해주는 것이 기분 좋았다. 모두가 그녀의 권위를 인정해주었다. 자신의 지적을 받은 사람은 마치 콜레주 드 프랑스의 교수 앞에서 그의 전문분야에 관해 아는 척을 해버린 것처럼 겸연쩍은 표정으로 그녀의 말을 받아들였다. 쇼팽의 용태가 좋지 않다고 걱정하는 소리를 들으면, 항상 있는 일이랍니다, 하고는 십 년도 전에 그와 함께 마요르카 섬에 머물던 때부터 몇 번이나 그런 병세를 보아왔는지 모른다고 태연한 얼굴로 이야기했다. 아무리 남들이 걱정해도 솔랑주는 그가 당장 죽을 수도 있는 상태라는 것을 한 번도 실감할 수 없었다. 받아들이기 어려운 사실이기 때문만이 아니라 의도적으로 거부한 면도 있었다. 자신이 없는 자리에서 자신보다 먼저, 자신보다 더 친하다는 듯이 사람들이 그에 대해 걱정하는 것이 별로 마음에 들지 않았다. 분명하게 의식하고 있는 것은 아니었지만, 어쩐지 그를 빼앗겨버린 듯한 기분이 들어 그에 관한 소문들을 모조리 부정하고 싶어지곤 했다. 아무것도 모르는 사람들이 멋대로 떠드는 소리다. 실제로 내게 이렇게 꼬박꼬박 편지도 보내주고 있는데. 그런 빈사의 상태라면 어떻게 펜을 쥐고 편지를 쓸 수 있을까? 그렇게 일 년이 넘도록 그의 병세에 대해 그저 애매한 상상만 해왔다. 뱃속의 아이 일로 머리가 복잡해 도저히 남의 걱정을 할 때가 아니기도 했다. 이번에는 무사히 건강한 아기를 낳을 수 있을까? 지난번 같은 슬픈 일은 두 번 다시 겪고 싶지 않다. 그저 건강하기만 하면 더 아무것도 바라지 않으련만…… 정말 다른 여자들처럼 아이를 낳을 수 있을까? 이번 아이도 잘못된다면? 여자로서 어머니가 된다는 가장 소중한 꿈조차 이뤄지지 않는다면? 아아, 절대 있을 수 없는 일은 아니다. 지난 이십 년 동안의 저주받은 운명을 생각하면…… 내가 받지 못한 어머니의 정을 내 아이에게나마 주고 싶었건만, 그것조차 허락되지 않는 걸까? 아아, 이런 슬픈 일이 또 있을까! 그이의 애정마저 식어버리지 않을까? 저토록 고대하고 있는데…… 그이만이 아니다, 아버지도 시부모님도, 그 밖의 친척들과 하다못해 사용인들까지! 모든 이들이 이번만은 무사하기를 간절히 빌고 있다. 무관심한 사람은 단 하나, 어머니뿐이다. 이번에도 건강한 아이가 태어나지 않는다면 모두들 얼마나 낙담할까? 아아, 게다가 그 낙담의 말들을 오로지 나 혼자서 견뎌야 하다니!

쇼팽은 솔랑주의 얼굴에 순간적으로 스친 익숙한 표정—오랜만에 만나는 사람들이면 하나같이 무슨 의무라도 되는 것처럼 지어 보이던, 놀람과 당황이 뒤섞인 겁에 질린 듯한 표정을 놓치지 않았다. 그러나 그녀만은 왠지 그런 부주의가 순진함의 반증인 것 같아서 그리 불쾌하지 않았다. 오랜 세월에 걸친 어머니와의 불화는 물론이고 결혼하자마자 빚에 시달리고 첫아이가 죽고, 혁명의 격랑 속에서 남편의 작품이 상업적으로 실패하고 지참금인 오텔 드 나르본이 매각되는 등, 최근 일이 년 사이에 연달아 일어난 불행이 그녀에 대한 연민을 갈수록 깊게 만들었지만, 그런 일들도 이제는 고비를 넘은 듯 올해 들어서는 그녀의 생활에도 조금씩이나마 밝은 징조가 보이기 시작하는 것 같았다. 부부별산제 수속은 역시 옳은 판단이었다. 오텔 드 나르본의 매각도, 그것 때문에 어머니와의 관계가 회복 불가능할 만큼 악화된 것은 결코 바람직하지 않았지만, 그 일 자체는 오히려 좋은 영향을 끼쳤다고 생각했다. 새로운 삶을 시작하기 위해 과거의 모든 것을 깨끗이 청산하고 싶다는 그녀의 마음은 충분히 이해가 되었다. 그 부동산이 가져다줄 혜택에 대해 소상한 것까지는 알지 못했지만, 단지 어머니가 기대하던 식의 재산 경영은 이 아이에게는 어려운 일일 거라는 짐작만은 하고 있었다. 상트페테르부르크로 떠나겠다는 계획은 제대로 풀리지 않았지만 그에 찬성하지 않았던 그로서는 오히려 그 지지부진한 상태가 반가웠고, 정 외국에서 활동하고 싶다면 영국으로 가야 한다는 생각에는 여전히 변함이 없었다. 어머니와의 화해에는 시간이 걸릴 듯했지만, 그만큼 아버지 뒤드방 남작이나 클레징게르의 부모에게는 좋은 대접을 받는 모양이었다. 클레징게르의 행실도 그가 아는 한 그리 나쁘지 않았다. 그런 환경 속에서 이번에야말로 최대한 안정에 애쓴 끝에 5월 10일 대망의 두번째 아이를 출산할 수 있었다. 첫아이와 마찬가지로 잔 가브리엘이라고 이름 지은 그 딸아이는 이 부부의 새출발을 축복하는 희망의 상징이 될 것이었다. 그 탄생을 축하하듯 바로 일 주일 뒤에는 작년 관전에서 일등상을 탄 것이 좋은 평가를 받아 클레징게르에게 레지옹 도뇌르 오등훈장이 수여되었다. 러시아에서 성공하겠다는 꿈에는 여전히 미련을 갖고 있는 듯했지만, 그토록 탐을 내던 레지옹 도뇌르 훈장을 받고 당분간은 국내에서 활동하기로 마음을 정했는지 올해 들어서는 들라크루아를 통해 대통령을 소개받는 등 적극적으로 신정부에 대한 작품 판매에도 나서고 있었다.

그렇게 마침내 미래에 서광이 비치기 시작한 이때에, 자칫 모든 것을 망쳐버릴 수 있는 행동을 한 클레징게르의 경솔함이 쇼팽은 화가 나서 견딜 수 없었다. 어째서 좀더 신중하게 행동하지 못하는 걸까? 아이에게 무슨 일이 생긴다면 솔랑주가 얼마나 절망할지 생각도 해보지 않는 것일까? 분명 머릿속이 텅 비었거나 아니면 형편없는 무언가로 가득 차있는 것이 틀림없다. 애써 좋게 보아주려던 참에 또 이런 꼴을 보이다니. 처자식에 대한 배려가 조금도 없는 것에 소름이 끼칠 정도였다.

솔랑주는, 출산까지의 불안과는 반대로 막상 석 달 남짓 아기를 돌보다보니 그럭저럭 요령도 생겨 파리까지의 여행도 그다지 무모하게 여겨지지 않았고 또 실제로 그리 큰 문제도 일어나지 않았기 때문에, 쇼팽이 유난히 야단을 치는 것은 아이를 가져본 적이 없는 사람 특유의 과도한 노파심 때문일 것이라고 짐작했다. 그렇다 해도 지나치게 정색을 하고 남편을 꾸짖는 모습에서는 흐뭇한 마음 한편으로 역시 그가 여느 때와는 다르다는 느낌을 받았다. 한바탕 따끔한 꾸지람을 하고 나서는 그도 피곤

했던지 조용한 말투로 앞으로의 계획을 묻기도 하고 파리의 상황에 대해 알고 있는 이야기를 들려주기도 했다. 그리고 울음을 터뜨린 아기를 솔랑주가 아직 조금 서투른 모습으로 어르는 모습을 보자 그제야 얼굴이 환하게 풀어졌다. 그러고는 아기가 어머니를 많이 닮았다는 얘기며 그녀가 조금 살이 올랐다는 얘기, 모녀가 함께 건강하게 보인다는 얘기들을 나누면서 자신의 신통치 않은 근황에 대해서도 대충 털어놓았다.

수입에 대해 물어보자, 솔랑주는 여전히 똑같은 상황이라면서도 솔랑주는 샤요 근처에 집을 구하고 싶다고 큰소리를 쳤다. 재회의 기쁨을 표하기도 전에 잔소리를 늘어놓은 것이 마음에 걸려서 쇼팽도 그 점에 대해서는 별다른 말 없이 월요일에 오브레스코프 대공비가 오실 테니 그때 한번 상의해보라고 권하고 자신은 도저히 외출할 수 없는 상태이니 필요하면 마차는 계속해서 써도 괜찮다고만 말했다.

그가 자리에 누운 뒤에 클레징게르 부부는 다니엘의 안내를 받으며 창문으로 내다보이는 경치를 마음껏 즐기고 돌아갔다. 솔랑주는 그 아름다움에 감격하며 다시금 쇼팽의 생활을 한없이 부러워했지만, 일 년여 사이에 몰라보게 변해버린 그의 모습은 마치 계속해서 페달을 밟고 있는 화음처럼 오래도록 꼬리를 끌며 따라붙어 그 뒤에 이어진 감정까지 모조리 흐려놓고 말았다.

클레징게르도 '일도 하지 않으면서 이런 곳에서 살다니, 참 재주도 좋구나. 돈이라는 건 역시 있는 곳에는 있는 법이군' 하고 마냥 부러워하면서 '……그나저나 솔랑주를 저리도 끔찍이 걱정해주는 걸 보면, 홀몸에다 자식도 없으니 만에 하나 불상사가 생기면 우리 몫이 잔뜩 굴러떨어지는 거 아냐? ……그래, 꼭 불가능한 얘기만은 아니지!' 하고 생각해보기도 했다. 그러나 여느 때 같으면 그런 생각에 몹시 유쾌했을 테지만, 오늘은 스스로 생각해도 지나치게 노골적이어서 웃을 마음도 나지 않았다.

올 때와 마찬가지로 쇼팽의 마차에 올라탄 클레징게르는 일부러 큰 한숨을 내쉬고 혀까지 차며 "저래서야 원, 아무래도 오래가지 못하겠어……" 하고 말했다. 솔랑주는 쇼팽과 재회한 순간부터 지금까지 애써 외면해온 그 무섭고 슬픈 예감을 그가 너무도 무신경하게 입에 담는 데 크게 분개해서,

"어떻게 그런 소리를 해요? 당신이 뭘 안다고? 말해봐요, 말해보라니까! 꾸지람을 들은 게 기분 나빠요? 그건 나와 아기를 걱정해서 해준 충고잖아요!" 하고 소리를 지르고는 "당신도 신세를 많이 졌잖아요? 그런데 어떻게 그런 소리를 할 수 있죠?" 하고 눈물까지 글썽였다. 갑작스런 상황에 놀란 아기의 울음소리가 포장을 젖힌 마차 밖으로 분수처럼 흩어졌다. 길을 가던 이들이 일제히 놀란 눈으로 돌아보았다.

클레징게르는 예나 지금이나 별것도 아닌 일에 성질을 부린다 싶어 화가 치솟아,

"척 보면 알지, 금방 죽게 생긴 거 정도야! 그럼 힘이 펄펄 넘

치더라고 할까, 응? 당신이야말로 저런 병자한테 여행을 하라고 했었지? 그거야말로 정말 죽으라는 거나 마찬가지 아냐!" 하고 있는 힘껏 고함을 쳤다.

솔랑주는 그 말에 깊이 상처를 입고,

"그건 그 사람을 위해서였잖아요! 요양지에서 편히 쉬게 해 줄 마음에서 그랬죠!"

"이제 와서 새삼스럽게 요양 같은 걸 해서 뭘 어쩌겠다는 거야!"

"당신이 뭘 안다고 그래요! 내가 훨씬 오래 전부터 그 사람을 더 잘 알았다구요!"

솔랑주는 마지막으로 그렇게 외치고는 집에 도착할 때까지 엎드려서 두 손으로 얼굴을 가린 채 일어나지 않았다. 클레징게르는 앉은 채로 앞좌석의 등받이를 힘껏 걷어차고는, 이제는 본격적으로 울기 시작한 아이에게까지 화가 나서 잔뜩 겁에 질린 유모의 등을 향해 "좀 조용히 시켜!"라고 쏘아붙였다.

19

5월 말경부터—포르제 남작 부인과 말다툼을 한 직후였다—들라크루아는 다시 건강이 나빠져 발열과 원인 불명의 두드러기에 시달렸다. 그러나 날마다 밀려드는 잡무는 그를 병상에서 편하게 쉬게 해주지 않아서, 미술국 위원회에도 관전 심사회에도 가능한 한 얼굴을 내밀어야 했다.

5월 20일에 내무대신에게서 정식으로 생 쉴피스 성당 장식화 의뢰를 받아 가슴을 쓸어내리긴 했지만, 한 걸음 나아가 협력자 인선을 구체적으로 생각하자니 안도감은 금세 사라지고 발열로 인한 두통도 배로 심해지는 것 같았다.

작년에 관전 심사위원에 선출된 뒤로 그와 관련된 일에는 어지간히 넌더리가 났다. 오랜 세월 화단에서 냉대받은 끝에 마침내 그토록 선망하던 권위를 손에 넣었나 했더니 자신이 이미 그런 자리에 익숙하지 않은 체질이 되어 있더라는 발견에는 씁쓸함 이상의 무언가를 느끼지 않을 수 없었다. 표류하던 난파선의 선원이 가까스로 구출되어 그토록 꿈꾸었던 근사한 요리들을 마주하자 그만 구역질을 하고 만다는 이야기와 똑같았다. 높은 곳을 기대하는 사람은 기대를 받는 사람보다 훨씬 더 마음 편한지도 모른다. 아틀리에에 드나들던 불우한 제자들이 빌다시피 청탁을 해오고 그다지 친하지도 않던 화가들에게서 갑작스레 추종의 말들이 터져나왔다. 게다가 그런 다음에는 반드시 원망이 뒤따르는 것이었다.

외젠 들라크루아가 관전 심사위원 자리를 수락했다는 사실은 일부 화가들에게는 그가 막연하게 생각했던 것 이상으로 획기적인 사건으로 받아들여졌다. 그것은 말하자면 예기치 않은 행운이었다. 성공의 몽상이란 가스와 같은 것이다. 희망의 불이라면 아무리 사소한 것에라도 단번에 폭발한다. 그리고 불발로 끝난 순간부터 이번에는 배신당한 데 대한 증오의 폭발이 기다리는 것이다. 그는 곳곳에서 자신의 심사에 대해 불만 섞인 험담을 숙덕거리는 데 심히 기운이 빠졌다. 단순히 자신의 심미안이 비판의 표적이 된다는 것 때문이 아니었다. 그것은 관전 심사위원 자리를 받아들이기 전부터 당연히 예상했던 일이었다. 그의 답답함은 오히려 그들의 심정을 누구보다 잘 알고 있다는 데서 비롯된 것이었다. 그는 불과 몇 년 전까지만 해도 그들과 똑같은 입장이었던 자신이 생활에 쪼들리는 친한 화가들의 출품작에 냉엄한 평가를 내려야 한다는 사실에 견디기 어려운 우울을 느꼈다. 심사 자체는 어디까지나 공정하게 할 생각이었다. 그러자니 평소에는 결점에 눈을 감고 되도록 장점만 치켜세워 격려하곤 했던 지인의 작품에 생각지도 못한 낮은 평가가 매겨지는 일이 생겼다. 불만을 품는 것은 당연했다. 다른 심사위원을 설득해서라도 자신의 작품을 추천해줄 것이라고 믿었던 만큼 더욱 불만이 클 것이었다. 거기에 대해 뭐라고 딱히 변명할 말이 없었다. 사실 속으로는 그렇게 생각했었노라고 고백할 수도 없지 않은가. 그런데다 자신의 평가는 곧바로 그들의 궁핍을 조장하는 것으로 이어졌다. 이런 고역이 있을까! 상하원 도서관 장식화 작업을 도와주었던 라살 보르드 같은 이도 이제는 아예 들으라는 듯 원망의 말을 하고 다녔다. 이번 생 쉴피스 성당 작업에는 관여하지 않을 작정인가? 그가 하지 않겠다면 누가 대신해줄까? 아예 작품 평가는 제쳐두기로 작심을 하고 친한 이들의 작품만 추천해볼 생각도 해보았다. 그러나 그래서는 자신이 지금껏 쌓아온 화가로서의 신뢰가 모두 무너지고 만다. 이 나라 회화의 발전을 위해서도 결코 좋은 일이 아니다. 그렇다고 곧이곧대로 자신의 심미안에 충실하여 평가를 내려도 결과는 만족스럽지 못했다. 가령 앵그르 일파 화가들의 작품에 대한 태도가 그랬다. 자신의 가장 자연스러운 판단에 따르면 그 거의 대부분의 작품이 마음에 들지 않았다. 그러나 그쪽에 그렇게 모조리 낮은 평가를 주기는 뭔가 떨떠름했다. 마치 오랜 세월 쌓인 원망을 풀기 위해 자신에게 부여된 권력을 마음껏 휘두르는 꼴이 되는 것이었다. 적어도 그들 눈에는 그렇게 보일 것이 틀림없었다. 아주 신바람이 났구나, 하고 냉소할까? 그러나 실제로 지금까지 그런 짓을 해온 건 그들이었다. 그것을 생각하면 자신이 입어온 피해가 얼마나 천박한 것이었는지 새삼 느껴지곤 했다. 그들은 그러고도 기분이 좋았을까? 참으로 천박한 품성들이 아닌가……

미술국 위원회에 연금 지급을 신청해달라는 등의 개인적인 상담이 들어오는 일도 있었다. 자신이 그런 안건을 들고 가지 않을 때는 따분해하며 심의가 끝나기만을 기다릴 뿐이었다. 그런 시간 낭비가 답답하고 아까웠다. 이런 식으로 앞으로도 내내 잡무에 쫓겨야 한단 말인가. 이래서야 과연 앞으로 작품을 몇 점이나 그려낼 수 있을까. 생각하기 시작하면 암울한 기분이 들었다. 젊은 시절처럼 강행군을 할 수 없다는 것은 하원 도서관 천장화 작업 때부터 통감하고 있었다. 갈수록 속도는 점점 떨어질 것이고, 남겨진 시간도 그리 길지는 않을 것이다. 생 쉴피스 성당의 장식화. 과연 목숨이 붙어 있는 동안 작업을 다 마칠 수 있을까? 무사히 완성한다 해도 그때 나는 과연 무슨 생각을 하게 될까? 창작에 소요된 나날들은 이 목숨을 극심하게 소모시켜 버리리라. 그때 육체의 황폐 한가운데에 서서, 나는……? 불안은 그를 하원 도서관 완성 직후의 기억으로 이끌었다. 나는 지금 남겨진 삶의 마지막 시간까지 고스란히 창작에 바치려고 한다. 이토록 두렵고 불안해하면서도. 가엾은 쇼팽은 '자네는 자신의 재능을 다른 사람에게는 없는 어떤 특권적인 온화(穩和)함 속에서 즐길 수 있어' 하고 격려해주었다. '그건 치열하게 명성을 추구하는 것 못지않게 가치 있는 일'이라고…… 정말 그럴까? 이제는 피아노 앞에 앉는 것조차 불가능한 그의 눈에 나의 이런 고민은 그야말로 사치스러운 것으로 비칠지도 모른다. 그러나 죽는 순간까지 끌을 손에 든 채 엄청난 작업을 떠안고 있었던 미켈란젤로는 그 생애에 단 한 번이라도 파우스트처럼 '찰나'를 향해 '머물러라, 너는 너무도 아름다우니!' 하고 부르짖은 적이 없을까?

실제로 미켈란젤로가 임종을 앞두고 남긴 시는 이러했다.

"태풍의 바다 한복판을 곧 침몰할 작은 배에 실려 나는 인생 항로의 종말에 접어들려 한다. 눈앞에 보이는 것은 모든 인간들이 그 생애에 저지른 행위의 선악을 깨닫게 될 단 하나의 항구. 아아, 나는 알고 있었다! 예술이—그야말로 우상이며 나의 상상력의 폭군이었던 예술이, 인생을 과오의 깊은 밑바닥으로 어떻게 끌고 들어갔는지를. 현세에서는 모든 것이 다 과오였다. 애욕에 뒤범벅이 되었던 마음도 공허하고도 감미로운 몽상도 두 개의 죽음으로 다가가고 있는 지금 과연 무슨 의미가 있는가? 두 개의 죽음—그 한쪽은 명확한 것. 그러나 또 한쪽의 죽음은 나를 두렵게 한다. 아니, 조각도 회화도 이 영혼에 안식을 주기에는 충분치 않고, 그것은 신의 지극한 사랑을 향하여 성스러운 불길의 포옹을 받는다."

이 시를 어제오늘 안 것은 아니다. 이 시를 암송했던 것은 〈키오스 섬의 학살〉의 제작에 정진하던, 한창 청춘을 구가하던 나였다. 지금 나는 그 당시부터 예감하고 불안해했던 종말을 바로 눈앞에 바라보며 노년을 살아가고 있다. 그 끝에 다다를 곳에는 역시 회한이 기다리고 있는 것일까? 더구나 미켈란젤로의 시대에 사람들을 찬란하고도 크나큰 품으로 품어주었던 신은 이제 이미 없다.

재능을…… 즉 천재를…… 온화함 속에서…… 즐긴다, 라고?

장식화의 제재는 그런 불안감을 뒤로하고 차례차례 싹트고 있었다.

'묘지에서 모습을 드러낸 그리스도'—묘석을 들어올려 치우는 광휘에 찬 천사. 혼절하는 문지기. 그들의 발치에 남은 하얀

수의. 혹은 요한복음의 부활 광경. 우뚝 선 그리스도. 망연자실하여 땅바닥에 주저앉은 막달라 마리아. 배경으로 뚜껑이 열린 무덤과 주의 모습이 보이지 않는 것에 탄식하고 슬퍼하는 성녀와 제자들…… '십계의 석판을 받는 모세'—시나이 산록의 사람들, 말, 군대, 여인, 막사. 산중턱에는 장로들. 또는 '산 위의 모세'—양팔을 높이 쳐든 그 모습. 계곡에서의 논쟁…… '바벨탑'…… '묵시록'…… '라자로와 악한 부자'—그 종양의 상처를 핥는 개…… '날개 달린 말에 올라타고 벌거벗은 여인을 구하고자 괴물과 싸우는 영웅'……

재작년부터 시작된 〈그리스도의 매장〉의 주제와 관련된 사색이 그를 그리스도 부활의 주제로 자연스럽게 이끌었다. 그러고 보면 지금까지 작업해온 수많은 그리스도 그림은 복음서 안의 일화에서 제재를 가져온 몇몇 작품을 제외하면 거의 모두 십자가 처형의 그림이거나 피에타, 혹은 그 매장 장면이었고 부활 장면을 다룬 적은 한 번도 없었다. 들라크루아는 그런 사실이 갖는 의미를 너무 안이하게 생각하지 않으려고 경계했지만, 머릿속에 그려진 몇 가지 광경은 당초에 의식했던 상실과 부활이라는 주제와 더불어, 부활 소식을 들은 막달라 마리아와 마지막까지 그리스도의 유체를 발견하지 못했던 제자들 같은 여러 부가적 요소들을 검토하여 그 의미를 더욱 보충하고 확장하려 애쓰고 있었다.

6월 초순에는 예정대로 샹로제로 떠날 계획이었기 때문에, 그

전에 제작중이던 〈등을 돌린 욕녀〉를 완성시키고 동시에 작업중이던 〈아비도스의 약혼자〉도 가까스로 마무리 단계까지 마쳐놓았다. 나아가 관전 출품작들을 튀일리 궁에 전시하기 전에, 아틀리에에서는 미처 발견하지 못했던 문제점들을 루브르에서 다시 손을 보았다. 그러고는 비요의 안내를 받아 그의 개혁안에 따라 새롭게 배치된 소장 작품들을 둘러보았다. 단순히 자리가 바뀐 것뿐이었지만 덕분에 몇 가지 새로운 발견을 하고는 크게 용기를 얻었다. 특히 작년에 썼던 그로 론에서 깜빡 언급하지 못했던 〈에일로 전장의 나폴레옹〉에 큰 관심이 갔다. 걸작의 영예가 높은 〈자파의 페스트 환자를 방문하는 보나파르트〉와 비교해도 이 작품이 훨씬 더 뛰어나다는 생각까지 들었다. 프랑스 화파의 전시실을 나선 뒤에는 기나긴 갤러리에 장려하게 늘어선 루벤스의 연작 〈마리 드 메디시스의 생애〉 앞에서 마음껏 감동에 젖었다. 너무 오랜 시간 동안 입을 반쯤 벌린 채 황홀한 표정을 짓고 서 있는 바람에 곁에서 지켜보던 비요가 "참 자네는 여전하군" 하고 놀리며 허허 웃었다.

다음날, 포르제 남작 부인을 찾아가자 우연히 자리를 함께한 케레르 백작 부인이 금박사(金箔師)의 가게에서 그의 〈말을 탄 터키인〉을 보았다며, 마치 비요에게 미리 듣고 오기라도 한 것처럼 그가 전날 루벤스를 보았을 때와 완전히 똑같이, 즉 이상적인 대범함과 대담성, 생생한 조형의 힘을 느꼈다는 감상을 말했다. 들라크루아는 그만 신이 나서 몇 번이나 "정말입니까?" 하고 되물었다. 케레르 부인은 그가 도착하기 전에 포르제 부인이 이 이야기를 듣고 "숙모님, 지금 하신 그 말씀을 그가 들으면 분명 뛸 듯이 좋아할 거예요"라고 한 말 그대로 그가 상상 이상으로 감격해하며 감사의 인사를 하는 것을 보고는 너무 재미있어서 슬며시 조카딸에게 눈짓을 하며 웃었다. 그리고 그것이 전혀 입에 발린 칭찬이 아니라는 것을 알려주기 위해 여러 가지 말로 거듭 그 그림의 매력에 대한 자신의 느낌을 이야기했다.

포르제 부인은 그의 기뻐하는 표정을 바라보며 저도 모르게 즐겁고 편안한 마음이 들었다. 굳이 거울을 보지 않아도 자신이 여느 때보다 다정한 표정이라는 것이 느껴졌다. 어째서일까? 화해한 뒤끝에 타인 대하듯 깍듯이 지킨 예의가 자신의 본심을 감추고 있는 걸까? 아니, 그런 것 같진 않다. 그런 억지스러움을 그녀는 전혀 느끼지 않았다. 미소는 마치 나무가 물에 뜨듯, 손바닥으로 막지 않으면 금방이라도 얼굴 안쪽에서 불쑥 떠오를 것만 같았다.

말다툼이 있었던 그 이튿날, 포르제 부인은 그에게서 장문의 사죄 편지를 받았다. 다툼의 원인에 대한 말없이, 그저 열심히 용서를 청하는 말이 적혀 있을 뿐이었다. 그 글에 의심을 품을 수도 있었다. 결국 그가 무엇을 생각하고 있는지는 완전하게 알 수 없었다. 들라크루아라면 본심과는 전혀 다르지만 사람의 마음을 진심으로 뭉클하게 하는 편지를 얼마든지 쓸 수 있을지도 모른다. 혹은, 그날 그녀 스스로도 말했듯이 그 역시 그녀의 마음속을 미처 헤아리지 못한 채 애매한 의심 속에서 망설이다가 마지못해 자신의 잘못을 인정하려는 것인지도 몰랐다. 그렇다면 서로 마찬가지였다. 그녀는 들라크루아가 특히 강조한 말—당신은 나를 진심으로 사랑해주는 유일한 사람인지도 모른다. 그런데도 나는 항상 당신을 깊은 슬픔에 빠지게 하고 만다—라는 그 말을 묘하게도 굳게 신뢰할 수 있었다. 그리고 자신의 마음속에 한없이 슬픔이 끓어오르는 것을 느꼈다. 아무 특별할 것도 없는, 입으로는 얼마든지 내뱉을 수 있는 말인지도 모른다. 지금까지도 그런 말을 그의 입에서 듣지 못했던 것은 아니었다. 그러나 지금의 그 말에는 이전의 어떤 때에도 그녀를 사로잡지 못했던 어떤 절실한, 몸을 파고드는 듯한 울림이 들어 있는 것 같았다. 그것은 거의 설명할 수 없는 실감이었다. 그의 목소리 때문인가? 아마도. 그러나 사실은 내 귀가 열렸기 때문이 아닐까?

포르제 부인은 처음으로 들라크루아라는 인간이 가진, 숙명적으로 도움을 거부하는 듯한 고독을 느꼈다. 지금까지의 오랜 교제 중에 전혀 감지하지 못했던 것은 아니었다. 오히려 충분히 이해하고 있다고 생각했다. 그러나 역시 애매하게 느낀 정도에 지나지 않았던 것이다. 아니, 어쩌면 그녀 자신의 고독만을 비호하기 위해 일부러 눈을 돌리고 있었는지도 몰랐다. 그녀는 그의 그 깊은 고독이 무엇인지는 알지 못했다. 어린 나이에 양친과 사별하고 뒤를 이어 형제들을 잃어야 했던 그의 불행한 환경 때문일까? 그가 곧잘 자신의 성격을 규정하는 근본적인 요소로 **고아 근성**이라는 말을 들었던 것은 사실이다. 비요와의 불화의 원인이 되었던 루브르의 인사 건에 대한 자신의 집착에 대해서도 "그런 지위를 따내서 어찌 됐든 생활을 안정시키겠다는 생각은 내가 어차피 부르주아지라는 것, 그리고 어린 시절에 몸에 밴 생활고에 대한 불안 때문일 겁니다"라고 했었다. 정말 그런지도 몰랐다. 그 **고아 근성**이라는 것이 그의 고독의 원인이라면, 아닌게 아니라 간단히 이해가 되었다. 가족이라는 것을 목격했을 때 그가 내보이는 전혀 다른 두 표정. 솔직한 동경의 표정과 함께, 한편으로는 어딘가 그것을 거부하는 듯한 냉담함, 혹은 오히려 어떻게 대해야 할지 몰라 머뭇거리는 듯한, 낯가림과도 같은 표정. 자신과 어머니나 숙모가 한 자리에 둘러앉아 있을 때 그가 보이는 저 느긋하고도 행복한 모습. 그러면서도 그것을 자신의 생활로는 만들지 못하는 것이다. 가족이라는 것의 부재. 결국 그것이 그의 고독인 걸까? 그러나 그렇게 단순하게만 보이지는 않았다. 그녀가 그의 편지 속에서 찾아낸 것은 좀더 애매한, 끝을 알 수 없는 고독이었다. 들라크루아라는 인간의 어딘가 왜곡된, 그러나 그런 만큼 가슴이 아플 정도로 사랑스럽게 느껴졌던 그 이질성의 가장 깊은 곳에 감추어져 있을 그 고독……

당신은 나를 진심으로 사랑해주는 유일한 사람인지도 모른다……

그녀는 그가 그것을 단언하지 못하고, 또는 어쩌면이라는 전제조차 달지 못하고 그저 할지도 모른다라는 지극히 신중하고도 우회적인 말을 사용한 것에 주목했다. 그가 말하려고 한 것, 혹은 믿으려고 한 것은 지금 우연히 그녀가 그런 존재라는 것이 아니었다. 그런 사람이 원래 있는지는 모르지만, 있다고 한다면 그것은 당신일 뿐이라는 것임에 분명했다. 포르제 부인은 그 애절한 중얼거림에 자신이 진심으로 사랑받고 있으며 그에게 꼭 필요한 사람이라는 것을 느낄 수 있었다. 그리고 자신 또한 결국 그를 사랑할 수밖에 없다는 것을 깨달았다. 사랑한다는 것에 대한 그의 불신. 그것은 결코 그녀라는 개인을 사랑하는 데 대한 불신이 아니었다. 그것은 보다 근본적인, 사랑한다는 행위 자체와 관련된 문제였다. 그리고 그녀는 그가 그러한 불신 속에서 유일하게 이른바 사랑할 가능성으로서 그가 원하는 사람이었다.

아직 뚜렷한 확신에는 이르지 않았지만 그런 사실을 깨달으면서, 포르제 부인은 최근 몇 년 동안 줄곧 고민해왔던 그와의 관계를 다시 한번 새롭게 이어갈 희망을 얻었다. 그날 밤 거울에 비쳤던 자신의 추한 모습을 그녀는 결코 잊을 수 없었다. 그토록 비참하게, 마치 다른 사람처럼 뒤틀려버린 얼굴. 그것을 만들어낸 건 그가 아니었다. 줄곧 그라고만 생각했다. 그러나 실은 바로 나 자신이었는지도 모른다……

들라크루아는 생 쉴피스 성당의 일을 정식으로 의뢰받은 데 대해 다시 한번 그녀에게 감사의 인사를 전하는 자리에서 축복과 격려의 말과 함께 생각지도 못했던 고블랭 직물공장의 소장직 이야기까지 타진받고는 놀랍고 기쁜 나머지 저도 모르게 의자에서 벌떡 일어설 뻔했다.

"정말인가요? 물론 바라지도 않던 너무나 고마운 말씀입니다."

"사실은 그날 말씀드리려고 했어요. 그런데 당신이 너무나 심술궂게 하는 바람에 다음으로 미뤘답니다. 사죄의 편지가 하루만 더 늦었더라면 없었던 일이 되었을지도 몰라요."

들라크루아는 그렇게 말하며 미소짓는 포르제 부인이 가슴이 뭉클하도록 사랑스러웠다. 연인에게 그 기쁜 소식을 전해주려고 가슴 두근거리며 기다렸을 그녀의 심정을 생각하니 그날 밤 그녀가 왜 그토록 흥분했었는지 조금은 알 것도 같았다. 되짚어볼수록 자신의 경박한 태도가 크게 후회스러웠다. 하지만 그 일을 농담처럼 웃으며 넘겨주는 그녀의 뜻을 고맙게 받아들여 그도,

"거 참 아슬아슬했군요. 고집 부리다 사죄하지 않았더라면 큰 손해를 봤겠어요. 정말 좋은 교훈이 되었습니다" 하고 장난스럽게 말했다.

"그럼요, 앞으로도 꼭 명심하세요. 당신은 늘 고집이 너무 세요."

그녀는 그렇게 말하고 다시 한번 밝게 미소지었다.

이렇게 해서 기분 좋게 파리를 떠난 덕분에, 샹로제에서 보낸 시간은 그에게 더할 수 없이 큰 위안을 주었다. 일부러 챙겨간

셀처 탄산수 제조기를 쓰기 위해 우물을 파고, 수북이 자라도록 내버려두었던 정원까지 손질하고는 6월 26일에 일단 파리로 돌아오기까지 겨우 열흘 남짓한 사이에 〈태머샌터〉〈버림받은 아리아드네〉〈사자 소굴의 다니엘〉〈애인의 휴혹자를 추적하는 이교도〉〈말을 탄 터키인〉〈선한 사마리아 인〉 등 여섯 점의 밑그림, 〈삼손과 델릴라〉의 조묘(粗描), 〈아비도스의 약혼자〉〈감옥의 우골리노 백작과 그 아들들〉〈데스데모나와 시녀〉〈맥베스 부인〉 등 네 점의 유화 제작에 착수했다. 기력이 충실했기 때문에 다음날 아침 채 물감이 마르지 않아 작업을 멈춰야 하는 시간마저 안타까웠다. 조금이라도 틈이 날 때는 성서를 펼쳐들고 생 쉴피스 성당의 벽화 제재를 고민했다. 각 장을 훑다보면 하나하나의 광경이 마치 옛 기억이 되살아나듯 머릿속에 선명하게 펼쳐졌다. 그리스도의 부활이라는 주제는 여전히 마음에 두고 있었지만 내친김에 읽은 그 앞 장에서도 크게 자극을 받아서, 파리를 떠나기 직전부터는 오히려 그리스도의 십자가 처형에 이르기까지의 사건에 관심이 쏠렸다. 시몬의 집에서 식사를 하는 그리스도…… 그 발에 향유를 바르는 막달라 마리아. 유다의 입맞춤…… 병사들에게 붙잡힌 그리스도…… 병사들로부터 능욕을 당하는 그리스도…… 대사제(大司祭) 가야파에게 옷을 찢기는 그리스도…… 총독 빌라도에 의해 민중 앞에 끌려나온 그리스도…… 그러나 앞으로 생애를 걸고 뛰어들 제재로서는 뭔가 조금씩 모자란 듯한 느낌이 들었다. 오히려 관전 출품용

타블로에서 다루어야 할 제재들이 아닐까?

상로제에 도착하자마자 그보다 한 발 앞서 비요 부인도 그곳 별장에 와 있다는 소식을 듣고 깜짝 놀랐다. 더구나 며칠 뒤에는 건강이 나빠진 비요까지 콜레라 유행으로 휴교중이던 아이들을 데리고 와서, 모두 모여 함께 식사하는 자리를 가졌다. 그들이 머무는 동안에는 오전 내내 혼자서 작업에 전력을 기울이고 오후에는 비요와 함께 시간을 보내는 것이 거의 일과처럼 되었다. 평소에는 병과는 아예 무관하던 비요가 그즈음 완연히 초췌해진 모습에 혹시 콜레라가 아닐까 걱정했지만 다행히 큰 탈 없이 일 주일쯤 요양하고 나자 건강을 되찾았다. 들라크루아는 그가 그렇게 위안을 찾아 날마다 자신을 찾아오는 것이 기뻤다. 많은 시간이 걸렸지만 마침내 두 사람의 관계도 원래대로 돌아온 것 같았다. 비요 역시 우정을 재확인하고 싶어하는 기색이었다. 파리에서 멀리 떨어진 곳이라는 점도 큰 도움이 되었다. 도시라는 장소의, 그곳에 사는 한 사람 한 사람을 얽어매어 꼼짝하지 못하게 하는 다양한 관계의 망 속으로 돌아갔을 때도 이렇게 순수한 우정을 나눌 수 있을지 은근히 염려가 되기도 했다.

비요 가족은 6월 17일 저녁에 열차를 타고 파리로 돌아갔다. 그러나 사흘 후에는 업무와 학교 수업이 있는 남편과 아이들을 두고 다시 부인만 샹로제로 되돌아왔다. 원래부터 그리 건강한 편이 아니었던 그녀는 콜레라를 염려하는 남편의 권유로 일찍부터 이 지역으로 피신해서 지냈었는데, 가족이 함께 와 있는 동안 폭동이 일어나는 바람에 파리에서 온종일 혼자 집을 지키기가 불안해서 당분간 별장에서 지낼 예정이었다.

그녀는 가족이 함께 있는 동안 거의 남편이 독점해버렸던 들라크루아와 마침내 느긋하게 대화를 할 수 있게 되어 기뻤다. 밤에 함께 식사를 하고 둘이서 정원을 산책하다 밤늦도록 살롱에서 이런저런 이야기를 나누었다. 들라크루아는 그녀가 다시 돌아올 예정이라는 것을 미리 알고 있었기 때문에 별반 의아하게 여기지는 않았지만, 회복된 지 얼마 되지 않은 비요가 파리에 홀로 남겨진 것을 생각하면 적잖이 걱정이 되었다. 그래도 그녀를 만나는 시간은 즐거웠다. 이런 식으로 샹로제에 둘만 남게 된 것은 이번이 처음이었다. 전에도 그런 기회가 없었던 것은 아니지만, 굳이 둘이서만 만날 이유도 없었고 만나더라도 비요가 없으면 자꾸 말이 막혀서 어색했을 것이었다. 하지만 지금은 달랐다. 그녀와 나누는 대화는 유쾌했다. 그것은 포르제 남작 부인을 만날 때 느끼는 편안함과는 또다른 종류의 것이었다. 물론 그녀보다 비요 부인을 더 사랑하는 것은 절대 아니었다. 단지 깊이 사랑하기 때문에 포르제 부인 앞에서는 입에 올리기 힘든 것들이 있는 것이었다. 바로 창작과 관련된 고민들이었다. 작업에 열중할 때는 다른 일은 모두 성가시기만 하고 사람을 만나기도 겁이 난다. 비요 부인이라면 그런 이야기를 아무렇지도 않게 털어놓을 수 있었다. 비록 그것이 비요 부인을 만날 때도 결코 예외가 아니라는 말이라 해도, 당신을 위해 나의 작업 시간을 희생할 수는 없다고 털어놓는 것이라 해도 비요 부인은 거기에 불평을 할 입장이 아니었고, 하긴 그렇겠다고 고개를 끄덕여주는 것이 보통이었다. 그러나 연인은 전혀 달랐다. 그는 그런 말로 포르제 부인에게 상처를 주는 것을 무엇보다 두려워했고 그녀 역시 그런 말에 상처를 입을 만한 자격이 있었다. 그런 불안감이 때로 포르제 부인보다 비요 부인에게 훨씬 솔직한 마음을 털어놓게 만들었다. 그것은 포르제 부인에 대한 애정을 전혀 손상시키는 것이 아니었고, 오히려 그것을 지키고 싶은 마음에서 빚어진 결과였다.

파리에서 일어난 폭동에 대해서는 포르제 부인의 편지를 통해 상세한 내용을 들었는데, 계엄령과 함께 극히 신속하게 진압이 이루어진 것을 보면 이런 소란도 슬슬 끝나가고 있다는 예감이 들었다. 특히 이번에는 판을 벌여놓아도 사람들이 모이지 않는 꼴이어서, 산악파의 요란한 호소에도 민중은 차가운 반응밖에 보이지 않은 모양이었다. 나팔수 역할을 했던 르드뤼 롤랭과 콩시데랑도 농성중이던 공업기술학교에서 진작에 달아나 벨기에 망명길에 올랐다는 소문이었다. 이것으로 과격한 혁명 지도자는 마침내 파리에서 완전히 자취를 감춘 셈이었다. 이번에야말로 일 년이 넘도록 왕좌를 빼앗겼던 질서가 이 도시에 다시 귀환하는 것일까……?

그나저나 콜레라와 폭동이 기승을 부리는 속에서도 여전히 시골은 싫다며 인적조차 뜸한 파리에 남아 있는 포르제 부인을 생각하면 걱정스러운 한편으로 그 고집이 감탄스럽기까지 했다. 그녀와 잘 아는 의원들 중에도 콜레라로 급서한 이가 한둘이 아니라고 했다. 시골의 따분함이 싫다고 죽을 위험까지 감수하다니, 그로서는 도무지 이해할 수 없었다.

비요가 떠나고 오후에 빈 시간이 생기자 들라크루아는 다시 세나르 숲에 산책을 나가게 되었다. 몸만 괜찮으면 제니를 데리고 다니고 싶었지만, 요즘 들어 그녀도 건강이 영 신통치 않아서 집안일도 겨우겨우 하는 상황인지라 무리하게 권하지는 않았다. 비요 부인도 시어머니가 노환으로 쓰러져 다시 파리로 돌아가버리는 바람에, 얼마 전에 알게 된 이곳 샹로제 시장의 지겨운 장광설에 맞장구를 쳐주는 일 외에는 혼자서 보내는 시간이 많아졌다.

센 강의 강둑을 따라 세나르 숲까지 걷는 산책은 언제나 그의 마음을 온화하게 만들어주었다. 작년에는 찾지 않았던 후작령(侯爵領) 쪽 숲에 들어가 덤불에 옷을 찢기고 손가락에 피를 흘리기도 하면서 악전고투 끝에 들꽃 꽃다발을 만들었던 날은, 온몸에 퍼지는 말할 수 없는 기쁨에 깊이 감동하며 나뭇가지 틈새로 조용히 하늘을 올려다보기도 했다.

오전 내내 방 안에서 〈삼손과 델릴라〉의 조묘를 시험 삼아 그렸을 때는 바깥이 비구름에 덮여 숨이 막힐 듯 무더웠지만, 오후가 되자 갑자기 환한 하늘이 펼쳐져서 정원의 꽃에서부터 차

바퀴가 만들어놓은 작은 물웅덩이, 말(馬) 없이 덩그러니 서 있는 마차, 센 강의 수면, 다리 난간, 교회 십자가, 그리고 숲의 녹음에 이르기까지 눈이 닿는 모든 곳들이 햇빛을 듬뿍 받아 축복처럼 강렬한 빛을 되쏘며 반짝였다. 그는 한 손에 꽃다발을 들고 막 기울기 시작한 눈부신 태양을 멀리 내다보며 그 빛이 자신에게 한없이 다정하다는 것을 느꼈다. 그리고 그것이 신기했다. 예전에는 석양을 결코 이런 고요한 마음으로 바라볼 수 없었다. 그것은 마치 묵직하게 난숙(爛熟)한, 하늘의 불안이 낳은 거대한 과실처럼 항상 그의 내면에 마구잡이로 거센 두근거림을 불러일으키곤 했다. 그것이 지금은 없었다. 태양뿐만이 아니다. 젊은 시절의 그는 눈앞에 마주하는 자연의 표면에 여지없이 또다른 외관을 새겨넣는, 우울보다 더 절실한 자신의 인상에 늘 깊은 상처를 입곤 했다. 그것은 항상 자연의 본래 모습을 가림으로써 자신을 그로부터 한없이 멀리 떼어놓는, 왜곡된 위선의 풍경처럼 느껴졌다. 그는 자신이 젊음과 함께 잃어버린 것을 생각했다. 그것은 과연 무엇이었을까? ……몇 가지 환영. 그렇다, 눈 깜짝할 사이에, 그러나 분명 자신을 선열한 행복감으로 가득 채우고, 또한 반드시 거기에 걸맞은 슬픈 고통을 가져온…… 그러나 정말 잃어버린 것일까? 나이를 먹을수록 인간은 이 세계의 대부분을 뒤덮고 있는 가면의 존재를 깨닫게 된다. 그것은 여전히 존재하고 있다. 단지 그것을 원망하지 않게 된 것뿐인지도 모른다. 눈에 보이는 것을 보이는 그대로 받아들일 수 있게 된다. 그것이 자연의 본모습이냐 아니냐 하는 물음 자체가 자신의 내면에서 차츰 엷어져간다. 가면을 벗겨낸 그 너머에 자신이 알 수 없는 진짜 자연이 있다. 그리고 그것이 존재하는 한 자신은 현재 목도하는 이 자연에 항상 배반당한다…… 늙음은 그러한 환멸을 천천히 씻어내는 것이 아닐까? 그것은 단순한 체념이 아니다. 스스로가 멋대로 만들어낸 자연의 외관에 어느새 만족하는 법을 배워버린 것이 아니다. 어느 때인가—그렇다, 그것이 언제인지는 알 수 없다—자신은 분명 자연 그 자체와, 자연으로부터 받아들여 다시 거기에 걸쳐놓은 환영과의 사이에 하나의 화해를 발견해낸 것이다. 눈에 보이는 자연을 있는 그대로 거기에 있는 자연으로 간주해도 무방할 듯한, 자연 그 자체에게서 받은 어떤 용서 같은 것. 세월은 자신을 그에 걸맞은 존재로 조금씩 바꾸어갔다. 그리고 자연은 마침내 그것을 인정했는지도 모른다. 그 용서야말로 화가인 자신에게는 더할 수 없는 은총이 아닐까……

7월에 접어들면서 이따금 파리에 나가 포르제 남작 부인이 권한 고블랭 직물공장 소장직에 대해 몇몇 지인들과 상의해보았다. 피에레나 피롱처럼 관청에 근무하는 친구들은—특히 비요와의 일도 있었던 터라서—크게 반기면서 최대한 협력해주겠다고 약속했다. 물론 비요도 무엇보다 자신의 껄끄러움을 정리하는 계기가 될 터인지라 크게 격려해주면서 당장 인사 관계자와 연락을 해보자고 했다. 비에야르는 정계에 선을 대보겠다고 했고, 몇 년 전까지 미술국 국장으로 재직하던 프랑수아 가베는 예전의 동료들에게 교섭을 해주기로 했다. 포르제 부인은 그가 그 자리에 대한 마음을 분명하게 굳힌 것을 확인하고는 폭동의 뒤처리로 바쁜 대통령에게 애써 면회를 청해 도움을 부탁했다.

8월 중순에는 오랜만에 샤요 별장으로 쇼팽을 찾아갔다. 오래도록 샹로제에 머물렀던데다 마를리아니 백작 부인처럼 들라크루아와 비교적 친한 이들이 쇼팽의 배척을 받아 병문안도 못 가는 상황이었는지라 그의 병세에 관한 소식을 듣기가 무척 어려웠다. 관전 회장에서 우연히 클레징게르를 만나 그의 안부를 물었더니, 여전히 회복될 기미는 보이지 않지만 지난 9일에 그토록 기다리던 누님 부부가 자녀를 데리고 바르샤바에서 와주어 얼마간 기운을 차린 것 같더라고 전해주었다.

별장에 들어서자 침대에 누워 있는 쇼팽과 다니엘, 마투셰프스카 부인 외에는 프랑숌의 모습만이 눈에 띌 뿐, 뜻밖에도 집 안은 괴괴하게 가라앉아 있었다.

혹시라도 그를 깨울까봐 침대가 있는 거실 옆방까지 발소리를 죽여 건너가 문을 열자, 현관에서 들려온 말소리에 누군가 왔다는 것을 안 쇼팽과 프랑숌이 천장에서 늘어뜨려진 커튼 안에서 방문 쪽을 주시하고 있었다.

"아, 아니네."

프랑숌이 쇼팽에게 말했다. 쇼팽도 안심한 듯 미소를 지었다.

들라크루아는 "기다리던 사람이 있었나요?" 하고 프랑숌에게 물었다.

“아뇨, 그 반대입니다. 요즘 이 친구가 누님 가족과—예, 바르샤바에서 오셨어요—느긋하게 지내고 싶어서 병문안객은 모두 사절하던 참인데, 다니엘이 별말 없이 안으로 모시는 것 같아 누구신가 하고 잠깐 걱정했습니다.”

“……스코틀랜드 자매가 아니어서 다행이라는 뜻이었어, 그가 아니네라고 한 건……”

쇼팽은 프랑숌이 예의상 차마 입에 올리지 못한 그 말을, 목소리를 내기가 힘겨운 중에도 애써 웃음을 지으며 덧붙였다. 그러나 들라크루아는 그 말을 제대로 알아듣지 못해서 “뭐라고?” 하고 되물으며 얼굴을 바짝 갖다댔다. 쇼팽은 같은 말을 두 번 하고 싶지 않아 “아냐……”라고만 하고 고개를 가로저었다. 대신 프랑숌이 “스털링 양 자매 얘기예요”라고, 굳이 그럴 필요도 없는데 목소리까지 낮추어 알려주었다. 들라크루아는 여전히 잘 알아들을 수 없었지만 자꾸 되물을 일도 아니다 싶어서 “아……” 하고 알았다는 듯 고개를 끄덕였다.

침대 주변에는 악보가 어지럽게 널려 있었다. 프랑숌은 그것들을 재빠르게, 그러나 신중하게 확인하며 정리하고는 다니엘이 들고 온 의자를 “자, 앉으세요” 하며 권했다.

“방해가 되었다면 다음에 다시 올까? 뭔가 작업을 하고 있었던 거 아닌가?”

“아뇨, 마침 일이 끝나서 잡담을 하던 참이었습니다” 하고 프랑숌이 대답했다.

"지금까지 써온 작품들을 정리하고 있었어."

쇼팽이 자리에 누운 채 그를 올려다보며 말했다. 이마가 촉촉이 땀에 젖어 있었다.

들라크루아는 그가 무표정하게 내뱉은 그 정리라는 말의 의미를 심각하게 받아들여야 할지 어떨지 일순 망설였다. 그리고 판단을 내리지 못한 채,

"그래? 퍽 많았겠군" 하고 무난할 듯한 대꾸를 했다.

"글쎄…… 그런데 모아놓고 보니 많은 것 같기도 하고 적은 것 같기도 하고……"

이 나이까지 쓴 작품의 수로만 생각한다면 물론 대단한 분량이었다. 그러나 한 사람의 음악가가 평생에 걸쳐 남긴 작품으로 생각한다면, 작품번호 65번까지 정리된 그 악곡의 양은 과연 많다는 평가를 받을 수 있을까…… 프랑숌은 쇼팽의 마음속에 분명 그러한 생각이 있을 거라고 짐작하고,

"이것만 해도 엄청난 양이니까 중간에 한번 이런 기회를 가지는 건 좋은 일이야"라고 말했다.

들라크루아는 프랑숌의 자연스러운 배려에 내심 감탄해서,

"그렇군, 나도 내 그림이 어느 정도나 되는지 전혀 파악을 못하는데, 이참에 한번 정리해볼까? 전에는 몰랐던 것을 새롭게 발견할 수도 있을 거고 말야."

쇼팽은 두 사람이 작품 정리라는 작업이 앞으로도 계속 이어

질 삶에 충분히 의미 있는 일이라는 것을 강조하려 한다는 것을 눈치챘지만, 굳이 아무 말도 하지 않았다. 그리고,

"자네, 오늘은 일찍 돌아가야 하나?" 하고 들라크루아에게 물었다.

"아니, 특별한 일정은 없어."

"그래? 실은 지금 누님 부부가 와 계시거든."

"그래, 얼마 전에 클레징게르에게 들었어."

"응…… 지금은 마침 근처의 농산물 전시회를 구경하러 갔지만, 이제 곧 돌아올 테니까 괜찮다면 그때까지 기다려주겠나? 자네를 만나면 다들 기뻐할 것 같아서……"

"그랬어? ……자형 되시는 분이 대학교 교수님이었지, 아마?"

"맞아, 바르샤바 대학 농업경제연구소. 그런데 가르치는 건 법률하고 경제야. 조카 루드비카는 그런 데는 따분해할 것 같아서 두고 가라고 했는데 나한테 방해가 될 거라고 함께 데려갔어."

"그랬군. 그렇게 세 명인가?"

"응, 다른 아이들은 바르샤바에 두고 왔지."

"그래, 그렇다면 기왕 온 김에 잠시 기다려볼까? ……오 년 만에 뵙는 거지?"

"그럴 거야……"

쇼팽은 그렇게 말하며 고개를 끄덕였지만 다음 말이 이어지

지 않았다. 한마디 할 때마다 괴로운 듯 호흡을 고르는 모습에 걱정이 된 들라크루아가 물었다.

"그때까지 좀 쉬겠나? 힘들면 저쪽 방에서 기다리고 있을까?"

쇼팽은 잠시 망설였다. 그것을 본 프랑숌이 말했다.

"조금 쉬게. 아까부터 계속 작업을 했으니 피곤할 거야"

쇼팽은 고개를 끄덕이고,

"응…… 그럼, 조금 자도록 할까…… 자꾸 졸려서 견딜 수가 없군. 머리가 멍해…… 누님이 돌아오시면 깨워주겠나?"

"알았어" 하고 대답한 프랑숌은 들라크루아 쪽을 돌아보며 "건넌방에서 차라도 마실까요? 이곳에 있으면 이 친구도 자꾸 얘기하고 싶을 테니"라고 물었다. 들라크루아는

"예…… 그럼," 하고 쇼팽 쪽을 돌아보며 "조금 있다 보세" 하고 미소를 지었다.

둘은 쇼팽을 침실에 남겨두고 거실을 지나 살롱으로 건너와 바람이 잘 통하는 창가 자리에 의자를 가져와 앉았다. 프랑숌은 다니엘에게 쇼팽의 용태를 간간이 살피라고 일러두고 마실 것을 부탁했다.

다니엘이 내온 탄산수를 마시며 프랑숌은,

"이곳에서 내다보는 경치는 정말 아름답군요…… 그가 지금보다 몸이 좀 괜찮았을 때는 이 자리에서 자주 이런저런 얘기를 나누었는데……"

"예……"

들라크루아는 쇼팽이 없는 자리에서 그에게 물어보고 싶은 것이 많았던 터라 무엇부터 말을 꺼낼지 생각하며 입을 열었다.

"……정리 작업은 정말로 괜찮습니까? 내가 어째 방해를 한 것 같아서……"

생각해보면 지금껏 이렇게 그와 둘이서 조용히 이야기를 나눌 기회가 없었다. 프랑숌도 똑같은 생각을 하면서,

"아뇨, 마침 끝낸 참이었습니다. 실은 며칠 뒤에 저도 가족과 함께 투르에 가게 되어서요…… 그래서 미뤄뒀던 작업을 오늘 서둘러 마무리했죠. 그를 남겨두고 가기가 걱정스럽지만 다행히 옝제예비초바 부인도 와 계시고, 저도 가족을 좀 돌봐야 해서……"

"그렇군요, 콜레라며 폭동이며 소란한 와중에서 지금껏 피서도 가지 못하고 내내 그의 곁에 함께 있었으니……"

"뭘요. 차르토리스카 대공비도 로지에르 양도 모두 떠난데다 그지마와 백작은 여전히 옴짝달싹 못 하는 상황이고…… 아무래도 그를 혼자 둘 수는 없어서요…… 콜레라가 많이 수그러들긴 했지만 그래도 아내와 아이들이 걱정입니다. 특히 아이는 몸이 허약해서 재작년에는 홍역으로 고생하기도 했고 의사도 올해는 꼭 시골에서 정양을 해야 한다고 하더군요. 아내도 사정을 알고 있으니 내내 별말 없이 참아주었는데, 실은 우리집에서 오래도록 일해준 사용인이 이번 콜레라로 갑작스레 세상을 뜨는

바람에 무척 불안했던 모양이에요……"

"그랬군요…… 쇼팽도 분명 이해해줄 겁니다."

"예, 자기는 괜찮으니 걱정 말고 다녀오라더군요."

들라크루아는 고개를 끄덕이고는, 큰맘 먹고 얼마간 목소리를 낮추어 이야기를 꺼냈다.

"실제로는…… 어떤 상태입니까, 쇼팽의 병세는?"

프랑숌은 잠시 말이 막혀 그의 얼굴을 바라보았다. 마침 그때 다니엘이 들어와서 "주인께서는 편히 주무시고 계십니다"하고 알려주었다. 프랑숌은 알았다는 표정을 지어 보이고는, 다니엘이 밖으로 나가는 것을 확인한 다음에야 다시 들라크루아 쪽을 돌아보았다.

"솔직히 말해…… 잘 모르겠어요. 아니, 얼버무리려는 말이 아니라 어느 정도는 제 본심입니다. 사실 지금까지도 이런 정도의 병은 항상 이겨냈었고, 이번 병은 날마다 상태가 크게 달라서요."

"그렇습니까……"

"단지……"

"단지?"

"단지…… 마음에 걸리는 것이, 요즘 유난히—아까도 그랬지만—자꾸 잠이 온다고 하는군요."

"잠이 온다고요?"

들라크루아는 그 말이 풍기는 불길함에 가슴이 섬뜩해서 되물었다.

"예, 졸려서 견딜 수가 없대요. 이런 일은 지금까지는 없었는데."

"그래요…… 그건 아무래도 마음에 걸리는군요."

"게다가……" 하고 시선을 떨구며 잠시 생각하는 듯하더니 "……잠이 드는 걸 굉장히 두려워해요. 그냥 단순한 잠이 아닐까봐서요. 이대로 눈을 뜨지 못하는 건 아닐까 하고 불안해합니다."

"그렇습니까……"

"요즘에는 그도 좀 희망을 잃은 것 같아요…… 영국에서 돌아온 직후에는 곧잘 마음 약한 소리를 했었지만, 지난 4, 5월에는 그래도 기분이 많이 나아져서 표정도 밝았었는데…… 잘 아시겠지만요."

"네……"

"그런데 6월 중순 넘어서면서 심한 객혈을 한 다음부터…… 그 일 때문에 그가 완전히 변해버린 것 같아요. 지금까지는 아무리 괴로운 가운데에도 조금씩 나아지고 있다는 실감이 있었고 그래서 병의 고통도 견딜 수 있었다, 그런데 이제는 아니다, 나을 희망도 없는데 왜 이런 고통을 당해야 하느냐, 그런 말을 하더군요……"

더이상 말이 이어지지 않았다. 들라크루아는 고개를 끄덕이고는 잠시 그대로 침묵했다. 그리고 마음을 가라앉히기 위해 김

이 빠진 탄산수를 조금 마시고는,

"의사는 뭐라고 합니까?"

"의사는…… 지금은 크뤼베이예 박사와 루이 박사가 진료를 하러 오시는데, 두 분 모두 비관적입니다. 약을 처방해주고, 피레네의 광천수를 음용하고 안정을 취하라는 게 고작이에요."

"그래서야 그로서도 희망을 가질 수 없겠지요……"

"예, 그도 마음에 들지 않는 모양이에요…… 그들의 판단이 적절한지는 저도 잘 모르겠습니다. 그도 자포자기에 빠져서 어차피 다 필요 없는 짓이라고 할 때도 있지만, 다른 사람한테—특히 의사에게—그런 선고를 받으면 상당히 반감을 나타내곤 합니다."

"그렇겠지요……"

"예……"

"악보 정리는 왜……"

"그것도 만에 하나일 때를 위해서겠지요. 작년에 영국에 갔던 무렵부터 스털링 양의 권고에 따라 시작한 모양입니다."

"그렇군요…… 나는 스털링 양에 대해서는 거의 아는 바가 없지만, 쇼팽과는 별로 사이가 좋지 못한 모양이더군요."

프랑숌은 "예……" 하고 대답하고는 잠시 말을 해야 하나 머뭇거리다가 "……요즘 얘기, 못 들으셨습니까?" 하고 물었다.

"네, 무슨 얘기죠?"

프랑숌은 들라크루아라면 괜찮겠다고 생각해 이만오천 프랑

분실 소동에 대해 간단히 설명하고, 그 일로 쇼팽이 어스킨 부인과 스털링 양을 더욱 불신하게 되었다는 속사정도 들려주었다. 그리고,

"도무지 눈치가 없다고 할까…… 나는 스털링 양을 개인적으로 싫어하지는 않습니다. 쇼팽이 영국에서 막 돌아왔을 때는 너무 변해보린 모습에 정말 화가 나기도 했고, 그 때문에 그지마와 백작 같은 분은 아직도 그 자매를 내심 용서하지 못하지만…… 그러나 그 자매는 절대로 악인은 아닙니다. 세상에서 떠드는 대로 흑심 같은 게 있는 것도 아니고—그런 얘기들은 일종의 질투겠지요—오히려 너무 순수한 건지 순진한 건지, 매사를 너무 단순하게 생각하는 게 좀 문제지요. 그런 점이 쇼팽을 괴롭히는 것이기도 하고……"

"한때 결혼 소문이 있었지 않습니까? ……그건?"

"어디서 나온 얘기인지는 모르겠지만, 영국에서의 쇼팽의 행적을 생각해보면 사람들이 그런 착각을 하는 것도 무리는 아니지요. 쇼팽도 인정하는 일입니다만…… 그런데 그런 소문 이후에 스털링 양을 대하는 쇼팽의 태도가 냉랭해진 건 분명한 것 같습니다."

"참 어려운 부분이군요."

"예, 하지만—쇼팽이 그리 달가워할 얘기는 아니지만—사실 파리가 한창 혼란했던 때에 그를 구해준 사람은 두말할 것도 없이 스털링 양이었어요. 물론 이후의 처신이 적절하지는

못했지만 그래도 역시…… 이번 일도 그렇습니다. 요즘 같은 때에 웬만해서는 이만오천 프랑이라는 큰돈을 선뜻 내놓을 만한 사람이 없지 않습니까? 실제로 전해진 건 만오천 프랑이었지만요."

"정말 그렇군요, 보통 큰 액수가 아니니…… 그러나 그게 도리어 쇼팽으로서는 마음이 편치 않은 게 아닐까요?"

"그렇겠지요. 제가 한때 그의 비서 비슷한 일을 해봤기 때문에—예, 그런 일까지 했었답니다—그의 경제 사정에 대해서는 조금 알고 있는데, 연 수입이 가장 많았을 때도 이만 프랑은 넘지 못했을 거예요. 그런데 갑작스레 이만오천 프랑이라는 거금을 내밀었으니 당황하는 것도 당연하지요. ……그 자매는 그런 저간의 사정을 읽을 줄 몰라요. 쇼팽이 그런 행동에 뭔가 다른 속셈이 있는 게 아닌가 하고 의심하던 참이었으니……"

"그렇겠죠…… 그녀들도 딱하기는 하지만, 도저히 그걸 애정의 표시로 받아들일 수 없는 쇼팽의 마음도 충분히 이해가 되는군요."

"예, 게다가 아무래도……" 프랑숌은 조금 전부터 그 이름을 입에 담아도 될지 망설였지만, 그 일에 대해 자기보다 더 잘 알고 있을 터인 그에게 물어보고 싶은 마음도 있어서 "……쇼팽은 아직도 상드 부인을 잊지 못하는 것 같습니다" 하고 말했다.

"예……" 하고 저도 모르게 동의해버린 다음에야 그의 말뜻을 알아들은 들라크루아는 다시 한번 보다 깊은 공감을 담아

"……그럴 겁니다" 하고 고개를 끄덕였다.

"최근에 상드 부인을 만난 적이 있으신가요?"

"예, 5월이었던가, 〈예언자〉 공연이 있던 무렵에 비아르도 부인 댁에서 잠시 만났죠."

"쇼팽에 대한 얘기는 혹시 없었나요?"

"네…… 비아르도 부부가 병문안을 가보라고 권하기는 했는데…… 결국 오지 않았지요?"

"예. ……나중에야 들은 얘깁니다만, 실은 클레징게르 부인이나 로지에르 양과 친하게 지내는 그리유 드 부즈랑 부인이 바로 며칠 전에도 상드 부인에게 편지를 보내 병문안을 와달라고 설득해본 모양인데…… 소용이 없었다는군요."

"전혀 올 마음이 없다던가요?"

"예, 장문의 거절 편지가 왔다더군요. 내용을 보니 더이상 말을 붙일 엄두가 나지 않는다고 할까…… 아무래도 어려울 것 같습니다."

"그래요…… 쇼팽은 어떻습니까? 비아르도 부인 댁에서 상드 부인을 만났을 때는 일단 그의 용태가 그리 좋지 않다는 얘기만 전했었는데, 솔직히 말해서 그녀에게 병문안을 권해야 할지 어떨지 얼른 판단을 내릴 수가 없어서……"

"쇼팽도 마음이 흔들리는 것 같아요. 5월 경에는 그녀에 대한 얘기는 전혀 한 적이 없었는데, ……아마 작품 정리를 하기로 마음먹은 것과 똑같은 심정이겠지만, 6월의 심한 객혈 이후로는 가끔씩 생각이 나는지 그녀의 이름을 입에 올리곤 합니다."

"그렇습니까…… 그럼, 만나고 싶어하는 건가요?"

"아마 그럴 거예요…… 지금은 잘 모르겠습니다. 옝제예비치 부부가 온 뒤로는 상드 부인 얘기를 하지 않으니까요. 누님 앞에서 옛 연인과의 안 좋은 얘기는 하고 싶지 않은 마음도 있겠지요. ……그러나 어찌 됐든 지금처럼 절연 상태인 채로 그가…… 그……"

"예, 무슨 말인지 알겠습니다."

들라크루아는 그가 차마 말하지 못하는 것이 무엇인지 금방 알아들었다. 쇼팽이 직면한 사태가 정말로 심각한 것이라면, 모든 모순을 뛰어넘어 기적 같은 화해가 실현될 수 있을 것이고 또 반드시 그렇게 되어야 했다. 그것을 거부한다면 상드 부인의 인간성에는 중대한 흠집이 남을 것이 틀림없었다. 들라크루아도, 재작년 쇼팽과의 이별 이후 그녀가 혁명 때 취한 입장에 대한 불신감도 있어서 한때는 완전히 소원하게 지냈었다. 노앙으로 돌아간 뒤로 편지를 주고받으며 조금 친밀함이 회복되었지만, 5월에 마를리아니 부인 댁에서 오랜만에 다시 만났을 때 서로 지극히 조심스러운 대화를 나누었을 뿐, 그 뒤로는 또 연락이 끊긴 상태였다. 지금 상드 부인이 무슨 생각을 하고 무엇을 마음에 담고 있는지는 알 수 없었다. 사람들이 이야기하는 만큼 심각한 병은 아니라고 짐작하는 것일까? 분명 있을 법한 일이었다. 쇼팽의 병약함에 익숙하지 않은 이들이 과장스럽게 소란을 피우는 것이거나 그가 자신을 만나기 위해 병세를 부풀리는 것이라고 의심하는지도 몰랐다.

"상드 부인은 요즘 누구에게 그의 소식을 전해듣고 있을까요?"

들라크루아가 물었다.

"글쎄요, 마를리아니 백작 부인과 자주 연락하는 것 같기는 한데, 그녀도 이곳에 출입이 거부된 상태라서……"

"내가 만났을 때도 문 앞에서 쫓겨났다는 얘기를 하더군요. 조금 전에 얘기했던 부즈랑 부인 말고, 로지에르 양은 어떻습니까?"

"로지에르 양도 그지마와 백작처럼 상드 부인과 절연한 상태일 겁니다."

"그래요? 전에는 무척 친하게 지내는 것 같았는데."

"그랬지요. 그러나 둘 중 한 사람을 택해야 한다고 했을 때 상드 부인 편에 설 정도는 아니었죠. 옛날부터 그녀는 쇼팽 숭배자였는걸요. 상드 부인 가족과의 관계도, 한때 로지에르 양이 레슨비를 내지 못할 만큼 경제적으로 어려웠을 때 쇼팽이 레슨비 대신 솔랑주의 피아노를 봐달라고 부탁하면서 시작되었어요."

"그랬습니까."

"예, 지금은 아마 마를리아니 백작 부인과도 절연 상태일 겁니다."

"그렇다면 그 다음은 비아르도 부부 정도겠군요. 쇼팽의 지인

중에서 상드 부인과도 연락을 유지하고 있는 사람이라면."

"그렇겠지요, 저도 자세히는 모르지만요. 클레징게르 부부와는 아직 그리 좋은 사이가 아닌 것 같고…… 게다가 상드 부인이 막상 병문안을 오고 싶어도 지금 상황에서는 체면상 도저히 올 수 없을 거예요. 스털링 양이나 로스차일드 남작 부인을 비롯해서 현재 쇼팽을 후원해주시는 분들이 모두 상드 부인을 그리 좋게 보지 않는 사람들뿐이니. 혹시 클레징게르 부부가 어머니와 화해를 하고 나란히 찾아온다면 그나마 받아들여질 가능성도 있을 텐데……"

"그렇군요……" 들라크루아는 잘 알겠다는 듯 고개를 끄덕이고는 "솔직히 나는 상드 부인에게 별다른 유감은 없습니다. 단지 지금으로서는 어떤 식으로 만나야 할지 태도를 정하지 못하고 있을 뿐이죠. ……쇼팽이 인생의 마지막 순간에—어디까지나 만에 하나의 얘기지만—꼭 그녀를 만나고 싶어한다면 어떻게든 들어주고 싶군요."

"예……"

두 사람은 잠시 침묵에 잠겼다. 프랑숌은 회중시계를 꺼내 들여다보며 "이제 곧 옝제예비치 부인 일행이 돌아올 시간이기는 한데…… 괜찮으십니까, 시간은?" 하고 물었다.

"예, 좀더 기다려보지요. 이곳은 바람은 참 좋은데, 조금 덥군요."

"그렇죠. 그래도 파리보다는 쇼팽에게 좋은 곳일 겁니다."

"그야 물론이지요."

그리고 프랑숌은 조금 전에 마무리한 쇼팽의 작품 목록을 들라크루아에게 보여주었다. 전곡의 모두(冒頭) 부분이, 누가 봐도 이 두 사람이 작성했다고 인정할 정도로 꼼꼼하게 번호순으로 정리되어 있어 선율만 기억나는 작품도 그 몇 소절만으로 금방 찾아낼 수 있게 되어 있었다. 앞으로 악보 전집의 목차에 들어갈 것인 듯했다. 쇼팽의 자필 악보는 역시 일부에 지나지 않았지만, 지금으로서는 특히 귀중하게 여겨졌다. 나머지는 프랑숌의 손에 의해 씌어진 것이었다. 아직 정리되지 않은 부분도 있었지만, 그 부분은 앞으로 프랑숌이 채워넣기로 하는 것으로 두 사람의 공동 작업은 우선 일단락된 모양이었다.

하나하나 눈으로 더듬어나가자 낯익은 곡들이 줄줄이 머릿속에 울려퍼졌다. 미처 한 곡이 끝나기를 기다리지 못하고 연달아 다음 곡이 시작되었다. 그렇게 몇 겹으로 겹쳐진 음 사이에서 그 곡들을 연주하던 당시의 정경이 또렷이 되살아나서 가슴이 뭉클해졌다. 의외로 그가 모르는 곡들도 많았다. 이제 그것들을 쇼팽 자신의 연주로는 들을 수 없는 것일까?

"압권이군요, 역시. 전체적인 양도 그렇고, 이렇게 걸작들로만 가득하니."

프랑숌은 자기 일처럼 흐뭇하게 웃으며 고개를 끄덕였다.

"저한테도 정말 즐거운 작업이었어요. 이것저것 생각나는 게 참 많았지요."

"그렇겠죠. 저도 지금 마찬가지로 추억에 젖었습니다."

"그는—프레데리크 쇼팽은 천재라는 이름에 걸맞게 이 시대를 살아간 몇 안 되는 예술가예요. 더구나 마치 평범한 사람처럼 고뇌하는 천재지요. 그리고 때때로 평범한 사람이란 천재처럼 고뇌하는 것을 전혀 알지 못하는 사람들일 거예요. ……나는 이번 작업을 통해 다시 한번 그의 풍성한 천분(天分)에, 그리고 항상 그 재능에 성실한 고귀한 정신에 매료되었습니다. 이 작품들 가운데," 하고는 목록을 훑어보며 "……어느 하나도 제 몸을 깎는 듯한 성실한 노력을 그에게 요구하지 않은 것이 없어요. 결코 영감에 의존하는 단순한 작업이 아니었죠"라고 말했다.

들라크루아는 그 말에 깊은 감명을 받아,

"그렇지요, 더구나 그의 작품에는 그런 고심의 대단히 엄격한 흔적이—이를테면 미켈란젤로나 베토벤의 작품에서 자주 볼 수 있는 그런 것이—털끝만큼도 보이지 않아요. 육 주에 걸쳐 몇 번씩이나 고치고 또 고쳐 쓴 몇 소절이 마치 일 분도 안 되는 사이에 써내려간 듯한 자연스러움을 지니고 있어요. 그런 점은 내가 항상 열렬히 동경해마지않는 그의 가장 귀중한 미덕입니다. 지독한 고통 끝에 내놓은 음이 그렇게 찬가처럼 밝고 아름다운 것은 대체 무슨 영문일까요?"

"그건 쇼팽이라는 한 인간에 대해서도 마찬가지겠지요. 저는 작품 65번의 첼로 소나타를 비롯해서 여러 번 그의 창작 현장을 지켜볼 일이 있습니다. 그러니 그만큼 그의 고뇌에 대해 누구보다 잘 알 수 있겠지요. 하지만…… 그의 그 우아한 미소 속에 감춰진 슬픔에 대해서는 실은 아무것도 모릅니다. 저도 벌써 그럭저럭 이십 년 가까이 그를 알아왔지만…… 특히 폴란드나 가족에 관한 일은……"

"예, 그렇군요…… 그건 저 역시……"

들라크루아는 프랑숌의 그 말의 의미를 절실하게 음미하며 들었다. 자신 또한 과연 어느 만큼이나 진실되게 쇼팽을 이해한다고 할 수 있을까. 혹은 그에게 이해받았다고 할 수 있을까. 지금 새삼스럽게 이런 생각을 하는 것도 자신이나 프랑숌이나 마음속 어딘가에서 친구에 대한 어두운 예감을 품고 있기 때문인지도 모른다…… 쇼팽을 잃는다. 더구나 아직 서로 너무나 많은 비밀을 간직한 채.

"실은 한 달쯤 전에 그가 쓰기 시작한 곳이 있어요. 피아노를 치는 건 이미 불가능한 몸이라서 침대 안에서 썼던가봅니다."

"그래요? 그건 처음 듣는군요. 여기도…… " 하고 들라크루아는 작품 목록을 가리키며 물었다. "들어가 있습니까?"

"아뇨, 아직 초안 단계라서. 저도 잠깐 봤을 뿐이지만…… 다만 그 곡이 마주르카라는 것이 또 이런저런 생각을 하게 만들더군요. 쇼팽이 이따금 프랑스인은 결국 마주르카를 이해하지 못할 거라고 말하곤 했는데, 들어보셨습니까?"

"예, 그 비슷한 말은 들은 적이 있습니다."

"그가 그런 식으로 청중을 자신의 작품에서 배제하는 일은 몹시 드물지요. 그런 만큼 유독 그 말의 의미가 마음에 걸렸습니다. ……프랑스인은 마주르카를 이해하지 못한다는 건 무슨 말일까요? 그건 말하자면 우리 프랑스인들은 쇼팽이라는 사람의 가장 깊은 부분은 결정적으로 이해하지 못한다는 얘기가 아니겠습니까?"

"그럴 겁니다…… 예전에 그지마와 백작에게 들은 얘기인데, 그가 백작과 폴란드어로 대화할 때는 프랑스어로는 절대 입에 담지 않을 대단히 수더분한 표현도 자주 쓴다더군요. 그것도 지극히 자연스럽게. 그가 바르샤바를 떠난 것이 스무 살 때였으니까 그의 내면에는 아마 지금도 모국어가 십대의 젊음 그대로 숨쉬고 있겠지요. 우리는 쇼팽의 그런 면모를 끝내 알지 못했어요. 우리가 아는 건 프랑스라는 나라에 맞춰 그가 꾸며내야 했던 일종의 가면 같은 것이었는지도 모릅니다. 다만 그 가면이 그의 맨 얼굴과 크게 동떨어진 것이었는지 어떤지는 모르겠습니다만."

"조금 전의 마주르카 얘기입니다만, 만약 그 곡을 제가 연주했다면 사람들은 분명 그걸 왈츠라고 착각했을 겁니다. 그러나 쇼팽이 연주하면 두말할 것도 없이 마주르카로 들리겠죠. 예전에 마이어베어가 그의 마주르카를 사분의 이박자라고 했다가 크게 싸운 적이 있었습니다만…… 아무튼 제가 연주하면 왈츠로 들리고 만다는 건, 기술상의 문제는 별도로 한다면 실은 종이 한 장 정도의 차이뿐일 겁니다. 똑같은 악보의 곡을 연주하는 거니까요. 그러나 그 종이 한 장은 우리로서는 결코 뛰어넘을 수 없는 차이겠지요. 그리고 우리가 쇼팽을 이해하는 데에도 항상 마주르카를 왈츠로 만들어버리는 것과 같은 불찰이 있었던 것이 아닐까요?"

"정말 그럴지도 모르겠군요……" 들라크루아는 참으로 공감이 가는 이야기라는 듯 대답하고는 "그래도…… 프랑숌 씨는 누구보다 충실한 쇼팽의 이해자입니다"라고 말했다.

프랑숌은 아무 대답도 하지 않았다. 그리고 "잠깐 실례하겠습니다" 하고 자리를 떠나 쇼팽의 모습을 살피고 오더니 "잘 자고 있어요"라고 알려주었다. 그리고 다시 한번 시계를 보며 "조금 늦는군요"라고 혼잣말처럼 중얼거리고는 창 밖으로 시선을 던졌다.

들라크루아는 이야기를 조금 밝은 방향으로 끌고 가고 싶어서,

"옝제예비치 부부가 와주셔서 쇼팽에게는 무엇보다 좋은 약이 되었겠지요?" 하고 물었다.

프랑숌은 그 말에 무슨 영문인지 표정이 흐려졌다. 의아한 얼굴로 바라보는 그에게 "예……" 하고 애매하게 답하고는 "그래요, 쇼팽은 정말 반가워하고 있는데……"

"그런데요?"

"아뇨…… 이 얘기는 꼭 저희끼리만의 이야기로 해주셨으면 합니다만……"

"네, 뭔가요?"

"실은…… 아무래도 칼라산티 씨—쇼팽의 자형이시죠—는 이번 파리 행이 그다지 내키지 않았던 모양이에요. 그래서 이곳에 그리 오래 머물 생각은 없는 것 같습니다. ……옝제예비초바 부인의 상담을 받은 그지마와 백작에게 들은 얘기입니다만……"

"저런, 그건 또 어째서죠? 쇼팽과 사이가 좋지 않았던가요?"

"아뇨," 하고 일단 강하게 고개를 저었으나 "……글쎄, 잘 모르겠군요. 적어도 오 년 전에 만났을 때는 그런 일이 없었는데……"

"그랬죠. 저도, 대단히 친절하고 다정한 분이라는 인상을 받았었는데요."

"네, 어떤 속사정이 있는지 모르는 터라 저도 조심스럽습니다만…… 그지마와 백작 말로는 아무래도 폴란드 내에서 쇼팽의 입장이 그리 좋지 않은 게 영향을 미친 모양입니다."

"……그 말씀은 그럼?"

"지금의 폴란드는—보다 정확히 말하자면 바르샤바는 실질적으로 러시아의 지배하에 있잖습니까?"

"예, 그렇죠."

"그래서 아무래도 쇼팽을—저도 그에게 비슷한 얘기를 들은 기억이 있는데—러시아 쪽에서 요주의 인물로 간주하고 있다는군요."

들라크루아는 깜짝 놀라서 눈을 둥그렇게 떴다.

"정말입니까?"

"아마 본인보다는 그의 교우관계 때문일 거예요. 미츠키에비치 같은 사람들과 한때 퍽 친하게 지냈으니까요. 그리고—저도 그리 상세한 것은 모르지만—폴란드 시절의 친구들도 독립운동에 상당히 적극적으로 관여했던 것 같고. 아마 그런 사정 때문이 아니겠습니까?"

"흠, 그도 그렇겠군요……"

"게다가 그의 음악은 폴란드라는 국가의 독립성을 문화적으로 증명하는 가장 뛰어난 예인 셈이지요. 폴란드인에게는 물론이고 그와 마찬가지로, 혹은 그 이상으로 러시아인에 대해서도 그렇지요. 그런 의미에서 그의 음악이 획득한 보편성은 지배자의 관점에서는 몹시 다루기 힘든 것으로 느껴질 겁니다. 그들이 온갖 방법을 동원해 폴란드라는 국가를 부정하려는 때에 전폭적으로 그 국가의 존재와 역사를 긍정하는 음악이 전 유럽에 퍼지고 있는 셈이니까요. 쇼팽을 정치적으로 이용할 수단은 얼마든지 있습니다. 그의 예술은 폴란드 독립의 상징이라고 할 만한 것이니까요. 게다가 그는 그 역할을 받아들일지도 모릅니다. 지금 프랑스에 살고 있는 그를 보면 전혀 뜻밖의 얘기인 것 같지만, 사실 고국의 독립에 대한 그의 마음에는 예사롭지 않은 면이 있으니까요."

"그렇군요…… 파리 혁명에 대해서는 몹시 냉담한 편이고 또 원래부터 정치에는 그다지 큰 관심이 없는 것 같지만, 역시 몇

십 년 동안 주변의 대국에 희생당해온 나라에서 나고 자란 사람이라면 우리 프랑스인으로서는 짐작도 할 수 없는 특별한 감정이 있겠지요."

"예, 그지마와 백작 같은 분을 봐도 잘 알 수 있어요. 그것이 그들을 하나로 묶어주는 강한 끈일 테지요."

"우리 프랑스 사람은 서로간에 프랑스인이라는 끈을 잃더라도 프랑스라는 나라는 그대로 존재하지만, 그들은 폴란드인이라는 끈을 잃으면 정말로 국가 자체가 없어진다는 위기에 처하게 되니까요."

"게다가―이거야말로 제가 관여할 수 없는 영역의 문제인데―그에게는 역시 친구들이 모두 몸을 던졌고 몇몇은 전사하기까지 했던 11월 봉기에 자신만 참가하지 못한 데 대한 후회가 아직도 마음속 깊은 곳에 자책감으로 남아 있는 것 같습니다…… 당시에 그를 만류했던 이들은 그 천부적인 재능을 살려 예술 창작을 통해 조국의 독립에 공헌하는 게 훨씬 옳은 일이라고 설득했다는데―사실 몸이 그렇게 약했으니 그에게 전쟁은 아무래도 어려운 일이었을 테지요―그 말을 그는 결코 잊지 못했을 겁니다. 제가 쇼팽이 자신의 예술을 독립운동의 상징으로 삼는 것을 굳이 거부하지 않을 거라고 한 건 그런 점도 감안해서 한 이야기입니다. 꼭 그것 때문에 작곡을 하는 건 아니겠지만, 결과적으로 그런 입장에 서게 되었을 때는 필시…… 어쨌든 러시아 측에서 보자면 대단히 껄끄러운 인물이라는 건 틀림없어요."

"그런 쇼팽을 하필 지금처럼 혼란한 시기에 만나러 온다는 게……"

"아마 크게 걱정이 되었겠지요, 칼라산티 씨로서는. 아무래도 현직 국립대학 교수시니까요."

들라크루아는 크게 한숨을 내쉬었다.

"참 어려운 문제로군요."

"예…… 아마 지금 외출하셔서도 그런 얘기들을 하고 계시지 않을까요. 제가 이 별장을 찾았을 때도 두 분이 옥신각신하시는 것 같았으니 말입니다. 물론 쇼팽이 눈치채지 못하게 다른 방에서 소리죽여 얘기하시긴 했지만."

"그것 참, 뭐라고 해야 할지……" 하고 들라크우아는 목이 메어 말했다. "참으로 안타까운 이야기로군요."

"예, 정말 그렇습니다."

"그래서…… 역시 곧바로 귀국하실 모양인가요?"

프랑숌은 미간에 주름을 지은 채 고개를 갸웃거리며 말했다.

"아직은 잘 모르겠습니다. ……칼라산티 씨는 9월부터 수업도 있다고 하고, 어쨌든 그리 오래는 머물지 못하시겠죠. 문제는 루드비카 부인까지 함께 돌아가실지 아닐지 하는 것이지요. 쇼팽이 저렇게 기뻐하니 되도록 오래 이곳에 계셔주시면 좋겠습니다만……"

20

8월 9일의 옝제예비치 부부와 그 딸의 방문은 이미 그 어떤 것에서도 위로를 찾지 못하던 쇼팽의 마음에 앞으로 남은 생애에 두 번 다시 느껴볼 수 없을 큰 환희를 가져다주었다. 그것은 말하자면 뒤집어진 절망의, 눈부시도록 아름답고 허망한 최후의 개화(開花)였다.

오브레스코프 대공비를 비롯한 많은 사람들이 애를 써준 덕분에 무사히 남편의 여권이 나오자 옝제예비초바 부인은 마지막 설득 작업에 들어가 가까스로 그의 마음을 움직이는 데 성공했다. 그러나 어머니와 여동생 부부를 함께 데려가는 것은 끝내 허락을 얻지 못해 결국 부부 두 사람, 그리고 그녀와 같은 이름의 장녀 루드비카만 파리를 향해 떠나고, 남은 세 아이는 어머니와 함께 여동생 집에 맡겨두게 되었다. 쇼팽 부인은 그런 결정을 받아들여서 바르샤바에 남기는 했지만, 자신이 가지 못하는 대신 딸에게 이런저런 선물이며 전언을 부탁하고 여비나 체재비 걱정 없이 충분히 간호해주었으면 하는 마음에, 또한 마지막까지 불평을 늘어놓던 사위를 이해시키기 위해 오천 즐로티라는 큰돈을 마련하여 두 사람의 손에 쥐여주었다.

바르샤바에서 도착 예정일을 알리는 편지가 도착한 다음부터 쇼팽은 기침 발작 틈틈이 그 재회의 광경을 수없이 머릿속에 그려보았다. 마침내 만날 수 있다. 누님도, 자형도, 어린 루드비카도! 이제껏 아무 특별할 것도 없던 침대 너머의 방 문이 갑자기 자신의 모든 희망으로 보였다. 복도를 지나고 거실을 가로질러 서서히 다가온 발소리가 멈추는 순간 그 문이 열리는 것이다. 그리고 열린 문 앞에는 누님이 서 계신다! 어떤 얼굴일까? 지난번 만났을 때 그대로일까? 기억 속의 얼굴에 그간 두 사람을 떼어 놓았던 오 년이라는 세월의 흔적을 덧붙여보려고 했다. 그러나 제대로 그려지지 않았다. 그토록 소중히 간직해두었던 노앙에서의 모습은 벌써 희미해지고, 그 대신 되살아나는 것이라고는 어느 것이나 자신이 폴란드에 있던 무렵의 젊디젊은 누님의 환영뿐이었다. 그 목소리, 그 몸짓, 옷차림, 머리모양, 그 특유의 표정, 맞비비던 볼의 그 따스함…… 그 하나하나가 재회의 순간에 대한 몽상을 방해하기는커녕 한층 더 큰 그리움으로 애를 태우게 했다. 활짝 열린 문 앞의 깔개 위에 액자 속의 초상처럼 우뚝 서 있는 십대의 누님. 날마다 얼굴을 마주하며 함께 사는 것이 당연하기만 했던 그때 그날의 누님. 굳이 그 모습을 기억하려고 애쓴 적은 단 한 번도 없었다. 그런데 그때의 모습이 지금 이렇게 뚜렷이 떠오르는 것은 어째서일까? 어쩌면 제일 먼저 모습을 드러내는 건 어린 루드비카일지도 모른다. 기나긴 여정은 분명 세 사람의 나이에 정확히 비례하여 피로를 분배할 테니. 어린 조카라지만 벌써 나이가 열네 살이나 되는 어엿한 소녀다. 얼마나 많이 자랐을까? 어머니를 닮았을까? 예전의 누님과 깜빡 착각하게 되지는 않을까? 아니, 의외로 칼라산티 자형이 맨 먼저 방에 들어설지도 모른다. 아아, 그 뒤를 이어 누님이 나타날 때까지의 순간을 내가 과연 견딜 수 있을까? 한 달이 넘도록 참은 나머지 그 몇 초에 그만 정신이 나가버리는 건 아닐까?

당일은 아침부터 옷을 단정히 차려입고 수염도 깎고 머리도 빗어넘겨 조금이라도 더 건강하게 보이려고 신경을 썼다. 다시 침대에 누운 뒤에도 마음이 진정되지 않았다. 무슨 소리가 날 때마다 심장이 뛰고 경련이 일 만큼 긴장해서 온몸이 굳어버렸다. 다니엘에게는 방 청소를 빈틈없이 해두라고 몇 번이나 일렀다. 마투셰프스카 부인에게는 음료수 준비와 함께 로지에르 양에게 받은 아이스크림 기계를 잘 손질해둘 것을 부탁했다. 모든 준비를 마쳤는데도 도착할 기미가 보이지 않아 애를 태웠다. 혹시 도중에 무슨 사고가 난 것은 아닐까. ……그토록 초조하게 기다렸건만 드디어 집 앞에 마차가 도착했을 때는 어떻게 해야 좋을지 몰라 쩔쩔맸다. 집 앞 계단을 올라서는 발걸음, 처음 들어선 집이 낯선 듯 머뭇거리는 그 발소리가 누구의 것인지 금세 짐작할 수 있었다. 벨이 울리고 현관에 그 소리가 퍼지자 더이상 견딜 수가 없었다. 지팡이를 짚고 일어서서 방을 나섰다. 복도 저 끝에 여행 가방을 든 누님 일행과 오브레스코프 대공비, 그리고 마중에 나선 다니엘과 마투셰프스카 부인이 서 있었다. 벽을 짚으며 허방을 밟는 듯한 걸음으로 휘청휘청 다가가자 그를 알아본 오브레스코프 대공비가 "어머나, 저런!" 하며 놀랐고, 그 소리에 모두 일제히 쇼팽 쪽으로 시선을 돌렸다. 다니엘은 화장실 출입에도 일일이 자신의 어깨를 짚어야 했던 주인이 혼자 일어나 나온 것에 기절할 듯 놀라서 짐가방을 안은 채 황급히 그의 곁으로 달려왔다. 쇼팽은 씁쓸하게 웃으며 고개를 저었다. 그리고 어떻게든 자신의 힘으로 계속 걸음을 뗐지만, 그러다 보니 웃는 얼굴이 애매하게 우는 듯한 얼굴로 바뀌었고 입가에서는 미처 말이 되지 못한 소리가 부르르 떨며 맴돌았다. 옝제예비초바 부인은 가방을 떨어뜨리고 서둘러 동생에게 다가가 곧 쓰러질 것 같은 그 몸을 받아안았다. 그 순간 부끄러움이나 예의나 체면 따위는 모조리 사라져버렸다. 쇼팽은 남의 눈도 아랑곳하지 않고 소리내어 울었다. 그의 그런 모습은 지금껏 한 번도 본 적이 없었던 터라 오브레스코프 대공비도 두 사용인도 깜짝 놀라 말을 잃고 말았다. 마중 나온 오브레스코프 대공비에게 미리 병세에 대한 얘기를 듣고 충분히 각오를 했건만, 실제로 이토록 쇠약한 동생을 눈앞에서 보게 되자 옝제예비초바 부인은 슬프다기보다 이 잔혹한 현실에 어떻게 대처해야 할지 몰라 한없이 눈물을 흘렸다.

쇼팽은 이내 정신을 수습하고, 처음 만나는 조카딸 루드비카가 짐작대로 누님을 빼닮은 것에 기뻐하며 "어릴 때 네 어머니를 그대로 닮았구나"라고 인사를 건네고는 감개무량한 시선으로 그 얼굴을 바라보았다. 자형 칼라산티에게는 바쁜 업무와 수많은 어려움에도 불구하고 자신의 무리한 부탁에 응해 누님을 이곳까지 데려와준 데 대해 몇 번이나 감사의 인사를 했다.

그 뒤로 며칠 동안 쇼팽의 표정이 얼마나 밝았던지 모두들 눈이 휘둥그레질 정도였다. 이제는 그의 극히 사소한 변화도 놓치는 법 없이 재빨리 대처할 줄 알게 된 다니엘이나 마투셰프스카 부인의 눈에는 옝제예비초바 부인의 간호가 약간 답답하게 느껴지는 부분도 있었지만, 그것도 하루 이틀 만에 금세 익숙해졌고 쇼팽 쪽에서도 편한 마음으로 대하게 되자 두 사람은 옝제예비초바 부인에게 간호를 최대한 맡기고 자신들은 뒤에서 잔일만 거들기로 했다. 그의 표정이 믿을 수 없을 만큼 밝아진 것은 사실이었지만 실제로 몸 상태까지 좋아진 것은 아니었다. 아직도 기침 발작은 여전했고 미열도 그대로였다. 그러나 옝제예비초바 부인의 성모와도 같은 헌신적인 간호는 주위 사람들에게 기적이 일어날지도 모른다는 기대를 품게 했고, 쇼팽 본인도 6월의 객혈 이후 이토록 기분 좋게 하루하루를 보낸 적은 없다고 느꼈다. 누이를 자신이 독차지하는 만큼 자형에게는 특히 마음을 써주었다. 그럴 만한 여유도 있었다. 조카와 함께 편안히 파리 시내를 즐길 수 있도록 자형에게 스카르 도를레앙의 집을 열쇠째 빌려주었는데, 그때도 주위에서 모두 만류하는데도 굳이 직접 마차에 동승하여 두 달 만에 파리의 자택까지 나가 가족 세 사람을 일일이 에티엔 부인에게 소개하고 집 안 곳곳을 자세히 설명해주었다.

누님과 함께 있는 시간을 되도록 많이 갖기 위해 병문안객은 프랑숌처럼 특별한 볼일이 있는 사람을 빼고는 모두 거절하기로 했다. 그렇게 해서 두 사람은 오붓하게 마주 앉아 기억나는 대로 옛 이야기에 푹 빠져들었다. 젤라조바 볼라의 스카르베크 백작 부인 댁에서의 일. 오랜 옛날에 그 집에 프랑스어 가정교사로 초빙되었던 아버지 미코와이 쇼팽, 그리고 스카르베크 백작 부인의 먼 친척으로서 고아가 되어 그 집에 몸을 의탁했던 어머니 테클라 유스티나 크시자노프스카의 수줍은 첫 만남의 일화. 그 몇 년 뒤에 성사된 두 사람의 결혼. 두 아이, 즉 자신들 두 사람의 출산…… 젊었을 때의 부모님에 대한 여러 가지 상상들. 쇼팽이 태어난 1810년에 아버지의 나이가 신기하게도 지금 그와 똑같은 서른아홉이었다는 것. 그것을 함께 발견해낸 기쁨. 어머니가 이것을 아셨다면 얼마나 신기해하셨을까 하고 생각했을 때 두 사람의 가슴을 동시에 스친 아픔…… 그 당시 가족이 함께 살았던 스카르베크 백작 부인 저택 왼편의 별채. 열세 살 되던 해 여름에 처음 그 저택에 찾아갔던 날의 부끄러움과도 같은 감동. 가족처럼 따스하게 맞아주던 스카르베크 백작 부인의 다정한 모습. 손질이 잘된 정원의 꽃들, 커다란 호두나무, 마을 주위를 흐르는 우트라타 강, 그곳에서 삐걱거리며 돌아가던 거대한 수차, 버드나무 가로수, 마로니에 나무의 울창하게 뻗은 가지, 저 너머 지평선까지 펼쳐진 보리밭…… 이어서 화제는 바르샤바로 옮겨갔다. 추억이 깃든 몇몇 건물들, 베르나딘 성당, 라지비우 궁전, 세나토르스카 거리의 '푸른 궁전', 비지트카 자매 성당, 모르슈틴 성당…… 젤라조바 볼라를 떠난 일가가 처음으로 둥지를 틀었던 사스키 궁 별관 한 귀퉁이의 거처. 그 당시 막 철들 나이였던 그가 희미하게 기억하는 그곳에서의 생활. 가구의 종류며 놓인 자리, 벽지와 커튼 무늬. 매일 아침 궁전 내의 바르샤바 고등학교로 출근하시던 아버지의 뒷모습. 집 바로 곁에 그 아버지가 손수 창설한, 지방에서 올라온 부유한 자제들을 위한 기숙사. 아버지의 그러한 선견지명과 어머니의 헌신적인 협력. 그 기숙사에서 어린 그를 귀여워해주던 좋은 집안 출신의 고학년 기숙생들…… 빈 회의 이후 콘스탄틴 대공에게 사스키 궁 일부를 군용지로 몰수당한 사건을 계기로 다시 이주하여 1827년까지 살았던 바르샤바 대학 근처의 크라코프스키에 프셰드미에시치에 거리에 있던 카지미에슈 궁 오른쪽 별관 삼층의 집. 새 집 근처에서 다시 시작한 기숙사. 그때 채용되어 후에 여동생 이자벨라와 결혼한 안토니 바르친스키의 개인 수업. 같은 관내에 살던 아버지의 동료들과 대학 교수들. 매주 목요일마다 그들과 함께 즐겼던 흥겨운 연회. 강탄제의 장려한 축하 의식. 그 강탄제 날 밤이면 해마다 빠짐없이 미사를 보러 찾아간 비지테이션 성당의 호화스러운 바로크 풍 장식. 부모님의 명명일에 형제들끼리 준비한 시(詩) 선물. 에밀리아와 둘이서 창립했던 '문예오락협회'. 그 성과로서 두 사람의 공동 작품인 운문 희곡 〈실수, 혹은 그럴싸한 사기꾼〉을 상연했던 일. ……열세 살에 사학년에 편입하여 아버지와 함께 다니기 시작한 카지미에슈 궁으로 이전한 고등학교. 상의 칼라가 목까지 단정하게 올라왔던 청색 교복. 얀 마투신스키 같은 몇몇 친구. 역사와 문학 수업은 재미있었지만 수학 수업은 괴로웠다는 이야기. 그 따분한 시간을 때우려고 시작했던 것이 나중에는 대단한 실력이 되었던 교사들의 초상화 그림. 방과 후에 혼자서 카지미에슈 궁 뒤편의 높은 언덕길에서 내려다보던 비스와 강의 물결…… 멀리 여행을 갔던 일도 모두 기억하고 있었다. 고등학교에 입학한 다음해부터 이 년 연속 찾아갔던 한여름의 샤파르니아. 자신의 시골집에 초대해준 기숙사 학생 도미니크 지에바노프스키. 쇼팽은 그 무렵부터 몸이 약했다. 의사가 금지한 시골 흑빵 대신 그에게만 특별히 구워주던 하얀 빵. 약으로 항상 먹었던 볶은 약초와 도토리 커피. 그런 요양중에도 슬쩍슬쩍 해보던 장난질. 처음 타본 말. 숲속을 헤매던 일. 쇼팽이라는 성을 바꾸어 만든 피숑이라는 별명으로 그날그날 재미있었던 사건을 우스운 이야기로 꾸며 가족들에게 보고했던 『바르샤바 통신』의 패러디 『샤파르니아 통신』…… 국경을 넘어 영역을 넓혔던, 지금은 프로이센 통치령이 된 옛 폴란드 거리. 토룬에서 찾아간 코페르니쿠스의 집에서는 그 역사적인 장소가 평범한 독일인의 집이 되어 엉망으로 관리되고 있는 것에 크게 분개하기도 했었다. 고등학교 마지막 해에는 프로이센 령의 시롱스크 지방 바트라이네르츠에 가엾은 여동생 에밀리아와 어머니와 함께 광천수 요양을 하러 갔었다. 그 더운 여름에 칠 일이나 걸리는 긴 여행길에 시달리며 찾아간 곳이었다. 그곳에서 날마다 정해진 시간에 일정량의 광천수를 하루도 빠짐없이 마셔야 했던 일—지금과 똑같이!—그들과 마찬가지로 치료를 받기 위해 와 있던 낯설고 가난한 여인의 돌연한 죽음. 고아가 된 그녀의 자녀들을 위해 즉석에서 개최했던 자선 연주회. 살아갈 방도도 없이 어쩔 줄 모르고 우두커니 서 있기만 하던 그 가련한 아이들을 다정하게 안아주던 어머니의 두 팔. 그날 밤에 자신 또한 고아로서 고생스럽게 살아왔노라고 들려주셨던 이야기…… 어머니에 대한 이야기는 아무리 해도 성이 차지 않았다. 요즘에는 어떻게 지내시는지, 혹시나 자신의 병 소식으로 침울하게 지내시지는 않는지, 끈질길 만큼 몇 번이고 확인했다. 수많은 기억의 장면마다 반드시 어머니의 모습이 있었다. 아니, 어쩌면 그곳에 어머니의 모습이 있기 때문에 잊지 못하는 것인지도 모른다…… 어린 시절, 매일 밤마다 노래를 해달라고 졸랐던 자신. 스카르베크 백작 부인의 저택에서 일하던 시절부터 사람들에게 칭찬을 받았던 어머니의 전문가 못지않은 아름다운 소프라노. 꼭 지금의 포토츠카 백작 부인처럼 고운 목소리였다. 아마 나이도 비슷하지 않았을까? 그때부터 이렇게 노래를 좋아하게 된 것일지도 모른다. 그 시절 어머니가 항상 노래를 불러주셨기 때문에 지금도 무작정 누군가 노래 불러주는 것을 좋아하는 것이리라…… 음악 이야기도 끊이지 않았다. 어머니나 누님이 연주하는 피아노 밑으로 살짝 기어들어가 나무 향기에 감싸여 온몸에 전해지는 그 악기의 음향에 가슴이 뛰던 어린 시절. 몸이 오싹해지던 그 감동. 식탁 아래나 서랍장 뒤편 같은 컴컴하고 좁은 곳에 숨어들 때의 어린아이다운 모험심과, 그 뒤로 자신의 생애를 결정지은 음에 대한 특별한 관심. 피아노 의자에 끙끙거리며 기어올라가 그런 음 모두가 뒤죽박죽 꼬일 것만 같은 양손 손가락의 움직임에서 나온다는 것을 확인했을 때의 그 신비한 느낌. 처음으로 건반에 손을 올려본 것은 언제였을까? 온갖 궁리 끝에 여러 가지 화음을 만들어내면 가족 모두가 감탄 섞인 웃음으로 칭찬해주었다. 자신의 음악에는 항상 그런 가족들의 따뜻한 축복의 자취가 담겨 있었다. 만일 자신이 고아였다면 그 음악은 전혀 다른 것이 되었을 것이다…… 최근 몇 달 동안 혼자서 생각했던 그런 이야기도 누님에게 잊지 않고 들려주었다. 그리고 부모님과 누님에게 음 하나하나의 이름을 배우고 음계와 화음을 칠 수 있게 되고…… 그 무렵에는 피아노에 푹 빠져 하루 온종일 건반을 두드려댔다. 아버지가 바이올린이나 플루트로 뭔가 선율을 연주하면 그 곡을 한 음도 틀리지 않고 건반에 옮겨칠 수 있었다. 한번은 한밤중에 살그머니 혼자 일어나 낮에 들었던 선율을 흉내냈다가 온 가족이 유령이 나타난 줄 알고 깜짝 놀란 적도 있었다. ……그의 나이 여섯 살에 최초의 음악 선생님이 되어주셨던 보이치에흐 지브니. 자신에게 바흐와 모차르트의 훌륭함을 알려주었고, 또한 굳이 연주회 같은 것 없이 레슨만으로도 충분히 생계를 유지해갈 수 있다는 것을 몸소 일러주신 분이기도 했다. 그의 유난히 뾰족한 코와 노란 가발, 한시도 벗지 않았던 격자 무늬의 붉은 스카프…… 신동이라는 소문이 나면서 여기저기 귀족의 저택에서 보물처럼 떠받들며 초대해주던 무렵. 스스로 미처 깨닫기도 전에 벌써 모든 사람의 공유물이 되고 만 자신의 음악적인 재능. 벨베데르 궁에서의 어전 연주. 간질 환자로 악명이 높았던 콘스탄틴 대공이 어느 날 웃으며 건네던 "너는 어째서 천장만 바라보며 연주를 하는 게냐? 천장에 악보가 적혀 있더냐?" 라는 농담. 그에게 헌정한 군대 행진곡. 그것이 오케스트라 용으로 편곡되어 예전에 살았던 사스키 궁에 성대하게 울려퍼지는 것을 들었을 때, 그때의 당황스럽던 축하 분위기…… 바르샤바 음악원 입학…… 그 무렵부터 기억의 시간이 단숨에 속도가 빨라지고 또한 내면의 비밀도 조금씩 불어나면서 누님과 공유할 추억이 점점 줄어들었다. 전부터 개인적으로 작곡을 지도해주시던 유제프 엘스네르 교수의 음악원 수업. 라지비우 대공의 살롱에서의 연주. 악보 가게 맞은편에 있던 미오도바 거리의 카페 '지우르카' 에서 비트비츠키나 잘레스키 같은 젊은 시인들과 밤새워 나누었던 토론. 연주회에서 처음 들었던 파가니니의 훌륭함. 두 개의 협주곡 작곡과 그 연주회…… 에밀리아가 죽은 뒤에 이사한 차프스키 궁의 남쪽 별관. 폴란드에서 살았던 마지막 집…… 빈에서 성공을 거둔 뒤에 환한 얼굴로 고국에 돌아갔다가 다시 폴란드를 뒤로할 결심을 했던 무렵. 마지막으로 가족과 함께 찾아갔던, 너무나도 떠나오기 싫었던 젤라조바 볼라. 젊은 음악가로서의 야심과 가족, 친구들과 헤어져야 하는 슬픔. 길을 떠나며 올라탔던 역마차. '볼라의 관문' 을 지난 길목에서 그에게는 비밀로 하나 둘 모인 엘스네르와 음악학교 친구들이 불러주던 송별의 칸타타. '비록 몸은 고국을 떠나지만 그대의 마음은 우리와 함께 있으리, 하늘이 주신 그대의 재능은 이 땅에 영원하리' 라는 마지막 구절……

……단편적인 장면들과 함께 때와 장소를 건너뛰며 갖가지 기억이 뒤엉켜 아무리 이야기해도 다 풀어내지 못했다. 큰 사건들만 있는 것은 아니었다. 이를테면 날짜도 확실하지 않은 어느 날 저녁식사 때의 몇 마디 대화. 아버지가 유쾌하게 이야기를 하면 어머니는 조용히 대답하고 누님은 고개를 끄덕이고 두 여동생은 서로 마주보며 웃고, 그 또한 뒤질세라 한마디 거든다. 식탁에 놓인 요리들, 촛불 빛, 테이블과 의자, 소파, 벽에 걸린 거울과 괘종시계…… 집요하게 수없이 거듭되는 광경이 있는가 하면 아무런 맥락도 없이 나타났다 순식간에 사라지는 새로운 광경도 있었다. 완전히 잊어버렸다고 생각했던 일이 뜻하지 않게 이십 년, 삼십 년 만에 되살아나기도 했다. 혼자서는 결코 떠올리지 못했을 기억들이 누님이 곁에서 맞장구를 쳐주는 것만으로도 생생히 되살아났다. 그 자리에 누님이 함께했던 것이 또렷이 기억나는 것도 있었다. 어째서 그런 사소한 일까지 기억하는지 도무지 이유를 알 수 없는 것도 있었다. 그래도 그런 기억이 아직까지 자신의 내부에 남아 있다는 것 자체가 더할 수 없이 소중하게 느껴졌고, 더구나 그런 소중한 기억들을 다시 생각

나게 해준 사람이 누님이라는 사실에 한층 흐뭇해져서 그 하나하나를 아쉬운 듯 천천히 음미하고 언제든 손이 닿을 수 있도록 몇 번이나 확인해 가슴에 담아두었다.

그러나 이런 행복은 그리 길게 이어지지 못했다. 누님의 도착 후 한동안 기침 발작이 기승을 부리는 속에서도 웃음이 끊이지 않던 쇼팽의 얼굴에 점차 쇠약한 기색이 뚜렷해지고, 말을 걸어도 한두 마디 내뱉고는 그만 힘겨운 듯 고개를 저으며 얼굴을 베개에 묻는 일이 잦아졌다. 주위에서는 너무 흥분한 탓에 피곤해서 그런 거라고 그를 위로했다. 그러나 쇼팽의 몸은 자신에게 강요되는 무리에 엄격하게 반항하며 두 번 다시 멋대로 굴게 놔두지 않겠다는 듯 그를 꽁꽁 묶어버렸다. 육체의 무정함은 사람들의 다정함을 차갑게 비웃고, 마지막으로 그들을 돌아보며 안타깝게 내민 병자의 손을 거칠게 잡아채고, 잠시 가져본 가녀린 희망을 힘껏 걷어차버렸다.

옝제예비초바 부인은 동생이 집요하게 폴란드의 추억을 더듬는 이유를 처음에는 귀국의 희망을 잃어버린 대신 기억 속에서나마 그리운 고향 땅에 돌아가고 싶은 마음 때문이라고 생각했다. 그러나 점차 심해지는 기침 발작의 고통에 허덕이면서도 마치 어떤 의무에 쫓기는 듯이 폴란드 이야기를 계속하려고 애쓰는 그를 지켜보며, 오히려 이것은 자신에게 뭔가 호소하려는 것이 아닐까 하고 생각하게 되었다. 동생은 이미 자신의 죽음을 각오하고 있는지도 모른다. 잃어버린 과거를 되살리려고 저토록 발버둥치는 것은 단순히 추억에 젖고 싶은 마음 때문이 아니라 그런 추억을 포함한 모든 것을 누이인 자신에게 맡기고 떠나고 싶은 것이 아닐까? 쇼팽이라는 한 인간의 추억을 되도록 완벽한 형태로 가족의 가슴에 남겨둘 수 있기를 바라며.

실제로 그가 누님과의 대화 속에서 수많은 기억을 되살린 것처럼 그녀 또한—아니, 더더욱—이런 기회가 없었다면 영원히 행방이 묘연했을 수많은 광경들을 발견했다. 이제 그런 추억들은 살아 있는 그에게는 단순히 지나가버린 수많은 환영일 뿐이었다. 그러나 만일 그가 죽는다면? 그때는 그런 추억의 집합체 자체가 곧 동생 프레데리크 쇼팽이 되고 마는 것이 아닐까? 막연하나마 그런 생각을 하다보니 어떻게 그런 자잘한 일들까지 기억하고 있을까 하고 감탄했던 그의 지나치도록 세세한 기억들 하나하나가 온 힘을 다해 긁어모은 그 자신의 산산조각난 단편들처럼 느껴져서 가슴이 찢어지는 것 같았다.

밤에 잠자리에 들어 혼자가 될 때마다 그녀는 세상을 떠난 여동생과 아버지를 떠올리며 그런 생각들을 되씹어보곤 했다. 살아 있는 사람에게 과거란 단순히 주변을 떠도는 환영 같은 것인지도 모른다. 나무에는 기둥이 있고 그 기둥을 옆으로 잘라보면 그 안에는 겹겹이 나이테가 그려져 있다. 이십 년 전의 어린 나무는 여전히 그 중심에 그 모습이 또렷이 간직한 채 그후로 한 해도 빠뜨리지 않고 새겨가며 그 나무 자체로서 영원히 존재한다. 그러나 인간은 그렇지 않다. 프레데리크의 내면에 어린 시절의 프레데리크가 고스란히 남아 있는 것은 아니다. 그것은 이미 흔적도 없이 사라져버렸다. 어린 프레데리크는 그저 기억 속에 있을 뿐이다. 그리고 그 환영과도 같은 프레데리크는 지금 살아 있는 프레데리크에 매달려 그의 주위를 내내 맴돌고 있다. 그러나 그가 죽어버리면 중심에 있던 그는 사라져 없어지고 무수한 환영들만이 그가 되어버린다. ……그녀는 아버지를 생각했다. 그토록 사랑했던 아버지. 그러나 지금 떠올리는 기억 속의 아버지는 살아 있던 때의 아버지와 같은 어떤 실체가 아니라 그때그때의 장면 속에 유폐된, 단편적인 모습일 뿐이다. 그런 조각들을 모아 한데 묶고 그 한가운데에 아버지라는 단어를 앉혀서 살아 계시던 때와 같은 아버지를 머릿속에 그려보려 한다. 그러나 아무래도 쉽지 않다. 그것은 마치 그림처럼 작위적이어서 보다 확실한 아버지 상을 얻어보려고 애쓸수록 조각난 구체적인 기억 속의 아버지로 바꿔치기되고 만다. 그렇게 아버지라는 단어는 언제나 텅 빈 그릇처럼 여기저기에 흩어져 있는 무수한 기억으로 그때그때 채워질 뿐이다. 인간은 결국 세상을 떠난 사람의 실체에 대해서는 말할 수 없는 것일까? 가족들은 모두 아버지는 다정하셨다고 말한다. 그때 그 아버지는 너무도 애매한 존재이다. 어떻게 다정한가에 대해 말하기 위해서는 저마다 갖고 있는 추억들을 조각조각 내밀어 맞춰보아야 한다. 그렇게 테이블 위에 몇 개의 기억이 나란히 놓인다. 그러나 단지 그것뿐인 것이 아닐까? 아무리 세월이 흘러도 그곳에 다정한 아버지는 결코 나타나지 않는다. 아버지 그 자체와는 만날 수 없다. 그 하나하나의 기억과 재회할 뿐. 살아 있는 인간이라면 분명 그렇지 않을 것이다. 프레데리크는 다정하다고 한다. 그리고 다정한 프레데리크가 현실에 존재한다. 그때 사람은 굳이 그 이상의 증명을 원하지 않는다. 프레데리크는 조금도 애매하지 않다. 그렇다면 죽는다는 것은 그런 프레데리크가 애매한 존재가 된다는 것일까? 그리고 그 실체와 두 번 다시 만날 수 없게 되는 것일까? 회상 속에서조차? 그가 이 세상에 존재하지 않는다는 건 바로 그런 것일까?

그녀는 여느 때와 달리 이런 추상적인 생각에 빠져드는 건 눈앞에 닥친 현실에서 도망치고 싶은 마음 때문이라고 의심해봤다. 그러나 그렇게 가 닿은 결론의 생생함은 그녀의 슬픔을 더욱 깊고 치유하기 어려운 것으로 만들었다. 눈앞에서 그때그때 만나는 프레데리크가 기억처럼 단편이 아닌 건 어째서일까? 그것은 그에게 다음 순간에 어떤 쇼팽이라도 될 수 있는 자유가 있기 때문이 아닐까? 그것이 그를 그의 어떤 일면이 아닌 그 자체로 만들고 있었다. 기억 속의 쇼팽은 영원히 그 순간의 그일 수밖에 없다. 살아 있다는 것은 그런 자유를 가리키는 것일까? 그리고 죽는다는 건 그 자유를 빼앗기고 부자유의 감옥에 한없이 유폐되어버리는 일일까? 저토록 사랑스러운 내 동생이? 저토록 젊고 천부적인 재능을 가진 동생이? 아직 하고 싶은 일도 산더미처럼 많을 텐데! 왜일까? 하느님은 왜 이런 무자비한 운명을 저 아이에게 주셨을까? 아아, 이게 무슨 일인가! 여동생에 이어 남동생까지! 그러고는 아무 재능도 없는 자신 같은 사람만 오래도록 살아남는다. 너무도 비참한 운명!

되도록 오래 동생 곁에 있고 싶었다. 남겨진 시간을 소중히 아끼며 후회가 남지 않도록 마음껏 간호해주고 싶었다. 그러나 그녀의 그런 바람은 쉽게 이루어지지 않았다. 8월도 끝나가던 어느 날, 쇼팽은 다른 사람들이 모두 자리를 비우고 누님과 둘만이 남게 된 틈을 타서 그녀의 손을 잡고 이곳까지 찾아와준 데 대해 진심으로 감사한다는 인사를 하고는 "누님을 만나게 되어 정말 너무 반가웠어요. 그렇지만 이제 괜찮으니까…… 자형과 어린 루드비카가 돌아가는 길에 동행해주세요……"라고 하는 것이었다.

쇼팽은 8월 9일 누님 가족을 처음 만났을 때부터 이번 여행이 가족 모두의 적극적인 찬성으로 실현된 것이 아니라는 사실을 어렴풋이 감지하고 있었다. 열네 살의 루드비카는 처음 만난 저명한 예술가 외삼촌에게 내내 그 나이 소녀들 특유의 수줍음과 어색한 태도를 내내 보여왔고, 필시 아직 어리기 때문이겠지만 쇼팽의 얼굴에 드러난 죽음의 징조에 대해 민감한 공포감을 역력히 드러내곤 했다. 아버지와 함께 문안 인사를 하고, 몸조리 잘하세요, 라며 마지막 한 걸음을 내디디며 방을 나서는 순간 그만 참지 못하고 크게 안도하는 표정을 짓는 모습이 몇 번이나 쇼팽의 눈에 띄었다. 그것은 결코 나무랄 일이 아니었다. 죽은 사람으로 착각할 만큼 바짝 여위어버린 병자를 보면 누구라도 당황하게 마련이다. 어머니의 말을 따라 다정한 의무감에서 빈사의 외삼촌을 병문안하러 온 것이다. 성실하고 착한 성품의 소녀라고 생각했다. 그것이면 충분했다. 조카딸의 그런 노력에 비하면 오 년 만에 재회한 자형의 냉랭함은 아무래도 이해하기 어려워 적잖이 마음의 상처도 입었지만, 그 이유를 곰곰이 생각해 볼 기력은 없었다. 무리하게 장거리 국외 여행을 하게 한 것이 마음에 거슬렸는지도 모른다. 혹은 누님은 입 밖에 내지 않았지만 여행 도중에 뭔가 불쾌한 일이 있었는지도 모른다. 밤늦게까지 누님과 함께 이야기를 나눈 날이면 으레 부부가 머무는 방에서 누님을 질책하는 듯한 목소리가 들려왔다. 그지마와 백작을 비롯한 자신의 파리 친구들도 마음에 들지 않는 듯한 눈치였다. 어쨌거나 9월부터 시작되는 대학 수업 때문에 자형이 이제 곧 바르샤바로 출발할 예정인 것은 틀림없었다. 그리고 이곳에 계속 남을 생각인 누님과 그 일을 둘러싸고 자신이 없는 자리에서 말다툼을 한다는 것은 전부터 눈치채고 있었다.

옝제예비초바 부인은 그토록 애써 감추고 있던 비밀을 동생이 이미 알고 있는 것에 아연했다. 잠시 할말을 잃었으나 곧 동생의 손을 다시 한번 꼭 잡고는,

“아니, 나는 네 곁에 있을 거야. 저 사람은 일 때문에라도 귀국해야겠지만, 나와 딸아이는 네가 건강해질 때까지 이곳에 있을 거야” 하고 의심의 여지가 없도록 결연하게 말했다. 쇼팽은

아무 말 없이 잠시 누님을 바라보고 있었다. 이윽고 얼굴이 환해지더니 고개를 끄덕이며 손을 놓고는, 이마의 땀을 닦는 척 닫힌 눈꺼풀 끝을 재빨리 손끝으로 훔쳤다.

옝제예비치는 아내의 굳은 결심에 굴복하여 결국 멋대로 하라며 혼자 귀국길에 오르게 되었다. 그래도 마지막에는 아내의 간청에 따라, 또한 스스로도 빈사의 처남을 매정하게 떠나는 것이 역시 마음에 걸려서 그를 꼭 끌어안고 다정하게 "하루라도 빨리 쾌차하기를 빌겠네" 하고 인사를 건네고, 잊지 않고 챙겨준 처남의 고급 궐련 선물에 대한 감사의 말도 덧붙였다.

9월에 들어서자 쇼팽의 병은 한층 더 심각한 양상을 보였다. 기침 발작은 점점 더 빈번하고 심해졌고 게다가 한번 시작되면 쉽게 가라앉지 않았다. 의식은 여전히 명료했고 속삭이는 듯한 쉰 목소리로나마 때로는 농담도 하고 다니엘을 놀리며 재미있어하기도 했지만 더이상 긴 대화는 할 수 없어서 병문안객은 일절 사양했고 누님과 함께 있을 때도 기침의 고통이 두려워 말수가 적어졌다. 발작은 깨어 있을 때뿐만 아니라 잠이 들었을 때도 용서 없이 들이닥쳐서, 잠든 얼굴에서조차 편안함이 사라지고 미간에는 항상 고통의 끌이 새겨넣은 주름이 몇 줄이나 깊이 파여 있었다.

그 모습은 병이 서서히 육체를 덮는다기보다 이미 시작된 죽음이 쇼팽이라는 인간을 점령하고 있는 것 같았다. 8월 말에 크뤼베이예, 루이 두 명의 박사에 더하여 저명한 소아과 의사인 브랑슈 박사가 새롭게 치료에 가담해 금후의 방침을 논의했지만, 회의에 그리 긴 시간은 필요하지 않았다. 세 사람의 상황 인식은 일치했다. 회복의 희망은 지극히 비관적이었고 이제는 최저한의 치료로 남겨진 시간 동안 최대한 편안히 지낼 수 있도록 노력해야 한다는 것이 결론이었다. 다소 몸에 무리가 가는 일이라도 환자가 원하면 최대한 허락해줄 예정이었지만, 겨울을 대비하여 따뜻한 요양지로 떠나는 것은 물론 시내 외출도 불가피한 일이 아닌 한 금지되었다. 이런 당연한 조치를 의사들이 새삼 강조해야 했던 것은, 그가 발작이 일어나면 곧 숨이 끊어질 듯 괴로워하다가도 일단 안정이 되면 주위에서 의아해할 만큼 외출에 대한 계획을 토로하곤 했기 때문이었다. 포토츠카 백작부인이 제안했던 남프랑스 행에는 아직도 미련이 있는 눈치였고, 토마스 알브레히트에게 빌 다브레로 오라는 초대를 받자 자신이 대부가 되어주었던 그의 딸이 너무 보고 싶다, 베르사유 근교라서 그리 멀지도 않으니 꼭 한번 다녀오고 싶다며 몇 번이나 의사에게 간청했다. 그중에서도 특히 사람들을 가장 놀라게 한 것은, 바르샤바에서 살던 때 둘도 없는 친구였던 티투스 보이치에호프스키가 벨기에의 오스텐데까지 올 예정이라는 소식을 듣고는 막무가내로 직접 그곳까지 가겠다, 아니면 최소한 발랑시엔 근처까지라도 가서 그와 만날 약속을 잡고 싶다고 졸라댄 일이었다.

티투스 보이치에호프스키는 쇼팽이 십대 때에 가장 사랑하고 신뢰했던 친구였다. 두 사람의 우정은 보이치에호프스키가 미코와이 쇼팽이 경영하던 기숙사에 들어오면서부터 시작되었다. 쇼팽은 마치 어리광이라도 부리듯 항상 두 살 연상의 이 친구를 의지했다. 둘 사이에 고백하지 않은 비밀이 남아 있는 것이 두렵기라도 한 듯 평소에 다른 사람에게는 좀체 드러내지 않던 마음속 생각까지도 낱낱이 털어놓았고, 그 역시 자신에게 그렇게 대해주기를 요구했다. 쇼팽은 여러 가지 면에서 자신과는 정반대인 이 친구에게 대등한 우정이라기보다 모종의 동경심을 품고 있었다. 병과는 도무지 인연이 없을 것 같은 탄탄한 육체와 거기에 상응하는 건강한 정신, 신속한 결단력과 굳건한 의지, 진취적인 기질과 실패를 두려워하지 않는 용감함, 왕성한 생활력과 세상일을 겁내지 않고 척척 해치우는 늠름함, 경제적인 능력, 정치적인 예리함, 남성적인 쾌활함과 매력적인 대범함…… 쇼팽에게는 그의 그러한 특질 하나하나가 너무도 눈부셨고 그것이 자신에게는 철저히 부족한 것들이었기 때문에, 때로 자기들 두 사람은 신께서 서로 보완하라고 만들어주신 것이 아닐까 하는 의심마저 할 정도였다.

쇼팽이 보이치에호프스키의 존재를 더욱더 소중히 여기게 되었던 것은 그의 음악에 대한 깊은 조예와 뛰어난 피아노 솜씨 덕분이었다. 또한 그가 자신의 재능에 대해 진심으로 경의를 표해주었기 때문에 쇼팽은 어쩌면 도저히 받아들일 수 없었을 그에 대한 비참한 열등감에서 완전히 자유로울 수 있었다. 모든 면에서 뛰어난 그와 함께 있으면서도 비굴함을 느껴본 적은 단 한 번도 없었다. 쇼팽이 친구의 모든 점에 매료되었던 것은 사실이지만, 그것은 티투스 역시 마찬가지였고, 특히 쇼팽의 희귀한 천재적 재능은 그에게 다른 무엇과도 바꿀 수 없는 동경의 대상이었다.

얼마 뒤에 티투스는 아버지의 사망으로 루블린 지방 포투진의 영지를 상속받고 그 경영을 위해 바르샤바를 떠나야 했지만, 그로 인해 두 사람의 우정이 끊어지지는 않았다. 쇼팽은 마주앉아 토로할 수 없게 된 만큼 자신의 마음을 편지에 담아보냈고, 티투스는 마치 정기구독하는 잡지를 한꺼번에 몰아서 받는 듯한 기분으로 그 편지들을 읽었다. 쇼팽이 그가 떠난 뒤의 외로움을 메우려는 듯 같은 음악원의 성악 클래스에서 뛰어난 재능을 보였던 콘스탄차 그와드코프스카 양을 연모하여, 그 짝사랑의 고뇌를 간절히 호소하며 위로를 청했던 것도 역시 친구 티투스였다.

쇼팽에게 티투스 보이치에호프스키가 영원히 잊을 수 없는 존재가 된 것은 그런 오랜 세월에 걸친 교제에 이어 두 사람의 이별이 각자의 운명의 차이를 그대로 상징하는 것이었기 때문이었다. 쇼팽은 음악가로서의 성공을 꿈꾸며 고국을 떠나게 되었을 때 티투스에게 빈까지 함께 동행해줄 것을 간청했고, 티투스는 그러마고 약속해주었다. 이 일은 쇼팽의 가족에게도 너무나 고맙고 반가운 일이었다. 음악적인 재능 면에서는 아무 걱정이 없었지만 심약한 아들이 혼자서 이국 땅으로 건너가 성공을 거둘 때까지 온갖 번거로운 일들을 스스로 처리해야 한다는 데는 걱정이 앞서던 참이었다. 그때까지 별다른 고생 없이 살아온 데다 세상살이의 지혜가 있다고 하기에는 어딘지 모자란 것만 같은 아들이 음악의 도시에 건너가 삼엄한 경쟁을 견디고 무사히 그 재능에 적합한 지위를 얻을 수 있을까? 생활의 사소한 어려움에 부대낀 끝에 귀한 재능마저 스러져버리는 것은 아닐까? 불안하기 그지없던 쇼팽의 가족에게 똑똑한 티투스가 동행해주고 한동안 그곳에서 아들을 돌봐준다는 것은 무엇보다 마음 든든한 일이었다.

티투스는 칼리슈라는 곳에서 쇼팽을 만나 빈까지 무사히 데려다주었고, 그곳에 머물며 활동의 발판을 잡지 못해 낙담하는 친구를 열심히 격려해주었다. 그러나 이 주일 후 티투스는 돌연 그 여행에 종지부를 찍어야만 했다. 바르샤바에서 무장 봉기한 민중이 벨베데르 궁을 습격했다는 소식이 날아온 것이었다. 티투스는 철이 든 이후로 오늘이냐 내일이냐 하며 고대해온 그 천재일우의 기회를 말없이 지나칠 수 없었다. 그는 즉시 귀국 준비를 하고 쇼팽에게 이별을 고할 결심을 했다. 쇼팽은 받아들이지 않았다. 가지 말라고 한 것이 아니었다. 함께 가겠다는 것이었다. 티투스는 그때, 두 사람 사이에 우정이 싹튼 이래 처음으로 단호한 거절의 태도를 보였다. 그러나 쇼팽은 포기하지 않았다. 조국이 독립을 위해 떨쳐 일어난 때에 어떻게 자신만 이런 곳에 가만히 있을 수 있겠느냐고 필사적으로 호소했다. 티투스는 완강하게 그의 말을 들어주지 않았다. 그 심정은 누구보다 잘 알고 있었다. 그러나 아무리 그 마음이 간절하다 해도 어느 누구보다 특별한 음악적 천품을 지닌 이 친구를 전쟁터에 내보내 일개 병사로 죽게 할 수는 없었다. 그런 어리석은 짓은 가족은 물론이고 그를 아는 어느 누구도 바라지 않을 터였다. 쇼팽을 만류하는 것은 티투스에게는 단순히 개인적인 판단에 따른 일을 넘어 일종의 사명이며 책임이었다. 한사코 대드는 쇼팽에게 티투스는, 너는 저 '볼라의 관문'까지 배웅을 나와주셨던 엘스네르 선생님과 동급생들의 기대를 배반할 참이냐, 아니면 네 뜻대로 되어주지 않는 이곳에서의 활동에 벌써 진력이 나서 너의 숙명에서 도망치려 하느냐고 따지고 들었다. 이대로 음악의 길에 전념하면 너는 틀림없이 동시대의 어떤 폴란드인도 흉내낼 수 없을 위대한 문화적 창조를 이뤄낼 것이다, 그러나 일개 병사로서 봉기에 참가했다가는 그저 다른 병사에게 거치적거리기만 하다 총탄의 표적이 되어 결국 아무 도움도 되지 못한 채 전사할 게 뻔하다고, 잔혹한 말이라고 생각하면서도 그를 설득하기 위해 일부러 독한 마음으로 타일렀다. 쇼팽은 대꾸할 말이 없어 일단 물러섰으나, 그가 정말로 작별을 고하고 마차로 빈을 떠나자 도저히 견딜 수가 없어 서둘러 우편마차를 잡아타고 그 뒤를 쫓았다. 그러나 이미 헛수고였다. 도중에 포기하고 돌아선 쇼팽은 이것이 그와의 영원한 이별이 될지도 모른다는 생각에 하염없이 울었다. 단지 헤어지는 것이라면 얼마든지 참을 수 있었다. 그가 전쟁터에서 목숨을 잃는 일 없이 건강하게 저 포투진의 영지로 돌아갈 수만 있다면.

결국 보이치에호프스키와는 그후 두 번 다시 만나지 못했다. 파리로 진출한 쇼팽은 바르샤바가 함락된 후에 무사히 고향으로 돌아간 티투스와 다시 편지 왕래를 했지만, 점차 그 간격이 뜸해졌고 몇 년이 지난 뒤에는 서로 거의 편지를 보내지 않게 되었다. 그를 잊은 것은 아니었다. 가족에게 보내는 편지에 이따금 그의 이야기를 적었고 사탕무 경작에 힘쓰고 있다는 그의 근황을 묻곤 했다. 그래도 예전에 그에게 품었던 열렬한 애정을 다시 찾기는 어려웠다. 빈에서 작별하던 그날 이후, 두 사람의 운명은 이미 두 번 다시 이어질 수 없는 궤도로 어긋나버린 것이었다. 그 일을 생각하면 쇼팽은 항상 깊은 슬픔을 느끼곤 했다.

마침내 죽음이 임박한 지금, 그 티투스가 — 소년 시절에 자신이 그토록 사랑했던 티투스 보이치에호프스키가 바로 코앞인 벨기에에 와 있다는 사실에 쇼팽은 누님의 여권이 나왔다는 소식을 들었을 때처럼 신의 마지막 자비를 떠올리지 않을 수 없었다. 죽기 전에 마지막으로 그와 이야기를 나눌 수 있다면 얼마나 행복할까? 그것은 누님과는 끝내 나눌 수 없었던 소년 시절의 가장 감미로운 비밀을 되살려내 기억 속의 그리운 고향을 완벽하게 만들어줄 만남이 될 것이다. 영국에서 옛 친구 폰타나를 만나지 못하고 그냥 돌아온 것을 쇼팽은 깊이 후회하고 있었다.

그런 만큼 이번에는 티투스를 꼭 만나고 싶었다. 영국에서 폰타나를 만날 뻔했던 것 또한 신이 주신 마지막 이별의 기회였다. 그런데 그 기회를 멀뚱히 놓쳐버린 것이다! 이번만은 그러고 싶지 않았다. 누님과의 재회도 이루었다. 벨기에에 가서 티투스를 만나고 둘이 함께 그날 전까지 별장에 돌아와 도란도란 이야기를 나누다 생을 끝내고 하늘의 부르심을 받는다…… 그것은 내가 그토록 원하던 일이 아닌가?

쇼팽의 이런 무모하기 짝이 없는 계획에 주변 사람들은 모두 당황하지 않을 수 없었다. 그들이 의아했던 것은 쇼팽 본인이 현재의 병세를 과연 어느 정도나 심각하게 받아들이고 있는가 하는 점이었다. 언젠가는 회복될 거라고 생각하는 것일까? 자신이 결핵이라는 것을 아직도 차마 믿지 못하는 것일까? 그러한 의심이, 그 잔혹함에도 불구하고 의사와 사용인, 나아가 때로는 루드비카의 머리를 스쳤다. 모두가 이제는 눈앞에 다가온 죽음을 예감하고 또한 각오하고 있었다. 그것은 암묵 속에 그들 모두가 충분히 자각하는 일이었다. 당연히 환자 본인도 눈치를 챘을 터였다. 아니, 다른 어느 누구보다도 강하게 그것을 감지하고 두려워하고 있을 터였다. 그런 마음에서 사용인은 그를 가엾어했고 누님은 고뇌했고 의사들은 치료 방침을 설명했다. 그런데 돌연 그 모든 것이 의심스러워진 것이다.

그는 진심으로 그런 먼 여행이 가능하다고 생각하는 것일까? 혹은 요양에 아직도 의미가 있다고 믿는 것일까? 그것은 살아보겠다는 의지가 무리하게 쥐어짜낸 미미한 희망일까? 그게 아니면 어떤 근본적인 오해일까?

마찬가지로 고개를 갸웃거릴 일이 또 있었다. 쇼팽은 이전부터 샤요의 별장을 떠나 파리에 돌아갈 생각을 하고 있었다. 그러나 그에 대한 상담을 받은 의사들은 스카르 도를레앙의 집보다 좀더 채광이 좋은 남향 집으로 옮겨야 한다고 주장했다. 그러자 쇼팽은 즉각 알맞은 집을 찾아보라고 지시했고 얼마 뒤에는 의사들의 소개를 받은 메아라 박사의 도움으로 좋은 집을 찾아낼 수 있었다. 우연히도 토마스 알브레히트의 사무실이 있는 방돔 광장 12번지의 뜰이 내다보이는 이층이었다. 전에 러시아 대사관이 있던 곳으로 임대료는 예정보다 퍽 비쌌지만 안쪽 깊숙이 자리잡은 만큼 조용한데다 정남향이어서 겨울에도 햇빛이 충분히 들고 방도 다섯 개나 되어 누님과 조카딸, 그리고 사용인들이 지내는 데 아무 어려움이 없을 것 같았다. 스카르 도를레앙의 집은 이 기회에 계약을 해지할 생각이었다. 사람들이 어떻게 해석해야 할지 몰라 당황했던 것은 쇼팽이 그 새집에 기울이는 심상치 않은 관심이었다. 샤요의 별장이 딱히 불만스러웠던 것은 아니었다. 그러나 이사를 한다는 사실은 그를 크게 흥분시켰고, 집을 둘러보고 온 누님과 다니엘에게 도면까지 그려달라고 해서 거실과 내부 장식에 관해 세세한 것까지 알고 싶어했다. 그 다음부터는 말을 할 수 있을 때면 꼭 새집에 대한 이야기를 했다. 이제는 숨결이 느껴질 정도로 얼굴을 가까이 대지 않으면 알아들을 수 없을 만큼 쉰 목소리로 새 가구를 사들이고 벽지를 바꾸는 것에서부터 커튼과 카펫의 색깔과 무늬의 선택, 나아가 어떤 방에서 레슨을 할 것인지, 혹은 소규모의—즉 그의 취향에 맞는—연주회를 할 수 있도록 개장 공사를 하고 싶은데 예산이 얼마나 들지, 열심히 계획을 짜고 포부를 밝혔다. 그런 때는 표정까지 환해지곤 했다. 그러나 주위 사람들에게는 그 모습이 어딘지 기형적인 명랑함으로 느껴졌다. 그의 하루는 대부분이 고통에 허덕이거나 혹은 곧 다가올 고통을 두려워하며 그 징조를 견디거나, 그 둘 중의 하나였다. 그러다가도 조금만 상태가 좋아져 말을 할 기력이 생기면 마치 조금 전까지의 고통은 남의 일이라는 듯 앞으로 몇 달 뒤에는 레슨을 다시 시작할 것이고 연주회도 열 것이라는 이야기를 하기 시작했다. 그 너무도 진지한 말투가 의사들에게는 어딘지 섬뜩하게까지 느껴졌다. 다니엘은 주인이 요즘 들어 유난히 "병이 나으면……"이라는 말을 자주 입에 올린다는 것을 깨달았다. 그런 말은 영국에 있을 때는 한 번도 듣지 못했었다. 그런데 이제 와서 그런 말을 수없이 거듭하는 건 어째서일까? 게다가 병은 회복의 기미가 보이기는커녕 점점 더 위태로워지는 상황이었다.

9월 15일에 쇼팽은, 사방으로 손을 써봤지만 티투스 보이치에호프스키의 프랑스 입국이 전혀 가능성이 없다는 보고를 받고 크게 낙심했다. 누님 때와는 달리 이번에는 시간도 넉넉하지 않았고, 또한 티투스 본인의 경력 등 문젯거리가 너무 많았다.

처음부터 기적을 바라는 것과 같은 이야기였다. 그러나 그 기적은 그가 지금 반드시 기적을 허락받아야 할 상태인 만큼 꼭 실현될 터였다. 결국 그렇게 옛 친구와의 재회가 꿈으로 끝나버리자 쇼팽은 자신이 기적을 누릴 자격이 있는가 하는 의심을 갖기보다 반대로 자신의 병이 일으켰어야 할 마지막 기적, 즉 완전한 회복마저 부정당한 듯한 느낌이었다. 그것이 그에게 바짝 다가온 죽음을 더욱 강하게 실감하게 만들고 말았다.

투르의 피서지에서 편지를 쓴 프랑숌은 쇼팽이 보내준 답장을 읽자마자 뭔가 심상치 않다는 것을 느꼈다. 어쩌면 가장 걱정하던 병의 갑작스런 악화가 하필 자신이 없는 때에 일어나고 말았는지도 몰랐다. 쇼팽의 편지에는 당돌한 투로 "나는 자네를 사랑하네"라는 말이 적혀 있었다. 그 다음은 이렇게 이어졌다. "이제는 그 말밖에 할 수 없어. 몸이 나른하고 한없이 약해져서, 이렇게 편지를 쓰는 동안에도 금세 잠이 들고 말 것 같다네……"

아내와 아이에게 사정을 설명하고 프랑숌은 혼자서 부랴부랴 파리로 향했다.

며칠만이라도 자네와 함께 지낼 수 있다면!

쇼팽은 그렇게 적고 있었다. 시간 안에 갈 수 있을까? 그를 남겨두고 파리를 떠나온 것이 너무도 후회스러웠다. 어째서 곁에 있어주지 못했을까? 애타는 초조감에 하릴없이 머리를 움켜쥐었다. 마차는 거칠게 흔들리며 내달렸지만, 파리까지의 여정은 한없이 멀고멀었다.

21

8월 들어 예정보다 오랜 기간 파리에서 머문 뒤 25일에 샹로제에 돌아온 들라크루아는 전에 그의 〈사르다나팔루스의 죽음〉을 구입한 수집가 윌슨의 초대를 받아 9월 1일에 퐁트네 르 비콩트 근교의 에크브레를 향해 출발했다. 윌슨과는 그리 절친한 사이는 아니었고 최근 이 년 남짓 동안은 제대로 편지 왕래조차 없었던 터라 갑작스럽게 날아든 그의 초대장이 의아하기도 했지만, 그곳이 유난히 풍광이 아름다운 땅이라는 얘기는 전부터 많이 들었던데다 자신의 작품이 어떤 상태로 보관되고 있는지 궁금하기도 해서 큰맘 먹고 이삼 일 머물 예정으로 윌슨의 호의에 응하기로 했다.

샹로제를 떠나기 전날, 요양을 위해 와 있던 비요, 그리고 이웃에 사는 본탕과 저녁식사를 함께 했는데, 그 자리에서 본탕에게 저명한 세밀화가이며 〈지옥의 단테와 베르길리우스〉를 발표할 당시 자신의 몇 안 되는 이해자였고 또한 변호사였던 미르벨 부인이 급서했다는 소식을 듣고 놀라움과 함께 큰 슬픔을 맛보았다. 식사 내내 그녀를 추억하는 이야기를 나누며 침울한 분위기에서 담담히 접시를 비웠다. 식사가 끝나고 누군가의 제안으로 셋이서 책상과 의자를 날라 정원으로 나가자, 아름다운 달빛이 자리를 점차 유쾌하게 만들어갔다. 음악을 좋아하는 본탕이 자신의 장기인 노래를 들려주기 시작하자 더욱더 흥이 올라 대화는 다양한 화제를 섭렵하며 주거니 받거니 술잔이 오고갔고, 그 끝에는 로토 게임까지 꺼내와 밤늦도록 웃고 떠들다 유쾌한 기분으로 별장에 돌아왔다.

그 흥분의 여운이 채 가시지 않은 아침에는 미르벨 부인의 부보가 다시 떠올라 약간 뒤가 켕기기도 했지만, 여행 직전의 분주함이 금세 그런 생각에서 해방시켜주었다.

일곱시 사십오분에 제니와 함께 집을 나서 역에서 그녀의 배웅을 받으며 열차에 올라타 따분함과 피로에 시달리며 여섯 시간 반 만에 무륜 역에 도착했다. 그곳에서 시골이 아니면 볼 수 없는, 당장 차바퀴가 벗겨질 듯한 원거리승합마차로 갈아타고 퐁트네로 향했다. 마차 안에는 그 지방 사냥꾼들이 사냥개와 함께 타고 있어서 밖에서 쳐다보기만 해도 뒷걸음질이 쳐질 만큼 붐볐는데, 실제로 타고 보니 상상했던 것보다 훨씬 더 숨막히고 후텁지근했다. 퐁토네의 정류장에는 이미 윌슨의 마차가 와서 기다리고 있었다. 그와 마찬가지로 손님으로 초대된 베랑제 부부를 그 마차 앞에서 소개받았다. 베랑제 부부와 나란히 마차에 타고 "윌슨 씨와는 언제부터 아는 사이십니까?"라는 등 그저 그런 대화를 나누다보니 바깥에서 갑작스레 소나기 쏟아지기 시작해, 마차는 천둥 소리가 우르릉거리는 가운데 시간을 다투

듯 맹렬한 속도로 요철이 심한 길을 내달렸다.

그 난폭한 운전이 단순히 비를 피하려는 마부의 의도 때문만이 아니었다는 것을 윌슨의 저택에 도착하고서야 알게 되었다. 마차에서 내려 베랑제 부부와 함께 그새 어두워진 주위를 둘러보며 "식사보다는 우선 잠시 눕고 싶은데요?" 하고 담소를 나누며 현관으로 향하자 오랜 여행 끝에 찾아온 손님을 마중하기에는 그리 어울리지 않는 절망적인 표정의 부인과 그 딸 등이 나왔다. 그녀들의 입에서 말이 나오기도 전에 들라크루아는 사혈 시술을 받고 시체처럼 실려나가는 윌슨의 모습을 발견하고는 입이 떡 벌어지고 말았다. 곁에 있던 베랑제 부부도 심상치 않은 일이 일어났다는 것을 알아차리고 그 자리에 못 박힌 듯 서버렸다. 윌슨 부인은 그들의 눈앞에 펼쳐진 광경을 어떻게든 설명하려고 애를 썼지만 그럴수록 더욱 혼란스러워져 어쩔 줄을 모르고 있었다.

실상은 결코 복잡한 일이 아니었다. 오히려 그 단순함이 이 가족에게 견디기 힘든 고통을 주었다. 확실한 것은 윌슨이 지금 위독한 상태라는 것, 그리고 필시 금명간에 목숨을 잃을 것이라는 사실이었다. 상황을 미처 파악하지 못한 들라크루아는 자신이 이곳에 불려온 것은 병으로 쓰러져 죽음을 각오한 윌슨이 마지막 작별을 원했기 때문인지 모른다는 생각도 했다. 그러나 전혀 납득이 가지 않는 일이었다. 물론 초대객 중에는 변호사 베투몽처럼 윌슨의 변함없는 친구도 있었지만, 자신은 물론이고 대부분의 손님들이 겨우 얼굴만 아는 사이라 임종의 자리에 불려올 만한 사람들이라고 하기는 어려웠다. 사실 윌슨이 쓰러진 것은 초대장을 보낸 다음의 일이었다. 게다가 바로 오늘 아침까지도 평상시처럼 건강한 모습으로 손님들을 맞을 준비를 하고 있었다고 했다.

저간의 사정은 다음날이 되자 한층 분명해졌다. 피곤한 나머지 빵조차 제대로 목에 넘어가지 않았던 간밤의 식사 못지않게 무거운 분위기에서 치러진 점심식사 뒤에 몇몇 손님들은 환자를 남겨두고 일찌감치 저택을 떠났다. 물론 마지막까지 윌슨 곁을 지키겠다는 사람도 있었다. 들라크루아는 곧장 떠날 생각까지는 없었지만 윌슨과의 대면은 정중히 사절했고, 마찬가지로 보이는 몇몇 사람과 정처도 없이 정원을 산책하다가 마지막에는 혼자서 두 시간여를 연못가에 앉아 있었다. 너무 불안해서 머리까지 지끈거렸다. 저택 안에서 지금 한 사람이 막 세상을 떠나려 한다는 사실이 가져온 긴장에 속까지 메슥거렸다. 어제 목격한 윌슨의 모습을 잊을 수 없었다. 아침에 의사에게 이미 위독한 상태여서 손쓸 도리가 없다는 설명을 들은 뒤로 들라크루아는 윌슨이 누워 있는 방에는 들어가지 않기로 마음을 정했다. 자신이 가본들 할 수 있는 일은 아무것도 없었다. 게다가 가족과 절친한 친구들이 사적인 슬픔의 끈으로 그를 촘촘하게 감싸고 있는 속에 끼어드는 것도 송구스러웠다. 그런 자신의 태도를 박정하다고 생각하는 이도 있었다. 그러나 들라크루아의 안색은 오히려 겁에 질린 자의 그것과도 같았다.

저택에 돌아오자 윌슨은 사망한 뒤였다. 오열이 터져나오는 그 방을 그는 역시 들여다보지 않았다.

살롱에서 잠시 쉬고 있으려니 어린 아들 다니엘과 조카 앙투안 카즈나브가 들어왔다. 들라크루아는 그들을 데리고 다시 정원에 나가 자신도 어린 나이에 부모님을 잃었다는 이야기를 하며 두 사람을 위로했다. 아들은 고인의 큰 자랑거리였다는 넓은 채소밭으로 그를 안내했다. 기울어가는 한여름의 햇살이 안쓰러울 정도로 쨍쨍 내리쬐고 있었다. 셋이서 잠시 아무 말 없이 그 밭을 바라보았다. 그는 그곳의 아름다움만큼 강한 슬픔을 느꼈다.

다음날 아침에는 다섯시부터 일어나 짐을 정리했다. 떠나기까지 얼마 안 되는 시간에 아무도 없는 거실에서 커피를 마시며, 그는 벽의 한 면을 차지한 〈사르다나팔루스의 죽음〉을 바라보았다. 도착한 날 밤에는 그럴 겨를도 없어 자신의 작품을 보게 된 것은 다음날 아침이었는데, 보관 상태가 상상했던 것보다 훨씬 나빴다. 너무도 무참한 꼬락서니에 저도 모르게 얼굴을 돌려버렸을 정도였다. 캔버스는 늘어지고 아래쪽 재봉선에는 이 끝에서 저 끝까지 길다란 균열이 생긴데다 세세한 흠집이 곳곳에 헤아릴 수도 없이 많았다. 작품이 개인 소유로 들어가면 거의 대부분 이런 꼴이었다. 그러나 지금은 소유주에게 그런 불만을 토로할 때가 아니었다. 몇 년 만에 자신의 작품을 마주한 그의 마음에 화가로서 두 가지 상반된 생각이 떠올랐다. 하나는 이제야 비로소 알아보게 된 화기(畫技)의 부족함이 빚어낸 몇몇 결점, 그리고 또 하나는 그런 결점을 감안한다 해도 제작 당시에 이 작품에 쏟아졌던 명백히 부당한 비평에 대한 반발이었다. 그런 비평들에 맞서 이 작품을 다시금 변호하고 그 명예를 회복할 기회는 이제 두 번 다시 찾아오지 않을 것이다. 겨우 이삼 년 만에 이 꼴이 된 것이다. 사람들 앞에 내놓지도 못할 만큼 손상되고 마는 것도 이제는 시간 문제였다. 더구나 윌슨이 타계해버렸으니 이제 누가 이 작품을 관리하게 될까. 거의 내다버리는 값으로 여러 사람의 손을 전전하다 결국 소유주가 누구인지도 모르게 될 가능성도 있었다.

이른 아침의 거실에서 또다시 혼자 그림 앞에 선 들라크루아의 생각은 그러나 그런 전날까지의 걱정과는 또 조금 달랐다. 지금 그를 사로잡은 것은 작품의 주제였다. 방탕 그 자체가 고스란히 드러난 듯한 호사스런 종언. 황금 가루를 흩뿌린 것처럼 휘황찬란한 사치스러운 학살. 약동하는 잔혹성. 파열하는 공포. 고뇌의 아비규환이 관현악처럼 울려퍼지는 강렬한 색채. 그 죽음의 훤소(喧騷)가 가득한 거대함이 이 집에서 어제 은밀히 발생한 한 개인의 죽음과 너무도 부조화스러웠다. 어제 점심식사 때 눈앞에 이 작품이 전면에 걸려 있었고 더구나 그 자리에 작자가 동석했는데도 어느 누구도 그림에 대한 이야기를 꺼내는 사람이 없었던 것은, 어쩌면 그들도 옆방에서 느껴지는 죽음의 조짐에 대해 이 그림이 너무도 불경스럽다고 느꼈기 때문이 아닐까? 그렇다면 이런 광경을 항상 마음속에 품고 있는 작자 본인 역시 그들에게는 불길한 존재로 여겨졌을 것이 틀림없었다.

윌슨의 저택을 나와서 마차 정류장까지 걸어가 그곳에서 앞서 출발했던 베투몽을 만나 두 대의 이륜마차로 무륜 역으로 향했다. 베투몽과는 그길로 같은 열차를 타고 들라크루아가 빌뢰브 생 조르주에서 먼저 내릴 때까지 내내 동행했다. 기차가 출발하자 조금씩 무거운 입을 떼기 시작해 헤어질 즈음에는 더이상 화제를 찾지 못할 만큼 많은 이야기를 나누었다. 그 대화는 아마도 명랑성이라고 해야 할 종류의 것이었다.

빌뇌브 생 조르주에서 코르베유 역까지 가기가 힘겨웠던 터라 그곳에서 이륜마차를 잡아타고 그대로 샹로제까지 가기로 했다. 마차 안에서는 피곤함과 더불어 에크브레에서의 일이 서서히 무겁게 고개를 들어 이따금 마부가 건네는 농담에도 응할 마음이 나지 않았다. 모든 것이 마치 오래된 옛날의 기억 같기만 했다. 시간이 그곳에서만 정체되어 비대해진 듯한 느낌이 들었다. 정말 단 삼 일 동안의 사건이었을까? 조금 전 베투몽과 나눴던 대화가 그 사건을 더욱 과거로 밀어버린 것 같기도 했다.

들라크루아는 어째서 자신들이 열차 안에서 그토록 즐겁게 웃으며 이야기할 수 있었는지 이해가 되지 않았다. 슬픔을 뛰어넘기 위해, 아니면 슬픔에서 도망치기 위해 일부러 유쾌한 척했던 것일까? 그럴지도 모른다. 그러나 그건 어딘지 의심스러운 구석이 있었다. 그때 자신은 윌슨의 죽음 따위는 전혀 생각도 하지 않았다. 자신뿐만 아니라 윌슨과는 오랜 친구였던 베투몽조차 그렇지 않았는가? 인간이란 그토록 경박한 동물인 걸까? 몇 시간 전까지 내 모든 것을 점령했던 슬픔을 마치 옷이라도 갈아입듯이 벗어던져버렸다. 어떻게 그럴 수 있는 것일까? 미르벨 부인의 부보를 들었던 밤도 그랬다. 슬픔 그 자체가 위장이었기 때문일까?

9월 초의 이 사건은 그의 생활에 오래도록 어두운 그림자를 떨구었지만, 그것이 아는 이의 죽음이라는 돌발적 사건 때문만이 아니라 귀로의 그 명랑함 때문이라는 것은 그도 쉽게 느낄 수 있었다.

기분은 침울하게 가라앉아 있었지만, 처리해야 할 일이 산적해 있었다. 하나는 생 쉴피스 성당의 벽화 건이었다. 5월 20일에 내무대신에게서 정식 의뢰를 받았고 8월 10일에는 그 세례반(洗禮盤) 예배당의 장식화를 화료 육천오백팔십칠 프랑에 맡기로 해 일단 계약이 성사되었다고 생각했는데, 에크브레에서 돌아와보니 이번에 성당 개수를 전담하기로 한 건축가 빅토르 발타르의 편지가 와 있었다. 장식화를 그릴 장소를 생 장주 예배당으로 변경하고 주제도 그곳에 맞춰 다른 것으로 생각해주었으면 한다는 의사 타진이었다.

들라크루아는 윌슨의 장례식에 참석하기 위해 파리에 나간 길에 곧바로 생 쉴피스 성당에 찾아가 이 갑작스런 변경을 주장한 장본인인 사제와 선 채로 장장 두 시간에 걸쳐 입씨름을 했으나 결국 결론은 내지 못하고 말았다. 주제는 이미 정해져 있었다. 그것을 모두 없던 일로 하고 다시 처음부터 생각할 마음은 도저히 들지 않았다. 무엇보다 자신이 제시한 주제를 걷어차다시피 한 것에 분통이 터졌다. 사제 따위가 그림에 대해 뭘 안단 말인가? 주제라는 것은 어떤 필연에 의해 화가의 뇌리에 떠오르는 것이다. 특히 이번 주제는 지금까지와는 전혀 다른 새로운 그리스도를 그린다는 데 큰 의의가 있는 만큼 강한 미련도 있었다. 갑자기 바꾸라고 한다고 예, 그렇습니까, 하고 순순히 고개를 끄덕이란 말인가! 그러나 사제도 도무지 양보하지 않았다. 겨우 화가 따위가 무슨 잘난 척인가! 애초에 교회에 장식화를 그린다는 것은 전적으로 신앙심의 관점에서 논의되어야 할 일이 아닌가? 자신의 미의식에 얽매여 완고하게 하나의 주제에 집착하는 건 말도 안 된다……

이 다툼은 그해 봄부터 서서히 높아지던 들라크루아의 대작 제작에 대한 의욕을 완전히 꺾어버리고 불안감만 점점 더 커지게 했다. 생각하기 시작하면 한이 없었다. 라살 보르드에 편지로 협력을 부탁해두었지만 그럴싸한 답장도 날아오지 않고 있었다. 역시 조수는 따로 찾아야 할까? 그러나 경험 없는 사람들을 새로 고용해서 하나부터 열까지 자신의 화법을 일일이 가르친다는 건 너무도 번거로운 일이었다. 더구나 새로운 사람들과 제대로 호흡을 맞추는 것도 큰 부담이었다. 역시 자신을 속속들이 잘 아는 사람에게 도움을 받는 것이 가장 좋았다.

건강도 걱정스러웠다. 아무리 섭생에 주의를 기울였다지만 윌슨처럼 갑자기 쓰러질지도 모를 일이었다. 그런데 아직 주제조차 제대로 결정되지 않았으니, 정말 이 작품을 완성할 수 있을까?

하원 도서관의 작품을 떠올릴 때마다 마음이 무거웠다. 완성의 기쁨이란 참으로 어이없는 것이었다. 최근 일 년 반 남짓한 동안, 그날의 감동이 자신의 마음을 채워준 적은 한 번도 없었다. 그것은 이미 멀리 사라져버린 과거의 한 찰나의 흥분이었고, 그 뛸 듯한 행복은 기억 속의 하나의 명사 정도의 의미밖에 없었다. 그러나 고뇌는 달랐다. 분명 오늘까지 소비한 모른 시간들은 자신을 그 엄청난 소모에서 회복하기 위해 꼭 필요한 것이었다. 그런데도 그 고뇌는 새로운 창조로 향하려는 자신 앞에 여전히 생생하게, 오히려 몇 배나 커다란 형상이 되어 가로막고 서 있는 것이다.

샹로제에 돌아온 후에도 그의 마음은 여전히 우울함에서 벗어나지 못했다. 매일 아침마다 내키지 않는 기분으로 눈을 떴다. 아무래도 창작에서 멀리 떨어져 있는 것은 좋지 않다는 생각에 〈잠복중인 아랍인〉과 〈아틀리에의 미켈란젤로〉 두 점의 밑그림을 새로 시작했다. 작업을 하고 있으면 확실히 충실감이 들어 잠시나마 우울함을 털어낼 수 있었다. 특히 〈아틀리에의 미켈란젤로〉는 노경을 앞두고 대작을 시도해보겠다는 생각을 한 이래 줄곧 마음에 걸려 있던 미켈란젤로의 초상화여서 현재 자신의 심경을 모조리 형상화하는 독백과도 같은 위안을 얻을 수 있었다. 그러나 그것도 결코 지속되지 못했다. 캔버스를 떠나 잠자리에 들면 다음날은 또다시 허망한 기분으로 눈을 떠야 했다.

생 쉴피스 성당의 벽화에 관련해 확고한 전망이 서지 않는 한 아무리 시간이 흘러도 이런 기분에서 벗어나지 못할 것이 분명했다. 주제에 관해 상의할 기회는 그 뒤에도 몇 차례 있었지만, 그로서도 이미 지쳐버린 나머지 자기 쪽에서 뜻을 굽혀도 무방할 것 같은 기분마저 들었다.

그 한편으로, 창작을 위한 구체적인 준비는 이미 몇 가지 생각해두고 있었다.

하나는, 해가 바뀌는 대로 떠날 예정인 플랑드르 여행이었다. 그것이 자신으로서는 마지막으로 가보는 긴 여행이 될지도 모른다는 예감이 들었고, 그 때문에 더더욱 다시 한번 루벤스의 여러 작품을 마음껏 관람하고 싶은 마음이 간절했다. 이 여행 계획은 몇 년 전부터 끊임없이 그의 뇌리를 맴돌았지만, 구체적으로 계획을 세운 것은 이번 여름부터였다. 그 여행이 자신에게 거대한 무언가를 가져다줄 것이라는 사실을 그는 조금도 의심하지 않았다. 기술적인 면에서나 사상적인 면에서 회화에 대한 자신의 이해를 한층 심화시키고, 끊임없는 극기로 스스로에게 부과한 고난을 훌륭히 극복해낸 불굴의 정신의 위대함을 다시 한번 직접 자신의 눈으로 확인할 수 있을 것이 분명했다.

또 한 가지는, 친척인 이폴리트 고르트롱의 초대에 응해 십일 년 만에 발몽을 찾는 것이었다. 이폴리트 고르트롱은 들라크루아의 사촌뻘 되는 루이 그레구아르 보르노의 아내 마리 프랑수아즈 듀바스타가 남편의 사후 재혼한 피에르 고르트롱 사이에 얻은 아이로, 몇 년 전까지 들라크루아의 아틀리에에 출입했던 젊은 화가였는데, 작년 관전에서 '낙선자 없음'이라는 이례적인 조치 덕분에 마침내 자신의 작품을 회장에 전시하는 꿈을 이룬 참이었다. 고르트롱이 그를 초대한 곳은 그의 동복 형제인 루이 오귀스트 보르노의 저택으로, 원래 이곳은 들라크루아의 사촌인 니콜라 오귀스트 바타유의 소유였지만 바타유가 1820년에 사망한 뒤로 보르노 집안이 상속하여 살게 된 곳이었다. 두 사람의 혈연관계를 더듬어보자면, 외젠 들라크루아의 아버지 샤를은 요절한 네 형제를 제외한 여덟 형제 중의 장남이며, 이폴리트 고르트롱과 루이 오귀스트 보르노의 할머니인 안 프랑수아즈는 장녀, 니콜라 오귀스트 바타유의 어머니 마르그리트 프랑수아즈는 둘째딸이었다.

들라크루아는 열다섯 살 되던 해 처음으로 발몽을 찾은 뒤로 몇 차례 그곳을 방문할 때마다 잊혀지지 않는 추억을 만들었다. 바타유 가의 부지 내에는 낡은 베네딕트 파 사원의 폐허가 고스란히 남아 있어 그 을씨년스러운 모습이 소년 들라크루아의 마음을 항상 격렬하게 흥분시키곤 했다. 가까운 페캉까지 나가 바라보는 바다의 경치도 매혹적이었다. 파리에서 그곳까지 가는 여행길에는 꼭 루앙에 들러 고딕 양식의 교회를 구경하기도 했다. 그런 그리운 땅에 찾아가 추억의 장소를 하나하나 둘러보는 일은 지금의 그에게 무엇보다 큰 구원이 될 것이라는 예감과 기대를 갖게 했다. 고르트롱의 계획은 9월 한 달을 꼬박 그곳에서 머무는 것이었는데, 10월 2일에 생 쉴피스 성당의 사제와 면회 약속이 있었고 거기서 주제에 관한 최종적인 결론을 내리기로 되어 있어 그 계획을 그대로 받아들이기는 어려웠다. 어차피 처음부터 끝까지 동행은 할 수 없었다. 그러나 일정은 서로 상의하면 얼마든지 조정할 수 있을 것 같았다.

생 쉴피스 성당 장식화 문제가 이렇게 그의 마음속 깊이 뿌리내리기 시작하자 아직 결론을 내리지 못한 또 하나의 걱정거리에 대한 생각에도 저절로 변화가 생겼다. 그는 최근 한 달 동안 틈나는 대로 예의 고블랭 직물공장의 소장직에 대해 생각했다. 내가 과연 정말 그 자리에 매력을 느끼고 있는 것일까? 포르제 남작 부인에게서 그 이야기를 처음 들었을 때는 분명 기뻐했었지만, 그건 말하자면 그녀가 그렇게 자신을 염려해주는 것 자체가 흐뭇했기 때문이었다. 그녀가 비요와의 일을 마음에 두고 있다는 것도 잘 알고 있었다. 그녀의 그런 배려를 헛되이 하고 싶지 않았고, 특히 가슴 아픈 말다툼 직후였던 만큼 거절은 생각할 수도 없었다. 물론 생활이 안정된다는 점을 생각하면 매력적인 제안인 것은 틀림이 없었다. 그러나 냉정을 되찾자 그 직위에 대한 불안과 부담만 커지기 시작했다. 애초에 실무 능력이나 경제적 재능이 모자란 자신이 공장 운영 같은 업무를 해낼 수 있을 것 같지 않았다. 이른바 명예직이어서 간단한 사무 처리만 하면 된다고 하지만, 그저 의자에 앉아 있기만 하면 되는 일일 리가 없었다. 자세히 알아볼수록 점점 번거로운 업무라는 생각이 들었다. 아니, 하루 종일 의자에 앉아 있기만 한다고 해도 그것대로 큰 부담이 아닐까? 미술국 위원회와 관전 심사만으로도 벌써 지긋지긋할 정도다. 거기다가 창작의 시간마저 빼앗기다니, 과연 내가 그런 상황을 견뎌낼 수 있을까?

이런 생각을 하게 된 것은 우선 사회가 전반적으로 안정을 되찾기 시작한데다 그도 생 쉴피스 성당의 장식화를 계약하면서 당장의 생활에 부족함이 없는 수입을 얻었기 때문이었다. 그리고 비요와의 관계가 다시 회복되면서 마음속 어딘가에 남아 있던 루브르의 직위에 대한 집착이 사그라든 것도 이유일 것이었다. 충분히 자각은 하고 있었지만, 돌이켜 생각해보면 지난 일 년 반 동안의 자신은 어딘가 이상했다. 삼십 년 가까이 화필 하나로 살아왔다. 그런데 왜 새삼스럽게 마치 로마 상을 놓친 미술학교 학생처럼 허둥지둥 먹고살 일거리를 찾으려고 안달했던 것일까? 태어나서 지금까지 그림을 그리는 일 이외의 어떤 직업도 가져본 적이 없다. 그런 자신이 쉰 살의 나이에 전혀 다른 새로운 일을 시작한다는 것이 과연 가능한 일일까? 물론 많은 사람들이 나이가 들면 으레 그때까지 관계해온 것과는 무관한 나름의 관직을 차지하고, 그 새로운 업무를 나쁘지 않게 소화해냈다. 그러나 그것은 본직에서 은퇴했거나 자신의 시간 대부분을 희생하는 데 고통을 느끼지 않는 사람의 이야기였다. 자신에게는 불가능한 일이고, 지금 당장은 더욱 그랬다.

그러한 판단과는 별도로 그를 심히 불쾌하게 만든 일은, 소문을 들은 오라스 베르네를 비롯한 화단의 적대 세력이 그의 소장 취임을 저지하는 방해 공작을 시작한 것이었다. 그는 지인인 리베 남작을 통해 그 이야기를 들었다. 두 사람이 친하다는 것을 미처 알지 못한 베르네가 남작에게 직접 말을 흘린 것이었다. 그럴 만한 위인들이었다. 혁명 이후로 영향력이 크게 약해진 그들이 이런 이야기에는 당장 기운이 뻗쳐서 들고일어나다니 참으로 어이가 없었다. 아무리 생각해도 화를 참을 수 없어 비에야르와 가베, 그리고 포르제 남작 부인을 통해 대통령에게 말을 넣어, 이 건에 관한 한 비에야르가 대통령의 뜻을 대리한다는 입장을 명확히 받아둠으로써 일단 베르네를 봉쇄할 방도는 세워두었다.

그러나 그런 정치적인 줄다리기는 도무지 성미에 맞지 않는 일이어서, 우위에 서고 나서도 결코 뒷맛이 좋지 않았다. 이제와서 놀랄 일도 아니었지만 관전의 심사위원이 되어도, 누구보다 많은 공공사업의 의뢰를 받아도 자신이 화단에서 미움받는 존재라는 점은 전혀 달라지지 않았다. 그런 사실을 새삼 확인한 것에도 쓸쓸함을 금할 수 없었다.

윌슨의 장례식에 참석하기 위해 파리에 돌아간 날, 들라크루아는 장례식장에서 곧바로 라 로슈푸코 가의 포르제 남작 부인 집에 들러 자신의 생각을 솔직하게 털어놓았다. 그 동안의 배려가 수포로 돌아간 것에 그녀가 크게 낙담하지 않을까 걱정되기는 했지만, 그래도 충분히 설명하면 알아줄 것이라는 믿음이 있었다. 포르제 부인은 일이 이만큼 전개된 마당에 갑자기 그런 큰 역할을 해낼 만한 자신이 없다고 고백하는 그를 보며 처음에는 당황스럽기도 하고, 아마 베르네의 모함 때문에 우울해진 탓일 거라고 짐작해 이런저런 말로 격려해주기도 했다. 그러다가 그가 처음부터 이 일에 별 관심이 없었다는 것을 알고는 그렇다면 어째서 좀더 일찍 말해주지 않았느냐, 자신에게 신경을 쓰느라 참고 있었던 게 아니냐고 물었다. 그녀가 평온한 말투로나마 그를 나무라지 않을 수 없었던 것은, 지금까지의 노력이 헛수고가 되었다는 것보다 오히려 자신에 대해 어째서 그런 불필요한 신경을 쓰는지 그 이유를 알고 싶었기 때문이었다. 어째서 좀더 솔직하게 자신의 생각을 말해주지 않았을까? 미리 말해주었다면 역시 들라크루아답다는 말로 끝났을 일이었다. 그나마 결정되기 전에 본심을 털어놓았으니 망정이지 그렇지 않았다면 자기 때문에 그가 내키지 않는 일에 마지못해 종사하는 처지가 되었을 거라고 생각하니, 당연히 그 이유를 캐묻지 않을 수 없었다.

들라크루아는 그녀의 그런 심정을 충분히 이해하고 자신의 생각을 차근차근 설명했다. 처음부터 이 일에 관심이 없었던 것은 결코 아니다. 얼마 전까지만 해도 꼭 그 자리에 앉고 싶었다.

그러나 막상 생 쉴피스 성당 장식화가 시작 단계에 접어들고 보니 도저히 다른 일을 병행할 여유가 없을 것 같다. 게다가 자질 문제도 있지 않은가. 하고 싶다는 것과 할 수 있다는 것은 역시 다르다…… 포르제 부인으로서는 그의 말이 본심인지 아닌지는 알 수 없었지만 그 마음은 이해가 되었고, 아닌게 아니라 그 자리를 고사할 이유로 충분하다는 느낌도 들었다. 포르제 부인은 잘 알았다는 듯 미소를 지으며 그가 더이상 괜한 신경을 쓰지 않도록 다짐을 해두었다. 원래부터 당신을 위한 일이었으니 내키지 않는다면 물론 없었던 일로 해도 괜찮다. 이것 때문에 내가 기분 나빠할 일은 전혀 없다. 다만 아직 조금 더 시간이 있으니 다시 한번 고려해보는 것도 좋겠다…… 들라크루아는 그녀의 배려에 감사하고 고개를 끄덕이기는 했지만 마음속으로는 도리어 결심이 굳어졌다.

샹로제에 돌아와 이 주일쯤 지난 뒤에 들라크루아는 포르제 부인에게 편지를 보내 이번 일을 단념하겠다는 뜻을 다시 한번 전하고 비에야르에게도 잘 설명해달라고 부탁했다. 그의 편지를 읽은 포르제 부인은 웬일인지 양 볼에 천천히 미소가 번지는 것을 느꼈다. 그것은 결코 과장스러운 웃음은 아니었지만 그 여운은 오래도록 그녀의 얼굴에 머물러 있었다.

"참 못 말릴 사람이라니까……"

일부러 그러는 것처럼 한숨을 내쉬고 편지를 단정히 접어 다시 봉투에 넣고는 탁자 위에 올려놓았다. 그리고 창가에 나가

서서 바깥에 시선을 던지며 중얼거렸다.

"그렇게 난리를 쳐놓고 결국 이게 뭐람…… 비에야르 씨에게도 죄송하다는 인사를 해야겠네."

그런 자신의 말이 어쩐지 우스웠다. 그리고 돌아서서는 꽤 고심한 듯 사죄의 말을 줄줄이 늘어놓은 그의 편지를 다시 한번 바라보았다. 마치 그 자리에 미안하다는 듯 자신의 눈치를 살피는 그가 보이는 것 같아 저도 모르게 웃음을 지으며 가만히 고개를 저었다.

22

예정대로 9월 말에 샤요의 별장을 떠나 방돔 광장 12번지 집으로 이사한 쇼팽의 새집에는 연일 병문안객이 끊이지 않았다. 그들은 저마다 새집 터가 훌륭하다고 칭찬하며 이제 언제라도 그를 볼 수 있게 되었다고 반가워했지만, 그들이 급히 달려온 진짜 이유가 쇼팽의 마지막 나날을 지켜보기 위해서라는 것은 아무도 부인할 수 없었다. 차르토리스키 대공 부부는 디에프에서 다시 파리로 돌아와 있었다. 파리를 떠났던 구트만도 프랑숌과 마찬가지로 급한 걸음으로 돌아왔다. 그 밖에 같은 건물에 사무실이 있던 토마스 알브레히트는 물론, 쇼팽의 친구이며 작품 57번 자장가를 헌정한 엘리즈 가바르의 오빠 샤를 가바르,

화가 크피아트코프스키, 노르비트, 그리고 클레징게르 부부와 그지마와 백작 같은 면면들이 자주 쇼팽의 곁을 지켰다. 마침 파리를 방문중이던 피아니스트 모셸레스 등도 소문을 듣고 찾아와주었다. 항상 그렇듯 모든 사람들이 면회를 허락받은 것은 아니었지만, 쇼팽 본인이 일일이 대한 지시를 내릴 수 없게 되면서 잠든 그를 깨우지 않도록 다니엘이나 그 자리에 있던 이들이 그때그때 판단하여 손님을 안에 들이기도 하고 옆방에서 기다리게 하다 그가 깨어나면 간단히 인사만 하고 돌아가게 하기도 했다. 병자의 안정을 위해 새 집의 소재는 극히 친밀한 이들을 제외하고는 비밀로 해두었고, 우연히 주소를 알고 찾아온 이들도 그 소수자로서의 특권적 의무감에서 비밀을 철저히 지켜주었다. 그 때문에 당연히 알아야 할 사람이 알지 못하게 되는 일도 생겼다. 마를리아니 백작 부인은 9월 5일에 노앙을 찾아 그곳에서 한 달가량 머문 뒤에 파리로 돌아왔지만 이사 소식은 커녕 현재의 건강 상태를 포함해 쇼팽에 관한 소식은 거의 아무것도 알지 못했다. 쇼팽 본인이 프랑숌 앞으로 보낸 편지를 마지막으로 더이상 펜을 들지 못하게 되었던 터라 한동안 파리를 떠나 있던 오브레스코프 대공비와 로스차일드 남작 부부, 로지에르 양, 그리고 칼레르기 부인이나 오므아라 양 같은 제자들 대부분이 긴급히 방돔 광장으로 가야 할 때라는 것을 알지 못한 채 각지에서 남은 휴가를 보내고 있었다.

그런 가운데 슬픔을 견디며 모든 일을 제쳐두고 동생의 간병에 온 정성을 다하는 옝제예비초바 부인을 곁에서 헌신적으로 도와주면서 차츰 그녀의 강한 신뢰를 얻은 사람이 바로 제인 스털링 양이었다. 옝제예비초바 부인은 전부터 동생의 편지를 통해 스털링 양에 대해 알고 있었고, 편지 어디에도 나쁜 말은 없었기 때문에 자신보다 세 살 많은 이 여성을 영국 체재 때부터 매사에 동생에게 친절을 베푼 은인으로 생각하고 있었다. 물론 동생도 그렇게 생각할 거라고 믿었다. 이 나라로 온 뒤에 만난 그녀의 실제 인상 역시 상상했던 그대로였다. 용모도 아름답고 행동거지가 침착한데다 동생에 대한 애정은 외곬이라고 할 만큼 성실했다. 게다가 동생의 생활을 위해 만오천 프랑이나 되는 거금을 내주기도 했다고 한다. 어쩌면 이토록 관대한 분이 있을까! 더구나 단 한 번도 자신의 은혜를 내세우는 일 없이, 오히려 자신이 권해도 동생 앞에 가는 일조차 조심할 정도였다. 스털링 양의 그런 신중함에 옝제예비초바 부인은 큰 감명을 받았다. 그리고 자연히 동생의 병상이나 병문안객의 선별, 나아가 파리의 생활 습관 같은 여러 가지 일에 대해 그녀에게 상의를 하게 되었고, 어느새 그녀의 자애 가득한 위로의 말을 고독한 절망에 쓰러질 듯한 나날의 유일한 의지처로 삼고 있었다.

어느 날, 옝제예비초바 부인이 도난 소동 이후로 언니와 함께 한 번도 모습을 드러내지 않던 스털링 양을 침실에 데려와 그녀가 지금까지 얼마나 든든한 버팀목이 되어주었는지 쇼팽에게 이야기하자, 그는 그 자리에 있던 이들의 예상과는 달리 일절 다른 말 없이 그저 고개를 끄덕이며 미소를 지었다. 그지마와 백작은 이번에는 가족에게 빌붙어—그것도 그가 가장 사랑하는 누님의 불안에 매달려—다시 자신의 존재를 인정받으려는 스털링 양의 그런 태도에 그가 아무런 불쾌감도 나타내지 않는 것에 놀라워하며, 이미 그런 것에 신경을 쓸 수 없을 만큼 병이 진행되었나 하는 생각에 새삼 서글퍼졌다. 반대로 프랑솜은 미래에 아무런 희망도 없는 병자에 대한 스털링 양의 변함없는 애정에 쇼팽도 그 순수함을 이해한 것인지도 모른다고 생각했다. 어쨌든 남겨진 목숨에 대한 그의 확실한 자각을 생각하며 프랑솜 또한 가슴이 미어지는 것만 같았다.

스털링 양은 쇼팽이 자신을 진심으로 받아주었다고는 생각하지 않았지만, 이제 그의 곁에 머무는 것만으로도 충분했고 그 이상 무언가를 바라는 마음은 없었다. 그의 병이 시시각각 악화되는 이런 때에 자신이 아무 도움도 되지 못할 뿐만 아니라 얼굴을 마주할 면목조차 없는 관계가 되었다는 사실이 그녀를 줄곧 괴롭혀왔다. 내가 알지 못하는 사이에 그가 이 세상에서 사라지기라도 한다면? 마지막 말도 나누지 못하고, 마지막으로 그 눈동자에서 내 모습을 찾지도 못한 채? 더구나 그의 곁에는 지금도 나 아닌 수많은 사람들이 모여 있는데! ……생각하기 시작하면 아무 일도 할 수 없어서 막무가내로 어스킨 부인에게 매달려 울었다. 때로는 만오천 프랑을 기부했던 일 때문에 결국 자신이 이런 비참한 입장이 되었다고 언니를 비난하기도 했다.

그렇게 하루하루를 보내던 중에 귀에 들어온 것이 옝제예비치 부부가 샤요를 방문했다는 소문이었다. 그 소식은 그녀에게 남겨진 유일한 희망이 되었다. 옝제예비초바 부인의 신뢰를 얻어 그녀를 쇼팽과의 중개역으로 삼으려는 명확한 계획을 품었던 것은 아니었다. 물론 마음속 어딘가에 그런 생각이 있었던 것은 사실이었다. 그러나 어떤 형태로든 쇼팽과 관련을 갖고 그의 도움이 되기만 한다면 그것으로 그녀의 고뇌는 큰 위로를 받을 터였다. 옝제예비초바 부인은 처음부터 그녀를 예의 바르게 대해주었다. 아마 자신과 쇼팽 사이에 있었던 일은 전혀 모르는 모양이었다. 그런 그녀에게 사실을 밝히지 않는 것이 떳떳하지 못하다는 느낌도 없잖아 있었다. 그러나 그녀가 차츰 자신에게 마음을 열고 고민거리를 이야기하고, 나중에는 먼저 폴란드로 떠난 남편이 지금도 귀국을 재촉하는 편지를 보내고 있다는 비밀까지 털어놓자 새삼 자신과 쇼팽 사이의 어긋난 감정을 밝히는 것이 그녀의 신뢰에 대한 중대한 배반이 될지도 모른다는 두려움에 더욱더 사실을 밝히지 못하게 되었다. 옝제예비초바 부인이 스털링 양에게 어째서 동생에게 가보지 않느냐며 다음에는 꼭 함께 가자고 몇 번이나 부탁했을 때 그녀는 사태가 너무도 쉽게 자신의 생각대로 흘러가는 것에 당황하여 그토록 원했던 면회를 거절하기까지 했다. 그러나 번번이 거절하는 것도 어딘지 부자연스러워서 그녀가 혹시 의심이라도 할까 걱정이 되었고, 그를 보고 싶은 마음도 더이상 억누를 수 없어 마침내 그녀의 말에 따르기로 한 것이었다.

방에 들어서는 순간 쇼팽이 얼마나 차가운 눈초리로 자신을 바라볼지 두려웠지만, 그녀의 눈에 들어온 것은 그저 애매한, 자신이 누군지 분명하게 인식하는지조차 의심스러울 만큼 힘없이 풀어진 눈동자였다. 한동안 못 본 사이에 한층 더 초췌해져 있었다. 그 모습이 너무도 서글퍼서 스털링 양은 무슨 일이 있어도 그의 곁을 떠나지 않겠다고 굳게 결심했다. 저도 모르게 급히 달려가 쇼팽의 손을 잡고 "좀 어떠세요?" 하고, 이런 뻔한 말밖에 하지 못하는 자신을 원망하며 물었다. 쇼팽은 "예……" 하고 대답하고는 잠시 생각하는 듯하더니 뒤를 이을 말을 잃어버린 채 가만히 손을 떨구고 눈꺼풀을 닫아버렸다.

프랑숌은 스털링 양에게 전부터 동정의 마음을 품고 있었던 터라 쇼팽의 남겨진 나날을 지키는 자리에 그녀도 동참하게 해주는 데는 이견이 없었지만, 그 때문에 자신이 꼭 들어주고 싶은 친구의 은밀한 바람을 실행에 옮기기가 더 어려워진다는 점은 역시 고민스럽지 않을 수 없었다.

그날 편지를 받고 황급히 샤요의 별장으로 달려온 프랑숌은 금방이라도 울음을 터뜨릴 것처럼 기뻐하며 감사해하는 그에게서 처음으로 분명하게, 죽기 전에 꼭 한번 상드 부인을 만나고 싶다는 바람을 들었다. 쇼팽답게 지극히 소극적으로 한참을 머뭇거리다 말한 것이었지만 그것이 그의 본심이라는 것은 의심할 여지가 없었고, 지금껏 한 번도 입 밖에 낸 적이 없었던 만큼 그로서는 수없이 고민한 끝에 한 이야기라는 짐작도 갔다. 그러나 쉽게 들어줄 수 있는 일은 아니었다.

우선 상드 부인에게 과연 그럴 마음이 있느냐가 문제였다. 상드 부인은 일단 냉담한 태도를 취하기는 했지만, 옝제예비초바 부인이 쇼팽의 병문안을 위해 방문했다는 소문을 듣고는 부즈랑 부인에게 보내는 편지에 그녀 앞으로 부치는 편지를 동봉하며 꼭 전해달라고 부탁했다. 오 년 전에 노앙에서 만난 옝제예비초바 부인의 인품에 상드 부인이 크게 매료되어 폴란드에 돌아간 뒤에도 이따금 쇼팽의 편지에 자신의 소식을 덧붙여 연락을 취해왔다는 것은 프랑숌도 알고 있었다. 이번 편지도 겉으로는 쇼팽의 병에 대해 묻는 내용이었지만, 본래 의도는 누님과의 친분을 확인하고 그를 통해 쇼팽을 방문할 계기를 만드는 데 있다는 것은 충분히 짐작할 수 있는 일이었다. 옛 연인이 당장이라도 죽음의 나락에 떨어질 위험 속에서 생사의 경계를 헤매고 있다. 아무리 절연 상태라지만 그것을 모른 척할 수는 없지 않을까? 그런 프랑숌의 추측을 긍정하는 듯이 상드 부인의 편지에는 곳곳에 두 사람의 파경에 대한 자기 변호의 말이 씌어져 있었다. 그러나 그런 말들은 옝제예비초바 부인에게 상드 부인의 입장을 이해하기는커녕 오히려 미움 비슷한 경멸마저 품게 하고 말았다. 스털링 양의 경우와는 달리 상드 부인에 대해서는 이미 수없이 동생에게서 비난의 말이 담긴 편지를 받았었다. 누군가를 미워하는 말이라고는 한 번도 해본 적이 없는 착한 동생이 이렇게 심한 말을 하다니, 하고 놀랄 만큼 강한 불신이 담겨 있어 읽는 순간 연민이 솟구칠 정도였다. 그런 상드 부인이 이제 와서 새삼 무슨 소리를 하는 건가? 죽어가는 동생을 마주할 때마다 일이 이 지경에 이르렀는데도 여전히 자신이 옳았노라고 강변하는 그녀의 인간성이 진심으로 의심스러웠다. 그지마와 백작에게 상의하자 그도 크게 분개하며 답장할 필요도 없다고 일언지하에 고개를 저었고, 나아가 최근 몇 년 동안 그녀가 쇼팽에게 얼마나 지독한 짓을 했는지 낱낱이 들려주었다. 그 이야기에 옝제예비초바 부인은 더욱 화가 났다. 이제는 스털링 양도 있다. 동생도 이제 옛 애인과의 재회는 원치 않을 터였다.

프랑숌이 이 편지에 대해 알게 된 것은 투르에서 돌아와 그지마와 백작과 이야기하던 중이었다. 쇼팽이 자신에게 상드 부인과 재회하고 싶다는 뜻을 비친 것도 아마 그런 낌새를 알았기 때문인 것 같았다. 아무튼 상드 부인을 부를 절호의 기회를 놓쳤다는 것만은 분명했다. 부즈랑 부인에게 다시 의사를 타진해 보라고 부탁해도 아마 답은 마찬가지일 것이었다. 혹은 로지에르 양이 직접 편지를 쓴다고 해도 상드 부인이 거기에서 병문안의 구실을 찾아내기는 어려울 것 같았다. 마를리아니 백작 부인과 함께 부르는 것도 좋은 생각이 아니었다. 원래부터 상드 부인에 대해 뿌리 깊은 미움을 가지고 있는 그지마와 백작은 옝제예비초바 부인이 온 뒤로 쇼팽의 마음을 진심으로 이해해주는 것은 역시 폴란드 사람뿐이라는 확신을 한층 굳힌 듯한 기색이

어서, 두 사람의 재회를 위한 중개 역할을 맡아주리라고는 상상할 수도 없었다. 차르토리스카 대공비의 말이라면 상드 부인도 거절할 수 없다는 구실로 파리에 와줄지도 모르지만, 그녀에게 그런 역할까지 맡기는 것은 쇼팽이 아무래도 달가워하지 않을 것 같아 말을 꺼내기가 망설여졌다. 괜찮다고 생각했다면 진작에 쇼팽 본인이 그녀에게 마음을 털어놓았을 것이었다. 게다가 더 큰 문제는 상드 부인이 이 집에 온 뒤였다. 스털링 양이 항상 쇼팽 곁을 떠나지 않는데다 옝제예비초바 부인이나 그지마와 백작이 공공연히 그녀에 대한 혐오감을 드러내는 가운데 어떻게 상드 부인이 옛 애인이라는 입장으로 이 방에 들어설 수 있을까? 그렇다면 남겨진 가능성은 한 가지밖에 없었다. 상드 부인을 단지 지인 중의 한 사람이라는 입장으로 맞아들이는 것이었다. 그 역할을 맡아줄 수 있는 것은 역시 클레징게르 부인밖에 없었다.

솔랑주는 쇼팽이 죽을지도 모른다는 사실을 실감하지 못하는 한편으로 왠지 강한 두려움을 금할 수 없어, 문득 생각해보니 사랑하는 이의 병상을 너무 오래 찾지 않았다는 젊은이 특유의 모순에 찬 태도를 보였다. 파리에 나온 뒤로도 샤요의 별장을 찾지 않고 있다가 쇼팽이 방돔 광장으로 이사했다는 소식을 듣고서야 곧바로 남편과 아이를 데리고 병문안에 나선 그녀는, 그곳에서 자신이 등을 돌렸던 한 달 반 사이에도 멈추지 않고 착실히 죽음으로 나아가고 있는 병든 육체를 목도하고 아연해지고 말았다. 이렇게 될 줄은 진작부터 알고 있었다. 그런데도 무슨 까닭인지 도무지 병문안을 나설 수 없었다. 자신의 그런 냉혹함을 인정해야 한다는 것이 큰 상처가 되어 그녀를 강한 자책으로 몰아세웠다. 그녀를 더욱 동요하게 한 것은 침대에 누운 채 새로 사들인 가구들을 어디에 놓을지 일일이 지시하는 쇼팽의 모습이었다. 그녀가 문 앞에 우두커니 서 있는 것을 알아차린 그는 몸짓으로 그녀를 침대 곁에 불러들여, 다른 잡음에 묻혀 알아듣기 힘든 작은 소리로 방을 새로 꾸민 것이며 거기에서 열 연주회 계획 등에 대해 쉬엄쉬엄 이야기하고, 그때는 그녀 부부도 꼭 초대하겠노라며 금세 부서질 듯 아슬아슬한 웃음을 애써 지어 보였다. 그의 화려한 말의 성찬과 그것과는 정반대인 그의 참혹한 모습이 그녀를 혼란에 빠뜨렸다. 그는 자신의 운명에 대해 전혀 모르는 것일까? 쇼팽처럼 총명한 사람도 죽음을 앞두면 이렇게 되고 마는 걸까? 그런 행동을 그의 마지막 오락으로 이해해주려는 듯한 주위 사람들의 표정도 솔랑주의 눈에는 잔혹하게만 보였다. 모두가 다 알고 있는 일이다. 그런데 당사자인 쇼팽만 그 사실에서 제외되어 있었다. 언제나 자신이 유일하게 의지해왔던 사람이 어느새 자신보다 훨씬 약한 존재로 전락해버렸다. 겨우 삼십구 년밖에 살지 않은 그의 육체는 마치 죽음의 기척을 알아차린 늙음이 서둘러 달려오기라도 한 것처럼 젊음이 무참히 고갈된 흔적을 생생히 드러내며 여지없이 죽음을 통감하게 했다.

클레징게르 부인은 쇼팽과의 관계에 생겨난 돌연한 전도(轉倒)를 받아들이고 앞으로는 자신이—가령 스털링 양처럼 경제적인 후원은 어렵다 해도—그의 고독을 위로하고 그 불안을 어루만져야 한다는 것을 마음에 새겼다. 의무감은 곧 자존심의 미약(媚藥)이다. 그녀는 자기도 모르는 사이에 쇼팽의 주위에 모여든 고귀하고 우아한 여성의 울타리에 함께 끼어 있었다. 그것이야말로 예전에 그녀의 어머니가 오랜 세월에 걸쳐 독점하고 있었던 지위였고, 쇼팽과의 관계에서 그녀가 도저히 어머니를 뛰어넘을 수 없었던 중대한 이유였다. 솔랑주가 쇼팽의 최후를 지켜주리라고 결심한 것은 결코 어머니에 대한 반항심 때문이 아니었다. 그러나 막상 그 역할을 받아들이고 보니 막연하나마 그런 생각을 하지 않을 수 없었다. 지금 나는 어머니의 무책임을 대신 갚고 있는 것이다. 어머니의 그 비정함과는 반대로 이토록 진지하고 자비로운 마음으로! 그리고 그녀가 그것을 가장 강하게 자각하게 된 계기는 프랑숌이 그녀에게 비밀리에 상드 부인을 파리로 부를 계획을 상의해온 일이었다.

프랑숌의 이야기를 들은 클레징게르 부인은, 과연 가능하겠느냐는 그의 질문에 고개를 저었다. 냉혹한 어머니가 헤어진 연인을 방문하는 일은 절대로 있을 수 없다. 그가 얼마나 지독한 곤궁에 빠져 있건 어머니에게는 현재의 자신과 아무 상관도 없는 문제일 뿐이다. 만약 그런 선량한 마음이 조금이라도 있었다면 부즈랑 부인의 편지를 받았을 때 당장 파리로 달려왔을 것이다. 게다가 스털링 양과 차르토리스카 대공비가 그토록 헌신적으로 간병하고 있는 자리에 어떻게 어머니 같은 사람을 데려갈 수 있단 말인가? 그것은 완전히 잘못된 방문일 뿐만 아니라, 분명 용서받지 못할 방문이 될 것이었다.

솔랑주는 자신에게 그런 이야기를 하는 것 자체가 잘못되었다고 생각했다. 어머니와는 여전히 절교 상태였다. 자신이 먼저 연락을 취하기는 싫었고 편지를 쓰려고 해도 쓸 말이 없었다. 지금 쇼팽의 곁에는 자신이 있다. 하지만 그가 진심으로 원하는 사람은 역시 어머니인 모양이다. 그렇다고 노앙의 어머니에게 파리로 와서 나 대신 그를 위로해달라고 연락하란 말인가? 나에게? 생각만 해도 불쾌했다. 쇼팽이 어머니와의 재회를 열망한다는 말도 도저히 믿을 수 없었다. 그렇게 헤어진 상대에게 무슨 미련이 있단 말인가? 두 사람의 관계를 제대로 이해하지 못한 사람의 억측임이 분명하다. 그렇게 억지로 생각을 돌렸다.

프랑숌은 솔랑주의 너무도 쌀쌀한 태도에 쇼팽이 항상 말하던 모녀관계의 어려움을 새삼 통감했다. 그를 그토록 괴롭혔던 문제가 이제는 그의 마지막 희망마저 가로막고 있었다. 역시 무리일까? 그래도 어떻게든 설득해보려는 프랑숌과 달리 클레징게르 부인의 태도는 냉랭하기만 했다. 오로지 그의 간호에 온 힘을 쏟고 있는 터라 도저히 어머니와의 관계를 개선하기 위해 노력할 힘은 없다고, 더이상 공연한 기대를 품지 못하게 하려는 듯 딱 잘라 말했다.

9월을 꼬박 샹로제에서 보낸 들라크루아는 10월 초에 일단 파리로 돌아와 생 쉴피스 성당의 사제 자택에서 부사제 등과 함께 회의를 가지고, 최종적으로 생 장주 예배당의 가로 485, 세로 751센티미터의 장방형 위에 반원을 얹은 모양의 양쪽 벽과 가로 575, 세로 384센티미터의 타원형 천장 삼면에 천사를 주제로 한 그림을 그린다는 결론에 합의하기에 이르렀다. 마침 생 장주 축일인 10월 2일의 일이었다. 마지막에 뜻을 굽히긴 했지만, 그래도 마침내 고민거리가 해결되어 몸이 가뿐해지는 듯했다. 덕분에 보르노의 저택에서 즐거운 시간을 보낼 수 있을 것 같았다. 환경이 바뀌면 좋은 제재도 떠오를 터였다.

발몽으로의 출발은 수요일인 10월 3일로 예정을 잡았는데, 들라크루아는 원래 오전 일곱시인 열차시간을 아홉시로 착각하고 있다가 출발 이틀 전인 1일에야 포르제 남작 부인의 집에서 담소를 나누던 도중에 그 사실을 깨달았다. "아무래도 그렇게 이른 시간에는 일어나지 못할 것 같은데요?" 하고 포르제 부인이 웃으며 예언한 대로 그는 특별한 이유 없이 그 일정을 4일로 미뤄버렸다. 여름부터 별로 건강이 좋지 않던 제니는 에크브레에 갔을 때와 마찬가지로 샹로제에 남았다. 고르트롱과는 현지에서 만나기로 해 다른 일행이 없었기 때문에 일정 변경에는 별다른 무리가 없었지만, 발몽으로 가는 도중에 루앙에서 하룻밤 정도 머물며 시내를 둘러보려고 했던 계획은 꽤 틀어지고 말았다.

루앙에 들르려 했던 것은 시내 미술관에 있는 자신의 작품 〈트라야누스의 정의〉를 관람하고, 처음 방문했던 열다섯 살 때부터 한결같이 사랑해온 고딕 양식의 성당들을 둘러보기 위해서였다. 출발 당일은 반드시 일찍 일어나겠다고 벼른 덕분에 이른 시간에 집을 나설 수 있었는데, 역에 도착해서는 일곱시발 열차가 별다른 설명도 없이 한 시간이나 늦어져서 역원에게 불만을 터뜨리는 소란이 있었다. 그러나 막상 열차가 움직이기 시작하자 철길 양쪽 가득 펼쳐진 생 제르맹 숲이 마치 그의 가슴을 뚫고 지나가는 듯이 그런 불쾌감을 나무들 사이로 거두어주어, 열두시 반에 루앙에 도착했을 무렵에는 퍽 기분이 나아져 있었다. 오텔 드 프랑스에서 숙박 수속을 마치고 예전에 이곳에서 머물던 때의 추억을 떠올리며 기분 좋게 점심을 든 다음 가랑비가 흩뿌리는 가운데 세시에 곧바로 미술관으로 나갔다. 마침 그날 아침부터 시작된 노르망디 화가들의 특별전 때문에 그의 가로 396, 세로 495센티미터의 대작 〈트라야누스의 정의〉는 임시로 설치된 골조에 가려 왼쪽 절반이 보이지 않았다. 출발 날짜를 미뤄버린 게으름이 이런 식으로 영향을 미치리라고는 꿈에도 짐작하지 못했다. 생각할수록 너무도 안타까웠지만, 겨우 눈에 드는 오른쪽 절반만으로도 그를 감격하게 하기에는 충분했다.

수년 만에 마주하는 자신의 작품이 이토록 큰 기쁨을 준 적은 이제까지 없었다. 그 경험은 그의 화가로서의 긍지를 앙양하고,

동시에 자신의 의도를 뛰어넘은—아마도 개개의 의도가 무한히 집적된 끝에 그림이 그 자체로서 불쑥 나타난 듯한 한순간의 신비를 실감하게 했다. 그 찬란함은 그의 가슴을 뭉클하게 했지만, 전체적인 색조는 오히려 어두워서 그런 효과가 어떻게 나온 것인지 스스로도 제대로 설명할 수 없었다. 구도도 견고하고 또한 충분히 생기가 넘쳤다. 아쉬운 점은, 죽은 자식의 복수를 애걸하는 왼편 아래쪽 어머니의 모습이 제대로 보이지 않는 것이었다. 양팔을 쳐들고 몸을 숙인 채 말 위의 황제를 우러러보는 그 어머니의 표현이야말로 이 작품에서 가장 중요한 위치를 차지하는 것이었다. 가려진 틈으로 보이는 그 부분의 힘과 심원함은 주위의 모든 것을 뒤덮어 화면 저 안쪽으로 물러나게 하는 것처럼 느껴지기까지 했다.

가련한 〈사르다나팔루스의 죽음〉과는 달리 보존 상태도 대단히 양호했다. 역시 그림이란 놓여야 할 장소가 따로 있다. 특히 대작을 개인에게 매각하는 일은 앞으로는 어지간히 급한 사정이 아닌 한 피하기로 마음먹었다.

〈트라야누스의 정의〉를 관람하고 미술관 관내를 한 바퀴 돌아보는 길에, 작자를 알 수 없지만 아마 루카스 반라이덴의 작품일 것으로 짐작되는, 세부 처리의 섬세함이 대단히 매력적인 작품 몇 점, 그리고 그것을 포함하여 다른 모든 작품을 능가하는 루벤스의 〈양치기들의 경배〉에 큰 감동을 받았다. 특히 〈양치기들의 경배〉는 압도적으로 뛰어난 작품이어서 그 곁에 전시

된, 예전에는 그 소박함과 진실미에 크게 감동했던 오르탕스의 〈빌라도 앞의 그리스도〉가 이제는 그저 단순한 모델의 초상화로밖에 보이지 않았다.

미술관을 뒤로하고 그길로 생 투앙 사원을 둘러본 다음 피곤한 가운데에도 충실한 보람을 느끼며 호텔에 돌아왔다. 다음날은 조금 늦은 시간에 호텔을 나서서 노트르담 대성당과 생 마클루 성당을 찾았고 그 김에 생 파트리스 성당에도 잠깐 들렀다가 다시 호텔로 돌아와 세시에 식사를 하고 한 시간 반 뒤에 다시 발몽을 향해 출발했다.

차창은 조금씩 밤의 색깔로 물들어갔다. 유리에 비친 자신의 얼굴을 가만히 바라보고 있으려니 바깥의 어둠이 자신의 내부 깊숙한 곳으로 흘러드는 것 같았다. 이윽고 그 어둠의 흐름에 녹아들어 주변 경치와 마찬가지로 모든 것이 색깔도 윤곽도 잃고 기차의 속도 속으로 희미하게 번져가는 것이 느껴졌다. 그 한복판에서 기억은 마치 쳇바퀴 속의 다람쥐처럼 네 군데의 성당에서 보낸 시간을 수없이 빙빙 돌고 있었다. 숭고함, 그것을 첫째로 생각한다면 역시 생 투앙 사원이 가장 훌륭했다. 세 개의 출입구가 단정하게 자리잡은 정면의 침착한 모습. 우뚝 솟은 두 개의 첨탑이 빚어내는 안정감. 인골처럼 청아한 내부석(內部石)의 백색. 그것과 완전한 조화를 이루며 머리 위에 나란히 늘어선 트리포리움의 청초함. 높직한 창문의 정갈한 밝음…… 고딕 양식의 절정기를 맞이하기 직전의 비할 데 없이 세련된 기품을 지닌 아름다움은 거의 성모적이라고 느껴질 정도여서, 우러러보이는 웅장한 궁륭과 신비하게 어우러져 이 땅의 것이 아닌 완벽한 세계를 떠올리게 했다. 노트르담 대성당의 매력은 그곳과는 또 전혀 다르게 다가왔다. 장엄하게 켜켜이 쌓아올려진 정면은 그 모종의 불규칙성이 오히려 보는 이를 즐겁게 해주었다. 그 안쪽으로 먼 하늘을 향해 똑바로 솟은 '버터의 탑'. 중정으로 들어가는 '서사(書肆)의 문'은 또 얼마나 훌륭한가. 중앙 안쪽 샤펠의 루이 드 브레제의 묘지. 특히 그 조각은! 고대풍의 장점이 근대의 특질, 그리고 르네상스의 광채와 함께 하나의 양식으로 멋지게 통일된 그 경탄할 만한 자태. 또다른 묘지에는 라파엘로의 최고 걸작과 비교해도 손색이 없을 우아한 조각. 생 마클루 성당은 또 그 어느 쪽과도 달랐다. 정치하기 이를 데 없는 장미 창, 출입문 위 맞배지붕의 투명한 플랑부아양 양식의 부조, 첨탑을 중심에 앉힌 삼각형 구도에도 강한 인상을 받았다. 마지막으로 찾은 생 파트리스 성당은 건물 자체보다도 아담과 에바의 타락의 회화에 관심이 갔다. 그 곁에 선 악마. 독침을 준비하는 죽음. 그리고 원죄. 아름다운 옷으로 치장한 여인의 감긴 눈. 그녀를 얽어맨 사슬……

그러나 그런 조용한 회상도 잠시 뒤에 기차에 올라탄 젊은 변호사와 그 의뢰인들의 떠들썩한 소란통에 산산조각이 나고 말았다. 이브토 역에서 내려 공중마차로 갈아타고 한밤중이 되어서야 마침내 발몽에 도착했다.

어둠 속에 희미하게 떠오른 마을의 정경이 기억 속의 경치와 이어지며 그의 가슴을 두근거리게 했다. 돌아왔다는 실감이 감미로운 기쁨이 되어 부풀어올랐다. 그러나 추억 속의 정경이 점점 더 선명해지면서 오히려 그 변해버린 모습만 눈에 띄어 어쩐지 섭섭한 마음이 들었다. 저택으로 이어지던 가로수 길은 어쩌다 없어졌을까? 회상할 때마다 가장 먼저 떠올라 그를 그리운 사람들의 품으로 이끌어주던 길이었다. 그들과 함께 다니던, 그곳을 떠올리지 않고서는 그들의 모습조차 되살아나지 않을 만큼 단단히 연결되어 있던 길이었다. 그런데 그 길이 흔적도 없이 사라지고 낯선 새로운 길이 나버린 것이다. 그 사실이 이번 여행에 대한 어떤 예감을 불러일으켰다. 자신은 **돌아온다**는 심정으로 이곳을 찾았다. 바로 조금 전까지도 그랬다. 그러나 한 인간이 어딘가에 **돌아온다**는 일이 가능하기나 한 것일까? 분명 다시 이곳에 와 있다. 그러나 그것은 자신이 원했던 **돌아온다**는 것과는 아무 관계도 없는 것이 아닐까?

도착 후 며칠 동안 끊임없이 그의 뇌리를 스친 이런 생각은 날이 갈수록 한층 강해졌다.

보르노나 고르트롱과 재회하고 서로 추억을 나누는 것도 기대했던 만큼의 기쁨을 주지 못했다. 보르노 부인과 그녀의 여섯 딸, 그리고 이웃 사람들 같은 낯선 얼굴들이 한 사람씩 꼭 그 자리에 끼어 있던 탓에 이야기가 자꾸 산만해져 그가 원했던 개인적인 회상으로 깊이 들어가지 못했기 때문일지도 모른다. 아니면 루앙에 들렀을 때부터 몸이 별로 좋지 않았던데다 이곳에 도착한 뒤에는 폭우에 발목이 잡혀버리는 바람에, 무리해서 앙제빌의 언덕길을 올라가본 것 외에는 꼬박 이틀 동안 방 안에 따분하게 갇혀 있어야 했기 때문인지도 몰랐다. 그러나 그런 환멸은—아니, 딱히 환멸이라고 규정할 수도 없는 일종의 감동의 결여는 이 땅의 모든 것에 대한 지금의 심경과 꼭 맞아떨어지는 것 같았다. 이곳을 떠나는 날, 예전처럼 커다란 아쉬움에 몇 번이고 뒤를 돌아볼 수 있을까? 어쩌면 아무 느낌도 없이 그저 며칠 혹은 몇 주일의 기억을 적당히 품고 약간의 피곤과 함께 이제야 파리로 돌아갈 수 있게 되었다고 안도의 기쁨을 느낄지도 모른다…… 정원의 나무들은 그새 못 알아볼 만큼 커다랗게 자라 있었고 그중에는 거의 숭고하다고 할 만큼 훌륭한 것도 있었지만, 그 모습이 어딘가 애처로워 차마 똑바로 바라보기 어려웠다. 어째서일까? 지나치게 비대한 것에서 느끼기 쉬운 어떤 우스꽝스러움 때문일까? 혹은 그것 역시 변해버린 것이기 때문일까? 게다가 그런 느낌 역시 마음속 깊은 곳까지 가 닿지 않았다. 느낌은 있었다. 그러나 가슴 뭉클한 무언가가 없었다. 왼편 안쪽의 작은 폭포로 발길을 옮기는 도중에 그 뒤로 펼쳐진 산을 올려다보았을 때도 마찬가지였다. 산이야말로 예전과 전혀 변함없이 그 자리에 있었다. 그러나 그것을 눈앞에 두고서도 별다른 감개가 일지 않았다. 섬세한 관찰이 가져다준 작은 발견도 마찬가지였다. 폭포 아래로 이어지는 작은 강을 건널 때, 다리

옆에 선 나무들을 타고 아이비가 자라 있는 것이 눈에 띄었다. 짙푸른 잎사귀와 갈색의 줄기 곳곳에 황록색 꽃이 금모래를 한 움큼씩 쥐어 뿌린 듯 작게 뭉쳐 피어 있었다. 너무도 소박하고 사랑스러운, 동시에 불길한 아름다움이었다. 그것은 말하자면 나무 자체의 목숨과 맞바꾸는 계약을 맺은 장식물이었다. 머지않아 아이비는 나무들을 완전히 뒤덮고 스스로 한 그루의 나무가 되리라. 그리고 원래의 나무는 꽁꽁 묶인 채로 처참하게 시들다 이윽고 말라비틀어져 쓰러질 것이다. 순간의 아름다움과 맞바꾸어 나무는 수십 년, 수백 년의 목숨을 상실하는 것이다. 그러한 낭만주의적인 몽상이 한순간 그를 사로잡았지만, 그의 발걸음은 자연스럽게 앞으로 나아갈 뿐 오래 그곳에 머무르려 하지 않았다.

들라크루아는 비에 묶인 따분한 시간을 밀린 며칠간의 일기와 포르제 남작 부인에게 보내는 긴 편지를 쓰는 것으로 때우는 한편, 보기만 해도 질릴 만큼 책장에 길게 꽂힌 몽테스키외의 전집을 꺼내 군데군데 훑어보기도 했다. 그 속에서 정신이 참된 성숙에 도달하는 때에 육체는 벌써 시들기 시작한다는 부분을 찾아낸 그는 이곳에 도착한 후의 일들을 다시금 골똘히 생각했다.

자신이 이 발몽이라는 땅에서 찾으려 한 것은 무엇이었을까? 고르트롱이 이번 여행을 제안한 이후로 그는 줄곧 이번 체재가 생 쉴피스 성당의 제작에 가져다줄 의미에 대해 생각했었다. 출발 전부터 그는 거기에 묘한 확신을 품고 있었지만, 그 확신의 이유를 묻는다면 아마 선뜻 대답하지 못했을 것이었다. 파리라는 도시와 한동안 완전히 관계를 끊고 충분한 휴식을 취한 다음 다시 깨끗하고 맑은 마음으로 작업에 들어가고 싶었다. 그러나 그것이 수많은 일정을 팽개치고 반드시 이곳을 찾아야 하는 이유라고는 생각되지 않았다. 파리를 출발하여 루앙을 거치는 동안 열차 안에서 그는 향수라는 것에 대해 생각했다. 발몽에 도착한 그날 밤의 환멸은 말하자면 그 향수에 대한 배신이 낳은 결과였다. 무엇에? 그가 부재하는 시간 동안 변해버린 이 마을의 정경에? 물론 그럴지도 모른다. 그러나 그것이 문제의 본질은 아닌 것 같았다. 애초에 향수란 무엇을 향한 것이었는가? 이 땅? 아니, 오히려 이곳을 맨 처음 찾았던 당시의 자신—눈에 들어오는 모든 것이 경탄과 함께 생생하게 느껴지고, 다양한 감정이 순간순간 고통으로 착각될 만큼 거세게 일어났던 십대의 자신을 향한 것이 아니었을까? 어디에도 돌아갈 수 없다는 실망감은 변해버린 이 마을이 아니라 잃어버린 나 자신에 대한 것이 아니었을까? 그토록 사랑했던 사원에조차 전혀 마음이 움직이지 않는 지금의 나 자신……

감수성이란 결국 육체의 문제이다. 육체가 쇠약해지면 당연히 감수성도 둔화하는 것이다. 생 쉴피스 성당의 벽화 제작에서 자신이 가장 두려워하는 것은 늙음이었다. 지금까지 수없이 많은 프레스코 화 작업을 했다. 그 경험에는 절대적인 믿음이 있었다. 단지 늙음만이 미지의 것이었다. 그리고 그 단 하나의 미지가 과거의 경험을 송두리째 부정할지도 모른다는 불안이 있었다. 이제까지 한 번도 상상력의 고갈을 고민한 적은 없었다. 도리어 지나치게 과잉해서 괴로워하기까지 했다. 그러나 언젠가는 고갈의 날이 찾아올지도 모른다. 감수성은? 자신은 그것의 소생을 기원하며 이 땅을 찾았다. 그리고 지금 가장 잔혹한 방법으로 그 불가능을 통고받고 있는지도 모른다.

그는 다시금 몽테스키외의 논의를 떠올렸다. 인간은 너무도 불합리하게 만들어졌다. 젊은 시절 지나치게 범람하던 예민한 감수성이 잦아들고 나서야 정신은 비로소 오류를 벗고 이해력을 키워 어떤 일을 확실히 계획하고 수행하는 지성을 얻는다. 어째서 그 두 가지 능력을 겸비하게 해주지 않는 것일까? 지금처럼 많은 것을 알고 명석하게 사고하면서도 예전처럼 생생한 느낌도 가질 수 있다면…… 그것은 자연계의 모든 살아 있는 것에 주어진 숙명일까? 나무가 결코 꽃과 열매를 동시에 얻지 못하고 열매를 달기 위해서는 먼저 꽃을 피워야 하듯이, 정신의 성숙은 감수성의 감미롭고도 애매한 섬세함을 거친 다음에야 손에 넣을 수 있는 것일까? 위대한 예술가란 분명 지성이 완전히 그를 지배하는 나이가 되어서도 젊음의 특성인 강렬한 감각을 전혀 손상시키지 않고 유지하는 사람이다. 지성이 경험을 섭취해 살이 찌기 시작할 때에도 감성이 그 마모를 견뎌내며 여전히 강인하게 남아 있는 사람.

그런 생각을 하며, 그는 여름 초입에 샤로제에서 맛보았던 자연과의 행복한 화해의 기억을 다시 떠올리지 않을 수 없었다. 그 아름다운 날들에 자신이 얻은 것은 무엇이었을까? 그것은 결국 단순한 소모의 징후에 지나지 않았던 것일까? 그때는 은총이라고까지 느껴졌던 자연과의 평화로운 관계가 이제는 예술가로서 치명적인 손실의 결과인 것처럼 여겨졌다. 그때는 분명 자신을 위로해주었던 일련의 사색이 이제는 너무도 어수룩한 것으로만 다가왔다. 그리고 내일은 또 알 수 없는 것이다…… 어차피 인간이란 그렇게 죽을 때까지 일지반해(一知半解)의 상태인 것일까? 아무리 세월이 흘러도, 진보라는 것이 자리를 잡지 못하고 우왕좌왕하는 동안 육체만은 외줄기 어슴푸레한 길을 착실히 걸어나아간다. 늙는다는 것은 말하자면 그런 것일까?

사나흘이 지나 비가 개고 그토록 기다리던 태양이 모습을 드러내며 구름 하나 없는 맑은 날씨가 연일 이어지자 그제야 가슴 속이 환해지는 것 같았다. 내내 집 안에 갇혀 있다보면 어쩔 수 없이 우울해지고 만다. 어쩌면 그런 증세가 곧 노인의 나쁜 점인지도 모른다. 평소에는 제니와 단둘이, 그것도 아틀리에에 틀어박혀 작업만 하며 지냈기 때문에 이곳처럼 수많은 사람들과 함께하는 생활에 익숙해지기까지 제법 시간이 걸렸지만, 그래도 점점 적응해가면서 하루의 시간을 요령껏 나누어 쓸 수 있게 되었다.

오전은 대개 방에서 혼자 보냈다. 일기나 편지를 쓰는 한편으로 이번 기회에 몽테스키외 전집을 독파할 심산으로 우선 『아르자스와 이스메네』를 읽었는데, 기대와는 달리 전혀 재미가 없었다. 몽테스키외의 재능은 따분한 모험담이나 염문을 늘어놓는 식의 이야기에는 어울리지 않는 모양이었다. 그렇다고 『법의 정신』을 빼들었는가 하면 그렇지는 않고, 일단 몽테스키외는 제쳐두고 그간 마음에 걸렸던 사원의 샤펠 스테인드글라스 보수 작업을 시작했다. 이 스테인드글라스는 그가 오래 전부터 유독 아끼던 것이었다. 특히 아름답고 단순한 인물 조형과 대담한 표현, 그리고 힘이 넘치는 검은 윤곽선 등은 언제나 그를 크게 매료시켰다. 지금 구상중인 프레스코 화에 응용할 수 있다는 점도 흥미를 불러일으켰다. 보르노의 가족은 "손 다치지 않게 조심하세요"라고 염려하면서도 그의 생각을 반겼지만, 내버리기도 뭐해서 한쪽에 치워두었던 유리 조각들을 열심히 모아들여서는 라파엘로니 코레조니 하는 예를 들며 그것이 얼마나 큰 가치가 있는지 역설하는 그의 모습에는 대단하다고 해야 할지 어리석다고 해야 할지 모를 복잡한 마음이 되어, 예술가란 역시 괴팍한 인종이라고 실감하게 되었다.

점심식사 후에는 함께 외출하는 일이 많았다. 생 피에르 앙 포르, 앙제빌, 캬니, 프티트 달 같은 근교의 낯익은 장소를 마차로 돌아다니다 늦은 시간에야 발몽으로 돌아오곤 했는데, 특히 자주 찾은 곳은 페캉이었다.

10월 16일 오후, 여느 때처럼 보르노의 가족과 마차를 타고 페캉을 찾은 들라크루아는 잠시 쇼핑을 한 뒤에 그들과 헤어져

해가 질 때까지 자갈 가득한 해변에서 오래도록 바다를 바라보고 있었다. 페캉을 찾은 것은 이번 체재 동안에만 벌써 네 번이었지만, 한 번은 시내를 구경했을 뿐이라 바다를 보는 것은 그것이 세번째였다.

처음 페캉을 찾았던 날, 바다는 구름 낀 하늘 아래 휘몰아치는 강풍에 미친 듯이 날뛰고 있었다. 거센 파도가 물거품을 흩뿌리며 당장이라도 덮칠 것 같은 흉포한 모습으로 그의 발치에 몰려왔다. 그 무시무시한 신음 소리는 인간이 끝내 문명의 지배 아래 둘 수 없었던 자연의 영맹(獰猛)함이며, 모든 질서에 잠재하면서 내면에서부터 인간 이성의 강변으로 밀려드는 하나의 거대한 폭력이었다. 그 바다 위에 금방이라도 파도에 휩쓸릴 것 같은 작은 배 두 척이 출항하는 것이 보였다. 나뭇잎처럼 이리저리 흔들리는 선체는, 마치 미켈란젤로가 죽음의 틈새로 자신의 일생을 돌아보며 머릿속에 그렸던 그 장면처럼 언제 뒤집혀도 당연할 것 같아 보였다. 매일같이 이 바다에서 고기를 잡는 이들에게 이만한 파도는 대수롭지 않은 것일까? 그러나 그의 눈에 그것은 단순히 직업적으로 익숙해져버린 용감함 이상의 것으로 보였다. 엄청난 혼란의 한복판에 선 한 줌의 견고한 정밀(靜謐). 게네사렛 호수의 그리스도에게서 사람들이 보았을, 어떤 종류의 신성의 현현. 그러나 두번째로 찾았을 때, 페캉의 바다는 완전히 달라져 있었다. 불과 며칠 만에 다시 찾은 그의 눈앞에는 파랑도 초록도 장미색도 아닌, 무어라 표현하기 어려운 고혹적인 빛깔로 물든 바다의 윤곽선이 나부(裸婦)의 그것처럼 부드럽게, 한없이 멀리 펼쳐져 있을 뿐이었다.

오늘의 바다는 그날보다 더 고요해 보였다. 머리 위의 태양으로부터 흘러나온 빛이 잔잔하게 일렁이는 바다 표면 한가운데에 한줄기 눈부신 띠를 만들었다. 그 주변으로 산산조각난 빛살을 반짝이며 가만히 흔들리는 파도는 무한히 다양한 단조로움을 저 멀리 그어진 한줄기의 완벽한 제지를 향해 작은 묶음들을 만들어갔다. 그곳에서 천천히 시선을 앞으로 거두어들이자 파도는 점차 수(數)에서 벗어나 구체적인 것이 되고 깊이는 두께로 변하며 움직임은 그 소리와 함께 보다 분명해져서, 이윽고 눈앞에서 어루만지듯 해안을 적시는 바다의 가장 끝부분, 종이처럼 얇은 한 장의 물로 이어졌다.

그런 평화로운 자연의 표정을, 그는 멍하니 자신의 심경과 겹쳐 생각해보았다.

전날 그는 보르노와 함께, 한 발 앞서 파리에 돌아가기로 한 고르트롱을 이브토 역까지 배웅하러 나갔다. 열차가 떠난 뒤 플랫폼을 돌아서는 순간 보르노가 “한 시름 더셨지요?” 하고 위로해주는 바람에 저도 모르게 쓴웃음을 흘렸다. 고르트롱에 대해서는 자신의 아틀리에에서 조수로 일하던 때부터 잘 알고 있다고 생각했었는데, 막상 함께 지내면서 아침부터 밤까지 매사에 불평만 하는 그 한심한 성격을 곁에서 직접 겪어보니 어느새 좋지 못한 감정이 쌓여갔다. 파리를 떠나기 전에 뭔가 좋지 않은 일이 있었는지도 모른다. 하지만 도저히 그것만으로는 이해할 수 없는 일종의 심술이 느껴졌다. 최대한 좋게 표현하자면 괴짜라고나 할까. 게다가 뼛속부터 공화주의자이기까지 했다. 결국 떠나기 전 이삼 일은 도저히 참을 수 없어서 내심 빨리 떠나기를 바라며 말도 거의 나누지 않았다. 보르노가 "한 시름 더셨지요?"라고 한 건 그런 그의 마음고생을 곁에서 줄곧 지켜보았기 때문이었다.

딱히 그가 떠났기 때문만은 아니겠지만, 오늘은 아침부터 기분이 상쾌하고 마음이 묘하게 고요했다. 오전에 홀로 산책을 나갔다가 페캉으로 통하는 길 왼쪽에 있는 작은 숲의 풍경에 이끌려 그 안쪽 깊이 소나무가 무성한 목초지까지 올라가려다, 몇 걸음 뗄 때마다 번번이 울타리와 담장이 막아서는 바람에 결국 포기했다. 점심식사 때는 보르노와 함께, 예전에는 공동의 땅이었던 토지를 사유화해 울타리를 치는 바람에 그 땅에서 수확하던 가난한 주민들이 쫓겨나고 있다는 이야기를 했다. 보르노는 "전 귀찮아서 울타리 같은 건 치지 않고 내버려두었지요"라고 했지만, 들라크루아는 그의 그런 관대함이 얼마나 많은 사람들을 풍족하게 해주는지에 대해 열변을 토했다. 마침 며칠 전에 우연히 생 투앙 근교의 수건 공장에 들렀다가 한 다스에 채 이십 수도 되지 않는 벌이를 위해 온 가족이 아침부터 밤까지 일해야 하는 저임금 노동자들을 보고 온 후라 평소에는 그다지 신경을 쓰지 않았던 그런 문제에 더욱 민감하게 마음이 움직였다.

그리고 화제는 이 지역에서 치러졌던 선거로 옮겨갔는데, 사천 삼백육십 명에 달하는 지역 선거민 중에 투표장에 나온 사람은 겨우 천육백 명에 지나지 않았다. 그것도 그나마 나은 편인 것이, 근처 랑피빌에서는 마침 휴일이었는데도 한 명도 투표장에 나오지 않는 바람에 얼굴이 새파래진 촌장이 필사적으로 사람들을 불러모았다는 것이었다. 그 밖의 지역도 대개 비슷한 상황이었다고 한다.

이런 화제는 그야말로 요즘 세상의 한심한 꼴을 고스란히 보여주는 것이라서 그리 유쾌하지는 않았지만, 그것이 길게 꼬리를 끌며 그를 심각한 사색으로 이끌지는 않았다. 바닷가에 자리잡은 그는 바다 쪽으로 불쑥 튀어나와 수직으로 깎아지른 듯이 우뚝 선, 수석층의 무늬가 그대로 드러난 백아기 이회암의 거대한 암벽이 멀리까지 겹겹이 이어진 모습을 바라보며 아침에 지나쳤던 작은 나무다리 끝의 세탁 창고를 떠올렸다. 그곳은 아주 오래 전 바타유의 저택에 인사하러 찾아왔던 사랑스러운 석공의 딸에게 열다섯 살의 그가 태어나서 처음으로 입맞춤을 한 곳이었다. 그때의 몹시도 수줍어하던 소녀의 표정은 아직도 그의 뇌리에 뚜렷하게 남아 있었다. 그녀는 지금 어떻게 살고 있을까? 그 일을 함께 웃으며 이야기했던 보르노도 그녀의 소식에 대해서는 아무 말도 해주지 않았다. 당시 나는 석공의 딸이라는 신분에 대해 어느 정도나 알고 있었을까? 어쩌면 그녀는 이미 세상을 떠났는지도 모른다. 아니, 오히려 그것이 더 자연스럽다. 빈곤이란 말하자면 그런 종류의 비극이다……

그는 시선을 천천히 바다 쪽으로 옮겼다. 딛고 선 발 아래에서 자갈이 저걱거리는 소리가 들렸다. 이 엄청난 수의 자갈들의 둥근 선이 모두 수천 년, 수만 년이라는 시간에 걸쳐 끊임없이 밀려드는 파도에 의해 갈고 닦여진 것이라는 사실에 대한 경탄이 끊임없이 콧속을 들락거리다 어느 순간 훅 끼쳐드는 바다 냄새처럼 그의 가슴을 뭉클하게 했다. 한기가 조금 느껴졌다. 그는 죽은 바타유에게로 회상의 뱃머리를 돌렸다. 그리고 어머니와 누님, 조카인 샤를 등 차례차례 그리운 사람들의 모습을 떠올리며 그들 사이를 수없이 왕래했다.

예전에 이곳을 찾았을 때는 그들 모두와 함께였다. 앙제빌의 언덕에 올랐던 것도, 바다를 바라본 것도 언제나 그들과 함께였다. 많은 것이 변했지만 그중 가장 큰 변화는 그때 이 자리에 함께 있었던 많은 이들이 이미 이 세상을 떠나버렸다는 것이 아닐까. 자기 혼자만 그들과 헤어져 아직 이 자리에 서 있다는 것이 아닐까.

며칠 전 이곳 페캉에서 탕헤르의 프랑스 영사 미망인인 라포르트 부인을 방문했을 때도 같은 생각을 했었다. 발몽을 찾은 뒤로 그를 덮고 있는 우울은 변해버린 땅이나 자신이 늙었다는 실감 때문만이 아니라, 아직도 기억 속에 생생하게 살아 있는 몇몇 사랑하는 이들이 현실에서 절대적으로 부재하다는 사실이 가져온 것일지도 모른다. 다시 만난 라포르트 부인은 계단을 오르내리기도 힘겨운지 일층의 식당 같은 방에 침대를 옮겨놓고 딱할 만큼 노쇠한 모습으로 홀로 조그맣게 누워 있었다. 대화는 먼저 세상을 뜬 라포르트를 비롯해 고인을 그리워하는 심정이 대부분이었는데, 그 틈틈이 그녀가 웃으며 입에 담은 "다음은 내 차례야……"라는 말이 유독 뚜렷이 인상에 남았다. 이야기를 다 들은 그는 그 주름 가득한 손을 꼭 쥐었다. 다음에 이곳을 찾을 때는 그녀 역시 사라지고 없을지 모른다. 지금 자신의 손안에 있는 이 따스함과 부드러움도, 자신의 손을 맞잡아주는 이 연약한 힘도 그때는 모두 사라지고 없을지 모른다. 그의 손안에는 그렇게 두 번 다시 잡아볼 수 없게 된 손의 기억이 몇 가지가 있었다. 아무리 간절히 기원해도 이제는 결코 잡을 수 없는 손들…… 그 손들을 생각하면 그는 오래도록 그녀의 손을 놓을 수 없었다.

첫 대면 때부터 평생 변함없이 자신을 사랑해주었던 다정한 바타유. 일찍이 아버지와 사별하고 형과도 헤어져 살았던 스무살 연하의 자신에게 그가 피붙이로서 한없는 동정심을 품고 있었던 것은 분명했다. 그러나 평생 아내를 얻지 않고 전쟁터만 돌아다녔던 그 자신도 필시 고독했으리라. 제국군의 멋진 제복을 차려입은 그의 탄탄한 몸매. 동경의 눈빛으로 바라보는 자신에게 웃옷을 벗어 걸쳐주던 커다랗고 뼈마디가 굵은 손. 그리고 이제는 자신이 찾아온 것도 알지 못한 채 며칠 전 찾아가본 저 한심할 만큼 허름한 교회의 샤펠 안에서 조용히 영원한 잠에 빠져 있는 바타유…… 기억은 이윽고 그를 한층 강하게 어머니의 품으로 이끌었다. 어머니 빅투아르가 급서한 것은 그 전해에 이어 두번째로 발몽을 찾았다가 파리로 돌아간 1840년 가을의 일이었다. 그는 이번 체재중에도 가는 곳마다 매번 어머니를 떠올렸다. 그때의 발몽 여행이 어머니와의 마지막 장거리 여행이었던 것을 생각하면 그것도 당연한 일이었다.

어머니를 생각하면 그는 항상 가슴이 미어졌다. 슬픔 때문만은 아니었다. 아버지가 돌아가신 뒤로 파산이나 마찬가지 상태에서 여자 혼자 몸으로 온갖 고생을 하며 자신을 길러준 건실한 어머니. 그 어머니에게 은혜를 갚기는커녕 충분한 감사의 마음조차, 경애의 마음조차 전하지 못한 채 영원한 이별을 맞이해버린 어린 날의 자신…… 어째서일까……? 어째서 그때는 어머니가 둘도 없는 존재라는 것을 깨닫지 못했을까? 아버지가 돌아가셨을 때는 너무 어린 나이였다. 그러나 열여섯이나 나이를 먹은 당시에는 충분히 이해했어야 하지 않았는가…… 어째서일까……? 어머니를 사랑하지 않았던 걸까? 결코 그렇지 않다. 너무도 갑작스럽게 찾아온 죽음이었기 때문일까……? 예기치 못한 일이기는 했다. 그러나 그때 어머니는 이미 쉰여섯이었다. 지금도 마음속의 어머니는 신기하게 여전히 젊고 아름다운 모습이지만, 그렇다고 그 쇠약해져가는 모습을 깨닫지 못했던 것은 아니었다…… 어째서였을까……? 그 나이 소년 특유의 부끄러움 때문이었을까……? 아니면 그 밖에 뭔가……?

그는 끓어오르는 자책에서 도망치기라도 하듯, 멍하니 쳐다보고 있던 바다에 다시금 시선을 맞추었다. 이 태평하고도 느긋한 파도의 밑바닥에 그런 악마적이고 난폭한 분노가 감추어져 있는 것일까? 한없이 이어진 저 암벽을 수직으로 깎아내버릴 만큼 무서운 위력이? 그러한 상상의 불길함이 돌연 눈앞의 바다를 하나의 거대한 죽음처럼 느껴지게 했다. 물이란 참으로 두려운 것이다. 거기에는 일체의 구획이 없다. 영원히 서로 연속되어 있기만 할 뿐, 단 한 움큼의 물에도 구별이란 없다. 죽은 사람이 발을 들이는 것이 바로 이런 세계일까? 아버지가 죽고, 어머니가 죽고, 바타유가 죽고, 누님이 죽었다. 조카 샤를도, 형 샤를 앙리도 모두 죽어버렸다. 그들은 지금 사람들의 기억 속에 각각 개별적인 죽음으로 죽어 있다. 그러나 몇백 년이 지나 그들을 기억하는 이가 한 사람도 없는 시대가 되었을 때, 그들의 죽음은 이 바다처럼 경계 없는 거대한 죽음의, 행방조차 알 수 없는 일부분—아니, 부분이라고 할 수도 없는 무언가가 되는 것이 아닐까?

파도를 넘어 그의 발치에 와 닿는 바닷바람이 피부에 딱딱하게 부딪치는 듯한 감각은 그런 생각을 거의 확신으로 만들었다. 태양이 물러난 계절의 바닷물의 그 섬뜩한 냉기는 바다를 한층 더 죽음과 밀접하게 이어주었다. 그것은 한여름의 풍요를 정확히 반전시켜 무(無)로 돌아가기를 거부하는 수많은 부재의 장엄한 침묵으로 가득한 듯했다. 영감(靈感)이란 실은 그 혼돈의 깊은 곳에서 떠오르는 변화무쌍한 프로테우스* 같은 것이 아닐까? 만일 그것이 예언과 같은 무언가를 밝히려 한다면? 그것은 필경 모든 변화의 거짓된 모습을 불식시키고 거기에 하나의 노신(老神)이 나타나는 순간은 아닐까? 그리고 그 노신이란? 그는 그때 무엇의 미래를 말할 것인가? 지성의? 아니면 죽음의?

여전히 눈앞에 아른거리는 태풍의 바다가 끝내 두 척의 배를 전복시키고, 바다 한가운데에 한 척의 부서진 뗏목이 산더미처럼 쌓인 죽음으로 기울어가는 환상이 떠올랐다. 그는 그 뗏목에 탄 거무스레하고 벌거벗은 시체 가운데 하나에서 자신의 모습을 보았다. 그것은 틀림없이 자기 자신이었다. 그를 모델로 세상 어느 누구보다 사랑했던 화가의 손에 의해 그려진 그 자신의 죽음이었다.

제리코……

언제였던가, 피에레가 어렵게 구했다며 콜레주 드 프랑스에서 했던 미슐레의 강의록 사본을 그에게 건네준 적이 있었다. 재작년 연말에 당시 7월왕정 정부로부터 중지 명령이 내려져 물의를 빚었던 유명한 강의의 다섯번째 초고로, 피에레의 말로는 강좌는 3회로 중단되었지만 그 뒤로도 강의록 초고는 극비리에 인쇄되어 학생들 사이에 떠돌았다고 했다. 그가 일부러 그것을 가져온 것은 다름아닌 테오도르 제리코를 다룬 내용이었기 때

* Proteus. 그리스 신화에 등장하는 변장술에 뛰어난 늙은 해신(海神).

문이었다.

제리코에 대한 미슐레의 평가는 거의 절찬에 가까웠다. 그러나 들라크루아는 자신에게 특별한 존재였던 고인과 일면식도 없을 미슐레가 멋대로 말하는 것에 대한 반발심으로 오히려 내용에 적지 않은 불쾌감을 느꼈다. 그의 사후에 그런 사람들이 얼마나 많이 나타났던가. 그러나 그 대부분은 생전에 그를 돌아보지도 않던 작자들이었고, 개중에는 혹독한 언어로 그를 매도했던 자들도 있었다. 미슐레의 주장은 이런 것이었다. 제리코의 위대한 점은 그 강력하면서도 무한한 선량함이 넘치는 시선으로, 푸생이 이탈리아인을, 다비드가 고대 로마인과 그리스인을 그린 뒤를 이어 순수하게 프랑스인을, 나아가 프랑스 그 자체를 그렸다는 것이다. 그는 반동에 아무런 기여도 하지 않은 채 단호하게 1812년의 제국을 판정했다. 기이하게도 그와 같은 해에 죽을 운명이었던 바이런이 스스로 승리자라고 확신하던 조국 영국의 죽음을 결연히 선언했던 것처럼 제리코는 프랑스라는 나라의 난파를 가차없이 묘사해냈다. 그것이 바로 그 절망적이기 그지없는 〈메두사 호의 뗏목〉이었다. 그가 그 뗏목 위에 실은 것은 말하자면 프랑스 자체, 프랑스 사회 자체였다. 그러나 단 한 가지, 애석하게도 제리코는 끝내 조국의 영원성을 믿지 못했다. 그가 최초의 민중회화를 창조해냈다고 할 수 있는 바로 그때에. 왕정복고 후 사회 곳곳에서 허위가 만연하는 것을 본 그는 일단 영국으로 피신했다가 귀국한 뒤로 오로지 그 자신을 잊고자 때로는 거친 말을 달리기도 하고 때로는 쾌락에 몸을 맡기던 끝에 이윽고 죽음 자체를 희구했다. 그리하여 실제로 그의 생은 중도에서 끊기고 말았다. 우리도 그런 제리코의 전철을 밟는 길을 선택해야 하는가? 물론 아니다. 우리는 지금 새로운 창조를 시작해야 할 사명을 짊어지고 있다. 그것은 증오의 세계에 맞설, 진정한 공감이 가득한 세계다. 그러기 위해서는 어떻게 해야 하는가? 고독함과 동시에 사회적인 인간관계를 살찌워야 한다. 고독은 정기를 집중시키고 새로운 싹을 따스하게 지켜준다. 또한 풍부한 사회적 인간관계는 그 싹을 결실로 이끌어줄 것이다. 그 위대한 박명의 천재는 결국 이 두 가지를 연결하지 못했다. 그토록 엄격하고 자애가 가득한, 누구보다 투철한 눈으로 사회를 간파했으면서도 끝내 사회와 화해하지 못했다. 그것은 불행한 실패다. 지금 우리에게 요구되는 것은 그의 교훈을 되살려 그것을 반복하지 않는 일이다. 그리고 프로메테우스처럼 창조의 담당자가 되어야 한다. 단순히 종이나 점토로 작업하는 것에 만족해서는 안 된다. 분명하게 살아 있는 작품이 되어야 하는 것이다……

강의록을 읽어본 그는 과연 잘 쓴 글이라고 생각했다. 특히 혁명이 일어나기 직전에 쓴 초고였으니 학생들이 열광하고 정부에서는 떨떠름하게 여길 만도 했다. 실제로도 프랑스는 또다시 난파했다. 공화주의자들의 눈에는 마침내 해안에 도착한 것으로 보였겠지만, 그에게는 역시 난파라고밖에는 생각되지 않았다. 그런 의미에서도 미슐레의 강의는 지나치게 잘 짜맞추어진 느낌을 주었다. 그리고 분명 진실이 아니라고 생각했다. 적어도 제리코에 관한 한.

그는 회화에 그런 정치적인 의미를 부여하는 것이 그리 탐탁하지 않았다. 아무리 중요한 정치적 사건을 다루었다 해도 거기에서 곧바로 화가의 정치적 관심을 끌어내는 것은 지나치게 경솔한 일이다. 〈키오스 섬의 학살〉을 그린 그 자신도 회화를 통해 정치적 고발을 한다는 생각은 꿈에도 하지 않았다. 그런 주제를 다룬 것은 단지 거기에 상상력을 자극받았기 때문이었다. 그것은 그로도 제리코도 마찬가지일 터였다. 작품은 예술가의 의도와는 관계없이 한 시대를 대변한다고 할지도 모른다. 그러나 그 또한 그들 멋대로의 해석이다. 예술가 본인과는 아무 관련도 없다. 그리고 무엇보다 제리코가 스스로 죽음을 원했다는 식의 논의가 마음에 들지 않았다. 이탈리아에서 영국까지, 루벤스에서 컨스터블까지 섭렵하고 〈메두사 호의 뗏목〉 작업을 위해 르 아브르까지 가서 파도를 연구했으며, 정신병원에서 광인을 관찰하고 시체 공시소에서 진짜 시체를 양도받아 아틀리에에서 열심히 그 부패과정을 소묘했을 정도로 창작에 모든 열정을 쏟아부었던 그가 어떻게 겨우 서른세 해의 인생에 만족할 수 있을까. 그런 안이한, 그야말로 낭만주의 삼류 시인들이 반색할 만한 비극을 날조하는 것은 그가 척추를 다쳐 꼼짝없이 누워 지냈던 마지막 몇 달 동안 그가 보였던 살고자 하는 간절한 기도와 눈물겨운 고통과의 싸움을 경박한 방법으로 모욕하는 것에 다름아니었다.

그는 제리코를 좋아했다. 리세 엥페리알을 중퇴하고 숙부인 앙리 리즈네르의 권유에 따라 열일곱 살에 나르시스 게랭의 아틀리에에 들어간 뒤부터 그는 이 년 뒤 일곱 살 연상인 제리코의 신임을 얻을 때까지 줄곧 고독했다. 스승인 게랭이 자신의 재능에 아무런 기대도 품고 있지 않다는 것은 일찍부터 알고 있었다. 동료들도 냉담했다. 보자르에서는 술리에 같은 친구도 있었지만, 친구로서 친하게 지내는 것과 예술관을 진심으로 공감하고 서로 존경하는 것은 별개의 일이었다. 제리코는 그런 우울한 나날 속에서 그가 처음으로 만난—그리고 그후로 두 번 다시 만나지 못한—친근한 예술상의 선배이자 동지였다. 제리코의 그림에는 그가 다비드의 그림에 빠져 있다고 느꼈던 것이 모두 들어 있었다. 그 발견은 그에게 열광적인 기쁨과 함께 큰 용기를 심어주었다. 제리코의 아틀리에에서 막 완성된 〈메두사 호의 뗏목〉을 본 날, 그는 너무도 감동한 나머지 어디를 어떻게 지나왔는지도 모를 만큼 급하게 당시에 살던 플랑슈 가의 집까지 달려와 자신의 아틀리에에 들어서자마자 가방을 내던지고 정신없이 캔버스 위에 화필을 놀렸다. 제리코의 모든 작품이 그를 매료시켰다. 그 생생한 약동감, 힘, 열기, 대담함, 예민함—그리고 그 모든 특질은 곧 인간 제리코의 매력이기도 했다.

제리코의 내면에는 항상 한 마리의 날뛰는 말이 있었다. 그것은 그가 수없이 그렸던 그림 속의 말처럼 정력이 넘치고 사납고 늠름하며 또한 극단적이었다. 그의 일생은 말하자면 자신 속의 그 날뛰는 말을 다루는 일이었다. 식사 때 그가 다급하게 음식을 몰아넣는 모습은 동석한 이들을 놀라게 했다. 눈앞에 접시가 나오면 누가 쫓아오기라도 하는 것처럼 눈 깜짝할 사이에 깨끗이 비워내고는 디저트가 나올 때까지의 짧은 시간을 기다리지 못해 "불로뉴 숲까지 뛰어갔다 온다!" 하고는 맹렬한 기세로 식당을 뛰쳐나갔다. 그길로 돌아오지 않는 때도 있었다. 그런가 하면 채 십 분도 안 되어 말이 전속력으로 돌아오는 소리가 들리고, 오는 길에 말에서 떨어지기라도 했는지 온통 흙투성이가 되어 찢어진 옷자락을 붙잡고 다시 식당에 뛰어들기도 했다.

둘이서 불로뉴 숲까지 말을 타러 간 날들의 기억은 더욱 또렷하게 마음속에 남아 있었다. 제리코가 항상 자랑스럽게 끌고 다녔던 것은 그가 아니면 타지 못할 것 같은 사나운 수말이었다. 게다가 거의 안장에는 앉지도 않고 거리를 달릴 때도 등자(鐙子)에 서서 타기를 좋아했다. 숲속에서 격투라도 하듯이 고삐를 움켜쥔 채 동행한 사람은 돌아보지도 않고 마치 켄타우로스처럼 세차게 말을 달리는 제리코의 등뒤에서 뒤떨어지지 않으려고 필사적으로 그를 쫓아가며, 들라크루아는 그렇게 그가 화단에서도 구폐에 물든 화가들을 박차고 자신을 위해 한줄기 길을 열어줄 것이라는 기대를 수없이 가슴에 품었다. 그때 제리코가 곁에 있다는 것이 얼마나 마음 든든했던가. 다른 어느 누구도 아니었다. 오직 그만이, 아직 〈지옥의 단테와 베르길리우스〉를 발표하기 전인 일개 회화 학생의 재능을 단호하게 인정해주었다. 그만이 스스로도 어떻게 해야 할지 몰랐던 그 참혹할 정도로 격한 기질을 공감을 담아 이해해주었다. 그만이 결코 화단 정치에 물들지 않고 변함없는 순수함으로 불우한 자신을 계속해서 격려해주었다. 그만이 게랭의 아틀리에 밖의 누구에게 이야기해도 그저 냉소를 살 뿐이던 회화에 관한 자신의 주장에 열심히 귀를 기울여주었다. 그의 아틀리에에 모르는 것을 물으러 찾아가면 언제든 시간을 아끼지 않고 가르쳐주었다. 생활이 어려울 때는 자신이 따온 일거리를 양보해주기까지 했다. 스무 살 때 맨 처음 자신의 초상화를 그려 보내준 것도 역시 그였다. 그에게는 결코 다른 사람은 흉내낼 수 없는 무구한 따뜻함이 있었다. 그 따뜻함에 얼마나 큰 도움을 받았던가. ……숲을 질주하는 그의 뒷모습은 아름다웠다. 축복받은 청춘의 광휘가 가득해서 황홀할 만큼 눈이 부셨다. 무분별한 외골수였다. 돌이켜 생각하면, 그 광휘의 강렬함만큼이나 너무도 위험하고 허망한 것이어서 그는 언제나 가슴이 찢어지는 듯했다.

제리코가 다름아닌 낙마 사고로 죽음을 맞았다는 사실은 그에게 견디기 힘든 슬픔을 주었다. 그것은 제리코 자신이 그의 생에서 굴러떨어져버린 것처럼 돌연하고 돌이킬 수 없는 사건이었다. 마지막으로 병문안을 간 날, 그의 얼굴에는 이미 노인처럼 깊은 주름이 파여 있었다. 막무가내로 날뛰는 말에게 마치

먹이를 포획한 매의 발톱처럼 단단하게, 채찍보다 민감하게 자신의 의사를 전달했던 힘찬 두 다리는, 침대 곁에 멍하니 서 있던 자신의 시든 나뭇가지처럼 빈약한 팔뚝만큼이나 가늘게 여위어 있었다. 남의 손을 빌려서야 가까스로 돌아눕던 그의 침대 주위에는 예전의 늠름하던 모습을 생생히 떠오르게 하는 수많은 작품들이 장식되어 있었다. 그 작품들은 자리에 누운 창작자는 거들떠보지도 않은 채 여전히 씩씩하고 젊었다. 그리고 그 어느 것 하나 창작자의 앞날의 찬란한 영광을 약속해주지 않는 작품은 하나도 없었다.

지금 잔잔한 바다 위에 떠오른 뗏목의 환영…… 거기에서 굳이 의미를 찾아보자면, 뗏목에 올라탄 자는 결코 제리코 본인이 아니었다. 그는 말하자면 침몰한 배였다. 그리고 모선에서 탈출하여 허술하기 짝이 없는 뗏목에 올라타고 바다 한가운데로 밀려나고 만 자들이야말로 어쩌면 들라크루아를 비롯한 후속 낭만주의 화가들이었다……

제리코의 죽음은 분명 그의 인생에 있어 가장 중대한 사건 중의 하나였다. 엄청난 슬픔과 거대한 적막감. 그는 지금 그것의 의미를 생각했다. 그때 자신이 느낀 슬픔은 무엇 때문이었을까? 사랑해마지않는 한 사람의 친구를 잃었다는 것. 자신이 유일하게 친근감을 느끼고 누구보다 존경했던 화가가 이 세상에서 사라져버렸다는 것. 그것이 커다란 비탄을 가져왔다는 것은 틀림없는 사실이었다. 그러나 어쩌면, 그 절망은 보다 타산적인 것이 아니었을까? 자신은 그때 그의 죽음 자체보다 그가 없는 화단에서의 자신의 암담한 장래를 생각하며 눈물을 흘린 것은 아니었을까? 그 고독이 두려워서? 그는 그럴 리 없다며 즉시 그 생각을 지워버렸다. 그것은 아마도, 실제로 자신이 그후에 빠졌던 화가로서의 불우한 입장과 회화사에서 제리코의 존재 의의를 발견한 것, 그리고 다시 기억 속에 떠오른 그의 눈부신 뒷모습을 뒤섞어 과거를 억지로 변조하려는 것에 불과했다. 지금 와서 생각하면 그때 그렇게 생각했어도 이상할 것이 없었다. 그런 정도의 일이 아니었을까…… 그러나 한번 싹튼 의심은 쉽게 씻어낼 수 없었다. 말끔하게 빨아내지 않은 붓 때문에 흐려진 수채화 화면처럼, 의심은 채 마르지 않은 그의 마음속에 곰팡이처럼 기형적인 색깔로 번져나갔다.

회상은 때때로 아득히 멀어져간 과거에 응결된 풍경의 밑바닥에서, 마치 쌓인 눈을 긁어내고 그 아래에서 마차 바퀴나 물웅덩이의 흔적을 찾아내듯이, 본심이라고 해야 할 감춰둔 생각을 캐내곤 한다. 그것은 우연이 아닐 것이다. 눈의 표면이 그 아래에 감추어진 형태를 희미하게 암시하듯이, 혹은 눈이 내려쌓이기 이전의 기억이 그것을 예감하게 하듯이, 회상은 과거의 밑바닥에 밝은 곳으로 꺼내놓아야 할 무언가가 있다는 것을 진작부터 알고 있었던 것이다.

들라크루아는 당시 누구보다 제리코를 사랑했고 또한 누구보다도 그에게 사랑받고 있다는 분명한 자부심을 가지고 있었다.

그러나 그가 병상에서 일어나지 못하게 되었을 때 가장 열심히 그의 집을 찾은 사람은 자신이 아니었다. 어째서였을까? …… 그때 자신이 몰두했던 것은 세상에 내놓을 다음 작품이었다. 그러나 꼭 그것만은 아니었다. 몇몇 여자에 대한 쓸모없는 연정, 둘도 없는 빈사의 친구를 병문안하는 일에 비하면 너무도 하잘것없는 향락들. 그리고 그렇게 반년이 넘는 세월을 보내던 어느 날, 당연한 보복처럼 제리코의 부보를 받았다…… 어째서였을까……? 어째서 좀더 열심히 제리코를 찾아가지 않았을까? 제대로 운신도 하지 못하고 홀로 침대에 누워 있던 그는 얼마나 고독했을까? 내가 찾아오기를 얼마나 기다렸을까? 그때는 그런 생각은 하지도 못했던 것일까? 결코 그럴 리는 없었다. 알면서도 모르는 척했을 뿐이다. 자신의 작업을, 생활을 우선하기 위해 일부러 외면하고 있었다. 그러던 자신이 막상 그의 죽음을 맞이하고 품었던 그 슬픔은 또 무엇인가? 그것이 일체의 사리사욕을 배제한 순수한 것이었다고, 어떻게 믿을 수 있을까?

어째서일까……?

들라크루아는 긴 우회로를 거친 끝에 다시 어머니를 생각했다. 자신은 그토록 착하셨던 어머니를 진정으로 충분히 사랑했을까? 자신이 사랑받은 만큼, 거기에 충분히 보답할 만큼……?

그는 오랫동안 자신의 내면에서 은밀히 발견하곤 하던 타인에 대한 본질적인 무관심에 대해 생각했다. 그것은 에고이즘의 심연이었다. 나는 지금껏 단 하루라도 타인을 위해 내 인생의 시간을 쓴 적이 있는가? 어머니가 곧 돌아가실 운명이라는 것은 그 몇 주일 전부터 알고 있었다. 제리코와 머지않아 두 번 다시 말을 나눌 수 없으리라는 것은 누구보다 잘 알고 있었다. 그럼에도 자신은 결코 그들에게 남겨진 최후의 나날을 위해 많은 시간을 나누려 하지 않았다. 어째서일까……? 그 슬픔을 견딜 수 없었기 때문에? 가엾은 윌슨의 죽음에 대해 취했던 내 태도를 그렇게 설명했던 것처럼? 나는 그런 우스운 이유로 남들보다 도가 지나친 섬세한 기질을 변명 삼아 스스로의 결함에서 눈을 돌렸던 것일까? 나는 분명 소중한 어머니를 위해, 친구를 위해 쓸 시간을 아까워했다. 두 사람을 위해 내 시간을 희생하는 것을 거부했다. 그토록 사랑받았으면서! 그토록 사랑했으면서!

그리고 그는 결국 이제까지 줄곧 피해왔던 바로 지금의 자신의 냉혹함에 대해 생각했다. 발몽에 도착했을 때의 그 기묘한 무감동은 바로 그 떳떳하지 못한 마음 때문이 아니었을까? 9월 내내 그는 단 한 번도 쇼팽의 병문안을 가지 않았다. 8월에 그토록 병세가 악화된 그를 자신의 눈으로 보고 그토록 불길한 예감을 품었으면서도 끝내 이별의 인사조차 없이 파리를 떠나왔다. 출발하기 전에 그는 자신의 행동의 옳고 그름에 대해 자문하지 않았다. 그것은 거의 의도적이었다. 다른 사람도 아닌 바로 쇼팽이 지금이라도 세상을 뜨려 하고 있다. 한 번이라도 진지하게 생각해봤다면 당연히 파리에 있어야 한다는 결론이 나왔을 것이다. 그것을 잘 알고 있기 때문에 더욱 생각하기를 피했다. 그것이 곧 자신의 용서할 수 없는 교활함이 아닐까?

그는 이곳에 오기까지 자신의 마음속에서 일어난 생각의 흐름을 잘 알고 있었다. 그것은 냉혹하다는 말이 서슴없이 나올 만한 철저한 합리주의였다. 나는 쇼팽의 죽음의 날이 불확정적인 것을 견딜 수 없었다. 그것이 언제가 될지 모른다는 사실을 참을 수 없었던 것이다. 얼마나 끔찍한 생각인가! 만일 그것이 정해져 있는 것이라면 자신은 그때까지 파리에 계속 남아 있었을 것이다. 그러나 현실은 그렇지 못했다. 다행히 이번 위기도 무사히 넘길 수 있을지 모른다. 혹은 고통 속에서나마 목숨을 오래 이어갈지도 모른다. 생 쉴피스 성당의 벽화 제작을 위해 발몽과 플랑드르는 꼭 다녀오고 싶었다. 그리고 그 계획이 일정도 세우지 못한 채 하염없이 연기되는 것이 싫었던 것이다…… 그의 얼굴을 보고 나면 출발하지 못하리라는 것도 알고 있었다. 분명히 의식한 것은 아니었다. 다만 왠지 그런 예감이 들었기 때문에 그의 병상을 찾으려 하지 않았던 것이 아닐까? 긴급하고 불가피한 사정이 있었던 것이 아니다. 만일 그랬다면 당당히 그의 집을 찾아가 애절한 이별의 말을 나눈 다음에 파리를 떠났을 것이었다. 그러나 그런 것이 아니었다. 지금 당장, 굳이 그를 팽개치고 떠나야 하는 여행이 아니었다. 몇 달 뒤로 미뤄도 될 일이었다. 몇 달 연기한다고 내 인생에 얼마나 대단한 손실이 된다는 말인가? 겨우…… 겨우 그 정도의 배려조차 나는 친구를 위해 해줄 수 없었다……

물결은 그 무한한 단조로움에 한 점 흐트러짐도 없이 천천히 심장 박동처럼 밀려왔다 밀려갔다. 바다는 점차 그 표면에 과실의 부패와도 같은 권태를 띠고, 그 반짝임으로 더더욱 호사스럽고 집요하게 그의 눈을 어지럽히려 하고 있었다. 오랜 시간 서 있느라 피곤의 고통을 느끼는 발치에서는 조금 전까지와는 분명히 다른 차가운 바람이 피어올랐다. 일을 마친 어부는 거무스레하게 햇볕에 그은 얼굴에 흐른 땀을 빛내며 의아한 듯 그를 쳐다보며 해안으로 돌아왔다.

차갑게 언 몸을 감싸듯 들라크루아는 팔짱을 끼고 얼굴을 들었다.

수평선 바로 위에서 태양은 묵직한 종양처럼 커져 있었다. 가닥가닥 갈라진 것처럼 그 주위에 넘실거리는 붉은 빛. 그것이 서서히 곪아가듯 어둡게 변색되는 것을 보고 그는 비로소 밤의 준비가 벌써 시작되었다는 것을 깨달았다.

23

방돔 광장의 새집에서 병문안객과 담소하는 쇼팽의 목소리를 들을 수 있었던 것은 겨우 일 주일이었다. 가구 반입을 마치고 겨우 집 안의 체재가 갖춰질 무렵에 죽음은 마치 마지막 유예의 끝을 알리듯 단숨에, 용서 없이 그의 육체를 파먹기 시작했다.

그 순서는 약속이라도 되어 있었던 듯 냉철하고도 주도면밀했다. 이미 손쓸 방도조차 없었다. 기침 발작이 쉴새없이 일어나 그때마다 당연한 듯이 피를 토했고 잠자는 동안조차 헐떡이는 호흡이 너무도 고통스러워 보인 까닭에 오히려 어쩌다 조용해지기라도 하면 모두가 당황한 눈빛으로 침대를 돌아보았다. 침대에 누워 있는 그의 몸을 물끄러미 바라보고 있으면 무언가가 일어나고 있다는 것을 뚜렷이 느낄 수 있었다. 입에서 새어나오는 신음 소리는 분명 상실되려는 그 자신에게서 나오는 것이었지만, 이마에서 흐르는 땀방울은 강요된 그 변용의 고통에 육체 자체가 쥐어짜내고 있다는 느낌을 주었다.

모든 것이 그의 내부에서 떨어졌다. 마지막 순간에 틀림없이 자신을 천상의 행복감으로 감싸줄 것이라 믿었던 폴란드의 풍경은 이미 꿈속에서도 보이지 않고, 잠은 한치의 빈틈도 없이 허무를 삼킬 뿐이었다. 아주 잠깐 거기에서 벗어날 때는 항상 한 걸음 내딛기 직전의 의식이 있었다. 눈꺼풀 한 장의 두께에 의해 완전히 닫힌 안쪽의 어둠 속으로 소리 죽인 말소리와 훌쩍이는 울음소리 등이 언뜻언뜻 섞여들었다. 눈을 뜨면 언제나 똑같은 방의 광경이 보였다. 아직 살아 있구나…… 자신이 알지 못하는 사이에도 주위에서는 끊임없이 누군가가 무언가를 하고 있었다. 즉 시간이 흐르고 있었다. 그 감각이, 의식이 돌아와 눈꺼풀이 열리기까지의 한순간에 강한 실감으로 다가오고, 그것이 곧 사후의 자신과 세계의 모습을 상상하게 했다. 일단 의식이 돌아오면 정신은 의외로 맑았지만 그 상태를 오래 유지하는 것은 이미 불가능했다. 곧 누군가 마중을 나와 조용히 잠으로 다시 데려가곤 했다. 면회시간은 차츰 짧아져갔다. 눈꺼풀을 닫을 때마다 주위 사람들은 걱정스럽게 자신을 들여다보았지만 그는 어째서인지 그것이 죽음이 아니라는 것을 알고 있었다. 잠든 사이에 죽을지도 모른다는 두려움은 있었다. 그러나 의식이 희미해지는 동안에는 그것이 분명 잠이라는 것을 느낄 수 있었다.

10월 둘째 주에 들어서자 그를 편하게 해주었으면 하는 주위 사람들의 바람이 지금까지와는 정반대의 의미를 가지게 되었다. 누군가 구체적으로 입에 담은 것이라기보다 언제인지도 모르게 각자의 마음에 싹튼 생각이었다. 이미 그는 지나칠 만큼 노력했다. 이제는 편히 쉬어주었으면. 지켜보는 사람이 그 괴로움을 견딜 수 없다는 면도 있었다. 죽음을 상상하는 것보다 바로 지금 눈앞에서 그의 고통을 지켜보는 것이 더 거센 슬픔을 불렀다. 그 고통을 대신해줄 수만 있다면 대신해주고 싶었다. 옝제예비초바 부인은 어떻게 해볼 방도도 없이 오직 기도라는 행위에만 의지해야 하는 애타는 허망함 속에서 거의 정신을 잃을 지경이었다. 게다가 바르샤바의 남편에게서는 연달아 귀국을 재촉하는 편지가 들이닥쳤다. 칼라산티 옝제예비치의 너무도 짧은 체재가 공식적인 설명 그대로 업무 때문이라고만 알고 있던 차르토리스카 대공비는 다시 그의 여권 취득 수속에 힘을 써보겠노라고 제안했지만, 부인은 "도착해도 어차피 때늦은 일일걸요"

하고 가슴속 생각을 억누르고는 그녀에게 감사하며 고개를 저을 뿐이었다.

그렇게 옝제예비초바 부인의 태도에 동생의 죽음을 받아들이고자 하는 변화가 보이면서 다른 이들의 마음에도 그 영향이 미쳤다.

모두가 쇼팽의 임종을 각오하게 되었다. 그러나 죽음은 그를 쉽게 데려가려 하지 않았다. 마치 정해진 고통을 모조리 겪어낼 때까지 어디선가 지그시 지켜보며 기다리는 것 같았다. 스털링 양은 더이상 어떻게 해야 좋을지 모르겠다고 눈물을 글썽이는 옝제예비초바 부인을 품에 안았다. 우리보다 본인은 더 괴로울 것이라고 격려하며 끊임없이 그녀와 함께 침대 곁에서 간호했다. 그지마와 백작은 쇼팽의 생을 줄곧 저주해왔던 이 불치의 병이 이때에 이르러서도 이토록 고통스럽게 그 몸을 닦달해야 속이 시원하단 말인가 하는 분노 비슷한 격한 슬픔을 느꼈다. 프랑숌은 잔혹하도록 질질 끌고 있는 죽음의 고통을 지켜보며 혹시라도 자신들의 생각이 너무 성급했던 건 아닌가 하는 희망도 품어보았지만 그러나 회복에 대한 희망은 이제는 품어서는 안 될 일이라는 게 명백했다. 그렇게 홀로, 이제는 고통밖에는 발견하지 못하는 생의 남은 부분을 그래도 열심히 살고 있는 쇼팽의 모습에 때로는 한없는 존경심과 감동을 느꼈고 또 때로는 그런 유의 경의감을 품는 것 자체가 뭔가 지극히 태평한 불경으로 느껴지기도 하는 등, 죽어가는 친구를 그저 지켜보아야 하는 괴로움을 지겨울 만큼 경험하고 있었다. 차르토리스카 대공비는 아무리 억누르려 해도 그 몇 곱절의 힘으로 터져나오는 그와의 수많은 추억들 때문에 몇 번이나 그 자리에 쓰러져 울 뻔했다. 그중에서도 가장 날카롭게 되살아나는 영국에서의 실수의 기억—자신의 판단이 안일했던 탓에 결국 그를 구하지 못했다는, 아무리 후회해도 속이 풀리지 않는 실수의 기억에 시달리며 지금껏 자신의 생에서 한 번도 맛본 적이 없는 절망적인 무력감을 가까스로 견디며 그의 손을 내내 움켜쥐고 있었다. 구트만은 스승의 모습을 잊지 않고 자신의 가슴에 새겨두려고 필사적으로 응시했지만 점점 도무지 가만히 있을 수 없는 심정이 되어 다니엘과 마투셰프스카 부인에 섞여 자진하여 잡무를 떠맡고 그 바쁜 일 속에서 마음의 동요를 다독이려 애썼다. 조카딸 루드비카는 죽음이라는 사건이 뜻하는 중대함이 너무도 버거워서 어떻게 처신해야 좋을지 몰라 쩔쩔매고 있었다. 내심으로는 아버지와 어머니의 불화가 더 걱정이 되었지만, 그래도 할아버지 미코와이 쇼팽의 임종 때도 이 정도는 아니었던 어머니의 그 흐트러진 모습에 묘한 긴장감이 주변에 감돈다는 것만은 깨닫고 있었다. 쇼팽의 마지막 순간을 기록하기 위해 불러들인 폴란드인 화가 테오필 크피아토코프스키는 눈앞의 그를 정확하게 묘사한다는 것이 너무도 잔혹한 일이어서 가슴이 미어졌다. 동시에 쇼팽의 묘사에 지나치게 과도한 미적인 장식을 덧붙이는 것은 경박하다는 분명한 의식도 가졌다. 클레징게르 부인은 스스로도 내심 쇼팽이 더

이상 살 가망이 없다는 것을 인정하면서도 주위 사람들 모두가 그를 놔둔 채 그 죽음을 당연시하는 것에 반발을 느끼며 아직도 여전히 기적과도 같은 호전에 대한 환상을 버리지 못하고 있었다. 그것은 눈앞의 너무도 끔찍한 현실에 대처하지 못하는 미숙함의 반증이기도 했다. 클레징게르는 아내의 그런 어리숙함을 보며 적잖이 한심스러웠지만 자신 또한 다른 사람들과 마찬가지로 그저 별수없이 그가 죽어가는 모습을 쳐다보고만 있는 데는 뭔가 어처구니가 없는 듯한 불쾌감이 들어서 "도저히 그냥 보고 있을 수가 없구만" 하고 내뱉고는 웃옷을 걸치고 밖으로 담배를 피우러 나갔다.

두번째 주의 주말이던 11일 밤, 크뤼베이예 박사는 모두를 별실로 불러들여 종유(終油)의 비적(秘蹟)을 집행해야 할 때가 왔노라고 고했다. 옝제예비초바 부인을 비롯한 몇몇은 저도 모르게 눈물을 흘렸지만, 의사의 마지막 선고에 항의하는 사람은 없었다. 그 시간에도 여전히 들려오는 병자의 고통스러운 숨소리를 들으며 슬픔 속에서도 체념이나 안도와도 같은 조용한 마음으로 모두 알았다는 듯 고개를 끄덕였다. 클레징게르 부인조차 그래도 아직은이라고 아쉬워하면서도 자신의 반대로 인해 혹시라도 그가 종유의 비적마저 받지 못한 채 숨을 거두면 어쩌나 하는 두려움 때문에 거기에 이의를 달거나 하지는 않았다.

그러나 그런 사람들의 마음과는 달리 단 한 사람 이 결정에 단호히 반대한 이가 있었다. 다름아닌 쇼팽이었다. 눈물의 흔적을 뚜렷이 두 눈에 담은 채 의사의 생각을 전해주는 누님에게 쇼팽은 일순 망설이는 듯한 표정을 보이더니 뒤를 이어 몇 차례 강하게 고개를 가로저었다. 돌연 통고받은 이별의 말에 저도 모르게 울음이 터지려고 하는 어린아이 같았다. 주위에서 지켜보던 이들은 그 광경에 가슴이 메었다. 예상도 하지 못한 일이었다. 모두가 지금 가장 민감하게 바로 곁에 다가온 죽음의 기척을 느끼고 있는 이는 쇼팽 본인일 것이라고 생각했었다. 어떻게 의심할 수 있을까? 이토록 고통에 허덕이고 또한 시시각각 생의 광채를 잃어가는 그 모습을 보면서. 그러나 가장 사랑하는 누님에게서 신부님을 부르지 않으면 안될 때가 찾아왔다는 통고를 받은 쇼팽은 그 눈동자에 분노를 담고 어째서냐고 의아한 듯한 눈빛이었다. 어째서 신부님이 오셔야 하는가, 아직 이렇게 멀쩡한데. 다른 사람도 아니고 가장 사랑하던 누님이 그런 잔혹한 말을 하다니. ……동생의 무언의 거절에서 그런 비난의 말을 알아본 옝제예비초바 부인은 눈물을 흘리며 하릴없이 그 손을 쥐어잡을 뿐 뒤를 이을 말을 찾지 못했다. 방 안 여기저기에서 훌쩍이는 소리가 들려왔다. 쇼팽은 거기에 저항하여 속삭이듯이 "내게는 신앙이 없으니까요…… 파리에 온 뒤에 단 한 번도 교회에 나간 적이 없었고…… 그러니……" 하며 다시 몇 번이나 고개를 저었다. 더이상 견딜 수 없어 스털링 양이 다가와 옝제예비초바 부인의 손 위로 쇼팽의 손을 감싸고는 꼭 종유의 비적을 받아야 한다고 역시 눈물을 흘리며 호소했다. 그러나 쇼팽의 태도는 변하지 않았다. 아무 말도 하지 않고 차디차게 그녀를 바라보더니 이윽고 시선을 돌리고 입을 굳게 다물었다.

프랑숌이 스털링 양을 부축하며 쇼팽과 옝제예비초바 부인 둘만 있도록 다른 사람들은 별실로 자리를 비켜주자고 제안하여 모두 함께 방을 나왔다. 크뤼베이예 박사는 첫마디에 "이제 별로 시간이 남지 않았습니다" 하고 말했다. 그 말이 어떤 의미인지는 모두 잘 알고 있었다. 그러나 어느 누구도 쇼팽을 설득할 자신은 없었다. 쇼팽이 방금 입에 담은 이유는 도저히 본심이라고 생각할 수 없었다. 물론 쇼팽이 11월 봉기에서 패배한 이후에 자신은 더이상 신을 믿을 수 없노라고 말했던 것은 그지마와 백작도 알고 있었다. 로마 가톨릭에 대해서도 여느 사람들과 비슷한 정도의 불신감을 품고 있을 터였다. 그러나 이런 때에 이르러 굳이 고집해야 할 만큼 확고한 무신론을 가졌던 것은 결코 아니었다. 크뤼베이예 박사는 "평소에 볼테르 등을 많이 읽으셨으니……"라고 모두의 곤혹감에 이해를 표시했지만 그것도 잘못 짚은 얘기인 것 같았다. 어째서 쇼팽 같은 인물의 죽음 앞에서 신의 존재 유무가 문제가 될 것인가? 그것은 그저 형식적인 말에 불과할 터였다. 이유는 좀더 단순하고 좀더 강력한 것이었다. 쇼팽은 살고 싶다. 자신을 죽어버릴 사람으로 규정하는 것에 저항하고 있다. 단지 그것을 크게 외치기보다 쇼팽다운 우유부단함으로 슬며시 내비치고 있는 것일 뿐.

어떻든 용태가 갑작스레 변하는 사태에 대비하여 우선 신부님은 오시도록 했다. 그지마와 백작은 쇼팽의 바르샤바 고등학교 시절부터의 친구인 알렉산데르 예오비츠키 신부에게 심부름꾼을 보냈다. 예오비츠키 신부라면 쇼팽도 마음을 바꾸어 뜻을 굽혀줄지도 몰랐다. 신부님은 곧바로 달려왔다. 그리고 사정에 대한 설명을 듣고 "아아!" 하고 하늘을 우러르고는 곧바로 쇼팽이 누운 방에 들어가 열심히 참회를 권했다. 그러나 설득하면 할수록 점점 더 쇼팽의 태도는 완강해졌다. 기침을 해가며 "자네는 친구로서 병문안을 온 게 아닌가?" 하고 화를 냈다. 기침이 심해지자 옆방에서 달려온 크뤼베이예 박사가 두 사람 사이에 끼어들었다. 그리고 쇼팽을 안정시키기 위해 예오비츠키 신부를 일단 방에서 물러나도록 했다.

이러다 정말 때를 놓치고 말지 모른다. 어깨를 떨군 채 방에서 나오는 신부님을 보며 기다리고 있던 이들은 더욱 불안이 쌓였다. 뭔가 방법이 없을까? 그가 납득하지 않는 한 억지로 강요할 수는 없었다. 게다가 그 납득시킨다는 것은 그가 지금껏 포기하지 않고 굳게 지녀온 살고 싶다는 바람과 살고자 하는 의지를 꺾어버리는 일이었다. 차르토리스카 대공비는 지금까지 항상 스털링 양에게 양보해왔지만 더이상 가만있을 수 없어 "제가 말씀드려보지요" 하고 자청했다. 그지마와 백작은 차르토리스카 대공비라면 혹시 가능할지도 모른다고 기대하며 자신도 그 자리에 함께하겠노라고 했다. 그러나 어떻든 지금 바로는 무리였다. 클레징게르 부인은 결국 자신이 쇼팽을 가장 잘 이해했다고 생각했다. 다들 그의 심정은 생각도 하지 않고 자기들 멋대로 떠들더니만. 그러나 자신이 직접 나서서 그를 설득할 자신은 없었다. 문득 어머니 말이라면 들을지도 모른다는 생각이 떠올랐지만 즉시 그것을 지워버렸다. 그런 생각을 떠올린 자신에게 화가 났다. 어째서 이제 새삼 어머니를! 이토록 가엾은 쇼팽을 팽개치고 노앙에서 젊은 애인과 희희낙락 살고 있는 저 냉혈한 인간을!

쇼팽은 그날 밤새도록 고통에 시달렸다. 그러나 아직 위독하다고 할 상태는 아니어서 병세가 급변하면 곧장 소식을 받을 준비를 해놓고 일단 귀가하여 간병의 피로를 풀어두려는 사람도 있었지만, 그보다 먼저 쓰러지고 말 것 같은 옝제예비초바 부인을 홀로 남겨두기가 딱해서 스털링 양을 비롯한 몇몇은 별실에서 선잠을 자며 번갈아 쇼팽의 병상을 지켰다. 조금 안정되는 대로 다시 예오비츠키 신부를 부르기로 했으나 지난번에 쇼팽이 보여준 단호한 거절을 생각하면 아무래도 헛걸음이 되기 십상일 것 같았다.

다음 날 점심, 가까스로 말을 할 수 있을 만큼 기침이 진정된 쇼팽 곁에 예오비츠키 신부가 스스로 찾아왔다. 아침부터 모여 있던 문안객들에 둘러싸여 다시 신부님과 대면한 쇼팽은 예상과는 달리 그 말에 순순히 귀를 기울였다. 이미 잘 알고 있다는 듯 고개를 끄덕이며 평화로운 얼굴로 입을 열어 자신을 위해 최후의 성체 배수 의식을 집행해달라고 부탁했다. 그 표정에는 웃음마저 감돌았다. 모두가 눈물을 삼키며 안도하는 마음으로 쇼팽을 바라보았다. 마음이 바뀐 이유는 알 수 없었다. 누님의 슬픈 얼굴에 마음이 움직였는지, 신부님의 열성에 뜻을 굽혔는지, 아니면 간밤의 고통이 억지로나마 생각을 바꾸게 했는지 알 수 없었다. 자신의 무신앙을 주장하는 일은 이미 없었다. 사람들은 쇼팽의 그런 체념을 지켜보며 가슴이 찢어지는 것 같았다. 그것은 그들로서는 아직 알지 못하는 체념, 한 인간이 평생 단 한 번 경험하는, 일체에 대한, 나아가 자기 자신에 대한 체념이었다.

참회 의식을 시작하기 위해 예오비츠키 신부가 사람들을 물렸다. 옆방으로 나와서도 다들 입을 꾹 다문 채 아무 말이 없었다. 잠시 뒤에 의식을 위해 다시 방으로 불려들어갔다. 가을 오후의 힘없는 햇살이 방 안에 비쳐들어 바닥에 그려놓은 창문의 격자 그림자가 무수히 겹쳐진 십자가처럼 보였다. 이 햇빛을 받아보려고 파리를 온통 다 둘러본 끝에 선택한 집이었다. 그러나 머지않아 찾아올 겨울 햇빛은 치유해주어야 할 병든 육체를 만나지 못하는 것이었다.

방문객뿐만 아니라 다니엘과 마투셰프스카 부인도 함께 무릎을 꿇고 앉아 쇼팽을 위해 기도했다. 의식이 끝나자 쇼팽은 베개에 묻었던 머리를 가만히 움직여 한 사람 한 사람의 얼굴에 눈길을 던졌다. 예오비츠키 신부, 누님, 조카딸, 그지마와 백작, 차르토리스카 대공비, 프랑숌, 구트만, 스털링 양, 클레징게르 부부, 크피야토코프스키, 가바르, 그리고 다니엘과 마투셰프스카 부인. ……종유의 비적 그 자체에서는 별다른 느낌도 없이 그저 형식을 따랐을 뿐이지만 그들의 기도 소리는 몽롱해져가는 의식 속에서 그를 더욱더 깊은 곳으로 데려가 이윽고 끝이 났을 때는 저쪽과 이쪽이 이미 같은 땅이 아니라는 게 뚜렷이 느껴졌다. 소리가 귀에 들리는 동안 작별을 고해야 하리라. 다음 발작 때는 죽을지도 모른다는 예감이 처음으로 강하게 엄습했다. 이제 죽음의 불안은 그야말로 구체적이었다. 그러나 아직 추상적이던 때보다 더 강렬한 것도 아니었다. 지나치게 가까이 다가온 거대한 벽이 먼눈으로는 뚜렷이 보였을 터인 전체상을 감춰버리고 그저 눈앞의 단면밖에 보여주지 않듯이 죽음은 그야말로 현실로 파악되면서도 그 정체는 한층 불확실했다.

쇼팽의 주위에 모여선 이들에게도 종유의 비적을 마친 그는 갑작스레 죽음에 한층 가까워진 듯한 느낌이 들었다. 기도에 어떤 바람을 담았는지도 알 수 없었다. 사후에 쇼팽의 영혼이 평안하기를 기원한 것은 틀림이 없었다. 그러나 바로 지금 눈앞에 드러누운 쇼팽을 느끼며 내뱉는 기도의 말들은 묘하게 낡고 의미 없는 소리만 연달아 이어져서 오직 슬픔만 깊어질 뿐이었다. 의식이 진행되는 동안 쇼팽의 육체는 내내 침묵했다. 그것은 죽음 자체처럼 엄숙하게 이 시간을 위해 신이 주신 은총으로 느껴지기도 하고, 혹은 때로 그 지나친 조용함 때문에 시시각각 다가드는 죽음과 너무도 어울리지 않는 것처럼 느껴지기도 했다.

쇼팽은 무릎을 꿇고 자신의 손을 부여잡은 누님의 얼굴을 영원히 자신의 영혼에 새기기라도 하듯이 바라보며,

"누님이 와주셔서 얼마나 기뻤는지…… 아아, 정말…… 나는 이렇게 훌륭한 가족의 은총을 받아 정말 행복했어요…… 뿔뿔이 헤어져 살았어도 내 안에는 언제나 어머니, 아버지, 누님, 그리고 두 누이들이 있었어요…… 정말로 사랑했어……"

루드비카는 양손으로 쇼팽의 손을 다시 부여잡고는 몇 번이고 입을 맞추고 눈물이 흐르는 자신의 볼에 갖다대며 따스한 그 피부의 감촉을 탐식하듯 확인했다.

"아아, 프리섹! ……우리 가족 모두 얼마나 너를 사랑했는지! 정말이란다, 정말로 모두가 너를 사랑했어…… 아아, 어째서 이렇게 빨리……"

터져나오는 오열이 말을 막았다.

"드디어…… 이제 드디어, 아버지와 에밀리아를 만날 수 있겠어……"

"어머니께……" 하고 말을 이으려다 쇼팽은 파르르 떨며 눈물을 흘리고 "……어머니를 꼭 한번 만나고 싶었어……"라고 뒤를 맺었다.

루드비카는 쇼팽의 머리를 끌어안았지만 어떤 말도 할 수 없었다. 쇼팽은 자신의 이마에 누님의 눈물이 쉴새없이 떨어지고 그 온기가 몸 안에 스미는 것을 느끼며 그녀의 등을 마주 끌어안았다.

"……내가 죽어 슬퍼할 어머니를 생각하면…… 나는 정말…… 아아…… 누님은 꼭 오래오래 살아서 언제까지나 어머니를 행복하게 해줘요……"

포옹을 풀어 다시 한번 동생의 얼굴을 바라보자 루드비카는 무너지듯 그 자리에 주저앉아 두 손으로 눈을 덮으며 경련하듯 울었다. 딸인 루드비카가 어머니 곁에 다가와 그 어깨를 감싸안았다. 쇼팽은 조카딸의 그 모습에 안도감을 느끼고 "어머니를 잘 도와드려라……" 하고 말을 걸고는 "……만나러 와주어 고맙다. 정말 반가웠단다"라고 치하했다. 그러고는 뒤에 서 있던 그지마와 백작을 가까이 불러 손을 내밀었다. 그지마와 백작은 아직도 옝제예비초바 부인의 눈물이 마르지 않은 그 손에 다시 자신의 눈물을 더하며 쇼팽의 얼굴을 바라보았다. 그리고 아무 말도 하지 못한 채 그저 연신 고개만 끄덕일 뿐이었다.

"자네가 이곳 파리에서 항상 나와 함께 해주어서…… 얼마나 든든했는지 몰라…… 자네 덕분에 나는 항상 폴란드를 느낄 수 있었어…… 자네에게는 정말 이래저래 신세만 졌어…… 그 은혜도 다 갚지 못하고 이제 죽게 되었네만……"

"그게 무슨 소린가! 자네가 곁에 있어준 것이야말로 내게, 아니, 이 자리의 모든 이에게 그 무엇과도 비교할 수 없는 큰 기쁨이었어! 얼마나 깊은 존경으로 자네를 사랑했는지! 자네는 폴란드였어! 자네야말로 지금 러시아인들에게 유린당하는 저 불행한 땅보다 더 폴란드 그 자체였어! 자네가 이 세상에 있다는 것이야말로!"

그지마와 백작의 말에 쇼팽은 가만히 웃음을 지었다. 그 아름다운 표정에 마음이 갈가리 찢겨 백작은 소리내어 울었다.

뒤를 이어 차르토리스카 대공비를 불러 말을 꺼내려던 참에 쇼팽은 거센 기침이 터져 졸지에 얼른 입을 막았던 손이 피와 타액으로 범벅이 되었다. 차르토리스카 대공비는 두 눈 가득 눈물을 글썽이며 쇼팽의 등을 쓸어주고 자신의 손과 옷자락이 피로 얼룩지는 것도 아랑곳하지 않고 곁에 두었던 수건으로 그의 입과 양손, 손가락 하나하나까지 꼼꼼히 닦아주었다. 말을 하려고 하면 다시 기침이 끓어올랐다. 그 사이사이에 가까스로 감사의 예를 표하고는,

"당신의 아름다운 영혼이…… 저의 짧은 일생에 얼마나 큰 행복을 주었는지 모릅니다…… 또한 제자로서의 당신은 나의 자랑거리예요…… 저의 사후에는……"이라고 말하고 잠시 기침을 꾹 참으며 이번에는 프랑스어로 바꾸어 "……저의 사후에는 프랑숌과 함께 연주하시면 좋을 거예요…… 천국의 저에게 둘이서 연주하는 모차르트를 꼭 들려주세요……" 하고 말했다.

지금까지 폴란드어로 나누는 대화가 마지막 이별의 말일 것이라고 짐작하며 지켜보고 있던 프랑숌은 그렇게 일부러 프랑스어로 하는 말을 알아듣고 쇼팽의 곁으로 다가갔다.

"꼭 약속하네. 자네의 피아노 기법은 누구보다 내가 제일 잘

알고 있으니" 하고 차르토리스카 대공비를 대신하여 그의 손을 잡았다.

이미 긴 대화는 불가능했다. 그래도 그를 마주하자 하고 싶은 말이 넘쳐서 어떤 말부터 해야 할지 알 수 없었다. 그 대신 쇼팽이 먼저 입을 열었다.

"……나는…… 나는, 아무튼…… 자네가 정말 좋았어…… 자네의 성실한 우정은 인간의 선량함에 대한 내 무너지기 쉬운 신뢰를 얼마나 소중히 지켜주었는지 모른다네. 그건 분명…… 내 생애의 무엇과도 바꾸기 어려운 보물이었어……"

"자네야말로! ……내게 인간의 위대함과 훌륭함, 그리고 아름다움을 모두 가르쳐준 건 바로 자네였어! 자네와 같은 시대를 산다는 게 내게 얼마나 큰 행복이었는지! 얼마나 자랑스러웠는지! ……자네가 없더라도 그 예술은 영원할 거야! 그래도 나는 자네가 없다는 게 너무나 슬프네! 자네와 웃고 이야기하고 자네와 함께 연주할 수 없다는 게…… 나는……"

차츰 깊은 어둠으로 잠겨드는 방 안에 두 사람의 대화가 울리자 여기저기에서 오열하는 소리가 한층 높아졌다. 스털링 양이 쓰러지듯 쇼팽의 침대 옆에 무릎을 꿇었다.

"아아, 당신이 떠나버리시면 나는 앞으로 어떻게 살아가야 할까요! 좀더 당신께 도움이 되고 싶었어요! 그랬다면…… 그랬다면 이런 일은……"

터지려는 기침을 애써 억누르며 쇼팽은,

"당신이 내게 해주셨던 일들에 진심으로 감사하고 있습니다…… 처음부터 여기까지가 내게 주어진 목숨이었나봅니다……" 하고 말했다.

스털링 양은 그 뜻하지 않은 말에 망연하여 그저 눈물을 흘리는 수밖에 없었다. 마지막 순간에 쇼팽에게서 감사의 인사를 들은 기쁨, 그리고 그 말이 필시 본심이 아닐 것이라는 고통스러운 예감, 그럼에도 불구하고 애써 그 말을 해준 그의 다정한 마음에 대한 감동……

쇼팽은 그러고는 누군가를 찾는 듯이 고개를 이리저리 돌리며 소리가 되지 않는 가느다란 속삭임으로 "솔랑주……" 하고 불렀다. 클레징게르는 그 입의 움직임에서 곧바로 아내의 이름이라는 것을 깨달았지만, 본인은 알아듣지 못했는지 아니면 뭔가 다른 이유가 있는지 아무튼 자기 옆에 선 채로 꼼짝도 하지 않는 바람에 "이봐!" 하고 재촉해서 쇼팽의 침대 옆으로 데려갔다. 솔랑주는 몸이 잔뜩 굳어서 겁에 질린 표정으로 나아가더니 쇼팽의 요구에 응해 그 몸을 포옹하고 입을 맞췄다. 쇼팽은 그대로 아무 말 없이 일어서는 그녀에게 한마디,

"……어머니와…… 화해해야 돼" 하고는 미소를 지어 보였다.

솔랑주는 그 말에도 남편의 재촉을 받고서야 그저 어색하게 고개를 끄덕였다. 그런 클레징게르에게 쇼팽은,

"……앞으로도 아내를 소중히 지켜주게……" 하고 당부했다.

클레징게르는 "예, 물론입니다" 하고 대답했지만, 아내의 이해하기 힘든 멀뚱한 태도에 적잖이 속이 탔다.

그리고 구트만에게 "내가 없더라도 착실히 연습해야 해"라고 말하고 크피야토코프스키와 가바르에게는 짧게 감사의 인사를 한 뒤, 나아가 크뤼베이예 박사, 그리고 다니엘과 마투셰프스카 부인에게도 깊은 감사의 뜻을 전했다.

그 다음에는 더이상 한마디도 더 할 수 없었다.

그로부터 다시금 쇼팽은 고통의 며칠간을 보냈다. 죽음의 해안에 누운 사람처럼 몇 번이고 그 물결에 휩쓸려갈 듯하면서도 육체는 간신히 생의 이쪽 해안에 머물러 있었다. 마치 쉽없이 다가드는 죽음의 물결이 그에게 흩뿌리고 간 것처럼 객혈의 비말이 그 입에서 튀었다. 그러다 의식이 돌아오면 남아 있던 말들을 전하려고 열심히 입을 움직였다. 크뤼베이예 박사는 몇 번이고 거듭되는 그 과정마다 믿을 수 없다는 표정을 보였다.

병문안을 온 이들은 그동안 교대로 그의 곁을 지키며 간호했다. 곳곳에 쇼팽의 위독에 대한 소문이 퍼지기 시작해서 그때까지 소식을 전혀 듣지 못했던 지인들과 제자들이 다급히 방돔 광장으로 밀려들었다. 그들을 모두 쇼팽의 병상에 안내하는 건 불가능했지만 그간 친하게 지내던 이들이 최후의 이별이나마 하고 싶다는 것을 매정하게 거절할 수도 없었고, 게다가 가까운 이들이 크게 동요한 상태여서 누구를 안내하고 누구는 돌려보내야 하는지 제대로 판단할 수 없는 면도 있어서 쇼팽의 몸 상태에 따라 어떻든 일단 방으로 안내하여 간단한 인사만이라도 하고 돌아가게 하는 일이 많아졌다.

그런 속에서 10월 15일에 쇼팽의 집을 찾은 한 여성만은 다른 어느 누구보다 환영을 받고 오히려 이쪽에서 부탁까지 하여 내내 쇼팽 곁에 머물게 되었다. 임종의 자리에 상드 부인을 데려오는 건 역시 어려웠지만, 쇼팽이 또 한 사람 꼭 만나고 싶어했던 그 여성은 소식을 듣자마자 니스에서 한달음에 파리로 돌아와주었다. 바로 델피나 포토츠카 부인이었다.

여행 차림 그대로 달려온 포토츠카 부인을 감사와 함께 마중한 그지마와 백작은 그녀의 눈물에 젖어 부어오른 얼굴을 보고 마차 안에서 그녀가 얼마나 큰 고통을 견디며 눈물을 쏟았는지 알아보고 진심으로 동정의 마음을 보냈다. 그리고 즉시 쇼팽의 침대가 놓인 살롱으로 그녀를 안내했다. 현관이 소란스러운 것을 먼 귀로 듣고 있던 쇼팽은 몽롱한 속에서도 한순간 어머니가 아니면 상드 부인이 찾아왔는지 모른다고 생각했다. 그러나 "아아!" 하는 부르짖음과 함께 다가온 사람이 포토츠카 백작부인이라는 것을 알아보고는 갑작스레 현실로—아직 그의 내부에 흔적이 남아 있던 그 흐릿한 감각—끌려나오면서도 그 기쁨에 변함은 없었다.

쇼팽을 감싸안듯이 포옹한 뒤에,

"이렇게 될 줄 알았으면 휴양을 갈 것이 아니었어요!……" 하고 후회의 마음에 어쩔 줄 모르는 포토츠카 부인에게 쇼팽은,

"신께서 왜 나를 냉큼 하늘에 부르시지 않는지…… 지금 겨우 알았어요…… 이렇게 당신을 만나는 기쁨을 주시려던 것이군요……" 하고 가까스로 두 뺨을 풀어 웃음을 보였다.

그 순간, 며칠 전까지만 해도 다니엘에게 하루도 빠짐없이 깎아달라고 했던 수염이 이제는 희미하게 볼을 덮고 있다는 것을 깨달았다. 곧 죽을 참에도 변함없이 수염은 계속 자란다는 사소한 해학이 그의 뇌리를 스쳤다. 포토츠카 백작 부인은 쇼팽의 손을 십자가를 품는 것처럼 양손으로 꼭 잡고 그대로 기도하듯 이마에 대고 엎드려 눈을 감은 채 아무 말도 못 하고 하염없이 울었다. 그 순수한 다정함이 쇼팽을 묘하게 그리운 마음으로 이끌었다. 그녀가 찾아온 순간 느꼈던 잠깐의 착각이 그렇게 만든 것일까? 오래도록 병의 고통 속에서 잃어버리고 있던 폴란드가 문득 자신의 내부에 소생한 것 같았다. 그 추억의 가장 감미로운 순간을 찾아내 소중히 만져본 쇼팽은 마치 어린아이로 돌아간 듯한 심정이 되어 그녀에게 부디 노래를 들려달라고 부탁했다.

포토츠카 부인은 그의 돌연한 간청에 잠시 당황스러웠고 과연 지금 이런 때에 자신이 제대로 노래를 부를 수 있을지 불안했지만, 그래도 쇼팽의 고통이 조금이라도 치유된다면 기꺼이 그 청을 받아들이기로 했다.

그녀가 오기까지 곁에서 기도를 올리고 있던 예오비츠키 신부도 굳이 반대하지 않았다.

옆방에서 플레옐의 업라이트피아노가 살롱으로 옮겨지자 그녀는 직접 그 앞에 서서 건반에 손을 얹었다. 모두 모여 그 모습을 지켜보았다. 그녀의 염려에도 불구하고 성모와도 같은 자애가 가득 담긴 우아하고 아름다운 모습이었다. 수없이 솟구치는 눈물을 견디며 그녀는 쇼팽이 청한 헨델의 〈테팅겐 테 데움〉 라르고 나단조 중의 '티냐레 도미네' 부분을 노래하기 시작했다. 눈을 감은 채 조용히 귀를 기울인 쇼팽의 떨리는 눈가에 지금까지 한 번도 볼 수 없었던, 고통에서도 슬픔에서도 벗어난 고요한 눈물이 비 온 뒤 수선화의 잎 끝에서 떨어지는 물방울처럼 가만히 흘러내렸다. 그 눈물은 눈꼬리에서 턱수염으로 한줄기 맑은 흔적을 그려내고 그 아래로 떨어질 즈음에는 작은 물방울이 되었다.

"……아, 정말 아름다워…… 어쩌면 저렇게 아름다울까……"

쇼팽은 단지 입술의 희미한 움직임에 의해서만 표현되는 소리 없는 소리로 몇 번이나 그렇게 감탄했다. 쇼팽의 귀는 그 내측과 외측에 동시에 향해져서 두 가지 노래를 하나의 소리로 듣고 있었다. 포토츠카 백작부인의 베르칸토 창법의, 가장 뛰어난 세련미라고 할 빛나는 소프라노. 그리고 쇼팽이 그 인생의 맨 처음에—어쩌면 아직 이 세상에 태어나기 이전부터—따뜻한 온기에 감싸여 들어왔던 애정 넘치는 유일무이의 소프라노. 바로 어머니의 노래였다. 그 두 개의 노래야말로 쇼팽이 창조한 모든 음악의 원천이었다. 그 여운은 쇼팽의 온몸에 스며들어 그의 일생을 그의 최후의 음악으로서 축복했다.

그러한 쇼팽의 모습은 천재성을 부여받고 인간 세상에 전혀 새로운 음악을 가져다준 한 음악가의 그야말로 음악 그 자체와의 작별의 광경으로서 자리를 함께한 이들의 마음을 거세게 뒤흔들었다. 포토츠카 부인은 눈물에 젖어 떨리는 속에서도 여성의 깊은 내면에 심지처럼 박혀 있는 저 비할 데 없는 강인함으로 의연히 노래를 불렀다. 너무도 큰 슬픔에 패배하여 음악이 빗속에 떨어지는 일이 없도록 고매한 이상을 향해 스스로를 높이고 다양한 세부에 아낌없이 배려를 해가며 단 한 소절도 놓치는 법 없이, 오열조차 숨을 잇는 한순간에 감춰두어 선율에 상처가 가지 않도록 애썼다. 누구보다 예민하고 엄격한 쇼팽의 귀가 그 마지막 순간에 쥐어짠 듯 추한 목소리로 인해 고통받는 일이 없도록 해주려는 그녀 나름의 최상의 정성이었다. 그렇게 불려진 노래는 가락의 완벽함과 한없는 다정함으로 쇼팽뿐만 아니라 혹은 선 채로 혹은 무릎을 꿇고 귀를 기울였던 주위의 모든 사람들에게 큰 감동을 주었다. 그것은 마치 천상에서 쏟아지는 한줄기 빛처럼 신령스럽기까지 했다.

잠시 뒤에 기침 발작이 일어나자 사람들은 즉시 쇼팽의 곁에 달려가 등을 쓸어주고 세면기에 피를 받았다. 포토츠카 부인도 노래를 멈추고 피아노 너머로 그 모습을 걱정스럽게 지켜보았다. 안정이 되자 쇼팽은 다시 반듯하게 누워 괴로운 듯 숨을 헐떡이면서도 노래를 계속해달라고 청했다. 포토츠카 부인은 거기에 말없이 응했다. 그런 일이 두어 번 거듭되는 가운데 마침내 노래가 끝났을 때, 쇼팽은 이미 그 여운을 맛보는 것조차 불가능한 상태가 되었다.

쇼팽은 곁으로 다가온 포토츠카 부인에게 몇 번이나 감사의 뜻을 전했으나, 얼굴이 붉어지고 땀을 비 오듯 쏟으며 거센 기침을 하는 발작이 영 가라앉지 않는 게 답답한 듯 이불 시트를 움켜쥐었다. 별실로 물러나자마자 포토츠카 부인은 자리에 주저앉아 두 손으로 얼굴을 가리고 고개를 저으며 울었다. 옆방에서는 오래도록 쇼팽의 고통스러운 기침 소리가 들려왔다.

그날 밤에도 죽음은 고통으로 몸부림치는 쇼팽을 사면해주지 않았다. 옝제예비초바 부인은 동생의 생애를 하나하나 돌아보며, 왜 이 아이가 이토록 비참한 최후를 겪어야 하느냐고 스털링 양에게 매달려 울었다. 그리고 그 어깨에 얼굴을 묻고 "이제 됐습니다…… 이제 충분합니다……" 하며 하늘을 우러러보았다. 프랑숌도 그지마와 백작도 그저 쇼팽의 손을 붙잡고 부디 힘을 내라고 허망한 위로를 거듭하는 수밖에 아무 도리가 없었다. 그 침상 아래 어린 루드비카는 클레징게르 부인과 함께 차르토리스카 대공비 곁에 무릎을 꿇고 예오비츠키 신부의 연도에 따랐다.

다음날 불순한 날씨와 함께 그 육체에 다시 잠깐의 고요가 돌아오자 쇼팽은 모두를 불러들여 사후의 구체적인 처리에 대해 자신의 희망을 밝혔다. 미완성의 악보가 상당수에 달하겠으나 그 진행 정도에 상관없이 하나의 예외도 두지 말고 모조리 소각해달라고 했다. 단 피아노 교본의 초고만은 버리지 말고 알캉과 앙리 르베르에게 기증하여 뭔가 도움이 되도록 해달라고 당부했다. 이 두 제자의 이름이 특별히 거명된 것은 알캉의 경우는 유일하게 쇼팽의 주법을 이어갈 만한 기량을 지닌 인물로서 다른 제자들은 물론이고 쇼팽 본인에게도 기대를 받았기 때문이었고, 앙리 르베르는 라이햐의 사사를 받으며 익힌 그 엄격한 고전주의적인 작곡 능력을 쇼팽이 항상 높이 사고 있었기 때문에 특히 프랑숌은 쇼팽의 뜻에 크게 공감했다. 그러나 얼마간 예상은 했었지만 쇼팽 본인에게서 미완성 작품은 모두 처분하라는 부탁을 받자 역시 당황하지 않을 수 없었다. 쇼팽은 그 일을 꼭 맡아주었으면 하는 프랑숌의 얼굴에 당황하는 표정이 역력한 것을 알아보고는 다시 한번 다짐의 말을 했다. 자신은 항상 대중에게 최대한의 경의를 표해왔으며 악보로 출판될 작품은 어떤 것이든 최대한 완벽을 기하는 노력을 해왔다고 자부한다. 그러므로 사후에 자신의 이름을 걸고 공표할 만한 가치가 없는 작품이 퍼져나가는 것만은 결코 참을 수 없다. 만일 자네가 자신의 사후에도 영원히 충실한 친구로 남아준다면 그 우정에 맹세코 반드시 이 뜻을 받아달라고 했다. 프랑숌은 쇼팽의 진지한 호소에 우선 "잘 알았네. 약속하겠네" 하고 대답했지만 바로 결심이 선 것은 아니었다. 그리고 쇼팽은 아버지가 남겼던 똑같은 유언을 떠올리며, 자칫 무덤 속에서 다시 살아나는 일이 없도록 유체를 해부할 것이며 그참에 자신을 평생 괴롭혀온 병이 무엇이었는지 알아내달라고 말했다. 이것은 특히 해부학의 권위자이던 크뤼베이에 박사에게 당부한 말이었다. 또한 살아 있는 동안에는 끝내 이루지 못했으나, 해부할 때 심장을 꺼내 최소한 그것만이라도 바르샤바에 가게 해달라고 이번에는 누님의 눈을 바라보며 당부했다. 루드비카는 몇 번이고 고개를 끄덕이며 "그래, 꼭……" 하고 손을 잡았다. 마지막으로 모두를 향해 장례식에서 모차르트의 〈레퀴엠〉을 연주해달라고 말하고 쇼팽은 그제야 안심한 듯 미소를 보였다.

그 뒤로도 한 시간 남짓 끓어오르는 기침 발작 틈틈이 모두와 함께 이야기를 나누었다. 띄엄띄엄이기는 했지만 그가 말하는 내용은 명료했다. 솔랑주가 곁에 있는 것을 알아보자 쇼팽은 이미 수없이 눈물로 적신 듯한 그녀의 눈을 지그시 바라보며 다정하게 "이제 이렇게 내 옆에 있어서는 안 돼…… 죽은 사람의 얼굴은 끔찍하거든…… 절대로 보면 안 돼…… 노앙에서 보았던 내 가장 아름다운 얼굴만 기억해야지……"라고 말했다. 주위 사람들은 그날 쇼팽이 남긴 말들을 반추하며 이토록 소중한 유언을 이제껏 말하지 않았던 것은 종유의 비적을 받은 뒤에도 여전히 삶에 대한 희망을 품었기 때문이 아닐까 하고 저마다 가슴 속에서 자문해보았다. 그리고 지금 이렇게 나중에 겪을 고통도 아랑곳하지 않고 계속 긴 이야기를 하는 것은 쇼팽이 마침내 죽음을 각오하고 그 마지막 시간에 되도록 오래 친지들과 함께하기를 바라는 마음 때문일 것이라고 짐작했다. 그 점을 생각하면 그의 한마디 한마디가 비할 데 없이 소중했고 그와 마주하는 것 자체에 팽팽한 긴장감이 느껴졌다.

날이 저물고 방마다 양초가 켜질 무렵에는 기침 발작이 더욱 빈번해지고 호흡도 거칠어졌다. 쇼팽은 그런 속에서도 이야기를 멈추지 않았고, 이따금 팔다리가 아프다고 호소해서 구트만이 손으로 비벼서 따뜻하게 해주었다. 손으로 정강이를 쥐면 엄지손가락과 가운뎃손가락이 종아리 뒤쪽에서 맞닿을 만큼 큼지막한 구트만의 손이 대리석을 닦는 듯한 기세로 바짝 여위어 가늘어진 쇼팽의 다리를 위아래로 비벼댔다. 스승의 마지막 부탁이라고 생각하니 그만 감정이 격앙되어 저도 모르게 힘이 들어갔다. 보다 못한 옝제예비초바 부인이 조금만 힘을 빼라고 말하려는 순간, 마침내 염려하던 때가 찾아왔다. 쇼팽이 돌연 격한 기침을 하기 시작했다. 목구멍에서 일순 양치질할 때 물이 그르렁거리는 듯한 소리가 들리는가 싶더니 순식간에 그것이 밖으로 솟구쳤다. 모두가 즉시 그 심상치 않음을 알아볼 만큼 엄청난 양의 피였다. 세면기를 잡으려다 미처 붙잡지 못한 채 이불 위에 토해버리고는 그대로 그 위에 비스듬히 엎어져 경련하듯 몸부림치기 시작했다. 모두가 깜짝 놀라 벌떡 일어서고 혹은 쇼팽의 몸에 손을 내밀고 혹은 크뤼베이예 박사를 간절한 눈길로 돌아보았다. 발작이 일어날 때마다 이미 수없이 그의 죽음을 예감하곤 했다. 그러나 그 순간 바야흐로 가깝게 느껴지던 죽음은 이전의 그런 예감과는 완전히 그 질이 달랐다. 딱히 무슨 근거가 있는 것은 아니었다. 그러나 그 순간 모두의 가슴을 스친 죽는다는 의식은 결코 의심할 여지 없는 확신과도 같은 것이었다.

멈추지 않는 기침에 이리저리 몸부림을 치며 쇼팽은 목이 졸린 듯 가늘게 거친 숨을 내쉬었다. 가슴에 손을 얹고 수없이 "아파…… 아파……" 하고 속삭였다. 그 소리가 들릴 때마다 옝제예비초바 부인은 "프리섹! 프리섹! 기운을 내!" 하고 눈물로 부르짖으며 동생의 등을 쓰다듬었다. 다른 이들도 저마다 간절한 격려를 보냈다. 엎어지는 겨를에 피가 묻어 창백한 뺨이 붉게 물들어 있었다. 금빛 머리도 그 피를 빨아들여 두세 뭉치가 겹겹이 흔들리며 이마를 내려치고 있었다. 다시 한번 피가 솟구쳤을 때는 얼른 세면기를 갖다댔지만 보고 있던 이들은 그 세면기의 깊이로 인해 피의 양을 더욱 똑똑히 확인하고 몸을 부르르 떨었다.

피가 기관으로 역류하지 않도록 쇼팽은 옆으로 뉘어졌다. 옝제예비초바 부인은 기도하듯이 등을 계속 쓸어내렸지만 쇼팽이 그 손길조차 고통스러워하면서부터는 그저 지켜보는 것 외에는 아무것도 할 수 없었다. 기침은 잠시 뒤에 조금 누그러들었지만 호흡은 더욱 고통스럽게 헐떡였고 그 틈틈이 "아파…… 아파……" 하는 중얼거림이 새어나왔다.

옝제예비초바 부인은 최소한 고통이나마 덜어달라고 몇 번이나 크뤼베이예 박사에게 울며 매달렸지만 그 역시 이미 손을 쓸 방도가 없었다. 대량의 피를 쏟으면서 의식이 급속히 희미해져 갔고 그 속에서도 쇼팽은 이따금 눈꺼풀을 파르르 떨며 속삭이듯 잠꼬대를 했다.

"무슨 말씀을 하시는 거죠?"

스털링 양은 그때마다 주위를 돌아보며 그 말을 알아들은 이가 없는지 찾았고 직접 "아프신가요?" 하고 묻기도 했다. 대부분 채 말이 되지 못한 신음 소리였기 때문에 아무리 물어도 대답은 없었지만, 단지 몇 차례 탄식과 함께 "……나의 가엾은 어머니……"라는 말만은 몇몇의 귀에 와 닿았다.

그런 상태가 한밤중까지 이어졌다. 어느새 입이 반쯤 벌어진 채 다물어지지 않았다. 때때로 생의 흔적처럼 기침이 터졌지만 그것도 길게 이어지지 않았다. 이대로 더 큰 고통 없이 잠들었으면. 그것이 주위 사람들에게 남겨진 유일한 소망이었다. 다시 한번 조금 전과 같은 발작이 일어나 그가 단말마의 고통에 미친 듯 몸부림치며 죽어간다면 도저히 지켜볼 수 없었다.

뺨과 머리칼에 묻은 피를 더운 물에 적신 수건으로 말끔히 닦아낸 그의 얼굴은 먼 촛불 빛이 만들어낸 황혼녘 같은 그림자만을 군데군데 드리우고 있었다. 오전 두시 직전에 다른 의사와 교대하고 잠시 휴식을 취한 크뤼베이예 박사가 다시 돌아와 베갯머리에 촛불을 들고 다가가 가만히 얼굴 위를 비추었다. 그림자의 위치가 재빠르게 움직이며 조그맣게 짙어지다 콧구멍 안에 자리를 잡았다. 잠시 말없이 그를 바라본 후에 박사는 주위 사람들을 돌아보았다. 간병에 지쳐 몽롱해져 있던 이들도 퍼뜩 정신을 차렸다.

"좀 어때요? 괴롭지는 않은가요?"

박사의 질문에 쇼팽은 눈을 감은 채,

"아뇨, 이제는……" 하고 짧게 대답했다.

그 목소리는 미약하기는 했지만 이상할 만큼 맑았다. 모두가 침대 주위로 다가왔다. 이변을 느낀 다니엘이 다른 방에 있던 이들을 부르러 갔다. 발소리를 죽이며 서둘러 사람들이 모이자 그 시선이 일제히 침대 위로 향했다.

그 한순간은 마치 총에 맞아 떨어진 꿩의 깃털이 미풍에 날려 뒤집히듯 조용히 지나갔다.

고요해졌다.

그것은 이미 하나의 사태였다. 그리고 사건 그 자체는 그 사태를 통해 추인하는 수밖에 없었다.

사람들은 즉각 그 사태를 발견했다. 그러나 사건은 아직 발견되지 않았고, 게다가 시시각각 멀어져가고 있었다.

엄청난 슬픔의 징조와 아직은 그것을 가까스로 가로막고 있는 회의로 모두들 몸이 굳어버려 꼼짝도 하지 않는 가운데 일단 옆으로 물러서 있던 크뤼베이에 박사가 "실례합니다" 하고 끼어들었다. 그와 동시에 모두가 일제히 얼굴을 들어 그의 움직임을 좇았다. 호흡이 없는 것을 확인하고 손끝으로 눈꺼풀을 열어

촛불 빛에 눈동자를 비춰본 그는 몸을 돌려 천천히 고개를 가로젓는 것으로 쇼팽의 임종을 알렸다. 그 순간 말은 자리에 누운 한 사람을 칼로 자르듯 갈라놓았다. 그지마와 백작은 순간 눈앞에 짙은 안개가 서리는 것을 느꼈다. 그의 곁에서 허리를 꺾은 프랑솜 역시 두 눈에서 굵은 눈물을 떨구며 손으로 바닥을 내리쳤다.

"아아…… 아아…… 아아……"

옝제예비초바 부인은 곁에 있는 스털링 양에게 기댔다가 그대로 바닥에 무너져내렸다.

"부인! 아아, 부인……"

스털링 양은 그녀의 몸을 받아안으며 함께 주저앉아 얼굴을 맞댔다.

포토츠카 백작 부인은 기도를 올리기 시작한 예워비에츠키 신부를 따라 두 손을 모았지만 오열에 막혀 말이 나오지 않았다.

구트만도, 다니엘도, 마투셰프스카 부인도 울었다.

솔랑주는 겁에 질린 얼굴로 그의 얼굴을 들여다보았다. 언제나 재기로 환하게 빛나던 그 너른 이마가 마치 장막이 쳐지듯 시시각각 보랏빛으로 물들어가는 것을 보고 저도 모르게 두 손으로 입을 틀어막았다. 사람이 죽는 것을 본 것은 이것이 처음이었다. "죽은 사람의 얼굴은 끔찍하거든"이라고 했던 그의 말이 떠올랐다. 다시 한번 그 목소리를 듣고 싶었다. 다시 한번 자신에게 미소짓는 것을 보고 싶었다. 그러나 이제 그 어느 것도 결코 이루어질 수 없다는, 정신이 멍해질 듯한 절망감. 아무리 필사적으로 기원해도, 아무리 강하게 염원해도 결코 시간을 되돌릴 수 없다는 정신이 나가버릴 듯한 답답함. 쇼팽이 없다. 그토록 좋아했던 그가 지금 이 순간을 경계로 영원히 없는 것이다……

"싫어…… 싫어…… 싫어, 싫어, 싫어! 왜! 이봐요, 어째서! 싫어, 싫어……"

울음을 터뜨리며 유체에 안겼지만 그 얼어붙을 듯이 차가운 뺨에 깜짝 놀라 물러섰다가, 다시 더욱 크게 울부짖으며 그의 가슴에 세게 얼굴을 비볐다.

"……싫어! 이봐요, 어째서! 이봐요, 제발, 다시 한 번만 말을 해봐요! 이봐요, 제발! 제발! ……싫어, 싫어! 제발, 제발 말을……"

양손으로 흔들어댄 그 몸의 둔중한 무게와 허전한 무저항이 자신의 바람이 절대적으로 불가능하다는 것을 절실히 느끼게 했다. 조금 전까지 숨을 쉬던 가슴이 이제는 완전히 멈춰 있었다. 조금 전까지만 해도 말을 했던 그 입이, 그가 결코 자신에게 보여줄 리 없는 반쯤 벌어진 볼썽사나운 모양으로 굳어 있었다. 조금 전에 의사가 열었다가 다시 닫았을 터인 눈꺼풀이 살짝 열려 그곳을 통해 마치 인형처럼 초점을 잃은 눈동자가 들여다보였다.

침대에 손을 짚고 울고 있던 차르토리스카 대공비가 그것을 보고 일어나 베갯머리에 무릎을 꿇고 그 눈을 자신의 손으로 가만히 덮어주고는 다른 한 손으로 클레징게르 부인의 등을 감싸 안았다.

"이제 그만 잠들게 해줘요……"

그러나 솔랑주는 몸을 틀어 그 손을 뿌리치고는 이불을 움켜쥔 채 유체에서 떨어지려고 하지 않았다.

죽음이란 아무리 치밀한 예고 뒤에 찾아오더라도 반드시 돌연하다. 그 최후의 순간에 그것은 항상 당돌하며 뜻밖이다. 쇼팽의 남은 목숨이 그리 길지 않다는 것은 진작부터 알고 있었다. 그럼에도 역시 죽음은 그녀에게 너무도 돌연한 일로 느껴졌다. 그 돌이킬 수 없는 순간은 이미 과거가 되어버렸다. 똑같은 이 방 똑같은 이 침대에서 그것은 이미 끝나버린 일이었다.

클레징게르가 보다 못해 아내 곁으로 다가갔지만 할말이 생각나지 않아 차르토리스카 대공비의 말을 되풀이했다.

"이제 그만 잠들게 해드려."

솔랑주는 얼굴을 묻은 채로 고개를 가로저으며 그 자리에서 움직이려 하지 않았다.

차르토리스카 대공비는 자신의 손으로 따뜻해진 쇼팽의 눈꺼풀을 정성껏 감겨주었다. 안구의 단단한 감촉이 손끝에 전해졌다. 그것은 아직도 충분히 생생하게 느껴졌다.

그녀 역시 자리에서 일어설 수 없었다. 마치 물건처럼 오래 누르고 있는 것이 죄송스러워 눈 위에 얹었던 손을 가만히 거두어들였다. 어둡게 가라앉은 눈두덩 속에서 눈꺼풀은 그녀의 적당한 힘에 순종하듯 곱게 맞붙어 있었다. 손가락이 둥글게 구부린 그의 손을 가슴에 대고 다른 한 손으로 그것을 소중히 감쌌다. 그리고 크뤼베이예 박사가 유체의 입가를 닦아내는 것을 바라보며 자신의 손안에 담긴 침묵을 한층 굳게 감싸쥐었다.

24

10월 17일 밤 고드 드 모루아 가의 자택 거실에서 사촌 몽베르가 신문을 읽어주는 것을 듣고 있던 샤를로트 마를리아니 백작 부인은 맨틀피스의 시계를 보고 아직 아홉시 반밖에 되지 않았구나 하고 안심한 듯 시선을 거두어들이는 순간, 사용인의 안내를 받으며 낯선 젊은 여자가 방 안으로 들어서는 모습을 거울로 보고 깜짝 놀라 뒤를 돌아보았다.

대체 누구지?

이윽고 푹 숙였던 얼굴을 머뭇머뭇 쳐든 것은 솔랑주 클레징게르 부인이었다.

"어머, 어쩌면 이리 오랜만일까! ……혼자?"

자리에서 일어나 포옹하면서도 찾아온 이가 솔랑주라는 것에 도리어 더 의아해 그녀는 고개를 갸웃했다. 솔랑주를 만나는 것은 정말 오랜만이었다. 재작년 클레징게르 부부가 노앙의 어머니 품을 뛰쳐나온 이래 그녀는 상드 부인과의 우정을 유지하는 한편으로 파리에서 자신을 의지해 찾아온 딸 부부의 뒤를 돌봐주었지만, 작년 연말에 쇼팽이 영국에서 돌아오고 그 추종자들에게 거의 쫓겨나다시피 배척을 받은 뒤부터는 솔랑주와도 갑작스레 소원해졌었다. 여름에 아이를 데리고 파리에 온 뒤로 이곳을 찾아온 적이 몇 번이었던가? 특히 그녀가 9월 5일부터 그 달 말까지 노앙에서 변호사이자 임시정부하에서 독일 대사로 부임해 있던 에마뉘엘 아라고, 배우 보카주 등과 함께 휴가를 즐기며 상드 부인과의 관계를 한층 돈독히 하고 돌아온 뒤, 아무래도 쇼팽의 용태가 크게 악화된 것 같다는 소문을 듣고 달려갔던 방돔 광장에서 냉랭하게 문전박대를 당한 일이 있은 후로 솔랑주는 노골적으로 그녀를 멀리해왔다.

솔랑주는 마를리아니 부인의 질문에 말없이 고개를 끄덕이더니 갑작스럽게 그녀의 두 팔을 붙잡았다.

"실은 부탁이 있어서 왔어요. 어머니가 파리 어디에 계시는지 알려주셨으면 해요"

"어머니의 파리 주소?"

마를리아니 부인은 솔랑주를 벽난로 옆 의자로 안내하며 그렇게 되묻고는, 아무래도 이야기가 조금 복잡해질 것 같은 예감이 들어 몽베르에게 잠시 자리를 비켜달라고 부탁했다. 솔랑주는 그녀의 의아해하는 표정에 어쩔 줄 몰라하는 눈치로,

"네, 마침…… 그래요, 사나흘 전에 길에서 어머니를 봤어요. 길을 걸어가는 걸요…… 아니, 자주…… 몇 번이나 봤어요…… 그래서……" 하고 흥분한 목소리로 횡설수설했다.

"상드 부인을?"

"네."

"파리에서?"

"네, 그래요."

"그래…… 어디에서 봤다는 거지?"

마를리아니 부인은 점점 더 이해할 수 없다는 표정으로 거듭 되물었다. 상드 부인이 파리에 와 있다는 말은 들은 적이 없었다. 며칠 전에도 노앙에서 보낸 그녀의 편지를 받았었다. 거기에도 파리에 온다는 이야기는 한 줄도 없었고 무엇보다 일 주일씩이나 파리에 있으면서 그녀가 자신의 집을 찾지 않을 리 없었다. 뭔가 착각을 한 것일까? 그러나 애초에 착각하고 말고 할 얘기가 아니었다. 그렇다면 거짓말일까? 하지만 왜 이런 시시한 거짓말을 한단 말인가?

"강가…… 그래요, 강가에서…… 만나지 않으셨어요? 다른 분들은 모두 만나셨다는데요……"

"그래? 나는 아직 뵙지 못했는데……"

정말 상드 부인이 파리에 와 있는 것일까? 그녀는 순간 그렇게 의심했다. 사정이 있어서 비밀로 한 걸지도 모른다. 또 정치 활동일까? 아니면 뭔가 다른 볼일이 있는 걸까? 그러나 그런 의

심보다는 눈앞의 젊은 딸이 이상한 망상에 씌었다고 하는 편이 더 신빙성이 있을 것 같았다. 솔랑주의 태도는 어딘지 이상했다. 시선을 한곳에 고정하지 못하고 무슨 잘못이라도 저지른 사람처럼 우물거리고 있었다. 혹시 클레징게르와 무슨 불미스러운 일이라도 있었던 것일까?

어머니가 어디 있는지 알고 싶어서 찾아왔다는 것도 부자연스러웠다. 지난달 노앙에 머물던 때에도 상드 부인은 날마다 딸의 험담을 하지 않았던가. 그 뒤로 갑자기 모녀가 화해했을 리는 없었다. 혹시 둘 사이를 중재해달라는 부탁을 하러 온 것일까?

마를리아니 부인은 마음을 굳게 먹고,

"왜 그래? 무슨 일이 있었어? 오늘은 어째 평소와는 다른 것 같은데? 곤란한 일이 있으면 어려워 말고 얘기해봐" 하고 말하며 솔랑주의 그 이상한 긴장감을 풀어주기 위해 부드러운 미소를 지어 보였다.

솔랑주는 그녀의 질문에 잠시 머뭇거리다 마침내 입을 열었다.

"……그분이…… 그분이, 돌아가셨어요……"

마를리아니 부인은 '돌아가셨다'는 말에 순간적으로 웃음이 싹 가시며 급히 되물었다.

"어머, 누가 돌아가셨다는 거야?"

"……그분이…… 오늘 아침까지 방돔 광장에 계셨는데……"

"방돔 광장? 설마……" 하고 순간 말이 막혔다가, "……쇼팽

씨가?"

솔랑주는 작게 고개를 끄덕였다.

"저런, 어쩌면 좋아! ……그럴 리가…… 정말? ……아, 이게 무슨 일이람!"

두 손을 얼굴에 댔다 팔짱을 꼈다 하며 그녀는 그렇게 계속 말을 내뱉었다. 그 표정은 슬퍼한다기보다 너무도 갑작스런 일을 믿을 수 없어 쩔쩔매는 듯한 모습이었다. 솔랑주는 그 모습을 보고 있자니 왠지 조금 냉정해지는 것 같아 짐짓 침착하게 말했다.

"그래서 어머니에게도 알려주려고요. 분명 신문도 읽지 않을 테니까. 그래서 여쭤봤어요. 제가 직접 전하러 가려고요."

"그럼, 그렇고말고, 물론 알려드려야지…… 아아, 그랬구나……"

마를리아니 부인은 이제야 모든 것을 알겠다는 듯 고개를 끄덕였다.

"그렇지만…… 네가 길에서 봤다면 틀림은 없겠지만, 네 어머니는 아직 노앙에 계실 거야. 며칠 전에도 노앙에서 편지를 보내셨는걸."

솔랑주는 거기에 대해서는 아무 말도 하지 않았다. 그럴 거라고 짐작했었다. 단지 파리에 와 있는 것 같다는 소문을 들었던 터라 그것을 이 집에 찾아오는 구실로 삼은 것뿐이었다. 만일 정말 파리에 와 있다면 거의 일 년 만에 만나러 갈 생각이었다.

결코 화해를 위해서가 아니었다. 가엾은 옛 애인에게 단 한 번도 인간다운 다정함을 보여주지 않은 어머니의 냉혈을 비난하기 위해서였다. 이번만은 자신의 정당성을 털끝만큼도 의심하지 않았다. 세상 어느 누구에게 물어봐도 좋다. 옝제예비초바 부인도 자신의 마지막 헌신에 진심 어린 감사의 말을 해주었다. 그리고 어머니에 대해서는 마지막까지 한결같은 무언의 분노를 보였다. 그것이 모든 것을 말해주고 있다! 그뿐만이 아니다. 이번 일은 지금까지 모녀간에 벌어졌던 모든 다툼에 하나의 판결을 내려줄 증거가 될 것이었다. 그녀는 어머니가 범한 용서받을 수 없는 잘못은 인간으로서의 근본적인 결함에서 비롯된 것이라고 생각했다. 그것은 또한 오랜 세월 자신이 그 딸로서 고통스러워해야 했던 결함이었다. 가장 절실하게, 가장 긴급하게 애정을 바라는 이에게 보인 그 철저한 거부. 아니, 그것은 어쩌면 증오였던 것은 아닐까?

그녀는 쇼팽의 임종의 자리에 어머니가 오는 것을 바라지 않았다. 이제 와서 새삼 찾아와봤자 소용없다고 생각했다. 자신이 곁에 있는 것으로 충분할 것이었다. 쇼팽 본인도 기뻐하지 않았을 것이다. 옝제예비초바 부인도, 그지마와 백작도, 스털링 양도, 누구 하나 달갑게 생각할 이는 없을 터였다. 그러나 그런 마음 한켠에서는 아무리 지워버리려 해도 그가 진정으로 만나고 싶어하는 이는 자신이 아니라 어머니일지도 모른다는, 그가 자신을 다정하게 대해주는 것은 결국 조르주 상드의 딸이기 때문은 아닐까 하는 의심이 끊임없이 그녀를 괴롭혔다. 프랑숌처럼 다시금 그것을 상기시키며 어머니를 불러오려 한 사람도 있었다. 그리고 빈사의 쇼팽이 유언처럼 들려준, 어머니와의 화해를 권하는 그 말에 솔랑주는 다시 그 의심을 강하게 의식하지 않을 수 없었다. 생의 마지막 순간에 그가 나를 보고 떠올린 것은 역시 어머니였던 것이 아닐까? 그것을 단순히 자신의 행복을 바라는 말이었다고 믿을 수 있을까……? 쇼팽이 죽는 순간까지 그녀는 그가 어머니를 다시 만나고 싶어할 것이라는 예감을 애써 억누르고 있었다. 그러나 막상 쇼팽이 죽자 이번에는 그 예감을 다시 꺼내어 그럼에도 불구하고 끝내 병문안을 오지 않은 어머니의 비정함을 경멸했다. 그런 변덕은 자연스럽게 생겨난 것은 아니었다. 그녀는 마지막으로 자신의 인간다운 배려를 실감하고 어머니의 잔혹함을 확인해야만 했다. 그러기 위해서는 어머니는 결코 병문안을 와서는 안 되었다. 다시 만나기를 열망하는 그의 마음을 배반하고 뿌리치게 만들 필요가 있었다. 그 모든 것을 그녀는 처음부터 예견하고 있었던 것이 아닐까? 그리고 그런 행동에는 스스로의 예견을 이루어내려는 지극히 영악한, 그러나 그 때문에 결코 뚜렷하게 자각해서는 안 될 그녀 자신의 의도가 감추어져 있었던 것이 아닐까?

젊음이란, 가장 엄숙한 순간에조차 자신이 원하는 대로 인생을 가공하려는 은밀한 욕망을 품으며 그 성공으로 인해 결국은 자기 자신이 가장 깊은 상처를 입고 마는 과오일 것이다. 솔랑주는 쇼팽의 죽음에 의해 실현된 자신의 의도가 어리석었다고 느꼈다. 그의 죽음이 가져온 슬픔이 너무도 컸기 때문이었다. 이제는 뭐가 어떻게 되건 상관없었다. 모든 것이 시시하게만 느껴지고 자신의 영악스러움에 혐오감마저 들었다. 그러나 방돔 광장을 떠나 일단 집으로 돌아오자 다시 변덕이 일어 아무래도 어머니에게 한마디 하지 않고는 속이 시원하지 않을 것 같았다. 그녀는 이미 스스로도 인정한 어떤 은밀한 의도 때문에 어머니에게 분노하는 것이 아니었다. 지금의 분노를 부른 것은 그녀의 슬픔이었고 그 점에 대해 전혀 의심해볼 필요가 없는 것은 그 슬픔의 예기치 못한 거대함 때문이었다. 그것은 그녀가 감당할 수 없는 것이었다. 도저히 작위적으로 날조하거나 할 수 있는 것이 아니었다. 그 통절함은 그대로 어머니에 대한 분노로 바뀌었다. 그녀가 그것을 자각했는지는 분명하지 않지만, 아무튼 어머니를 용서할 수 없다고 느낀 것만은 확실했다. 이 집을 찾은 것도 우연이 아니었다. 마를리아니 부인에게라면 자신의 마음을 모두 털어놓을 수 있고 또한 그녀라면 하나도 남김없이 그것을 어머니에게 전해줄 것이기 때문이었다.

그러나 막상 마를리아니 부인을 대하자 솔랑주는 자신의 마음이 조금도 정리되지 않았다는 것을 느꼈다. 처음에 저도 모르게 튀어나온 사나흘 전에 어머니를 보았다는 시시한 거짓말을 얼버무리기 위해 횡설수설하다보니 더욱 혼란스러워졌다. 그나마 쇼팽의 부보에 어쩔 줄 몰라하는 늙은 여인의 모습이 그녀에게 침착함을 되돌려주었다. 자신이 방돔 광장의 집에서 경험한 슬픔에 비하면 그녀의 동요는 너무도 느긋하고 한심해 보였다. 그 자리에 함께한 사람의 괴로움을 다른 이들은 절대 알지 못하리라. 얻어들은 것만으로 그렇게 슬퍼할 자격이 있기나 할까?

솔랑주는 마를리아니 백작 부인의 말에는 아무 대답도 없이 갑작스레 이번 겨울의 계획에 대해 이야기하기 시작했다. 파리에서 지낼 새집이 아직 정해지지 않았기 때문에 아마 브장송의 시댁이나 기유리의 아버지 집에서 지내게 될 것이라고 했다. 마를리아니 부인은 화제가 갑자기 엉뚱하게 바뀐 데 당황해 잠시 어리둥절한 채로 맞장구를 치다가 도저히 참을 수 없어 도중에 반강제로 다시 이야기를 돌려 쇼팽의 마지막에 대해 좀더 자세히 이야기해달라고 부탁했다. 솔랑주는 마지못한 듯이 그가 모두에게 유언을 남기던 날부터 죽음에 이르기까지의 그와 주위 사람들의 모습, 그리고 임종의 순간과 그 선고를 받은 옝제예비초바 부인의 절망 등에 대해 무표정한 얼굴로 담담하게 말을 이어나갔다. 마를리아니 부인은 그 이야기가 너무도 간략한 것이 답답하기만 했다. 고인이 해부를 원했다는 말을 듣고는 깜짝 놀라 그 이유를 묻자 솔랑주가 병의 정체를 밝혀내주기를 바란 그의 유지를 개인적인 이유가 아닌 과학 발전에 기여하려는 숭고한 소망 때문이라고 윤색하여 설명하는 바람에 쇼팽이 과연 그런 말을 했을까 하고 의심스러워했다. 그러나 그가 자신의 심장을 꺼내 최소한 그것만이라도 폴란드에 가게 해 달라고 했다는 이야기를 듣자 절절히 납득이 되어 몇 번이나 고개를 끄덕이며 눈시울을 적셨다. 그렇게 자신의 감정이 고양될수록 그녀는 솔랑주의 그 냉정한 말투가 기묘하게 느껴졌다. 어쩌면 이렇게 태연스럽게 얘기할 수 있을까? 슬픔을 참고 있는 것일까? 아니면 뭔가 다른 생각을 하고 있는 걸까? 물론 슬프다, 괴롭다는 말은 자주 했다. 그러나 그 말은 어딘지 붕 떠 있었다. 처음 방에 들어섰을 때부터 여느 때와는 달라 보였지만, 쇼팽의 사망 소식을 듣고 어느 정도 이해할 수 있었다. 너무도 슬픈 나머지 냉정함을 잃은 것이리라. 그와는 각별한 사이였으니 무리도 아니다. 더구나 아직 젊으니 죽음에 대해서도 익숙하지 않을 것이다…… 그렇게 이해하려는 순간 갑작스레 겨울 계획을 늘어놓는 것이었다. 그녀는 결국 솔랑주의 슬픔 자체가 의심스러워 다소 불쾌해졌다. 그토록 가까운 사람이 세상을 떴는데 어쩌면 이렇게 아무렇지도 않을까? 아니면 애써 평정을 가장하는 것일까?

솔랑주는 그녀의 반응을 무시한 채 뒤를 이어 결국 단 한 번도 옛 애인의 병문안을 오지 않은 어머니에 대해 비난하기 시작했다. 그리고 이야기가 비약하여 모녀간의 관계에 이르자 말투가 더욱 과격해지더니 마침내는,

"내가 원한 것은 말도 아니고, 이런……" 하고 옷을 움켜쥐며 "드레스도 아니었어요! 그저 애정을…… 어머니의 애정만을 원

했는데……" 하고 울기 시작했다.

마를리아니 부인은 가엾기보다 약간 어처구니가 없어서,

"그런데…… 너는 어머니에게 애정이 있었니?" 하고 물어보았다.

솔랑주는 눈물을 훔치며 대답했다.

"그럴 여지는 있었어요."

그리고 미간을 찡그리는 마를리아니 부인을 보고 한층 더 흥분하여 부르짖었다.

"그것을 거절한 건 어머니예요! 어머니는 딸의 정 같은 건 전혀 원하지 않았어요. 만약 어머니가 나를 사랑하고 내게 사랑받기를 원했다면 나는 누구보다 어머니를 사랑했을 거예요! 어머니가 버린 저 가엾고 아름다운 사람이 바로 그런 식으로 나를 소중히 여겨주었죠! 그래서 나는 마지막 순간까지 누구보다도 그 사람을 사랑했어요! 그것을 어떻게 비난할 수 있죠? 더구나 어머니가! 바로 어머니 자신 때문인데도요!"

그러고는 마치 어머니가 눈앞에 있기라도 한 듯 클레징게르와의 결혼생활을 한껏 부풀려 자랑하고 지금까지 살아오면서 이렇게 행복한 적은 한 번도 없었노라고 비꼬듯이 말했다. 그 희극적인 과장을 접한 마를리아니 부인은 상드 부인이 항상 "그 애는 정말 어려워"라고 하소연하던 것을 새삼 떠올렸다.

솔랑주는 사십 분 정도를 마를리아니 백작 부인의 집에서 보내며 하고 싶은 말을 모두 쏟아놓고는 느닷없이 기다리는 이가 있다며 작별 인사를 했다. 아래층까지 배웅을 나가보니 현관 앞에 기품 있게 손질된 쇼팽의 사륜마차가 서 있었다. 마차 안에는 클레징게르가 타고 있었다. 언제부터 기다리고 있었는지 불쾌함이 역력한 그 표정은 고인이 사랑하던 마차와 너무도 어울리지 않아 그저 안타깝기만 했다. 그 광경은 쇼팽에 얽힌 그녀의 소중한 추억들을 난폭하게 짓밟고 오만하게 가로채려 하고 있었다. 이 마차는 결코 그 같은 사람이 탈 마차가 아니었다. 그러나 그곳에 올라야 할 주인은 이미 이 세상에 없는 것이다……

그녀는 곧바로 상드 부인에게 편지를 썼다. 첫 편지에 우선 쇼팽의 부보를 전하고 둘째 편지에 그 소식을 알리러 온 솔랑주 이야기를 썼는데, 그 내용은 딸이 짐작했던 대로 그녀가 어머니에 대해 털어놓은 불만을 하나도 감추지 않고 낱낱이 보고하는 것이었다.

편지를 받아든 상드 부인은 딸의 언동에 지독히 화가 났지만 그런 내용을 편지에 미주알고주알 써보내는 마를리아니 부인도 딱하다고 생각했다. 이런 일을 전하면 모녀 사이의 감정의 골이 더 깊어지리라는 생각은 하지 못하는 것일까? 자기들 모녀의 싸움이 그렇게 재미있는 것일까?

쇼팽의 부보에는 역시 크게 놀랐지만 슬픔은 둔하고 애매했다. 마지막으로 만났던 것이 혁명 직후, 기이하게도 마를리아니 부인의 집을 찾았을 때였다. 그로부터 일 년 반이 지났다.

그 사이에 너무도 많은 일이 있었던 탓에 그는 이제 잊어야 할 과거의 한 풍경에 지나지 않았다. 결코 즐거운 추억은 아니었다. 아니, 어쩌면 이미 쾌불쾌의 피안으로 아득히 멀어지고 있는지도 모른다. 그도 마찬가지일 터였다. 부즈랑 부인 같은 이가 그를 만날 것을 권하는 편지를 보내왔을 때도 그녀는 그것이 그의 바람이라고는 믿을 수 없었다. 그때 그토록 냉담하게 이별을 고했던 그가 어째서 지금 자신을 만나고 싶어할 것인가. ……그래서였을까? 그 불안 때문에 그를 만나고 싶지 않았던 것일까? 만약 그가 진실로 자신을 만나고 싶어한다는 것을 알았다면 과연 병문안을 갈 생각이었을까? 알 수 없었다. 그러나 옝제예비초바 부인 앞으로 최대한 친애의 정을 담아 써 보낸 편지가 냉담하게 무시당했을 때, 그녀는 더이상 자신이 나설 자리가 없다는 것을 분명히 깨달았다. 그의 주위를 어떤 사람들이 둘러싸고 있을지는 쉽게 짐작할 수 있었다. 아마 옝제예비초바 부인은 그런 사람들에게 자신에 대한 부당한 악평을 실컷 들었으리라. 쇼팽 역시 자신을 다시 만나 심사를 어지럽히느니 헌신적인 애정을 바치는 아름다운 귀족 여성들의 간호를 받는 것이 훨씬 행복할 것이다. 어느 누구도 그를 거스르지 않고 원하는 것은 무엇이라도 들어줄 터이니. ……그런 생각을 하면 왠지 비굴해지는 듯했고, 그것이 또 진심으로 불쾌해서 그후로는 쇼팽에 관한 생각을 접어버렸다. 그런 끝에 도착한 부보였다.

내심 괜찮을 것이라고 낙관하고 있었는지도 모른다.

구 년에 달하는 두 사람의 생활을 찬찬히 돌이켜보면 슬픔이 밀려올 것이 분명했다. 그러나 그러고 싶지 않았다. 모리스와 식사 도중에 두세 가지의 기억을 꺼내 이야기를 나누었지만, 그 역시 깊은 애정이 있었던 것이 아닌 만큼 떨떠름해하며 어머니의 말에 적당히 박자를 맞출 뿐이었다.

장례식은 파리에서 대대적으로 거행될 것이다. 7월왕정기의 번영에 향수를 품고 있는 파렴치한 부호들이 지켜보는 가운데. 그들이야말로 그녀를 파리에서 쫓아내고 비열한 반동과 한패가 되어 잃어버린 지위를 회복하려고 발버둥치는 교활한 이기주의자들이었다. 고인의 친구와 숭배자들도 자신을 결코 용서하지 않을 것이다. 굳이 그런 자리에 찾아가 상처받고 싶지는 않았다. 온갖 음습한 험담을 속닥거리며 증오에 찬 눈초리를 퍼부을 것은 뻔한 일이었다. 장례식을 망치는 것은 그녀가 원하는 일이 아니었다. 하물며 그런 의도로 찾아온 것으로 비치는 것은 더욱 원하지 않는 일이었다. 혹시 어떤 실수가 있어 안내장이 날아온다 해도 절대 응하지 않을 생각이었다. 자신만을 위해서가 아니었다. 그 또한 그것을 원하지 않았을 것이 틀림없었다……

들라크루아는 파리의 쇼팽을 생각하면서부터 몇 번이나 발몽을 떠날 계획을 세우려 했지만 그때마다 딱히 이유다운 이유도 없이 차일피일 뒤로 미루고만 있었다. 무슨 특별한 일이 있는 것도 아니었다. 보르노의 가족과 그저 그런 이야기를 나누고 스테인드글라스 보수 작업에 땀을 흘리다가, 싫증이 나면 정원을 돌며 멍하니 풍경을 바라보고 이따금 나무의 소묘를 하기도 했다. 단지 그런 단조로운 반복이었다.

18일에는 페캉에서 조금 떨어진 곳에 있는 '개의 동굴'이라는 유명한 경승지를 찾아갔다. 오후 두시 경에 출발했더니 미처 바닷물이 다 빠지지 않은 탓에 잠시 바닷가에서 시간을 보내게 되어 만약을 위해 가져온 종이와 연필로 바다의 소묘를 몇 점 그렸다. 해가 일찍 저무는 것을 고려해 발 딛기가 다소 어려운 것을 감수하며 간조 전에 목적지를 향해 출발했는데, 잠시 뒤에 눈앞에 펼쳐진 광경은 초조해한 만큼 잔뜩 부풀었던 기대감을 완전히 만족시켜주었다. 오벨리스크처럼 우뚝 솟은 거대한 바위탑과 고딕 양식 성당의 버팀도리처럼 암벽에서 바다 쪽으로 성큼 발을 내민 바위문. 밀려드는 물결이 일순 물러설 기회를 가늠하며 고심한 끝에 결국 그 기둥처럼 이어진 바위 사이로 나아가자 자연의 조형이 보여주는 압도적인 힘에 가슴이 두근거렸다. 아득히 우러러보이는 흰 이회암의 수직 벽에 몇 겹이나 수평으로 겹쳐진 검은 수석층(燧石層). 지나칠 만큼 단정한 그 무늬가 바위와 바위 사이의 공간을 넘어 각각의 표면에 완벽하게 정확히 이어져 있는 그 아름다운 모습. 깎여나간 단면에 의해 드러난 엄청난 시간의 퇴적. 그것을 흔적도 없이 삼켜버리고 지금은 태연히 평화로운 물결로 밀려드는 바다. 바위 곳곳에 초록 풀이 강인하게 싹을 틔우고, 조금 전까지 물에 잠겨 있던 그 발치에는 붉고 푸른 해초가 빈틈없이 뒤덮여 있었다. 멀리서 볼 때는 그다지 느껴지지 않던 그 장엄함은 가까이 다가갈수록 웅크리고 있던 거인이 서서히 몸을 일으키는 것처럼 그에게 다가들다가 마침내 그 절벽에 둘러싸이자 저절로 고개가 젖혀지며 탄성이 새어나왔다. 이런 바위탑을—아니, 가까이에서 올려다보면 거의 작은 산처럼 느껴지는 그 모습을 무어라 형용하면 좋을까? 폐허에 우뚝 솟은 고대 로마 신전의 원주. 그렇다면 저 멀리 둥글게 펼쳐지는 두 개의 단애(斷崖)는 원형 경기장이고, 하늘을 향해 무한히 이어진 가로줄무늬는 지금은 텅 빈 계단석이었다.

그 장관에 매료될수록 그는 이곳을 '개의 동굴'이라고 부르는 자국민의 빈약한 시정(詩情)이 심히 한탄스러웠다. 암피트리테라도 숨어 있을 듯한 이런 곳을 하필 개가 사는 곳이라고 부르다니. 바닷가에 개를 끌어대는 발상부터가 말이 안 되는 것이 아닌가. 그것이 통칭으로 퍼져 있다는 것은 사람들이 그 비유를 적확한 것으로 인정했다는 뜻일까? 도무지 믿을 수가 없었다. 해가 저물기 시작해서 서둘러 올라탄 마차에서도 그는 보르노 부부를 상대로 내내 그 이야기를 했다. 예의 스테인드글라스의 훌륭함을 설명할 때도 자신의 열변이 이 가족에게는 우스꽝스럽게 비친다는 것을 눈치챘던 터라 이번에도 일부러 과장스러울 만큼 크게 분개해 보였다. 보르노 부부는 예상대로 몹시 재미있어했다. "그렇게까지 화를 낼 게 뭐 있어요?" 라며 배를 잡고 웃는 두 사람에게 그도 농담이었다는 듯 함께 웃어 보였다. 덕분에 집에 도착하기까지의 시간이 눈 깜짝할 사이에 지나갔다. 식사를 마치고 난롯가에 둘러앉은 뒤에도 대화가 유쾌하게 이어져 잔을 기울이거나 하품하는 틈도 아까워하며 모두가 큰 소리로 웃고 떠들며 보냈다.

다음날 아침 눈을 뜨자 어제의 소풍에 탈이 났는지 온몸이 찌뿌드드했지만, 그보다 이곳에서의 생활에 대한 애착이 다시금 간절히 밀려왔다. 어디서 살든 늙음은 반드시 찾아오는 법이다. 그러나 늙는다는 것의 비참함은 어쩌면 도시에 사는 사람만이 느끼는 것인지도 모른다. 발몽에 도착한 직후에 느꼈던 깊은 실망감은 이제 서서히 그림자를 감추고 있었다. 날이 갈수록 감각이 연마되고 자연에 대해 민감해지는 것을 알 수 있었다. 자신은 아직 노년의 입구에 선 것에 불과하다. 감각의 완전한 감퇴가 시작되었다기보다는 자극에 대한 반응이 조금 늦어진 것이다. 그것은 아마 앞으로 한층 더 빠르게 진행될 것이 틀림없다. 그런 때 자신의 예술이 여전히 도시 한복판에서 비말을 올리는 태풍의 바다이고 우뚝 솟은 거대한 암석의 탑이기 위해서는 지금까지보다 더 많은 시간을 자연 속에서 보내야 할 것이다. 자연은 아낌없이 감성을 단련하고 상상력을 이끌어내며 무엇과도 바꿀 수 없는 위안을 가져다준다. 육체에 치유력이 있는 것처럼 자연은 거기에 몸을 맡기고 일체가 되었을 때 인간을 자신의 한 부분으로 받아들여 치유해주는 것이 아닐까……

10월 20일 점심식사 후 그는 파리에서 제니가 보낸 한 통의 편지를 받았다. 정양중에는 어지간히 긴급한 일이 아닌 한 편지를 보내지 않아도 된다고 일러두었던 터라 순간 불길한 예감이 들었다. 그때 이미 그 내용을 짐작했는지도 몰랐다. 봉투를 뜯어보니 제니의 간단한 설명과 함께 10월 17일 새벽 두시에 프레데리크 쇼팽이 방돔 광장 12번지의 자택에서 숨을 거두었다는 소식을 알리는 편지가 들어 있었다.

그는 봉투를 손에 든 채 일단 자신의 방으로 들어가 몇 번이고 편지의 내용을 확인한 끝에 다시 보르노의 가족이 모인 거실로 돌아왔다. 가족과 담소하던 보르노는 그가 안색이 변한 채 편지를 접으며 의자에 앉지도 않고 멀거니 서 있는 것을 보고 "무슨 일이 있었습니까?" 하고 말을 걸었다. 그는 "음……" 하고 고개를 끄덕인 뒤에,

"파리에서…… 음악가 쇼팽이 숨을 거두었다는군" 하고 작은 소리로 말했다.

"쇼팽 씨가?"

보르노는 전부터 그가 이 저명한 음악가를 둘도 없이 경애하는 친구라고 했던 것을 기억하고 있었기 때문에 그렇게 되묻고는 잠시 할말을 잃었다. 곁에 있던 부인도 웃음을 거두고 "어머, 저런!" 하고 걱정스러운 표정으로 그를 바라보았다. 아이들은 가만히 앉아 그 대화를 지켜보고 있었다.

"전부터 건강이 안 좋으셨던가요?"

보르노는 침묵에 빠진 그에게 다시 말을 붙였다. 그는 그제야 의자에 앉으며 한숨을 내쉬고는 "응, 그랬어……" 하고 잠시 뭔가 생각하는 듯하더니 "……퍽 오래 전부터"라고 말했다. 그리고 틈을 두지 않고 "그렇지만…… 이렇게 갑자기 떠날 줄은 생각도 못 했어……"라고 덧붙였다. 그 말이 마치 자신이 이곳에 와 있는 데 대한 변명 같아서 마음에 들지 않았다.

감정의 첫 걸음은 둔탁했다. 쇼팽이 죽었다. 그 말이 가리키는 사실은 너무도 애매해서 도무지 가슴 깊은 곳까지 가 닿지 않았다.

정원으로 나간 들라크루아는 이번에야말로 망설일 것 없이 이곳을 떠날 결심을 하고 때마침 아름답게 활짝 갠 하늘 아래 최근 이 주일 남짓 자신에게 큰 기쁨을 준 매력적인 정원 풍경을 둘러보며 아쉬워했지만, 그 동안에도 조금 전에 읽은 편지의 문장이 수없이 되살아나 그를 놓아주지 않았다.

가지가 늘어진 거목은 처음 보았을 때처럼 그날 역시 애처로울 만큼 무성해서 미처 주체하지 못하는 그 몸을 태양을 향해 펼치고 마치 애무라도 청하듯 잎사귀 한 장 한 장마다 빛을 빨아들이고 있었다. 저택 현관과 대문 사이의 널찍한 공간은 유난히 맑아 어떤 몽상이든 자유롭게 뛰놀게 해줄 듯한 대범함을 보였다. 등뒤의 산은 그 복잡한 기복을 희뿌연 색채의 여러 가지 농담에 의해 교묘하게 묘사해냈다. 사원의 무너진 벽은 오랜 옛날의 완벽한 모습을 실제보다 더 장엄하게 그려내고 시간의 거친 침식에 풍성한 시정을 장식하고 있었다. ……이 세상은 이미 한 위대한 음악가의 죽음을 알고 있다. 그리고 자신의 인생에는 두 번 다시 메울 수 없는 커다란 결손이 생겼다. 게다가 자신은 그것을 전혀 실감할 수 없다……

쇼팽이 숨을 거두던 그 순간, 자신은 하루 종일 바다를 바라보면서 그리운 사람들에 대해 생각했던 것을 다시 한번 떠올리며 침대에서 피로와 함께 잠의 깊은 곳으로 빨려들고 있던 참이었다. 그리고 눈이 뜨이고 다시 펼쳐진 세계는 그 표면에 아무런 변화의 조짐도 없이 당연한 듯 전날 밤과 이어져 있었다. 그러고 나서 다시 며칠, 자신은 그 허위에 속아넘어간 채 햇빛 가득한 이 땅의 풍경을 마음껏 즐겼다. 그리고 사실이 이미 너무 멀리 물러나 그것을 거부하는 것조차 허락되지 않는 지금에야 말은 홀연히 도착하여 변화가 벌써 일어나버렸노라고 고한 것이다. ……쇼팽은 죽었다…… 그 한마디 말이 친구가 이 세상에서 사라지고 말았다는 엄청난 뜻을 담고 있다는 그 불가사의함. 종이 위에 글자 모양으로 끼적거려진 하잘것없는 잉크의 흔적이—그의 이름과 거기에 이어진 단 몇 개의 음절이 그의 목숨이 다했다는 것을 의미한다는 그 기괴함……

다음날부터 파리에 돌아갈 준비를 시작해 삼 일 후 아침에 발몽을 떠날 때까지 그는 내내 그렇게 쇼팽의 죽음이라는 사실을 제대로 인식하지 못하고 있었다. 특별한 일은 없었다. 평소처럼 보르노와 마차를 타고 나가고, 잡담을 하고, 우연히 책장에서 찾은 『파리와 그 건축물에 관한 묘술(描述)』이라는 오래된 책을 읽다가 대혁명의 와중에 잃어버린 여러 보물과 기념비 등에 대해 자세히 알게 되었고, 나아가 자신이 보수한 스테인드글라스와는 별도로 보르노에게 새로 제작 의뢰를 받은 성모 샤펠 창의 밑그림을 완성하고 유리 업자와 상의해 그럭저럭 발주까지 일을 마무리해놓았다. 그리고 출발 전날 다시 바다에 나가 해변에서 오랜 시간 소묘를 했다.

부보의 여운은 감정의 모든 부분에 스며들어 그 팽창을 억누르고 있었지만 슬픔에 빠져 눈물을 흘리지는 않았고, 때로는 그 사실을 완전히 잊고 유쾌하게 웃기도 했다.

선량한 보르노 부부는 그를 위로하려고 여러 가지로 신경을 써주고 되도록 혼자 두지 않기 위해 산책을 청하기도 하고 담소에 끌어들이기도 했으나 염려했던 것보다 심하게 우울해하는 기색은 아니어서 최근에는 쇼팽과 그리 친하게 지내지 않은 모양이라고, 두 사람만의 침실에서 이야기를 나누기도 했다. 그래도, 그 일 때문인지는 확실치 않지만, 며칠 동안 그의 언동에 약간 이상한 점이 엿보여 주위 사람들을 당황하게 한 것은 사실이었다. 소유지 관리에 대한 이야기나 마을 회의에서의 논쟁 같은 무난한 화제를 들어도 대충 맞장구를 치기만 할 뿐 전혀 관심이 없는 모습이었다. 마차를 타고 앙제빌에 갔을 때는 성당 주변의 전나무가 베어진 광경을 보고 어처구니없을 만큼 심하게 분개하기도 했다. 그 때문이었는지 돌아오는 길에 들른 다른 작은 성당에서는 이런 곳에 사는 사제의 평온한 삶이 얼마나 귀중한 것인지 모른다는 이야기를 열렬히 토로했고, 그 이야기에 현지 주민답게 무덤덤하게 대꾸하는 보르노를, "여기 사는 이들은 통 알지 못해, 이 땅이 얼마나 멋진 곳인지……" 하고 가시 돋친 말투로 비꼬기도 했다. 바타유의 무덤 앞을 지나다 잠시 참배하고 가겠느냐고 물었을 때도 "아니……" 하고 고개를 저으며 지나쳐버렸다. 무엇보다 사람들을 놀라게 한 것은 부보를 들은 다음날 저녁식사 때, 여느 때와 마찬가지로 한 식탁에 자리한 우편국장 등 이웃 사람들에게 갑자기 예의가 없다며 화를 낸 일이었다.

들라크루아는 그런 자신의 행동 하나하나를 쇼팽의 죽음과 관련지으려 하지는 않았다. 보르노의 건전한 저속함에 대한 실망도 시골 사람다운 이웃들의 무례에 대한 혐오도 전부터 느껴온 것이었다. 그것을 도저히 참을 수 없게 된 것은 최근 며칠 사이의 일이었다. 하지만 그것이 친구의 죽음에서 비롯된 동요 때문이라고 생각하지는 않았다. 사실인지 아닌지는 문제가 아니었다. 그저 두 가지를 연결짓는 순간 자신이 너무도 우스꽝스럽게 느껴지는 것이 참을 수 없었다.

출발하는 날은 오전 아홉시 반에 보르노가 이브토 역까지 마차로 배웅하고 열차에 짐을 싣는 것을 도와주었다. 출발 때까지 둘이서 플랫폼 의자에 앉아 아쉬움을 나누었다. 역원의 재촉에 몸을 일으켜 그간의 융숭한 대접에 다시 한번 감사의 인사를 전하고 포옹으로 이별을 고하자 갑자기 적막감이 엄습했다. 아르비마르 행 열차에 홀로 올라타고는 창으로 얼굴을 내밀어 부인과 아이들에게도 인사를 전해달라고 다시 한번 다짐을 두었다. 기적 소리와 함께 열차가 움직이자 고개를 끄덕이는 보르노의 모습이 서서히 멀어져갔다.

올 때와는 달리 바깥이 훤한 탓도 있었지만, 차창으로 보이는 풍경은 삼 주일 남짓한 사이에 완전히 변해 있었다. 황금빛과 붉은빛의 나뭇잎과 그 아래 푸르스름한 그림자가 마치 물감이 채 마르지 않은 캔버스에 옷소매가 스쳤을 때처럼 기차의 빠른 속도를 따라 가로로 뭉개지며 뒤쪽으로 빠르게 물러났다. 윤곽이 흐트러진 채 마구 흘러가는 그 다양한 색채는 파리로 돌아가는 동안 발몽에서 내내 정체되어 있던 그의 눈동자 속의 계절을 그렇게 급히 채색해나갔다. 생각해보면 발몽 지역은 상록수가 많아서 그런지 단풍으로 계절의 변화를 느낀 적이 없었다. 덕분에 그곳에서는 시간이 계속 반복된다는 느낌이 유난히 강했는지도 모른다. 파리에서의 시간이 호안 공사를 한 센 강처럼 앞으로만 흐르며 사람을 밀어내는 것이라면 발몽의 시간은 어딘가 바다와 닮은 구석이 있었다. 영원히 반복되면서도 상실되지 않고 또한 그때마다 새로웠다. 그곳에 몸을 맡기고 푹 잠겨 있으면 기분이 좋았다. 자신이 지금 문명 그 자체처럼 전적으로 인간의 손에 의해 만들어진 도시의 일상으로 돌아간다는 생각을 하니 잊혀져가던 우울이 다시 되살아났다.

루앙에 도착하기 조금 전에 한 젊은 여인이 늙은 사내를 부축하며 개인실에 올라탔다. 여인이 깜짝 놀랄 만한 미모인데다 딸이나 손녀 정도의 나이로 보이는 그녀와 노인이 어딘지 수상쩍은 관계인 듯한 느낌이 드는 것이 그의 마음을 묘하게 사로잡았다. 두 사람이 타고 있었던 것은 아주 짧은 시간이었지만 그들이 내리고 난 뒤에도 아무 인연도 없는 그 여인의 환영 같은 기억이 오래도록 마음에 남아 있었다.

아침부터 몸이 별로 좋지 않았음에도 발몽에서의 마지막 식사라는 생각에 억지로 식탁에 앉았던 것이 탈이 났는지 오후 내내 속이 편치 않았다. 위장뿐 아니라 편두통의 기미도 있었다. 그러나 그런 불쾌감이 오히려 그를 내성의 깊은 곳으로 빠지지 않게 해주는 일종의 버팀목이 되고 있었다.

이윽고 파리가 눈앞에 바짝 다가들자 여행 마지막의 서글픔이 온몸에 절절하게 느껴졌다. 먼 길을 떠났다 돌아오는 길에는 항상 그랬다. 혼자 하는 여행의 단점은 그런 서글픔을 어느 누구와도 나눌 수 없다는 것이었다. 그리고 지금 막을 내리고 있는 이 주일의 끝에는 이미 시작되었어야 할 시간이 구체적으로 얼굴을 내밀고 있었다. 어쩌면 이 서글픔은 그것과 관련된 것이 아닐까……?

선잠에 든 덕분에 기차 안에서의 따분한 시간을 보낼 수 있었지만, 종점이 다가오면서는 더이상 잠도 오지 않아 자연히 머릿속에 쇼팽이 떠올랐다.

발몽에서도 혼자 있을 때면 꼭 그의 일이 머리를 스쳤다. 그러나 결코 오래가지는 않았고 마음을 먹으면 외면해버릴 수도 있었다. 그는 그런 자신의 마음이 의아했다. 이 실감의 결여는 무엇 때문일까? 멀리 떨어져 있기 때문인가? 아니면 그의 죽음의 슬픔과는 전혀 무관한 사람들과 함께 있기 때문일까? 그리고 지금 거리는 시시각각 좁혀지고 자신은 그의 죽음에 깊이 상처 입은 사람들 속으로 돌아가고 있었다. 그 중심에는 말할 것도 없이 그의 부재가 있었다. 그가 없다는 것, 그 하나의 육체의 형태를 가진 부재가.

그럼에도 슬픔은 아직 멀리 있었다. 마음속 여러 기억들은 아직도 쇼팽은 그 기억 속에밖에 없다는 사실의 무게를 실감하지 못했다. 쇼팽은 죽었다. 그 말은 어디에도 가 닿지 못했다. 그것은 반복하면 할수록 점점 의미가 애매해지고 형해화되어 일상의 세계에 펼쳐진 말의 그물망에서 죽음이라는 단어 자체를 몰아내려는 것만 같았다.

어째서 나는 그 임종의 자리를 지켜주지 못했을까?

차창에 얼굴을 기댄 채 그는 며칠 동안 애써 피해온 자신의 돌이킬 수 없는 잘못에 대해 생각했다. 쇼팽이 사망한 것은 17일 새벽 두시라고 했다. 그날 바닷가에서 그를 생각했을 때 곧장 열차에 올라탔더라면 생전의 그를 만날 수 있었을까? 기껏해야 루앙까지밖에 가지 못해 결국 시간에 맞추지 못했을 것이다. 그러나 상황이 그렇게 될 때까지 별다른 이유 없이 체재를 연장한 것은 분명 그 자신이었다. 게다가 부보를 받고도 여전히 발몽을 떠나지 않고 다시 며칠을 미루며 역시 별다른 이유 없이 그곳에서 시간을 보냈다. 그것이 이해되지 않았다. 인간으로서 가장 소중하게 여겨야 할 무언가가 근본적으로 결락된 듯한 매정함…… 두려웠기 때문인가? 그의 죽음을 직면하는 것이? 그러나 그것이 사랑하는 친구와 마지막 말을 나누고 싶다는 무엇보다 소중한 바람을 쉽게 뒤엎을 만큼 강한 감정이었을까? ……분명 많은 사람들이 그가 위독하다는 소식을 듣자마자 그 임종의 자리로 황급히 달려갔을 것이다. 혹은 때를 맞추지 못했다 해도 최대한 서둘러 그 망해(亡骸) 곁으로 발걸음을 옮겼을 것이다. 그런 때에 자신의 이 기묘한 평온의 나날은 무엇을 의미하는 것일까? 만일 반대 입장이었다면? 이 목숨이 금방이라도 꺼질 듯해 사랑하는 이들과 이별의 말을 나누기를 간절히 원하는 때에 마치 그것을 피하기라도 하듯 피에레가, 비요가, 르블롱이 내 곁을 떠났다면? 그런 종말을 나는 상상이나 할 수 있을까……? 어째서 겨우 그 정도의 배려조차 하지 못한 것일까? 어째서 내 모든 것을 내던지고 사랑하는 이를 위해 무엇이든 해주려 하지 못한 것일까? 어머니와 제리코의 죽음 때문에 후회는 이미 아플 만큼 잘 알고 있지 않은가. 그것이 내 인생에서 가장 큰 실수가 아니었던가. 가족을, 친구를, 제자를, 그리고 아마도 포르제 부인을 가장 깊이 상처입힌 것이 바로 그런 잘못이 아니었던가.

그것을 자기애라고 불러야 할까? 아아, 그 단어의 추악한 울림! 굶주린 개처럼 탐욕스럽고 냉혹하며 모든 것을 내 것으로 만들려 하고 결코 타인에게 양보할 줄 모르는…… 그것이 나 자신의 일생이 아닐까……?

파리의 풍경이 눈에 들어오자 단단히 감싸두었던 슬픔이 한꺼번에 터져나오면서 그 기세에 찢어진 상처가 더욱 크게 벌어져 손쓸 수 없을 정도가 되었다. 역에 내려서자 주위는 완전히 어두워져 있었다. 쌓인 짐들이 하나 둘 내려지는 동안 멍하니 플랫폼에 서 있으려니 마중 나온 제니가 주인을 찾아 우왕좌왕하는 모습이 눈에 들어왔다. 이름을 부르려고 두어 걸음 떼는데 그녀도 알아보고 서둘러 다가와,

"어서 오세요. 별일 없으셨어요?" 하고 미소를 지어 보였다.

그러고는 저도 모르게 새어나온 그 웃음을 갑자기 생각난 듯 황급히 거두며,

"정말 갑작스런 일이었어요…… 하필 선생님이 부재중이실 때 돌아가시다니…… 어쩌면 이리도 잔혹한 운명인지……" 하고 걱정스러운 듯이 말했다.

들라크루아는 그 말에 작게 고개를 끄덕여 보였다.

"그래……"

그리고 그녀의 진실한 동정의 눈길이 자신을 바라보는 것을 더이상 견딜 수 없어,

"……나는 결국 그의 죽음에 함께해주지 못했어……" 하고

고개를 떨구며 처음으로 눈물을 흘렸다.

25

음악가 프레데리크 프랑수아 쇼팽의 부보는 곧장 파리 시내로 퍼져나갔고, 며칠 뒤에는 국내외의 각 도시까지 전해져 수많은 사람들의 소란과 탄식을 낳았다. 부보가 얼마나 빠르고 넓게 퍼져갔는지는 마치 고인의 마지막 연주회 때를 떠올릴 만큼 연일 플레옐 사를 비롯한 여러 곳에 문의가 쇄도하는 것만 봐도 알 수 있었다. 더구나 마들렌 사원에서 거행될 장례식에 참석자 수를 제한한다는 소문이 퍼지면서부터 그 소란은 마침내 심상치 않은 양상으로 번져갔다.

차르토리스키 대공 부부를 비롯해 고인과 친교가 깊었던 이들은 경애하는 이에 대한 마지막 헌신이라는 심정으로 슬픔 속에서도 번거로운 장례식 준비를 분담하고 각자에게 맡겨진 역할을 다하기 위해 수고를 아끼지 않았다. 그러나 그 과정에 닥친 수많은 어려움은 몇 번이나 그들의 진정성을 꺾으려 했고 때로는 분노마저 품게 했다.

첫째 문제는 장례식 규모였다. 참석자 수가 얼마나 될지는 짐작도 할 수 없었지만 여기저기서 들려오는 이야기를 종합해보면 마들렌 사원의 수용 인원인 삼천 명은 가볍게 넘어설 것 같아 당일의 혼란을 피하기 위해서는 초대장을 작성해 입장을 제한하는 수밖에 없다고 의견의 일치를 보았다. 초대장의 명의는 상주인 루드비카 옝제예비초바 부인이었다. 주소와 성명 기입, 그리고 우송에 걸릴 시간을 감안하면 당장 며칠 안에 초대자 명부 작성을 완료해야 했으나 삼천 명 모두를 일괄적으로 작업하기는 사실상 불가능했다. 예전에 연주회 초대자 명부를 작성했을 때는 기껏해야 이삼백 명 규모였고 그 모두를 스스로 정리하겠다는 고인의 의지도 확고했었다. 그런데도 도저히 사나흘 만에 끝낼 수 없는 대작업이었다. 이번에는 그 열 배나 되는 인원인데다 누구를 불러야 할지 딱히 분명한 기준이 있는 것도 아니었다.

고인의 후원자와 음악 관계자, 제자와 친지 등 반드시 초대해야 할 사람들의 명부는 프랑숌과 로지에르 양, 그지마와 백작 같은 이들에 의해 가까스로 작성되었다. 그러나 그 밖의 상당 부분은 관계자 각각의 판단에 맡길 수밖에 없어 중복의 우려와 함께 중요한 인물이 누락될 가능성에 대한 걱정이 장례식 당일까지 불식되지 않았다.

또 하나의 문제는 장례식 내용이었다. 관례에 얽매이지 않고 종교상의 의식은 최대한 줄이는 한편 음악에 많은 시간을 할애한다는 것은 당초부터 모두의 공통된 생각이었고 특히 고인의 유언인 모차르트의 〈레퀴엠〉 연주는 어떻게든 실현해야 했으나, 파리의 대주교 측에서 이 계획에 목소리를 높여 이의를 주장했다. 음악 연주가 나쁘다는 것은 아니지만, 신성한 예배당에서 여성 가수가 노래를 부르는 파렴치한 행위는 허락할 수 없다, 다른 곡이라면 또 모르되 〈레퀴엠〉만은 결코 인정할 수 없다는 단호한 통고였다. 뜻하지 않게 불거진 이 문제에 관해서는 마들렌 사원의 주교 대리이며 전부터 쇼팽의 찬미자였던 다게리 신부가 끈기 있게 설득에 나서 며칠 만에 간신히 커튼 뒤에 숨어 노래할 것이라는 조건으로 허가를 얻는 데 성공했다. 그러나 이 문제로 장례식은 당초 예정보다 대폭 늦어져 쇼팽 사후 이 주일 가까이 지난 10월 30일에야 거행할 수 있게 되었다.

한편으로 연주자 수배는 별탈 없이 진행되어 콩세르바투아르의 오케스트라 및 합창대를 시작으로 지휘에는 나르시스 지라르, 독창자는 소프라노에 잔 카스텔랑, 메조소프라노에 폴린 비아르도, 테너에 알렉시스 뒤퐁, 그리고 베이스에는 이십이 년 전 베토벤의 장례식에서도 같은 곡을 노래했던 루이지 라블라케 등 7월왕정의 요람기부터 그 붕괴에 이르기까지 파리에서 가장 중요한 음악가로 손꼽혔던 프레데리크 쇼팽의 장례식에 걸맞은 쟁쟁한 면면들이 자리하게 되었다. 곡은 〈레퀴엠〉 외에도 쇼팽에게 피아노 교본의 초고를 받은 제자 중의 한 사람 앙리 르베르가 오케스트라 용으로 편곡한 피아노 소나타 내림나단조 제3악장 〈장송행진곡〉이 준비되었고, 또한 마들렌 사원의 전임 오르간 연주자 루이잠 르페뷔르 웰리가 오르간으로 고인의 작품 몇 곡을 연주할 예정이었다.

주변 사람들의 진을 빼버린 이런 즉물적인 황망함은 실은 그 가장 비통한 순간 직후부터 시작된 것이었다. 동생의 사후에 절망적인 무기력에 빠져 있던 옝제예비초바 부인은 그런 현장을 수없이 겪은 크뤼베이예 박사에게서 가장 긴급히 처리해야 할 일에 대한 이야기를 듣고 다시금 큰 충격을 받았다. 그 자리에 모였던 이들도 박사의 지적을 듣고서야 비로소 그 문제에 생각이 미쳤다. 나폴레옹 법전 가운데 재산 처분에 대한 부분에는 지극히 빈틈없는, 그러나 너무도 비정한 한 구절이 있었다. 상속에 있어 친족 및 관계자는 탈세와 도난, 나아가 채무 불이행 등을 방지하기 위해 고인의 사후 이십사 시간 이내에 그 재산 목록을 작성하여 경찰에 고인의 소유물에 대한 봉인 조치를 받을 의무가 있다는 규정이었다. 그리고 일단 봉인 조치가 내려진 뒤에는 제출된 목록이 공식적인 인정을 받을 때까지 재산에 일절 손을 대지 못하고, 상속세가 정확히 납부된 것이 확인된 후에야 그것이 상속자 본인의 소유로 귀속된다는 것이었다. 이 규정 때문에 며칠 전부터 거의 잠도 자지 못한 채 동생을 간병해 온 옝제예비초바 부인은 슬픔과 피곤으로 당장이라도 쓰러질 듯한 몸을 추슬러 철야로 재산 목록을 작성해야 했다. 목록 자체의 작성은 이런 일에 수완이 있는 토마스 알브레히트에게 도움을 청하기로 해 곧바로 심부름꾼을 보냈지만, 그전에 몇 가지 유품은 비밀리에 간수해두는 것이 좋겠다는 것이 그지마와 백작을 비롯해 그 자리에 있던 이들의 의견이었다. 그것은 상속세를 면하기 위해서라기보다는 소중한 유품이 어떤 형태로든 유실되는 것을 막기 위해서였고, 나아가 러시아 대사관측이 중요한 서간이나 서류 등을 조사하거나 몰수할 가능성을 차단하기 위해서였다. 그녀는 그 조언에 따라 곧바로 차르토리스카 대공비의 부축을 받으며 동생의 방에 들어가, 우선 금고부터 열어 그 내용물을 확인하기로 했다. 금고에서 나온 것은 전에 쇼팽이 말했던 육천 프랑 정도의 현금, 그리고 꼼꼼하게 묶은 두툼한 편지 다발이었다. 보낸 이의 이름은 모두 상드 부인이었다. 차르토리스카 대공비는 일단 옝제예비초바 부인을 돕고 싶은 마음도 있었고, 또 상드 부인과 관련된 유품이 많을 것이라는 예감에 스털링 양보다 먼저 이 작업을 돕겠다고 나선 것이었지만, 실제로 그렇게 마지막까지 소중히 보관되어 있는 그녀의 편지를 보니 죽음에 이르기까지 끝내 위로받지 못한 고인의 고독이 다시금 가슴 아파 견딜 수가 없었다. 옝제예비초바 부인은 여전히 상드 부인을 용서할 수 없었지만, 동생이 그토록 소중히 간직해둔 것을 낯선 사람들의 호기심에 찬 눈앞에 내놓을 수는 없어서 역시 봉인 조치 전에 따로 감춰두기로 했다. 다음으로 서랍을 열자 복숭앗빛 리본으로 곱게 묶인, '나의 비애(悲哀)'라는 표제가 붙은 꾸러미가 나왔다. 오래 전 그의 구혼 상대였던 마리아 보진스카와 그 가족들의 편지들이었다. 편지 하나하나를 읽어보는 것은 현재의 심경으로도 또 시간적 제약 때문에도 도저히 불가능했으므로 일단 그런 사적인 서류는 모두 정리해서 다른 방에 옮겨두기로 했다. 또한 그가 죽을 때까지 손에서 놓지 않았던 카탈라니 부인의 금시계는 만에 하나 분실되는 일이 없도록 역시 목록에서 제외하고 감춰두기로 했다. 그런 다음 모든 유품의 정리에 들어가 차르토리스카 대공비의 격려를 받으며 알브레히트의 지시에 따라 날이 밝을 때까지 고통 속에서도 다부지게 작업을 계속했다.

한편 쇼팽의 유체도 그대로 방치할 수는 없었다. 크피아트코프스키는 침대에 누운 그의 모습을 몇 장에 걸쳐 소묘했고, 그후 클레징게르가 석고로 얼굴과 왼손의 형을 떴다. 19일에는 알베르 그래플이 이틀 사이에 꽃에 가득 파묻힌 그의 얼굴과 왼손을 소묘하기 위해 방문했고, 다시 클레징게르가 시간이 지나면서 고통의 흔적이 누그러들어 좋은 표정이 나왔다며 스털링 양에게 부탁해 얼굴 형태만 다시 고쳐 떴다. 스털링 양은 그의 평화로운 얼굴을 보며 몸이 차갑게 식은 뒤에도 여전히 남아 있던 사랑하는 이의 고통이 조문객들이 흘린 눈물과 넘칠 정도로 쌓인 꽃에 의해 치유된 듯해 그 기적에 큰 감동을 받았다.

그후 유체는 크뤼베이에 박사의 연구실로 옮겨져 고인의 유언대로 해부에 들어갔다. 아무리 고인이 원한 일이었다 해도 이때만은 모두가 그 끔찍한 상상을 차마 견디지 못해 어떻게든 중지시킬 방법이 없을까 하는 생각을 지울 수 없었다. 유체는 몇 시간 뒤 원래 모습 그대로 돌아왔지만, 그 앞깃을 단정히 여민

옷 아래 잘리고 찢긴 참혹한 봉합의 흔적이 있을 것을 생각하면 도저히 똑바로 바라볼 수가 없었다.

크뤼베이에 박사의 소견에 따르면 병소는 역시 폐에 있었으나 심장도 꽤 상태가 좋지 않아 어차피 그리 긴 목숨은 아니었을 것이라고 했다. 심장은 그의 바람대로 적출되어 방부 처리 뒤에 항아리에 담겨 옝제예비초바 부인에게 인도되었다. 유체도 마찬가지로 방부 처리해 장례식 날까지 마들렌 사원 지하실에 보관하기로 했다. 그러나 일정 연기 때문에 이 주일로 늘어난 그 긴 시간을 견디기에는 충분한 처리라고 하기 어려웠다.

장례식을 앞두고 일어난 혼란은 장례식 바로 직전까지 이어졌다. 당일에는 그간 염려했던 대로 초대장을 받지 못한 채 식장을 찾아온 이들을 일일이 응대하는 일에 쫓겨야 했다. 그런 불만을 싸울 듯이 토로하고 나서는 몇몇 사람들 때문에 마들렌 사원 앞 한구석에서 한때 소란이 일기도 했다. 마침 장례식 전날에는 지난 6월 13일의 폭동과 관련해 그달부터 베르사유의 고등법원에서 치러지고 있던 재판 때문에 이탈리아 극장 대로에서 최근에 보기 드문 폭동이 일어난 참이었다. 당일에 고함을 치며 장례식을 비판하던 몇몇 사람들 중에도 그 잔당으로 여겨지는 사내들이 섞여 있어 그들을 달래려 나선 이들과의 사이에 뜻밖의 사태가 일어나지나 않을까 한때 긴장감이 감돌기도 했지만 다행히 큰일은 벌어지지 않고 마무리되었다. 그러나 어떤 의미에서 그보다 더 크게 관계자들을 실망시킨 사건은 장례식이 시작되기 직전에 돌연 가수들의 대리인이라는 자가 나타나 이천 프랑이나 되는 고액의 출연료를 요구한 것이었다. 장례식 비용을 도저히 옝제예비초바 부인 혼자서 다 감당할 수 없어 스털링 양이 오천 프랑을 내주었을 정도라 그 한도를 넘는 지출은 계산에 들어 있지 않았다. 출연료 운운에 격노한 그지마와 백작은 생전의 쇼팽과 친했던 폴린 비아르도 부인과 루이지 라블라케에게 당장 그 진의를 확인하러 달려가려고 했으나, 자칫 말썽이 일어나 연주 자체에 지장이 생겨서는 안 된다고 몇몇이 나서서 말렸다. 대신 카미유 플레옐이 교섭에 나서 일단 장례식이 끝난 뒤에 다시 협의하는 것으로 가수들을 이해시키기로 했다.

이런 마찰들 가운데서도 장례식은 예정대로 열두시 정각에 시작되었다. 교회 주위는 미처 회장에 들어가지 못한 조문객으로 인산인해를 이루었지만, 이윽고 정면 입구에 걸린 검은 비로드 장막 안쪽에서 콩세르바투아르의 오케스트라가 연주하는 장중한 〈장송행진곡〉이 들려오자 시끄러운 웅성거림은 마치 물결이 빠져나가듯 순식간에 고요히 가라앉았다.

고인이 가장 사랑했던 이들의 손에 떠받들려 지하실에서 실려나온 관은 사람들 한가운데로 열린 길을 따라 나아가며 그 음악의 여운을 단단하게 응집시켜갔다. 한 사람 크기로 정확히 평면을 짜맞춘 그 상자의 물체로서의 어떤 특이한 이질감은, 금방이라도 무너져내리려는 그리스도의 육체를 하나의 기하학적인 추상으로 끌어들이려는 등뒤의 십자가의 정연한 직선과도 같아서, 그 안에 담긴 유체의 물질성을 강조하고 그 멸망을 양식화하며, 또한 그 유체 자체의 소리이자 운동이었던 음악이 단비처럼 스며들어 일종의 신비로움으로 그 내부를 가득 채워나갔다. 손이 느끼는 무게는 유체와 관의 구별을 알지 못했다. 그것은 하나의 물체의 무게이며 그 전체가 유체의 무게였다. 관 옆에 달린 금속제 손잡이는 차갑고 딱딱하게 손바닥을 파고들었다. 그 감각은 직접 유체를 만지는 것처럼 생생했다.

사원의 내진(內陣)과 외진(外陣)의 경계에 설치된 높은 관대(棺臺)에 관이 올려지자 내진의 커튼이 조금 열리고 남성 가수들만 모습을 드러내며 모차르트의 〈레퀴엠〉 연주가 시작되었다. 높이 우러러보이는 관은 죽음 그 자체처럼 사람들이 알고 있는 쇼팽과는 점점 동떨어진 것이 되어갔다. 하지만 죽음을 앞두고 그의 입으로 직접 장례식에서 이 곡을 연주해달라고 한 부탁을 들은 이들에게는 그 순간 닫힌 어둠 속에서 분명히 그가 이 연주에 귀를 기울일 것이라는 믿음이 들었다. 그 믿음이 그들의 마음속에 지금도 막 토해낸 피처럼 스며 있는 그의 임종의 괴로움을 다소나마 어루만져주는 것 같았다.

콤무니오의 마지막 "자비로우신 주여……"라는 노랫말의 여운이 오래도록 울리는 가운데 추도의 기도가 올려지고, 그 사이에 르페뷔르 웰리의 오르간 연주로 고인의 프렐류드 두 곡이 짤막하게 삽입되었다. 예술은 불멸이며 예술가는 사라진다는 단순한 진리가 지금은 예술가의 상실만이 두드러져 사람들로 하여금 그 덧없음을 탄식하게 했다. 지금까지도 그의 곡은 여러 곳에서 연주되어왔다. 그러나 지금 그가 없는 이곳에서 그 아닌 사람의 손에 의해 연주되는 그 작품은 사람들에게 강한 이질감을 가져다주었다. 최상의 연주라고는 하기 어려웠다. 그러나 최상의 연주는 이제 어디에도 존재하지 않는 것이다.

장례식의 마지막에 오르간으로 다시 그의 수많은 작품의 주제가 연주되었다. 그 하나하나가 저마다의 가슴속에 그와의 추억을 불러일으키며 깊은 슬픔을 자아냈다.

식을 마치자 관은 영구차에 싣기 위해 교회 밖으로 운구되었다. 관을 떠받든 손에 다시 느껴진 그 무게는 의식이 한창일 때 느꼈던 것보다 훨씬 철저한 구체성을 띠고 있었다. 그것을 더욱 강하게 느껴진 것은 관이 사원 정면 계단에 이른 순간이었다. 떨어뜨려서는 안 된다는 긴장감이 순간 사람들 사이에 감돌았다. 저마다 자신의 발밑에 주의를 기울였고 또한 선두에서 머리 부분을 받들기 위해 뒤돌아선 자세로 계단을 내려가야 하는 노령의 아담 차르토리스키 대공을 걱정하느라 계단참이나 다시 계단이 시작되는 부분에서 모두가 조심하라는 말을 건넸다. 그렇게 의식이 발 쪽으로 쏠린 만큼 관은 균형을 잃었다. 최대한 수평을 유지하려 애썼지만 내려가는 길이라 아무래도 앞쪽이 밑으로 기울어지고 말았다. 그것을 바로잡으려고 제각각 힘을 넣었다 뺐다 하는 바람에 그때마다 균등하게 분산되어 있던 무게의 비율이 변하곤 했다. 갑작스레 늘어나거나 줄어드는 그 무게가 마치 놀리기라도 하듯 뜻대로 조절되지 않는 것이 그들에게 죽은 이의 슬픔을 날카롭게 의식하게 했다. 한번 크게 휘청거리는 겨를에 관의 내용물이 얼마간 쏠려버린 듯한 감촉이 있었다. 그 둔탁하고도 묵직한 여운은 오래도록 그들의 손에서 사라지지 않았다.

페르 라셰즈 묘지까지 가는 장송 행렬에는 장례식에 참석한 사람들뿐 아니라 사원 밖에서 식이 끝나기를 기다리던 이들 대부분이 참가해, 그 광경은 싫든 좋든 민중의 주목을 끌게 되었다. 사람들이 눈을 둥그렇게 뜨며 놀란 것은 그 침통한 검은 행렬의 심상치 않은 길이보다 오히려 마차며 복장에서 금세 눈에 띄는 그 호화스러움이었다. 그것은 7월왕정기에 번영의 극치를 누렸던 이들의 망령이 돌연 환한 대낮에 되살아나 새로운 사회에서 자신들이 있을 곳을 찾아헤매는 듯 보이기까지 했다.

행렬을 선도한 이는 폴란드의 영원한 미래의 왕 아담 차르토리스키 대공, 그리고 악단 대표 자코모 마이어베어 두 사람이었다. 그 뒤를 이은 영구차의 네 귀퉁이에는 친구 오귀스트 프랑숌과 외젠 들라크루아, 음악 관계자인 카미유 플레옐, 그리고 폴란드 지인 대표로서 알렉산데르 차르토리스키 대공이 섰다. 이어서 상주인 옝제예비초바 부인과 그 딸이 제인 스털링 양의 부축을 받으며 뒤를 따르고, 차르토리스카 대공비와 그지마와 백작, 포토츠카 백작 부인, 로스차일드 남작 부부 등이 각각의 마차에 타고 행렬 앞으로 이어졌다. 그 뒤로는 걸어가는 이와 마차에 탄 이들이 한데 어지럽게 섞여 그 밖의 면면을 일일이 알아보기는 어려웠지만 루비오 부인과 오므아라 양, 칼레르기 부인 같은 제자들, 나아가 베를리오즈를 비롯한 왕년의 낯익은 음악가들의 모습은 금세 눈에 들어왔다. 한편으로 폴란드인들이 유난히 많이 참석한 것도 두드러져, 그 때문인지 여기저기 경찰들도 많이 눈에 띄었다. 또한 마를리아니 백작 부인처럼 고인이 오랫동안 멀리했던 이의 얼굴도 보였다. 그녀에게 초대장을 보낸 것은 로지에르 양이었다. 그가 세상을 뜬 지금 최소한 장례식만이라도 참석하고 싶다는 그녀의 마음은 충분히 이해가 되었다. 그러나 그런 속에서도 상드 부인의 모습을 보았다는 이는 아무도 없었다.

묘지에서는 조사도 신부의 기도도 없었다. 당연한 준비였으나 땅 밑으로 커다란 구덩이가 마치 기다리고 있었다는 듯 입을 벌리고 있는 것을 본 사람들은 가벼운 경악을 느끼며 한층 깊은 석별의 슬픔에 젖었다. 관은 인부들의 손에 의해 조심스럽게 바닥에 내려졌다. 저 멀리 아래로 관이 내려다보이자 돌연 그 안에 누워 있는 유체가 살아 있던 때의 쇼팽인 것만 같아 그 고독에 가슴이 메었다. 이어서 관을 뒤덮을 만큼 많은 꽃이 바쳐지며 저마다 마지막 작별을 고했다.

묘지 옆에 쌓인 흙을 덮기 전에 그가 바르샤바를 떠나올 때 잔에 담아와 평생 소중히 보관했다는 폴란드의 흙이 먼저 관 위에 뿌려졌다. 기껏 한 줌밖에 안 되었지만, 그만큼 더더욱 그의 마음이 절실하게 담긴 것처럼 느껴졌다. 어쩌면 처음부터 이날을 위해 마련해두었던 것은 아닐까? 모래처럼 말라버린 그 흙은 바람을 타고 주변에 흩날리다 가까스로 덩어리째 관에 가 닿는 순간 산산이 부서졌다. 사방이 빈틈없이 사람들로 둘러싸인 무덤 바닥에서 꽃들을 내리치는 그 소리는 쓴웃음처럼 희미하게만 들렸다. 그리고 그 소리에 순간 사람들의 울음소리가 그치고 시선이 일제히 그쪽을 향했을 때 침묵은 한층 굳게 닫혀 두 번 다시 그들을 향해, 그들이 사는 세계를 향해 열리지 않게 되었다.

26

쇼팽의 장례식으로부터 꼭 한 달 뒤인 11월 30일 저녁, 보이치에흐 그지마와 백작의 포장마차에 동승한 오귀스트 프랑숌은 최근 몇 달 동안의 고통에 그날 하루의 피로를 더해 초췌할 대로 초췌해진 그의 이야기에 침통한 마음으로 귀를 기울이고 있었다.

두 사람은 그날 정오부터 오후 다섯시까지 죄뇌르 가 42번지 가구 경매장에서 열린 한 익명의 사망자의 유품 경매에 참석하고 돌아오는 길이었다. 사전 광고도 없고 출품자의 이름마저 알리지 않은 채 너무도 느닷없이 열린 경매였지만 몇몇 귀 밝은 사람들은 소문을 듣고 잽싸게 회장을 찾아 그곳에 모인 수많은 폴란드인들을 보고는 짐작이 틀리지 않았다는 확신을 얻었다. 마지막까지 밝혀지지 않은 채 회장에 얼굴조차 내밀지 않은 출품자의 이름은 루드비카 옝제예비초바 부인이었고, 사망자는 얼마 전에 타계한 저명한 음악가 프레데리크 쇼팽이었다.

장례식을 마치자 쇼팽의 죽음은 알맹이가 빠져나간 허물처럼 그의 생활의 흔적으로 모습을 바꾸어 관에 담긴 유체와 마찬가지로 누군가의 처리만을 기다리며 방돔 광장 집 안에 가만히 남아 있었다. 옝제예비초바 부인은 장례식 전에 치러야 했던 잔혹한 운명의 시련에서 마침내 풀려나자 도저히 아무것도 하고 싶지 않아 일 주일가량을 그 방에서 울며 지샜지만, 상속세 납입이 끝나고 유품에 걸려 있던 봉인이 풀리자 조금씩 그 정리에 손을 대기 시작했다.

은닉해두었던 편지와 서류는 몰수당하지 않고 무사히 수중에 남게 되었다. 홀로 남겨진 그녀는 그것을 하나하나 훑어보았다. 특히 편지는 동생의 삶 가운데서도 자신이 잘 알지 못한 일면이어서 관심이 가다가도 아직은 꺼려지는 데가 있어 읽기 시작하다가도 도중에 그만두곤 했다. 그래도 상드 부인의 편지만은 띄엄띄엄 건너뛰어가며 날짜순으로 읽어보았다. 옝제예비초바 부인은 동생이 왜 그녀의 서간을 마지막까지 금고 안에 소중히 간직했는지 알고 싶었다. 모두가 한결같이 그녀의 냉혹함을 비난했다. 그것은 동생 본인이 편지로 절절히 호소한 것이기도 했다. 가족에게 그런 이야기를 한 것은 매우 드문 일이었다. 그래서 모두가 무척 힘든 모양이라고 걱정했었다. 그런데 어째서? 자신이 취한 태도는 과연 옳았던 것일까? 그녀의 내부에 갑자기 그런 의심이 싹텄다. 동생은 역시 상드 부인을 만나고 싶었던 것이 아닐까? 그 여자가 아무리 심한 짓을 했어도—사실 마지막 몇 통은 도저히 읽을 수 없을 만큼 지독한 내용이었다—동생은 마음속 어딘가에서 마지막으로 그녀가 찾아와 다정한 말을 건네주기를 바라고 있었던 것이 아닐까? 그것을 내가 방해했던 것일까? 나 때문에 차마 입 밖에 내지 못했던 것일까? ……그런 생각은 날이 갈수록 강해지면서, 그래도 자신은 최선을 다했다고 스스로를 위로하려는 그녀의 마음에 지우기 힘든 한 줌의 불안을 던졌다.

그 밖의 서류는 드문드문 사람들에게 내용을 물어보아 꼼꼼히 확인하면서 정리해나갔다. 특히 악보나 출판 계약서처럼 음악과 관련된 중요한 서류의 처리는 기본적으로 프랑숌에게 일임했다. 그라면 전적으로 신뢰할 수 있었다. 그도 역시 그런 기대에 부응하여 집으로 가져간 일에 대해서도 정기적으로 진행 상황을 보고하며 불명확한 점이 없도록 세세한 부분에 대한 설명을 게을리하지 않았다. 실제로 그 계약 가운데 몇몇은 그가 대리인이 되어 체결한 것이었고 또한 악보의 초고도 대다수가 그가 정서한 작품의 원본이었기 때문에 이 작업에 그 이상의 적임자는 없었다. 뭔가 석연치 않은 점이 있을 때는 다른 제자들에게 문의했고, 제자들 역시 프랑숍이라면 믿을 수 있다는 마음에 솔선하여 협력해주었다. 한편으로 재산 문제의 사무적인 처리는 그 서류 처리까지 포함해 계속해서 토마스 알브레히트에게 협력을 청하기로 했다.

그 밖의 생활 도구 등은 모두 자기 손으로 정리하고 싶었다. 스털링 양처럼 자주 도와주러 찾아오는 이에게는 순수한 감사의 마음을 표하면서도 내심 자기 이외의 다른 사람은 손대지 않게 하고 싶었다. 재산 목록을 작성할 때는 우선 시간도 부족했던데다 방금 전에 눈앞에서 숨을 거둔 동생을 생각하면 유품을 제대로 쳐다보기조차 힘들었지만, 매장을 마치고 딸과 둘이서만 집 안에 남겨지자 마음을 정리하기 위해서라도 그것들을 자기 손으로 정리하고 싶은 생각이 들었다.

그것은 분명 괴로운 작업이었지만, 이제는 아무리 괴롭더라도 동생의 자취를 차근차근 더듬어보고 싶었다. 서랍을 열고 동생의 애용품을 하나씩 확인해가자 두 사람을 갈라놓았던 십구년의 공백이 조금씩 메워지는 것 같아 가슴이 뭉클해졌다. 그녀는 동생의 생활이 어떠했는지 거의 알지 못했으나 그럼에도 불구하고 모든 흔적마다에서 동생의 모습을 생생히 엿볼 수 있었다. 그 꼼꼼함, 정리벽, 공들여 가꾼 취미, 극히 사소한 것에 대한 집착, 바르샤바에서 함께 살았더라면 어머니에게 꾸지람을 들었을 것이 분명한 낭비…… 옷장에는 과연 어느 것을 입었을지 의아할 만큼 수많은 연미복이 걸려 있었고, 어느 것을 꺼내 봐도 주름 하나 보이지 않을 만큼 말끔했다. 넥타이는 더더욱 그 수가 많았다. 너무 유행에 뒤떨어져 보이는 것까지 버리지 않고 모아두고 있었다. 그런 우유부단함이 너무도 동생다워서 한참 동안 바라보았다. 보석은 깨끗이 손질되어 있었고 곳곳에 오래 애용한 흔적이 엿보이는 작은 흠집이 있었다. 반지를 손에 들고 바라보니 그 텅 빈 동그라미 속에 지금은 이미 흙 속에 묻힌 동생의 손가락이 다시 되살아난 것 같아 저도 모르게 두 손으로 감싸안고 손바닥으로 그 감촉을 더듬었다. 장갑이며 손수건은 한결같이 청결해, 팔레트에 막 짜낸 물감처럼 더러움이라고는 전혀 없는 흰색을 띠고 있었다. 지팡이의 상감 장식은 그 세공의 틈새에 희미한 손때가 남아 있었다. 동생의 취향이 고스란히 드러나는 식기와 유리잔의 정밀한 장식은 빨려들어갈 듯이 아름다웠다. 자택에 사람들을 초대하기를 즐겼다는 이야기는 듣지 못했지만 지나치게 많은 사람이 아닌 이상은 충분히 대접할 수 있을 만큼의 수가 갖춰져 있었다. 그런 물건에 대해서는 로지에르 양이 이건 로스차일드 남작 부인께서 보내주신 것, 이건 퀴스틴 후작께서 보내주신 것, 하고 일일이 설명해주었는데, 가만히 들어보니 대부분 선물로 받은 것이어서, 짧은 일생이었지만 동생이 그만큼 많은 이들에게 사랑을 받아 무척 행복했을 것이라고 새삼 생각했다. 쇼팽의 그런 일상에 대해서는 거의 알지 못했던 스털링 양은 이제야 처음 그곳에 발을 들이미는 것이라서, 우연히 그런 자리에 함께 있을 때면 로지에르 양처럼 그의 생활 내부에 있었던 사람이 부러워 견딜 수 없었다. 그나마 영국 여행 때 가져온 물건들이 나오자 열심히 그것들에 대해 설명하고 당시 이야기를 하면서 너무도 감격하여 이따금 두 눈에 눈물을 글썽였다. 그녀는 쇼팽의 사후에 원래대로 하자면 부인이 입어야 할 정식 상복을 갖춰입고 평생 그의 미망인으로 살아가기로 결심했다는 뜻을 주위에 알렸지만, 옝제예비초바 부인은 거기에 대해 아무 말도 하지 않았다.

작곡에 사용했던 잉크와 거위 깃털 펜, 그리고 공백으로 남은 오선지를 바라보고 있으면 그가 이것으로 얼마나 많은 음악을 써냈을까 하는 생각에 새삼 안타까운 심정이 되었다. 마지막 날까지 사용했던 빗이며 면도날, 그리고 수없이 그 피를 받아냈던 세면기 등은 여전히 똑바로 바라볼 수가 없었다.

그렇게 옝제예비초바 부인은 동생의 유품과 대화를 계속했다. 그녀에게 그것은 그가 없는 세계에서 그가 존재했다는 증거와 어떤 말을 나누어야 할지 알려주는 유일한 기회였다. 그것은 결코 과거로 거슬러올라가는 대화가 아니라 바로 지금의, 그리고 장래의 대화여야 했다. 그것이 머지않아 더욱더 비통한 대화가 되리라고는 상상도 하지 못했다.

쇼팽이 마지막으로 살았던 방돔 광장의 집과 그 유품들은 법률상으로는 어머니 유스티나 쇼팽 부인이 상속하게 되어 있었지만, 파리의 친구들은 이곳을 그대로 보존하여 그를 위한 기념관으로 만들면 어떻겠냐고 옝제예비초바 부인에게 제안했다. 볼테르의 페르네 관도 그렇게 만들어져 지금까지도 위대한 철학자의 귀중한 생활의 흔적을 전하고 있다. 쇼팽이 이 나라에 선사한 헤아릴 수 없는 문화적 공헌과 지인들에게 선사한 무엇과도 바꿀 수 없는 수많은 추억에 보답하기 위해서는 그 희귀한 아름다운 생애를 기념하고 그것을 그가 창조한 수많은 걸작과 함께 길이 전하는 것이 남겨진 사람들의 의무라는 것이 그들의 생각이었다. 다행히 꽤 넓은 편이라 소규모 연주회도 열 수 있다. 해마다 그의 기일에 이곳에서 연주회를 연다면 프랑숌이나 알캉 같은 음악가들은 기꺼이 협력할 것이다. 관리 비용은 연주회 수입과 평소의 입장료, 그리고 각처에서 들어오는 기부금으로 얼마든지 감당할 수 있을 것이다. 결코 손해가 날 일이 아니다. 오히려 얼마간의 수입까지 약속되는 일일 것이다. 설립을 위해 도울 수 있는 일은 무엇이든 하겠다. 이 명예로운 일을 거부할 사람은 아무도 없을 것이다.

옝제예비초바 부인은 그 제안에 감격하였고 반드시 실현시키고 싶었다. 어머니가 거기에 반대할 리 없었다. 벌써 그런 생각을 하고 계실지도 모른다. 동생이 살았던 흔적 모두가 이곳에 남겨진다. 생전에 한 달밖에 살지 못한 이 훌륭한 집도 그렇게 해서 영원히 그의 집이 된다! 동생이 그리울 때는 이곳을 찾으면 되리라. 언젠가 여동생 부부도 꼭 데려오고 싶다. 가능하다면, 이루어질 수만 있다면 어머니도! 그리고 이곳에서 모두 함께 그 아이의 추억을 이야기하리라. 파리 사람들도 오래도록 동생을 잊지 못할 것이다. 생전에 동생을 괴롭혔던 병에 대해 자신은 아무 도움도 줄 수 없었다. 세상을 떠난 뒤에나마 동생을 위해 무언가를 해주고 싶었다. 너무도 짧은 일생이었던 만큼 그 영광만은 영원토록 살아 있기를!

그러나 이 계획은 그녀의 남편 칼라산티 옝제예비치의 단호한 반대로 암초에 부딪치게 되었다. 바르샤바에서 도착한 편지에 그녀는 절망했다. 편지는 거의 격앙에 가까운 어조였다.

'왜, 어째서! 대체 그 아이의 어디가 그렇게도 미운 걸까!'

그녀의 남편에 대한 불신은 단숨에 인내의 한계에 이르렀다. 모든 것은 파리에서 동생이 도움을 청하는 편지를 보내온 때부터 시작되었다. 그 편지를 삼 주일이 지나도록 자신에게 알리지 않은 남편의 불합리한 처신. 여행 문제를 의논할 때 보인 그 믿을 수 없는 횡포. 그래도 그에게 가족으로서, 인간으로서 최소한의 다정함이 있다면 파리에 온 뒤에는 동생을 위해 정성을 다해줄 것이라고 믿었다. 아니, 거기까지는 바라지도 않았다. 그저 동생 앞에서 불만스러운 모습을 보이지 않도록 조심해주기만을 바랐다. 아아, 그런데 어떠했던가! 파리에 도착한 그날부터 단 하루도 시비를 걸지 않은 날이 없었다. 침실에서 고함을 치는 그에게, 동생이 들을까봐 몇 번이나 빌고 또 빌었던가. 그러나 그 다툼은 분명 동생의 귀에 들어갔을 것이다. 정말 이런 일이 있을 수 있는가? 십칠 년을 더불어 살아온 사람의 내면에 그런 잔혹한 심사가 감춰져 있었다니. 결국은 고통에 허덕이는 처남을 팽개치고 혼자 바르샤바로 돌아가버렸다. 그때 그 아이가 얼마나 섭섭해했는지! 결코 떠나는 것이 섭섭했던 것이 아니다. 자신이 미움을 받는다는 것을 알았기 때문에 섭섭했던 것이다. 아아, 가엾은 나의 동생! 속으로는 함께 있어주기를 원한 누나에게 남편과 함께 귀국하라고 권하던 착하디착한 그 아이의 대체 어떤 점이, 대체 무엇이 그토록 마음에 들지 않는다는 것일까! 그리고 이제 와서는 그 잔혹한 짓만으로도 부족한지 이미 세상을 뜬 동생마저 저주하려 한다. 그 사람의 편지에 동생의 죽음을 애도하는 말이 한마디라도 있었던가? 이토록 괴로워하는 아내에게 한마디라도 위로의 말을 해주었던가!

칼라산티의 지시는 유품을 하나도 남김없이 매각하라는 것이었다. 이유고 뭐고 없었다. 그 계획 자체가 너무도 어리석다는 것이었다. 참다못한 옝제예비초바 부인은 스털링 양 등 전부터 동생에 대한 애정을 둘러싸고 남편과 벌어진 심각한 불화에 대해 상의했던 몇몇 이들에게 이 사실을 털어놓았는데, 그 비정한 명령에는 모두가 아연해하며 아무 말도 하지 못했다. 무엇이 불만인 것일까? 운영 방침이나 경제적인 문제? 그게 아니라면 옝제예비초바 부인의 말대로 처남에게—보통 사람이라면 당연히 자랑스럽게 여길 동생에게 질투를 하는 것일까? 사람들은 고개를 떨구는 옝제예비초바 부인에게 어떤 오해가 있는지는 알 수 없지만 다시 한번 이 계획의 취지를 올바르게 설명하여 이해를 구하고, 그런 다음에도 끝내 그가 반대한다면 집의 보존은 포기하더라도 최소한 유품만이라도 바르샤바에 가져가 보관해야 한다고 입을 모았다.

옝제예비초바 부인은 이제는 미움이라고도 할 수 없을 만큼 커져버린 남편에 대한 분노를 일단 거두고 그 조언에 따라 다시 한번 편지로 계획의 허락을 청했다. 그러나 남편의 답장은 부부 사이에 살아 있는 한 결코 메울 수 없을 깊은 고랑을 만들게 되었다. 옝제예비치의 생각은 전혀 바뀌지 않았다. 바뀌기는커녕 자신의 생각을 거스르는 부인에게 화를 내며 더욱더 고집스럽게 제안을 거부하고 그 이유로 들 수 있는 것들을 있는 대로 늘어놓았다.

가장 먼저 문제 삼은 것은 역시 돈이었다. 기념관 설립과 운영을 위한 비용을 어떻게 염출하겠다는 것인가? 다시 빚을 얻자는 것인가? 그걸 갚을 만한 수익을 낼 수 있다는 보장이 있는가? 생전에 아무리 큰 명성을 누렸다 해도 사망한 뒤 일이 년이면 사람들의 머릿속에서 깨끗이 사라지는 것이 요즘 세상이다. 아무리 사랑한다고 해도 그렇지, 세상을 떠난 사람의 소지품을 미련스럽게 남겨서 대체 어쩌자는 것인가? 병문안을 하겠다고 파리까지 찾아가 두 달이 넘게 머무는 동안 얼마나 큰돈이 들었는지 알기나 하는가? 게다가 장례식을 치르느라 오천 프랑의 빚까지 떠안다니, 대체 어쩔 작정인가? 삼천 명씩이나 초대하다니! 그런 돈을 써야 할 이유가 대체 어디 있는가? 바르샤바에서는 모두 포스터로 장례식을 알린다. 그것이면 충분하지 않은가? 더구나 가수들에게 이천 프랑이나 되는 사례금을 지불하다니! 경박하기 짝이 없는 파리의 부자들과 어울리다보니 자신의 처지는 깡그리 잊어버렸는가? 우리에게 그런 식으로 사치를 부릴 여유가 없다는 것은 누구보다 잘 알 것이다. 어머니가 주신 오천 즐로티로는 도저히 감당할 수 없다! 유품을 바르샤바에 가져오는 건 더더욱 말이 안 되는 소리다. 귀국조차 허용되지 않는 사람의 소지품이 어떻게 무사히 국경을 넘을 수 있단 말인가! 커프스 버튼 한 쌍 정도라면 또 모를까, 집 안에 있던 것을 모두 가져오겠다니! 검열을 우려해 공공연히 밝히지는 않았지만, 옝제예비치는 러시아 당국이 엄중한 감독을 하고 있는 이때를 역으로 이용해 자기 가족은 위험한 사상을 가졌던 쇼팽과 전혀 무관하다는 것을 보여줄 절호의 기회로 삼고 있었다. 유품을 인수해오는 일 따위 당치도 않다! 어째서 위험을 무릅써가며 그런 거추장스러운 물건을 떠맡는단 말인가. 모두 팔아치워라! 정말로 동생을 사랑한다면 마지막 순간까지 가족에게 폐만 끼친 그가 죽은 뒤에도 여전히 부담이 될 짓은 하지 마라! 그것이 배려라는 것이다!

편지에는 남편이 받아낸 어머니를 비롯한 가족 전원의 동의서와 함께, 걸레 한 장도 결코 집에 들이지 않겠다는 다짐의 말까지 덧붙어 있었다. 옝제예비초바 부인은 그 기묘한 집념에 등골이 오싹해지는 것 같았다. 동의서의 서명은 분명 어머니와 동생 부부의 필적이었지만 그들이 자진해서 이런 불합리한 주장에 찬성했을 리가 없었다. 억지로 강요한 것이 분명했다. 협박이나 거짓말이 아닌 한 이런 내용을 결코 가족이 인정할 리 없었다. 혹시 바르샤바에 뭔가 엄청난 사태가 벌어진 것은 아닐까? 남편은 지금 무슨 짓을 하려는 것일까? 기념관 설립은 슬픔의 늪에서 무기력하게 허덕이고 있던 그녀의 희망이었다. 죽은 동생을 위해 무언가를 한다는 것은 오히려 그녀 자신에게 큰 위안이었다. 차르토리스카 대공비 등과 그 일에 대해 상의하면서 "분명 천국에 있는 동생도 기뻐할 거예요"라고 이야기했을 때 그녀는 동생이 죽은 후 처음으로 얼굴에 웃음을 되돌릴 수 있었다. 이미 동생은 이 세상에 없다. 그러나 그 영혼만은 아버지와 여동생이 있는 영원의 세계에서 지금도 변함없이 자신을 지켜볼 것이다. 사랑하는 육친의 죽음을 도저히 믿을 수 없었던 그녀는 그 믿을 수 없다는 실감을 근거로 동생이 아직도 어딘가에 존재한다는 것을, 그리고 그곳은 분명 천상의 지복의 낙원이라는 것을 믿으려 했다. 동생을 위해 뭔가 해주고 싶다는 자신의 생각은 결코 쓸데없는 것이 아니었다. 그것은 실제로 동생에게가 닿아 그를 기쁘게 해줄 것이었다. 그런 마음을 싹트게 해준 것은 그가 이 세상에 존재했음을 알려주는 그 유품들이었다. 그녀는 그것을 매개로 자신이 동생과 연결되어 있음을 가장 강하게 실감할 수 있었다. 그런 소중한 물건들을 남편은 무정하게도 팔아치우라고 명령하는 것이다! 그리고 동생의 영혼이 영속하리라는 것을 진심으로 믿기 때문에 더더욱, 죽은 뒤에도 여전한 자형의 그런 행동을 동생이 과연 어떤 심정으로 지켜볼까 하는 생각에 한층 더 비통한 마음이 들지 않을 수 없었다.

비탄에 젖은 옝제예비초바 부인을 위해 차르토리스카 대공비와 스털링 양 등이 때때로 방돔 광장의 집에 머물며 함께 상의하고 위로의 말을 건넸지만 그 이상은 어떻게 할 도리가 없었다. 옝제예비치를 설득한다는 게 얼마나 어려운 일인지는 그가 급기야 분노의 창 끝을 그지마와 백작에게 돌려 터무니없는 생각으로 아내를 미혹에 빠뜨리지 말라는 편지를 보낸 것만 봐도 쉽게 짐작할 수 있었다. 쇼팽의 사후에 동생의 간절한 희망이니 부디 받아달라며 금고에 있던 육천 프랑으로 전에 빌린 돈을 갚으려는 옝제예비초바 부인에게, 빚이라고는 한 푼도 없으니 그런 생각은 다시는 하지 말라고 한사코 돈 받기를 거부하며 고인에 대한 변함없는 우정을 보여주었던 그 그지마와 백작에게! 결국 경매는 피하려야 피할 수 없는 일이었다. 옝제예비초바 부인은 어디로 어떻게 흩어질지 모르는 동생의 유품을 앞에 두고 몇 번이나 "그 아이에게 뭐라 할말이 없어요……" 하고 탄식했다. 경매는 궁리 끝에 토마스 알브레히트의 제안에 따라 익명으로, 자택이 아닌 경매장에서 이루어지게 되었다. 이익을 얻을 생각이었다면 당연히 '프레데리크 쇼팽의 유품'이라고 광고해 사람들을 불러모았을 터였다. 장례식에 쇄도했던 몇천 명이나 되는 인파를 생각하면 손에 들어올 이익은 짐작도 할 수 없을 정도였다. 그러나 옝제예비초바 부인은 동생과의 추억이 고스란히 남아 있는 이 집에 낯선 사람들이 밀물처럼 몰려들어 밀치락달치락하는 꼴은 상상도 할 수 없었다. 그런 이들에게 유품이 팔려나가 다시 수많은 사람들의 구경거리가 될 것을 생각하면 마치 동생이 여기저기에서 농락당하는 것만 같아 참을 수 없었다. 그렇게 흥미 본위로 자신의 사생활을 훔쳐보는 짓은 동생이 가장 질색하던 일이 아니었던가. 그 아이의 일생은 항상 그를 진실로 사랑해주는 사람들에 의해 소중히 지켜져왔다. 그렇다면 동생이 이 세상에 남긴 흔적 또한 그런 사람들의 수중에 들어가 소중히 지켜져야 할 일이었다. 기념관을 설립하려는 계획이 좌절된 지금, 그녀로서는 그 외의 어떤 방법도 생각할 수 없었다. 돈벌이 따위는 아무 상관이 없었다. 자택에서 경매를 한다면 얼토당토않은 액수까지 가격이 뛰어올라 부유한 몇몇 사람 이외에는 동생의 추억 어린 물건을 얻지 못할 터였다. 익명으로 조용히, 잘 아는 사람들만 모이도록 해서 동생의 추억을 서로 나누자. 남편에게는 비밀로 할 생각이었다. 이해해줄 것이라는 기대는 애초에 품지 않았다. 하지만 이 계획만은 양보할 수 없었다. 경매 가격이 너무 낮은 것을 이상하게 생각할까봐 자신은 일절 개입하지 않았다는 것을 증명하기 위해 회장에 얼굴을 내밀지 않기로 했다. 눈앞에서 동생의 유품이 팔려나가는 것을 차마 볼 수 없어서이기도 했다. 어쨌든 이 방법밖에 없는 것이다. 나중에 아무리 욕을 먹더라도 상관없다. 최소한 이렇게라도 해주지 않으면 동생이 너무 가엾다……

그지마와 백작이 경매장에서 돌아오는 길에 프랑솜을 마차로 불러 들려준 것은 그런 일련의 경위에 대한 이야기였다. 프랑솜은 쇼팽 일가의 사적인 불화에 대해서는 되도록 개입하고 싶지 않았기 때문에 자형의 강경한 반대로 기념관 설립 계획이 무산되고 유품은 모조리 경매에 부쳐지게 되었다는 사실 외에는 굳이 알려고 하지 않았다. 실제로 일이 여기에 이르기까지의 자세한 사정을 듣고 보니 역시 모르는 편이 더 나았겠다는 생각이 들었다. 고민 끝에 누군가에게 자신의 속내를 털어놓고 싶었던 그지마와 백작의 심정은 충분히 이해할 수 있었고, 그것을 나무랄 마음은 없었다. 하지만 이토록 서글픈 사실을 듣고서 대체 어떻게 마음을 정리해야 한단 말인가. 사실 그런 소문을 듣지 않은 것은 아니었다. 그러나 굳이 사실을 확인하려 하지 않은 것은 그런 일의 비속함에 대한 경멸과 함께, 나아가 사실을 알게 된 뒤에 품게 될 불쾌감을 우려했기 때문이었다. 이제는 너무 지쳤다. 장례식 전에 벌어진 두 가지 소동 때문에 그렇지 않아도 질릴 대로 질려 있었다. 둘도 없는 친구가 세상을 떠난 슬픔을 견디기도 힘겨운 때에 어째서 이런 속이 뒤집힐 듯한 일에 휘말려야 하는 것일까? 고인을 상처입힐 이야기에는 절대 관여하고 싶지 않았다. 그 불쾌감을 어떻게 견뎌낼 수 있을 것인가.

"……정말 어처구니가 없군요."

"정말 그렇죠…… 어쩌면 요즘 세상이 그런 가혹한 시대인지도 모르겠어요."

그지마와 백작이 말했다. 프랑숌은 그저 멍하니,

"……요즘 세상이 그런 걸까요……?" 하고 그 말을 다시 한 번 반복했다.

그렇게 말하고 나자 그도 역시 그다지 중요한 의미를 담아 한 말은 아니었을 것이라는 데 생각이 미쳤다. 그지마와 백작은,

"그 뻔뻔스런 가수들만 봐도 그런 생각이 저절로 들지 않을 수 없지요" 하고 씁쓸하게 말했다.

"저는 그 뒤로 비아르도 부인을 만나지 못했습니다만, 정말 그녀가 그런 요구를 했을까요?"

"글쎄…… 하지만 장례식 뒤에 실제로 이천 프랑이 지불되었고 비아르도 부인이나 라블라케가 그걸 다시 돌려줬다는 얘기가 들리지 않는 걸 보면…… 그 사람들이라면 당연히 위대한 음악가에 대한 존경에서 출연을 자청했어야 옳지 않나요? 당신이 수배한 그 훌륭한 콩세르바투아르의 오케스트라처럼 말이죠, 결코 돈 때문이 아니라! 더구나 오랜 세월을 함께한 친구의 장례식인데!"

"유감스런 일이군요……"

"그렇고말고요. 그나마 오늘 경매가 별탈 없이 끝난 것만 해도 다행이라고 해야 할지 모르겠군요…… 결코 기분 좋은 자리는 아니었지만……"

샤요의 별장으로 이사하면서, 그리고 스카르 도를레앙의 계

약을 해지하면서 쇼팽 본인이 적잖이 신변을 정리했기 때문에 출품한 물건 수가 그리 많지 않을 것이라고 생각했는데, 예상과는 달리 목록에 적힌 유품이 상당수에 달해 보석이며 식기 하나하나에 이르기까지 값을 매기느라 결국 다섯 시간이라는 긴 시간이 소요되었다. 그들도 각각 몇 가지 물건을 낙찰받았지만 그가 애용하던 플레엘 피아노를 비롯하여 중요한 물품들 대부분은 스털링 양이 낙찰했고, 그녀는 자신의 수중에는 극히 사소한 것만 남기고 모두 옝제예비초바 부인에게 기증하기로 되어 있었다. 이 제안에 모두가 찬성해 처음부터 암암리에 그녀에게 낙찰을 양보하는 분위기였다.

"이것으로 일단 마무리된 건가요?…… 묘지 일이 남아 있기는 하지만……"

"예……" 하고 대답하면서 그지마와 백작은 "……나는 그만 좀 지쳤습니다" 하고 속마음을 내비쳤다.

"그새 많이 야위셨습니다."

"그럴지도 모르겠군요…… 늙는다는 건 정말 쓸쓸한 일이에요. 젊었을 때는 내가 살아 있다는 것을 당연한 일로만 생각했는데…… 이 나이가 되어 사랑하는 이들이 나보다 훨씬 젊은 나이에 차례차례 세상을 뜨고 나 혼자만 남았다는 걸 깨닫고 보면, 어째서 내가 아직도 살아 있는지, 그들이 죽고 내가 살아 있어야 하는 이유가 무엇인지, 그런 생각을 하게 돼요. 이번 일은 특히 힘들었지요……"

프랑숌은 수염에 덮인 그지마와 백작의 홀쭉한 볼을 곁눈으로 가만히 보며 위로의 말을 건넸다.

"백작께서는 앞으로도 건강하게 오래오래 사셔야 합니다…… 쇼팽도 자기 때문에 백작께서 건강을 해쳤다는 걸 알면 분명 천국에서 슬퍼할 거예요."

그지마와 백작은 그 말에 고개를 끄덕이면서도 마음속 어딘가에서는 아직 젊은 그로서는 자신이 느끼는 이런 고독을 결코 이해할 수 없을 거라는 체념 같은 기분도 들었다. 프랑숌은 그의 그런 속마음을 짐작하면서도, 과연 자신이 위로할 수 있는 문제가 아닌 것 같다고 생각했다. 그러고는 조금 엉뚱한 이야기를 꺼내,

"저 역시…… 솔직히 말해 아직도 제 생활을 되찾지 못하고 있습니다. ……그가 숨을 거두었을 때는 정말 말로 표현할 수 없는 괴로움을 맛보았지요. 그렇지만 그때만 해도 제대로 실감하지 못했던 것 같습니다. 슬픈 건 틀림없지만, 어딘지 멍한 듯한, 마음이 마비되어버린 것 같은……"

"이해해요, 예…… 그때는 나도 그랬으니……"

"그런데 요즘에야 그 실감이라는 게 느껴지는 것 같습니다. 어떻게 설명하기는 어렵지만…… 아무튼 이따금 지독하게 쓸쓸해지곤 합니다…… 지독히…… 평소에는 아내나 아이들과 웃으며 이야기하기도 하고 콩세르바투아르에서 학생들을 가르치기도 하면서 아무렇지도 않게 지내다가도 문득 그가 생각

나면…… 이상하게 들릴지 모르지만, 지금도 수업이 끝나면 그를 보러 스카르 도를레앙에 가야 한다는 다급한 마음이 든답니다…… 그러고는, 아, 그렇지, 이제 그 집에는 쇼팽이 없지, 하고 깨달아요. 그러면 샤요 별장으로, 아니 방돔 광장이었지, 하고 다 알고 있으면서도 나도 모르게 머릿속에 떠올리고 말아요."

"나도 마찬가지예요. 당신은 누구보다 열심히 그의 집에 드나들었으니 당연히 그렇겠지요. 그렇게 멋진 친구였으니 잊을래야 잊을 수가 없겠죠……"

"이런 말을 하면 그가 웃을지도 모르지만, 그가 없어진 뒤부터 왠지 살아갈 의욕마저 없어지고…… 아니, 물론 죽고 싶다는 건 아닙니다. 그런 건 생각도 하지 않지만, 그저…… 뭐라고 해야 할까요…… 이를테면 작곡을 해도 첼로 연습을 해도, 그가 있고 그가 꼭 들어줄 거라고 생각할 때와 그렇지 않을 때는 마음가짐부터가 달라요. 모차르트를 켜다가 문득 지금까지 깨닫지 못했던 새로운 발견을 할 때가 있습니다. 그런 때에 가장 먼저 그의 집에 달려가 그 이야기를 할 수 없다는 게 너무나 섭섭하고 답답해서……"

그지마와 백작은 고개를 끄덕이며 그의 이야기에 가만히 귀를 기울였다. 프랑숌이 말을 이었다.

"……그를 만난 뒤로 저는 몇 번이나 천재성이란 것의 눈부시도록 강렬한 황홀을 깨달았는지 모릅니다. 그에게는 진정한 의미의 광휘가 있었어요! 주위에 있는 사람을 가만히 놔두지 않는 그런 매력 말입니다. 그와 함께 보낸 이십여 년 동안, 저는 그와 함께 있다는 행복을 항상 마음속으로 되새기곤 했습니다. 친구로서, 또한 음악가로서. 어느 쪽이 더 컸다고 말할 수 없어요. 그리고 음악가로서 저의 명성 대부분이 그의 공연자였던 덕분에 얻어진 것이라 해도 비굴해지기는커녕 오히려 큰 영광으로 느껴왔습니다. 바보같이 들릴지도 모르겠지만 그것이 제 본심입니다. 그런 그가, 이제 없는 거예요……"

그지마와 백작은 평소와 달리 감정이 격해진 그의 심정에 아플 만큼 공감하며,

"그 또한 이 세상에서 당신을 만난 것을 진심으로 행복해했을 겁니다. 그토록 멋진 첼로 소나타도 프랑숌 씨가 아니었다면 아마 이 세상에 나오지 못했겠지요" 하고 말하며 저도 모르게 눈물을 떨굴 뻔했다.

기운을 잃은 백작을 격려해줄 생각이었는데 오히려 자신이 위로받고 있는 것을 깨달은 프랑숌은,

"저도 모르게 약한 소리를 해버렸군요……"하고 말하고는, "……이런 때일수록 여성이란 참으로 강한 것 같습니다. 저는 그의 임종 때에 의연하게 노래를 불러주셨던 포토츠카 백작 부인의 모습을 잊을 수가 없어요…… 기념관 설립에 대해 상의하시던 옝제예비초바 부인과 차르토리스카 대공비를 봐도, 이따금 저 자신이 한심해진다니까요" 하고 억지로 씁쓸한 웃음을 지어

보였다.

그지마와 백작도 작게 미소를 지으며,

"정말 그래요……"라고 하고는 곧바로 표정이 바뀌어, "반면에 조르주 상드 같은 비열한 여자도 있지만 말입니다" 하고 내뱉듯이 말했다. "지금쯤 노앙에서 젊은 사내들에 둘러싸여 옛 애인의 죽음에는 조금도 개의치 않고 온통 향락에 정신이 팔려 있겠죠! 그가 그런 악마 같은 여자만 만나지 않았어도 분명 케루비니만큼 오래오래 살면서 훌륭한 작품들을 계속 써냈을 텐데!"

프랑숌은 그 말을 그냥 흘려들으려고 했다. 백작이 상드 부인을 미워한다는 것은 새삼 확인할 것도 없이 잘 알고 있었다. 그러나 혼자서 마지막까지 친구를 옛 연인과 만나게 해주기 위해 남몰래 고민했던 사람으로서 아무래도 입을 다물고 있을 수만은 없었다.

"쇼팽은…… 그래도 역시 끝까지 상드 부인을 사랑했던 게 아닐까요?"

그지마와 백작은 깜짝 놀란 듯 그의 눈을 바라보았다. 그리고,

"절대 그럴 리 없어요. 당연한 일 아닙니까!"

"그럴까요……? 아니, 저는 오히려 그랬으면 하고 바라고 있습니다. 그러면 제 후회도—죽기 전에 그녀와 만나게 해주지 못했다는 미안함도 한결 줄어들 테니까요. 그렇지만 그가 숨을 거두던 날 밤에 슬픔에 싸여 유품을 정리하던 옝제예비초바 부

인이 금고 안에서 소중하게 묶인 상드 부인의 편지를 발견했을 때, 저는 역시 우리의 판단이 잘못되었다는 생각을 금할 수 없었습니다…… 지금 와서 새삼 이런 소리를 해봤자 아무 쓸모도 없습니다만. 그래도 이 후회는 제 마음속에 평생 남아 있을 거예요……"

그지마와 백작은 그가 완전히 말을 마칠 때까지 한마디도 하지 않았다. 그리고 잠시 뭔가 생각하는 듯하더니,

"……나는 그렇게는 생각하지 않아요. 금고에 그 편지가 들어 있었던 건 단지 미처 정리하지 못했기 때문이 아니겠어요? ……만일 그가 정말 마지막까지 그녀를 생각했다 해도, 혹은 그녀와 만나고 싶어했다고 해도, 또 그것이 실현되었다 해도 그 재회가 과연 아름다운 것이었을까요? 그런 따뜻한 마음이 그 여자에게 있으리라고는 나는 도저히 생각할 수 없어요. 그랬다면 진작에 병문안을 왔겠지요! 물론, 그가 죽을 때까지 마음속 어딘가에서 그 여자를 생각했을지도 모릅니다. 그러나 그렇다면 더더욱! 죽어가는 그를 내팽개친 그 여자를 결코 용서할 수가 없어요!"

프랑솜은 더이상 억측만으로 말씨름을 해봐도 소용이 없다는 것을 알고 있었기 때문에 가만히 고개를 끄덕이면서 특히 마지막 말에 공감의 뜻을 전했다.

"그의 속마음은 이제는 확인해볼 수도 없습니다만…… 어쨌든 끝내 병문안 한 번 와주지 않은 상드 부인의 냉담한 처사에

는 저도 크게 실망했습니다. 충분히 비난받을 일이에요."

"나는 솔직히, 그가 죽은 후로 사람들이 스털링 양을 쇼팽의 미망인이라고 부르는 것이 아주 못마땅해요. 스털링 양 본인도 그런 소문을 부추기듯이 상복을 입고 다니는 것도 그렇고. 쇼팽이 그것을 어떻게 생각할지 뻔히 짐작이 가니까 말이죠. 그러나 조르주 상드에 비하면 그런 그녀마저 선량하게 보일 정도예요. 약간 철이 없기도 하고 그 충실함에 딴 생각이 엿보이는 점도 마음에 들진 않지만, 적어도 객관적으로 보자면—스스로도 그렇게 말하지만—우리 중 누구도 하지 못한 경제적인 원조를 베푼데다, 쇼팽은 몰라도 옝제예비초바 부인이 크게 도움을 받았다는 건 부인할 수 없지요."

"맞는 말씀이십니다…… 누가 뭐라든 쇼팽에 대한 그녀의 애정만은 의심할 수 없지요. 때로 그런 마음이 지나쳐 다소 타산적이 되기도 하지만……"

"하지만 그가 조르주 상드를 사랑하지 않았다고 해도, 그렇다고 스털링 양을 사랑한 것도 결코 아니었어요."

"예…… 아마도 그럴 겁니다……"

프랑숌은 그렇게 대답하면서 어떤 표현하기 힘든 강한 서글픔이 가슴속에 번지는 것을 느꼈다. 그지마와 백작에게 쇼팽은 절대적인 존재였다. 그렇기 때문에 쇼팽에게 조금이라도 상처를 준 이들을 용서하지 못하는 것이다. 프랑숌은 그 외줄기 마음을, 그 맹목을 사랑받을 만한 선량함이라고 생각했다. 자신은 아무리 쇼팽을 사랑한다 해도 그의 입장에 서서 그와 관련된 모든 사람을 일원적으로 판단할 수는 없었다. 그는 스털링 양은 물론 상드 부인조차도 진심으로 미워한 적이 없었다. 그가 쇼팽을 둘러싼 인물들의 관계에서 찾아낸 것은 말하자면 불우한 애정이었다. 그 어떤 것도 지극히 절실했고 또한 항상 어긋나고 말았다. 그는 그지마와 백작에게 그런 이야기를 하고 싶었다. 그것은 그가 쇼팽의 죽음을 전후하여 경험한 여러 사건들에서 느낀 자리를 잘못 잡은 듯한 어색함, 그리고 음정이 어긋난 듯한 이질감과 어딘가에서 연결되는 것만 같았다.

"작년에 아버지가 돌아가셨을 때, 당시 에든버러에 있던 쇼팽이 제게 편지를 보낸 적이 있었어요……"

"예……" 그지마와 백작은 다소 당돌하게 시작된 그의 이야기에 귀를 기울였다.

"……그때 쇼팽은 작곡이 통 되지 않는 자신의 상태를 콘트라베이스에 바이올린의 E현을 걸어놓은 것 같다고 표현했습니다. 그 밖에도 이런저런 비유를 들었지만, 저는 특히 그 말이 인상에 남았어요. 그의 내면에서 끊임없이 샘솟던 음악이 그렇게 음정이 어긋나버렸다는 사실이 저로서는 믿을 수가 없었고, 그만큼 불길하게 느껴졌지요. ……그리고 숨을 거두기 한 달쯤 전의 일이었는데, 포토츠카 백작 부인이 편지에 쓴 인생은 커다란 불협화음이라는 말에 그가 몇 번이나 '그녀는 역시 알고 있었어' 하고 말했던 게 기억납니다. 알고 있다는 건 무슨 뜻일까요? 결국 확인은 못 했지만…… 왜 이런 이야기를 하는지는 저도 잘 모르겠습니다. 아무튼 지금 제 머릿속에 문득 그 두 가지 말이 스치는군요. 원래는 전혀 다른 것을 가리키는 말일 테지만, 그의 죽음에 대해 생각을 더듬다보면 갑자기 그 말들이 서로 매우 관련 깊은 것으로 느껴집니다. 그의 죽음 전후에 우리가 겪어야 했던, 너무도 슬프고 우스꽝스럽다고까지 할 그 일들은 대체 무엇이었을까요? 인간관계의 혼란, 초대장을 둘러싼 소동, 가수들의 보수 요구, 유품의 매각…… 그 모든 것이 그의 임종의 엄숙함에는 완전히 부적절한 것들이 아니었을까요……? 역시 요즘 세상이 그렇기 때문일까요……? 저는 다시 한번 쇼팽의 그 편지를 생각하게 됩니다. 지금 이 시대를 살아가는 우리는 과연 불성실한 걸까요? 물론 그렇지는 않겠지요. 말하자면 지금은 모두가 지극히 착실하게 바이올린의 E현이 걸린 콘트라베이스를 연주하고 있는 그런 시대가 아닐까요? 혹은 이렇게 말할 수 있을지도 모르겠군요. 우리는 마치 지휘자를 잃은 오케스트라와 같습니다. 그러니 연주자 개개인이 제아무리 탁월한 능력을 지니고 열심히 연주한다 해도 결국 귀에 들려오는 음악은 하나의 커다란 불협화음입니다. 개별적으로 본다면 어긋난 부분은 아마 매우 사소한 것이겠지만, 그것이 하나 둘 쌓이면 이렇게 듣기 역겨운 것이 되는 거겠지요……"

"네……"

그렇게 대답하기는 했지만 솔직히 그지마와 백작은 프랑숌이 말하려는 것 무엇인지 알 것 같으면서도 알 수 없었다. 지휘자가 없는 오케스트라란 무슨 말일까? 요컨대 공화제 이야기를 하려는 것일까? 그러나 막상 프랑숌 본인도 자신의 말에 별로 자신이 없었다. 자신이 품은 인상은 분명 그런 것이었다. 그러나 쇼팽의 죽음을 둘러싼 하나하나의 구체적인 사건과 그 비유와의 정합성을 생각해보니, 결국 자신의 말도 어딘지 모르게 음정이 어긋난 것 같았다.

그리고 그도 역시 자신의 비유가 공화제 비판으로 받아들여질 가능성이 있다는 것을 깨닫고,

"……제가 말하려는 건 공화제 문제가 아닙니다. 그러니까 누군가 **새로운 군주**가 등장하면 해결될 문제라는 말이 아니에요. 제가 말하려는 건 우리의 감정생활의 문제지요. 그것이 곳곳에서 조금씩 어긋나면서 도무지 정돈이 되지 않는, 그런 비참함 말입니다……" 하고 말했다.

그러나 말을 마치자마자 금세 그 결론에 만족할 수 없어서,

"……아니, 원래부터 인간의 삶이란 그런 걸까요? 만약 우리 세대에 **새로운 불행**이 있다면, 그것은 예전에는 분명 그런 비참한 어긋남이 없는 행복한 인간관계가 **있었을 것**이라는 **향수**를 품고 있다는 것이 아닐까요?" 라고 말을 고쳤다.

스스로도 올바른 판단인지 어떤지 알 수 없었다. 그러고는 어떻게 수습을 할 수가 없어 잠시 입을 다물고 있었다.

마차는 조금 전부터 프랑숌의 집 앞에 서 있었다. 그도 알고

는 있었지만 이야기를 마치기 위해 계속 말을 이었다. 마부가 문을 열러 왔다가 백작의 제지를 받고 밖에 선 채 이야기가 끝나기를 기다리고 있었다.

이상하게 여긴 프랑숌의 부인이 현관 밖으로 나왔다. 낯선 마차 안에 전에 몇 번 만난 적이 있는 그지마와 백작이 남편과 함께 앉아 있는 것을 보고는 가까이 다가와 창 너머로 "어머, 이런 곳에 계시다니요! 어서 안으로 들어오세요" 하고 말을 걸었다.

그지마와 백작은 프랑숌과 함께 마차에서 내려 부인에게 인사를 건넸다. 그리고 오늘은 조금 피곤하다며 부인의 청을 정중히 사양하고는 그에게도 작별의 말을 건넸다.

프랑숌은 자신의 혼란스러운 이야기로 그가 기분이 상하지는 않았는지 조금 걱정스러웠지만 다행히 그런 기미는 보이지 않았다. 헤어지려는 참에 중요한 이야기를 깜빡 잊어버린 것이 생각나서,

"다시 시간을 내주실 수 있을까요? 상의하고 싶은 일이 있어서요"라고 했다. 그지마와 백작은,

"예, 언제라도"라고 대답하고 "쇼팽 일입니까?" 하고 되물었다.

"예, 그렇습니다. 오늘 얘기했으면 좋았을 텐데…… 예의 원고에 대한 얘기입니다."

백작도 내내 그 일이 마음에 걸려 있던 터라 "아, 예" 하고 크게 고개를 끄덕였다.

"그의 유언은 처분하라는 것이었죠. 하지만 저는 아직도 고민이에요. 그와의 우정에 충실해야 할지, 그의 재능에 충실해야 할지……"

"참 어려운 판단이군요……"

그지마와 백작은 그럴 만도 하다는 듯 말했다. 그리고 잠시 생각을 정리하려는 듯 고개를 기울이고 있더니,

"지금 당장 결론을 낼 문제는 아니지만…… 아무래도 저 사랑스런 친구의 마지막 절실한 바람을 배반하는 고통도 견뎌야 할지도 모르겠군요" 하고 말했다.

프랑솜은 "예" 하고 고개를 끄덕이고는 "저도 내심 그래야 하지 않을까 생각했습니다"라고 대답했다.

마차에 오른 그지마와 백작을 배웅하고 그는 아내와 함께 현관으로 향했다.

"무슨 일이세요?" 하고 부인이 물었다.

외투로 단단히 몸을 감싸고 불빛 속에서 아내를 힐끗 바라본 프랑솜은,

"응…… 이제야 정말 끝났다는 생각이 들어" 하고 말했다.

창문으로 새어나오는 집 안의 등불 빛을 받으며 힘없이 고개를 떨구는 남편을 가만히 끌어안고 부인은 그저 따뜻하게 "그래요?"라고만 말했다.

27

쇼팽의 장례식을 마친 뒤 들라크루아는 예년 같으면 사교계의 계절을 앞둔 이 시기에는 웬만해서 발걸음을 하지 않았을 샹로제 별장에 제니와 함께 틀어박혀버렸다. 한시도 더는 파리에 있고 싶지 않았다. 카미유 플레옐의 발안으로 쇼팽의 묘에 대리석 기념상을 세우기로 결정되고 그가 그 실행위원회의 위원장으로 지명되었다. 동상 제작은 오귀스트 클레장게르가 자진했고 다른 이들도 모두 승인했다. 옝제예비초바 부인은 그 일로 그와 긴히 만날 기회를 가지고 싶어했지만, 그는 장례식 이틀 뒤에 받은 그녀의 초대장에 아무 대답도 없이 다음날 아침 파리를 떠나 샹로제에 도착해서야 어제는 공교롭게도 몸이 좋지 않아 외출할 수 없었다는 지극히 정중한, 그러나 필요한 최소한의 내용만을 적은 짧은 편지를 보내 무례에 대한 용서를 구했다.

'만일 제가 파리에 돌아가야만 하게 되었을 때 당신이 아직 그곳에 계시는 행운을 얻는다면, 저는 어제의 무례함을 빌고 다시금 우리가 슬픔의 눈물을 흘린 저 천사 같은 영혼을 가진 친구의 누님을 뵙고 제 깊은 존경의 마음을 바칠 수 있을 것입니다.'

편지의 말미에는 그렇게 적혀 있었다. 절망의 나락에서 아무 일도 손에 잡히지 않는 무기력에 빠져 있던 옝제예비초바 부인은 기념상 건립을 구실 삼아 동생과 가장 절친했던 이와 그 추억을 함께 나누고 싶은 마음이었던 터라 그의 너무도 빈틈없는 우회적인 말투가 다소 냉담하게 느껴졌다. 동생이 죽기 전 한 달 남짓, 그는 단 한 번도 병문안을 오지 않았다. 어째서일까? 다른 이들은 그토록 열심히 찾아와주었는데. 별로 친하지 않았던 걸까? 아니, 그건 결코 아니다. 동생이 그토록 흠모하던 이였다. 영구차 곁에 설 사람으로, 기념상 제작위원회의 위원장으로 모두들 가장 먼저 그의 이름을 들었다. 그런 그가 어째서 마지막으로 한번 동생을 만나러 와주지 않은 것일까? ……쇼팽의 사후 그녀의 마음은 마치 두꺼운 막이 덮인 것처럼 모든 사물에 대해 멍하고 애매하기만 한 상태였지만 단 한 가지, 동생의 죽음에 대한 주위 사람들의 마음을 알아차리는 부분만은 오히려 껍질이 벗겨진 것처럼 과민해져 있었다. 그래서 그의 그런 일련의 행동이 더욱 마음에 걸렸다. 그렇다고 그를 경박하고 인정 없는 인물로 단정한 것은 아니었다. 그러나 역시 어딘가 무뚝뚝하고 박정한 그의 태도에 그가 동생의 죽음을 어떻게 생각하는지 의심스러운 마음을 금할 수 없었다.

들라크루아는 샹로제에서 그때까지 한 번도 경험하지 못했던 만추의 세나르 숲을 외투로 몸을 감싼 채 날마다 천천히 산책하며 이따금 쇼팽을 떠올렸다. 샹로제를 찾은 것은 그의 죽음과 관련된 모든 것에서 무턱대고 달아나고 싶었기 때문이었다. 파리 거리는 때때로 참을 수 없을 만큼 쇼팽을 떠올리게 했다. 그것을 고맙게 여길 여유는 아직 없고 오로지 괴롭기만 할 뿐이어서, 한시바삐 떠나는 것밖에 생각나지 않았다.

그에게 쇼팽의 죽음이 진정으로 시작된 것은 발몽에서 부보를 받은 때가 아니라 파리에 돌아온 그 순간이었다. 페캉의 바닷가에서 그는 영원으로 느껴질 만큼 무한히 반복되는 그곳의 시간을 바다와 같은 것으로 느꼈고, 다른 한편으로 도시에 흐르는 시간을 강 같은 것이라고 생각했었다. 그런 느낌은 마치 두 개의 시간의 연결을 뒤집으려는 듯 바다에서 강으로 거슬러 나아가는 열차 안에서 한층 더 강해졌다. 파리에는 쇼팽이 남기고 간 일상이 있었다. 그것은 확고하고도 분명하게, 무언가가 지나쳐간 흔적을 보여주었다. 자택에 첫발을 들이밀었을 때 그가 감지한 기척은 말하자면 그 정확한 반영이었다. 집을 비운 시간은 겨우 삼 주일이었다. 그 동안 특별히 변한 것도 없었다. 그러나 집 안을 스친 시간의 흔적은 뻔뻔스러울 만큼 확고해서 그는 새삼 자신이 이곳에 없었다는 사실을 분명히 깨달아야만 했다. 인간의 삶이란 장소와 얼마나 깊이 연결된 것인가. 살아간다는 것은 아마도 사물과 관련을 맺는 일이리라. 그리고 그 사물의 집적이 장소라고 한다면 그 장소는 지속되는 삶의 연장(延長)인 셈이다. 자신은 삼 주일 동안 자신의 삶의 연장을 팽개쳐두었다. 그러자 그것이 멈추어 있었던가? 아니다. 분명 장소는 정체되지 않고 삶의 연장으로 변화했다. 멀리 발몽에서 영위했던 삶과는 아무 관련도 없이, 이곳에 없었던 삶의 흔적을 고스란히 받아들이며 지속되고 있었던 것이다.

이런 생각이 그대로 쇼팽의 죽음에 대한 사색으로 이어진 것은 아니었다. 오히려 그의 죽음이 그런 생각을 이끌어낸 것일지도 몰랐다.

자신이 부재했던 이 방. 만일 여행길에서 사고를 당해 죽기라도 했다면 이 방은 이렇게 다시 자신의 삶을 맞아들이지 않고 영원히 하나의 부재하는 삶의 단편이 되었을 것이다. 이곳만이 아니다. 이 거리 곳곳에, 이를테면 포르제 부인의 집에, 이탈리아 극장과 오페라 극장의 객석에, 루브르에, 샹로제 행 역의 플랫폼에 자신의 삶의 연장은 점재하고 있다. 그 모든 곳에 영원히 텅 빈 생을 남기는 것이다. 바로 지금 눈앞에 있는 이 의자가 예전에 수없이 이곳을 찾았던 사랑하는 친구를 맞았고 앞으로도 그가 이곳을 찾을 때마다 언제든 앉을 수 있도록 준비되어 있으면서도 가장 중요한 그를 잃고 만 것처럼. 이 의자는 영원히 그가 앉지 않게 된 의자인 것이다. 그리고 그의 마차도 그의 집도, 이른바 모든 장소가 그가 없어져버린 삶의 지속인 것이다.

방돔 광장을 찾아가 수많은 꽃들이 놓인 그 현관을 보았을 때 그는 새삼 그것을 실감했다. 그렇게 모두들 그와 인연이 있던 장소를 찾는다. 그곳들은 아직도 틀림없는 그의 삶이었다. 단지 그가 없다는 것뿐.

한 인간이 죽었을 때 그렇게 그와 관련된 모든 사물이 은밀하게 그 죽음을 증거한다는 것. 그것이 그의 죽음의 구체성을 알려주는 것일까? 쇼팽이 죽었다는 말. 그 말은 발몽에서는 끝내 아무것도 전해주지 않았다. 자신에게 그것을 가르쳐주고 진정으로 슬픔을 느끼게 한 것은 파리의 거리였다. 그곳에 있는 그의 삶의 구체성이었다. 그리고 그 삶을 살아갈 그가 이제 없다는 것. 그가 없어졌다는 것. 보석은 없어지고 그것을 물었던 반지의 틀만 헛되이 벌어져 있는, 부재의 장식품 같은 이 거리. 죽음의 구체성이란 이런 것일까……? 사물은 자신에게 그의 죽음을 애써 호소하려는 것일까? 아니, 사물은 오히려 그의 삶 그 자체가 아니었을까? 쇼팽은 죽었다는 그 말. 그것은 영원히 구체적이지 않고 게다가 그 뜻하는 바에는 아무런 의심의 여지가 없다. 프랑숌은 장례식 날 분명 똑같은 말을 입에 올렸었다. 무슨 말을 하고 싶었던 것일까? 우리는 그가 없다는 사실을 하나의 마비처럼 느끼고 있었다. 존재하는 것을 확인하기는 쉽다. 그를 볼 수 있고 만질 수 있으므로. 그러나 부재하다는 것을 이해하기는 어려웠다. 그는 말로써 그것을 억지로 확정지으려 한 것일까? 아니면 거꾸로 그 말의 어떤 추상성 속으로 도망치려 했던 것일까?

그리고 우리는 그와 가장 깊이 연결되었던 사물인 육체를 통해 그의 부재를 마지막에 분명히 깨닫게 되었다. 그것은 지금이라도 그가 다시 살아난다면 그 삶을 얼마든지 받아들일 수 있는 여러 사물 중에서도 홀로 땅 속에 묻혀 두 번 다시 그의 생과는 관련을 갖지 않게 되어버린 사물인 것이다……

그런 생각은 파리에서도 몇 번이나 뇌리를 스쳤지만 나름대로 형태를 지닌 생각으로 정리된 것은 샤로제에 온 뒤로도 한참이나 시일이 지난 뒤였다. 발몽에서 돌아온 뒤로 그는 일절 일기를 쓰지 않았다. 샤로제에는 일기장도 가져오지 않았다. 파리에 있을 때는 그저 슬프기만 할 뿐 차분하게 무언가를 생각할 수가 없었다. 그러던 것이 어설프나마 이렇게 앞뒤가 통하는 하나의 사색으로 정리된 것은 역시 거리를 두고 생각할 수 있게 된 덕분인지도 몰랐다. 그러나 자신의 그런 생각은 결국 끔찍하게 슬펐던 그의 죽음과는 별개의 것처럼 느껴지기도 했다. 그것에 대해 사색하는 것은 분명 불가능하리라. 애초에 생각이라는 것 자체는 아무리 심각한 것이라 해도 항상 어느 정도는 말장난 같은 면이 있는 것이 아닐까.

장례식을 전후해 이 주일 정도는 도무지 아무 일도 손에 잡히지 않았지만 점점 그런 생활에도 염증이 나서 샤로제에서는 날마다 규칙적으로 내년 관전 출품작 제작에 힘을 쏟았다. 처음에는 오랜 시간 캔버스 앞에 서 있기가 어려웠으나 그는 슬픔 때문이라기보다 최근 두어 달 동안 거의 작업다운 작업을 하지 않고 휴양했던 탓이라고 생각했다. 원래 발몽에 간 것은 생 쉴피스 성당 벽화의 제작 의욕을 북돋우기 위해서가 아니었던가. 실제로 지나칠 만큼 충분한 시간을 들여 그 영기(英氣)를 고취했다. 그 여행의 의의는 반드시 긍정되어야 할 것이었다. 생활을 바로잡고 시간에 질서를 세워 나태를 극복하지 않으면 안 된다. 자신의 내부에는 반드시 그려내야 할 작품이 아직도 산더미처럼 쌓여 있다. 그 모든 것을 이 육체의 죽음과 함께 매장해버린다는 것은 너무도 안타까운 일이다. 작은 타블로에서 시작해 충분히 연습을 하고 빈틈없이 준비를 갖춰 남은 생애를 모두 걸어 완성시키게 될 대작의 작업에 임하고 싶었다. 며칠 작업에 전념하고 나자 창작의 기쁨이 되살아나는 것이 느껴져 마음이 흐뭇했다. 제재에 몰두하는 것은 기분 좋은 일이었다. 햇빛이 있는 한 제작에 전념하여 마침내 작업이 끝난 뒤 거실 소파에 몸을 맡기면 충실한 피로감이 그날 하루를 축복해주었다. 그러면 다음날 아침은 다시 신선한 기분으로 붓을 들 수 있었다.

11월 말에는 협력자로 큰 기대를 걸고 있던 라살 보르드가 휴양지에서 보내온 편지에 간담이 서늘해졌다. 어쩌다 현지인과 싸움이 일어났는데, 상대방이 송아지만한 개를 풀어놓는 바람에 부상을 당했다는 것이었다. 다행히 큰 부상은 아닌 모양이었다. 딱하다는 생각을 하면서도, 소송을 해서라도 그 시골 녀석을 혼내주겠다고 벼르는 서슬 퍼런 그 문장을 읽자니 그가 파르르 떨며 화를 내는 모습이 생각나 저도 모르게 웃음이 흘러나왔다. 그래도 심심한 위로와 함께 소송을 제기하는 것에 전적으로 찬성한다는 뜻을 담은 답장을 쓰고, 그 김에 그의 자존심을 세워주는 공치사까지 해가며 장식화 건은 잘 부탁한다고 잊지 않고 덧붙였다. 이 성질 고약한 제자와의 관계를 회복하는 것이 내내 그의 고민거리였는데 뜻하지 않은 수난에 평소답지 않게 약한 모습으로 자신을 의지해온 것을 보면 조금만 더 친절하게 신경써주면 쉽게 이번 일에 협력해줄 듯한 희망이 엿보였다.

어쨌든 올해가 가기 전에 조금이라도 벽화 작업을 시작하고 싶었다. 대작을 제작하면서 가장 먼저 부딪히는 어려움은 우선 첫걸음을 떼는 일이었다. 그 다음은 차례차례 작업을 이어나가면 된다. 플랑드르 여행은 그 다음에라도 늦지 않다. 어떤 의미에서 그 여행을 자신보다 더 기대하고 있는 것은 그와 동행할 제니였다. 그에게서 귀가 닳도록 그 훌륭함에 대해 들어온 루벤스를 다른 사람도 아닌 그와 함께 마음껏 구경할 수 있다니 그보다 행복한 일이 또 있을까? 시장에서 마주치곤 하던 다른 사용인들이 이제는 어느 길가를 헤매는지 도무지 눈에 띄지 않는 요즘 같은 시절에 자신만이 어떻게 이런 큰 축복을 받게 되었을까. 이제 그녀의 소원은 단 하나밖에 없었다. 남은 평생을 선생님 밑에서 일하는 것. 그 소원만 이루어진다면 남은 인생에서 더이상 바랄 것은 없었다. 그 이상 욕심을 낸다면 분명 천벌을 받으리라.

그는 꼬박 한 달을 샹로제에서 보낸 뒤에 다시 파리로 돌아왔다. 막상 일을 시작할 단계에 이르자 새삼 대작 작업에 대한 불안감이 엄습한데다 다시 쇼팽의 죽음을 떠올리고 슬퍼해야만 하는 것이 고통스러워 좀체 별장을 떠나기가 싫었지만, 실은 억지로라도 파리에 나오지 않으면 안 될 이유가 있었다. 11

월 16일에 화가 에티엔 가르니에의 사망으로 아카데미에 공석이 생기면서 새 회원 선출을 위한 선거가 치러지게 된 것이었다. 화가를 지망하던 십대 때부터 그는 삼십 년이 넘도록 아카데미의 일원으로 이름이 오르기를 꿈꿔왔다. 이런 때가 오기를 얼마나 기다렸던가! 혁명 이후로 아카데미의 권위를 우롱하는 젊은 화가들이 적지 않게 생겨난 후에도 아카데미를 향한 그의 동경에는 흔들림이 없었다. 물론 현 회원의 면면에는 전혀 매료될 만한 구석이 없었다. 그러나 화가로서 자신의 이름을 프랑스 문화의 최고 권위에 나란히 올려 불후의 위치에 서고 싶다는 간절한 소망은 항상 그의 마음을 강하게 사로잡고 놓아주지 않았다. 지금까지 자신을 냉대해왔던 화단 관계자들에게 보란 듯이 그 권위를 내세우고 싶은 마음도 있었다. 이번만은 충분히 당선될 가능성도 있다. 입후보는 벌써 네번째지만, 세 번의 낙선 때는 스스로 생각해도 다소 무모한 구석이 있었다. 그러나 이번은 다르다. 한 해도 빠지지 않고 꾸준히 작품을 출품해온 관전에서의 평가와 상하 양원의 도서관 벽화 제작이라는 실적, 그리고 관전 심사위원직과 미술국 위원회의 위원직을 맡은 것 때문에 화단에서의 지위도 예전과는 비교가 되지 않을 만큼 높아져 있었다. 화가들에 대한 물밑 교섭은 물론 투표에 참가할 미술 부문 이외의 회원들을 잘 포섭할 수 있다면 앵그르 일파의 비열한 방해 공작에도 충분히 맞설 수 있을 터였다. 불경스런 이야기지만 한 가지 더 다행인 것은 11월 21일에 화가 그라네가 사망하는 바람에 아카데미의 공석이 한번에 두 자리가 생긴 것이었다. 어떻게든 첫번 선거에서 당선될 작정이었다. 그러나 만에 하나 실패할 경우에는 다시 한번 입후보할 수 있다. 설마 두 차례 모두 낙선할 리는 없다. 자신이 아카데미 회원으로 대접받는 장면을 상상하면 저절로 입가에 웃음이 번졌다. 제니에게 그런 이야기를 했더니 미리 축하하려는지 평소보다 근사한 식사를 준비해주었다. 아무리 좋아도 그렇지, 하는 생각이 들었지만 그녀의 그런 마음 씀씀이가 고마웠다. 그 마음을 헛되이 하는 일은 결코 없을 것이다. 한 달 뒤에는 분명 이 식사가 첫 축하였다고 돌아보게 될 것이다!

선거 때문에 바쁘게 돌아다니는 바람에 창작할 시간을 빼앗겼지만, 생 쉴피스 성당의 벽화는 주제에 대해 아직 망설여지는 점이 있어서 한동안은 자택 아틀리에에서 관전 출품작 작업에 전념해야 할 것 같았다. 그런 생활 속에서 다시금 쇼팽의 죽음을 마주해야 한다는 것은 괴로운 일이었다. 마를리아니 백작 부인이 오랜만에 편지를 보내와 늘 그렇듯 자신의 근황과 건강에 대한 불평을 장황하게 늘어놓은 다음 12월 초부터 상드 부인이 파리에 와 있다는 소식을 전했다. 그리고 그 며칠 뒤에는 상드 부인에게서 10일에 라셸 양의 집에서 그의 친구이기도 한 퐁사르의 〈샤를로트 코르데〉에 대한 강의를 할 예정이니 꼭 참석해 달라는 청을 담은 편지를 받았다.

상드 부인과는 지난 5월에 비아르도 부부의 집에서 본 뒤로 처음 만나는 것이었다. 건강은 나쁘지 않아 보였지만, 이쪽에서 그렇게 생각하고 싶은 것은 논외로 치더라도 그 얼굴에 얼마간 수심이 엿보였다. 강의를 마친 뒤에 조금 길게 이야기를 나눌 기회가 있었지만 쇼팽의 죽음에 대해서는 안타까운 일이라며 한두 마디 하는 정도에 그쳤다. 장례식에 대해서는 이미 마를리아니 부인에게 더이상은 불가능할 만큼 자세한 이야기를 들은 모양이어서 새삼 더 물어오지도 않았다. 사람들의 시선이 불편해서인지도 몰랐다. 그래도 다른 이야기를 하던 중에 문득 생각난 듯 쇼팽의 화제로 돌아가더니 자신이 병문안에도 장례식에도 얼굴을 내밀지 않은 것은 아무도 그것을 원하지 않는다는 것을 알았기 때문이라고 단언하듯이 말했다. 거기에 어딘가 변명 비슷한 여운이 있었던 것은 부정할 수 없었다.

상드 부인이 이날 주로 한 이야기는 요즘 푹 빠져 있다는 도미노에 대한 것이었다. 마를리아니 부인이 이 숭고한 놀이를 성립시키는 수의 심원한 조합을 전혀 이해하지 못한다는 우스갯소리와 함께 그녀는 자신을 매료시킨 그 재미에 대해 거듭 그에게 설명했다. 그리고 도미노 이야기에 싫증이 나자 화제를 바꾸어 요즘은 사람들이 모일 때마다 곧장 단어 맞추기 놀이를 하곤 한다는 이야기로 넘어갔다. 들라크루아는 그런 그녀의 말에 적당히 맞장구를 치며 웃는 얼굴로 귀를 기울였다. 그러나 정신없이 이야기를 이어가는 그녀를 바라보고 있으려니, 혹은 그런 놀이에 신이 나 있는 그녀의 모습을 상상하니 그런 놀이에 별로 취미가 없던 그녀가 나름대로 서투르게나마 기분풀이를 하는 것으로 느껴져서 그녀 역시 깊은 슬픔에 빠져 있는지 모른다는 생각에 적잖이 가엾은 마음이 들었다.

상드 부인을 만난 며칠 뒤에 그는 이번에는 길거리에서 오귀스트 클레징게르를 만났다. 쇼팽의 장례식 이후 한 번도 얼굴을 마주한 적이 없었고, 예의 기념상 일로 한번 상의하는 자리를 가져야겠다고 생각하던 참이어서 마침 좋은 기회였다. 기념상 이야기를 꺼내자 클레징게르는 기다렸다는 듯 제작중인 동상에 대해 열변을 토하기 시작했다. 완성은 이미 시간 문제고 그 수준에는 절대적인 자신감이 있으며, 아내를 비롯해 이미 작품을 본 몇몇 사람들의 말대로 그 풍성하고도 섬세한 시정이 가득한 사랑스러운 형상은 고인의 음악을 아는 모든 이들을 완전히 만족시킬 것이라고 의기양양하게 말했다. 역시 여전하구나, 하고 반신반의하는 표정으로 듣고 있는 그에게 지금은 볼일이 있어 바쁘지만 곧 아내를 보내 모시러 갈 테니 꼭 아틀리에에 작품을 보러 와달라고 했다. 볼일이래야 필시 빚에 쫓기는 일일 거라고 짐작하며 그러겠노라고 답했다. 그 대답이 어쩐지 미덥지 않았는지 클레징게르는 다시 한번 다짐하듯이,

"절대 걱정하실 것 없습니다. 분명 위원장님도 마음에 드실걸요!" 하고 혼자 웃으며 자리를 떴다.

집에 돌아오자 잠시 후 약속대로 클레징게르 부인이 마중을 와주어 그녀와 함께 그의 아틀리에까지 발걸음을 했다. 그리 대

단한 기대도 품지 않았고 너무 형편없는 작품이면 몇 가지를 더 요구해야겠다고 생각하고 있었는데, 그 반작용인지 그는 그 미완의 작품에 거의 완전히 만족했다. 자신이 만들었어도 분명 이랬을 거라고 생각될 만큼 완성도가 높아 클레징게르에게도 그런 느낌을 솔직하게 전했다. 엄격하게 보자면 상반신이 약간 어색한 듯도 했지만, 그 점은 아무래도 그의 개성인 듯 다른 작품들도 모두 마찬가지였다. 그런 정도라면 눈감아줄 수 있었다. 전체적으로 잘 만들어진 인상이었고 그의 재능을 다시 보게 되었다는 것이 정직한 감상이었다. 솔랑주는 그런 진보가 남편의 보기 드문 근면함과 새로운 양식에 대한 적극적인 추구의 결과라고 몇 번이나 강조했는데, 근면한지 어떤지는 몰라도 새로운 양식 운운은 딱히 과장만은 아닌 듯했다. 명백하게 미켈란젤로의 모방으로 보이던 억지스러운 표현은 모습을 감추었고 한편으로 초기 작품에서 두드러지던 그의 천성인 듯한 사실성에 대한 과도한 구속에서도 벗어나, 이제 그의 조형은 상상력이 뛰어나고 선의 아름다움이 조화를 이루며 보기 드문 힘이 느껴지는 수준에 이르러 있었다. 그런 점은 현재 작업중이라는 피에타에도 잘 드러나 있었다.

아틀리에를 나와 거실에서 잠시 담소를 나누는 동안 화제는 저절로 쇼팽에 대한 것으로 옮겨갔다. 솔랑주는 처음에는 머뭇거리며 털어놓던 그 임종의 순간의 슬픔을 그 자리에 입회했다는 행복을 선망하는 수많은 사람들에게 둘러싸여 이야기하는 동안 점점 거기에 허식을 섞어넣고 싶은 유혹을 이기지 못하고 그때 쇼팽의 이마를 순식간에 물들였던 그 청자색의 생생함과 그 몸의 끔찍한 차가움 등의 기억에 진심으로 가슴 아파하면서도 오히려 그런 진심에서 점차 멀어져, 고통에 허덕이던 그가 자신의 품안에서 한순간의 안식을 느끼며 죽어갔다는 식으로 이야기를 지어내기까지 하게 되었다. 물론 사람들이 가장 호기심을 갖는, 병문안에도 장례식에도 끝내 모습을 드러내지 않았던 어머니의 냉혈함에 대해서도 언급하면서, "어머니의 그런 비정함에 제가 그 동안 얼마나 큰 고통을 겪었는지 몰라요" 하고 때때로 눈물까지 글썽였다. 클레징게르는 그런 아내의 모습이 정말 대단하다 싶어 아직도 그날 밤의 광경에 안타까움을 느끼는 자신이 훨씬 더 순수한지도 모른다고 생각하기도 했다. 들라크루아는 그녀의 그런 말투에서 비뚤어진 우월감의 냄새를 느끼고 불쾌해 했지만 그런 어린애 같은 표현 속에 약간의 진실한 슬픔이 엿보이는 듯도 해 경멸스럽다기보다는 조금 가엾다는 생각이 들었다. 그것은 어딘가 어울리지 않게 도미노 이야기에 열중하던 어머니의 모습과도 겹쳐지는 것 같았다.

그리고 들라크루아 본인은 쇼팽의 죽음에 대해 별다른 말을 하지 않았다……

화가 에티엔 가르니에의 사망으로 생긴 공석을 채우기 위한 아카데미 회원 선거는 예정대로 12월 22일에 치러져 많은 사람들의 예상대로 레옹 코니에가 그 영예로운 관을 손에 넣었다. 선거 직전의 표심 읽기에서 상당한 가능성을 느꼈던 들라크루아는 그 결과에 크게 놀라고 낙담하여 며칠을 집 안에 틀어박혀 아무도 만나려 하지 않았다. 친구인 조각가 다비드 당제는 그런 그가 너무도 딱해 보여 자신도 협력할 테니 그라네의 공석 선거에 나가보는 게 어떻겠냐고 격려해주었다. 그러나 그는, 매번 똑같이 겪는 일이었어도 이번만은 결정적으로 화단이라는 곳에 혐오감이 들어 그의 우정에 감사하면서도 정중히 그 권유를 거절했다.

가까스로 기운을 차리자 제니를 상대로 실컷 불만을 토로하거나 피에레와 비요, 르블롱 같은 친구들을 차례차례 만나 울분을 풀었고, 결국 말하기에도 지쳐 돌아올 무렵에는 기분도 차츰 가라앉았다. 아카데미 총재에게는 앞으로 다시 선거가 있을 때를 대비해 이번 두번째 입후보는 사퇴하겠다는 취지의 편지를 정중히 써보내면서, 그러나 자신이 언젠가 아카데미 회원이 될 꿈을 단념한 것은 결코 아니라는 점도 거듭 강조해 두었다. 그리고 많지는 않았지만 자신을 응원해준 아카데미 회원들에게도 감사의 편지를 보내고 몇몇은 직접 찾아가 그 성실함에 감사를 표했다. 마지막으로 라 로슈푸코 가 19번지의 포르제 남작 부인의 집에 들러서 여름 무렵부터 갑작스레 냉담해진 대통령이 이번에도 전혀 자신을 도와주지 않았다고 한바탕 푸념을 늘어놓고는, 사과하는 그녀를 이런저런 말로 위로하고 없는 기운을 쥐어짜 낙선의 불행을 웃음으로 날려보내는 척했다.

한바탕 소란이 끝나고 보니 뜻밖에 속이 후련해진 듯도 했다. 타블로 제작이 순조롭게 진행되어 슬슬 벽화 작업을 시작할 작정으로 연말의 어느 날 혼자서 생 쉴피스 성당을 찾았다.

생 실베스트르 축제 준비로 사람들의 발길이 끊이지 않는 성당 안에서 바삐 움직이는 사제를 붙잡고 인사를 건넸다. 여전히 뭐 하러 왔느냐는 듯 뜨악한 표정으로 응대하는 그의 오만한 태도에 화가 치솟았지만 크게 신경쓰지 않고 자신이 작업을 맡은 생 장주 샤펠로 돌아왔다.

성당 내부는 개수 공사 때문에 곳곳에 발판이 설치되어 있었지만 그가 장식할 생 장주 샤펠의 가로 485, 세로 751센티미터의 양측 벽과 가로 575, 세로 384센티미터의 타원형 천장 삼면은 언제라도 그림을 그릴 수 있도록 굴곡 없이 판판하게 표면이 정비되어 있었다.

샤펠 안에 들어선 들라크루아는 정면 창을 통해 들어오는 빛이 벽 전체에 어느 정도의 밝기를 만들어주는지 몇 번이나 고개를 돌려가며 확인하고 마지막으로 바로 위를 올려다보았다. 천장의 어두움은 으레 장식화의 큰 골칫거리인데 측벽으로 비쳐드는 빛마저 그리 미덥지 않았다. 일부러 날씨가 좋은 날을 골라 찾아왔는데도 이렇다면 흐린 날에는 더 어두울 것이었다. 어쨌든 몇 번 더 와서 확인할 필요가 있었다. 그것만으로도 말하자면 작은 첫걸음이었다.

벽은 언뜻 보기에는 깨끗한 듯했지만 가까이 다가가 만져보니 역시 결이 거칠어서 그림을 그리려면 앞으로 두세 번 정도 덧칠을 해야 할 것 같았다.

지팡이와 모자를 겨드랑이에 끼우고 장갑을 벗어 맨손으로 직접 만져본 그 차가운 벽을 손 위로 물끄러미 바라보았다. 그리고 손을 떼고 천천히 뒤로 걸음을 옮겨 이번에는 맞은편 벽에 등이 닿을 때까지 물러서서 전체를 둘러보았다.

아무것도 없는 거대한 백색의 일면. 그곳에 자신의 남은 인생 대부분을 소비해 작품으로 형상화한다는 신비함…… 창작 의욕은 지금의 그에게 신선하게 다가왔다. 그것은 가장 투철한 화가로서의 의식이, 처음으로 동굴 벽면에 스스로의 존재를 새기려고 마음먹은 고대인과 같은 절실함에 의해 고무되고 용기를 얻은 힘찬 흥분이었다.

그는 그 벽 가득히, 전부터 끊임없이 머릿속에 떠오르던 하나의 광경을 그려냈다. 구약성서의 창세기 제32장에 나오는 천사와 야곱의 싸움이라는 주제였다. 밤의 암흑 속에서 남몰래 성스러운 힘과 싸워 신과 인간을 극복하고 축복을 받은 야곱. 인간인 자신을 뛰어넘는 힘과의 불굴의 격투. 게다가 그 승리는 이 세계에서, 이 육체로 거두어야 할 것이었다. 초록을 둘러쓰고 늠름하게 솟아오른 나무들 사이에서 서로 엉킨 육체는 힘차고 눈부셨다. 그것은 결코 고독과 고뇌의 위압적일 만큼 거대한 현현

이어서는 안 되었다. 화가를 회한과도 같은 깊은 슬픔의 바닥으로 가라앉히는 것이 아니라, 그의 삶 자체를 아침 해처럼 축복하는 것이어야 했다. 창작 자체가 마치 찬가처럼 소리 높여 칭송받아야 할 작품, 화가 자신의 희생을 필요로 하지 않는, 환희에 가득 찬 찬란한 작품……

눈앞에 펼쳐진 색채의 환영은 무한한 다양함으로 빛나고 있었다. 한겨울, 개수 작업이 한창인 교회의 한 귀퉁이에서 그 빛은 언제까지나 축제처럼 휘황했다.

| 주요 참고문헌 |

■ 들라크루아 관련

Eugène Delacroix, *Journal de Eugène Delacroix*, Nouvelle édition publiée d'après le manuscrit original avec une introduntion et de notes par André Joubin, Plon, 1950.

Eugène Delacroix, *Correspondance générale d' Eugène Delacroix*, Plon, 1935.

Lee Johnson, *The Painting of Eugène Delacroix; a critical catalogue; 1816-1831*, Clarendon, 1981.

Mauris Sérullaz, *Delacroix*, Fayard, 1989.

Mauris Sérullaz, *Les peintures murales de Delacroix*, Les éditions de temps, 1963.

René Huyghe, *Delacroix ou le combat solitaire*, Hachette, 1964.

Timothy Wilson-Smith, *Delacroix: A Life*, Constable, 1992.

들라크루아, 『예술론』, 우에무라 다카치요 옮김, 쇼겐사, 1939.

데라다 도오루, 『데라다 도오루 평론 제II기IV : 들라크루아 1847~1852』, 신초샤, 1980.

『리졸리 판 세계미술전집12 들라크루아』, 슈에이샤, 1975.

■ 쇼팽 관련

Fryderyk Chopin, *Selected Correspondence of Fryderyk Chopin*, translated and edited with additional material and a commentary by Arthur Hedley, Da capo Press, 1963.

장 자크 에겔딩게르, 『제자가 본 쇼팽 : 그 피아노 교육법과 연주미학』, 고메타니 하루오·나카시마 코지 옮김, 온가쿠노토모샤, 1983.

카지미에시 비에진스키, 『쇼팽』, 노무라 고이치·노무라 치에 옮김, 온가쿠노토모샤, 1972.

온가쿠노토모샤 편, 『쇼팽(작곡가별 명곡 해설 라이브러리 4)』, 온가쿠노토모샤, 1993.

바르바라 스몰렌스카 지엘린스카, 『결정판·쇼팽의 생애』, 세키구치 도키마사 옮김, 온가쿠노토모샤, 2001.

고누마 마스미, 『쇼팽 : 실의와 고독의 최만년』, 온가쿠노토모샤, 1992.

아서 헤들리, 『프레데리크 쇼팽』, 노무라 고이치 옮김, 온가쿠노토모샤, 1983.

조지 R 마렉·마리아 고든 스미스, 『쇼팽 : 그 실상』, 기무라 히로에 옮김, 도쿄소겐샤, 1981.

■ 조르주 상드 관련

George Sand, *Correspondance*, textes reunis, classes et annotes par George Lubin, Garnier Frères, 1964~

조르주 상드, 『상드 : 정치와 논쟁』, 미셸 페로 편, 모치다 아키코 옮김, 후지와라쇼텐, 2000년.

앙드레 모루아, 『조르주 상드(현대세계문학전집 29)』, 가와모리 요시조·시마다 쇼지 옮김, 신초샤, 1954.

나가즈카 류지, 『조르주 상드 평전』, 요미우리신문사, 1977.

야로스와프 이와슈키에비치, 『노앙의 여름 : 쇼팽과 조르주 상드』, 쓰카다 미치코 옮김, 미지다니, 1998.

■ 기타

A. M. Perrot, *Petit atlas pittoresque des quarante-huit quartiers de la ville de Paris; 1834*, reproduit en fac-simile et en vraie grandeur avec une nouvelle introduction, des notes, des additions et des corrections par Michel Fleury et Jeanne, E. Gaenot, Librairie, 1987.

안 마르탱 퓌지에, 『우아한 생활 : '투 파리', 파리 사교집단의 성립 1815~1848』, 마에다 노리카즈 감수·옮김, 신효론, 2001.

보들레르, 『보들레르 전집』, 후쿠나가 다케히코 옮김, 진분쇼인, 1963.
플로베르, 『감정교육』, 이쿠시마 료이치 옮김, 이와나미쇼텐, 1971.
토크빌, 『프랑스 2월혁명의 날들 : 토크빌 회상록』, 기야스 아키라 옮김, 이와나미쇼텐, 1988.
발자크, 『저널리즘 성악설』, 가지마 시게루, 치쿠마쇼보, 1997.
가지마 시게루, 『마차를 사고 싶다! : 19세기 파리 이마지네르』, 하쿠스이샤, 1990.
알렉산더 링거 편, 『낭만주의와 혁명의 시대(서양의 음악과 사회7—초기 낭만파)』, 니시하라 미노루 감수·옮김, 온가쿠노토모샤, 1997.
윌리엄 위버, 『이탈리아 오페라의 황금시대 : 로시니에서 푸치니까지』, 오히라 미쓰오 옮김, 온가쿠노토모샤, 1998.
기무라 시게노부·다카시나 슈지·가바야마 고이치 감수, 『회화와 혁명 : 명화로의 여행 16권·18세기(2)』, 고단샤, 1994.
후쿠이 노리히코 편, 『프랑스사(신판 세계각국사 12)』, 야마가와출판사, 2001.
이토 다카시·이노우치 도시오·나가이 가즈오 편, 『폴란드·우크라이나·발트 사(신판 세계각국사 20)』, 야마가와출판사, 1998.
스테판 키에니에비치 편, 『폴란드사』, 가토 가즈오·미즈지마 다카오 옮김, 고분샤, 1986.

| 옮긴이의 말 |

정통문학의 토대 위에서 다시 시작하기

화제작 『일식』과 『달』 이후 삼 년 남짓(번역에 소요된 시간까지 합하면 우리에게는 육 년 만에!) 긴 침묵을 지키던 히라노 게이치로의 새 소설이 마침내 출간되었다. 총 5500매, 독자의 손안에 묵직하게 잡히는 느낌 그대로, 명실 공히 무게 있는 책이다.

『장송』은 1840년대 혁명의 격류에 휘말린 프랑스 파리를 무대로 음악가 쇼팽과 화가 들라크루아, 쇼팽의 연인이었던 작가 조르주 상드를 중심으로 예술가의 삶과 고뇌, 갈등을 치밀하게 재구성하였다. 1846년 11월 12일부터 1849년 10월 30일까지, 즉 쇼팽이 연인인 조르주 상드와 함께 지내던 노앙을 떠나 파리의 자택으로 돌아온 날로부터, 소설의 프롤로그이기도 한 쇼팽의 장례식 풍경까지 삼 년 동안의 기록이다.

어째서 지금 이때에 프랑스 혁명기의 예술가에 대한 이야기를 다루었는가. 이 진지한 기록은 어떤 의미를 갖는가. 매스컴과 문단의 비상한 주목을 받아온 신예작가인 만큼 『장송』 발표 후에 그 의의를 묻는 질문이 많았다. 공식 홈페이지와 일본의 각 언론매체에 밝힌 작가의 언급을 정리하여 독자들의 이 작품에 대한 이해를 돕고자 한다.

전작 『달』의 초판 간행이 1999년 4월 15일이었으니까 실로 삼 년 사 개월 만의 신작이고, 구상 단계까지 포함하면 제작에 사 년이 넘는 세월이 소요되었습니다.

물론 오랜 시간을 들여 집필했다는 사실이 곧 작품의 질을 보증하는 건 아니지만, 지금 마침내 내 손을 떠난 이 작품에 대해 나는 감히 그 난폭한 이유를 주장하고 싶은 유혹을 뿌리칠 수 없습니다. 『장송』이라는 작품에는 나의 최근 수년간이 모두 담겨 있습니다. 모든 것을 쏟아부었다고 망설임 없이 단언할 만큼 작품의 완성도에는 완전히 만족하고 있고, 이 이상의 무언가를 내 손으로 만들어낼 수 있으리라고는 생각할 수 없습니다. 나는 이 한 작품으로 그동안 신인작가로서는 너무도 길었던 침묵을 독자 여러분께 충분히 이해받을 수 있을 것이라고 강하게 확신합니다.

나는 이 『장송』이라는 소설을 위해 19세기 파리라는 무대를 선택했습니다. 하지만 이 작품은 결코 회고적인 성격의 것은 아닙니다. 현대소설은 사회의 근대화와 함께 이미 정점에 달해 오늘에 이르기까지 어떤 의미에서는 하강을 계속해왔습니다. 하지만 결코 끝은 아닙니다. 이것이 끝이라고 말하기를 주저하지 않는 사람은 어지간히 게으르거나 순진하거나 혹은 빈약한 상상력의 소유자인게 틀림없습니다. 아닌게 아니라 문학의 앞날에는 막다른 길처럼 우뚝한 산이 가로막고 있습니다. 그리고 그 산 너머는 아직 분명히 나타나지 않습니다. 나는 그런 때에 헛되이 산 아래 주저앉아 절망에 젖는 것이 아니라, 몹시 품이 많이 드는 일이기는 하지만 다시 한번 예전의 산에 올라가보고, 그 산 꼭대기의 전망 좋은 장소에서 앞으로 올라야 할 산의 저편을 내다보기로 했습니다. 그것이 곧 『장송』이라는 소설입니다. 그런 의미에서 이 작품은 이른바 '미래를 내다보기 위한 소설' 입니다. 그리고 작자인 제가 이번 집필을 통해 소설이라는 것의 앞날에 대해 어떤 확증을 감지한 것처럼 독자 여러분도 소설이라는 표현양식의 가능성에 대해 뭔가 희망을 찾아낼 수 있다면 저의 시도는 성공했다고 할 수 있을 것입니다.(2002년 7월 28일, 『장송』 완성 직후 저자의 공식 홈페이지에 실린 '작가의 메시지' 에서)

"르네상스를 앞둔 중세 말기를 무대로 한 『일식』, 일본의 근대화를 추진한 메이지 시대 말기가 배경이었던 『달』, 1840년대 프랑스의 혁명기를 묘사한 『장송』까지 모두 '시대의 전환기를 탐색한 3부작' 으로 구상했다."

"소설은 끝났다고 말하는 시대에 작가로 데뷔했다는 자각과 함께, 중편과 장편, 주인공에 가까운 시점에서 묘사하는 모노포닉(단성음악적)한 서술과 여러 등장인물의 시점에서 엮어나가는 폴리포

닉(다성음악적)한 서술, 여행자의 이야기와 정주자의 이야기 등이 서로를 보완하는 세 작품을 완성해 작가로서 스타트 라인을 만들고 싶었다."

"20세기의 작가는 19세기의 문학을 뛰어넘어야 한다는 명제에 구속받아왔다. 그것이 창작의 원천이 되기도 하였지만, 지금은 문학에서 규범이 사라지고 있다. 그렇기 때문에 정통이란 무엇인지 반드시 되돌아볼 필요가 있었다. 이것은 단순히 나 개인의 문제가 아니라 문학계 전체에 있어서도 그러하다."

"현대의 새로운 표현을 획득하기 위해서는 문학사를 남의 일로 볼 것이 아니라 나 자신의 몸 안에 흡수하고 검증할 필요가 있다. 피카소가 〈아비뇽의 처녀들〉을 발표하기 이전 열여섯 살의 나이에 고전적인 회화를 그렸던 것처럼, 나 또한 소설이 가장 빛났던 근대 심리소설의 수법으로 소설을 써보기로 마음먹었다."

"『장송』을 쓰면서 염두에 두었던 것은 발자크와 플로베르를 비롯한 19세기 프랑스 소설이다. 나 스스로에게 십대 때 가장 친숙했던 작품들이며, 또한 무엇보다 견고하게 구축된 고전소설이다. 그러한 19세기의 정통적인 소설 스타일을 철저히 탐구하고 검증할 필요가 있다고 생각했다. 이러한 시도를 통해 소설의 기나긴 역사를 나의 작가로서의 역사로 소화해보고자 한다. 마치 음악이나 미술을 공부하는 사람이 화성학과 데생 공부를 거쳐 그 전통과 맞서는 것처럼."

"혁신적인 스타일에는 크게 두 가지가 있다. 첫째는 인상파 회화처럼 호수나 나무 같은 보편적인 소재를 그리면서도 그 기법을 달리하는 것, 또 하나는 초현실주의처럼 기법은 다르지 않더라도 모티프가 전혀 새로운 것이다. 소설세계에서는 모티프에 의한 혁신은 이루어져왔지만 새로운 기법은 여전히 나오지 않고 있다. 실험적인 기법을 채용하기 위해 이번에 정통적인 소설을 써본 것이 좋은 토대가 될 것이라고 생각한다."(2002년 8~9월, 아사히 신문, 요미우리 신문, 도쿄 신문, 니혼게이자이 신문에서)

문학이 한계에 이르러 그 미래가 불투명해져버린 시기에 하필 작가라는 업을 가지게 되었다고 하는 히라노는, 그렇기 때문에 더더욱 예술이 가장 숭고한 아름다움을 달성해냈던 시기의 이른바 고전의 기법으로 돌아가 그것을 충실히 답습하고 그 경험을 토대로 문학의 새로운 지평을 개척해보겠다는 의지를 피력한다. 발상 자체는 성실하고 모범적일 뿐만 아니라 의외로 지극히 상식적이지만 이것을 실천한다는 것은 그의 말대로 '품이 많이 드는' 일이어서 실은 어떤 작가도 선뜻 감행할 엄두를 내지 못했다고 하는 게 맞는 이야기일 것이다. 그런데 그는 그 '상식적인 혁명'을 훌륭하게 해치워버렸다.

『장송』에서는 특히 들라크루아와 쇼팽의 예술론을 통해 작자의 예술관이 드러나는 것에 주목할 필요가 있을 것이다. 낭만주의에 대한 들라크루아의 애증은 예술의 '진보'가 가능하다는 주장에 대한 오류를 지적하는 데서 잘 나타난다. 예술의 이상은 이미 오래 전에 모든 실험을 마치고 완성된 형태를 이룩해냈는데도 그 사실을 망각하고 여전히 진보의 헛된 가능성을 맹신하는 자들에 대한 통렬한 비판이 이어진다. 들라크루아의 시대는 정치적으로 왕정에서 공화제로 이전하는 시기이면서 동시에 예술이 신적인 이상에서 인간적인 진보로 바뀌는 전환기이기도 했던 것이다.

들라크루아가 예견했던 대로, 19세기에 꽃핀 낭만주의로 인해 예술은 인간성을 획득했지만 동시에 신의 낙원에서 쫓겨나고 말았다. 고전은 그 난해하고 까다로운 형식성으로 인해 인간의 자유분방한 감정을 억압한다는 비판을 받으며 차츰 뒷전으로 밀려났고, 신의 이상의 실현체로서의 예술을 후원하던 세력은 힘을 잃었다. 예술은 모든 시민이 공유하는 것이 되고 예술가는 자신의 작품을 들고 옹호자를 찾아다녀야 하는 시대가 되었다. 이제 예술은 시민과 시장을 위해 좀더 쉬운 재미와 노골적인 감정의 분출, 엽기적인 파격, 값싼 혁명으로 내달린다.

"들라크루아가 발견하고 도달한 이상은 고전적이지만 거기에 이른 수법은 분명 근대적이다. 그리고 그것을 가능하게 한 것이 그의 훌륭한 기법이다."

모든 것이 기법의 문제라는 지적은 들라크루아의 시대에 방향을 틀어버린 예술 혹은 문학의 거대한 오류에 대한 발견, 현대의 수많은 소설을 일시에 무력화시키고 근본부터 반성을 촉구하는 가히 혁명적인 발견이 아닐까. 히라노는 그러한 이론적

바탕에서 그야말로 성실하게 '기법'에 주력하였다.

첫머리를 장식한 쇼팽의 장례식 풍경은 1849년 당시의 정치 사회적 혼란상과 함께 쇼팽의 죽음에 황망해하는 지인들의 심경과 들라크루아의 깊은 슬픔을 감정을 극단적으로 절제한 치밀한 묘사로 독자에게 앞으로 펼쳐질 대작의 예감을 충분히 느끼게 해준다. 첫 장에서 펼쳐지는 쇼팽의 여행에 대한 회상에서 각혈로 인해 바닷물에 섞여드는 핏물과 대야에서 흔들리는 핏덩이의 묘사는 번역을 마치고 한참이 지난 지금까지도 머릿속을 떠나지 않는다. 들라크루아를 중심으로 펼쳐지는 예술론과 창조하는 인간으로서의 고뇌, 조르주 상드의 정치적 성향에 대한 풍자적 심리묘사, 만난을 극복하고 마침내 완성한 천장화에 대한 들라크루아의 감회, 쇼팽의 피아노 연주회 묘사에서는 미술과 음악을 문학으로 어디까지 표현할 수 있는지, 그 정점을 엿본 듯한 감동에 휩싸였다. 그밖에도 기법에서 놀랍도록 성공한 장면들을 독자들은 차례차례 경험할 수 있을 것이다.

히라노는 고교 시절에 쇼팽의 전기를, 대학 시절에는 들라크루아의 일기를 읽고 그들의 실제 인생과 예술론에 순수하게 이끌렸으며, 특히 들라크루아는 회화론에서부터 창작에 대한 고심, 예술가로서의 궁색한 생활상까지 다양한 내용을 방대한 양의 일기와 서적으로 남긴 덕분에 "무언가를 창조하는 인간의 일생으로서" 크게 공감할 수 있어 이 소설을 쓰는 데 강한 동기가 되었다고 한다. 소설의 무대가 되는 파리와 노르망디 지방, 런던, 스코틀랜드는 모두 직접 찾아갔고 들라크루아의 프랑스 국회 하원 도서관의 천장화도 관람했으며, 이 소설의 말미에 붙여진 대로 삼십여 권이 넘는 국내외의 서적들을 정독하였다고 한다. 히라노 게이치로의 천재성을 논하기 전에 먼저 그의 성실성에 경의를 표하는 것이 옳을 것 같다.

독자의 욕구에 친절한 작품은 아니더라도 독자의 욕구에 문학의 숭고함이라는 방을 만들어주는 의미 있는 소설 읽기가 될 것이라고 믿는다. 『일식』과 『달』 『장송』으로 이어진 장대한 글쓰기를 거친 히라노 게이치로는 지금 이 시대로 돌아와 21세기를 살아가는 젊은이의 세계, 죽음, 기억, 언어, 에로티시즘 등 현대적 주제를 작품별로 완전히 상이한 기법으로 추적해나가는 단편집을 발표하고 있다. 그의 성실한 실험정신, 작가적 매력에서 독자들은 당분간 눈을 뗄 수 없을 것 같다.

지은이 **히라노 게이치로**

1975년 아이치 현 출생. 명문 교토 대학 법학부에 재학중이던 1998년 문예지 『신조』에 권두소설로 전재된 장편 『일식』으로 제120회 아쿠타가와 상을 수상하며 데뷔했다. 장편소설 『달』 『얼굴 없는 나체들』 『결괴』 『던』 『형체뿐인 사랑』 『공백을 채우세요』, 소설집 『센티멘털』 『방울져 떨어지는 시계들의 파문』 『당신이, 없었다, 당신』 『투명한 미궁』, 그 외 『문명의 우울』 『책을 읽는 방법』 『소설 읽는 방법』 등이 있다.

옮긴이 **양윤옥**

일본문학 전문번역가. 옮긴 책으로 『여자 없는 남자들』 『1Q84』 『중국행 슬로보트』 『일식』 『센티멘털』 『소설 읽는 방법』 『가면의 고백』 『무지개여, 모독의 무지개여』 『남장미』 『철도원』 『칼에 지다』 『슬프고 무섭고 아련한』 『장미 도둑』 『나미야 잡화점의 기적』 『붉은 손가락』 『남쪽으로 튀어!』 『유성의 인연』 등이 있다. 『일식』으로 2005년 일본 고단샤가 수여하는 노마문예번역상을 수상했다.

문학동네 세계문학

장송 2

1판 1쇄 2005년 10월 24일 | 1판 4쇄 2015년 4월 10일

지은이 히라노 게이치로 | 옮긴이 양윤옥 | 펴낸이 강병선
책임편집 조연주 이상술 양수현 | 저작권 한문숙 박혜연 김지영
마케팅 정민호 이미진 정진아 양서연 | 홍보 김희숙 김상만 한수진 이천희
제작 강신은 김동욱 임현식 | 제작처 한영문화사(인쇄) 경일제책사(제본)

펴낸곳 (주)문학동네
출판등록 1993년 10월 22일 제406-2003-000045호
주소 413-120 경기도 파주시 회동길 210
전자우편 editor@munhak.com
대표전화 031) 955-8888 | 팩스 031) 955-8855
문의전화 031) 955-1927(마케팅) 031) 955-2684(편집)
문학동네카페 http://cafe.naver.com/mhdn

ISBN 89-546-0060-3 04830
89-546-0058-1 (세트)

www.munhak.com